THE
ACCIDENT

사고

린우드 바클레이 장편소설 | 신상일 옮김

THE ACCIDENT

해문

사고

THE ACCIDENT by Linwood Barclay

For Neetha

펜실베이니아 버틀러에서 초등학교 교사로 재직 중인 에드나 보더와 팸 스테이거월드는 난생처음 뉴욕을 방문했다. 사실 뉴욕이 그렇게 먼 것도 아니었지만, 버틀러 같은 곳에 살다 보면 다른 동네는 다 지구 반대편에 있는 것처럼 느껴지는 법이다. 팸의 마흔 번째 생일이 가까워질 무렵, 에드나는 "주말에 평생 잊지 못할 생일을 보내게 해 주지."라고 호언장담했고, 그것은 빈말이 아니었다.

남편들은 부인들이 "여자들만의" 주말여행을 떠날 거라는 소식에 기뻐했다. 이틀 내내 이어질 쇼핑, 브로드웨이 공연 관람, 〈섹스 앤 더 시티〉 투어를 따라가느니 차라리 집에서 총으로 머리를 쏘는 편이 나았다. 그들은 버스에 올라타는 부인들을 잘 놀다 오라고 배웅하면서, 뉴욕에는 노상강도가 많다고 하니 술에 취해서 돌아다니지 말고 부디 몸조심하라고 당부했다.

팸과 에드나는 50번 가와 3번 애비뉴 근처의 호텔에 방을 잡았다. 숙박비는 뉴욕치고는 괜찮은 편이었지만 잠만 자는 데 그만한 돈을 써야 한다는 것은 역시 아까웠다. 두 사람은 돈을 아끼기 위해 절대로 택시를 타지 않으리라고 결심했으나, 스페이스 셔틀 설계도 같은 뉴욕 지하철 노선도를 보고 마음을 고쳐먹었다. 그들은 블루밍데일 백화점과 메이시 백화점을 둘러본 뒤, 유니언 스퀘어로 가서 버틀러의 상점들을 몽땅 수용하고도 우체국 하나가 더 들어갈 만큼 거대한 신발 매장에 들어갔다.

"내가 죽거든 이곳에 뼛가루를 뿌려줘." 샌들을 신어보며 에드나가 말했다.

이어서 두 사람은 엠파이어 스테이트 빌딩 꼭대기로 올라가려고 했지만 줄이 상당히 길었다. 뉴욕에서 머무는 48시간 중 3시간을 줄 서는 데 낭비할 수는 없는 노릇이어서 그들은 엠파이어 스테이트 빌딩을 포기했다.

팸은 멕 라이언이 오르가즘을 시늉했던 어느 영화 속 식당에서 점심을 먹자고 했다. 그들은 영화에 등장했던 테이블(테이블 위에 그 자리임을 알리는 표지판이 걸려 있었다) 바로 옆에 자리를 잡았지만, 버틀러로 돌아가면 영화 속의 그 테이블에 앉았다고 자랑해도 문제없었다. 에드나는 크니쉬(감자나 쇠고기를 밀가루 반죽으로 싸서 튀기거나 구운 것)가 뭔지도 모르면서 크니쉬와 파스트라미 샌드위치를 주문했고, 팸은 "나도 같은 걸로 줘요!"라고 말했다. 웨이트리스가 눈알을 굴리며 자리를 뜨자 두 사람은 흥분하며 웨이트리스의 욕을 해댔다.

식사를 마치고 커피를 마실 때 에드나가 느닷없이 말을 꺼냈다. "필이 데니스에서 일하는 웨이트리스랑 몰래 만나는 것 같아." 그녀는 눈물을 터뜨렸고, 팸은 바람 따위 절대 피우지 않을 착한 사람인데 왜 그런 의심을 하느냐고 물었다. 에드나는 남편이 그 웨이트리스와 잤다고는 생각하지 않지만, 매일 데니스에 커피를 마시러 가는 데에는 틀림없이 이유가 있을 것이라고 대답했다. 게다가 요즘 필은 에드나의 몸에 손도 거의 대지 않고 있었다.

"그거야 그럴 수 있지." 팸이 말했다. "너희나 우리나 바쁘잖니. 애들도 키워야 되고. 거기다가 필은 일을 두 개나 하잖아. 당연히 기운이 달리지 않겠어?"

"그래, 네 말이 맞아." 에드나가 말했다.

"그러니까 쓸데없는 생각은 집어치워. 즐겁게 놀자면서 네가 날 뉴욕으로 데려왔잖니." 팸은 포더스 여행 안내 책자의 뉴욕 편을 펼쳐 메모지가 붙은 곳을 가리켰다. "쇼핑 요법으로 너를 치료해 주지. 다음 목적지는 커낼 가(衝)야."

에드나가 커낼 가에 뭐가 있느냐고 묻자, 팸은 그곳에 가면 명품 핸드백, 아니, 정확히 말하면 명품 핸드백과 똑같아 보이는 핸드백을 헐값에 살 수 있다고 말했다. 다만, 정말로 좋은 물건을 구입하려면 현장에서 수소문을 해야 했다. 팸이 어느 잡지에서 읽은 바로, 최상품들은 손님의 눈길이 닿지 않는 상점의 뒷방 따위에 숨겨져 있다고 했다.

"이제야 무슨 소린지 알겠다, 얘." 에드나가 말했다.

그들은 커낼 가와 브로드웨이의 교차점으로 가기 위해 택시를 잡아탔지만, 택시는 라파예트 가와 그랜드 가의 교차점에서 발이 묶였다.

"무슨 일이에요?" 에드나가 택시 기사에게 물었다.

"사고예요." 살바도르 출신인지 스위스 출신인지 당최 알 수 없는 억양으로 기사가 대답했다. "여기서는 차를 못 돌려요. 내려서 몇 블록만 걸어가시면 목적지가 나올 거예요."

팸은 기사에게 요금을 지불했고 두 사람은 택시에서 내려 커낼 가를 향해 걸어갔다. 한 블록을 올라가자 사람들이 모여 있었다. "맙소사!" 에드나가 말했다.

에드나는 그 광경에서 시선을 돌렸지만 팸은 눈을 떼지 못했다. 가로등과 충돌한 노란색 택시의 보닛 위에 한 남자의 두 다리가 널브러져 있었고, 상체는 차창을 뚫고 들어가 계기판을 뒤덮고 있었다. 앞바퀴 아래로는 짓이겨진 자전거가 깔려 있었다. 운전석에 아무도 없는 것을 보니 운전자는 병원으로 호송된 듯했다. 등에 뉴욕 소방국과 뉴욕 경찰국의 로고가 새겨진 옷을 입은 이들이 군중을 향해 물러서라고 지시하며 자동차를 조사하고 있었다.

"망할 놈의 자전거 배달부들. 사고가 안 날 턱이 없지." 군중 속의 누군가가 말했다.

에드나는 팸의 팔꿈치를 붙잡았다. "못 보겠어. 그만 가자."

둘은 커낼 가와 브로드웨이의 교차점으로 향했지만 끔찍한 사고 현장의 이미지는 좀처럼 그들의 머릿속을 떠나지 않았다. 두 사람은 "흔히 있는 사고 잖아."라는 문장을 주문처럼 되풀이하며 남은 주말을 즐기기 위해 애썼다.

팸은 핸드폰으로 브로드웨이 거리 표지판 아래 서 있는 에드나를 찍었고,

에드나 역시 같은 포즈를 취한 팸을 찍었다. 지나가던 남자가 둘의 사진을 찍어주겠다며 다가왔지만 에드나는 사양했다. 남자가 사라지자 에드나는 핸드폰을 훔쳐 가려는 수작일 거라고 팸에게 말했다. "누굴 바보로 아나 봐."

커낼 가를 따라 동쪽으로 접어들자 둘은 마치 외국의 도시로 걸어 들어온 듯한 착각에 빠졌다. 빽빽이 자리 잡은 상점들과 그 앞에 진열된 상품들. 홍콩이나 모로코, 또는 태국의 시장과도 같은 풍경.

"시어스(Sears: 미국 백화점 체인)하고는 영 딴판이네." 팸이 말했다.

"중국인들이 정말 많다." 에드나가 말했다.

"여기, 차이나타운이야." 팸이 대꾸했다.

토론토 메이플 리프스(Toronto Maple Leafs: 캐나다 토론토 프로 아이스하키팀)의 팀 셔츠를 입은 노숙자가 그녀들에게 다가와 돈을 구걸했다. 또 다른 노숙자는 전단지를 건네려 했지만 팸은 거절의 뜻으로 손을 쳐들었다. 떼를 지은 소녀들이 깔깔거리거나 멍하니 길가를 바라보며 지나갔는데, 그중 몇 명은 귀에 이어폰을 찔러넣은 채 용케 얘기를 나누고 있었다.

길거리의 상점 진열장들에는 목걸이, 시계, 선글라스 따위가 꽉 들어차 있었다. 한 상점 앞에는 "금 삽니다."라고 써진 표지판이 세워져 있었다. 화재용 비상계단 아래로 늘어뜨려진 세로가 길쭉한 간판에는 "타투, 피어싱, 헤나, 장신구 도매가 판매, 서적, 잡지, 미술품. 2층."이라고 적혀 있었다. "가죽"과 "파시미나"를 홍보하는 간판도 보였고 중국 한자가 잔뜩 적힌 현수막들도 여기저기 널려 있었다. 심지어 버거킹도 보였다.

에드나와 팸은 그 상점들 중 한 군데로 들어갔다. 들어가 보니 안에 수십 개의 상점들이 모여 있었다. 작은 쇼핑몰이라든가 벼룩시장처럼, 유리벽으로 분리된 좁은 공간들에는 다채로운 상점들이 자리 잡고 있었고 각각 보석, 시계, DVD, 핸드백 등 하나의 품목을 전문적으로 취급하고 있었다.

"이것 좀 봐. 롤렉스 시계야." 에드나가 말했다.

"그거 가짜야. 하지만 정말 감쪽같다. 버틀러 사람들은 아무도 저게 가짜라는 걸 모르겠지?" 팸이 말했다.

"롤렉스가 뭔지도 모를걸?" 에드나가 웃으며 말했다. "어머, 저기 핸드백들 좀 봐!"

펜디, 코치, 케이트 스페이드, 루이비통, 프라다. "말도 안 돼. 저렇게 싼값에 팔아?" 팸이 말했다. "진품은 보통 얼마쯤 할까?"

"엄청나게 비싸겠지." 에드나가 말했다.

상점 주인인 중국 남자가 다가와 찾으시는 게 있냐고 물었다. 팸은 (뉴욕 여행 안내 책자가 핸드백 밖으로 툭 튀어나온 주제에) 이 동네의 사정에 익숙한 척하며 "'진짜' 물건은 어디 있어요?"라고 되물었다.

"네? 뭐라고요?" 남자가 말했다.

"진짜로 좋은 물건들 말이에요. 이 핸드백들도 나쁘지는 않지만."

에드나가 불안한 듯 고개를 저으며 말했다. "됐어, 이것들도 좋잖아. 이 중에서 고르자."

팸은 물러서지 않았다. "친구한테 들은 게 있어요. 진짜 좋은 물건들은 진열장에 내놓지 않고 숨겨둔다던데요? 이 가게는 어떤지 모르지만."

중국인은 고개를 저었다. "저 여자한테 물어보세요." 그는 미궁 같은 상점가의 안쪽을 가리키며 말했다.

팸은 건너편 상점으로 가서 진열된 핸드백들을 둘러보는 척하다가, 화려한 붉은 비단옷을 입은 나이 든 중국 여자에게 물었다. "좋은 물건은 어디 숨겨뒀어요?"

"네?" 여자가 말했다.

"최상품 말이에요. 감쪽같은 모조품." 팸이 말했다.

여주인은, 잠복 경찰인가? 변장을 참 잘했네, 라고 생각하며 팸과 에드나를 지긋이 바라봤다. 이윽고 그녀가 입을 열었다. "상점가 뒷문으로 나가서 왼쪽으로 돌면 '8'이라고 적힌 문이 있어요. 그 문을 열고 아래로 내려가서 앤디를 찾아봐요."

팸은 흥분한 얼굴로 에드나를 바라봤다. "고마워요!" 팸은 여주인에게 인사를 한 뒤 에드나의 팔을 붙잡고 좁은 상점가 끝으로 향했다.

"안 가면 안 되니?" 에드나가 물었다.

"걱정 마. 괜찮아."

하지만 상점가 뒷문을 열자 펼쳐진 골목을 보고 팸도 멈칫할 수밖에 없었다. 커다란 쓰레기통, 사방에 널린 쓰레기들, 버려진 가전제품들. 두 사람의 등 뒤로 문이 닫혔다. 에드나가 열어보려 했지만 문은 열리지 않았다.

"미치겠네. 아까 본 자동차 사고 때문에 무서워 죽겠는데 이게 또 뭐야." 에드나가 말했다.

"그 여자가 왼쪽으로 가라고 했지? 왼쪽으로 가자." 팸이 말했다.

조금 걸어가니 페인트로 숫자 "8"이 적힌 철문이 나타났다. "노크를 할까? 그냥 들어갈까?" 팸이 물었다.

"네가 오자고 했잖아. 알아서 해." 에드나가 말했다.

팸은 가볍게 문을 두드렸다. 10초가 지나도 아무 대답이 없자 그녀는 문손잡이를 잡아당겼다. 문이 열리자 그들의 눈앞에 어두컴컴하고 짧은 계단이 펼쳐졌다. 밑바닥에서 빛이 희미하게 반짝였다.

"저기요? 앤디 씨 계세요?" 팸이 소리쳤다.

대답이 없었다.

"그냥 가자. 처음 본 상점에도 괜찮은 핸드백들이 있었어." 에드나가 말했다.

"이왕 여기까지 왔는데 확인이라도 해봐야지." 팸은 계단을 내려갔다. 계단 하나를 내려갈 때마다 기온이 조금씩 떨어지는 듯했다. 팸은 계단을 내려가 방을 둘러본 뒤, 활짝 웃으며 고개를 돌려 에드나를 올려다봤다. "여기가 맞아! 제대로 왔어!"

곧 에드나가 팸의 뒤를 따라 내려왔다. 좁고, 어지럽고, 천장이 낮은 방 안은 핸드백들로 가득했다. 테이블에 널려 있거나, 벽과 천장의 갈고리에 걸린 수많은 핸드백들. 낮은 기온 탓인지 에드나에게는 이 방이 고기 저장고처럼 느껴졌지만 갈고리에는 소의 사체 대신 가죽 제품들이 걸려 있었다.

"내가 죽어서 핸드백 천국에 왔나 봐!" 팸이 말했다.

테이블에 진열된 핸드백들을 집어 드는 둘의 머리 위로 형광등의 유리관들이 윙윙거리며 깜빡였다.

"이 펜디 핸드백은 틀림없이 진짜일 거야. 가짜라면 필의 모자라도 먹겠어." 에드나가 핸드백 하나를 찬찬히 살펴보며 말했다. "이건 진짜 같아. 내 말은, 가죽은 진짜 같아. 상표만 가짜일 거야. 이거 가격이 얼마일까?"

지하실의 안쪽에 커튼이 쳐진 문이 있었다. "앤디라는 사람은 저기에 있나?" 팸이 문을 향해 걸어갔다.

에드나가 말했다. "얘, 가지 마. 그만 나가자. 이것 좀 봐. 지금 뉴욕 뒷골목의 수상쩍은 지하실에 우리 둘만 있잖니. 우리 행방을 아는 사람도 없는데 말이야."

팸은 눈알을 굴리며 말했다. "아휴, 너 진짜 촌스럽게 왜 이러니?" 팸은 문 앞에 다가가 소리쳤다. "앤디 씨! 위에서 중국 여자분께 얘기 듣고 찾아왔어요!" 하지만 팸은 "중국 여자분"이라고 내뱉자마자 스스로가 한심하게 느껴졌다. "중국 여자"가 어디 한둘이겠는가.

에드나는 다시 가짜 펜디 핸드백을 집어들고 안감을 살폈다.

팸은 팔을 뻗어 문을 가린 커튼을 걷었다.

퓩! 하는 이상한 소리가 들렸다. 에드나가 뒤돌아보니 팸이 바닥에 쓰러져 있었다. 조금의 움직임도 없었다.

"팸?" 에드나는 핸드백을 떨어뜨렸다. "팸, 왜 그래?"

에드나는 팸에게 다가갔다. 팸은 천장을 올려다보며 쓰러져 있었다. 이마 한가운데에 붉은 점이 보였고, 그 점으로부터 마치 구멍 난 용기에서 물이 새어나오듯 액체가 흘러나오고 있었다.

"맙소사! 팸!"

커튼이 열렸고, 키 크고 마른 남자가 나타났다. 검은색 머리카락과 눈 위의 흉터. 그의 손에 들려진 총이 에드나의 머리를 겨냥하고 있었다.

마지막 순간, 에드나는 방 안에 앉아 있는 나이 든 중국 남자를 보았다. 남자의 머리는 책상 위에 놓여 있었다. 관자놀이에서 흘러나온 피가 붉은 물줄기를 만들었다.

마지막으로 에드나에게 들린 것은 입을 다문 팸이 아닌 다른 어떤 여자의 말이었다. "우리, 여기서 나가야 돼요."

마지막으로 에드나는 생각했다. '집에 갈래. 집에 가고 싶어.'

TWO MONTHS LATER

2개월 후

1

그날 아침이 우리의 마지막이라는 걸 알았다면 나는 침대에서 몸을 돌려 아내를 껴안아 주었을 것이다. 아니, 만약 그런 게 가능했다면, 미래를 예견하는 일 따위가 가능했더라면, 애초에 그녀를 보내지도 않았을 것이다. 그랬더라면 모든 것이 달라졌을 것이다.

나는 잠시 천장을 바라보다가 마침내 이불을 젖히고 나무 바닥에 발을 내렸다.

"잘 잤어?" 눈을 비비는 나를 보며 실라가 말했다. 그녀는 팔을 뻗어 내 등을 쓰다듬었다.

"아니, 별로. 당신은?"

"자다 깨다 했어."

"그래, 깨어있는 것 같더라. 하지만 혹시라도 잠들어 있는 걸 깨울까 봐 말은 안 걸었어." 나는 어깨너머로 고개를 돌렸다. 두꺼운 커튼을 뚫고 나온 하루의 첫 햇살이 침대에 누워 날 바라보는 아내의 얼굴을 어루만졌다. 사람들은 보통 이렇게 이른 시간에 보기 좋은 상태가 아니었지만 실라는 달랐다. 아내는 언제나 아름다웠다. 심지어 요새처럼 걱정거리가 있을 때조차 그녀는 아름다웠다.

나는 다시 고개를 돌려 나의 맨발을 내려다보았다. "한참을 뒤척이다가 2시쯤부터 꾸벅꾸벅 졸았는데 눈을 떠보니 5시더군. 그때부터 쭉 깨어 있었어."

"글렌, 다 괜찮아질 거야." 실라는 내 등을 손으로 쓰다듬으며 위로했다.

"그렇게 생각하다니, 다행이네."

"다시 좋아질 거야. 인생사 새옹지마라잖아. 불황이 영원할 리도 없고."

나는 한숨을 쉬었다. "영원할지도 모르지. 현재 진행 중인 작업들 말고는 일거리가 없어. 지난주에 부엌 공사와 지하실 마무리 공사 견적 의뢰가 들어오긴 했는데 그 뒤로 소식이 없네."

나는 침대에서 일어나 고개를 돌려 아내에게 물었다. "당신이 밤새 천장을 올려다본 이유는 뭔데?"

"당신이 걱정돼서 그랬어. 다른 고민도 있고……."

"무슨 고민?"

"별거 아니야." 실라는 서둘러 대답했다. "그냥 늘 하는 고민들이야. 지금 듣는 수업, 켈리, 당신 일."

"켈리에게 무슨 일 있어?"

"아무 일도 없어. 엄마가 여덟 살 난 딸아이를 걱정하는 건 당연하잖아? 강의 수료하면 내가 당신 일을 도와줄 수 있게 되고, 그럼 상황이 좀 나아질 거야."

"당신이 수업 듣기 시작했을 때는 일거리가 있었지. 하지만 지금은 당신이 해줄 일이 거의 없어. 이러다가는 샐리의 일거리도 부족할 판이야."

실라는 8월 중순부터 기업회계 수업을 듣기 시작했는데, 두 달이 지난 지금, 생각보다 수업을 즐기고 있었다. 아내는 〈가버 종합건설〉, 즉 한때 내 아버지의 회사였고 지금은 내가 운영하는 회사의 회계 업무를 맡을 계획이었다. 실라가 재택근무를 해서라도 도와준다면, 회사 사무실의 "안주인"인 샐리 딜은 일반적인 사무실 관리나 전화 연락 업무, 또는 거래처를 닦달하거나 고객 문의사항에 답하는 일에 집중할 수 있게 된다. 실제로 샐리의 일이 많은 탓에, 회계는 종종 내가 집에 들고 와서 자정까지 책상에 앉아 처리하고는 했다. 그러나 일거리들이 말라붙은 마당에 실라의 계획대로 될지는 불투명했다.

"게다가 화재—."

"그만." 실라가 내 말을 막았다.

"실라, 내가 짓던 집이 불에 타서 무너졌어. 다 괜찮을 거라고 말하지 마."

아내는 침대에 일어나 앉아 가슴께에 팔짱을 꼈다. "내 앞에서 그렇게 비관적으로 굴지 마. 당신은 항상 그런 식이야."

"현실을 말해준 것뿐이야."

"나는 미래를 얘기하고 있어." 실라가 말했다. "다 괜찮아질 거야. 우리 항상 그래 왔잖아? 어떤 상황이든 함께 헤쳐 나왔잖아? 이번에도 방법이 있을 거야." 실라는 할 얘기가 있지만 망설이는 듯 잠시 시선을 돌렸다. 이윽고 그녀가 말했다. "나한테 방법이 있어."

"무슨 방법?"

"도움을 얻을 방법. 거친 사막을 무사히 건널 방법."

나는 어서 얘기해 보라는 뜻으로 양팔을 벌렸다.

"당신 말이야, 아무리 바쁘고 심각해도 그렇지 자기 문제에 몰두해서 알아차리지도 못하더라?"

"뭘 알아차리지 못해?" 내가 물었다.

실라는 고개를 저으며 웃었다. "켈리한테 학교에 입고 갈 새 옷을 사줬어."

"그래?"

"좋은 옷이야."

나는 실눈을 뜨며 말했다. "그래서 요점이 뭔데?"

"내가 돈을 좀 벌었다는 얘기지."

그건 나도 이미 알고 있었다. 실라는 〈하드웨어 디포〉 매장의 계산대에서 주당 20시간 아르바이트를 하고 있었다. 얼마 전 셀프 계산대가 설치되긴 했지만 사람들이 사용법에 익숙지 않은 탓에 아직 실라의 일자리는 건재했다. 덧붙여, 지난 초여름부터 실라는 옆집 조앤 뮬러의 회계 장부 정리를 거들어 주고 있었다. 조앤의 남편인 일리는 1년 전 뉴펀들랜드 해안의 석유 굴착기 폭발 사고로 목숨을 잃었는데 석유 회사가 조앤에게 지급해야 할 보상금을 차일피일 미루고 있는 탓에 그녀는 보상금이 나올 때까지 생계유지를 하느라 자택에서 어린이집을 운영하고 있었다. 매일 아침 네댓 명의 미취학 아동들 이 조앤의 집에 맡겨졌다. 실라가 아르바이트를 하는 날이면 켈리도 하고 후 조앤의 집에서 우리를 기다리고는 했다. 실라는 조앤이 누구로부터 얼마를 받았거나 받아야 하는지를 정확히 파악할 수 있도록 회계 장부를 체계화했 다. 조앤은 아이들을 무척 좋아했지만 숫자에는 무척 약한 편이었다.

"당신이 돈을 버는 건 나도 알아. 조앤의 어린이집과 하드웨어 디포. 가계 에 도움이 되고 있어." 내가 말했다.

"그거 두 개 다 합쳐봤자 햄버거 헬퍼(파스타와 소스가 들어있는 즉석조리식품) 살 값도 안 나와. 내가 말하는 건 그보다 많은 돈이야."

나는 눈썹을 치켜세우다가 걱정된 목소리로 물었다. "혹시 피오나한테 돈 을 받았어?" 피오나. 실라의 어머니였다. "그건 안 돼. 절대 안 돼."

실라는 모욕이라도 당한 듯 나를 쳐다봤다. "맙소사. 글렌, 내가 설마 ―."

"혹시나 해서 하는 소리야. 어머니한테 돈을 받느니 차라리 마약 밀매를 해."

아내는 눈을 깜빡거리다가 세차게 이불을 걷어내고는 침대에서 나와 화장 실로 성큼성큼 걸어 들어갔다. 그녀의 등 뒤로 굳게 문이 닫혔다.

"여보, 왜 그래?" 내가 말했다.

함께 부엌으로 내려갈 무렵 실라의 화는 풀어진 듯했다. 나는 아내에게 두 번 사과를 했고, 우리 가족을 살릴 돈을 벌 방법을 자세히 알려 달라고 그녀를 구슬렸다.

"그 얘기는 저녁에 하자." 실라가 말했다.

싱크대에는 간밤의 설거지가 남아 있었다. 커피잔 두 개와 나의 스카치 위스키 잔, 밑바닥에 진하고 붉은 잔여물이 남은 실라의 와인 잔. 나는 싱크대가 꽉 차면 와인 잔의 가느다란 부분이 꺾어질까 봐 잔을 조리대 위에 꺼내놓았다.

와인 잔을 보다 보니 문득 실라의 친구들이 떠올랐다.

"당신 오늘 앤하고 점심 먹기로 했어?" 내가 물었다.

"아니."

"만나기로 한 거 아니야?"

"이번 주에 만나기로 했어. 벨린다, 앤, 나, 이렇게 세 명. 아휴, 걔네들이랑 놀면 항상 집에 택시 타고 들어오게 돼. 술 때문에 일주일 동안 머리도 아프고. 앤은 오늘 보험 때문에 건강진단 받으러 간대."

"앤은 잘 지내?"

"잘 지내." 실라는 잠시 말을 멈췄다. "잘 지내는 편이야."

"잘 지내는 편이라고?"

"그게…… 남편하고 신경전 중인가 봐. 벨린다 부부도 그런 것 같고."

"무슨 일들이야?"

"잘 모르겠어." 실라가 말했다.

"당신 오늘 일정이 어떻게 돼? 아르바이트 안 하지? 내가 일하다가 잠깐 빠져나올 수 있을지 모르겠는데, 시간이 맞으면 점심 같이 먹을래? 근사한 거 먹으러 가자. 공원 옆에 핫도그 가판대 있던데, 어때?"

"저녁에는 수업 들으러 가야 돼. 처리할 일도 있고. 어쩌면 엄마를 만나러 갈지도 몰라." 실라는 나를 쏘아보며 덧붙였다. "돈 빌리러 가는 거 아니니까 걱정 마."

"그래, 알았어." 나는 더 이상 캐묻지 않기로 했다. 나중에 아내가 스스로 알려 주기를 기다리는 수밖에 없었다.

대화가 끝날 무렵 켈리가 부엌으로 들어왔다. "아침밥 뭐 먹어?"

"골라 보렴. 1번: 시리얼, 2번: 시리얼, 3번: 시리얼." 실라가 말했다.

켈리는 심사숙고하는 표정을 지었다. "1번: 시리얼." 아이는 대답하며 자리에 앉았다.

아침 식사는 온 가족이 둘러앉아 오순도순 밥을 먹는 저녁때와는 영 딴판이었다. 아니, 사실 내 현장 작업이 늦어질 때라든가 실라가 일을 하거나 수업을 받을 때면 저녁 식사도 별반 다를 게 없었다. 그래도 저녁 식사만큼은 어떻게든 함께 먹으려고 애썼지만 아침 식사는 그런 노력조차 없었다. 나는 선 채로 커피와 토스트를 먹으며 조리대에 펼쳐 놓은 〈레지스터〉의 페이지를 넘기며 헤드라인을 훑었다. 실라는 과일과 요구르트를 스푼으로 떠먹었고, 켈리는 치리오스가 눅눅해질까 봐 꾸역꾸역 입에 쑤셔 넣고 있었다.

치리오스를 먹던 켈리가 실라에게 물었다. "엄마는 왜 밤에 학교에 가? 어른이니까 안 가도 되잖아?"

"수료하면 아빠 일을 도울 수 있거든. 그러면 우리 집에 도움이 되고 너한테도 도움이 돼." 실라가 말했다.

"나한테 어떻게 도움이 되는데?" 켈리가 궁금하다는 듯 물었다.

내가 끼어들었다. "아빠 회사가 잘 되면 돈을 많이 벌 수 있잖아? 그러니까 너한테도 도움이 되지."

"그럼 내가 갖고 싶은 걸 더 살 수 있어?"

"아니, 꼭 그렇지는 않아."

켈리는 오렌지 주스를 벌컥벌컥 들이켰다. "나는 절대 밤에 학교 안 갈 거야. 여름학교도 싫어. 여름학교에 가느니 차라리 죽어버릴래."

"네 성적이 좋으면 여름학교 갈 일은 없겠지." 나는 살며시 경고하듯 말했다. 우리는 얼마 전 켈리의 담임선생으로부터 켈리가 숙제를 빼먹고 있다는 연락을 받았다.

켈리는 아무 대꾸 없이 다시 시리얼에 집중했다. 집을 나서기 전 현관에서 켈리는 실라를 껴안으며 학교 다녀오겠다고 인사를 했지만 나에게는 손만 흔들었다. 내가 켈리의 냉대에 신경 쓰는 걸 보고 실라가 말했다. "당신이 애한테 못되게 구니까 저러잖아."

오전 중에 나는 집에 전화를 걸었다.

"응, 여보." 실라가 전화를 받았다.

"나갔나 싶었는데 집에 있었구나."

"아직 안 나갔어. 무슨 일인데?"

"샐리의 아버지가……."

"응?"

"아까 샐리가 회사에서 집으로 전화를 걸었었는데 아버지가 전화를 안 받길래 보고 오겠다면서 나갔었어. 방금 샐리랑 통화했는데 아버지가 돌아가셨대."

"돌아가셨다고?"

"그래."

"저런……. 연세가 어떻게 되지?"

"일흔아홉일 거야. 오십 대에 샐리를 낳으셨지." 실라도 샐리 부모님의 일화는 알고 있었다. 샐리의 아버지는 스무 살 연하인 여자와 결혼하여 샐리를 낳았지만, 남편보다 부인이 먼저 세상을 떠났다. 사인은 동맥류. 10년 전의 일이었다.

"어떻게 돌아가셨어?"

"잘 모르겠어. 샐리 아버지가 당뇨병이 있었잖아? 심장도 안 좋았고. 심장 마비 아니었을까?"

"우리가 어떻게 도와주면 좋을까……?"

"내가 집에 들르겠다고 했더니 샐리가 당장 처리할 것들이 너무 많다면서 사양했어. 장례식은 이틀 뒤에 열린대. 당신이 브리지포트에서 돌아오면 함께 의논해 보자." 브리지포트는 실라가 회계 수업을 받는 지역이었다.

"샐리를 도와줘야 돼. 우리에게는 가족 같은 사람이잖아." 나는 전화기 너머로 고개를 젓는 실라의 모습을 떠올렸다. "여보, 나 지금 나가봐야겠어. 라자냐 만들어 놓을 테니까 저녁에 켈리랑 같이 먹어. 켈리는 하교하면 조앤네 집에 가 있을 거야. 그리고ㅡ."

"그래, 알았어. 여보, 고마워."

"고맙다니? 뭐가?"

"포기하지 않아 줘서. 상황이 이 모양인데도 늘 기운을 내 줘서."

"최선을 다해야지." 실라가 말했다.

"여보, 사랑해. 가끔 내가 당신 못살게 굴지만, 어쨌건 사랑해."

"이하동문."

밤 10시가 넘었다. 실라가 집에 돌아왔어야 할 시간은 이미 지나 있었다.

나는 10분 만에 두 번째로 아내의 핸드폰에 전화를 걸었다. 통화연결음이 여섯 번 울리자 음성사서함으로 넘어갔다. *안녕하세요. 실라입니다. 지금 통화 중이거나, 핸드폰을 놓고 왔거나, 운전 중에 사고 날까 봐 못 받았어요. 메시지 남겨주세요.* 삐ㅡ 하는 전자음이 이어졌다.

"여보, 다시 나야. 연락이 안 되니까 걱정되잖아. 전화해."

나는 무선 수화기를 거치대 위에 올려놓고 조리대에 기대어 팔짱을 꼈다. 실라가 약속한 대로 냉장고에는 켈리와 내가 먹을 라자냐 2인분이 비닐 랩으로 밀봉되어 있었다. 켈리를 데리고 집에 돌아온 나는 켈리가 먹을 라자냐를 전자레인지에 넣고 돌렸다. 라자냐를 다 먹은 켈리가 더 먹고 싶다고 말했지만 여분의 라자냐가 담긴 베이킹 팬을 찾을 수 없었다. 몇 시간이 지난 지금까지 조리대 위에 올려진 내 몫의 라자냐를 보자 이거라도 켈리에게 줄 걸 그랬나 하는 생각이 들었다. 배가 고프지 않았다.

마음이 심란했다. 일거리는 없어져 가고, 짓던 집은 화재로 불타버리고, 샐리의 아버지는 세상을 떠났다.

혹시 저녁 늦게 식욕이 돌아왔다 해도 실라가 귀가하지 않은 탓에 여전히 밥을 먹을 기분은 아니었을 것이다.

실라가 브리지포트 경영 전문대에서 듣는 수업은 1시간 30분 전에 끝났을 텐데, 그곳에서 집까지는 차로 30분이면 올 수 있는 거리였다. 예상 시간보다 1시간이 지나 있었다. 따져보면 그렇게 많이 늦은 것은 아니었다. 1시간쯤 늦을 이유는 얼마든지 있다.

예를 들어, 아내는 수업이 끝나고 누군가와 커피를 마시는 건지도 모른다. 전에도 몇 번 그런 적이 있었으니까. 아니면 유료 고속도로에서 차가 밀리고 있을지도. 타이어가 터져 갓길에 정차한 자동차 한 대만 있어도 교통 체증이 일어난다. 사고라도 났다면 다들 도로에서 꼼짝없이 멈춰 있겠지.

하지만 전화를 받지 않을 이유는 없었다. 실라가 수업이 끝난 뒤 깜빡하고 핸드폰을 안 켰던 적이 있긴 하지만 그렇다면 통화연결음 없이 바로 음성사서함으로 넘어가야 한다. 하지만 전화는 울리고 있었다. 핸드폰이 핸드백 깊숙이 들어가 있어서 벨소리를 듣지 못한 걸까?

문득, 나는 실라가 어머니를 만나러 다리엔에 갔다가 늦어지는 건 아닐까 하는 생각이 들었다. 어쩌면 브리지포트에서의 수업도 놓쳤을지 모른다. 내키지 않지만 나는 전화기를 들었다.

"여보세요?"

"피오나, 접니다. 글렌."

상대편 수화기의 뒤쪽에서 누군가 속삭였다. "누구야, 여보?" 피오나의 남편 마커스였다. 법적으로 마커스는 실라의 계부였지만 피오나가 재혼하기 한참 전에 실라와 나는 결혼하여 함께 살고 있었다.

"무슨 일이지?" 피오나가 말했다.

나는 피오나에게 실라가 아직 브리지포트에서 돌아오지 않았는데 혹시 그쪽에 들렀다가 늦게 출발한 것은 아닌지 물었다.

"실라는 오늘 여기 안 왔어. 온다는 얘기도 없었어. 전혀 없었는데?" 피오나가 말했다.

나는 얼른 납득이 가지 않았다. 실라가 어머니를 보러 갈지 모른다고 말했으므로 나는 당연히 미리 얘기를 해놓은 줄 알았다.

"무슨 문제 있나?" 피오나가 싸늘하게 물었다. 걱정한다기보다 의심하는 목소리였다. 마치 실라의 귀가가 늦어진 까닭이 나 때문이라고 책망하는 듯했다.

"없어요. 아무 일도 없습니다." 내가 말했다. "주무세요."

2층에서 계단을 내려오는 가벼운 발소리가 들렸다. 잠옷으로 갈아입지 않은 켈리가 부엌으로 들어왔다. 아이는 비닐 랩이 풀리지 않은 채 조리대에 놓인 라자냐를 보며 물었다. "저거 안 먹을 거야?"

"어허, 손대지 마." 실라가 돌아오면 먹고 싶어질지도 모른다. 나는 벽에 걸린 시계를 바라봤다. 10시 15분. "너 안 자고 뭐하니?"

"아빠가 자라고 말 안 했잖아." 켈리가 말했다.

"뭐 하고 있었어?"

"컴퓨터."

"그만 자라."

"숙제하고 있었어."

"아빠 얼굴 보면서 말해."

"진짜야. 처음에는 진짜 숙제했어." 변명하듯 켈리가 말했다. "숙제 끝내고 친구들하고 채팅했어." 켈리는 아랫입술을 삐죽 내밀더니 눈앞으로 내려온 금발 곱슬 머리카락을 후 하고 불어냈다. "엄마는 왜 안 와?"

"일이 늦게 끝나나 봐. 엄마 돌아오면 네 방에 가서 뽀뽀하라고 말해 줄게."

"잠자고 있으면 엄마가 뽀뽀해도 알 수 없잖아?"

"아침에 말해 줄게."

켈리는 의심스럽게 나를 쳐다봤다. "뽀뽀 안 해놓고 했다고 거짓말할 거지?"

"아이고, 들켜버렸네. 엄마랑 아빠의 속임수가 들통 나버렸어."

"칫, 됐어." 켈리는 몸을 돌리더니 발을 끌며 부엌을 나갔다. 아이는 타박타박 계단을 올라 자기 방으로 돌아갔다.

나는 다시 수화기를 들고 실라의 핸드폰으로 전화를 걸었다. 이번에도 음성사서함의 인사말이 흘러나왔다. "젠장." 녹음이 시작되기 전에 나는 통화 종료 버튼을 눌렀다.

나는 사무실로 사용하는 지하실로 내려갔다. 벽이 나무 패널로 뒤덮여 어둡고 답답한 지하실은 책상 위에 산더미처럼 쌓인 문서들로 인해 더욱 침울했다. 벌써 몇 년 전부터 나는 지하실을 리노베이션할 궁리를 하고 있었다. 일단 나무 패널을 희끄무레한 건식벽으로 바꾸기만 해도 덜 답답해 보일 것이다. 아예 집 뒤편으로 천창天窓과 많은 창문들이 달린 공간을 증축할 생각도 했었다. 하지만 남의 집을 짓거나 고치는 일을 하는 사람들이 정작 자기 집은 좀처럼 손대지 못하는 법이다.

나는 의자에 털썩 주저앉아 책상의 이런저런 서류들을 살폈다. 각종 납품 청구서, 더비에 지을 부엌의 설계도, 데번에 사는 남자가 의뢰한 빈티지 코르벳 두 대가 들어갈 독립형 차고에 관한 메모들.

그리고 밀퍼드 소방서의 잠정 보고서. 일주일 전, 우리가 셸터 코브 로드에서 짓던 아넷과 리앤 윌슨 부부의 집에서 발생한 화재에 관한 보고서였다. 나는 보고서를 (이미 100번쯤 본 것 같지만) 쭉 훑어 내려갔다.

맨 아래에 "화재는 배전함 근처에서 최초 발생한 것으로 보임."이라고 적혀 있었다.

윌슨 부부의 집은 침실이 세 개 있는 2층 건물이었다. 원래 부지에는 크레인의 철구鐵球로 철거하지 않더라도 강한 동풍 때문에 머지않아 날아가 버렸을 만한 2차 대전 직후 지어진 방갈로가 있었다. 화재가 발생한 것은 오후 1시 직전이었다. 골조와 외벽이 완성되었고 지붕도 올라간 상태였다. 배선 공사도 완료되었고 배관도 슬슬 마무리되고 있었다. 우리 회사의 주임인 덕 핀더와 나는 얼마 전 설치된 콘센트에 테이블 톱의 플러그를 꽂아 사용하고 있었다. 남부 사투리를 구사하는 중국 출신의 직원 켄 왕(켄의 부모는 그가 태어난 직후 베이징에서 켄터키로 이민을 왔는데, 켄이 남부 사투리를 유창하게 구사할 때마다 우리는 웃음보를 터뜨리곤 했다)과 최근 입사한 오타와 출신의 스튜어트 민든(몇 달째 스트랫퍼드에서 친척들과 살고 있다)은 2층에서 화장실 설비의 위치에 관해 의논 중이었다.

덕이 타는 냄새를 맡았다. 고개를 돌려보니 지하실 쪽에서 연기가 올라오고 있었다.

나는 2층의 켄과 스튜어트에게 빨리 내려오라고 소리쳤다. 둘은 카펫이 깔리지 않은 계단을 허둥지둥 뛰어내려와 덕과 함께 밖으로 나갔다.

곧이어 나는 매우 멍청한 짓을 저질렀다.

나는 트럭으로 뛰어가 운전석 뒤의 소화기를 집어들고 다시 집으로 들어갔다. 지하실 계단을 반쯤 내려가자 연기가 심해서 앞을 볼 수 없었다. 나는 2×4인치 각목으로 만든 임시 난간을 붙잡고 계단을 끝까지 내려갔다. 앞이 보이지 않았지만 소화기를 이리저리 분사하다 보면 불을 끌 수 있으리라고 생각했다.

어리석은 짓이었다.

금세 기침이 나오기 시작했고 눈이 따가웠다. 다시 계단을 올라가려 했지만 계단이 보이지 않았다. 나는 난간을 찾기 위해 손을 뻗어 사방으로 휘저었다.

그때, 나무 난간보다 부드러운 물체가 내 손에 와 닿았다. 사람의 팔이었다.

"야, 이 멍청한 자식아, 이쪽이야." 덕이 나를 붙잡고 으르렁거렸다. 그는 계단 밑으로 나를 끌어당겼다.

우리가 연거푸 기침을 하며 현관문을 나갈 때쯤 소방차가 길모퉁이를 돌아 다가오고 있었다. 몇 분 후 집은 온통 불바다가 되었다.

"실라한테는 내가 지하실로 내려갔다는 얘기 하지 마." 나는 여전히 헐떡 거리며 덕에게 당부했다. "실라가 알면 가만두지 않을 거야."

"당연히 그러겠지, 이 멍청아." 덕이 말했다.

불이 완전히 진화되자 남은 것은 집의 기초뿐이었다. 앞으로의 상황은 보 험 회사의 결정에 달렸다. 만약 보험금이 나오지 않는다면 다시 집을 짓는 데 들 수십만 달러는 전부 내가 부담해야 할 판이었다. 한밤중에 몇 시간 동 안 천장이나 쳐다보는 것도 당연했다.

지금껏 이런 참사는 겪어본 적이 없었다. 내가 생각하는 나의 유일한 가치 는 맡은 일을 제대로 완수하는 것이었다. 이번 화재로 프로젝트를 날려버리 자, 나는 겁에 질렸고 자신감마저 상실했다.

"살다 보면 이럴 때도 있는 거잖아." 덕이 말했다. "기운 차리고 계속 살 아야지, 어쩌겠어."

하지만 내 입장에서는 그런 냉철한 판단을 할 수 없었다. 트럭에 새겨진 회사 로고에는 덕이 아닌 나의 이름이 들어가 있었다.

뭐든 먹어야겠다는 생각이 들어서 나는 내 몫의 라자냐를 전자레인지에 돌 렸다. 그리고 식탁에 앉아 라자냐에 포크를 찔러넣었다. 안쪽이 여전히 차가 웠지만 다시 데우기는 귀찮았다. 실라의 라자냐는 무척 맛있었으므로 심란하 지만 않았더라면 차가운 라자냐라도 아주 기쁘게 먹어치웠을 것이다. 실라가 황갈색(실라는 "감색"이라고 말하지만) 베이킹 팬으로 라자냐를 만들 때면 늘 두세 번 먹을 분량이 나왔기 때문에 우리 가족은 이틀 내내 라자냐를 먹고 는 했다. 심지어 토요일 점심까지 라자냐를 먹을 때도 있었지만 싫지는 않았 다.

나는 반도 안 먹은 라자냐를 비닐 랩으로 싸서 냉장고에 집어넣고 켈리의

방으로 올라갔다. 켈리는 침대 스탠드를 켜놓은 채 이불을 덮고 〈윔피 키드〉
(Wimpy Kid)를 읽고 있었다.

"불 끄고 자라."

"엄마 왔어?" 켈리가 물었다.

"아니."

"엄마한테 할 얘기 있는데."

"무슨 얘기?"

"별거 아니야."

나는 고개를 끄덕였다. 켈리는 궁금한 게 생기면 보통 엄마에게 묻곤 했
다. 아직 여덟 살밖에 안 됐지만 켈리는 남자아이라든가, 사랑이라든가, 몇
년 후 자신의 몸에 일어날 변화 따위를 궁금해하곤 했다. 솔직히 내가 능숙
한 분야는 아니었다.

"아빠, 삐쳤어?" 켈리가 말했다.

"안 삐쳤어."

"엄마한테 말하는 게 편해서 그래. 하지만 난 엄마랑 아빠 둘 다 똑같이 사
랑해."

"그래, 다행이네."

"엄마가 안 와서 잠을 못 자겠어."

나도 마찬가지였다.

"베개 베고 누워 봐. 금방 졸음이 올 거야."

"잠이 안 와."

"한번 해 봐. 불 끄고."

켈리는 손을 뻗어 스탠드의 불을 껐다. 나는 켈리의 이마에 뽀뽀를 한 뒤
살며시 문을 닫고 방을 나갔다.

한 시간이 흐르는 사이 나는 지하 사무실과 부엌을 오가며 실라에게 여섯
번 더 전화를 걸었다. 현관을 지날 때는 집의 진입로를 확인했다.

11시가 막 지날 무렵 나는 부엌에 서서 실라의 친구 앤 슬로컴에게 전화를 걸었다. 누군가 수화기를 들어서 통화연결음이 멈췄지만 이내 딸깍 하고 끊겨 버렸다. 앤의 남편 대런일 것이다. 말없이 끊고도 남을 사람이었다. 하지만 따지고 보면 내가 너무 늦은 시간에 전화를 건 탓이었다.

이어서 나는 실라의 또 다른 친구 벨린다에게 전화를 걸었다. 실라와 벨린다는 몇 년 전 도서관에서 함께 일하다가 친해졌는데 각자 다른 일을 하게 된 지금도 가깝게 지내고 있었다. 현재 벨린다는 부동산 중개 일을 하고 있었지만 집을 사겠다는 사람보다 팔겠다는 사람이 훨씬 많은 요즘은 경기가 좋지 않았다. 벨린다는 업무 일정이 들쭉날쭉했지만 2주에 한번 꼴로 실라를 만나 점심을 먹었다. 가끔 앤과 함께 셋이 만나기도 했다.

벨린다의 남편 조지가 잠이 덜 깬 목소리로 전화를 받았다. "여보세요?"

"조지, 저 글렌 가버예요. 늦은 시간에 전화해서 미안해요."

"아니, 글렌, 지금 몇 신데……."

"늦은 거 나도 알아요. 벨린다 좀 바꿔 줘요."

손에 감싸인 수화기 너머로 말소리가 들리더니 곧 벨린다가 수화기를 받아 들었다. "글렌, 무슨 일이에요?"

"실라가 수업 들으러 갔다가 아직 안 돌아왔어요. 핸드폰으로 연락했는데 받지도 않고. 혹시 오늘 실라하고 연락한 적 있어요?"

"네? 그게 무슨 소리예요? 실라가 어쨌다고요?" 내 말을 듣자마자 벨린다는 겁에 질린 목소리로 물었다.

"실라한테 연락받은 적 있냐고요. 지금쯤이면 수업 끝나고 돌아올 시간인데……."

"아니, 없어요. 글렌, 마지막으로 실라랑 얘기한 게 언제예요?"

"오늘 아침이에요." 내가 말했다. "우리 사무실에서 일하는 샐리 알죠?"

"네, 알아요."

"샐리의 아버지가 오늘 돌아가셨어요. 그것 때문에 아침에 실라에게 전화했었어요."

"그 후에는 연락한 적이 없다는 거예요?" 벨린다의 목소리에는 왠지 날이 서 있었다. 따지는 말투는 아니었지만 왠지 날카로웠다.

"저기, 흥분하지 말아요, 벨린다. 그냥 당신이 들은 게 있나 싶어서 전화한 것뿐이에요."

"아니, 아니에요. 없어요." 벨린다가 말했다. "글렌, 실라가 들어오거든 곧바로 나한테 전화해 달라고 얘기해 줄래요? 걱정돼서 그래요. 무사히 들어 왔는지 알아야겠으니 꼭 부탁해요."

"네, 알았어요. 조지한테 깨워서 미안하다고 전해줘요."

"잊지 말고 나한테 전화하라고 해요."

"그럴게요."

나는 전화를 끊고 켈리의 방으로 올라가서 방문을 살짝 열었다. "자니?" 나는 문틈으로 머리를 빼꼼히 들이밀며 물었다.

어둠 속에서 명랑한 목소리가 들려왔다. "안 자."

"옷 입어라. 엄마 찾으러 밖에 나갈 건데 너 혼자 집에 둘 수는 없으니 까."

켈리는 침대 스탠드를 켰다. 이제 다 컸으니 혼자 집에 있어도 된다고 말 대꾸할 줄 알았지만 켈리는 그 대신 "무슨 일이 생겼어?"라고 물었다.

"모르겠어. 아마 별일 없을 거야. 친구랑 커피 마시느라 전화벨 소리를 못 들었나 봐. 그래도 혹시 타이어가 터져서 못 오는 걸까 봐 걱정이 돼. 그래서 엄마가 차를 몰고 오는 도로를 확인해 보려고."

"알았어." 켈리는 재빨리 대답하고 바닥에 발을 내려놓았다. 신나는 모험 이라도 떠난다고 여기는 모양인지 걱정하는 기색은 없었다. 켈리는 잠옷 위 에 청바지를 껴입으며 말했다. "2초만 기다려."

나는 아래로 내려가 코트를 꺼낸 뒤 잊지 않고 핸드폰을 챙겼다. 집에 전 화를 걸었는데 아무도 받지 않으면 실라는 내 핸드폰으로 연락할 것이다. 켈리는 트럭으로 폴짝 뛰어들어와 안전벨트를 맸다. "엄마 찾으면 혼낼 거야?"

나는 시동을 걸면서 켈리를 쳐다봤다. "그래. 외출 금지 시킬 거야."

켈리는 키득거리며 말했다. "잘도 그러겠다."

집의 진입로를 나와 도로를 내려가면서 나는 켈리에게 물었다. "오늘 엄마가 너한테 뭘 한다거나 어딜 간다거나 말한 적 없었니? 할머니네 집에 간다고 했다거나, 뭐 그런 얘기 들은 거 없어?"

켈리는 얼굴을 찌푸렸다. "없어. 하지만 약국에 갔을지도 몰라."

약국은 우리 집에서 길모퉁이만 돌면 나오는 거리에 있었다. "왜 엄마가 약국에 갔을 거라고 생각해?"

"어제 엄마가 전화로 얘기하는 거 들었거든. 돈을 지불하는 얘기를 했어."

"무슨 지불?"

"약 같은 거."

무슨 뜻인지 통 알 수가 없어서 나는 켈리의 말을 흘려넘겼다.

도로를 달린 지 5분쯤 지나자 켈리는 고개를 한쪽 어깨로 떨군 채 곯아떨어졌다. 나였다면 저 자세로 1분만 있어도 한 달 동안 목 근육이 굳어버릴 것이다.

나는 스쿨하우스 로드를 따라가다가 서부 95번 고속도로로 진입하는 램프를 올라갔다. 늦은 밤에는 95번이 브리지포트에서 밀퍼드까지 오는 최단 경로였으므로 실라는 아마도 이 길을 따라올 것이다. 나는 실라의 스바루가 갓길에 정차해 있을까 봐 동쪽으로 향하는 반대편 차선을 주시했다.

이런 방법으로 실라를 찾을 가능성은 희박했지만 집에 앉아 안절부절못하는 것보다는 뭐든 하는 편이 나았다.

나는 계속 반대편 차선을 훑었지만 갓길에는 실라의 자동차는커녕 아무런 차도 보이지 않았다.

스트랫퍼드를 지나 브리지포트로 접어들 무렵 반대편 차선 쪽에서 불빛이 보였다. 불빛은 고속도로가 아닌 진출램프 밑에서 반짝이고 있었다. 나는 방향을 돌려 반대편 차선으로 넘어갈 요량으로 고속도로의 출구가 나올 때까지 액셀을 밟았다.

켈리는 계속 잠들어 있었다.

나는 95번 고속도로를 나와 반대편으로 건너간 뒤 95번 도로의 반대쪽 차선으로 진입했다. 불빛이 반짝였던 진출램프가 가까워지자 경찰차가 보였다. 진출램프의 입구는 불이 반짝이는 경찰차로 막혀 있었다. 내가 속도를 줄이는 것을 본 경찰 한 명이 진출램프가 막혔으니 지나치라는 뜻으로 손짓을 했다. 이 지점에서는 램프 밑에서 무슨 일이 일어났는지 보이지 않았다. 하지만 잠이 든 켈리가 탄 트럭을 차들이 쏜살같이 달리는 고속도로 갓길에 세울 수는 없는 노릇이었다.

나는 다음 고속도로 출구에서 빠져나간 뒤 밑의 지방 도로를 따라 아까 진출램프의 출구까지 가기로 했다. 10분 정도의 시간이 소요되었다. 진출램프는 밑에서 차가 들어갈 수 없으므로 바리케이드가 처져 있지 않았다. 나는 램프 근처의 갓길에 트럭을 세웠고, 비로소 무슨 일이 일어났는지 볼 수 있었다.

사고였다. 처참한 사고였다. 두 대의 자동차가 형태도, 사고 내용도 알아보기 힘들 만큼 지독하게 짓이겨져 있었다. 나와 가까운 쪽에는 스테이션 왜건이, 먼 쪽에는 세단으로 보이는 차가 길옆으로 비껴져 있었다. 보아하니 세단이 왜건의 측면에 충돌한 듯했다.

실라의 스바루는 왜건이었다.

켈리는 아직 깊이 잠들어 있었다. 나는 켈리를 깨우지 않기 위해 트럭에서 내려 살며시 문을 닫고 진출램프로 걸어갔다. 현장에는 경찰차 세 대, 견인차 두 대, 소방차 한 대가 있었다.

가까이 다가가자 사고 차량들의 모습이 뚜렷해졌다. 몸이 떨려왔다. 나는 고개를 돌려 트럭 조수석 창문에 켈리의 모습이 보이는지 확인했다.

내가 미처 걸음을 옮기기 전에 경찰이 내 길을 막아섰다.

"선생님, 들어오시면 안 됩니다."

"저거 차종이 뭡니까?" 내가 물었다.

"선생님, 죄송하지만—."

"차종이 뭐냐고요? 저 왜건 말입니다. 바로 앞에 있는 저거요."

"스바루입니다." 경찰이 대답했다.

"번호판……."

"네?"

"번호판을 봐야겠습니다."

"저 차량 주인을 아십니까?" 경찰이 물었다.

"번호판을 보게 해줘요."

경찰은 길을 비키면서 왜건의 후방이 보이는 지점까지 나를 안내했다. 뚜
렷하게 번호판이 보였다.

익숙한 숫자와 문자의 조합.

"안 돼……." 온몸에서 힘이 빠져나갔다.

"선생님?"

"아내의 차예요."

"성함이 어떻게 되십니까?"

"글렌 가버. 이건 제 아내의 차예요. 차 번호가…… 아…… 안 돼……."

경찰이 내게 한 걸음 다가왔다.

"아내는 무사합니까?" 나는 마치 전류가 흐르는 저압선을 붙들고 있는 기
분이었다. "어느 병원으로 호송됐습니까? 어딘지 알아요? 알아봐 줘요. 가야
겠어요. 지금 당장."

"가버 씨—."

"밀퍼드 병원입니까? 아니지, 브리지포트 병원이 더 가깝지." 나는 트럭으

로 달려가려고 몸을 돌렸다.

"가버 씨, 부인은 병원으로 호송되지 않았습니다."

나는 걸음을 멈췄다. "네?"

"아직 차 안에 있습니다. 안타깝지만―."

"무슨 말이에요, 그게?"

나는 엉망이 된 스바루의 잔해를 바라보았다. 저 경찰이 착각한 것이 분명하다. 주변에 구급대원은 보이지 않았다. 근처의 소방대원들이 운전자를 구출할 때 쓰는 연장을 사용하고 있지도 않았다.

나는 경찰을 밀치고 사고 차량의 움푹 팬 운전석을 향해 달려갔다. 운전석의 문은 형체를 알아볼 수 없을 만큼 찌그러져 있었다.

"실라……." 나는 운전석을 향해 말했다. "여보……."

차창의 유리는 건포도만 한 크기로 산산조각이 나 있었다. 나는 실라의 어깨에서 유리조각을 쓸어내고, 피가 엉겨붙은 머리카락에서 유리조각을 떼어냈다. 나는 그녀의 이름을 되풀이해 불렀다.

"실라…… 제발…… 실라…….."

"가버 씨." 등 뒤에 서 있던 경찰이 내 어깨에 손을 올렸다. "가버 씨, 이쪽으로 오십시오."

"빨리 아내를 꺼내요." 휘발유 냄새가 콧속으로 흘러들어왔다. 액체가 똑똑 떨어지는 소리가 들렸다.

"곧 꺼내드릴 겁니다. 자, 이쪽으로 오세요."

"아내는 안 죽었어요. 어서―."

"선생님, 안타깝지만 부인은 사망했습니다. 심장이 뛰지 않아요."

"아니, 그럴 리 없어요." 나는 차 안으로 팔을 뻗어 아내의 머리를 감쌌다. 그녀의 고개가 한쪽으로 툭 기울었다.

받아들여야 했다.

경찰은 내 팔을 꼭 붙잡으며 말했다. "차에서 떨어지세요. 여기 계시면 위험합니다." 경찰이 잡아끌자 나는 순순히 그를 따라갔다. 차 여섯 대 정도가 들어갈 거리만큼 떨어진 곳에서 나는 걸음을 멈추고 허리를 숙여 양 무릎에 손을 올렸다.

"괜찮습니까?"

나는 포장도로를 내려다보며 말했다. "저 트럭에 제 딸이 있어요. 보입니까? 아이가 자고 있어요?"

"머리가 조금 보이는군요. 네, 자고 있는 것 같습니다."

나는 몇 차례 떨리는 숨을 쉬다가 몸을 일으켰고 열 번쯤 "안 돼⋯⋯."라고 중얼거렸다. 경찰은 자리에 선 채로 내가 대답할 상태가 될 때까지 끈기 있게 기다렸다.

"선생님, 부인의 성함이 실라 맞습니까? 실라 가버?"

"맞습니다."

"밤에 부인이 뭘 하고 계셨는지 아십니까? 어디로 운전하시는 중이었죠?"

"수업이 있었어요. 브리지포트 경영전문대에서. 아내는 제 회사 일을 도와주기 위해 회계 수업을 듣고 있었습니다. 이봐요, 이게 어떻게 된 겁니까? 무슨 일이에요? 어떻게 된 겁니까? 상대방 운전자가 누구예요? 무슨 짓을 한 거냐고요?"

경찰은 고개를 숙이며 말했다. "가버 씨, 아마도 음주 사고인 것 같습니다."

"뭐? 음주 운전?"

"네, 그런 것 같습니다."

충격과 슬픔 속으로 분노가 섞여 들어왔다. "어떤 새끼예요? 어떤 개새끼가 저 차를 몰았―."

"상대 차량에는 세 명이 타고 있었습니다. 뒷좌석에 타고 있던 소년 한 명은 생존했고 소년의 아버지와 동생은 사망했어요."

"맙소사, 술 먹은 상태에서 자식들을 태우고 운전을 하다니, 정신 나간 자식이—."

"그런 상황이 아닙니다, 선생님." 경찰이 말했다.

나는 경찰의 말뜻을 이해하지 못한 채 가만히 그를 응시했다. 하지만 곧 깨달았다. 아버지가 아니라 아들이 차를 몰았던 것이다.

"아들이 음주 운전을 했어요?"

"가버 씨, 잠깐만, 일단 진정하십시오. 진정하시고 제 말씀을 끝까지 들어보세요. 사고를 일으킨 사람은 가버 씨의 부인인 것 같습니다."

"네?"

"부인은 진출램프를 역방향으로 올라갔습니다. 램프 한복판에 차를 세웠어요. 전조등도 켜지 않고요. 그 상태로 잠이 든 것 같습니다."

"그게 무슨 소리예요?"

"상대 차량이 고속도로에서 진출램프로 들어왔습니다. 속도는 약 시속 60킬로미터 정도였던 것 같아요. 충돌하기 직전에 부인의 차를 보고 브레이크를 밟은 것 같습니다."

"하지만 그 자식이 술 먹고 운전을 한 거잖아요?"

"못 알아들으셨군요, 가버 씨. 실례되는 질문이지만 혹시 부인께서 평소에 술을 마시고 운전하는 습관이 있었습니까? 보통 이렇게 사고가 나려면 평소에도 종종—."

실라의 자동차가 폭발했다.

2

얼마 동안 이렇게 서서 실라의 옷장을 들여다봤는지 기억할 수 없었다. 2분? 5분? 10분?

2주 만에 그녀의 옷장 안을 들여다봤다. 나는 계속 피하고 있었다. 마지막으로 옷장 안을 뒤진 것은 실라의 사망 직후였다. 관 뚜껑을 닫아 시신이 보이지 않겠지만 실라에게 입힐 옷이 필요했다. 장례 담당자들은 실라를 꾸미기 위해 최선을 다했다. 깨진 유리조각이 산탄처럼 실라의 몸에 박혀 있었고, 차량의 폭발로 인한 불길이 차 안을 휩싸기 전에 소방대원들에게 진압되긴 했지만 장의사의 작업을 한층 어렵게 만들었다. 장례 담당자들은 실라의 시신을 이리저리 뜯어고치고 정돈하여 생전과 약간은 비슷하게 만들어냈다.

하지만 켈리가 장례식장에서 사랑하는 엄마와 그리 닮지 않은 시신을 보면서 무슨 생각을 할지가 걱정이었다. 게다가 조문객들이 시신을 보면서 얼굴이 좋아 보인다고, 장의사의 솜씨가 훌륭하다고 말하는 장면을 상상하니 견딜 수가 없었다. 그런 말을 들으면 실라의 처참했던 모습이 떠오를 뿐이었다.

나는 관 뚜껑을 닫자고 제안했다.

장례식 총책임자는 요청에 따르기로 했지만 그래도 실라에게 입힐 옷은 필요했다.

나는 짙은 파란색 정장 재킷과 거기에 맞는 스커트와 속옷, 신발을 골랐다. 꽤 많은 실라의 신발들 중에 적당한 높이의 끈 없는 하이힐을 선택했다. 처음에는 굽이 높은 하이힐을 집어들었지만 실라가 신을 때 불편해했음을 기억하고 다시 내려놓았다.

내가 큰 침실의 끄트머리를 조금 뚫어 이 벽장형 옷장을 만들었을 때 실라는 내게 말했다. "자, 우리 확실히 하자. 이 옷장은 전부 내 거야. 저기 작고 초라한 공중전화 부스 같은 거 보이지? 당신은 저걸 쓰도록 해. 내 영토는 절대로 침범하지 마."

"내 걱정은 그게 아니야." 내가 말했다. "비행기 격납고만 한 걸 지어줘도 당신은 순식간에 꽉꽉 채워넣을 거잖아? 당신 물건들은 공간에 맞춰서 팽창하니까. 실라, 도대체 웬 핸드백을 이렇게 많이 사?"

"그러는 당신도 성능이 똑같은 연장들을 여러 개 가지고 있으면서."

"그래, 알았어. 됐고, 이것만 약속해. 옷장의 용량을 초과하지 마. 나야 소형 냉장고를 옷장으로 써도 상관없지만, 공간이 부족해졌다고 내 옷장에 당신 물건 집어넣으면 안 돼."

대답 대신 실라는 양팔로 나를 감싸 안고 벽으로 밀어붙였다. "있잖아, 이만한 옷장에서 뭘 할 수 있을 것 같아?"

"어, 모르겠는데. 줄자로 길이를 한번 재 볼까?"

"자기야, 내가 재고 싶은 물건은 따로 있어."

지금 떠올릴 만한 일화는 아니다.

지금 나는 옷장을 들여다보며 이 수많은 물건들을 어떻게 처리할지 고민하고 있다. 이런 고민을 하기에는 아직 이를지도 모른다. 블라우스, 스웨터, 정장, 스커트, 신발, 핸드백, 편지와 기념물이 보관된 신발 상자들. 이 물건들에 배인 체취는 실라의 마지막 흔적이었다.

슬픔과 욕지기가 밀려왔다.

"빌어먹을……." 나는 숨죽여 중얼거렸다.

문득, 대학교 수업 시간에 배웠던 슬픔의 단계들이 생각났다. 타협, 부정, 수용, 분노, 우울. 정확한 순서는 기억나지 않는다. 스스로가 죽어감을 알고 나서 겪는 단계들인지, 아니면 친밀한 사람이 죽었을 때 겪는 과정인지도 기억나지 않는다. 지금도 마찬가지이지만 당시에는 그저 다 헛소리로 들렸다.

그러나 실라를 땅에 묻은 지금, 나는 분명 그중 한 단계를 통렬히 겪고 있었다.

분노.

내 마음은 말 그대로 폐허였다. 실라가 죽었다는 사실을 믿을 수 없었다. 아내를 잃고 나는 산산조각이 나버렸다. 평생의 유일한 사랑이 사라졌으니 당연하게도 나는 슬픔에 빠졌다. 혼자 있을 때면 근처에 켈리가 없음을 확인한 뒤 나는 한껏 무너져 내렸다. 충격과 공허와 우울이 마음속에 가득했다.

하지만 내 심정을 가장 정확히 표현하는 말은 바로 "분노"였다. 끓어오르는 분노. 여태껏 느껴보지 못했던, 희석되지 않은 순수한 노여움. 어디에도 풀 길이 없는 화.

'도대체 무슨 정신으로 이따위 짓을 저질렀어? 어떻게 나한테 이럴 수 있어? 어떻게 켈리에게 이럴 수 있냐고? 뭐가 씌웠길래 그런 어처구니없고 멍청한 짓을 저질렀어? 아니, 당신은 도대체 누구야? 영리하고 현명한 내 아내가 그런 짓을 할 리가 없잖아? 당신은 도대체 누구냐고?'

의문들이 머릿속을 헤집고 들어왔다. 깨어 있는 매 순간 나는 이런 물음들에 휩싸였다.

아내는 어째서 술에 취해 자동차를 모는 정신 나간 짓을 저질렀을까? 어째서 전혀 평소의 그녀답지 않은 행동을 한 걸까? 무슨 생각으로? 내가 모르는 새 귀신에 홀리기라도 한 건가? 그날 밤 술기운을 품고 운전석에 몸을 실을 때, 본인이 무슨 짓을 하는지 알고나 있었을까? 그러다 죽을 수 있다는 것을, 남의 생명마저 앗아갈 수 있음을 알기나 했을까?

혹시 고의였을까? 실라는 자살하려 했던 걸까? 남몰래 자살 충동을 느꼈을까?

나는 알아야 했다. 고통스러울 정도로 알고 싶었다. 그것 말고는 이 고통을 없앨 방법이 없었다.

오히려 실라를 동정해야 옳을지도 모른다. 그런 끔찍하고 어리석은 짓을 저지른 이유를 이해할 수 없지만, 실라는 결국 자신의 과오에 극한의 책임을 진 셈이니까.

하지만 나는 동정할 수 없었다. 그녀가 나와 딸에게 못할 짓을 저질렀다는 생각에 좌절과 분노를 느낄 뿐이었다.

"용서할 수 없어." 나는 실라의 물건들을 향해 속삭였다. "절대 용서할 수 —."

"아빠?"

나는 고개를 돌렸다.

침대 옆에는 청바지와 분홍 재킷, 운동화 차림의 켈리가 한쪽 어깨에 배낭을 메고 서 있었다. 뒷머리는 빨간색 머리끈으로 묶여 포니테일이 되어 있었다.

"나 준비됐어." 켈리가 말했다.

"응, 알았어."

"내가 부르는 소리 못 들었어? 백 번쯤 부른 것 같은데."

"미안."

켈리는 내 뒤의 옷장 안을 들여다보며 비난하듯 얼굴을 찌푸렸다. "뭐 하고 있어?"

"아무것도 안 해. 그냥 서 있어."

"설마 엄마 물건들을 버릴 생각이야?"

"아무 생각도 안 하고 있었어. 하지만 엄마 옷들을 어떻게 처분할지 조만간 결정해야 돼. 나중에 네가 자라도 이 옷들은 유행이 지나서 못 입을 거야."

"입고 싶지는 않아. 그냥 보관하고 싶어."

"그래, 알았어." 나는 부드럽게 말했다.

켈리는 내 대답이 만족스러운 듯했다. 아이는 잠시 서 있다가 내게 말했다. "이제 나가자."

"너 정말로 가고 싶어? 가도 괜찮겠어?" 내가 물었다.

켈리는 고개를 끄덕였다. "아빠랑 하루 종일 집에만 있고 싶지는 않아." 그리고 아랫입술을 깨물며 덧붙였다. "마음 상하지는 마."

"나도 내려가서 옷 입어야겠다."

나는 1층으로 내려가 현관의 옷장에서 재킷을 꺼내 입었다. 켈리가 뒤따라 내려왔다. "필요한 것들은 다 챙겼니?"

"응." 켈리가 말했다.

"잠옷은?"

"있어."

"칫솔?"

"그것도 있어."

"슬리퍼?"

"챙겼어."

"호피는?" 호피는 켈리가 침대에서 안고 자는 복슬복슬한 토끼 인형의 이름이었다.

"아빠, 다 챙겼다니까. 아빠야말로 외출할 때마다 물건 깜빡해서 엄마가 챙겨줬잖아? 그리고 나 전에도 친구 집에서 파자마 파티(아이들이나 청소년들이 한 집에 모여 함께 놀며 자는 짓)한 적 있어."

켈리 말이 맞았다. 하지만 바보 같은 음주 운전으로 엄마가 세상을 떠난 뒤, 오늘이 아이의 첫 번째 파자마 파티였다.

어찌 됐든 나가서 친구와 시간을 보내는 편이 켈리에게 좋을 것이다. 사실 지금은 켈리뿐 아니라 누구든 내 곁에서 떨어져 있는 게 낫다고 권하고 싶었다.

나는 애써 웃음을 지었다. "그래, 맞아. 네 엄마가 이거 챙겼어? 저거 챙겼어? 라고 물으면 나는 응, 그래, 당연하지, 내가 바보인 줄 알아? 라고 대꾸하곤 했어. 그런데 사실 엄마가 물어본 물건들의 절반은 잊어버리기 일쑤

여서 다시 몰래 방에 들어가서 가지고 나왔었지. 한번은 여행 가면서 여벌 속옷을 깜빡한 적도 있어. 바보같이.”

　나는 켈리가 함께 웃어주리라 기대했지만 실패였다. 지난 16일 동안 켈리의 입에 웃음이 번진 적이 거의 없었다. 함께 소파에 늘어져 TV를 보다가 우스운 장면이 나올 때면, 켈리는 웃음을 지으려다 곧 억눌러 버렸다. 마치 자신에게는 더 이상 웃을 권리가 없다는 듯, 이제 아무것도 재미있어선 안 된다는 듯. 행복한 기분이 드는 순간 켈리는 수치심을 느끼는 것 같았다.

　“핸드폰 챙겼어?” 트럭에서 나는 다시 켈리에게 물었다. 실라가 죽은 뒤 켈리가 언제든 내게 전화할 수 있도록 핸드폰을 사줬다. 핸드폰이 있으면 내가 켈리의 상태를 파악하기도 쉬웠다. 핸드폰을 구입할 때 여덟 살짜리 아이에게 전화기는 좀 사치스럽지 않은가도 싶었지만 생각해 보니 그렇지도 않았다. 코네티컷에는 핸드폰은 물론이고 정신과 주치의가 딸려 있는 여덟 살짜리들도 있었다. 게다가 이제 핸드폰은 단순한 전화기가 아니었다. 켈리의 핸드폰은 수많은 노래와 사진, 짧은 동영상들로 가득했다. 아마 내 핸드폰에도 그런 기능들이 있겠지만 나는 보통 통화를 하거나 작업 현장의 사진을 찍는 데에만 핸드폰을 사용했다.

　“핸드폰도 챙겼어.” 켈리는 나를 쳐다보지 않고 대답했다.

　“그냥 확인해 봤어.” 내가 말했다. “거기 있는 게 불편해서 집에 오고 싶거든 아무 때나 아빠한테 전화해. 새벽 세 시라도 상관없으니까 마음에 안 드는 일이 생기면 전화해. 아빠가 당장 달려가서—.”

　“나 전학 가고 싶어.” 간절한 눈빛으로 나를 바라보며 켈리가 말했다.

　“뭐?”

　“학교가 싫어. 다른 학교로 가고 싶어.”

　“왜?”

　“애들이 마음에 안 들어.”

　“좀 자세히 얘기해 봐.”

“다들 못됐어.”

“‘다들’이라니? 에밀리 슬로컴은 널 좋아하잖아? 너 오늘 에밀리 집에서 잘 거잖아?”

“딴 애들은 날 미워해.”

“구체적으로 말해 봐. 무슨 일이 있었어?”

켈리는 침을 꿀꺽 삼키고 고개를 떨궜다. “애들이 나더러…….”

“뭔데? 애들이 너더러 뭐래?”

“주정꾼. 미친 주정꾼이래. 엄마 때문에…… 자동차 사고 때문에…….”

“켈리야, 엄마는 주정꾼이—술에 취하지 않았어.”

“아니야, 술에 취했어. 그래서 죽었잖아? 그래서 남들도 죽였잖아? 다들 그렇게 말했단 말이야.”

나는 입을 굳게 다물었다. “다들” 그렇게 말하는 것이 당연했다. 다들 6시 주요 뉴스 정도는 봤을 테니까. *‘밀퍼드에서 가정주부의 음주 운전으로 인해 세 명이 사망했습니다.’*

“누가 그랬어? 누가 너한테 주정꾼이래?”

“됐어. 누군지 알면 아빠가 교장 선생님 찾아갈 거잖아? 그러면 애들이 끌려가서 조사를 받게 될 거야. 차라리 그냥 전학 가고 싶어. 엄마 때문에 죽은 학생이 없는 학교로.”

실라의 차에 부딪혀 죽은 두 사람은 서른아홉 살 코너 윌킨슨과 그의 열 살 난 아들 브랜든이었다.

잔혹한 사고만으로도 모자랐는지, 브랜든은 하필 켈리와 같은 학교 학생이 었다.

브랜든보다 여섯 살 위의 형 코리는 생존했다. 당시 코리는 뒷좌석에서 안 전벨트를 메고 있었다. 아버지가 “으악!” 하고 소리를 지르며 때늦은 브레이 크를 밟았을 때, 그는 앞유리 너머로 진출램프 한가운데 정차된 스바루를 보 았다. 코리는 충돌 직전 운전석에 잠들어 있는 실라를 보았다고 증언했다.

현장에 도착한 경찰들은 안전벨트를 소홀히 한 코너 윌킨슨의 상반신이 자동차 보닛 위로 널브러져 있는 것을 발견했다. 내가 도착했을 때 코너와 브랜든은 이미 호송되고 없었다. 브랜든은 안전벨트를 하고 있었지만 부상으로 인해 사망했다.

브랜든은 6학년이었다. 켈리보다 3학년 위였다.

나는 켈리의 학교생활이 힘들어질지 모른다는 불안감에 교장과 상담을 했다. 브랜든 윌킨슨은 인기가 많은 학생이었다. 성적도 좋았고, 축구 실력도 매우 뛰어났다. 나는 총애하는 학생을 죽음으로 몰고 간 여자의 딸이라는 이유로 켈리를 괴롭히는 애들이 있을까 봐 걱정되었다.

그리고 켈리가 학교로 돌아간 첫날, 학교에서 연락이 왔다. 그러나 예상과 달리 켈리는 피해자가 아니라 가해자였다. 같은 반 아이가 켈리에게 엄마의 시신이 차에서 꺼내지기 전에 보았느냐고, 목이 잘렸다거나 하는 엄청난 광경을 보았느냐고 물었고, 켈리는 그 아이의 발을 있는 힘껏 밟아 주었다. 어찌나 세게 밟았던지 아이는 발이 너무 아파 조퇴를 해야 했다.

"켈리는 아직 학교생활을 할 준비가 안 됐나 봅니다." 교장 선생이 내게 말했다. 나는 켈리에게 아이의 발을 어떻게 밟았는지 재현해 보라고 시켰다. 켈리는 아이의 정면으로 걸어가 무릎을 들어 올린 뒤 발뒤꿈치를 발등에 힘껏 박아넣는 시늉을 했다. "자업자득이야." 켈리가 말했다.

켈리는 다시는 그러지 않기로 약속하고 이튿날 학교로 돌아갔다. 그 후로는 아무 사건이 없었고, 나는 그대로 흘러가기만을 바랐다. 사실 지금까지 무사했다는 것이 신기했다.

"가만히 둘 수 없어." 트럭에서 내가 말했다. "월요일에 교장을 보러 가야겠다. 가서 너한테 그런 소리를 지껄이는 못된 놈들을 전부—."

"그냥 나 전학 보내주면 안 돼?"

나는 운전대를 꽉 붙잡았다. 트럭은 밀퍼드 그린을 지나 브로드 가를 따라 시내 중심지를 가로지르고 있었다. "알았어. 아빠가 한번 알아볼게. 주말 끝나고 다음 주 월요일에.”

“아빠는 만날 알아본다고 해놓고 약속 안 지키잖아.”

“아빠는 한다면 해. 그런데 너, 전학 가면 학교에서 동네 애들하고 못 만날 텐데 괜찮아?”

켈리는 ‘그게 전학 가는 목적이잖아!’ 라는 표정으로 나를 바라봤다.

“알았어. 그러려고 전학 가는 건 나도 알아. 하지만 당장은 좋을지 몰라도 6개월, 1년 후에는 어떨까? 동네에서 친구 하나 없이 외톨이가 되어 버릴 텐데?”

“미워 죽겠어.” 켈리가 숨을 죽여 말했다.

“누구 말이니? 널 주정꾼이라고 괴롭힌 애?”

“엄마.” 켈리가 말했다. “엄마가 미워.”

나는 침을 꿀꺽하고 삼켰다. 나 스스로가 분노를 삭이려고 발버둥 치는 마당에 켈리가 엄마에게 배신감을 느꼈다고 해서 놀랄 건 없었다. “그런 말 하지 마라. 진심도 아니면서.”

“진심이야. 엄마는 우리를 버렸어. 엄마가 바보 같은 교통사고를 낸 바람에 애들이 날 미워하잖아.”

나는 운전대를 강하게 움켜잡았다. 만약 운전대가 나무로 만들어졌다면 뚝 부러져 버렸을 것이다. “엄마는 널 정말 정말 사랑했어.”

“그런데 왜 그런 멍청한 짓을 해서 내 인생을 망쳐?” 켈리가 물었다.

“켈리, 엄마는 멍청하지 않아.”

“술 취해서 길 한복판에 주차했는데 멍청하지 않다고?”

더는 견딜 수 없었다.

“그만해!” 나는 주먹으로 운전대를 쾅 내리쳤다. “빌어먹을, 나도 모르니까 묻지 마! 네 엄마가 도대체 무슨 정신으로 그따위 짓을 했는지 나도 궁금해서 미칠 지경이다! 나는 안 힘든 줄 알아? 나 혼자 널 키우게 돼서 즐거운 줄 아냐고?”

"엄마가 멍청하지 않다고 말해서 그런 거야." 켈리의 입술이 파르르 떨렸다.

"좋아, 알았어. 네 엄마는 멍청한 짓을 했어. 그래, 이 세상에서 제일 멍청한 짓을 저질렀어, 됐지? 문제는 절대로 절대로 음주 운전 따위 하지 않을 네 엄마가 왜 그랬는지 나는 전혀 납득할 수 없다는 거야!" 나는 다시 운전대를 주먹으로 갈겼다.

하지만 솔직히 실라가 지금 내 말을 듣는다면 "절대로"는 아니지 않느냐며 반박했을 것이다.

여러 해 전, 우리가 아직 약혼도 하지 않았을 무렵, 실라와 나는 함께 파티에 간 적이 있었다. 파티에는 회사의 직원들이 부인이나 여자 친구와 함께 참석했었다. 나는 코가 비뚤어질 만큼 술을 마셨고, 운전은커녕 일어서지도 못하는 상태가 돼버렸다. 그래서 마찬가지로 술을 마셔서 음주 단속에 걸릴 위험은 있지만 나보다 멀쩡한 실라가 운전대를 잡았다.

하지만 그 일화를 이번 사고와 연결짓기는 곤란하다. 그때 우리는 어렸고 어리석었다. 지금의 실라였다면 절대로 그런 짓을 저지르지 않았을 것이다.

물론, 실제로 저질러 버렸다는 게 문제였다.

고개를 돌려보니 켈리의 눈에 눈물이 그렁그렁 맺혀 있었다.

"그럼 왜 그랬는데? 절대로 음주 운전 안 할 엄마가 왜 그런 건데?" 켈리가 물었다.

나는 트럭을 도로 가장자리로 붙여 세웠다. "이리 와."

"안전벨트 멨어."

"그거 풀고 어서 이리 와."

"됐어. 여기 있을래." 켈리는 차 문을 꼭 붙들며 말했다. 나는 어쩔 수 없이 팔을 뻗어 아이의 팔을 쓰다듬었다.

"미안해." 내가 말했다. "나도 정말 모르겠어. 아빠는 엄마와 오랫동안 같이 살았고, 누구보다도 네 엄마를 잘 알아. 아빠가 세상에서 제일 사랑하는 사람도 바로 네 엄마야. 물론 네가 태어난 뒤로는 너도 똑같이 사랑하지만. 그러니까, 아빠가 하고 싶은 말은, 네가 엄마의 행동을 이해할 수 없는 것처럼 아빠도 도저히 이해할 수 없다는 거야." 나는 딸의 뺨을 쓰다듬었다. "하지만 제발, 제발 엄마를 미워한다는 말은 하지 마." 아까 켈리의 말을 듣고 나는 내 분노가 딸에게 옮아간 게 아닐까 하는 생각에 죄책감을 느꼈다.

아내에게 분노를 느꼈지만 딸아이가 엄마에게 등을 돌리는 것은 원치 않았다.

"엄마 때문에 너무 화가 나." 옆 유리창 너머를 바라보며 켈리가 말했다.

"슬퍼해야 하는데 화가 나서 너무 속상해."

3

나는 다시 트럭을 몰고 도로로 나갔다. 조금 달리다 깜빡이를 켜고 방향을 틀어 하버사이드 드라이브로 내려갔다. "에밀리네 집이 어느 거였더라?"

에밀리의 집에는 예전에 몇 번 와 본 적이 있었다. 실라와 에밀리의 엄마인 앤 슬로컴은 6, 7년 전 유아 수영 교실에서 처음 만났는데, 각자의 딸들에게 수영복을 갈아입히느라 진땀을 빼가며 엄마가 된 고충을 서로 털어놓다가 친해지게 되었다. 두 사람은 그 후로도 연락을 하며 지냈고, 거리가 비슷한 동네에 살았기 때문에 딸들이 같은 학교에 동급생으로 다니게 되었다.

켈리가 에밀리의 집에 놀러 갈 때면 주로 실라가 차에 태우고 오갔던 탓에, 나는 슬로컴 부부의 집을 얼른 찾지 못했다.

"저거야." 켈리가 손가락으로 가리키며 말했다.

익숙한 집이었다. 예전에 저 집에 켈리를 내려준 기억이 났다. 60년대 중반에 지어진 1층짜리 건물. 관리만 잘했더라면 훌륭했을 것이다. 집의 처마는 축 처져 있었고, 지붕널은 수명을 거의 다했으며, 굴뚝 끄트머리의 벽돌들은 습기로 인해 부서져 있었다. 하지만 슬로컴 부부가 집수리에 소홀한 사람들이라고 말할 수는 없었다. 요즘은 악화된 경제 사정 때문에 다들 어쩔 수 없는 지경이 될 때까지, 심지어는 어쩔 수 없는 지경이 돼도 집의 손상을 방치해 두고는 했다. 지붕에서 물이 새면 새로 지붕널을 까는 것보다 양동이로 해결하는 편이 저렴했다.

앤 슬로컴의 남편인 대런은 경찰이었다. 애초에 월급이 그리 많지 않겠지만, 공무원들의 초과 근무 수당 악용이 철저히 규제되면서부터 그의 벌이는 더욱 시원치 않았다. 앤은 뉴헤이번 신문사 발행부에서 일하다가 16개월 전에 일자리를 잃었다. 다른 일거리를 찾기는 했지만 벌이는 그리 시원치 않았다.

그리고 1년 전쯤, 앤 슬로컴은 가짜 명품 핸드백을 진품에 비해 굉장한 헐값으로 판매하는, 소위 "핸드백 파티"라는 행사를 열기 시작했다. 얼마 전 앤은 실라에게 부탁하여 우리 집을 파티 장소로 쓴 적이 있었고, 파티는 터퍼웨어(또는 내 눈에 터퍼웨어로 보이는 것들의) 파티만큼이나 성황을 이루었다.

그날 밤 우리 집을 습격한 여자들은 스무 명이었다. 그중에는 회사 직원인 샐리와, 덕 핀더의 아내 벳시도 있었다. 심지어 놀랍게도, 실라의 모친 피오나까지 남편 마커스를 대동하고 등장했다. 나는 피오나 정도라면 진품 루이비통쯤 얼마든지 살 수 있을 텐데 왜 모조품을 사려는 것인지 궁금했지만, 알고 보니 친구의 행사에 참석자가 적을까 봐 걱정한 실라가 부디 와달라고 부탁했기 때문이었다. 하지만 결정적으로 피오나를 설득한 사람은 다름 아닌 마커스였다.

"사교성을 좀 가져봐. 물건은 사지 않아도 돼. 참석해서 당신 딸 체면만 좀 세워주라고." 마커스가 그렇게 말했다고 한다.

빈정거리고 싶지는 않지만, 나는 마커스가 피오나를 설득한 의도는 의붓딸의 행복과는 상관이 없다고 생각했다. 그는 여자들로 넘쳐날 것이 분명한 이 파티를 구경하고 싶었던 것이다.

그날 마커스와 피오나가 맨 먼저 우리 집에 도착했다. 마커스는 여자 손님들이 속속 들어오기 시작하자 현관에 서서 한명 한명에게 자기소개를 하며 인사를 건넸고, 가짜 상표를 단 가죽 제품에 군침 흘리는 그녀들에게 와인을 가져다주거나 앉을 자리를 마련해 주기도 했다. 마커스의 유별난 행동에 피오나는 당혹했고, 급기야 그를 따로 불러내어 "이상한 짓 좀 그만해요!"라며 다그쳤다.

핸드백 판매가 순조로운 흐름을 탈 무렵 마커스와 나는 행사장 뒤편으로 물러나 함께 맥주를 마셨다. 그는 변명조로 내게 말했다. "걱정하지 마. 난 아직 자네 장모를 끔찍이 사랑해. 그래도 여자들이 좋은 건 어쩔 수가 없군." 그는 웃으며 덧붙였다. "여자들도 나를 좋아하는 모양이야."

"그렇겠죠. 힘이 넘치시잖아요." 내가 대답했다.

앤은 그날 밤 꽤 재미를 보았다. 총수입은 2천 달러 정도(가짜 핸드백들도 가격이 수백 달러에 달하는 것이 있었다)였고, 실라는 장소를 제공해준 대가로 원하는 핸드백 하나를 공짜로 가지게 되었다.

슬로컴 부부는 집을 수리할 돈은 없었지만 핸드백을 팔고 경찰 일을 해서 번 돈으로 앤의 3년 된 BMW 세단과 대런의 번쩍이는 붉은 닷지 램 픽업트럭을 유지할 수는 있었다. 지금은 집 앞 진입로에 닷지 램밖에 보이지 않았다.

"너 말고 오늘 여기서 같이 파자마 파티하는 친구는 없니?" 나는 켈리에게 물었다.

"아니, 나밖에 없어."

나는 연석에 트럭을 멈췄다.

"괜찮겠어?" 내가 말했다.

"괜찮아."

"문 앞까지 아빠도 같이 갈게."

"아빠, 나 혼자 가도—."

"같이 가자."

켈리는 손에 쥔 배낭을 질질 끌며 마치 사형 선고를 받은 죄수처럼 나와 함께 집까지 걸어갔다.

대런의 닷지 램 뒷유리창 안에는 "중고 트럭 팝니다"라는 표시가 전화번호와 함께 붙어 있는 것이 보였다. "걱정 마. 아빠는 곧 사라져 줄 테니까 재미있게 놀아."

초인종을 누르려는 순간 진입로에 차가 들어오는 소리가 들렸다. 앤 슬로컴의 BMW였다. 그녀는 월그린 로고가 찍힌 봉투를 들고 차에서 내렸다.

"안녕!" 앤은 내가 아닌 켈리를 향해 외쳤다. "오늘 밤 먹을 간식 사왔어." 이어서 그녀는 나를 바라봤다. "안녕하세요, 글렌." 그녀의 짧은 인사말에는 애도하는 기색이 느껴졌다.

"앤."

현관문이 열리고 에밀리가 나타났다. 에밀리의 금발 머리카락은 켈리처럼 포니테일로 묶여 있었다. 아마도 창문으로 우리가 온 것을 본 모양이었다. 에밀리는 켈리를 보자마자 기쁨의 비명을 질렀고, 켈리는 나에게 설렁설렁 작별 인사를 던지며 친구와 함께 집 안으로 달려 들어갔다.

"눈물의 작별 인사는 기대도 안 했어요." 나는 앤에게 말했다.

앤은 웃음을 지으며 내 팔을 붙잡고 현관으로 걸어 들어갔다.

"오늘 밤 켈리를 맡아줘서 고맙습니다. 아이가 굉장히 들떠 있어요." 내가 말했다.

"천만에요."

30대 중반의 앤 슬로컴은 짧고 검은 머리카락에 몸집이 작았다. 그녀는 세련된 청바지와 푸른 새틴 티셔츠, 옷과 어울리는 팔찌를 착용하고 있었다. 매우 심플해 보이는 옷차림이었지만, 아마도 속도 변경이 가능하고 각종 부속품이 딸려 있는 마끼다(Makita) 회전 해머드릴 만큼 비쌀 것이다. 앤은 보기 좋게 팔근육이 붙어 있었고, 가슴은 작았지만 배는 군살 없이 매끈했다. 운동을 하는 몸매였지만 예전에 실라에게 듣기로 앤은 헬스장 등록을 취소했다고 했다. 아마도 집에서 운동을 하는 모양이었다. 앤의 행동 하나하나에서는 뭔지 모를 묘한 분위기가 풍겼다. 고개를 살짝 기울이며 상대를 바라보는 몸짓, 뒤돌아 걸어가는 그녀의 뒷모습을 당신이 바라보고 있음을 안다는 듯한 몸짓. 그것은 마치 향기와도 같았다. 그녀를 바라보던 남자들이 냉정함을 잃는 순간 어리석은 짓을 저지르도록 만들어 버릴.

하지만 나는 어리석지 않았다.

대런 슬로컴이 부엌에서 걸어 나왔다. 군살 없는 몸매의 대런은 앤보다 머리 하나만큼 키가 컸다. 나이는 앤과 비슷했지만 머리가 일찍 세어 있었다. 툭 불거져 나온 광대뼈와 움푹 들어간 눈 때문에 위협적인 그의 얼굴은 밀퍼드의 제한 속도를 위반한 운전자들을 멈춰 세울 때 유용할 것 같았다. 그는 내게 불쑥 손을 내밀었다. 악수를 하면서 자신의 우월함을 다지려는 듯, 그는 상대방이 아플 정도로 강하게 손을 쥐는 편이었다. 하지만 집을 짓는 게 직업인지라 나도 손아귀라면 누구 못지않았다. '그래, 이 개자식아.' 나는 대런의 손바닥에 내 손바닥을 있는 힘껏 밀착시키며 그의 악수에 대항했다.

"안녕하세요. 별일 없습니까?" 대런이 물었다.

"아니, 여보, 그런 바보 같은 질문이 어디 있어?" 앤이 말했다. 그녀는 사과하듯 주춤주춤 나를 바라봤다.

대런은 부인을 쏘아 보다가 내게 말했다. "미안합니다. 그냥 인사말이었어요."

나는 신경 쓰지 말라는 뜻으로 고개를 저어보였다. 하지만 앤의 훈계는 끝나지 않았다. "당신, 생각 좀 하고 말해."

'난리 나겠군.' 태풍의 눈 속에 착륙한 기분이었다. 나는 분위기를 누그러뜨릴 요량으로 말을 꺼냈다. "오늘 밤 여기서 노는 게 켈리에게 큰 도움이 될 거예요. 2주 동안 저하고만 있었거든요. 아시다시피 요즘 제가 상태가 안 좋아서……."

앤이 말했다. "에밀리가 밤에 친구를 데려와서 놀고 싶다고 어찌나 조르던지, 저희도 완전히 진이 빠졌지 뭐예요. 켈리가 와 줘서 저희도 큰 도움이 될 거예요."

아이들이 부엌에서 깔깔거리며 법석을 떠는 소리가 들렸다. 켈리가 소리쳤다. "피자 좋아!" 그 소리에 대런은 아이들이 떠드는 쪽으로 고개를 돌렸다.

"켈리는 저희가 잘 돌볼게요." 앤은 내게 그렇게 말한 뒤 남편을 돌아봤다. "그렇지, 여보?"

대런은 다시 우리 쪽으로 고개를 휙 돌렸다. "어?"

"우리가 켈리를 잘 돌볼 거라고."

"어, 그래, 물론이지." 대런이 말했다.

"대런, 트럭 팔려고 내놨어요?" 내가 물었다.

대런의 얼굴이 밝아졌다. "관심 있어요?"

"아니요, 지금은 트럭을 살 여유가—."

"당신이 산다면 아주 좋은 조건에 팔게요. 310마력 엔진에 짐칸 길이가 2.5미터예요. 당신한테는 안성맞춤인 물건이죠. 자, 예산이 얼마예요?"

나는 고개를 저었다. 새 트럭은 필요 없었다. 폐차된 실라의 스바루에 대한 보상조차 받지 못하는 형편이었다. 사고가 전적으로 실라의 책임이었기 때문에 보험 회사에서는 한 푼도 지급되지 않았다. "미안하지만 트럭은 됐어요. 켈리는 몇 시쯤 데리러 올까요?"

앤과 대런은 서로를 쳐다봤다. 앤이 손으로 현관문을 짚으며 말했다. "켈리더러 전화하라고 할게요. 애들이 노느라 일찍 잠들지 않으면 내일 늦게 일어날지 모르니까요."

옆집 조앤 뮬러는 내가 우리 집 진입로로 트럭을 몰고 들어오는 것을 자기 집 현관 창문 너머로 바라보고 있었다. 잠시 후, 그녀는 현관 계단으로 걸어 나왔다. 네 살쯤 된 남자아이가 조앤의 다리 뒤에 숨어서 나를 바라보고 있었다. 조앤의 아이는 아니었다. 그녀와 일리에게는 아이가 없었다. 조앤이 맡아 돌보는 꼬마들 중 하나일 것이다.

"글렌, 안녕하세요." 운전석에서 내리는 나를 향해 조앤이 외쳤다.

"안녕하세요." 나는 집으로 곧장 들어갈 자세를 취했다.

"요즘 어떻게 지내요?"

"그럭저럭 지내요." 그녀에게도 잘 지내냐고 인사를 하는 게 도리겠지만 지금은 대화를 피하고 싶었다.

"잠깐 시간 좀 있어요?"

상황은 나의 바람대로 흘러가 주지 않았다. 나는 잔디밭을 가로질러 조앤에게 다가갔다. 그리고 그녀와 함께 있는 아이를 내려다보며 웃었다.

"칼슨, 가버 아저씨 알지? 좋은 아저씨란다." 조앤이 말하자 아이는 잠시 그녀의 다리 뒤에 숨었다가 집 안으로 줄달음질쳤다. "쟤만 보내면 끝나요." 조앤이 말했다. "칼슨의 아빠가 곧 올 거예요. 다른 애들은 부모들이 다 데려갔거든요. 칼슨만 가면 주말은 저의 평온한 일상이 돌아오는 거랍니다!" 그녀는 불안하게 웃음을 지었다. "보통 금요일에는 부모들이 일을 일찍 끝내고 와서 애들을 데려가는데 칼슨의 아빠인 베인 씨는 안 그래요. 금요일이건 아니건 하루 종일 일을 하더라고요, 아휴."

조앤은 불안하고 장황하게 말을 늘어놓는 버릇이 있었고, 그래서 더욱 그녀와의 대화를 피하고 싶었다.

"좋아 보이네요." 내가 말했다. 빈말은 아니었다. 30대 초반의 조앤 뮬러는 아름다운 편이었다. 그녀의 갈색 머리카락은 포니테일로 묶여 있었고, 청바지와 티셔츠는 마치 제2의 피부처럼 보기 좋게 몸에 딱 맞았다. 하지만 그녀는 많이 여위어 있었다. 남편이 죽고 자택에서 무허가 어린이집을 운영하고부터 그녀의 체중은 10킬로그램쯤 줄어들었다. 원체 불안한 기운을 가지고 있는 여자가 네댓 명의 아이들을 쫓아다녀야 하는 상황이니 당연했다.

조앤은 얼굴을 붉히며 삐져나온 머리카락을 귀 뒤로 넘겼다. "그게요, 제가 끊임없이 몸을 움직이는 일을 해서 그래요. 애들을 겨우겨우 TV 앞에 모아두거나 장난감 가지고 놀게 만들어 놓아도 정신을 차려보면 한 놈이 여기저기 돌아다니고 있고 걔를 잡아오면 이번엔 다른 놈이 사라져 있고, 꼭 바구니 안에 든 새끼 고양이들 같다니까요. 안 그래요?"

나는 조앤과 50센티미터쯤 떨어져 있었는데 그녀의 숨결에서 술 냄새가 뚜렷하게 느껴졌다.

"내가 도와줄 일이라도 있어요?"

“저기요, 음, 부엌 수도꼭지에서 계속 물이 똑똑 떨어져요. 있잖아요, 아무 때나 한가할 때, 그러니까, 바쁘신 건 저도 잘 알지만—.”

“주말쯤 어때요?” 내가 말했다. “주말에 시간 봐서 해줄 게요.” 몇 년 전부터 나는, 특히 일거리가 별로 없는 기간이면, 회사와 관계없이 이웃들이 부탁하는 잔일을 맡아 하고는 했다. 한 달 동안 혼자 토요일과 일요일마다 작업을 해서 뮐러 부부의 지하실을 수리한 적도 있었다.

“어, 물론이에요, 저도 알아요. 휴일을 빼앗고 싶지 않아요, 글렌. 당연히 시간이 되면—.”

“네, 그럼 이만.” 나는 웃으면서 집으로 돌아가기 위해 몸을 돌렸다.

“저기, 켈리는 어떻게 지내요? 요즘에, 어, 그 일이 있고 난 후에 학교 끝나고 우리 집에 잘 안 와서요.” 나는 왠지 내가 집에 돌아가는 것을 조앤이 일부러 막고 있다는 느낌이 들었다.

“학교가 끝나면 제가 가서 데려와요. 켈리는 오늘 친구 집에서 놀다가 자고 올 거예요.” 내가 말했다.

“어, 그럼 오늘 밤은 집에 혼자 계시겠네요?” 조앤이 물었다.

나는 말없이 고개만 끄덕였다. 어쩌면 조앤은 내게 넌지시 신호를 보내고 있는지도 모른다. 남편이 세상을 떠난 지 오래됐으니 그럴 만도 했다. 하지만 나는 아내가 죽은 지 이제 겨우 16일째였다.

“저기요, 조앤—.”

“어머, 저것 좀 봐요.” 조앤은 짐짓 흥분한 듯 내 말을 끊으며, 진입로로 휙 들어오는 빛바랜 붉은 포드 익스플로러를 가리켰다. “칼슨의 아빠예요. 글렌, 같이 가서 인사해요. 칼슨! 아빠가 왔어!”

나는 저 남자를 만나고 싶은 생각이 전혀 없었지만 무시하고 도망칠 상황도 아니었다. 칼슨의 아빠라는 남자는 몸이 마르고 탄탄했다. 양복을 입어도 어울릴 법했지만 길고 헝클어진 머리카락을 보니 은행 같은 곳에서 일할 것 같지는 않았다. 그는 거드름이라도 피우듯 느릿느릿 이쪽으로 걸어 올라왔다. 딱히 기묘한 걸음걸이는 아니었다. 폭주족들(몇 년 전 우리 회사에서 한 두 명 아르바이트를 한 적이 있었다)에게서 흔히 볼 수 있는 분위기. 주말 소집을 받는 예비병이라 해도 어울릴 남자였다. 그는 마치 보란 듯이 나를 위아래로 훑어보았다.

현관문 뒤에서 스르륵 빠져나온 칼슨은 아빠에게 인사도 하지 않고 곧바로 그의 SUV로 향했다.

"칼, 인사해요. 글렌 가버 씨예요." 조앤이 말했다. "글렌, 이쪽은 칼 베인 씨."

흥미로웠다. 아들에게 "칼 주니어" 대신 "칼슨"(Carlson)이라는 이름을 붙이다니. 내가 악수를 청하자 그는 조앤에게서 내 쪽으로 시선을 돌리며 내 손을 붙잡았다. "만나서 반갑습니다."

"글렌은 건설 회사 사장이에요. 옆집에 살아요." 그녀는 우리 집을 가리키며 칼에게 말했다. "저기, 저 집이요."

칼 베인은 고개를 끄덕였다. "월요일에 봐요." 그는 조앤에게 인사하고 자신의 포드 익스플로러로 돌아갔다.

조앤은 차를 타고 떠나는 칼을 향해 지나치게 열심히 손을 흔들었다. 이윽고 그녀는 나를 돌아보며 말했다. "휴, 고마워요."

"뭐가요?"

"이웃에 당신이 살아서 안심이 돼요."

그녀는 이웃이라기에는 조금 다정한 눈빛으로 나를 쳐다보더니 집으로 들어갔다.

4

"어때?" 에밀리가 물었다.

"어떠냐니 뭐가?" 켈리가 되물었다.

"엄마가 없는 거. 어떤 기분이야?"

두 아이는 에밀리의 방바닥에 앉아 있었고 주변에는 옷들이 이리저리 널려 있었다. 켈리는 에밀리의 옷들을, 에밀리는 켈리가 입고 온 옷과 가방에 담은 여벌옷을 바꿔입어 보고 있었다. 켈리가 한 주 동안 윗옷을 바꿔 입어보지 않겠냐고 물었을 때, 에밀리는 불쑥 위와 같은 질문을 던졌다.

"별로 좋지는 않아." 켈리가 대답했다.

"엄마나 아빠 둘 중 한 명이 죽는다면, 나는 아빠가 죽는 쪽을 택할래." 에밀리가 말했다. "아빠를 사랑하지만 엄마보다는 아빠를 잃는 편이 나아. 아빠들은 아는 게 별로 없잖아. 너도 아빠가 대신 죽었다면 나았을 거라고 생각하니?"

"아니. 나는 아무도 죽지 않았으면 좋겠어."

"스파이 게임 할래?"

"그게 뭔데?"

"너 핸드폰 가지고 왔어?"

켈리는 주머니 속에서 핸드폰을 꺼냈다. 에밀리가 말했다. "좋아. 어떻게 하는 거냐면, 각자 집 어딘가에 숨는 거야. 그리고 상대방 몰래 핸드폰으로 상대방 사진을 찍는 거지."

켈리는 빙긋이 웃음을 지었다. 재미있을 것 같았다. "사진만 찍어? 동영상은?"

"동영상은 점수를 더 많이 주자."

"얼마나 많이?"

"사진은 1점, 동영상은 1초에 1점. 어때?"

"1초에 5점으로 하자." 켈리가 말했다. 둘은 잠시 실랑이를 벌이다가 결국 사진은 5점, 동영상은 1초당 10점으로 결정했다.

"그런데 둘이 동시에 숨으면 아무도 찾으러 나갈 수가 없잖아?" 켈리가 물었다.

에밀리가 미처 생각하지 못한 부분이었다. "좋아. 네가 먼저 숨어. 내가 찾을게."

켈리는 자리에서 일어났다. "500까지 세. 5, 10, 15, 20, 이렇게 세지 말고 하나, 둘, 셋 하고—."

"너무 길어. 100까지만 세자." 에밀리가 말했다.

"좋아. 대신 천천히 세." 켈리가 당부했다. "일이삼사, 가 아니고 하나, 둘, 셋—."

"알았어! 빨리 숨어!"

켈리는 한 손에 핸드폰을 꼭 쥐고 방을 뛰쳐나갔고, 어디에 숨을지 고민하며 복도를 달려 내려갔다. 화장실을 잠깐 살펴봤지만 마땅히 숨을 곳이 없었다. 자기 집 화장실이었다면 욕조에 숨어서 커튼을 닫을 수 있었지만 이 집에는 유리문이 달린 샤워실뿐이었다. 리넨용 벽장도 열어봤지만 선반들이 앞으로 튀어나와 있어서 들어갈 수가 없었다.

켈리는 방문 하나를 열었다. 안에는 자신의 엄마, 아빠가 사용했던 (지금은 아빠 혼자 사용하는) 것과 비슷한 크기의 침대가 있었다. 침대는 시트가 희끄무레했고 네 귀퉁이에는 높은 나무 기둥들이 세워져 있었다. 에밀리 엄마, 아빠의 침실인 듯했다. 방에는 별도의 화장실이 딸려 있었지만 가장 숨을 만한 공간인 샤워실은 역시 유리문이 달려 있었고 욕조는 커튼 없이 훤히

노출되어 있었다.

켈리는 방으로 걸어 들어가 안쪽의 옷장을 열었다. 옷장 안에는 옷들이 빽빽이 걸려 있었고 바닥에 신발과 핸드백들이 널려 있었다. 켈리는 옷장으로 들어가 셔츠와 정장들에 파묻혀 몸을 웅크렸다. 켈리는 옷장 문을 완전히 닫지 않았다. 에밀리가 방에 들어와 두리번거릴 때 영상을 찍을 수 있도록 5센티미터 정도의 틈을 남겨두었다. 에밀리가 옷장 문을 열면 "왁!" 하고 놀래켜 줘야지.

에밀리가 너무 놀라서 오줌 쌀까 봐 걱정이다.

핸드폰 버튼을 누르자 화면에 불이 들어왔다. 켈리는 카메라 앱을 켜고 비디오 아이콘을 눌렀다.

그때 켈리의 발에 뭔가 툭 하고 걸렸다. 핸드백인 것 같았다. 안에 든 물건이 찰그랑 하는 소리를 냈다. 켈리는 무릎을 꿇은 채 팔을 뻗어 핸드백에 손을 집어넣고 소리를 낸 물건을 꺼내 들었다.

밖에서 움직이는 소리가 들렸다. 옷장 문틈으로 방문이 열리는 것이 보였다.

켈리는 핸드백에서 꺼낸 물건을 바지 앞주머니에 쑤셔 넣었다. 다른 손에는 핸드폰이 들려 있었다.

방에 들어온 것은 에밀리가 아니었다. 에밀리의 엄마 앤 슬로컴이었다.

'앗, 이런……'

옷장 안에 숨어 있는 것이 들통 나면 혼날 거라고 생각한 켈리는 에밀리의 엄마가 침대를 돌아 모서리에 걸터앉는 것을 잠자코 지켜봤다. 에밀리의 엄마는 침대 옆 탁자에 놓인 전화기를 들고 번호를 눌렀다.

"여보세요." 수화기를 입에 바짝 붙인 채 앤 슬로컴이 말했다. "지금 통화 괜찮아요? 네, 혼자예요……그래요, 손목은 괜찮아졌어요?……자국이 사라질 때까지 긴소매 옷을 입어요……다음에는 언제 만나냐고요?……수요일 어때요? 시간 돼요? 그런데 말이죠, 다음에는 좀 더 받아야겠어요.……비용이

—잠깐만요, 다른 전화가 와서……나중에 다시 전화할게요—여보세요?"

에밀리의 엄마가 조그맣게 속삭였기 때문에 켈리는 대화를 절반도 알아듣지 못했다. 숨어 있는 게 들킬까 봐 겁이 난 켈리는 자리에 얼어붙은 채 숨을 죽이고 계속 통화를 엿들었다.

"왜 집……걸었어요?……핸드폰은 꺼놨어요……지금은 통화하기 곤란해요……애가 밤에 친구를 데려와서 놀고 있어요……네, 남편도 있어요……아니, 이봐요, 우리 그렇……하기로 했잖아요. 당……돈을 주면 내가 그 대가로……마……만약 다르게 거래하고 싶다면 한번 얘기해 봐요."

앤 슬로컴은 말을 멈추고 옷장으로 고개를 돌렸다.

켈리는 불현듯 소름이 끼쳤다. 옷장에 숨어 있는 것만으로도 에밀리의 엄마는 언짢아할 텐데, 이제 사적인 통화 내용까지 엿들었으니 불같이 화를 낼 것이다.

켈리는 군인처럼 팔을 양옆으로 바짝 붙였다. 그렇게 하면 마법처럼 몸이 얇아져서 눈에 띄지 않을 듯이. 에밀리의 엄마는 다시 전화 통화를 시작했다.

"좋아요. 어디서 할까요, 그럼?……좋아요, 알았어요. 허튼짓이나 하지 말아요……머리에 총알을 박고 싶지 않거든—뭐야?"

앤 슬로컴은 옷장의 틈새를 똑바로 노려봤다.

"잠깐만요, 저기 누가 있는 것 같아요—야, 너 거기서 뭐하는 거야?"

5

　나는 의자에 앉아 맥주를 마시며, 책상 위에 놓인 재작년 겨울의 실라와 켈리가 찍힌 액자 사진을 보고 있었다. 두 사람은 추운 날씨 속에서 옷을 두껍게 껴입고 있었다. 부츠에는 눈이 묻어 있었고 손에는 복장과 어울리는 분홍색 벙어리장갑이 끼여 있었다. 두 사람의 뒤로 각양각색의 크리스마스트리들이 보였는데 우리는 그중 맨 왼쪽 것을 들고 와 집 거실에 세워 놓았었다.

　"애들이 켈리를 주정꾼이라고 놀린대. 당신도 알아야 할 것 같아서." 나는 변명하는 실라를 상상하며 입을 다물라는 뜻으로 손을 사진 앞에 쳐들었다.

　"듣고 싶지 않아. 당신이 무슨 말을 지껄이든 듣고 싶지 않다고."

　나는 맥주를 쭉 들이켰다. 이것이 첫 번째 병이었다. 원하는 만큼 취하려면 몇 병은 더 마셔야 했다.

　켈리가 없는 집은 쓸쓸했다. 잠잘 시간이 되어도 잠들 수 없을 것 같았다. 요새 나는 두 시쯤 잠에서 깨어 거실로 내려가 TV를 켜곤 했다. 다시 2층으로 올라가 커다란 침대에 혼자 눕는 것이 두려웠다.

　전화가 울렸다. 나는 수화기를 낚아챘다. "여보세요."

　"어이, 글렌. 나야." 〈가버 종합건설〉의 부사령관 덕 핀더였다.

　"그래, 덕."

　"뭐 하고 있어?"

　"맥주 마시고 있었어. 켈리를 친구 집에 데려다 주고 방금 돌아왔거든. 켈리는 오늘 거기서 자고 올 거야. 사고 이후로 밤에 나 혼자 집에 있기는 처음이군."

"뭐야? 혼자 있다고?" 덕이 흥분된 목소리로 말했다. "뭐든 해야지. 금요일 밤이잖아. 나오지 그래? 같이 놀자고." 덕은 남편이 최후의 결전에서 사망한 지 일주일도 안 된 커스터 부인(Mrs. Custer 남북전쟁 당시 활약한 조지 암스트롱 커스터의 부인)에게조차 술집에 가서 맥주라도 마시면서 기분을 풀라고 할 녀석이었다.

나는 시계를 쳐다봤다. 9시가 막 지난 시간이었다. "아니, 됐어. 너무 피곤해."

"그러지 말고 나와. 술집 말고 우리 집에서 놀아도 돼. 나 지금 아무것도 안 하고 있거든. 벳시가 외출해서 나도 혼자야. 자, 빨리 트럭 타고 건너와. 오는 길에 영화라도 빌려와. 맥주도 좀 사오고."

"벳시는 어디 갔어?"

"내가 알게 뭐야. 고맙게도 나가 주신다는 데 굳이 물어볼 필요 있나?"

"오늘은 별로 놀 기분이 아니야, 덕. 어쨌건 고마워. 나는 마시던 맥주 마저 끝내고 한 병 더 마신 다음 TV 보다가 자야겠어."

나는 거의 매일 밤을 늑장을 부리며 늦게 잠들었다. 침대는 이제 내 인생이 완전히 달라졌음을 통감하게 만드는 장소였다.

"야, 언제까지 그렇게 풀이 죽어 있을 거야?"

"아직 3주도 안 지났어." 내가 말했다.

"아, 그렇구나. 아직 얼마 안 됐군. 기분 나빴으면 미안해. 내가 좀 둔감한 놈이잖아. 본의는 아니었어."

"괜찮아. 전화해 줘서 고마워. 그럼 월요일에 사무실에서—."

"잠깐, 잠깐만. 오늘 사무실에서 할 얘기가 있었는데 시간이 없어서 못 했어."

"뭔데?"

"아, 그래, 뭐냐면 말이지. 내가 진짜 이런 부탁하고 싶지는 않은데, 왜, 한 달 전쯤 내가 주급을 좀 가불 받았었잖아?"

나는 한숨을 쉬었다. "그래, 알아."

"그때 정말 고마웠어. 덕분에 고비를 넘겼어. 네가 내 목숨을 구한 거야."

나는 잠자코 기다렸다.

"아, 할 얘기라는 건, 혹시 한 번 더 부탁할 수 있을까? 은혜는 꼭 갚을게. 지금 돈이 좀 궁해. 거저 달라거나 빌려달라는 게 아니야. 가불 말이야."

"얼마나?"

"한 달 치 정도. 4주 치 말이야. 맹세하는데 정말 마지막으로 부탁하는 거야."

"무슨 빚을 졌는지 모르겠지만 가불 받아서 그거 갚으면 그다음 달은 뭐 먹고 살려고?"

"걱정 마. 그건 알아서 할 수 있어."

"나 좀 난처하게 하지 마, 덕." 목덜미가 바짝 땅겼다. 나는 덕을 매우 좋아했지만 지금은 그의 허튼짓에 장단을 맞춰줄 기분이 아니었다.

"야, 그러지 마. 그때 불이 난 지하실에서 꺼내준 게 누군데?"

"너였지." 요새 덕이 비장의 카드로 즐겨 쓰는 대사였다.

"진짜로, 진짜로 이번이 마지막이야. 이제 완전히 정리될 거라고."

"지난번에도 그렇게 말했잖아."

덕은 스스로가 한심하다는 듯 낄낄거렸다. "그래, 네 말이 맞아. 하지만 진짜로 해결해야 할 문제가 좀 있어서 그래. 이것만 풀리면 다시 행운이 찾아올 거야. 정말이라고."

"덕, 문제는 행운이 아니야. 현실을 좀 직시해."

"이봐, 나만 그런 게 아니잖아? 지금 온 나라가 빚더미에 올라앉았어. 월가마저 저 모양인데 우리라고 별수 있겠어? 내 말이 무슨 뜻인지 알ㅡ."

"기다려봐." 나는 덕의 말을 잘랐다. "다른 전화 좀 받고."

나는 전화기의 버튼을 눌렀다. "여보세요?"

"나 집에 갈래." 다급한 목소리로 켈리가 말했다. 아이는 말을 한다기보다 속삭이고 있었다. "아빠, 나 데리러 와. 빨리."

6

벨린다 모튼은 남편인 조지에게 오늘 밤 일 때문에 외출한다고 말했다.

"왜, 버몬트로 이사 온다던 부부 있잖아? 그 사람들한테 집을 좀 보여줘야 돼."

〈주디 판사〉(Judge Judy)를 시청 중이던 조지는 아내의 말에 반응하지 않았다. 벨린다는 밖에 나갈 때 남편에게 보고만 하면 그만이었다. 부동산 중개업은 어느 시간에 일하러 나가도 이상할 것이 없는 직업이었다. 하지만 만에하나, 남편이 물어볼지 몰라서 벨린다는 그가 즐겨 보는 쇼가 방영될 때까지 기다렸다. 조지는 〈주디 판사〉를 굉장히 좋아했다. 처음에 벨린다는 남편이 〈주디 판사〉에서 소개되는 다양한 분쟁들을 즐기는 줄 알았다. 임대료 체불, 자신을 버린 연인의 자동차를 긁어 흠집 낸 남자, 애인을 감방에서 꺼내려고 쏟아부은 보석금을 되돌려 받으려는 여자. 하지만 조지를 TV 앞에 못 박은 것은 다름 아닌 주디 판사라는 인물이었다. 그는 주디 판사에게 반해 있었다. 주디의 가차 없는 태도, 법정과 사람들을 지배하는 힘에 그는 푹 빠져 있었다.

만약 조지가 아내의 외출에 신경을 썼더라면, 최근 그녀가 업무차 밖에 나가는 일이 줄어들었음을 깨달았을 것이다. 지금 부동산 시장은 시궁창이었다. 매물을 사려는 사람이 아무도 없었다. 직장을 잃고 몇 개월 동안 새 일을 찾지 못해 집이라도 팔려는 사람들은 그야말로 절망에 빠졌다. 병원은 병실을 줄이고 간호사들을 정리해고했다. 교육 위원회는 교직원의 인원 감축을 고려하고 있었다. 각종 대리점들은 문을 닫았다. 심지어 경찰서도 예산 삭감 때문에 경찰들을 줄이는 판이었다. 하지만 벨린다는 설마 사람들이 집까지 포기하는 날이 오리라고는 생각하지 못했다. "은행이 손해를 보겠지. 우리는 상관없어. 나가면 돼." 짐을 싸서 집을 비워주고 떠나면 그만이었다. 하지만 도저히 처분될 기미가 보이지 않는 집들이 있었다. 플로리다에서는 분양 아파트 단지들이 텅 비어버리자 캐나다 바이어들이 와서 25만 달러짜리 휴양지를 단돈 3만 달러에 구입했다.

온 세상이 미쳐 돌아가고 있었다.

하지만 부동산 시장의 붕괴가 벨린다의 유일한 걱정거리는 아니었다.

집값은 떨어지고, 구매자는 나타나지 않고, 통장에 들어오는 수수료도 얼마 안 되는 상황에서 벨린다는 몇 주 전까지 밤새 뒤척이며 잠을 이루지 못했지만, 그때만 해도 그녀의 걱정거리는 앞으로 필요한 돈이었다. 집세와 아큐라의 할부금이 고민의 전부였다.

적어도 신변의 위협은 느끼지 않았다. 누군가 자신을 해칠까 봐 두려워하지는 않았다.

지금은 다르다.

벨린다는 어떻게든 3만 7천 달러를 구해야 한다. 게다가 그것은 당장 필요한 액수일 뿐, 최종적으로는 6만 2천 달러가 필요했다. 그녀는 신용 카드로 최대한도인 1만 달러의 현금 서비스를 받았고, 추가로 5천 달러를 대출받았다. 게다가 그녀 대신 친구들이 지불한 8천 달러도 갚아야 했다. 친구들이 트럭을 팔아 1만 5천에서 2만 달러를 더 보탤 수 있다면 좋을 것이다. 나중에 갚아야 하겠지만 "공급자"들에게 빚을 지는 것보다는 훨씬 나았다.

공급자들은 대금을 요구하고 있다. 그들은 벨린다의 친구들에게 그 점을 명확히 인식시켰다. 누가 일을 망쳤는가는 공급자들의 관심사가 아니었다.

책임 추궁을 당하는 쪽은 벨린다였다. "네 탓이잖아." 친구들은 벨린다에게 말했다. "그 사람들한테 허튼짓하면 안 돼. 그들이 우리한테 돈을 달라고 했어. 네가 우리한테 돈을 줘야 돼."

벨린다는 자기 탓이 아니라고 호소했다. "그건 사고였어. 우발적인 사고였단 말이야." 그녀는 주장했다.

하지만 친구들의 생각은 달랐다. 두 대의 자동차가 별 이유 없이 충돌했다면 그것은 우발적인 사고라고 할 여지가 있다. 하지만 한쪽 운전자가 바보짓을 해서 벌어진 사고라면 우발적이라고 단정할 수 없었다.

"자동차가 불타버린 마당에 나보고 어쩌란 말이야?" 벨린다는 친구들에게 말했다.

하지만 그녀의 변명 따위에는 아무도 귀 기울이지 않았다.

벨린다는 어떻게든 돈을 구해야 했다. 쌓아놓은 물건들을 한시라도 빨리 처분해야 하는 이유였다. 여러 곳에서 단돈 백 달러씩이라도 벌 수 있다면 도움이 된다. 저 자식들에게 물건을 반품할 수만 있어도 빚의 상당 부분이 청산될 텐데. 하지만 그들은 시어스가 아니었다. "반품 불가"의 원칙. 그들이 원하는 것은 오로지 돈이었다.

오늘 밤 벨린다는 몇 군데에 물건을 배달해야 했다. 더비에 사는 제2형 당뇨병 환자에게 아반디아를, 몇 블록 떨어진 곳에 사는 고객에게는 대머리 치료제 프로페시아를 가져다줘야 했다. 벨린다는 프로페시아를 조금 챙겨서 조지가 아침마다 먹는 시리얼 죽에 으깨 넣어볼까 생각했었다. 남편은 몇 년 전부터 탈모를 감추기 위해 머리카락을 빗어 올렸지만 도무지 감춰지지 않았다. 밀퍼드 시 반대쪽에는 비아그라를 구입하는 여자가 살고 있었다. 벨린다는 그녀가 정말로 밤일을 위해 비아그라를 갈아서 남편의 헤븐리 해시 아이스크림에 섞는지 궁금했다. 오렌지 카운티의 심장 질환을 앓는 남자에게는 전화를 걸어서 리시노프릴이 떨어졌는지 물어봐야 했다.

처음에 벨린다는 웹사이트를 만들 생각이었지만 입소문만으로도 이미 충분한 효과가 있었다. 수많은 사람들이 다양한 종류의 약을 필요로 했고, 다들 약값을 줄일 방법을 찾고 있었다. 의약 보험에 가입한 사람은 드물었고, 가입했다 해도 얼마나 유지할 수 있을지 몰랐다. 따라서 벨린다가 공급하는 물건에 수요는 많았다. 하지만 처방전 없이 구입 불가능한 벨린다의 의약품들은 어디서 제조됐는지조차 불분명했다. 중국의 어딘가에서, 어쩌면 앤 슬로컴이 팔고 다니는 가짜 펜디 가방들과 같은 공장에서 찍혀 나오는지도 몰랐다. 약의 가격은 가짜 핸드백처럼 진짜에 비해 굉장한 헐값이었다.

벨린다는 자신이 공공사업을 하고 있다고 자부했다. 사람들의 건강과 살림을 거드는 공공사업.

하지만 조지에게 이 부업에 관해 말할 자신은 없었다. 남편은 상표권과 저작권 준수에 있어서 조금도 융통성이 없었다. 5년 전, 벨린다가 맨해튼의 그라운드 제로(9.11테러가 일어난 세계무역센터 자리) 길모퉁이 좌판에서 가짜 케이트 스페이드 핸드백을 사려고 하자 조지는 노발대발 했었다.

그런 이유로 벨린다는 약을 집에 두지 않았다.

물건들은 토킨 부부의 집에 보관되어 있었다.

13개월 전, 버나드와 바바라 토킨 부부는 애리조나에 있는 바바라의 부모와 살기로 결정하고 집을 부동산에 내놓았다. GM이 새턴의 생산 라인을 없애는 바람에 버나드 토킨이 16년간 일했던 대리점이 문을 닫자, 그는 장인의 도요타 대리점에서 영업직으로 일하기로 결정했다.

토킨 부부의 집은 학교 운동장과 인접한 작은 2층 건물이었다. 옆집에는 끊임없이 짖어대는 개 세 마리와 함께 남자 하나가 살고 있었고, 반대편 옆집에는 하루 24시간 일주일에 일곱 번 블랙 사바스를 듣는 오토바이 수리공이 살고 있었다.

토킨 부부의 집은 도무지 팔릴 기미가 보이지 않았다. 벨린다는 부부에게 집값을 낮추라고 조언했지만 그들은 꿈쩍하지 않았다. 매입가보다 40퍼센트나 낮은 가격으로는 절대로 팔지 않을 셈이었다. 그들은 부동산 경기가 회복될 때까지 기다리기로 했다.

'잘도 팔리겠다.' 벨린다는 생각했다.

하지만 덕분에 벨린다에게 물건을 숨길 좋은 장소가 생겼다. 오늘 밤 그녀는 주문이 들어온 물건들을 챙기러 자기만의 "약국"으로 가고 있었다.

벨린다는 하이힐을 신은 채 조심스레 지하실 계단을 내려갔다. 지하실은 추웠다. 부엌과 연결된 문이 서서히 닫히자 주변이 점점 어두워졌다. 어둠으로 완전히 뒤덮이기 전, 벨린다는 팔을 뻗어 방 한가운데의 줄을 잡아당겨 갓이 씌워지지 않은 전구의 불을 켰다. 하지만 구석은 여전히 어둑했다.

이 지하실은 잠정적인 집 구매자들에게 내세울 만한 것이 못 되었다. 사방은 칙칙한 벽돌벽으로 둘러싸여 있었고, 천장에는 철근이 드러나 있었다. 그나마 바닥이 맨흙 대신 콘크리트여서 다행이었다. 이곳에 있는 물건은 세탁기, 건조기, 작업대, 그리고 보일러가 전부였다. 벨린다는 보일러 뒤편으로 향했다.

그녀는 고개를 숙여 난방 덕트 아래를 지나, 보일러와 벽 사이의 1미터 정도 되는 공간으로 비집고 들어갔다. 나무 들보가 올라간 벽돌벽 위쪽에는 약간의 공간이 있었다. 벨린다는 손을 위로 뻗어 안에 집어넣었다. 약들은 눈에 띄지 않게끔 그곳에 숨겨져 있었다. 지금 그곳에 놓인 15개의 용기들에는 가장 잘 팔리는 제품들이 들어있었다. 심장약, 위산 역류 치료제, 당뇨약, 발기 부전 치료제. 보일러 뒤쪽은 빛이 희미했기 때문에 벨린다는 용기들을 전부 꺼내 작업대 위에 올려놓고 필요한 것들을 골랐다.

그녀는 문득 자신이 떨고 있음을 깨달았다. 오늘 밤 이 물건들을 전부 팔아봤자 겨우 500달러 정도가 벌린다. 보다 나은 대책이 필요하다.

토킨 부부에게 집을 수리해야 한다고 말해 볼까? 애리조나에 있는 그들에게 이메일을 보내어 보수만 하면 집이 팔릴 것 같다고 말할까? 페인트를 좀 칠하고, 현관 포치의 썩은 나무판을 갈고, 청소업체를 불러다 구석구석의 쓰레기들을 치우자고 말할까?

2천 달러 정도면 다 해결된다고 설득한 뒤 그 돈을 챙기는 것이다. 그들이 뭘 어쩌겠어? 수리가 잘 됐는지 확인하러 비행기를 타고 밀퍼드까지 올 것도 아니잖아? 그럴 가능성은 매우 낮았다.

밀퍼드 밖에 사는 다른 고객 두 명에게도 집수리를 하자고 설득하자. 만약 필요하다면, 지금의 빚을 다 갚고 나서 어떻게든 집수리할 방법을 찾으면 돼. 집주인들이 밀퍼드로 온다는 소식이 들리면 작업을 서두르는 척하자. 공급자들에게 대금을 지불하지 못하는 이유를 설명하기보다는 집주인들에게 집수리가 되지 않은 이유를 설명하는 편이 훨씬 나았다.

벨린다는 첫 번째 용기를 등불 밑으로 들어 올려 라벨을 읽었다. 마법의 푸른 알약. 예전에 조지도 복용한 적이 한번 있었다. 그때는 물론 가짜가 아닌 진품이었다. 남편은 병원에서 정식으로 처방전을 받고 시험 삼아 비아그라를 복용했었다. 결과는 어마어마한 두통. 침대에서 벨린다를 깔고 엎드린 조지는 머리가 터지기 전에 타이레놀을 먹어야겠다고 투덜댔었다.

벨린다가 용기의 뚜껑을 여는데 머리 위에서 바닥이 삐걱거리는 소리가 들렸다.

그녀는 멈칫했다. 잠시 동안 소리가 들리지 않자 그녀는 잘못 들었겠거니 생각했다.

하지만 곧 다시 소리가 들렸다.

누군가 부엌을 걸어 다니고 있었다.

들어올 때 분명 현관문을 잠갔는데? 약사 업무를 하고 있는데 누가 들이닥치면 곤란해. 아니, 혹시 깜박하고 잠그지 않았나? 그렇다면 집 바깥의 "집 팝니다"라는 표지판과 근처에 세워놓은 벨린다의 아큐라 대시보드에 올려진 명함을 보고서 집을 구경하려고 누가 들어왔는지도 모른다.

"누구세요?" 벨린다는 머뭇거리며 외쳤다. "거기 누구 있어요?"

대답이 없었다.

벨린다는 다시 소리쳤다. "표지판 보고 왔어요? 집 보시게요?"

위에 있는 사람의 목적이 무단 점거든, 연인과 사랑을 나누는 것이든, 기물 파손이든 이제 그는 벨린다가 집에 있음을 알게 됐다. 판단력이 조금이라도 있는 작자라면 당장 집을 나가겠지.

하지만 현관문을 향해 허겁지겁 달려가는 소리는 들리지 않았다.

입이 바짝 말라붙은 벨린다는 침을 꿀꺽 삼켰다. 여기서 나가야 한다. 하지만 출구는 계단 위의 문뿐이었고 문밖은 곧바로 부엌이었다.

벨린다는 경찰에 전화를 걸기로 했다. 누군가 집에 무단 침입했으니 빨리 와 달라고 핸드폰으로―.

핸드폰은 핸드백 안에 있었다. 앤의 핸드백 파티에서 구입한 가짜 샤넬은 지금 위층 부엌 조리대에 올려져 있다.

계단 위의 문이 열렸다.

벨린다는 숨으려고 했지만 마땅히 숨을 곳이 없었다. 보일러 뒤에 숨어봤자 5초면 들켜버릴 것이다.

"이봐요, 이거 무단 침입이에요! 집을 보러 온 게 아니면 당장 나가요!" 벨린다가 말했다.

문 앞이 남자의 실루엣으로 가득 찼다. "당신이 벨린다야?"

벨린다는 고개를 끄덕였다. "마―맞아요. 부동산에서 나왔어요. 당신 누구예요?"

"집을 보러 온 건 아니야."

남자의 등 뒤로 비치는 부엌의 불빛 탓에 그의 얼굴은 잘 보이지 않았지만 키가 180센티미터는 족히 넘어 보였고, 마른 체구에 머리카락이 검고 짧았다. 그는 넥타이 없이 검은색 맞춤 정장과 흰 와이셔츠를 입고 있었다.

"뭘 원해요? 나한테 뭘 원해요?" 벨린다가 물었다.

"당신, 시간이 얼마 없어." 남자의 억양은 굴곡이 거의 없이 평탄했다.

"돈이군요." 벨린다는 속삭이듯 말했다. "돈 때문에 온 거군요."

남자는 아무 대꾸도 하지 않았다.

"지금 마련하고 있어요." 벨린다는 열의를 보이려고 호들갑스럽게 말했다.

"정말이에요, 정말. 제발 제 입장도 이해해 주세요. 사고였어요. 차가 불에 탔어요. 만약 봉투가 차 안에 있었다면—."

"그건 내가 알 바 아니야." 남자는 계단 하나를 내려왔다.

"저기요, 시간이 걸리는 이유를 말씀드린 거예요. 혹시 수표도 괜찮으시면," 벨린다는 긴장된 목소리로 웃었다. "제 명의로 수표를 써드릴 수 있어요. 당장은 힘들고 금액을 전부 드릴 수도 없지만—."

"이틀 주지." 남자가 말했다. "연락은 당신 친구들을 통해서 해."

남자는 몸을 돌려 계단을 올라가더니 부엌으로 사라졌다.

벨린다는 심장이 쿵쾅거렸다. 금방이라도 기절할 것 같았다. 그녀의 몸이 또다시 떨리기 시작했다.

눈물을 쏟아붓기 직전, 그녀는 방금 자신이 전에는 미처 생각지 못했던 점을 말했음을 깨달았다.

'만약 봉투가 차 안에 있었다면—.'

만약.

벨린다는 봉투가 당연히 차 안에 있을 거라고 생각했다. 다들 그렇게 생각했다. 하지만 지금, 그녀는 혹시 그렇지 않을지도 모른다는 생각이 들었다. 만에 하나라도, 봉투가 무사할 가능성은 없을까? 설령 차 안에 봉투가 있었어도 불에 타지 않았을 가능성은? 벨린다가 들은 바로 자동차가 완전히 타버리기 전에 불은 진압되었다. 관 뚜껑을 닫은 채 장례식을 했던 이유는 시신이 불에 탔기 때문이 아니라 어린 딸이 엄마의 모습을 보고 충격을 받을까 봐서였다.

어떻게든 확인해야 한다.

물어보기가 퍽 까다롭겠지만.

7

나는 5분 만에 슬로컴 부부의 집에 도착했다.

내 예상과 달리 켈리는 현관에서 기다리고 있지 않았다. 나는 초인종을 눌렀다. 10초가 지나도 아무도 나오지 않자 나는 다시 초인종을 눌렀다.

대런 슬로컴이 문을 열고 놀란 표정으로 나를 쳐다봤다. "글렌?" 무슨 일이냐고 묻듯이 그는 눈썹을 치켜세웠다.

"안녕하세요." 내가 말했다.

"무슨 일이에요?"

그는 내가 다시 찾아온 이유를 모르고 있었다. 내가 말했다. "켈리를 데리러 왔어요."

"켈리를 데려간다고요?"

"네. 켈리가 전화를 했어요. 데리고 와 줄래요?"

대런은 잠시 머뭇거렸다. "물론이죠, 글렌. 잠깐만 기다려요. 무슨 일인지 확인해 볼 테니까."

그가 왼쪽 부엌으로 들어가는 것을 보며 나는 허락도 없이 현관 안으로 발을 들여놓았다. 그리고 그 자리에 서서 주위를 둘러봤다. 오른쪽 거실에는 스크린이 큰 TV와 가죽 소파 두 개가 놓여 있었고, 커피 테이블 위에 대여섯 개의 리모컨들이 포복한 병사들처럼 늘어져 있었다.

누군가 다가오는 소리가 들렸다. 켈리가 아니라 앤이었다.

"웬일이에요?" 앤이 말했다. 그녀도 대런처럼 내가 돌아온 것을 보고 놀란 모양이었다. 뚜렷하지 않았지만 그녀의 표정은 왠지 곤란한 일이라도 생긴

듯이 보였다. 손에는 검은색 무선 전화기가 들려 있었다. "무슨 일 있어
요?"

"대런이 켈리를 데려올 거예요." 내가 말했다.

순간적으로 앤의 얼굴이 움찔한 것 같았다.

"무슨 문제 있어요?"

"켈리가 전화를 했어요. 데리러 와 달라면서." 내가 말했다.

"그래요? 저는 몰랐는데. 무슨 일인데요? 무슨 일인지 켈리가 얘기하던가
요?"

"데리러 오라고만 했어요." 켈리가 갑자기 파자마 파티를 취소한 이유를
꼭 집어 짐작하기는 힘들었다. 엄마가 죽은 지 얼마 안 됐는데 밖에서 노는
게 싫었을 수도 있고, 에밀리와 다퉜을 수도 있고, 피자를 과식하는 바람에
탈이 났을 수도 있다.

"전화기 써도 되냐고 묻지도 않고……." 앤이 말했다.

"애한테 핸드폰이 있어요." 나는 앤의 태도에 슬슬 짜증이 났다. 어서 켈
리를 데리고 떠나고 싶을 뿐이었다.

"어머, 그래요?" 앤은 잠시 딴생각을 하는 듯했다. "여덟 살짜리 애들한테
핸드폰이라니! 우리 어렸을 때랑은 참 달라요, 그렇죠?"

"네." 나는 동의했다.

"애들끼리 다툰 건 아니었음 좋겠는데. 왜, 애들이 좀 그렇잖아요. 절친한
친구였다가도 금세 철천지원수가ㅡ."

"켈리야!" 나는 집 안을 향해 소리쳤다. "아빠 왔어!"

앤은 소리 지르지 말라는 뜻으로 양손을 들어 올렸다. "금방 오겠죠, 뭐.
아마 에밀리 방에서 영화 보고 있을 거예요. 컴퓨터로 말이에요. 에밀리 방
에 TV를 못 갖다 놓게 했지만 사실 컴퓨터가 있는데 요새 누가 TV를 보겠어
요? 인터넷으로 TV 방송을 전부 다 볼 수 있잖아요. 그리고 애들은 아마 무
슨 소설 쓰기 같은 걸 하고 있을 거예요. 왜, 모험 소설 같은 거 있잖ㅡ."

"에밀리의 방이 어디예요?" 슬로컴 부부가 켈리를 데려올 때까지 기다리느니 직접 찾아보는 게 빠르겠다고 생각한 나는 부엌으로 향했다.

그 순간 켈리가 나타났다. 아이는 거실 쪽에서 걸어 나오고 있었고 그 뒤로 대런이 따라오고 있었다. 켈리가 일부러 대런보다 앞장서서 걷는 것 같았다.

"찾았어요." 대런이 말했다.

"안녕, 아빠." 켈리가 뿌루퉁하게 말했다.

재킷을 챙겨입고 한 손에 배낭을 든 켈리는 내 옆으로 다가와 꼭 붙어섰다. 배낭의 지퍼가 완전히 잠겨 있지 않아 호피의 한쪽 귀가 밖으로 튀어나와 있었다.

"괜찮니? 응?" 내가 물었다.

켈리는 고개를 끄덕였다.

"몸이 안 좋니?"

켈리는 잠시 머뭇거리다가 다시 끄덕였다. "집에 가고 싶어." 아이는 조르듯이 말했다.

"뭣 때문에 저러는지 모르겠네." 마치 켈리가 이 자리에 없는 듯이 대런이 내게 말했다. "물어봐도 대답을 안 해요."

켈리는 대런에게 눈길도 주지 않았다. 나는 고맙다는 말을 웅얼거린 뒤 켈리를 데리고 현관을 나섰다. 앤과 대런도 우리를 향해 인사말을 중얼거리고 문을 닫았다. 나는 밖에서 켈리를 멈춰 세우고 몸을 굽혀 아이의 재킷 지퍼를 잠갔다. 슬로컴 부부의 집 안에서는 언성이 높아지고 있었다.

나는 켈리에게 안전벨트를 채우고 트럭을 몰아 도로로 나섰다. "도대체 무슨 일이야?"

"기분이 안 좋아."

"왜? 배탈 났어?"

"기분이 이상해."

"피자 때문이야? 콜라를 너무 많이 마셨어?"

켈리는 어깨를 으쓱했다.

"무슨 일 있었어? 에밀리랑 무슨 일 있었니?"

"아니."

"아니라니? 아무 일도 없었다는 거야, 아니면 에밀리하고 아무 일도 없었다는 거야?"

"나 그냥 집에 가고 싶어."

"누가 너한테 뭐라고 하던? 엄마 때문에 뭐라고 해?"

"아니."

"아까 보니까 너 에밀리 아빠를 피하던데, 아저씨가 무슨 잘못이라도 했니?"

"몰라."

"모른다니, 무슨 소리야?" 또다시 목덜미가 땅겼다. 아까 나는 대런에게서 어딘가 꺼림칙한 느낌을 받았었다. 뭔지 몰라도 분명 심상치 않았다. "혹시…… 혹시 아저씨가 널 불편하게 했니?"

"아무 일 없었다니까." 켈리는 그렇게 대답했지만 나를 바라보지 않았다.

내 생각은 점점 불길한 방향으로 흘러갔다. 쉽지 않겠지만 어떻게든 켈리에게 물어보고 확인해야 했다.

"솔직히 말해. 무슨 일이 있었다면 아빠한테 얘기를 해야 돼."

"얘기 못 해."

나는 고개를 돌려 아이를 힐끔 쳐다봤다. 하지만 켈리는 여전히 정면만 바라보고 있었다. "얘기를 못 한다고?"

켈리는 대꾸하지 않았다.

"그러니까, 무슨 일이 있긴 있었는데 얘기를 못 한다는 거야?"

켈리는 입술을 꽉 다물었고, 나의 불안은 극에 달했다.

"얘기 안 하겠다고 억지로 약속한 거니?" 내가 물었다.

켈리는 잠자코 있다가 대답했다. "큰일 나기 싫어."

나는 불안을 감추기 위해 애쓰며 말했다. "큰일 나지 않아. 어른들은 말이야, 가끔 애들한테 뭔가를 얘기하지 말라고 억지로 약속을 시키는데, 그건 옳지 못해. 자기 잘못을 감추려고 그러는 거야. 너는 잘못한 게 없는데도 말이지. 남들한테 말하면 큰일 난다고 하지만 그건 거짓말이야."

켈리는 살며시 고개를 위아래로 끄덕였다.

"그러니까…… 아까 일어났다는 일 말인데……." 나는 머뭇거렸다. "에밀리도 있었니? 그 자리에 에밀리도 있었어?"

"아니."

"에밀리는 어디 있었어?"

"몰라. 에밀리는 나를 찾고 있었어."

"찾고 있었다고?"

"나는 숨어 있었어. 에밀리도 숨을 거였고."

"숨다니? 에밀리 아빠를 피해서 숨었니?"

"아니야." 켈리는 못 참겠다는 듯 쏘아붙였다. "숨바꼭질하고 있었어. 한 명이 집 안에 숨어 있으면 다른 한 명이 몰래 찾아내는 놀이."

"그랬구나." 나는 단서를 찾기 위해 말을 이었다. "그래서, 에밀리는 나중에 나타났니? 널 찾아냈어?"

켈리는 고개를 저었다.

트럭은 병원 근처에 다다랐다. 집에 가려면 여기서 차를 돌려 씨사이드(Sea side) 애비뉴(바다는 근처에 있기는커녕 보이지도 않았다)로 내려가야 했다. 하지만 집에 도착하면 가까스로 입을 연 켈리가 다시 입을 다물어 버릴까 봐 나는 방향을 돌리지 않고 브리지포트 애비뉴를 따라 하염없이 차를 몰았다. 내가 집 방향으로 가지 않는 걸 알아챘는지 못 알아챘는지, 켈리는 아무 말도 하지 않았다.

그래, 꾸물거리지 말자. 이제 딸에게는 나밖에 없어. 엄마에게 떠넘길 수 있다면 참 좋겠지만 이제는 이 아빠가 총대를 멜 수밖에.

"켈리야, 아빠가 너한테 물어보기 참 난감한 질문이 있는데……, 하지만 물어봐야겠다."

켈리는 내 눈을 바라보다가 고개를 돌렸다.

"슬로컴 씨가 무슨 짓을 했니? 너를 만졌어? 네가 싫어하는 행동을 했니? 만일 그랬다면, 그건 아저씨가 잘못한 거니까 아빠한테 얘기를 해." 있을 수 없는 일이다. 경찰씩이나 되는 남자가 그런 짓을 할 리가 없다. 하지만 만약에 혹시라도 내 딸을 건드렸다면 그 개자식이 FBI 국장이라 해도 내 손으로 뭉개버릴 것이다.

"안 만졌어." 켈리가 말했다.

"그래, 알았어." 나는 다른 시나리오들을 떠올렸다. "그럼 아저씨가 너한테 이상한 말을 했니? 이상한 걸 보여줬다거나?"

"아니야, 둘 다 아니야."

나는 길게 한숨을 내쉬었다. "그럼 도대체 뭐니? 아저씨가 뭘 어떻게 한 거야?"

"아저씨는 아무 짓도 안 했어." 켈리는 고개를 돌려 책망하듯이 나를 똑바로 바라봤다. "아저씨는 아니야."

"아니라고? 그럼 누구야?"

"에밀리 엄마."

8

"에밀리 엄마가 널 만졌다고?" 나는 영문을 몰라 당혹스러웠다. 이건 더욱더 터무니없는 일이었다.

"아니야, 만진 게 아니야." 켈리가 말했다. "아줌마가 나한테 화를 냈어."

"화를 냈다고? 너한테 왜 화를 내?"

"내가 아줌마 방에 들어갔으니까." 켈리는 다시 내 시선을 피했다.

"방에 들어갔다고? 에밀리 엄마, 아빠의 침실에 들어갔어?"

켈리는 고개를 끄덕였다. "에밀리랑 노느라고 그랬어."

"에밀리 부모님의 침실에서 놀았다고?"

"그냥 숨어 있었어. 옷장 안에. 나쁜 짓은 안 했어. 아줌마는 내가 숨어 있는 줄 모르고 방에서 전화 통화를 했어. 그래서 화가 난 거야."

나는 언짢았지만 한편으로 안심이 되었다. 어쨌건 최악의 시나리오는 넘어갔다. 함부로 앤과 대런 슬로컴의 침실에 숨은 것은 켈리의 잘못이었다. 만약에 거꾸로 에밀리가 내 침실 옷장에 숨었다면 나 역시도 화를 냈을 것이다.

"좋아. 정리를 좀 해 보자." 나는 조심스럽게 말을 꺼냈다. "네가 에밀리 엄마, 아빠의 침실에 숨어있는데 에밀리 엄마가 들어와서 전화 통화를 했다는 거지?"

켈리는 고개를 끄덕였다. "아줌마는 방에 들어와서 옷장 옆 침대에 앉더니 어딘가 전화를 걸었어. 아줌마가 날 볼까 봐 너무 무서웠어. 옷장 문이 조금 열려 있었거든. 하지만 문을 닫으면 들킬까 봐 가만히 있었어."

“그랬구나.” 내가 말했다.

“아줌마는 누군가와 통화를 하다가 도중에 다른 사람하고 통화를—.”

“아줌마가 전화를 끊고 다른 사람한테 전화를 걸었니?”

“아니야. 통화 중에 다른 전화가 걸려왔을 거야. 아줌마는 두 번째 통화를 하다가 내 숨소리를 들었는지 통화를 멈추고 옷장 문을 열었어. 그리고 나한테 엄청나게 화를 내면서 나오라고 했어.”

“친구 부모님 침실에 들어가면 안 돼. 게다가 옷장에는 사적인 물건들이 들어 있잖아?”

“아빠도 화났구나.”

“화 안 났어. 그냥 그렇다는 거야. 그래서 아줌마가 너한테 뭐라던?”

“통화하는 걸 들었냐고 물었어.”

트럭은 어느새 데번까지 와 있었다. 나는 노거턱에서 왼쪽으로 방향을 틀어 밀퍼드 포인트 로드를 타고 집 쪽으로 방향을 돌렸다. “방에 누가 숨어 있는 줄 알았다면 전화 통화를 안 했을 거라는 말인가?”

“응. 그랬겠지. 당연히 그랬을 거야.” 켈리가 중얼거렸다.

“뭐? 아줌마가 무슨 얘기를 했길래?” 내가 물었다.

켈리는 나를 쳐다보며 물었다. “말해 달라고? 엿들으면 안 되는 내용이었는데? 아빠한테 말하면 아빠도 엿듣는 거잖아?”

나는 고개를 저었다. “그래, 아줌마가 전화로 무슨 얘기를 했건 너나 내가 참견할 바는 아니야. 하지만 대략적인 내용이라도 말해주지 않겠니? 무슨 얘기였길래 아줌마가 그렇게 화를 낸 거야?”

“첫 번째 통화, 아니면 두 번째 통화?”

“둘 다.”

“아줌마는 첫 번째 사람한테는 화를 안 냈어. 두 번째 사람한테 화를 냈어.”

“화를 내? 상대방한테 화를 냈어?”

켈리는 고개를 끄덕였다.

"상대가 누구였는데?"

이번엔 고개를 저었다.

"아줌마가 뭐라고 말하던?"

"말할 수 없어." 켈리가 말했다. "말하면 안 된다고 했어."

나는 곰곰이 생각에 잠겼다. 켈리는 들어서는 안 되는 대화를 엿들었다. 앤 슬로컴이 전화로 무슨 얘기를 했든 내가 참견할 바도 아니었다. 하지만 상황을 철저히 파악할 필요가 있었다. 앤의 격렬한 반응이 타당했는지 아니면 도를 넘어선 것인지 알아야 했다.

"그래, 알았어. 아줌마가 전화로 한 얘기는 그렇다 치고, 너한테는 정확히 뭐라고 말했니?"

"언제부터 옷장에 숨어 있었냐고 물어봤어. 그리고 전화 통화하는 거 들었냐고 물어봤어. 나는 아니라고, 못 들었다고 대답했어. 사실은 조금 들었어. 아줌마는 내가 잘못했다고 혼냈고 통화 내용은 아무한테도 말해선 안 된다고 했어."

"아빠한테 말하지 말라는 거구나." 내가 말했다.

"아니야, 아무한테도. 에밀리한테도, 에밀리 아빠한테도 말하면 안 된다고 했어."

나는 의아했다. 아이가 엿들은 슬로컴 가족의 사생활을 남에게 얘기하지 말라고 하는 건 자연스러웠다. 하지만 보아하니 켈리가 엿들은 내용은 그보다 깊은 듯했다. "왜 안 되는지 아줌마가 말하던?"

켈리는 배낭을 만지작거렸다. "아니. 그냥 얘기하지 말라고만 했어. 얘기하면 나랑 에밀리랑 못 만나게 한댔어." 아이의 목소리가 떨렸다. "나 친구가 별로 없어. 에밀리까지 없어지는 건 싫어."

"절대 그런 일 없어." 나는 태연한 척했지만 앤 슬로컴의 무정한 태도에 분노를 느꼈다. 그게 엄마를 잃은 아이한테 할 소리인가? "그다음엔 어떻게 됐어?"

"아줌마가 나갔어."

"침실을 나갔어? 아줌마가 침실을 나갔어?" 켈리는 고개를 끄덕였다. "넌 안 나갔어?" 아이는 다시 고개를 끄덕였다. "잠깐만, 네가 침실에 숨은 바람에 아줌마가 화를 냈잖아. 그런데 넌 안 나가고 거기 있었다고? 왜 그랬니?"

"아줌마가 나가지 말라고 했단 말이야. 방에 꼼짝 말고 있으라고 했어. 나를 어떻게 하면 좋을지 생각해야 되지만, 일단 중간 휴식을 갖자고 말하더니 수화기를 들고 나갔어."

온몸이 찌릿찌릿했다. 그 여자는 도대체 무슨 생각으로 그런 짓을 한 건가?

"그때 내가 아빠한테 전화한 거야." 켈리가 말했다. "옷장 문이 열리기 전에 핸드폰을 주머니에 넣었거든. 그래서 아줌마는 나한테 핸드폰이 있는 줄 몰라."

"핸드폰은 왜 꺼내 들고 있었어?"

"에밀리가 옷장 문을 열면 왁! 하고 놀래키려고. 놀라는 모습을 동영상으로 찍을 생각이었거든."

나는 고개를 절레절레 흔들었다. "그래. 그러니까, 아줌마가 너더러 방에 가만히 있으라고 말하고 나갔고, 네가 나한테 전화를 걸었구나." 켈리는 고개를 끄덕였다. "잘했어. 아줌마가 나가면서 방문을 잠갔니?"

"몰라. 문에 자물쇠가 있는지 없는지 모르겠어. 아무튼, 아줌마가 나한테 가만히 있으라고 했고, 난 혼나기 싫어서 안 나가고 있었어. 하지만 전화하지 말라고는 안 했잖아? 그래서 아빠한테 전화를 걸었어. 그래도 들키면 혼날까 봐 소곤소곤 말했어. 아빠가 도착했을 때 에밀리 아빠가 큰 소리로 나를 불러서 침실에서 나온 거야."

"켈리야, 이건 아줌마가 잘못한 거야. 물론 옷장에 숨은 건 네 잘못이지만 아줌마가 그렇게까지 하면 안 돼. 내일 아빠가 아줌마랑 얘기해야겠다.”

“그러면 내가 아빠한테 말한 게 들통 나잖아. 그럼 에밀리랑 못 만난단 말이야.”

“그렇게 되지 않도록 아빠가 잘 얘기할게.”

켈리는 세차게 고개를 저었다. “아줌마가 화낼 거야.”

“화내면 어쩔 건데? 아줌마가 널 해칠 것도 아니잖아.”

“아빠를 해칠 거야.”

“뭐? 아줌마가? 아빠를 해친다고?”

“아빠 머리에 총알을 박을지도 몰라.” 켈리가 말했다. “아까 아줌마가 전화로 상대방한테 그런 말을 했어.”

9

글렌 가버가 딸을 데리고 나가자마자 대런 슬로컴은 앤에게 물었다. "이게 뭐야? 도대체 무슨 일이야?"

"나도 몰라. 애가 아프다고 집에 갔네. 어쩌겠어? 어린애잖아. 패스트푸드를 너무 많이 먹었든지 갑자기 엄마가 보고 싶어서 그랬겠지. 모르겠네." 앤이 몸을 돌려 떠나려고 하자 대런은 그녀의 팔꿈치를 붙들었다.

"이거 놔." 앤이 말했다.

"애가 왜 우리 방에 있었어? 찾아보니까 침실에 있던데? 거기서 뭐하냐고 물었더니 당신이 거기 있으라고 시켰다면서? 남의 집 애가 침실을 어슬렁거리게 놔두다니, 무슨 일이야?"

"에밀리랑 숨바꼭질하고 있었대." 앤이 설명했다. "내가 켈리한테 침실에 숨어도 된다고 했어."

"숨바꼭질을 왜 우리 침실에서 해? 거긴 애들이 함부로 출입하면 안—."

"알았어, 알았다고! 맙소사, 이런 일로 난리법석을 떨어야 돼? 나 요즘 머리가 쪼개질 지경이란 거 당신도 잘 알잖아!"

"뭐라고? 야, 그게 너 혼자만의 문제야? 그 작자들이 너한테만 책임을 물을 것 같냐고! 똑바로 알아 둬. 네가 놈들한테 끌려간다면 나도 같이 끌려가게 될 거야!"

"그래, 나도 알아. 내 요점은, 그렇지 않아도 난장판인데 애들이 침실에서 숨바꼭질을 한 거 가지고 바보처럼 싸우고 싶지 않다는 거야."

"이 밤에 에밀리의 친구를 초대한 것부터가 바보짓이었어." 대런은 앤을 책망했다.

앤은 격분한 얼굴로 대런을 쳐다봤다. "그럼 어떻게 해? 일이 해결될 때까지 생활을 포기할까? 나보고 뭘 어쩌라는 거야? 상황이 안정될 때까지 에밀리를 우리 언니한테라도 보내?"

"피자값은 얼마나 냈어?" 대런은 양팔을 허공에 휘저으며 말했다. "돈이 넘쳐 나냐? 여기저기 막 뿌리고 다니게?"

"아하, 그렇구나? 피자 값 20달러만 아꼈으면 상황이 달라졌겠구나? '이봐요들, 일단 20달러 줄 테니 시간 여유를 조금만 더 줘요. 네?' 하고 빌어볼 걸 그랬지?"

대런은 화를 내며 등을 돌렸다가 다시 아내를 향해 획 돌아섰다.

"당신, 아까 전화기 썼어?"

"뭐라고?"

"부엌 전화기에 불이 들어와 있던데? 당신이 침실에서 전화기 쓰고 있었지?"

앤은 눈을 굴리며 대답했다. "여보, 도대체 왜 이래?"

"대답이나 해. 당신이 전화기 썼어?"

"켈리가 아빠한테 전화를 걸었어. 아까 왔다 간 그 아저씨한테 말이야. 됐어?"

그 말에 대런은 잠시 동안 입을 다물었다. 대런의 질문을 받는 내내 앤은 생각하고 있었다. '어떡하지? 지금쯤 출발해야 하는데.' 하지만 구실이 필요했다. 그럴듯한 구실.

전화벨이 울렸다.

거실에 놓여 있는 무선 전화기였다. 대런보다 전화기와 가까웠던 앤이 수화기를 낚아챘다. "여보세요?"

전화기 너머로 여자가 날카롭게 소리쳤다. "그 남자가 찾아왔어!"

"여보세요? 벨린다?"

“시간이 얼마 없댔어! 난 지하실에 있었어. 약을 챙기고 있었는데, 그런데
—.”

“벨린다, 진정하고 소리 좀 그만 질러. 귀 아파. 누가 널 찾아왔다고?”
대런이 물었다. “뭐야? 무슨 일이야?” 앤은 손을 들어 대런의 말을 막았
다.

“그 남자.” 벨린다가 말했다. “너와 거래하는 그 남자가 왔어. 앤, 나 아
까 정말…… 그 사람이 무슨 짓을 할까 봐 너무…… 앤, 우리 얘기 좀 하자.
빨리 돈을 구해야 돼. 그 남자한테 줄 3만 7천 달러를 빨리 구해야 돼. 제발
너도 보태 줘. 우리 엄마 무덤에 걸고 맹세하는데, 내가 나중에 다 갚을게.”

앤은 눈을 감고 생각에 잠겼다. 아까의 첫 번째 통화 상대로부터 좀 더 도
움을 얻어 볼까? ‘이번이 마지막이에요. 정말이에요. 이번만 도와주면 다시
는 아무것도 요구하지 않을게요.’ 라고 말해볼까?

시도해 볼 만하다.

“그래, 알았어.” 앤이 벨린다에게 말했다. “어떻게 하면 좋을지 생각해 보
자.”

“앤, 우리 지금 만나. 같이 얘기 좀 해.”

그래, 대환영이다. “알았어. 지금 바로 나갈게. 내가 곧 핸드폰으로 연락
할게. 장소는 그때 정하자.”

“알았어.” 벨린다는 훌쩍였다. “이렇게 될 줄 알았다면 나 절대로 이런 일
에 발을 들여놓지 않—.”

“벨린다.” 앤이 날카롭게 말을 가로막았다. “기다려. 금방 갈 테니까.” 그
녀는 전화를 끊고 대런에게 말했다. “그 남자가 벨린다를 협박했대.”

“하, 경사 났군.”

“나 좀 나갔다 올게.”

“어딜 가?”

“벨린다가 만나서 얘기하재.”

대런은 손가락을 머리카락 속에 넣고 쓸어대다가 잡아당겼다. 뭐라도 때려 부술 기세였다. "우린 완전히 망했어. 너도 알지? 네가 벨린다를 끌어들인 탓이야. 그 바보 년을 끌어들인 건 내가 아니라 당신이라고."

"나 지금 나가야 돼." 앤은 대런을 휙 지나쳐 재킷과 자동차 열쇠, 그리고 현관 옆 의자에 놓인 핸드백을 집어들고 집을 나섰다.

대런이 몸을 돌리자 거실 반대편에 머뭇거리며 서 있는 에밀리가 보였다.

"왜 모두 싸우기만 해?" 에밀리가 물었다.

"가서 자라." 대런은 낮은 천둥소리처럼 으르렁거리며 딸에게 말했다.

"지금 당장 가서 자."

에밀리는 뒤돌아 도망쳤다.

대런은 현관 유리창의 커튼을 걷고 아내가 BMW를 후진시켜 도로로 접어 드는 것을 지켜봤다. 그는 차의 진행 방향을 기억했다.

앤은 전화를 걸어준 벨린다가 고마웠다. 덕분에 손쉽게 집에서 빠져나올 수 있었다. 하지만 곧바로 벨린다를 만나러 갈 필요는 없다. 그보다 먼저 만 날 사람이 있다. 벨린다는 잠시 혼자 걱정하게 놔두자. 뭐, 따지고 보면 자업 자득 아닌가?

항구는 어두웠다. 별빛은 보이지 않았고 10도를 조금 웃돌았지만 날씨는 쌀쌀했다. 이따금씩 돌풍이 불어와 나무의 죽은 이파리들을 떨어냈다.

앤 슬로컴은 잔교棧橋(배를 댈 수 있도록 물가에 다리처럼 만들어 놓은 구조물) 가장자리에 차 를 붙여 세웠다. 날씨가 추워서 전조등이 다가오는 게 보일 때까지 시동을 켠 채 차 안에서 기다리기로 했다. 항구에는 보트 몇 대가 정박되어 있었지 만 사람은 보이지 않았다. 은밀한 만남을 가지기에는 안성맞춤이었다.

5분이 지나자 백미러에 자동차의 전조등이 번쩍거렸다. 자동차는 후방에 서 벨린다의 차를 향해 곧장 접근하고 있었다. 불빛이 너무 강한 탓에 앤은 눈부심을 피하려고 백미러의 각도를 조정했다.

곧 그녀는 밖으로 나와서 차를 빙 돌아 걸어갔다. 발밑의 자갈들이 우두둑거렸다. 방금 도착한 자동차에서 운전자가 차 문을 열더니 황급히 뛰쳐나왔다.

"아…….” 앤이 말했다. “당신 뭘—.”

"누구였어?” 남자는 앤을 향해 성큼성큼 다가오며 물었다.

"그게 무슨—.”

"아까 통화할 때. 누구였냐고?”

"아, 그건 별 거 아니니까 당신이 신경 쓸 필요도, 걱정할 필요도—어머? 이 손 저리 치—.”

남자는 앤의 어깨를 붙잡고 흔들었다. “누구였는지 말해! 말하라니까!”

앤이 양손바닥을 남자의 가슴에 얹어 힘껏 밀어내자 그는 앤의 어깨를 놓쳤다. 앤은 몸을 돌려 자신의 BMW를 향해 걸어갔다.

"어딜 가!” 남자는 으르렁거리며 앤의 왼쪽 팔꿈치를 붙잡고 그녀의 몸을 돌려세웠다. 앤은 비틀거리다가 자동차 뒤쪽으로 쓰러졌다. 남자는 앤에게 다가가 그녀의 양 손목을 붙잡고는 차 트렁크 위에 밀어붙였다. 그리고 앤의 몸 위로 바짝 붙어서 그녀의 귓가에 입을 대고 속삭였다.

"더 이상은 네 수작에 놀아나지 않아. 이제 끝이야.” 남자는 조용히 속삭였다.

앤은 무릎을 들어 올려 남자를 걷어찼다.

"씨발!” 남자는 비명을 지르며 앤을 붙잡은 손을 풀었다.

앤은 몸을 비틀어 남자의 몸 아래에서 빠져나왔다. 그리고 트렁크에서 미끄러져 나와 조수석 쪽을 향했다. 자동차와 잔교 가장자리 사이의 공간은 50센티미터에 불과했다.

"이게 진짜…….” 남자는 앤을 향해 팔을 뻗어 그녀의 재킷을 붙잡았지만 언저리밖에 잡히지 않았다. 앤은 남자를 피하기 위해 휙 뒤로 물러섰다. 너무 힘껏 물러선 탓에 그녀는 잔교의 가장자리 쪽으로 넘어졌다.

　그녀는 균형을 잡으려 했지만 그러기 위해서는 50센티미터 정도의 공간이 더 필요했다. 앤의 몸이 뒤쪽으로 넘어갔다. 그녀의 머리가 잔교 가장자리에 부딪혔다.

　풍덩 하는 소리가 들리더니 이내 정적이 흘렀다.

　남자는 아래쪽을 들여다봤다. 물은 밤처럼 컴컴했지만 그는 곧 앤을 발견했다. 앤은 팔을 옆으로 뻗은 채 엎드린 자세로 둥둥 떠 있었다. 곧이어 양팔이 고요하고 정갈하게 몸통 쪽으로 움직였고, 그녀의 몸은 천천히 위를 향해 돌아누웠다. 생기 없는 두 눈이 잠시 하늘을 바라보았다. 보이지 않는 중력이 다리를 물 밑으로 끌어당겼다. 남은 부분들이 뒤따라 가라앉았다. 수면 아래를 미끄러져가는 희미한 해파리처럼 얼굴이 물밑으로 사라져갔다.

10

나는 켈리를 침대에 누이면서, 아빠는 너한테 화나지 않았고 에밀리 엄마와의 일은 걱정할 필요가 없다고 말하면서 최선을 다해 아이를 안심시켰다. 그리고 부엌으로 내려가 스카치 위스키를 한 잔 따른 뒤 지하 사무실로 내려갔다.

나는 자리에 앉아 이제 어떻게 하면 좋을지 생각했다.

실라가 사용했던 위층 전화기들에는 슬로컴 부부의 전화번호가 단축번호로 저장됐겠지만, 지하실의 전화기에는 저장되어 있지 않았다. 마실 술까지 챙겨 자리에 앉고 나자 다시 위층으로 올라가기가 귀찮았다. 나는 전화번호부를 들고 앤 슬로컴 부부의 번호를 찾아냈고, 수화기를 들고서 버튼을 누를 자세를 취했다. 하지만 집게손가락이 좀처럼 움직이지 않았다.

나는 수화기를 내려놓았다.

나의 부탁으로 켈리는 잠들기 전에 앤 슬로컴이 전화로 한 얘기들을 기억나는 대로 말해주었다. 그 전에 나는 에밀리가 친구로 남게끔 최선을 다하겠다고 아이에게 약속했다.

켈리는 호피를 끌어안고 베개들에 기대어 앉아 단어 철자를 맞추거나 시를 암송할 때처럼 눈을 감았다.

"우선……." 켈리는 눈을 질끈 감은 채 말했다. "아줌마는 상대방한테 손목이 괜찮냐고 물어봤어."

"정말이니?"

"응. '손목이 나아져야 할 텐데. 자국이 남으면 긴소매 옷을 입어요.' 라고 말했어."

"손목을 다친 사람이었어?"

"그런 것 같아."

"그다음엔 아줌마가 뭐라고 했니?"

"잘은 모르겠는데, 다음 주 수요일에 만나자고 했을 거야."

"약속을 잡았어? 상대방이 손목에 깁스 같은 걸 하고 있었나? 다음 주에 깁스를 풀면 만나자는 걸까?"

켈리는 고개를 끄덕였다. "그런 것 같아. 그때 다른 전화가 걸려왔어. 아빠가 되게 싫어하는 그런 전화였어."

"그게 무슨 말이니?"

"왜, 저녁 먹을 때 가끔 걸려오는 전화 있잖아. 돈을 달라거나 신문을 구독하라거나."

"텔레마케터?"

"응."

"왜 텔레마케터라고 생각해?"

"아줌마가 받자마자 '왜 전화했어요?' 라고 말했거든. 핸드폰을 꺼놨다는 말도 했어."

납득이 가지 않았다. 텔레마케터였다면 켈리가 엿들었다고 앤 슬로컴이 화를 낼 이유가 없었다.

"그리고? 또 뭐라고 말하던?"

"돈을 받고 그 대가로 뭘 준다고 얘기했던 것 같아. 거래 같은 걸 했어."

"잘 이해가 안 간다. 텔레마케터랑 거래를 했다고?"

"응. 그리고 허튼짓하면 머리에 총알이 박힐 거랬어."

나는 이마를 문질렀다. 텔레마케터에게 머리를 쏘아버리겠다고 화를 내는 심정은 알겠지만 도저히 영문을 알 수 없었다.

"에밀리 아빠에 관한 얘기는 없었니?" 전체적인 상황이 납득되지 않았지만, 켈리가 전화 내용을 대런에게 얘기하지 못하게끔 입을 막았다는 점이 특히나 석연치 않았다. 켈리는 고개를 저었다.

"다른 얘기는 없었어?"

"없었어. 아빠, 나 이제 큰일 나는 거야?"

나는 몸을 숙여 켈리에게 뽀뽀를 했다. "아니야. 절대 큰일 나지 않아."

"아줌마가 우리 집에 와서 또 화내겠지?"

"절대 그렇지 않아. 오늘은 방문을 열어둘게. 악몽을 꾸면 아빠가 네 목소리를 듣고 달려갈게. 아니면 네가 아빠를 부르러 오렴. 알겠지? 아빠는 이제 내려가야겠다."

켈리는 알았다고 대답하고는 호피를 끌어안고 불을 껐다.

지친 몸으로 지하 사무실 책상 앞에 주저앉은 나는 사태를 이해하려고 애썼다.

앤이 손목을 다친 사람에게 괜찮냐고 물어봤다는 첫 번째 통화는 이상할 게 없었다. 하지만 두 번째는 영문을 알 수가 없었다. 만약 정말로 텔레마케터가 귀찮게 한 거라면 앤은 그 전화를 받느라 첫 번째 통화를 중단하는 바람에 짜증이 났을 것이다. 그거라면 이해할 수 있었다. 머리에 총알을 박아넣겠다고 윽박지르지 못할 것도 없다.

사람들은 때때로 진심이 아닌 협박을 할 때가 있다. 나 역시 그렇다. 건설업에 종사하다 보면 비일비재하게 겪는 일이다. 업체 사람들이 물건을 제때 공급하지 않거나, 목재 하치장에서 휘어진 널빤지를 보내면 살의가 솟아오른다. 요전번에는 켄 왕이 건식벽에 못을 박다가 뒤쪽의 수도관을 뚫어버리자 목숨이 아깝지 않냐고 화를 내기도 했다.

앤 슬로컴은 상대방의 머리에 총알을 박아넣겠다고 말했지만 그럴 의도는 없었을 것이고, 자제력을 잃은 자신의 언행을 웬 꼬마에게 들켜서 언짢았을 뿐이다. 게다가 엄마가 그런 위협적인 발언을 했다는 사실이 에밀리에게 알려지는 것도 신경이 쓰였을 것이다.

하지만 과연 남편에게 들켜서 신경이 쓰일 만한 일이었을까?

아니, 아무래도 상관없다. 내 걱정은 켈리였다. 그렇게 애를 겁줄 것까지는 없지 않았는가? 옷장에 숨은 건 켈리의 잘못이었지만 그렇다고 에밀리와 만나지 못하게 하겠다느니, 꼼짝 말고 침실에 있으라느니 한 것은 앤이 지나쳤다. 게다가 켈리가 전화를 걸지 못하도록 수화기까지 들고 나갔다니, 도대체 그게 뭐하는 짓인가?

나는 수화기를 들고 번호를 눌렀다.

하지만 다시 내려놓았다.

켈리를 데리러 갔을 때 현관에서 벌어졌던 일은 또 뭐지? 앤은 켈리에게 핸드폰이 있다는 사실을 몰랐다. 만약 켈리가 내게 전화를 걸지 못했다면, 그랬다면 앤은 도대체 켈리를 어쩔 작정이었을까?

나는 전화를 걸어서 앤에게 할 말을 생각해 봤다.

'두 번 다시 내 딸에게 그따위 짓을 하면 가만 안 있겠어.'

그런 말을 할 것이다.

만약 전화를 건다면.

비록 실라의 판단력에 대한 나의 믿음은 곤두박질친 상태였지만, 아내였다면 이 상황에 어떻게 대처했을지 자꾸만 궁금해졌다. 게다가 앤은 실라의 친구가 아닌가? 실라는 껄끄러운 상황의 해결법을, 인간관계의 시한폭탄을 제거하는 방법을 나보다 잘 알고 있었다. 나를 다룰 때 역시 그랬다. 한번은 메릿 파크웨이에서 에스컬레이드가 내 차를 앞질러 가로막은 적이 있었다. 나는 운전자 놈을 따라잡아 가운뎃손가락을 추켜올려 보일 생각으로 속력을 냈었다.

"백미러를 봐." 내가 액셀을 밟자 실라가 조용히 말했다.

"왜? 저 자식은 내 앞에 있잖아?"

"백미러를 보라니까." 실라가 다시 말했다.

나는 '젠장, 경찰이 쫓아오나 보군.' 하고 생각했으나 백미러에 비친 것은 어린이용 보조 의자에 앉은 켈리였다.

"저 사람한테 욕하는 게 당신 딸의 안전보다 중요하다면 어서 밟아." 실라가 말했다.

나는 페달에서 발을 뗐다.

고속도로 램프에 역방향으로 차를 세워 자기 자신과 다른 두 사람의 목숨을 잃게 한 여자치고는 꽤나 현명한 조언이었다. 그날 밤의 사고는 지금껏 내가 알던 침착하고 이성적인 실라와 조금도 어울리지 않았다. 나는 아내가 지금 내 고민에 대해 뭐라고 충고할지 짐작할 수 있었다.

앤 슬로컴에게 전화를 걸어 험한 말을 퍼붓는다면 분명 조금은 후련할 것이다. 하지만 켈리에게는 무슨 일이 벌어질까? 앤은 에밀리가 켈리로부터 등을 돌리도록 만들지 않을까? 학교에서 켈리를 "미친 주정꾼"이라고 놀리는 진영에 에밀리마저 합류하지 않을까?

나는 잔을 비우고 올라가서 한잔 더 따라올지 고민했다. 온몸에 술기운이 따뜻하게 퍼질 때쯤 전화벨이 울렸다.

나는 수화기를 집어들었다. "여보세요?"

"글렌? 나 벨린다예요."

"안녕하세요, 벨린다." 나는 시계를 힐끗 쳐다봤다. 10시가 가까워지고 있었다.

"너무 늦은 시간에 전화했죠?" 벨린다가 말했다.

"괜찮아요."

"그냥 생각나서 전화해 봤어요. 장례식 이후로 만나지 못했네요. 연락해야겠다 싶었지만 당분간 당신 혼자만의 시간이 필요할 것 같아서요."

"알아요."

"켈리는 어때요? 다시 학교에 다녀요?"

"네. 썩 잘 지내지는 못합니다만 곧 나아지겠죠. 저도 그렇고요."

"그래요, 그래요. 켈리는 훌륭한 아이니까. 저…… 요즘 자꾸 실라가 생각나요. 저야 실라의 친구일 뿐이지만, 남편인 당신이 훨씬 힘들겠지만, 그래도 너무 너무 마음이 아파요.”

벨린다의 목소리는 금방이라도 울 것처럼 들렸다. 지금은 벨린다의 눈물을 받아줄 기분이 아니었다.

“마지막으로 얼굴이라도 한번 봤다면 좋았을 텐데…….” 그게 무슨 소리인가? 죽기 전에 함께 시간이라도 보냈다면 좋았겠다는 뜻인가? 벨린다는 계속 말을 이었다. “차가…… 차가 불에 타버려서…….”

나는 그제서야 그녀가 닫힌 관 뚜껑에 관해 얘기하고 있음을 깨달았다.

“불길은 차 안으로 번지기 전에 진압됐어요. 실라는…… 무사했어요.” 나는 실라의 머리카락에 흩어진 반짝이는 유리 조각들과 핏자국의 광경을 떨치려고 애썼다.

“그래요.” 벨린다가 말했다. “그 얘기는 들었어요. 그래도 난 실라가……이런 생각은 정말 하고 싶지 않은데, 실라의 상태가 얼마나…… 아, 어떻게 말하면 좋지…….”

어째서 벨린다는 실라가 얼굴을 알아보지 못할 정도로 불에 탔는지를 궁금해하는 걸까? 내가 이런 대화를 나누기 괴로우리라는 걸 잘 알 텐데? 이게 아내를 잃은 남편을 위로한답시고 할 소리인가? 시신이 얼마나 불탔는지 물어보는 것이?

“켈리를 위해서 관 뚜껑을 닫는 편이 좋다고 판단했습니다.”

“그럼요, 물론이죠. 나도 알아요.”

“저기요, 시간이 좀 늦었―.”

“글렌, 이런 거 물어보는 게 정말 난감하지만 실라의 핸드백 말인데요……찾아왔어요?”

“핸드백이요? 네, 경찰에서 받아왔어요.” 경찰은 영수증 따위의 증거물을 찾느라 핸드백을 뒤졌다. 차에 있던 빈 보드카 병을 어디서 구입했는지 알아내기 위해서였다. 하지만 발견된 것은 아무것도 없었다.

"글렌, 사실은…… 말 꺼내기가 참 그렇지만, 실은 내가 실라에게 봉투를 하나 줬어요. 그래서…… 아, 나 미쳤나 봐, 이런 걸 물어보다니……."

"벨린다."

"혹시 그 봉투가 실라의 핸드백 안에 들었는지 궁금해요."

"실라의 소지품들은 전부 살펴봤어요. 봉투 같은 건 없었어요."

"갈색 서류 봉투예요. 왜, 큰 봉투 있잖아요?"

"그런 건 없었어요. 안에 뭐가 들었길래요?"

벨린다는 머뭇거렸다. "네?"

"봉투 속에 뭐가 들었냐고요."

"아…… 현금이 좀 들어 있었어요. 실라가 시에 나갈 때 뭘 좀 사다 주기로 했었거든요."

"시라고요? 뉴욕 시?"

"네, 맞아요."

"실라는 뉴욕에 자주 가는 편이 아닌데?"

"조만간 여자들끼리 쇼핑하러 뉴욕에 갈 계획이었어요. 그래서 부탁했어요."

"당신은 같이 안 가고요? 쇼핑인데?"

벨린다는 초조하게 웃었다. "그 주에 정신없이 바빴어요. 갈 시간이 없었어요."

"봉투에 돈이 얼마나 들었어요?"

벨린다는 다시 말을 멈췄다. "많지는 않았어요. 약간 들었어요."

"그런 봉투는 없었어요. 차와 함께 불에 타버렸을지도 모르겠군요. 핸드백에 있었다면 무사했겠지만. 그날 실라가 뉴욕으로 간다고 하던가요?"

"제 생각엔…… 제 생각엔 그날 갈 것 같았어요."

"할 일이 있다고는 했지만 맨해튼에 간다고는 안 했는데."

"저기요, 글렌, 제가 괜한 걸 물어봤네요. 이만 끊을게요. 전화해서 미안해요."

내가 인사를 건네기도 전에 벨린다는 전화를 끊어 버렸다.

나는 여전히 수화기를 손에 쥐고 있었다. 앤 슬로컴에게 전화를 걸어서 켈리에게 한 짓을 따질지 고민하는데 1층에서 초인종이 울렸다.

조앤 뮬러였다. 그녀는 포니테일을 풀어 머리카락을 어깨에 늘어뜨리고 있었다. 헐렁한 라운드 티셔츠 너머로 레이스가 달린 자주색 브래지어의 끈이 드러났다.

"들어오시는 걸 봤어요. 집에 불이 켜져 있길래……." 현관문을 열자마자 조앤이 내게 말했다.

"켈리를 친구 집에서 데려오는 길이었어요."

"켈리는 자요?"

"네. 들어올래요?" 나는 그렇게 말하자마자 곧바로 후회했다.

"응, 그래요." 조앤은 밝은 얼굴로 휙 내 옆을 지나쳐 집으로 들어왔다. 그녀는 거실 입구에 멈춰 섰다. 내가 자리에 앉으라고 권하길 기다리는 듯했다.

"고마워요. 전 금요일 밤이 너무 좋아요. 다음 날 아침에 애들이 올 일도 없고. 혼자서 뭘 할지가 고민이지만요."

"도와드릴 일이라도 있어요, 조앤? 부엌 수도꼭지 수리는 잊지 않았어요."

조앤은 미소를 지었다. "아까는 고마웠어요." 그녀는 양손을 청바지 앞주머니에 집어넣었다. 엄지손가락들은 허리띠 안쪽으로 찔러 넣었다.

"그게 무슨 말이에요?"

"사실은요, 당신을 이용했어요." 조앤은 빙긋이 웃었다. "경호원처럼요." 칼 베인이 나타났을 때를 얘기하는 듯했다. "크고 힘센 사내가 곁에 있었으면 했거든요. 무슨 말인지 대충 아시겠죠?"

"잘 모르겠는데요."

"제가 하루 중 가장 싫어하는 시간이 언제인지 아세요? 칼 씨가 아들을 데려올 때와 데려갈 때예요. 그 사람을 보면 정말 오싹해요. 느낌이 안 좋아요. 언제 터질지 모를 시한폭탄 같달까."

"그 남자가 당신한테 뭐라고 하던가요? 협박이라도 했어요?"

조앤은 주머니에서 양손을 빼고 이리저리 휘저었다. "그건 아니에요. 음…… 칼 씨는 아들이 저한테 무슨 말을 할까 봐 불안한 것 같아요. 칼슨 말이에요. 왜, 꼬마들은 머릿속에 있는 걸 마구 떠벌리잖아요?"

"그렇죠."

"칼슨은 가끔 저한테 엄마 애기를 해요. 이름이 알리시아던가? 물론 애는 엄마라고 부르지 알리시아라고 부르지는 않아요." 조앤은 눈알을 굴렸다.

"어머, 당연한 말을 해버렸네. 아무튼, 하루는 제가 칼슨한테, 엄마는 오늘 뭐하시니? 라고 물어봤는데 애가 그러는 거예요, 엄마가 팔이 부러져서 병원에 간다고. 그래서 제가, 어머, 세상에 어쩌다가 다치셨니? 하고 물어봤더니 칼슨이 글쎄, 아빠가 엄마를 계단에서 떠밀었어요, 라고 말하지 뭐예요."

"맙소사."

"그렇죠, 그렇죠? 그런데 말이에요, 다음 날 칼슨이 저한테 오더니 어제 자기가 잘못 말했다고, 아빠가 엄마를 계단에서 밀지 않았다고 그러더라고요. 엄마는 혼자 넘어진 거라고 아빠가 말했다지 뭐예요. 알만했어요. 오늘 어린이집 아줌마한테 말했어. 엄마가 계단에서 떠밀려서 병원에 간다고, 라는 말을 듣고 기겁한 애 아빠가 그렇지 않다고, 엄마는 그냥 넘어진 거라고 말했겠죠." 조앤은 아랫입술을 삐죽 내밀고 위로 숨을 훅 불었다. 머리카락 몇 올이 잠시 공중에 떴다가 내려앉았다.

"그렇다면 칼 베인 씨는 매일 올 때마다 당신의 시선을 무척 의식하겠군요?" 내가 물었다.

"네. 그럴 거예요."

"애가 그 얘기를 한 게 언젠데요?"

"맨 처음 얘기한 게 3, 4주 전이었어요. 베인 씨는 처음엔 괜찮은 것 같더니 요새 신경이 곤두섰어요. 얼마 전에는 혹시 전화를 걸었냐고 제게 물어봤어요."

"전화? 무슨 전화요?"

"정확한 얘기는 저도 모르지만 아마 누가 경찰에 신고했나 봐요."

"당신이 했나요?"

조앤은 매우 천천히 고개를 저었다. "설마요. 생각은 해 봤어요. 하지만 그러면 손님을 잃게 되잖아요? 석유 회사에서 보상금이 나올 때까지는 애들 하나하나가 중요해요. 누가 경찰에 전화했는지 몰라도 칼 씨가 저한테 애꿎게 화풀이하면 곤란해요. 제 옆집에 힘센 남자가 산다는 걸 알면 그럴 생각을 접겠죠."

그녀는 "힘센 남자"를 조금 강조하여 말했다.

"제가 도움이 됐다면 다행입니다."

조앤은 고개를 한쪽으로 기울이며 내 눈을 들여다봤다. "보상금은 꼭 들어와요. 언제가 될지 몰라도 반드시. 액수도 꽤 많을 테니 생활이 안정될 거예요."

"잘됐군요. 하긴 들어올 때가 됐죠."

조앤은 잠시 잠자코 있었다. "아무튼, 제가 궁금한 건…… 혹시 실라가 신고한 건 아니겠죠? 어때요?"

"실라가요?"

"네. 사실, 사고 며칠 전에 실라와 얘기를 나눴어요. 칼슨의 엄마가 남편 때문에 팔이 부러졌는데 같은 여자 입장에서 모른 척해도 되는 건지, 경찰에 익명으로 신고하는 게 어떨지, 칼 씨가 체포되더라도 칼슨을 계속 제가 맡을 수 있을지, 그런 것들에 관해서요."

"실라한테 말했다고요?"

조앤은 고개를 끄덕였다. "딱 한 번이요. 실라가 아무 얘기 없던가요? 경찰에 신고하자거나?"

"아니요. 그런 적 없습니다." 내가 말했다.

조앤은 다시 고개를 끄덕였다. "실라가 그러던데, 짓고 있던 집이 불타는 바람에 당신이 굉장히 스트레스를 받고 있다고요. 당신이 괜한 데 신경 쓸까 봐 칼 씨 얘기는 안 했겠죠."

조앤은 한숨을 쉬며 양손으로 허벅지를 탁 쳤다. "아무튼, 이만 가볼게요. 어머, 이게 무슨 짓이람. 늦은 밤에 이웃 남자를 찾아와서는 시시콜콜한 문제를 떠벌리다니." 조앤은 우스꽝스러운 목소리로 말했다. "안녕하세요, 이웃사촌님. 설탕 한 컵만 빌려줄래요? 어머, 저기요, 그런데 혹시 제 경호원 좀 해주실래요?" 그녀는 소리 내어 웃더니 갑자기 멈췄다. "그럼 또 봐요."

나는 그녀가 집으로 걸어가는 것을 지켜봤다.

그날 밤 나는 앤 슬로컴에게 전화하지 않기로 했다. 일단은 잠을 자고 아침에 일어나서 다시 생각해 보자.

2층으로 올라가보니 켈리는 내 방 침대에 웅크린 채 누워 있었다. 아이는 엄마가 자던 쪽에서 곤히 잠들어 있었다.

토요일 아침 나는 켈리가 늦잠을 자도록 내버려두었다. 전날 밤에 잠든 아이를 방으로 옮겨다 주었다. 커피를 마시러 부엌으로 내려가는 길에 나는 켈리의 방을 슬쩍 들여다보았다. 켈리는 호피를 꼭 끌어안고 그 복슬복슬한 귓속에 얼굴을 파묻고 있었다.

나는 신문을 들고와서 식탁에 앉아 커피를 홀짝이며 헤드라인을 훑었다. 슈레디드 휘트(Shredded Wheat: 비스킷 모양의 아침식사용 시리얼)를 그릇에 부었지만 손대지 않았다.

신문에 집중할 수가 없었다. 기사를 읽어도 네 문단이 넘어가면 머릿속에 들어오지 않았다. 하지만 기사 하나는 끝까지 읽을 만큼 흥미로웠다. 국내에 건식벽 수량이 (특히 허리케인 카트리나 이후의 건설 붐으로 인해) 부족하여 중국에서 수입된 수천만 평방미터의 건식벽에 독성물질이 포함되었다는 기사였다. 건식벽의 원료는 석고인데 석고에 함유된 유황은 제조 과정에서 여과된다. 하지만 중국제 건식벽에는 유황이 제거되지 않아 밖으로 새어나올뿐더러, 동 파이프를 부식시키는 등 각종 피해를 일으킨다.

"맙소사." 나는 낮게 중얼거렸다. 이제부터 건식벽을 구입할 때 주의 깊게 확인해야겠다.

나는 신문을 치우고 설거지를 한 뒤 지하 사무실로 내려갔다가 다시 올라와서 별로 필요도 없는 물건을 찾기 위해 트럭을 뒤지다가 다시 집 안으로 들어왔다.

나는 안절부절못하고 있었다.

10시쯤 나는 다시 켈리를 살펴봤다. 아이는 여전히 자고 있었고 호피는 바닥에 떨어져 있었다. 다시 사무실로 내려온 나는 의자에 앉아 전화기를 집어 들었다.

"빌어먹을." 나는 조그맣게 중얼거렸다.

내 딸을 침실에 감금한 작자를 가만히 놔둘 수 없다. 나는 전화번호를 눌렀다. 세 번의 통화연결음 뒤에 누군가 전화를 받았다. "여보세요?" 여자의 목소리였다.

"여보세요, 앤?" 내가 말했다.

"아니요. 아니에요."

헷갈리는 것이 당연할 만큼 목소리가 비슷했다.

"앤 좀 바꿔주실래요?"

"앤은 지금…… 저기, 그런데 누구세요?"

"글렌 가버입니다. 켈리의 아빠예요."

"지금은 통화가 곤란해요." 여자가 말했다.

“그쪽은 누구시죠?” 내가 물었다.

“저는 재니스예요. 앤의 언니입니다. 죄송하지만 나중에 전화해 주세요.”

“앤은 언제 돌아오나요?”

“죄송하지만, 저희가 지금 준비하느라 바빠요. 할 일이 많아서…….”

“준비요? 무슨 준비요?”

“장례식이요. 어젯밤 앤이…… 세상을 떠났어요.”

내가 물어보기도 전에 그녀는 전화를 끊었다.

11

실라의 어머니인 피오나 킹스턴은 나를 썩 달가워하지 않았다. 그리고 실라의 죽음은 나에 대한 그녀의 부정적인 평가를 심화시켰다.

처음부터 피오나는 자기 딸이 더 좋은 남자를, 훨씬 나은 남자를 만나야 한다고 생각했다. 나에게 대놓고 말한 적은 없었지만 그녀는 자기 딸이 자신의 첫 번째 남편인 고(故) 로널드 앨버트 갤런트 정도 되는 남자와 결혼하기를 바랐다. 성공한 유명 변호사이자 공동체의 존경 받는 일원. 바로 실라의 친부였다.

로널드는 실라가 열한 살이 되던 해 세상을 떠났지만 그의 영향력은 사라지지 않았다. 피오나는 딸의 잠재적인 신랑들을 평가할 때 로널드를 절대적인 기준으로 삼았다. 심지어 스무 살도 되지 않은 실라가 평생의 반려자가 될 가능성이 희박한 소년들과 사귈 때조차 피오나는 취조하듯 이것저것 캐묻고는 했다. 걔네 부모님은 뭐하시니? 무슨 클럽 활동을 하니? 학교 성적은 어때? SAT 점수는? 장래 희망이 뭐래?

아버지와 함께한 세월은 11년밖에 되지 않았지만 실라는 아버지에 관해 한 가지만은 확실하게 기억했다. 바로 기억할 게 별로 없다는 사실이었다. 아버지는 집에 머무는 날이 드물었다. 그는 인생을 가족이 아닌 일에 바쳤다. 어쩌다 집에 있을 때조차 아버지는 멀게만 느껴졌다.

실라는 아버지 같은 남자를 남편감으로 원하지 않았다. 그녀는 아버지를 사랑했고 어린 나이에 여의어서 정신적으로 큰 충격을 받기는 했지만 안타깝게도 삶에 뚜렷한 공백이 생기지는 않았다.

남편이 마흔이라는 나이에 심장마비로 사망하자 피오나의 (얼마 안 되지만 그나마 존재하던) 다정한 모성애는 혼자 가정을 이끌어야 한다는 부담감에 자리를 내주었다. 로널드 앨버트 갤런트는 꽤 넉넉한 돈을 부인과 딸에게 남겼는데, 한 번도 돈을 관리해 본 적이 없던 피오나가 제대로 가계를 꾸리는 데에는 시간이 걸렸다. 여러 명의 변호사, 회계사, 은행 담당자들의 도움을 받아 그녀는 가까스로 그 방법을 터득했고, 일단 터득하고 나자 재정 문제를 처리하고, 현명하게 투자를 하고, 분기별 재무제표를 검토하는 데 열중했다.

하지만 그래도 딸의 인생을 운영할 짬은 있었다.

피오나는 변호사나 업계의 거물이 되라고 예일 대학에 보낸 딸이, 법학 수업 시간에 불법 행위의 세부 사항들을 논하는 유능한 변호사 연수생이 아니라 담쟁이덩굴로 뒤덮인 대학 건물 복도에서 부친을 거들어 창문을 설치하는 청년과 사랑에 빠졌다는 사실을 달가워하지 않았다. 실라는 나를 만나지 않았더라면 학교를 계속 다녔을지도 모른다. 하지만 그녀는 강의실에 앉아 코딱지만큼도 재미없는 것들을 한껏 거드름을 피우며 가르치는 교수에게 귀를 기울이기보다는 바깥 세상에 나가 뭔가를 하고 싶어 했다.

얄궂게도, 내가 오히려 학위를 취득했다. 우리 부모님은 나를 북쪽 메인주 루이스턴에 있는 베이츠 대학에 보냈고 나는 지금은 기억도 나지 않는 이유로 영어영문학을 전공했다. 고용주들이 어서 이력서를 내라고 반길 만한 전공은 아니었다. 나는 졸업을 했지만 학위 증명서를 기반으로 하고 싶은 것이 없었다. 교사가 되기는 싫었다. 글 쓰는 것은 좋아했지만 위대한 미국 소설가가 될 소질은 없었다. 그러기는커녕, 졸업을 하고 나니 당분간 소설 따위는 읽고 싶지도 않았다. 포크너, 헤밍웨이, 멜빌은 질려 버렸다.

그 빌어먹을 고래. 나는 그 책을 끝까지 읽지도 못했다.

그러나 학위 증명서와 상관없이 나는 피오나가 투명 인간으로 취급하는 부류에 속했다. 나는 개미이자 일벌이었다. 세상이 순조롭게 돌아가도록 노동하는, 다행히 피오나가 장시간 마주치지 않아도 되는 얼굴 없는 수백만 명

중의 한 사람. 물론 피오나는 집을 짓고 고치는 사람들이 존재한다는 사실을 나름 고맙게 여길 것이다. 매일매일 쓰레기를 수거해주는 사람들이 있어서 다행인 것처럼. 피오나에게 나라는 인간은 지붕 물받이를 청소하거나, (예전에 그녀가 살던 큰 집에서) 잔디를 깎거나, 그녀의 캐딜락을 튜닝하거나, 손잡이를 움직여봐도 물이 멈추지 않는 화장실 변기를 수리하는 사람들과 같은 범주였다. 그녀는 내가 (아버지에게 물려받기는 했지만) 회사를 운영하고 있고, 밑에 부하 직원들을 거느리고 있고, 건설업자로서 평판이 좋고, 돈도 그럭저럭 벌었고, 나와 아내와 딸을 위한 집을 마련할 능력이 있을 뿐 아니라 그 집을 내가 직접 만들었다는 사실 따위에는 손톱만큼도 관심이 없었다. 손을 쓰는 직업을 가진 사람들 중에서 피오나가 반길 만한 사람은, 잭슨 폴록의 21세기적 해석으로 최근 주목을 받은 미술가 정도일 것이다. 페인트로 얼룩진 바지가 생계유지가 아니라 재능과 괴팍함의 증거인 미술가.

내 고객들 중에서도 피오나 같은 자들이 있었다. 굳은살이 박인 내 손에 자신들의 부드러운 손바닥이 긁힐까 봐 악수조차 꺼리는 이들.

처음 피오나를 만났을 때 나는 그녀가 실라의 어머니라는 사실을 도무지 받아들일 수 없었다. 얼굴이 닮기는 했지만 그것 말고는 두 여자 사이에 공통점이 조금도 없었다. 피오나에게 중요한 가치는 현상 유지였다. 따라서 그녀는 부자 감세를 지지하고, 동성 간 결혼 합법화를 반대하고, 좀도둑질을 이중 종신형에 처할 것을 지지했다.

실라가 나와 결혼하겠다고 하자 피오나는 기겁을 했는데, 이는 실라가 가난한 이들을 위한 법무 보조 사무실에서 봉사 활동을 하거나 크리스 도드 민주당 상원의원의 선거 캠프에서 자원 활동가로 일할 때 그녀가 드러냈던 경멸감과 걸맞은 것이었다.

"당신은 정말로 그런 일에 관심이 있는 거야, 아니면 어머니 성질을 건드리려고 그러는 거야?" 전에 나는 실라에게 물었었다.

"관심이 있어." 실라가 대답했다. "엄마 성질 건드리는 건 보너스지."

결혼한 첫해, 실라가 내게 말했다. "우리 엄마는 깡패나 다름없어. 내가 그동안 깨달은 바로 엄마한테는 정면으로 맞서는 것밖에 도리가 없어. 내가 당신하고 결혼한다고 했을 때 엄마가 뭐라고 했는지 상상도 못 할걸? 하지만 내게 가장 상처를 준 말들은 당신이 아니라 나에 관한 거였어. 지금까지 내가 했던 선택들 말이야. 하지만 괜찮아. 난 내 선택이 자랑스러우니까. 당신의 선택도 자랑스러워."

내가 선택한 것은 건물을 짓는 일이었다. 테라스와 차고와 부속 건물과 주택 자체를 만드는 일. 대학을 졸업한 나는 열여섯 살 이후 여름마다 일했던 아버지의 건설 회사에 정식으로 취직했다.

"추천서 가지고 와." 스물두 살 때 대학을 마치고 사무실로 들어가자 아버지는 내게 말했다.

나는 나의 일을 무척 좋아했다. 파티션으로 나뉜 비좁은 공간에서 하루 여덟 시간 동안 내세울 결과물 하나 없이 시간만 보내다 귀가하는 친구들을 동정했다. 나는 건물을 만들었다. 길을 따라 내려가다 손가락으로 가리킬 수 있는 결과물을 만들었다. 나는 매일 아버지와 함께 작업을 했고 아버지로부터 배웠다. 아버지와 함께 일한 지 2년쯤 됐을 무렵, 나는 학교 복도에 창문을 달다가 실라를 만났다. 그리고 머지않아 우리는 함께 살게 되었는데, 피오나는 물론이고 우리 부모님도 이 동거를 달가워하지 않았다. 하지만 그로부터 2년 후, 우리는 (어머니의 말을 빌리자면) "부도덕한" 생활을 청산했다. 암으로 죽어가는 어머니에게 조금이나마 마음의 안식을 드리고자 우리는 결혼을 하여 법적인 부부가 되었다.

그리고 4년 후에 아이가 생겼다.

아버지는 켈리를 품에 안아볼 만큼은 오래 사셨다. 아버지가 돌아가시고 내가 회사의 사장이 되었다. 고아가 된 동시에 막중한 책임을 짊어진 셈이었다. 채우기 힘든 공백이었지만 나는 최선을 다했다. 아버지가 사라지자 모든 게 예전 같지 않았지만 나는 여전히 나의 일을 좋아했다. 내게는 아침에 일어날 이유가 있었다. 삶의 목적이 있었다. 실라의 모친에게 내가 선택한 인생을 변명할 이유 따위는 없었다.

얼마 뒤, 피오나가 남자를 만난다는 소식이 나와 실라를 놀라게 했다.

상대는 바로 마커스 킹스턴이었다. 마커스의 첫 번째 전처는 캘리포니아 어딘가에 생존해 있었지만, 두 번째 부인은 웬 불한당이 신호를 무시하고 몰던 마력을 올린 시빅에 자신의 링컨 측면을 들이받혀서 세상을 떠났다. 마커스는 의류 등을 수입하는 일을 했었는데, 다리엔에 개관한 미술관에서 피오나를 만난 직후 그만두었다. 그는 직업상 부유하고 연줄이 좋은 사람들과 어울려 다녔다. 딱 피오나가 알고 싶어 할 부류의 사람들이었다.

4년 전 두 사람은 결혼을 결정했다. 마커스는 노워크에 있는 자기 집을 팔았고 피오나 역시 다리엔의 집을 매물로 내놓았다. 그들은 롱아일랜드 해협이 내려다보이는 호화스런 도심지 저택으로 이사했다.

실라는 어느 날 아침 문득 잠에서 깬 엄마가 평생 이렇게 혼자 살아도 될까? 라고 자문했으리라고 상상했지만, 나는 피오나에게 감정적인 욕구가 있으리라고 생각하지 못했다. 누구든 그녀의 냉랭하고 독립적인 겉모습을 보면 사람 따위는 필요하지 않은 여자라고 여길 것이다. 하지만 차가운 얼굴 밑에는 무척 외로운 인간이 살고 있던 모양이었다.

그리고 때마침 마커스가 나타난 것이었다.

실라와 나는 이따금 마커스의 동기가 복합적이지 않을까 의심했다. 마커스 역시 혼자였으므로 아침에 깨어날 때 누군가 옆에 있기를 바란다 해도 이상할 것은 없었지만, 우리는 그가 자신의 회사를 제값에 처분하지 못했다는 사실과 수입의 많은 부분이 새크라멘토에 사는 첫 번째 전처에게 송금되고 있다는 사실을 알고 있었다. 수년간 돈 관리에 신중했던 ("인색했던"이 더 어울리지만) 피오나는 마커스에게 후하게 돈을 썼다. 그가 다리엔의 항구에 정박시켜 놓은 요트도 피오나가 사준 것이었다.

마커스는 자신의 전문성과 인맥을 이용하여 다양한 수입상들을 대상으로 컨설팅을 했다. 그는 일주일에 한두 번 그들과 저녁 식사를 하면서 은퇴하고 싶은데 가만두질 않는다며 너스레를 떨었다. 실라와 내가 잠자코 살펴본 바로, 마커스에게는 짜증 나는 떠버리 같은 면이 있었다. 그래도 피오나는 마커스를 사랑했고 그를 만나기 전보다 지금이 더 행복해 보였다.

두 사람은 손녀를 보기 위해 종종 우리 집에 들렀다. 내가 피오나를 싫어할 이유야 얼마든지 있겠지만 그녀가 켈리를 몹시 사랑한다는 것만큼은 의심의 여지가 없었다. 피오나는 손녀를 데리고 쇼핑을 가거나, 영화를 보러 가거나, 맨해튼의 박물관과 브로드웨이 극장에 가고는 했다. 가끔씩 타임스 스퀘어의 〈토이저러스〉 매장에 가는 일도 잘 견뎠다.

"내가 어렸을 때 엄마였던 그 여자는 어디 가셨나?" 실라는 가끔 그렇게 말했다.

피오나와 나는 지금까지 일종의 휴전 상태를 유지했다. 그녀는 나를 좋아하지 않았고 나 역시 그녀가 탐탁지 않았지만 서로 최소한의 예의를 지켰다. 본격적인 전쟁은 일어나지 않았다.

그러나 실라의 사고로 인해 휴전은 끝이 났다.

사고 이후 피오나는 내게 가차 없이 굴었다. 그녀는 나를 탓했다. 실라의 알코올 중독을 알았을 텐데 왜 막지 않았느냐? 왜 자기한테 얘기 안 했느냐? 왜 실라가 치료를 받도록 하지 않았느냐? 도대체 무슨 생각으로 술에 취했을 실라가 코네티컷 주의 절반을 질주하도록 내버려 두었느냐?

실라가 얼마나 자주 (내 손녀인!) 켈리를 차에 태우고 술에 취한 상태로 운전을 한 것이냐?

"아니, 몰랐다는 게 말이 돼?" 피오나는 장례식에서 내게 따졌다. "낌새가 있었을 텐데 못 알아챘다는 게 말이 되냐고?"

"낌새 같은 건 없었어요." 충격과 슬픔에 휩싸인 채 나는 대답했다. "정말 없었습니다."

"아이고, 그래. 나라도 말은 그렇게 하겠지." 피오나가 쏘아붙였다. "없었다고 믿고 싶은 거 아닌가? 안 그러면 자네가 곤란하잖아? 하지만 잘 생각해봐. 낌새가 없을 리가 없잖은가? 도대체 머리를 어디 달고 다니기에 그걸 못 알아봐?”

“피오나.” 마커스가 그녀를 말렸다.

하지만 피오나는 멈추지 않았다. “아니, 걔가 그날 밤 갑자기, 오늘부터 알코올 중독자가 돼야지, 술에 절어서 고속도로 램프 한가운데 차를 세우고 잠들어 버리겠어, 하고 결심이라도 했다는 건가? 그런 터무니없는 일이 가당키나 해?”

“당신이야말로 낌새를 알아챘겠죠.” 피오나의 분노에 상처 입은 내가 말했다. “빈틈이 없는 분이시잖아요?”

피오나는 눈을 깜빡거렸다. “내가 그걸 어떻게 알아차려? 내가 걔랑 같이 사나? 실라랑 일주일에 7일, 일 년 52주를 지내는 건 내가 아니라 바로 자네야. 자네 말고 누가 그런 걸 알아보며 누가 조치를 취하느냔 말이야? 자네가 우리를 저버렸어. 켈리도 저버렸어. 그리고 누구보다도 자네는 실라를 저버린 거야.”

주위 사람들이 우리를 쳐다보고 있었다. 만약 눈앞에 있는 것이 마커스였다면 때려눕히기라도 했겠지만 피오나를 그렇게 할 수는 없었다. 하지만 내가 그녀를 그토록 패고 싶었던 이유는 나 스스로도 그녀의 비난을 수긍했기 때문이었다.

실라가 알코올 중독이었는데 내가 몰랐다니, 말도 안 된다. 어떻게 알아채지 못한단 말인가? 정말로 낌새가 없었나? 경고의 신호가 있었는데 내가 애써 무시했을까? 나는 실라가 힘들다는 사실을 직면하기 싫었을까? 물론, 누구든 그렇듯이 실라도 술을 좋아했다. 특별한 날이라든가, 친구들과 점심을 먹을 때, 가족 모임을 할 때 그녀는 술을 즐겼다. 켈리를 다리엔의 피오나와 마커스에게 맡긴 날이면 나와 실라는 집에서 와인 두 병을 거뜬히 해치우곤 했다. 한번은 실라가 2층으로 올라가다 카펫에서 미끄러져 넘어질 뻔한 것을 붙잡아 주기도 했다.

하지만 그런 일이 심각한 사고의 징후일 수는 없지 않은가? 아니면 나는 나를 속이고 있나? 진실을 회피하고 있나?

피오나의 말이 옳다. 실라가 하룻밤 사이에 작심하고 만취해서 스바루를 몰고 나갔을 리 없다.

실라가 죽은 지 사흘째 되는 날, 나는 켈리가 잠든 틈에 집을 조용히 샅샅이 뒤졌다. 만약 실라가 몰래 술을 마셨다면 어딘가 술이 숨겨져 있을 것이다. 집 안이 아니라면 차고, 또는 잔디 깎는 기계와 녹이 슨 오래된 정원용 의자를 보관하는 뒤편 창고.

모든 곳을 뒤졌지만 아무것도 발견되지 않았다.

나는 실라의 친구와 지인들을 찾아다녔다. 첫 번째는 벨린다였다.

"점심 식사 때 실라가 코스모폴리탄 칵테일을 한 잔 반쯤 마시고 취한 적이 있어요." 벨린다가 기억을 떠올리며 말했다. "그리고 한번은—나중에 조지한테 들켜서 난리가 났었는데, 하여간 그이는 말이 안 통한다니까—아무튼, 한번은 그걸 좀 피웠어요. 저한테 마리화나가 두 개 있었거든요. 그날 여자들끼리 놀다 보니 긴장이 풀려서요. 하지만 조금 즐겼던 것뿐이에요. 실라는 자제력을 잃은 적이 없어요. 술을 한 잔 이상 마시면 꼭 택시를 불러달라고 했어요. 분별력이 있었죠. 영리한 친구였어요. 그 사고, 저도 도저히 받아들일 수 없어요. 하지만 사람의 속사정을 어떻게 알겠어요?"

사무실의 샐리 딜 역시 실라의 사고를 이해할 수 없었다. "그런데 제 사촌 하나가, 아, 걔는 아직 살아있는데, 아무튼 걔가 보통 사람은 상상도 못 할 정도로 코카인을 복용하고 있었거든요. 그런데 놀라운 건, 경찰이 집에 쳐들어와 체포할 때까지 그 누구도 몰랐다는 거예요. 진짜 감쪽같이 숨긴 거죠. 정말 아무도 몰랐어요. 살다 보면요, 아, 실라가 그렇다는 말은 아니고요, 어쨌건 살다 보면 매일 보는 사람인데도 사실 그 사람에 대해서 하나도 몰랐구나, 하고 깨달을 때가 있잖아요."

그렇다면 가능성은 두 가지였다. 실라가 알코올 중독이었는데 능숙하게 숨겼거나, 실라가 알코올 중독이었는데 내가 둔해서 알아차리지 못했거나.

아니, 또 다른 가능성도 있었다. 실라가 알코올 중독이 아니었고 음주 운전을 하지 않았을 가능성. 그러기 위해서는 지금까지의 부검 결과가 모두 틀린 것이어야 한다.

하지만 부검이 잘못됐다는 소식 따위는 없었다.

나는 납득할 수 없는 사실을 납득하기 위해 발버둥 치며 그녀와 같이 수업을 듣던 학생들까지 만났다. 그리고 한 번도 결석한 적이 없던 실라가 그날 밤 수업에 빠졌음을 알게 되었다. 강사인 앨런 버터필드는 실라가 성인반에서 최우수 학생이었다고 내게 말했다.

"실라에게는 수업을 듣는 진정성이 있었죠." 학교에서 조금 떨어진 도로변 술집에서 맥주를 마시면서 앨런이 말했다. "실라가 그러더군요. 가족을 위해, 남편과 딸을 위해 수업을 듣는다고요. 가족의 생계를 돕기 위해서."

"실라가 언제 그런 말을 했습니까?" 내가 물었다.

그는 잠시 생각했다. "한 달 전일 겁니다." 그는 집게손가락으로 테이블을 톡톡 두드렸다. "여기서, 맥주를 두어 잔 마시면서 얘기했죠."

"맥주를 두어 잔 마셨다고요? 실라가요?" 내가 물었다.

"아, 두어 잔 마신 건 저였어요. 석 잔이었나?" 앨런은 얼굴을 붉혔다.

"실라는 한 잔만 마셨을 겁니다. 딱 한 잔이요."

"자주 그랬습니까? 수업 끝나고 실라와 자주 맥주를 마셨어요?"

"아니요. 그때 한 번뿐이었습니다. 실라는 딸에게 잘 자라고 뽀뽀해 줘야 한다며 수업이 끝나면 늘 서둘러 돌아갔어요."

경찰은 실라가 그날 밤 수업을 빠지고 어딘가에서 저녁 내내 술을 마셨다는 결론을 내렸다. 하지만 그곳이 어디인지는 밝혀내지 못했다. 지역 술집들을 탐문해 봤지만 아내를 본 사람은 없었고, 주류 판매점에서도 아내에게 술을 팔았다는 사람은 나타나지 않았다. 물론 따져보면 의미 없는 결과였다.

아내는 다른 날 다른 곳에서 산 술을 차 안에 갖고 들어가 몇 시간 동안 벌컥벌컥 들이켰을지도 모르니까.

나는 경찰들에게 착오의 여지가 없는지 몇 차례 물어봤지만 부검 결과는 거짓말을 하지 않는다는 대답이 돌아올 뿐이었다. 그들은 내게 보고서 사본까지 주었다. 혈중알코올농도 0.22. 체중 63킬로그램의 여성인 실라가 그 정도로 취하기 위해서는 보드카를 여덟 잔 정도 마셔야 했다.

"알코올 중독을 알아차리지 못한 것뿐만 아니야." 장례식장에서 피오나는 켈리가 멀리 있는 걸 확인하고 내게 버럭 화를 냈다. "걔가 술을 마신 건 애초에 다 자네 탓이야. 별 볼 일 없는 자네는 처음부터 우리 딸을 망쳤지만, 특히 요 몇 년 사이 걔가 놓친 인생을 얼마나 아쉬워했는지 몰라. 더 좋고 더 풍요로운 인생 말이야. 자네 따위가 줄 수 없는 생활. 그래서 애가 그 지경이 된 거라고."

"실라가 그렇게 말하던가요?" 내가 물었다.

"말할 필요도 없지." 피오나가 매섭게 다그쳤다. "딱 보면 아니까."

"피오나, 그만." 마커스가 중재에 나섰다. 나로서는 드물게 그가 마음에 든 순간이었다. "그만 좀 해."

"얘기하게 놔둬요, 마커스. 나중에는 마음이 약해져서 못할 거예요."

"과연 그럴까요?" 내가 말했다.

"자네가 실라에게 어울리는 삶을 안겨줬더라면 걔가 그렇게 슬픔에 빠지지 않았을 거야."

"켈리를 데리고 집에 가겠습니다." 내가 말했다. "안녕히 계세요."

하지만 피오나의 손녀 사랑은 틀림없는 사실이었다.

켈리 역시 할머니를 사랑했다. 마커스도 켈리를 아껴주는 편이었다. 두 사람은 손녀라면 사족을 못 썼다. 나는 딸을 위해 피오나에게 적의를 드러내지 않으려고 애를 썼다. 앤 슬로컴의 사망 소식을 듣고 충격에 휩싸여 있는데,

집 밖에서 자동차가 진입로로 들어오는 소리가 들렸다. 현관의 커튼을 살짝 걷어보니 캐딜락 운전석에 앉은 마커스가 보였다. 조수석에는 피오나가 앉아 있었다.

"젠장." 실라가 죽기 전, 켈리는 6주마다 피오나와 마커스의 집에 가서 주말을 보내고는 했다. 혹시 이번 주가 그 주인데 내가 까맣게 잊어버렸나? 혼란스러웠다. 장례식 이후 나와 켈리는 피오나와 마커스를 만난 적이 없었다. 피오나와 몇 번 전화 통화를 하긴 했지만 받자마자 켈리에게 수화기를 넘겨야 했다. 매번 피오나는 내게 예의 따위 차릴 기분이 아님을 분명히 했다. 나에 대한 그녀의 경멸감은 웅웅거리는 통화 불량과도 같았다.

나는 위층으로 뛰어 올라가 켈리의 방에 고개를 들이밀었다. 아이는 아직도 자고 있었다.

"이봐, 꼬마 아가씨." 내가 말했다.

켈리는 침대에서 몸을 구르면서 눈을 한쪽씩 차례로 떴다. "왜?"

"'할머니 비상사태'다. 할머니와 마커스 씨가 왔어."

켈리는 침대에서 일어나 똑바로 앉았다. "지금 왔다고?"

"그래. 오늘 온다는 거 알고 있었니?"

"어…… 음……."

"아빠는 전혀 몰랐거든. 아무튼, 빨리 움직여."

"까맣게 잊어버렸네."

"뭐야. 넌 알고 있었어?"

"그랬을걸."

나는 켈리를 쳐다봤다.

"스카이프로 할머니랑 채팅했어." 켈리가 털어놓았다. "그때 할머니한테 나 만나러 와도 괜찮다고 말한 것 같아. 정확한 날짜는 말 안 했는데."

"알았으니까, 빨리 움직여."

켈리가 이불 아래에서 스르륵 빠져나오는데 초인종이 울렸다. 나는 켈리가 혼자 옷을 갈아입도록 내버려두고 1층으로 내려가 현관문을 열었다.

막대기처럼 딱딱하고 돌처럼 굳은 표정의 피오나가 눈앞에 등장했다. 그녀의 등 뒤로 불편한 얼굴의 마커스가 꾸물거리고 있었다.

"글렌." 얼음이라도 쪼갤 듯한 목소리로 피오나가 말했다.

"이봐, 글렌." 마커스가 분위기를 누그러뜨릴 요량으로 내게 인사를 건넸다. "잘 지냈나?"

"웬일이십니까? 갑자기." 내가 말했다.

"켈리를 보러 왔어." 피오나가 말했다. "애는 어떻게 지내고 있지?" 잘 지내고 있을 리 없다는 듯한 말투였다.

"오늘이 켈리가 그 댁으로 가는 주말입니까?"

"'그 댁으로 가는 주말'이 아니면 내가 손녀 보러도 못 온단 말인가?"

"집에 아무도 없으면 어쩌려고요? 괜히 헛걸음하시는 거잖아요?" 내가 합리적으로 따지자 피오나는 얼굴을 붉혔다.

마커스가 헛기침을 했다. "있겠지 싶어서 그냥 왔어."

나는 그들이 들어올 수 있도록 뒤로 물러났다. "인터넷으로 켈리랑 얘기했다면서요?" 내가 피오나에게 물었다.

"채팅을 좀 했지." 피오나가 말했다. "애가 너무 걱정이 돼. 얼마나 힘들지 안 봐도 뻔해. 실라가 제 아빠를 잃었을 때는 켈리보다 나이가 많았지만 그래도 몹시 힘들어했지."

"고속도로가 지랄 같았어." 마커스가 긴장된 분위기를 비집고 들어왔다. "뭔 공사를 해대는지 도로를 뒤집어엎었었더군."

"네. 늘 그렇죠." 내가 말했다.

"이봐, 내가 피오나한테 말은 했어. 전화도 안 하고 이렇게 불쑥 찾아오면 좋지 않―."

"마커스, 나 대신 사과하지 말아요. 글렌, 자네와 의논할 게 있어." 피오나는 맥아더 장군이 일본군에게 항복을 권할 때 구사했음 직한 억양으로 내게 말했다.

"뭔가요?"

"스카이프 채팅을 하다가 켈리에게 들었는데 학교에서 안 좋은 일이 있었더군."

"켈리는 잘 지내고 있습니다. 성적도 작년보다 조금 올랐어요."

"성적 얘기가 아니야. 학교에서의 인간관계를 말하는 거야."

"무슨 인간관계 말입니까?"

"애들이 켈리를 못살게 군다던데?"

"네, 뭐, 그런 일이 있었죠."

"그래, 그랬겠지. 사고로 죽은 애가 켈리와 같은 학교 학생이었잖아? 애가 지금 고문이라도 받는 심정일 거야. 좋은 교육 환경이 못 돼."

"애들이 '주정꾼'이라고 놀린다는 얘기를 하던가요?"

"했지. 자네도 알고 있었군?"

"당연히 알고 있습니다."

"그래. 그럼 무슨 조치를 취했나?"

이럴 때면 늘 그렇듯 나는 목덜미가 땅겼다. 피오나와 이 얘기를 하고 싶지는 않았지만 피할 수 없었다. "조치를 취하고 있으니까 안심하세요."

"켈리를 전학 보낼 계획인가?"

"저도 어젯밤에야 얘기를 들었습니다. 당신이 학교 다닐 때는 어땠는지 몰라도, 밀퍼드의 학교들은 주말에 문을 닫아요. 월요일 아침에 일어나자마자 교장에게 연락할 생각입니다."

피오나는 잠시 나를 노려보다가 시선을 돌렸다. 그러다가 그녀는 애써 표정을 누그러뜨리며 다시 내 눈을 바라봤다. "글렌, 자네가 내 제안을 따른다면 굳이 그럴 필요 없을 거야."

"무슨 제안 말입니까?"

"내가 마커스와 의논했는데, 켈리를 다리엔의 학교로 전학시키면 어떻겠나?"

마커스는 또다시 불편한 표정으로 나를 쳐다봤다. 그 제안이 마커스로부터 나온 게 아님은 분명했다.

"안 되겠는데요." 내가 말했다.

피오나는 내가 거절할 줄 알았다는 듯 고개를 끄덕였다. "망설이는 게 당연해. 하지만 객관적으로 상황을 살펴보게. 이렇게 스트레스가 심한 환경은 켈리의 학업에 좋지 않아. 엄마의 사고나 그 때문에 죽은 소년에 대해 아는 애들이 없는 학교로 전학을 보내면 켈리도 새롭게 시작할 수 있어."

"견디면 금방 지나갈 일입니다." 내가 말했다.

"우리 집 근처에," 피오나는 나를 무시하고 말을 이었다. "평판이 아주 좋은 학교들이 있어. 학생들 성적이 공립학교에 비해 월등히 우수하지. 켈리가 지금처럼 힘들게 애들한테 괴롭힘을 당하지 않는다 해도 전학을 고려해볼 만해. 흠잡을 데 없이 믿을 만하고 건실한 학교들이야. 페어필드 카운티의 명문가 자제들이 다니는 학교들이지."

"명문가 자제들이야 그런 데에 다닐 돈이 있겠죠." 내가 말했다.

피오나는 고개를 저었다. "돈 걱정은 하지 말게, 글렌. 학교에 드는 비용은 전부 내가 지불할 테니까."

순간적으로 마커스의 얼굴이 움찔했다. 나는 피오나에게 말했다. "켈리가 매일 여기서 다리엔까지 통학하기는 힘들어요."

피오나는 음흉한 웃음을 지었다. "평일에 우리 집에서 지내다가 주말에 여기로 돌아오면 되잖아? 사실, 켈리가 우리 집에 올 때 머물 방을 꾸미려고 진작부터 마커스가 아는 설계자와 의논 중이었어. 애가 사용할 컴퓨터와 숙제할 때 필요한 책상도 전부—."

"내게서 켈리를 떼어 놓을 수 없습니다." 나는 딱 잘라 말했다.

"그럴 리가 있나." 짐짓 기분이 상했다는 듯 피오나가 말했다. "그런 생각을 하다니 섭섭해. 난 자네를 도와주려는 거야. 자네와 켈리를. 혼자서 애 키

우는 게 얼마나 힘든 일인데? 내가 겪어 봤잖아? 일을 하면서 동시에 부모 노릇하는 게 얼마나 힘든지 나도 잘 알아. 아마 이제서야 예전 생활로 돌아가는 중일 텐데, 한번 두고 보게. 자네가 무슨 일을 하는지 정확히 모르겠지만, 예를 들어 집 짓는 현장에 있다거나, 시외에 나가 있다거나, 우편물을 기다린다거나, 건물을 점검받거나, 고객을 기다려야 하는데 정신을 차려보니 벌써 켈리를 데리러 갈 시간이 돼 있으면 어떨 것 같나?"

"해결하겠죠. 어떻게든." 내가 말했다.

피오나는 손을 뻗어 팔짱을 낀 나의 팔을 건드렸다. 그녀치고는 꽤나 다정한 제스처였다. "글렌, 자네와 나는 항상 의견이 달랐지. 하지만 지금 내 제안은 켈리를 위한 최선이야. 자네도 알지 않는가? 나는 켈리에게 가능한 모든 기회를 주고 싶어."

사실 내가 자존심을 버리고 피오나가 비용을 지불한다는 사실만 꾹 참는다면, 그녀의 제안은 그리 나쁘지 않았다. 지역을 불문하고 내게는 켈리를 사립학교에 보낼 돈이 없었다. 만약 피오나의 동기가 정말로 순수하다면 나는 그녀의 제안을 진지하게 고려해 봤을 것이다. 하지만 나는 그녀가 나와 켈리의 사이를 갈라놓으려는 의도를 지니고 있다는 의심을 떨칠 수 없었다. 실라가 없으니 자기가 직접 손녀의 삶을 좌지우지할 속셈이다.

"내가 그랬잖아." 마커스가 피오나에게 말했다. "주제넘은 생각이었어."

"당신과는 상관없는 문제예요, 마커스." 피오나가 말했다. "켈리는 내 손녀예요. 당신 손녀가 아니라고요. 피 한 방울 섞이지 않았잖아요?"

마커스는, 봤지? 자네만 당하는 게 아니야, 라는 표정으로 나를 쳐다봤다.

"내가 왜 상관이 없어?" 마커스가 단호히 반박했다. "켈리는 당신뿐 아니라 나와도 같이 살게 될 텐데." 그는 나를 힐끗 쳐다보더니 다음과 같이 부연했다. "평일 동안. 싫다는 건 아니야. 하지만 나를 상관없는 사람 취급하지 말라고. 망할, 다시는 그딴 소리 하지 마."

"켈리는 저와 함께 살 겁니다." 내가 말했다.

"하긴," 피오나는 나의 거절을 받아들이지 않았다. "생각할 시간이 필요하겠지. 당연히 켈리 본인의 의견도 들어볼 거야. 아마 애는 그러자고 할 걸?"

"결정은 제가 합니다."

"그럼, 그럼." 피오나는 또다시 내 팔을 토닥거렸다. "그런데 우리 꼬마 공주님은 어디에 계시나? 오후에 잠깐 데리고 나가는 정도는 허락하겠지? 〈스탬퍼드 몰〉에 갈까 해. 겨울 코트를 좀 사줘야겠어."

"켈리는 오늘 집에 있는 편이 나을 것 같습니다." 내가 말했다. "실은……방금 전에 문제가 좀 생겼어요. 아직 켈리에게 말하지 못했지만 그 소식을 들으면 애가 밖에 나갈 기분이 안 들 겁니다."

"뭔데?" 마커스는 문제가 뭐든 분명 피오나가 나를 반박할 것이라고 예상하며 얼굴을 찌푸렸다.

"실라의 친구 앤을 아시죠? 앤의 딸 에밀리가 켈리의 친구예요."

피오나는 고개를 끄덕이고 마커스에게 말했다. "당신도 알죠? 왜, 여기서 핸드백 파티를 열었던 여자 있잖아요."

마커스는 멍한 표정을 지었다.

"설마, 기억을 못 해요? 굉장한 미녀였는데?" 피오나는 불만스럽게 내뱉고는 내게 물었다. "그 여자가 왜?"

"어젯밤 앤을 만났습니다. 켈리가 그 집에 파자마 파티를 하러 갔다가 제게 전화를 걸어 빨리 데리러 오라고 했어요. 애한테 문제라도 생겼나 싶어서 저는 곧바로―."

"아빠!"

켈리의 비명 소리에 우리 셋은 계단 위쪽으로 일제히 고개를 돌렸다.

"아빠, 빨리 와 봐! 빨리!"

나는 계단을 두 단씩 뛰어올랐고 10초도 되지 않아 켈리의 방으로 뛰어들었다. 피오나와 마커스가 뒤따라 들어왔다. 켈리는 노란 잠옷을 입은 채 책상 앞 의자에 걸터앉아 있었다. 아이는 마우스를 잡지 않은 손으로 화면을 가리켰다. 브라우저에는 켈리가 친구들과 채팅을 하는 웹사이트가 열려 있었다.

"에밀리의…… 에밀리의 엄마가……." 켈리가 말했다.

"아빠가 너한테 말해주려고 했어." 나는 양팔로 켈리를 감싸 안으면서 마커스와 피오나에게 어서 나가라는 눈짓을 했다. 두 사람은 순순히 방을 나갔다. "아빠도 방금 알았는데ㅡ."

"어떻게 된 거야?" 켈리의 눈에 눈물이 그렁그렁 맺혔다. "에밀리 엄마가 죽었어?"

"잘 모르겠지만 그런 것 같아. 오늘 에밀리 집에 전화를 걸었는데ㅡ."

켈리는 내 품에서 버둥거렸다. "전화하지 말라고 했잖아!"

"괜찮아, 괜찮아. 이제 상관없어. 전화를 받은 건 에밀리의 엄마가 아니라 이모였어. 앤 슬로컴 씨가 죽었다고 하더구나."

"하지만 어젯밤에 아줌마를 만났잖아. 그땐 살아 있었잖아!"

"그래, 아빠도 알아. 충격적인 소식이야."

켈리는 잠시 생각에 잠겼다. "어떻게 해야 돼? 에밀리한테 전화해야 돼?"

"나중에 하렴. 지금 에밀리는 아빠와 둘만의 시간이 필요할 테니까."

"기분이 이상해."

"알아."

우리는 그대로 함께 앉아 있었다. 아주 오랜 시간이 흐른 것 같았다. 나는 울고 있는 켈리를 꼭 끌어안은 채 잠자코 기다렸다.

"우리 엄마가 죽더니 이제 에밀리의 엄마가 죽었어." 켈리가 속삭였다.

"내가…… 내가 불행을 불렀나 봐."

"아니야, 그렇지 않아. 절대로 그런 소리 하지 마."

켈리가 흐느낌을 멈추자 나는 집에 찾아온 방문객들에 관해 언급했다. "할머니와 마커스 씨가 오늘 오후에 널 데리고 나가고 싶대."

켈리는 코를 훌쩍였다. "아……."

"참, 할머니가 너를 다리엔의 학교로 전학시키고 싶대. 할머니가 왜 그럴까?"

켈리는 대수롭지 않다는 듯 고개를 끄덕였다. "여기 학교가 싫다고 할머니한테 얘기했어."

"채팅으로?"

"응."

"그렇구나. 덕분에 할머니가 널 다리엔으로 데리고 갈 생각이야. 평일에 할머니 집에서 학교를 다니다가 주말에는 돌아와서 아빠랑 함께 지내는 거야."

켈리는 양팔로 나를 꼭 껴안았다. "그리고 싶지는 않아." 아이는 잠시 말을 멈췄다. "하지만 그래도 그쪽 학교 애들은 나를 모르니까, 우리 엄마가 무슨 사고를 냈는지 모르니까……."

우리는 잠시 더 서로를 끌어안은 채로 있었다.

"혹시 에밀리 엄마가 조리 독감 같은 전염병 때문에 죽었다면 나도 병에 걸릴까? 나 아줌마 침실에 있었잖아?"

"멀쩡하던 사람이 몇 시간 만에 독감으로 죽지는 않아." 내가 말했다. "심장마비 같은 게 아니었을까 싶다. 전염병은 아닐 테니 안심해. 그리고 '조리 독감'이 아니라 '조류 독감'이야."

"심장마비는 전염 안 돼?"

"응. 안 돼." 나는 켈리의 눈을 들여다봤다.

"동영상에서는 하나도 안 아파 보였는데."

나는 멈칫했다. "뭐라고?"

"내 핸드폰에 있는 동영상. 아줌마는 멀쩡해 보였어."

"그게 무슨 소리니?"

　　"옷장에 숨었을 때 에밀리가 문을 열면 찍으려고 핸드폰을 꺼내 들고 있었어. 어제 얘기했잖아?"

　　"에밀리 엄마를 찍었다는 말은 안 했어. 아줌마가 들어왔을 때 주머니에 집어넣었다고 했잖아?"

　　"응. 들어오고 나서 조금 있다가."

　　"동영상 아직 가지고 있어?" 내가 물었다.

　　켈리는 고개를 끄덕였다.

　　"아빠한테 보여줘."

12

"대런, 질문을 좀 할게요."

대런은 자기 집 진입로에 주차된 자동차의 조수석에 앉아 있었다. 운전석에 앉아 있는 사람은 로나 웨드모어였다. 키가 작고 몸이 다부진 40대 중반 흑인 여성인 그녀는 황갈색 가죽 재킷과 청바지 차림에 허리띠에 권총집을 차고 있었다. 짧은 머리카락은 차분하게 정돈되어 있었지만, 최근 염색한 몇 가닥이 정수리 위로 연필심처럼 가는 은백색 선을 그리고 있었다. 요란하게 떠들지 않고도 그녀는 자신의 개성을 은근히 드러내 보였다.

그들이 탄 차는 웨드모어의 잠복 경찰차였다. 대런 슬로컴은 이마를 짚은 손으로 눈을 가렸다. "믿을 수 없어……." 그는 신음하듯이 말했다. "믿을 수 없어. 앤이 죽었다니……."

"힘든 심정은 이해해요. 하지만 다시 몇 가지 질문에 대답을 해줘야겠어요."

로나 웨드모어는 대런을 알고 있었다. 같은 조직에 몸을 담고 있으니 조금이라도 알 수밖에 없었다. 대런은 밀퍼드 시의 교통경찰이었고 로나 웨드모어는 형사였다. 두 사람은 친하지는 않았지만 가끔 같은 현장에서 함께 일한 적이 있어서 인사를 건넬 만큼은 안면이 있었다. 또한 웨드모어는 슬로컴의 평판을 익히 들어 알고 있었다. 최소 두 건의 과도한 무력행사, 확인되지 않았지만 마약 단속 중 돈을 챙겼다는 소문, 그리고 만천하에 알려진 부인 앤 슬로컴의 핸드백 파티. 대런은 웨드모어에게도 파티 장소를 제공하지 않겠냐고 제안한 적이 있었지만 그녀는 거절했었다.

“물어보세요.” 이윽고 대런이 말했다.

“어젯밤 앤이 몇 시에 나갔어요?”

“9시 30분이나 45분쯤입니다.”

“무슨 일로 외출했죠?”

“전화를 받고 나갔어요.”

“누구 전화였어요?” 웨드모어가 물었다.

“벨린다 모튼. 앤의 친구입니다.”

하지만 대런 슬로컴은 그 외의 통화가 있었음을 알고 있었다. 벨린다의 연락이 오기 전의 전화 통화. 앤과 통화한 다른 사람. 부엌 전화기에는 불이 들어와 있었다. 후에 대런은 에밀리로부터 글렌 가버의 딸에게 핸드폰이 있었음을 알게 되었다. 즉, 앤의 설명과 달리, 꼬마는 자기를 데리러 오라고 아빠에게 연락하기 위해 집 전화를 사용하지 않은 것이었다.

“벨린다와 앤은 무슨 일로 만난 거였죠?”

대런은 고개를 저었다. “모르겠습니다. 둘은 친구예요. 만날 전화해서 시시콜콜한 일로 울고불고하는 사이입니다. 어디서 술이라도 마시려나 보다 싶었어요.”

“하지만 앤은 벨린다를 만나지 않았나요?”

“네. 벨린다가 11시쯤 전화를 걸어서 앤을 바꿔달라고 했습니다. 핸드폰으로 연락했는데 받질 않는다면서 무슨 일이 있나 싶어 집으로 전화했다더군요. 그때부터 저도 걱정이 됐습니다.”

“그래서 어떻게 했어요?”

“아내의 핸드폰으로 전화를 걸었습니다. 받지 않았어요. 앤을 찾으러 차를 몰고 나가볼까 고민했어요. 앤이 갈 만한 곳들을 살펴볼까 싶었습니다. 하지만 잠든 딸을 혼자 집에 두고 나갈 수 없었어요.”

“알겠어요.” 웨드모어는 메모를 하며 말했다. “경찰에는 몇 시에 신고했죠?”

"1시쯤일 겁니다."

웨드모어는 이미 알고 있었다. 슬로컴은 오전 12시 58분에 경찰에 신고했다.

"911에 걸지 않았어요. 제가 경찰이니까 번호를 다 알잖습니까? 그래서 긴급 신고 번호가 아닌 접수계로 연락해서 비공식적으로 요청했어요. 아내가 사고라도 났을까 봐 걱정돼서 그러니 근무 중인 동료들에게 앤의 차를 살펴봐 달라고 부탁했습니다."

"경찰에서 연락을 받은 건 몇 시였죠?"

대런 슬로컴은 양손으로 뺨에 묻은 눈물을 닦아냈다. "어, 잠깐만요. 2시쯤이었을 거예요. 릭비가 전화했습니다."

'켄 릭비 경관. 좋은 사람이지.' 웨드모어는 생각했다. "알겠어요. 시간적인 경위를 파악하려고 물어본 거였어요."

"목격자가 있습니까?" 대런 슬로컴이 물었다. "항구에서 무슨 일이 벌어졌는지 누군가 봤어요?"

"조사 중이에요. 하지만 요즘 같은 계절에는 항구에 인적이 드물거든요. 그래도 근처에 인가가 있으니까 운이 좋으면 정보를 얻을 수 있을 거예요. 알아봐야죠."

"네. 목격자를 찾아야 할 텐데. 하지만 형사님 생각은 어때요?"

"추측하기에는 아직 일러요, 대런. 일단 릭비 경관이 발견할 것을 말씀드리자면 차의 시동은 켜진 채였고 운전석 문은 열려 있었어요. 오른쪽 뒷바퀴는 터져 있었고요."

"네……." 로나는 대런이 말을 제대로 듣고 있는지 의아했다. 그는 충격으로 정신이 나가 있었다.

"조수석 쪽이 잔교 가장자리에 딱 붙어 있었다고 해요. 앤은 터진 뒷바퀴를 살펴보려고 그쪽으로 돌아가서 몸을 굽히다가 발을 헛디뎠을지도 몰라요."

"그러다가 물에 빠졌다는 말씀입니까?"

"아마도요. 하지만 물은 그리 깊지 않았고 물살도 세지 않았어요. 릭비 경관은 형광등으로 물을 비추다가 곧바로 앤을 찾아냈어요. 사고였을 거라더군요. 강도를 당한 흔적은 없었으니까요. 핸드백은 조수석에 놓여 있었어요. 아무도 손을 대지 않은 것 같아요. 지갑과 신용카드도 그대로 있었어요."

대런은 고집스럽게 고개를 저었다. "왜 나한테 전화를 걸지 않았지? 어째서 견인차든 뭐든 부르지 않은 거야? 도대체 무슨 생각으로? 한밤중에 바닷가에서 혼자 타이어를 갈려고?"

"수사가 진행되면 더욱 밝혀지겠죠." 웨드모어가 대런에게 말했다. "앤이 왜 항구로 차를 몰고 갔는지 짐작 가는 이유는 없어요? 거기서 벨린다를 만날 예정이었을까요?"

"그럴지도 모릅니다. 술 마시러 간 게 아니라 같이 산책이라도 할 작정이었는지 모르죠."

"하지만 만약 그랬다면 벨린다가 당신 집에 전화를 걸어서 앤을 바꿔달라고 하지는 않았겠죠." 웨드모어가 지적했다. "항구에 앤의 자동차가 있는데 앤은 보이지 않는다고 말했을 거예요."

"맞아요, 맞습니다. 그랬겠죠." 대런이 동의했다.

"그럼 다시 처음 질문으로 돌아오는군요. 앤은 항구에서 대체 뭘 하고 있었던 걸까요? 혹시 벨린다를 만나기 전에 다른 누군가를 만나려고 했을 가능성은?"

"다른 사람은…… 다른 사람은 모르겠습니다." 대런 슬로컴은 다시 눈물을 터뜨렸다. "로나, 나 이제 더는, 더는 못하겠어요……. 해야 할 일들이 많습니다."

로나 웨드모어는 차창 너머로 대런의 픽업트럭을 바라봤다. 트럭의 뒷유리에 "중고 트럭 팝니다"라는 표지판이 걸려 있었다. 집의 거실에서는 에밀리가 커튼 사이로 창밖을 내다보고 있었다.

"딸이 무척 힘들어하겠군요." 웨드모어 형사가 말했다.

"뉴헤이번에 사는 앤의 언니가 아침 다섯 시에 왔어요. 장례식 준비를 도와주고 있습니다." 대런이 말했다.

웨드모어는 손을 뻗어 슬로컴의 팔을 토닥였다. "잘 알겠지만 우리는 수사에 최선을 다할 거예요."

대런 슬로컴은 충혈된 눈으로 그녀를 바라봤다. "알아요. 알고 있습니다."

로나 웨드모어의 차가 멀어지다가 길모퉁이를 돌아 사라지는 순간 대런은 핸드폰을 꺼내 번호를 눌렀다.

"여보세요?"

"벨린다."

"아, 맙소사, 대런, 나 아직도 도저히—."

"잠자코 내 말 들어요. 당신—."

"정말 미칠 것 같아요." 숨을 헐떡이며 벨린다가 말했다. "처음에는 그 남자가 찾아와서 날 협박하더니 새벽 네 시에 당신이 전화를 걸어서 앤이—."

"씨발, 입 좀 닥쳐보라니까!" 수화기에 정적이 흐르자 대런은 말을 이었다. "로나 웨드모어가 당신을 찾아갈 거예요."

"로나…… 누구요?"

"밀퍼드 시 형사. 나랑 아는 사람이에요. 로나 웨드모어는 당신이 앤과 통화했다는 걸 알아요. 둘이 만나기로 했다는 사실도 알고."

"하지만—."

"웨드모어 형사한테는 앤과 사소한 일로 통화했다고 말해요. 남편이랑 싸워서 하소연했다고 말하든지 어떻게든 둘러대라고. 우리들의 장사나 당신을 찾아온 남자에 대해서는 절대 얘기하지 말아요."

"하지만 대런, 그 남자가 앤을 죽인 거면 어떡해요? 이렇게 그냥—."

"그 남자가 죽인 게 아니야." 대런이 말했다. "사고였어요. 앤은 물에 빠진 거야. 떨어지면서 머리를 부딪친 거라고. 아무튼, 내 말 잘 들어요. 쓸데없는 얘기 하지 말아요. 한 마디도. 알아들었어요?"

"네, 알았어요, 알아들었어요."

"그리고 어젯밤에 글렌이 전화로 뭐랬다고요? 다시 말해봐요."

"글렌이…… 자동차가 불타지 않았다고 했어요. 실라의 핸드백이 무사하다고…… 불에 타지 않았다고…… 하지만 핸드백 안에 봉투는 없댔어요."

"자기 입으로 그렇게 말했어요?"

"그래요." 벨린다는 떨리는 목소리로 대답했다.

대런은 곰곰이 생각했다. "그렇다면 어딘가에 돈이 있을지도 모르겠군." 그는 말을 멈췄다. "아니면 글렌이 이미 찾아냈거나."

13

켈리의 핸드폰은 컴퓨터 마우스 옆에 놓여 있었다. 아이는 화면의 이것저것을 누르더니 내게 건넸다. "정지시켜 놨어." 켈리가 말했다. 작은 화면에는 우편함의 입구를 90도 돌려놓은 듯한 세로가 길쭉한 이미지가 떠 있었다. 가늘고 긴 화면 속에 침실의 모습이 비추어져 있었고 전경에는 침대가 보였다.

"화면이 왜 이래?" 내가 물었다.

"옷장 문을 조금만 열어놓았잖아. 그 틈새로 찍은 거야." 켈리가 말했다.

"그래, 맞다. 이거 어떻게 재생하지?"

"거기, 그거 눌러. 줘봐, 내가 할게."

켈리가 엄지손가락으로 뭔가를 누르자 이미지가 움직이기 시작했다. 켈리가 동영상을 촬영할 때 손을 조금 떨었던 탓에 가늘고 긴 빛은 좌우로 흔들렸고 침대도 위아래로 움직였다.

침대 뒤쪽으로 문이 열렸다.

"지금 에밀리의 엄마가 들어왔어." 켈리가 말했다. "지금 침대에 앉았어."

앤은 옷장 문에서 불과 1미터쯤 떨어져 있는 듯했다. 그녀의 손이 카메라의 시야를 벗어나더니 곧 무선 전화기를 쥐고 다시 나타났다. 앤은 번호를 누른 뒤 귓가에 수화기를 갖다 댔다.

음질이 좋지 않았다. *여보세요.* 앤 슬로컴이 말했다. *지금 통화 괜찮아요? 네, 혼자예요.*

"소리 좀 키울 수 있니?" 내가 켈리에게 물었다.

켈리는 얼굴을 찌푸렸다. "안 될걸."

……손목은 괜찮아졌어요?……자국이 사라질 때까지 긴소매 옷을 입어요.

"봤지?" 켈리가 말했다. "아줌마는 아프지 않아. 기침도 안 하잖아."

……다음에는 언제 만나냐고요?……수요일 어때요?

"이제 다른 전화가 걸려와." 켈리가 말했다.

"쉿."

……나중에 다시 전화할게요—여보세요?

"여기야."

"켈리, 조용해 봐."

"바로 여기서 아줌마가 내 쪽을—."

"쉿!"

……만약 다르게 거래하고 싶다면 한번 얘기해 봐요. 이 부분에서 앤은 옷장을 힐끗 쳐다봤다.

화면이 검어졌다.

"화면이 왜 이래?" 내가 물었다.

"내가 주머니에 핸드폰을 집어넣었거든. 아줌마가 옷장 쪽을 쳐다봤을 때. 너무 무서웠어."

"그때 아줌마가 통화를 멈췄니?"

"아니, 아직 나를 알아채지 못했어. 아줌마는 좀 더 통화를 했어. 아빠한테 말했던 그거 있잖아, 아줌마가 막 화를 냈다고 한 거."

나는 핸드폰을 켈리에게 돌려주었다. "이 동영상 컴퓨터에 옮길 수 있니?" 켈리가 고개를 끄덕였다. "이메일에 첨부해서 아빠한테 보내줄 수 있어?" 아이는 다시 고개를 끄덕였다. "그럼 보내줘."

"아빠, 나 큰일 나는 거야?"

"아니야."

"왜 동영상을 보내달라고 한 거야?"

"그냥…… 나중에 다시 보려고."

아래층에서 피오나가 외쳤다. "애는 괜찮아?"

"잠깐 기다려요!" 나는 아래층을 향해 외쳤다.

켈리는 입술을 깨물었다. "할머니와 마커스 씨한테 뭐라고 해야 돼?"

"너는 어떻게 하고 싶니?"

켈리는 머뭇거렸다. "내가 에밀리한테 해줄 수 있는 게 없다면 밖에 나갔다 와도 돼. 하지만 대신 아빠한테 부탁 하나만 해도 돼?"

"물론이지. 무슨 부탁이니?"

"에밀리 엄마한테 무슨 일이 일어났는지 알아봐 줄 수 있어?"

나는 그 사건에 관여하고 싶지 않았지만 켈리에게 약속했다. "그래. 알게 되면 말해줄게."

"무슨 일이야?" 1층으로 내려온 나에게 피오나가 물었다.

나는 두 사람에게 내가 아는 얼마 안 되는 정보를 알려줬다. 켈리의 친구 엄마가 죽었는데 무슨 이유인지는 모르겠다고 말했다.

"불쌍한 녀석." 마커스가 말했다. 에밀리가 아니라 켈리를 말하는 것이었다. "나쁜 일이 줄줄이 이어지는구나."

"어찌 된 일인지 곧 알게 되겠죠. 뉴스에 나오든, 신문 부고란에 실리든, 페이스북에 애도의 글이 올라오든 할 테니까요. 우리가 알기 전에 켈리가 친구한테 문자를 받을지 모르겠군요."

"애가 우리랑 같이 나가겠다고 하던가?" 이런 비극도 손녀와 즐거운 하루를 보내려는 피오나의 의지를 꺾지 못했다.

15분 후 켈리가 외출 준비를 마치고 계단을 뛰어내려왔다. 마커스의 캐딜락을 타고 떠나기 전에, 켈리는 부엌에서 나를 꼭 끌어안았다. 나는 무릎을 꿇고 켈리의 뺨에 묻은 눈물을 닦아주었다.

"친구 엄마가 죽은 건 처음이야." 켈리가 속삭였다. "에밀리는 지금 너무 슬플 거야."

"그래, 맞아. 하지만 에밀리도 너처럼 강한 아이니까 이겨낼 거야."

켈리는 고개를 끄덕였지만 입꼬리가 파르르 떨렸다.

"할머니랑 마커스 씨하고 나가기 싫으면 집에 있어도 돼." 내가 말했다.

"아니야, 괜찮아. 하지만 같이 살기는 싫어. 학교 끝나면 집에 와서 아빠랑 같이 있고 싶어."

혼자 집에 남게 되자 나는 커피를 끓였다. 그동안 늘 실라가 커피를 끓여 줬기 때문에 나는 제대로 된 커피를 만드느라 허둥댔다. 커피 가루의 양을 가늠했고, 싱크대의 물에서 미지근한 물이 멈추고 차가운 물이 흐를 때까지 기다렸다. 나는 잔에 커피를 채우고 뒷마당의 테라스로 나갔다. 날은 추웠지만 얇은 재킷을 걸치니 조금 상쾌한 기분이 들었다. 나는 의자에 앉아 커피를 한 모금 들이켰다. 실라가 끓인 커피만큼은 아니었지만 그럭저럭 마실 만했다. 나는 다른 어떤 커피보다 실라가 끓인 커피를 좋아했다.

산들바람이 불어와 뒷마당에 있는 세 그루 떡갈나무들의 남은 잎들을 떨구었다. 이것을 제외하면 주위는 기묘할 정도로 고요했다. 잠시나마 온 세상이 차분했다. 2주 내내 끔찍했지만, 지난 열다섯 시간은 그야말로 재난이었다. 켈리의 파자마 파티 취소, 아이가 엿들은 통화 내용, 피오나의 갑작스러운 방문과 달갑지 않은 전학 제안. 그리고 무엇보다도 앤 슬로컴의 죽음.

엉망이군, 엉망이야.

"어떻게 생각해, 실라?" 나는 고개를 저으며 입 밖으로 소리를 내어 말했다. "응? 어떻게 생각하냐고?"

2주 동안 같은 반 여자아이 두 명이 엄마를 잃었다. 나는 에밀리의 엄마가 죽은 이유를 알아봐 달라는 켈리의 부탁을 적극적으로 들어주고 싶지는 않았지만 무슨 일인지 궁금하기는 마찬가지였다. 심장마비였을까? 동맥류? 아니

면 앤을 한순간에 쓰러뜨려 버렸을 다른 어떤 질병? 사고가 난 걸까? 계단에
서 굴러떨어졌나? 샤워를 하다가 넘어져서 목이라도 부러졌을까? 앤에게 지
병이 있었다면 실라가 알았을 것이고 내게 얘기했을 텐데? 다들 실라에게 쉽
게 고민을 털어놓고는 했다.

앤의 죽음은 실라처럼 납득하기 힘든 죽음이었을까? 나처럼 대런도 슬픔
뒤에 이어지는 분노를 느껴야 했을까? 아니, 분노는 사망 경위와 상관없을지
도 모른다. 설령 실라가 뇌졸중으로 쓰러졌다 해도 나는 여전히 분노했을 것
이다. 다만 그 대상이 달랐겠지. 죽은 실라를 원망하는 대신 하늘에 계신 분
께 따졌을 테니까.

"난 아직도 이해할 수 없어, 실라. 어떻게 숨길 수 있었지? 알코올 중독이
라는 걸 어떻게 들키지 않은 거야?"

대답은 없었다.

"할 일이 있어." 나는 남은 커피를 잔디밭에 쏟아부었다.

나는 오늘 하루를 제대로 활용하기로 했다. 켈리가 없는 틈에 회사로 가서
지난주에 못했던 일들을 처리할 생각이었다. 사무실을 정리하고, 톱날을 교
체하고, 연장들이 제자리에 놓여 있는지 살피기로 했다. 남겨진 음성메시지
들을 확인해서 조금이라도 회신해 두면 월요일 아침 샐리의 업무를 줄일 수
있다. 분명 음성메시지의 대부분은 어째서 작업이 진척되지 않는지를 궁금해
하는 고객들의 문의일 것이다. 최선을 다해도 정해진 시간에 완료되는 프로
젝트는 많지 않았다. 배관, 타일, 전기를 비롯한 여러 업체들을 조율하는 일
은 도미노 쌓기와 같았다. 업체들이 제시간에 순서대로 일을 처리해 주기만
하면 모두 완벽하게 흘러가겠지만 그렇게 일사천리로 진행되는 경우는 드물
었다. 필요한 사람들이 약속 시간에 나타나지 않기가 일쑤였다. 담당자가 아
플 때도 있었고, 완료된 다른 작업에 문제가 생겨 뒤처리를 위해 불려 갔을
때도 있었다.

하지만 최선을 다할 수밖에 없었다.

테라스의 의자에서 일어나는데 현관에서 차 문이 닫히는 소리가 들렸다. 집 옆을 돌아가 보니 진입로 끝에 주차되어 있는 하얀 픽업트럭이 보였다. 차 문에는 〈테오 전기〉라는 로고가 새겨져 있었고, 차의 주인인 테오가 운전석에서 내리고 있었다. 30대 중반의 테오는 마르고 단단한 체형에 키가 180센티미터가 넘었다. 나보다 10센티미터 정도 큰 키였다.

곧이어 조수석의 문이 열리더니 샐리가 내렸다. 스물여덟인 샐리는 머리카락이 어두운 금발이었고, 골격은 컸지만 뚱뚱하지 않았다. 그녀는 고등학교 시절에 체조와 육상을 했었다. 지금은 그때처럼 운동선수는 아니었지만 여전히 아침마다 5킬로미터를 달렸고 트럭 뒤 칸에서 목재를 내릴 때 일손이 모자라면 곧잘 도움을 주었다. 샐리는 나보다 2, 3센티미터쯤 키가 컸다. 그녀는 크리스마스 보너스를 제대로 주지 않으면 무력행사를 하겠노라고 내게 으름장을 놓고는 했는데 인정하기 싫지만 그녀에게 승산이 있었다.

샐리는 얼굴이 예뻤고 웃음이 매력적이었다. 그녀가 내 밑에서 일한 지도 이제 5년이 넘었다. 20대 초반에는 여윳돈을 버느라 종종 어린 켈리를 봐주기도 했지만, 머지않아 자신이 애보는 일을 하기에 나이가 많다는 것을 깨닫고 〈애플비〉(Applebee's)에서 아르바이트를 시작했다.

샐리는 테오와 사귄 지 이제 1년 정도 되었는데, 벌써부터 결혼 생각을 하고 있었다. 성급한 판단이었다. 나는 샐리를 말릴 입장이 아니었지만 결혼을 권하고 싶은 생각은 없었다. 테오 스테이모스에 대한 내 평가는 최근 몇 주 동안 (그 화재가 일어나기 전부터) 계속 곤두박질쳤다. 그는 나름의 매력이 있는 사내였지만 약속 시간에 나타나지 않기로 악명이 높았고 일 처리도 그저 그랬다. 화재가 난 뒤부터 나는 테오에게 일을 맡기지 않았다. 아니, 진작에 관계를 끊었어야 했다. 그의 트럭 뒤 범퍼 아래에는 "트럭 불알"이 달려 있었다. 이 고무로 만든 고환 모양의 장식품이 어째서 몇 년 전부터 유행하게 됐는지 나는 영문을 알 수 없었고, 테오의 그것을 볼 때마다 양철가위로 손수 거세해 주고 싶은 충동이 일었다.

"테오." 나는 두 사람에게 인사를 건넸다. "안녕, 샐리."

"내가 이러지 말라고 말렸는데……." 샐리가 말했다. 그녀는 테오와 나 사이를 가로막으려고 서둘러 움직였다.

"잠깐이면 돼." 테오가 말했다. 그는 양팔을 건들거리며 나를 향해 성큼성큼 걸어왔다. "잘 지내요, 글렌?"

"그럭저럭 지내요." 나는 어정쩡하게 대답했다.

"토요일에 귀찮게 해서 미안한데 마침 근처라서 들렀어요. 뭐, 평일이든 주말이든 얘기를 하는 데에는 마찬가지니까."

"마찬가지라니, 뭐가요?"

"요즘 나한테 연락이 뜸해서 말이죠."

나는 고개를 끄덕였다. "경기가 안 좋아요, 테오."

"그건 알아요." 테오가 말했다. "그런데 샐리 말로는 불황 전에 들어온 작업이 좀 있다던데?" 샐리가 몸을 움찔했다. 테오가 자신을 이런 식으로 이용하는 게 탐탁지 않은 듯했다. "일이 아주 말라붙은 건 아니잖아요? 당신 지난번 화재 이후 나랑 거래를 안 하던데, 부당합니다."

"당신이 전기를 설치했잖아요?" 내가 말했다.

"허, 참. 이거, 따지기는 싫지만, 불이 난 게 내 탓이라는 증거라도 있어요?"

"아니라는 증거도 없어요."

테오는 아래를 내려다보며 워크 부츠 끝으로 자갈 하나를 툭 쳐냈다. 그리고 다시 나를 바라봤다. "부당해요." 그는 침착하게 말했다. "증거도 없이 날 의심하다니."

나는 내 친구이자 테오의 애인인 샐리 앞에서 속내를 털어놓고 싶지 않았으나 어쩔 수 없는 상황이 되어버렸다. "그건 내 배타적 권리예요." 내가 말했다. 테오가 눈을 깜빡거리자 나는 그가 내 말을 이해하지 못했음을 깨달았다. 그와 거래를 끊고 싶었지만 모욕을 줄 생각은 없어서 나는 덧붙였다.

"이건 내 회사예요. 누구와 거래하느냐는 순전히 내가 결정할 일입니다."

"하지만 부당해요." 테오는 주장을 굽히지 않았다. "왜 나와 거래하지 않겠다는 건지 타당한 이유를 하나라도 대 봐요."

샐리는 트럭에 몸을 기대고 눈을 감았다. 듣고 싶지 않은 것이다. 그녀는 내가 무슨 대답을 할지 이미 짐작하고 있었다.

"당신을 신용할 수 없습니다." 나는 테오에게 말했다. "작업하기로 한 시간에 나타나지 않잖아요? 게다가 지난번 화재를 차치하더라도, 당신은 작업을 너무 건성건성 해요. 물건비를 아끼는 거 다 압니다."

"아니, 사정 알면서 왜 그래요?" 수세에 몰린 테오가 항변했다. "일이 밀리면 곧바로 다음 작업에 착수하지 못할 수도 있잖아요? 그리고 내 작업이 건성건성이라니, 무슨 소리야? 그런 말도 안 되는 소리를."

나는 고개를 저었다. "당신이 아침에 찾아갈 거라고 고객한테 말해뒀는데 나타나지 않으면 욕을 먹는 건 나와 내 회사예요."

"이러지 말라고 했잖아, 테오." 샐리가 말했다.

"소방서에서는 뭐랍니까?" 테오의 언성이 점점 높아졌다. "내가 전선을 잘못 연결한 탓에 불이 났답니까?"

"최종 보고서를 기다리고 있어요. 하지만 화재가 배전함 근처에서 발생했다고 하더군요."

"근처?" 테오가 말했다. "그럼 누가 기름 묻은 걸레 같은 걸 배전함 근처에 놓는 바람에 불이 났을 수도 있다는 말이잖아."

"추측은 내가 해요." 내가 말했다.

"허, 그래요? 형편없는 추측이로군."

테오는 나의 시간을 낭비하고 있었다. 나는 그와 다시 거래하지 않기로 결정했고 그걸로 끝이었다. 이리저리 방황하던 내 시선이 테오의 트럭 뒤범퍼 밑에서 덜렁거리는 고무 불알에 멈췄다.

나의 시선을 알아차린 테오가 내게 물었다. "저거 필요해요?"

"내친김에 말하자면, 앞으로 트럭에 저따위 물건을 달고 현장에 오는 사람들은 돌려보낼 생각이에요. 내 딸에게 저런 쓰레기를 보여줄 수는 없으니까."

"아니, 내가 내 트럭에 뭘 달고 다니건 당신이 알 바 아니잖아?"

"맞습니다." 내가 동의했다. "하지만 내 현장에 어떤 트럭을 불러들이느냐는 내가 정할 문제라는 거지."

테오는 옆구리에서 주먹을 꽉 쥐었다.

"테오, 그만 좀 해." 샐리가 앞으로 걸어 나오며 말했다. "이러지 말랬잖아. 왜 말을 안 들어?" 그녀는 나를 향해 말했다. "글렌, 미안해요. 진짜로 나는 말렸어요."

"차에 타." 테오가 샐리에게 말했다. 그의 얼굴은 분노로 불꽃처럼 시뻘게졌다. 그는 운전석에 들어가 문을 쾅 하고 닫았지만 샐리는 따라가지 않았다.

나는 죄책감을 느꼈다. "샐리 앞에서 남자친구를 무안하게 만들기 싫었지만 저렇게 따지니까 어쩔 수가 없었어."

"테오는 겉보기와 다른 사람이에요. 좋은 점이 얼마나 많은데요? 마음씨도 착해요. 지난번에는 〈월그린〉에서 점원이 실수로 테오에게 잔돈을 더 준 적이 있었는데, 돌려줬어요."

뭐라고 대꾸할 말이 없었다.

내가 묵묵부답이자 샐리는 고개를 떨궜다. 그녀는 한숨을 쉬더니 고개를 저으며 말했다. "저기, 사실 나도 할 얘기가 있어요."

나는 잠자코 기다렸다.

"이런 말 하기 좀 그렇지만, 혹시 괜한 사람 난처하게 만들까 봐 걱정도 되고……."

"테오 말이야?"

"아니요. 덕이요." 샐리는 다시 한숨을 쉬었다. "다음 주급을 이번 주에 미리 달라고 부탁했어요. 그래서 가불 받으려거든 사장님한테 얘기해 보라고 말했죠. 그랬더니 우리끼리 조용히 해결하자고 그러더군요."

이번엔 내가 한숨을 쉬었다. "알려줘서 고마워."

"돈 문제가 심각한 모양이에요. 덕하고 벳시 말이에요."

"나한테도 어젯밤에 전화했어. 가불 때문에."

"제가 얘기했다고 덕에게 말하실 거죠? 제가 마음이 안 좋다는 사실만은 꼭 알려주세요."

"그래. 나한테 맡겨." 나는 손을 뻗어 샐리의 팔을 토닥였다. "요즘 어떻게 지내?" 나는 샐리에게 아버지가 돌아가신 지 얼마나 됐냐고 묻지 않았다. 샐리가 아버지를 잃은 날은 내가 실라를 잃은 바로 그날이었다. "사무실에서는 이런 얘기 할 짬이 없었잖아?"

"전 괜찮아요. 하지만 아버지가 보고 싶어요. 너무 보고 싶어요. 정말…… 이상한 일이에요." 샐리가 말을 이었다. "아버지가 돌아가시고 몇 시간이 안 지나서 실라가……."

"맞아." 나는 애써 웃음을 지었다. 트럭 앞유리 너머로 우리를 바라보고 있는 테오가 못마땅해 할 것 같았지만, 나는 샐리를 잠깐 안아 주었다. 실라의 장례식 전날 치러진 샐리 아버지의 장례식에서도 나는 그녀를 안아주었었다. 당시 나는 스스로가 경황이 없었던 탓에 장례식에 참석하지 않을까도 싶었지만, 샐리는 부모형제 없이 혼자서 무거운 짐을 짊어지고 있었다. 나도 똑같은 슬픔으로 힘들었기 때문에 단 두 시간이라도 샐리를 거들어주면 큰 도움이 되리라는 것을 알고 있었다.

사인은 장례식 2주 후에 밝혀졌다. 샐리의 아버지는 심장마비의 재발을 막기 위해 응혈 속도를 늦추는 약을 복용하고 있었다. 샐리가 아침에 정해진 복용량을 아버지에게 투약하고 출근한 직후, 아버지가 깜빡하고 또다시 약을 복용한 모양이었다. 약물 과다로 인한 내출혈.

"샐리도 나도 기운 차리고 계속 살아가야지." 트럭에서 테오가 우리를 노려보고 있었다. "그것 말고는 할 수 있는 게 없어."

"네, 맞아요." 샐리가 말했다. "켈리는 잘 지내요? 집에 있어요?" 샐리가 켈리를 보살핀 것은 아이가 네 살이 될 때까지였지만, 그녀는 켈리가 가장 좋아하는 베이비시터였다.

"할머니하고 같이 나갔어. 애가 샐리를 못 봐서 섭섭해하겠네." 평소 속마음을 표현하는 데 서투른 나는 머뭇거리다가 말을 꺼냈다. "혼자 딸 키우는 일이 이렇게 힘들 줄 몰랐어. 왜, 아빠가 딸하고 의논하기 힘든 문제들이 있잖아?"

"네, 그렇죠." 샐리는 빙긋이 웃었다. "달마다 찾아올 '손님'에 관해 가르치느라 쩔쩔매는 당신 모습이 눈에 선하네요."

"그래. 그때가 어서 왔으면 좋겠네." 그때가 되면 피오나에게 부탁을 해야 할지도 모른다. 아니지, 샐리에게 부탁하는 편이 낫겠군.

"저기, 제가 켈리한테 가르쳐줘도 괜찮다면—."

"고마워." 내가 말했다. "기억해 둘게. 자, 그만 가 봐. 테오가 금방이라도 폭발할 것 같아."

샐리는 픽업트럭의 뒤범퍼 쪽으로 고갯짓을 했다. "저기 달린 저거, 미안해요."

"나라면 저런 물건이 달린 트럭에 절대로 켈리를 태우지 않을 거야." 내가 말했다.

내 말에 수치심을 느낀 듯 샐리는 얼굴을 붉혔다.

"월요일에 봐요." 샐리는 몸을 돌려 트럭으로 돌아갔다. 테오의 트럭은 연석을 벗어나면서 타이어로 끼익 하는 날카로운 소리를 냈다.

나는 집으로 들어가 마시지도 않을 커피를 한 잔 더 따랐다. 샐리와 나는 남매 같은 사이였기 때문에 테오에 대한 나의 비판이 그녀에게는 가혹하게 여겨졌을 것이다. 그렇게 생각에 잠겨 있는데 전화벨이 울렸다. "여보세요?"

“집에 있었군요.” 들어본 적이 있는 남자의 목소리였다.

“누구시죠?”

“대런 슬로컴입니다. 지금 당장 할 얘기가 있어요.”

14

나는 현관 포치로 나가서 대런 슬로컴이 나타나기를 기다렸다.

궁금했다. 대런 슬로컴은 내게 무슨 얘기를 하고 싶은 걸까? 지금 그에게 는 장례식에 쓸 관을 준비하는 일이 급선무일 텐데?

5분이 지나자 슬로컴의 붉은 픽업트럭이 도로를 따라 내려오다가 집 앞에 서 멈췄다. "대런." 나는 포치의 계단을 내려가 이쪽으로 걸어오는 그를 향 해 손을 내밀었다. "앤의 일은 안됐습니다."

우리는 악수를 했다. 슬로컴은 나의 위로에 고개를 끄덕이며 대답했다. "네. 너무 갑작스러워서 충격이었습니다."

"에밀리는 어때요?"

"그야말로 대참사예요. 난데없이 엄마를 잃었으니. 당신도 잘 알겠지만."

"도대체 어떻게 된 일입니까?"

대런은 기운을 끌어모으려는 듯, 턱을 앞으로 쑥 내밀고 머리 위를 올려다 봤다. "사고였어요."

예기치 못한 "사고"라는 단어에 나는 등골이 오싹했다. "자동차 사고였나 요?"

"비슷하지만 그렇지는 않아요." 대런이 말했다.

"그게 무슨 말이에요?"

"앤은 하이 스트리트 끝에 있는 항구로 차를 몰고 나갔어요. 조수석 쪽의 타이어가 터져서 차를 세운 뒤 문을 열었던 것 같습니다. 엔진이 켜져 있었 고 차 문도 열려 있었다더군요. 아무튼, 차는 잔교 가장자리에 딱 붙어 있었는데, 아마도 앤은 발을 헛디뎌서 물에 빠진 모양이에요. 제가 아는 밀퍼드 시경의 형사 하나가 물에 빠진 앤을 발견했습니다."

"맙소사." 내가 말했다. "정말 끔찍한 일입니다. 유감이에요."

"네. 그렇죠."

"이거, 뭐라고 말씀드려야 할지 모르겠군요."

"딸들이 서로 친구이기도 하니 가버 씨에게는 알려드려야 할 것 같았습니다."

"물론이죠." 내가 말했다.

"댁의 딸은, 켈리는 앤이 죽은 걸 알고 있나요?"

나는 고개를 끄덕였다. "오늘 제가 댁에 전화를 걸었을 때 앤의 언니로부터 소식을 들었습니다. 켈리에게 말해줄 참이었는데 이미 친구들하고 채팅을 하다가 들었더군요. 에밀리에게 들었는지도 모르겠습니다."

"그렇군요." 대런은 조용히 말했다. "켈리가 충격을 받았겠군요."

"네."

"제가 혹시…… 제가 혹시 켈리와 얘기를 나누면 도움이 되지 않을까요? 무슨 일이 일어났는지 켈리에게 직접 알려준다면?" 대런 슬로컴이 물었다.

"우리 딸하고 얘기를 하겠다고요?"

"네. 집에 있어요?"

"아니요, 없습니다. 하지만 제가 얘기했으니까 괜찮아요." 나는 대런 슬로컴이 앤의 사망 경위를 켈리에게 직접 말해줘야 할 필요성을 조금도 느끼지 못했다. 켈리에게 그 얘기를 해주고 위로해 줄 사람은 다름 아닌 나였다.

대런은 턱을 좌우로 움직이며 물었다. "켈리가 언제 돌아옵니까? 친구랑 놀러 나갔나요?"

대런의 오른쪽 눈가에서 약간의 근육이 움찔거렸다. 그는 신경이 심하게 곤두선 나머지 금방이라도 무너져버릴 듯했다. 나는 그 꼴을 보고 싶지 않았기에 최대한 목소리의 평정을 유지하며 대답했다.

"대런, 켈리가 집에 있다고 해도 당신과 얘기해서 도움될 건 없어요. 자기 엄마를 잃은 지 얼마 안 됐는데 친구의 엄마가 세상을 떠났잖아요? 이런 시기에 켈리를 도와줄 수 있는 사람은 아빠인 저입니다."

좌절감이 대런의 얼굴을 스쳐 갔다. "좋아요, 글렌. 그러면 단도직입적으로 묻겠습니다."

나는 마음속으로 방어 자세를 취했다.

"어젯밤에 도대체 무슨 일이었습니까?" 대런이 물었다.

나는 입안에서 혀를 볼 쪽으로 쑥 내밀었다. "무슨 말이에요, 대런?"

"켈리 말입니다. 왜 당신한테 데리러 오라고 연락한 거예요?"

"애가 몸이 안 좋았어요."

"거짓말하지 말아요. 무슨 일이 있었잖아요?"

"무슨 일이 있든 댁의 집에서 일어났잖습니까? 나야말로 물어보고 싶군요."

"그렇긴 하죠. 하지만 나도 잘 몰라요. 아내와 댁의 딸 사이에 뭔가 있었던 건 분명합니다만."

"대런, 그래서 하고 싶은 말이 뭔데요?"

"무슨 일이었는지 알아야 합니다. 알아야 할 이유가 있어요."

"혹시 부인의 사고와 관계가 있어요?"

대런은 또다시 턱을 이리저리 움직였지만 즉시 대답하지는 않았다. 이윽고 그는 퉁명스럽게 말했다. "아내가 밖에 나가기 전에 전화를 받았어요. 그것 때문에 항구로 나갔을 겁니다. 누가 전화했는지 알아야 해요."

나는 더 이상 참을 수 없었다. "대런, 집에 가서 가족들과 함께 있도록 해요. 당신을 필요로 할 테니까."

대런은 포기하지 않았다. "그날 밤 에밀리와 켈리는 숨바꼭질을 했어요. 켈리는 우리 부부의 침실에 숨었습니다. 그때 앤이 침실에서 전화 통화를 했어요. 누구와 통화했는지 켈리가 들었을지도 모릅니다."

"제가 도와드릴 수는 없겠군요." 내가 말했다.

"어제 당신이 우리 집에 왔을 때 내가 켈리를 데리러 갔었죠? 애는 침실 한가운데 서 있었어요. 벌이라도 받는 것처럼. 앤이 자기한테 거기서 가만히 기다리라고 시켰답니다."

나는 대꾸하지 않았다.

"켈리가 뭔가를 봤다거나 함부로 손댔다면 앤이 분명 나한테 말했을 겁니다. 하지만 희한하게도 아무 말 하지 않았어요. 내가 추궁하니까 얼렁뚱땅 대답하더니 밖으로 나가버렸어요. 전화 통화도 자기가 했으면서 안 했다고 거짓말을 했습니다. 켈리가 당신한테 연락할 때 우리 집 전화기를 썼다더군요. 하지만 에밀리한테 들었는데 켈리에게는 핸드폰이 있었어요. 맞습니까?"

"애 엄마가 죽었을 때 애한테 핸드폰을 사줬죠." 내가 말했다. "이봐요, 대런. 뭐라고 할 말이 없군요. 앤이 누구와 통화했는지 켈리가 어떻게 알겠어요? 아니, 애초에 그게 왜 중요합니까? 앤이 죽은 건 사고였다면서요? 누가 앤을 항구로 꾀어낸 게 아니잖아요? 혹시라도 그렇다면 경찰과 얘기해야 하는 거 아닙니까?"

나는 계속 말을 이었다. "게다가 그런 경우라면 내가 얘기할 사람은 당신이 아니라 수사 담당관이잖아요? 수사를 맡은 형사가 있을 테니 그게 맞잖습니까?"

"내겐 아내의 죽음을 둘러싼 정황을 알 권리가 있어요." 대런이 말했다.

남의 얘기가 아니었다.

나도 아내의 죽음에 관해 똑같지 않았던가? 실라가 사고로 죽었지만 그 정황을 납득할 수 없지 않았던가? 지금의 대런 슬로컴과 똑같은 행동을 하지 않았던가? 진실을 밝히기 위해 야간 수업의 학생들과 선생을 만나지 않았던가? 답을 얻기 위해 실라가 술을 숨겨뒀을 법한 곳을 찾아 집 안을 헤매지 않았던가?

앤이 생전에 대런에게 뭔가를 숨겨왔다면 그녀가 죽은 지금 그에게는 그것을 알 권리가 있지 않을까?

하지만 나는 이 난장판에 발을 들이고 싶지 않았다. 켈리를 끌어들이고 싶지도 않았다.

"이봐요." 나는 입을 열었다. 하지만 다음 할 말을 정하기도 전에 대런이 내 말을 끊었다.

"왜 아침에 우리 집에 전화했어요?"

"뭐라고요?"

"아침에 왜 전화했냐고요. 재니스가 받았다면서요? 앤과 할 얘기가 있었죠? 이유가 뭡니까?"

"그건……." 나는 아직 솔직히 말할 결심이 서지 않았다. "켈리가 그 집에 호피를, 그러니까, 토끼 인형을 놓고 갔는지 물어보려고 그랬습니다. 인형은 여기서 찾았어요."

"거짓말. 나 같은 베테랑 경찰이 그런 거짓말도 눈치 못 챌 줄 알아? 왜 전화했어요? 무슨 일이 있었는지 켈리한테 들은 거죠? 그래서 앤하고 얘기하려고 했던 거 아닙니까?"

나는 고개를 저었다. "제발, 대런, 그 망할 전화가 그렇게 중요하면 통화 내역을 살펴보면 될 거 아니에요?"

대런은 불쾌한 웃음을 지었다. "내가 안 그랬겠습니까? 살펴봤더니 앤이 발신 내역과 수신 내역을 모두 삭제했더군요. 그러니 어쩌겠습니까? 켈리에게 물어보는 수밖에."

"이봐요." 나는 달래는 투로 말했다. "당신과 앤에게 무슨 문제가 있었는지 나는 모릅니다. 무슨 문제가 있었건 간에 미안하지만 우리를 끌어들이지 말아줘요. 몇 주 동안 우리 딸은 고생이 이만저만이 아니었어요. 엄마가 죽은 것도 모자라 학교 애들이 켈리를 괴롭혔다고요. 실라의 탓으로 그 학교 학생 하나가 죽은 바람에 말입니다. 고맙게도 댁의 딸은 그 무리에 끼지 않았지만. 그런데 어제 그 친한 친구의 엄마가 죽었어요. 켈리가 이 고난을 이겨내려면 오랜 시간이 걸릴 겁니다. 당신이 켈리를 심문하도록 허락할 수 없어요. 당신뿐만 아니라 누구든."

대런 슬로컴의 어깨가 축 처졌다. 방금 전까지는 나를 흠씬 팰 것처럼 굴더니 지금은 풀이 죽었다.

"날 좀 도와줘요." 그가 말했다.

몇 초 동안 그와 나 사이에 정적이 흘렀다. 나는 그의 기분을, 답을 찾아 헤매는 필사적인 심정을 이해할 수 있었다. "좋아요." 내가 말했다. "당신 집에서 켈리를 데려오는 길에 들은 얘기가 있습니다."

"그래요?"

"저기, 약속 하나 합시다. 켈리에게 들은 걸 말해줄게요. 그걸로 끝냅시다. 직접 켈리에게 물어보지는 말아요." 나는 잠시 말을 멈춘 뒤 덧붙였다. "절대로."

슬로컴은 오래 생각하지 않고 금세 대답했다. "알겠습니다."

"그날 켈리는 침실 옷장에 숨어 있었어요. 에밀리를 놀래켜 줄 생각이었죠. 그때 앤이 들어와서 전화 통화를 했어요."

대런은 고개를 끄덕였다. "역시 그럴 줄 알았어."

"앤과 통화한 첫 번째 사람은—."

"잠깐만요. 첫 번째? 통화를 여러 번 했습니까?"

"켈리 말로는 두 번이었다더군요. 첫 번째 통화 상대는 앤이 잘 아는 사람이었던 듯해요. 손목을 다친 모양이었습니다. 앤이 상대방에게 손목이 괜찮은지 물어봤대요. 그러다 다른 전화가 걸려왔고 앤이 두 번째 전화를 받았다고 합니다."

"그렇다면 첫 번째 전화는 앤이 상대방에게 걸었던 거로군." 슬로컴은 나를 향해 말한다기보다 혼자 중얼거렸다. "앤이 첫 번째 사람에게 괜찮냐고 물어봤다고요? 그 사람이 다쳤던 겁니까?"

"그런 것 같습니다. 이어서 두 번째 전화가 걸려왔어요. 켈리는 텔레마케 터라고 생각했어요. 앤이 '거래' 가 어쩌고 말을 해서요. 그러다 앤이 화를 냈다더군요."

"화를 냈다고요? 어떻게?"

"앤이…… 이상한 짓 하면 머리에 총 맞을 줄 알아, 라고 말했답니다."

슬로컴은 내 말을 찬찬히 곱씹었다. "머리에 총을?"

"네."

"그리고요?"

"끝입니다."

"이름은? 앤이 그 사람의 이름을 불렀어요?"

"아니요, 이름은 언급하지 않았습니다."

대런의 얼굴은 갈림길에서 어디로 가야 할지 갈피를 못 잡는 사람처럼 보 였다. 이 새로운 정보가 그를 더욱 혼란시킨 모양이었다. 그리고 이제 내가 질문을 던질 차례였다.

"자, 말해 봐요. 이게 다 무슨 일입니까?"

"아무 일도 아니에요."

"거짓말하지 말아요. 뭔가 아주 곤란한 문제가 있죠? 아주 버거운 문제 가?"

대런은 음흉하게 미소를 지었다. "나만의 문제는 아니지."

"뭐라고요?"

"내가 알기로 당신 요즘 두둑한 불로소득이 생기지 않았습니까? 몇 주 전 쯤?"

"무슨 말인지 모르겠군요, 대런."

그의 미소는 점점 위협적인 표정으로 변해갔다. "조심해요. 그 불로소득은 당신 몫이 아니에요. 가지고 있으면 매우 위험한 일을 당할 겁니다. 이틀 내 로 잘 생각해 보고 올바로 결정해요. 시간이 지나면 선택권 따위는 없어질 테니까."

"무슨 소리를 지껄이는지 못 알아듣겠지만 나도 할 말은 해야겠군. 이런 식으로 날 협박하면 댁도 위험할 거요. 댁이 경찰이든 뭐든 상관없어."

"이틀." 대런은 내 말이 들리지 않는다는 듯 반복했다. "이틀이 지나면 나도 당신을 도와줄 수 없어요."

"집에 돌아가요, 대런. 가족들이 당신을 기다릴 테니까."

대런은 자신의 트럭으로 걸어가다가 문득 멈춰 섰다. "이거 정말…… 어처구니없지 않아요?"

"뭐가요?"

"당신의 아내와 내 아내. 둘은 친구잖아요? 심지어 딸들도 친구 사이죠. 그런데 2주 동안 그 두 사람이 사고로 연달아 죽어버렸어요. 그럴 확률이 과연 얼마나 될까요?"

15

켈리는 피오나와 마커스의 차에 타자마자 자기가 아직 아침을 먹지 않았고 곧 점심시간이니 아침 겸 점심을 먹었으면 좋겠다고 선언했다. 사실 피오나는 우선 켈리를 〈스탬퍼드 타운 센터〉로 데리고 가서 새 겨울 코트를 사줄 계획이었다. 지금 켈리가 입은 작년에 구입한 코트는 이미 낡았지만, 아무래도 글렌이 그걸 신경 쓰지는 못할 것 같았다. 옷을 산 뒤 피오나는 다리엔으로 돌아가 켈리와 함께 동네의 사립학교 두 군데를 둘러볼 생각이었다. 글렌을 설득하고 나서 켈리가 둘 중 한 군데를 곧바로 선택할 수 있도록 미리 준비해 두려는 심산이었다.

"〈스탬퍼드 타운 센터〉에 가서 밥을 먹자꾸나." 피오나가 말했다. 켈리는 그곳의 푸드코트가 퍽 마음에 들었기 때문에 당장 밥을 먹을 수는 없어도 괜찮다고 대답했다. 피오나는 웨이터가 주문을 받고 음식을 가져다주는 식당을 선호했지만 켈리의 비위를 맞춰주기로 했다. 그녀는 켈리에게 친구 엄마의 죽음에 관해 물어볼 생각이었고, 아이가 기꺼이 대답해 주기를 바랐다.

푸드코트에서 마커스와 피오나는 스타벅스에서 산 라떼를, 켈리는 페퍼로니 피자 한 조각을 들고 자리에 앉았다. 피오나는 켈리에게 친구 집에서의 파자마 파티가 어땠는지를 물었다.

"재미있을 줄 알았는데 재미없었어요."

"왜?"

"집에 일찍 돌아왔거든요. 아빠한테 데리러 오라고 전화했어요."

"노는 게 재미없었니?"

"처음엔 재미있었는데 나중에는 하나도 재미없었어요."

피오나는 켈리를 향해 몸을 기울였다. "왜 그랬는데?"

"어, 에밀리의 엄마가 나한테 굉장히 화를 냈어요."

"그랬어? 왜 에밀리 엄마가 너한테 화를 냈어?" 피오나가 말했다.

켈리가 대답했다. "말하면 안 돼요."

"말하면 안 되는 이유가 어디 있니? 난 네 할머니잖아? 할머니한테는 뭐든 말해도 돼."

"알아요. 하지만……." 켈리는 피자 조각을 이리저리 살펴보다가 페퍼로니 한 조각을 떼어 내어 입에 집어넣었다.

"하지만? 뭐니?" 피오나가 말했다.

"아무한테도 말하지 않겠다고 약속했어요. 아빠한테는 아빠라서 말했지만."

"누구랑 약속했는데?"

"에밀리 엄마요."

피오나가 고개를 끄덕였다. "하지만 돌아가셨잖아?" 그녀는 담담하게 말했다. "그러니까 말해도 괜찮아. 약속을 어기는 게 아니란다."

"죽은 사람하고 약속한 건 안 지켜도 돼요?" 켈리가 물었다.

"물론이지."

마커스는 고개를 절레절레 흔들며 말했다. "피오나, 지금 뭐하는 거야?"

"뭐가요?" 피오나가 쏘아붙였다.

"애를 좀 봐. 애가 힘들어하잖아. 울고 있어."

정말이었다. 켈리의 눈에 눈물이 그렁그렁 맺혀 있었다. 한쪽 눈에서는 눈물이 넘쳐 금방이라도 뺨을 타고 흘러내릴 듯했다.

"켈리야, 네가 힘들다는 건 알아." 피오나가 켈리에게 말했다. "하지만 트라우마에 대해 털어놓으면 치료 효과가 있단다."

"네?" 켈리가 말했다.

"마음 아픈 일에 관해 말하면 마음이 낫는다는 뜻이야."

"그렇지 않을 것 같은데."

"에밀리 엄마가 너한테 무슨 약속을 시켰니?"

"전화 통화를 아무한테도 말하지 말라고 했어요."

"전화 통화?" 피오나가 말했다. "전화 통화라니, 무슨 전화?"

"에밀리 엄마가 통화했던 거요."

마커스가 못마땅하게 고개를 흔들었지만 피오나는 그를 무시했다. "남이 전화 통화하는 걸 들었단 말이니?"

"일부러 들은 거 아니에요." 켈리가 다급하게 말했다. "전 그런 거 안 해요. 그건 독청이잖아요?"

"도청이란다, 켈리야." 피오나는 웃음기 없는 얼굴로 말했다. "일부러 그러지 않았다면 어떻게 듣게 된 거니?"

"숨어 있었어요." 켈리가 말했다. "에밀리 몰래 숨어 있었어요. 하지만 아줌마가 속삭이면서 통화해서 난 많이 듣지 못했어요." 마침내 눈물이 흘러내렸다. "이 얘기 꼭 해야 돼요?"

"켈리야, 말하기 힘들겠지만 할머니 생각에는—."

"나랑 얘기 좀 해." 마커스가 부인에게 말했다.

"왜 그래요?"

"켈리야," 마커스는 지갑을 꺼내 10달러짜리 지폐를 켈리에게 건넸다.

"가서 먹고 싶은 디저트 사와라."

"피자 아직 다 안 먹었는데요?"

"미리 사오면 피자 다 먹고 바로 먹을 수 있잖니?"

켈리는 지폐를 받아들었다. "네." 두 사람은 아이스크림 가판대로 날쌔게 걸어가는 켈리를 지켜봤다.

"당신 왜 그래? 뭐가 문제야?" 마커스가 물었다.

"뭐가요?"

"애 엄마가 죽은 지 얼마 안 됐는데 친한 친구 엄마가 죽었잖아? 기분 풀어주려고 데려와 놓고는 이따위로 심문이나 하다니, 무슨 짓이야?"

"나한테 그런 식으로 말하지 말아요."

"피오나, 당신은 당신 말이 사람들을 얼마나 힘들게 하는지 모르지? 남들과 공감할 능력이 있기는 해?"

"아니, 감히 그런 말을……." 피오나는 목소리에 노기를 띠며 말했다. "나는 애의 행복이 걱정돼서 물어본 것뿐이에요."

"아니야." 마커스는 고개를 저었다. "다른 이유가 있지? 그 앤 슬로컴이란 여자가 싫은 거 아니야?"

"그게 무슨 소리예요?"

"그 핸드백 파티인지 뭔지에서 당신이 그 사람을 대했던 태도, 경멸로 가득하더군. 그날 밤 줄곧 깔보는 눈빛으로 그 여자를 내려다봤잖아?"

피오나는 마커스를 쳐다보며 말했다. "말도 안 돼. 당신 왜 이래요?"

"내 말 들어. 이걸로 끝이야. 애를 그만 좀 들볶아. 당신 계획대로 옷을 산 다음 그 학교들을 보러 가자고. 글렌이 자기 딸을 월요일부터 금요일까지 포기할 거라고 무슨 근거로 확신하는지 알 수 없지만, 아무튼 다 끝나면 애를 무사히 집까지 데려다 주는 거야."

"걔는 내 손녀예요. 당신 손녀가 아니에요." 피오나가 말했다.

"그래? 거참 희한하군. 정작 애 걱정은 내가 하고 있다니."

피오나는 다시 대꾸하려고 했지만 한 손에는 아이스크림 선데이를, 다른 손에는 핸드폰을 들고 옆에 서 있는 켈리를 보고 말을 멈췄다.

켈리는 핸드폰을 피오나에게 내밀었다. "아빠가 할머니 바꿔달래요."

16

대런 슬로컴이 떠나자 나는 몸을 떨면서 집으로 들어갔다. 그리고 부엌으로 들어가자마자 켈리의 핸드폰으로 전화를 걸었다.

"안녕, 아빠." 켈리가 말했다.

"안녕. 지금 어디니?"

"쇼핑몰에서 아이스크림 사고 있어."

"어떤 쇼핑몰?"

"스탬퍼드."

"할머니 좀 바꿔줄래?"

"잠깐만. 할머니는 저기 앉아 있어."

수화기 너머로 쇼핑몰의 배경 소음이 들렸다. 사람들의 말소리와 밋밋한 음악. 곧 켈리의 목소리가 들렸다. "아빠가 할머니 바꿔달래요."

"여보세요, 글렌?" 켈리가 먹고 있을 아이스크림만큼 차가운 목소리로 피오나가 말했다.

"피오나, 오늘 켈리를 그 집에 재워줄 수 있어요?" 피오나의 집에는 이미 켈리의 잠옷과 칫솔, 그리고 며칠 분의 갈아입을 옷들이 있었다.

피오나는 주춤하더니 내게 속삭였다. "좀 빠르지 않나, 글렌?" 켈리가 듣지 못하게 조심하는 눈치였다.

"무슨 말이에요?"

"집에 누구를 데려오려고? 옆집 사는 그 여자야? 뮬러인가 뭔가 하는 여자? 실라한테 들었어. 아까도 집에서 차를 몰고 나오는데 그 여자가 현관에서 우리를 지켜보고 있었지. 여보게, 내 딸이 죽은 지 3주도 안 됐어.”

속에서 화가 끓어올랐다. “당신들이 떠나고 나서 앤 슬로컴의 남편이 찾아왔습니다. 제정신이 아니더군요.” 나는 잠시 눈을 감고 셋을 셌다.

“뭐라고?”

“그 사람…… 뭐랄까, 막무가내였어요. 영문을 모르겠지만, 켈리와 얘기하게 해달라고 졸랐습니다. 또다시 찾아와서 그럴까 봐 켈리를 맡아달라고 부탁한 거예요.”

“막무가내였다니?”

“말하자면 길어요, 피오나. 그러니 제발 잠자코 내일까지만 애를 맡아줘요. 상황이 정리될 때까지만.”

“왜 그래? 무슨 일이야?” 마커스의 목소리가 들렸다.

“가만있어 봐요.” 피오나는 마커스를 멈추고 다시 내게 말했다. “그래, 알았어. 맡아주고말고. 우리는 괜찮아.”

“고마워요.” 나는 그렇게 말하고 잠시 기다렸다. 피오나가 처음의 얼토당토않은 오해에 대해 사과하는 시늉이라도 할 줄 알았다.

하지만 그녀의 입에서 나온 말은 “켈리 바꿔줄게.” 뿐이었다.

“아빠? 무슨 일이야?”

“오늘 밤 할머니 집에서 자라. 오늘 하루만.”

“알았어.” 기쁜 것도, 그렇다고 실망한 것도 아닌 목소리로 켈리가 말했다. “무슨 일이 있어?”

“아무 일도 없어.”

“에밀리 엄마가 왜 죽었는지 알아냈어?”

“사고였어. 자동차 타이어가 터져서 살펴보려고 내렸다가 사고가 났대.”

켈리는 그 말을 잠시 곱씹더니 대답했다. “이제 에밀리랑 나한테 공통점이 생겼네.”

대런 슬로컴은 켈리가 들은 얼마 안 되는 통화 내용을 알게 되어 짐짓 만족한 척했지만, 나는 본능적으로 그가 연기를 하고 있음을 알았다. 피오나에게 말했다시피 나는 대런이 또다시 찾아오리라고 예상했고, 켈리를 하루쯤 멀리 떨어뜨려 놓는 편이 낫겠다고 판단했다. 하지만 그가 언급한 "최근의 불로소득"이 도대체 뭘 말하는 것인지는 도무지 알 수 없었다. 실라의 무덤에 아직 풀이 나지도 않은 마당에 그 사고가 내게 큰 보험금이라도 안겨줬을 것이라고 으름장을 놓는 것인가?

결국, 아내를 잃은 한 남자의 절망적인 헛소리로 치부할 수밖에 없었다.

내가 〈가버 종합건설〉의 사무실에 도착한 것은 점심시간이 지나고였다. 회사 사무실은 체리 가에 있었다. 저스트 인 타임 호텔보다 가깝고 코네티컷 우체국 쇼핑몰에서 1.5킬로미터 정도 떨어진 지점. 나는 사무실을 그럭저럭 정리했지만 음성메시지를 확인할 때는 도저히 집중할 수가 없었다. 고객들에게 회신해 주고 싶은 마음은 굴뚝같았지만, 전화로 또는 그들의 집을 방문해서, 왜 작업이 끝나지 않았느냐는 불평을 들어줄 기운이 없었다. 대신 나는 메시지들을 확인하고 샐리가 월요일에 처리할 일들을 메모해 두었다. 샐리는 남자친구를 고르는 안목이 (내 생각에는) 시원치 않았지만 업무만큼은 빈틈이 없었다. 수많은 프로젝트들의 세부 사항을 한꺼번에 숙지하는 샐리를 우리는 "컴퓨터"라고 불렀다. 나는 심지어 샐리가 현장에 필요한 사항들에 관해 타일 업체와 복잡한 전화 통화를 하는 동시에 다른 현장의 배관에 관해 메모하는 광경도 목격했었다. 샐리는 자기가 머릿속으로 여러 개의 프로그램을 한꺼번에 작동시킬 수 있지만, 어느 날 갑자기 시스템 전체를 종료시켜 버릴지 모른다고 농담을 하고는 했었다.

나는 사무실의 문을 잠그고 근처 〈숍라이트〉로 가서 필요한 물건들을 샀다. 저녁때 먹을 스테이크, 살라미 소시지와 참치 캔, 켈리와 내가 다음 주 점심으로 먹을 당근 스틱. 나는 당근 스틱을 별로 좋아하지 않았지만 실라는 켈리의 도시락뿐 아니라 내 것에도 당근이 들어가길 바랄 것이다. 참 이상하지. 아내에게 미친 듯이 화가 났으면서도 그녀의 바람을 들어주고 싶어 하다니.

켈리는 1학년 때 처음으로 점심 도시락을 들고 가던 날, 실라와 나에게 포테이토 칩을 넣어달라고 부탁했었다. 친구 크리스틴은 매일 포테이토 칩을 가져오는데 왜 자기는 안 되느냐며 졸랐었다. 우리는 크리스틴의 엄마가 애한테 그런 불량 식품을 먹이는 것은 그 집 사정일 뿐, 우리는 그렇게 못한다고 못 박았다.

얼마 후 켈리는 라이스 크리스피(Rice Krispie) 조각은 괜찮냐고 물었다. 마시멜로가 녹아 있기는 하지만 시리얼이니까 건강에 좋지 않으냐며 한사코 졸라댔다. 결국, 실라는 켈리와 함께 직접 라이스 크리스피를 만들기로 했다. 둘은 버터와 마시멜로를 녹여 커다란 그릇에서 나머지 재료와 섞은 뒤 팬에 담아 납작하게 눌러 모양을 만들었고, 그 과정에서 부엌은 난장판이 되었다. 켈리는 매일매일 행복한 얼굴로 라이스 크리스피를 들고 등교했다.

한 달 후, 켈리와 놀려고 온 크리스틴이 라이스 크리스피 안에 초코칩을 넣어주면 안 되냐고 우리에게 물었다. 자기는 그렇게 만든 게 더욱 맛있다면서. 알고 보니 켈리와 크리스틴은 매일 포테이토 칩과 라이스 크리스피를 맞바꿔 먹고 있었다.

슈퍼마켓의 진열대를 거닐다 그런 기억이 떠오르자 웃음이 나왔다. 아주 먼 옛날의 이야기처럼 느껴졌다. 나중에 켈리와 함께 라이스 크리스피를 만들어볼까? 3학년이 될 때쯤 켈리는 진짜로 라이스 크리스피를 좋아하게 되었다.

내가 라이스 크리스피 상자에 손을 뻗는 순간, 누군가 똑같은 상자에 손을 뻗었다. 30대 후반이나 40대 초반으로 보이는 여성. 옆에는 소년이 한 명 있었다. 검은 머리카락, 청바지와 청재킷, 줄무늬와 소용돌이무늬가 뒤범벅이된 러닝슈즈. 나이는 열 예닐곱쯤 되어 보였다.

"미안합니다." 나는 팔꿈치를 부딪친 여자에게 말했다. "가져가세요."

나는 여자를 쳐다보다가 흠칫 놀랐다. 여자와 소년의 얼굴을 알아보는 데에 1초도 걸리지 않았다.

보니 월킨슨. 브랜든의 어머니이자 코너의 부인.

실라의 자동차에 부딪혀 사망한 두 사람의 가족.

함께 있는 소년은 아들 코리임이 분명했다. 소년의 두 눈은 쏟아낼 눈물이 한 방울도 남지 않은 듯 텅 비어 있었다.

보니 월킨슨의 블라우스와 바지는 그녀의 몸 위로 축 늘어져 있었고 얼굴은 잿빛으로 일그러져 있었다. 그녀 역시 내가 누구인지 알아채고 잠시 동안 열린 입을 다물지 못했다.

나는 그들을 비껴가기 위해 쇼핑 카트를 뒤로 당겼다. 라이스 크리스피는 없어도 된다. 지금 당장은 필요 없다. "잠시만요. 지나갈게요." 내가 말했다.

그 순간, 보니 월킨슨의 입에서 어렴풋하게 말이 튀어나왔다. "잠깐만."

나는 걸음을 멈췄다. "네?"

"대가를 치르게 될 거예요." 그녀가 말했다. "아주 톡톡히." 그녀 아들의 텅 빈 시선이 내 눈을 파고들었다.

나는 반쯤 찬 쇼핑 카트를 내팽개치고 슈퍼마켓을 빠져나갔다.

나는 〈슈퍼 스탑 앤드 숍〉에 들러 필요한 물건을 샀다. 그리고 라이스 크리스피 대신 내가 알고 있는 라자냐의 재료들을 카트에 집어넣었다. 실라만큼 맛있게 만들지는 못하겠지만 한번 시도해 보기로 했다.

그리고 집으로 돌아가기 전에 나는 길을 돌아 덕 핀더를 만나러 가기로 했다.

아버지가 덕을 〈가버 종합건설〉에 고용한 것은 내가 베이츠 대학을 졸업할 무렵이었다. 당시 나는 스물셋, 덕 핀더는 나보다 한 살 많은 스물넷이었다. 우리는 몇 년 동안 함께 일했지만 언젠가는 내가 회사의 운영자가 되리라는 것은 공공연한 사실이었다. 하지만 그날은 모두의 예상보다 빨리 다가

왔다.

브리지포트에서 랜치하우스의 시공을 감독하던 아버지는 어느 날 가로세로 10×20센티미터의 합판 스물네 개를 트럭에서 내리던 중 가슴을 움켜잡더니 땅바닥에 쓰러졌다. 구급대원들에 따르면 아버지는 부드러운 풀밭에 머리를 부딪히기 전 이미 숨을 거두었다고 한다. 아버지와 함께 구급차를 타고 병원에 가면서 나는 그의 숱 적은 흰 머리카락 속에서 풀잎들을 떼어냈다.

당시 아버지는 예순넷, 나는 서른이었다. 나는 덕 핀더를 주임으로 임명했다.

덕은 내 훌륭한 오른팔이 되어 주었다. 그는 전문 분야가 목공이었지만 건설의 다른 측면에 관해서도 해박해서 전반적인 시공 감독이 가능했고, 필요할 때 다양한 도움을 줄 수 있었다. 그리고 내성적인 나와 달리 그는 사교적이고 쾌활했다. 현장의 분위기가 고단해질 때면, 덕은 나보다 능숙하게 사람들의 기운을 북돋워 주고는 했다. 덕 핀더가 없는 지난날들은 상상할 수도 없었다.

그러나 몇 달 전부터 덕은 예전 같지 않았다. 그는 더 이상 개그맨이 아니었고, 가끔 개그맨 행세를 할 때도 억지로 하는 티가 났다. 집에 문제가 있는 게 분명했는데, 나는 머지않아 그것이 돈과 관련된 것임을 알게 되었다. 4년 전 덕과 그의 아내 벳시는 믿기 힘들 만큼 좋은 조건의, 계약금도 거의 없는 비우량 주택담보 대출을 받아 새집으로 들어갔다. 하지만 작년의 계약 갱신 후, 그들이 다달이 내야 하는 돈은 두 배 이상으로 늘어버렸다.

벳시는 한때 지역 GM 대리점의 회계부에서 일했지만 대리점이 문을 닫는 바람에 일자리를 잃었다. 그 후 브리지포트의 가구점에 아르바이트 자리를 구했으나 수입은 과거의 절반으로 줄어들었다.

덕이 내게서 받는 급료에는 변함이 없었지만 그는 여전히 아슬아슬하게 물을 건너는 상황이었다. 아니, 물에 점점 잠기는 상황이라고 말하는 편이 맞을 것 같다. 건설업과 재건축은 불황이었지만 나는 일꾼들의 급료를 깎지 않고 지금까지 버텨왔다. 적어도 정직원인 덕, 샐리, 켄 왕, 국경의 북쪽에서 건너온 스튜어트의 급료만은 건재했다.

핀더 부부는 인디언 호 근처 로지즈 밀 로드에 지어진 2층 목조 주택에 살고 있었다. 나는 그들의 집 앞에 차를 세웠다. 진입로에는 짐칸에 지붕이 달린 덕의 10년 된 도요타 픽업트럭과 벳시의 임대한 인피니티가 주차되어 있었다.

현관문을 노크하려고 손을 드는데 안에서 큰 목소리가 들렸다. 나는 잠시 동작을 멈추고 귀를 기울였다. 분위기를 짐작할 수 있었지만 ("험악하다"라는 표현이 맨 처음 떠올랐다) 정확한 대화 내용은 알아들을 수 없었다.

나는 시끄러운 소음을 뚫기 위해 강하게 현관문을 노크했다.

스위치를 내리기라도 한 듯 즉각적으로 외침 소리가 멈췄다. 곧이어 덕이 문을 열고 나타났다. 그의 얼굴은 벌겠고 이마에 땀방울이 송골송골 맺혀 있었다. 그는 웃으며 알루미늄 철망을 밀었다.

"와, 웬일이야! 벳시, 손님이 왔어! 글렌이야!"

2층 어딘가에서 "안녕하세요, 글렌!" 하는 인사말이 들려왔다. 5초 전까지 서로 잡아먹을 듯이 싸우던 사람들치고는 퍽 명랑한 목소리였다.

"안녕하세요, 벳시." 내가 소리쳤다.

"맥주 마실래?" 글렌이 나를 부엌으로 안내하면서 물었다.

"아니, 됐—."

"에이, 그러지 말고 한잔해."

"알았어." 내가 말했다. "그러지, 뭐."

부엌으로 들어가자 전화기 옆에 수북이 쌓인 뜯지 않은 봉투들이 눈에 띄었다. 아마도 청구서들인 것 같았다. 그중 몇 개의 왼쪽 상단에는 은행이나 신용카드 회사의 로고들이 찍혀 있었다.

"뭐로 마실래?" 냉장고 안에 손을 집어넣으며 덕이 물었다.

"있는 거 아무거나 줘."

덕은 쿠어스 맥주 두 캔을 꺼내 내게 하나를 건넨 뒤 자기 것을 땄다. 그는 캔을 쑥 내밀며 건배를 청했다. "주말을 위해 건배." 덕이 말했다. "주말을 발명한 사람을 만나서 악수라도 하고 싶군."

"그러게 말이야." 나는 동의했다.

"잘 왔어. 아주 잘 왔어. 같이 스포츠 경기라도 볼까? 아직 안 켜봤지만, TV에서 뭔가 하고 있을 거야. 골프라도 하겠지. 골프가 느려터져서 재미가 없다고들 하지만 난 재미있더라고. 플레이하는 선수들 숫자만 충분하면 카메라가 이 홀 저 홀 골고루 비춰주니까 페어웨이를 이동하는 거 구경하느라 시간 낭비 안 해도 돼."

"금방 가야 해." 내가 말했다. "장을 봤는데 빨리 냉장고에 넣어야 할 재료가 있어."

"우리 집 냉장고에 넣어 놔." 덕이 열성적으로 나를 설득했다. "내가 나가서 가지고 올까?"

"아니야, 됐어. 저기, 너한테 할 말이 좀 있어."

"뭔데? 현장에 무슨 문제 생겼어?"

"아니야. 그런 건 아니야."

덕의 얼굴이 어두워졌다. "씨발, 글렌, 설마 날 해고할 셈이야? 그런 거야?"

"뭐라고? 아니야."

덕의 입술에 불안한 웃음이 번졌다. "휴, 그렇다면 안심이군. 가슴이 철렁했네."

벳시가 부엌으로 불쑥 들어와 내게 다가오더니 내 뺨에 뽀뽀를 했다.

"잘 지냈어요, 키다리 천하장사님?" 그렇게 말했지만 하이힐을 신은 벳시는 나와 키가 비슷했다.

"안녕하세요, 벳시."

그녀는 몸집이 작은 편이었다. 키가 155센티미터쯤 됐는데 커 보이기 위해 킬힐을 즐겨 신었다. 지금도 그녀는 킬힐을 신고 있었고, 검은 초미니스커트와 딱 들러붙는 흰 블라우스, 재킷을 입고 있었다. 팔꿈치에는 "PRADA"가 찍힌 핸드백을 메고 있었는데, 아마도 앤 슬로컴이 우리 집을 빌려 가짜 명품 핸드백을 팔았던 파티에서 구입한 것인 듯했다. 내가 덕이었다면 저런 차림으로 외출하는 부인이 달갑지 않았을 것이다. 지금의 벳시는 매춘부까지는 아니더라도 꼭 남자를 찾아 거리를 배회하는 여자처럼 보였다.

"언제 들어올 거야?" 덕이 아내에게 물었다.

"내가 오고 싶을 때 올 거야."

"하여간 당신……." 덕은 말꼬리를 흐렸다. "조심해서 다녀와."

"걱정 마. 무리하지 않을 테니까." 벳시는 내게 미소를 보냈다. "덕은 내가 쇼핑 중독인 줄 알아요." 그녀는 고개를 절레절레 저었다. "혹시 알코올 중독도 의심하려나?" 그녀는 웃음을 짓다가 불현듯 겁에 질린 얼굴로 내게 말했다. "어머나, 세상에! 내가 미쳤나 봐! 글렌, 정말 미안해요!"

"괜찮아요."

"내가 생각이 없었어요." 벳시는 손을 뻗어 내 팔을 건드렸다.

"그래, 넌 생각이 없어." 덕이 말했다.

"닥쳐." 벳시가 덕에게 말했다. 재채기를 한 사람에게 축복의 말(재채기를 한 사람에게 "God bless you." 라고 말하는 관습)이라도 건네는 듯한 말투였다. 벳시는 내 팔 위에 손을 올리며 물었다. "요즘 어떻게 지내요? 우리 불쌍한 켈리는 좀 어때요?"

"그럭저럭 버티고 있어요."

벳시는 내 팔을 꼭 붙잡았다. "내가 실언할 때마다 1달러씩 생긴다면 아마 지금쯤 힐튼 호텔에서 살고 있을 텐데. 나 대신 우리 꼬마 아가씨를 안아줘요. 난 이제 나가야겠어요."

"글렌은 집에서 놀다 갈 거야." 덕이 벳시에게 말했다. 내가 오래 있지 않을 거라고 분명하게 말했지만 소용이 없었다. 나는 벳시가 외출을 해서 마음

이 놓였다. 지금부터 덕에게 하려는 말은 그의 부인 앞에서 하기엔 껄끄러운
주제였다.

예상대로 벳시는 남편에게 다녀오겠다는 인사 키스를 하지 않았다. 그녀는
킬힐을 신은 채 몸을 돌리더니 곧 사라졌다. 현관문이 닫히자 덕은 초조하게
빙긋 웃으며 말했다. "태풍 주의보가 드디어 해제됐군."

"별일 없어?"

"그럼, 물론이지! 아주 좋아!"

"벳시는 좋아 보이네." 내가 말했다.

"그럼, 그럼. 흥청망청 돌아다닐 여자가 아니란 건 은행에서도 보증해 줄
거야." 그다지 자랑스럽지 않은 투로 덕이 말했다. "은행 계좌에 돈이 한 푼
이라도 있다면 말이야." 그는 억지로 웃음을 지었다. "진짜 저 여편네가 쇼
핑하는 걸 보면 지하실에 조폐 공사라도 차린 것 같아. 어딘지 모를 창고에
현금을 산더미처럼 숨겨뒀거나."

덕은 전화기 옆의 뜯지 않은 청구서 더미들을 물끄러미 쳐다봤다. 그는 그
곳으로 다가가 서랍을 열더니 서랍 안으로 봉투들을 쓸어담았다. 서랍 안에
는 이미 수많은 봉투들이 들어 있었다.

"정리 좀 해야겠네." 덕이 말했다.

"밖에 나가서 앉을까?" 내가 말했다.

우리는 맥주를 들고 테라스로 나갔다. 나무들 너머 95번 도로에서 자동차
들이 쏜살같이 지나가는 소리가 들렸다. 덕은 들고 나온 담뱃갑을 툭 쳐서
한 개비를 꺼내 입에 물었다. 회사에 들어올 당시 그는 상당한 골초였지만
몇 년 후 담배를 끊었다. 그러나 반년 전부터 그는 다시 흡연을 시작했다. 덕
은 담배에 불을 붙이고 연기를 빨아들인 뒤 콧구멍으로 뿜어냈다. "야, 날이
아주 훌륭하네."

"날씨가 좋아." 내가 말했다.

"추워졌군. 아직 밖에서 골프를 치기는 하지만."

"오늘 샐리가 찾아왔어."

덕은 나를 힐끔 쳐다봤다. "그래?"

"테오하고 같이."

"테오? 아이고, 샐리는 정말 그 친구랑 결혼할 작정인가? 뭐, 테오가 싫은 건 아니지만 샐리라면 훨씬 나은 사람을 만날 수 있을 텐데. 안 그래?"

"테오가 왜 자기랑 거래를 끊었냐고 따지더군."

"뭐라고 대답했어?"

"사실대로 말했어. 평소 일 처리가 시원치 않았고, 윌슨 씨 집의 화재 원인이 배전함인 것 같다고 말했지."

"저런." 덕은 맥주를 한 번 들이켜고 담배를 한 모금 피웠다. "그걸로 끝이야?"

"샐리가 다 불었어, 덕."

"뭐?"

"샐리가 미안하다고 전해달래. 하지만 따져보면 네가 몰아붙인 셈이야."

"무슨 말인지 통 모르겠네."

"시침 떼지 마. 내가 너랑 같이 일한 지 몇 년째인데."

덕은 나와 눈이 마주치자 시선을 떨궜다. "미안."

"가불이 필요하면 나한테 말했어야지?"

"말했는데 네가 거절했잖아. 얼마 전에."

"그럼 그걸로 끝난 거야. 내가 할 수 있으면 가불해 줬지. 안 되니까 안 된다고 한 거야. 지금 회사 사정이 엉망인 거 너도 잘 알잖아? 일거리는 말라붙었는데 혹시 화재마저 보험 처리가 되지 않으면 우린 끝장이야. 그러니까 다시는 절대로 나 몰래 샐리에게 그런 부탁 하지 마."

"내 상황도 안 좋아." 덕이 말했다.

"덕, 나는 남한테 이래라저래라 하는 거 딱 질색이야. 남이야 어떤 인생을 살든 내 알 바 아니라고. 하지만 네 경우는 예외로 해야겠어. 어떻게 돌아가는지 안 봐도 뻔해. 가불 요청에, 저기 뜯지도 않은 봉투들을 보면 뻔하지. 그런데도 벳시는 빚더미에 허덕이는 널 놔두고 쇼핑이나 하러 나갔군.”

덕은 나를 쳐다보지 않았다. 마치 자기 신발에 대단히 흥미로운 지점이 있는 듯 그는 아래만 내려다봤다.

“지금이라도 상황을 통제해. 하루라도 빨리. 집을 처분해. 차도 팔고, 가능한 다른 물건들도 팔아버려. 처음부터 다시 시작하는 거야. 내키지 않아도 그래야 해. 지금 네가 의지할 것은 회사뿐이야. 어디 가서 사기라도 칠 작정이 아니라면.”

덕은 맥주 캔을 내려놓고 담배를 툭 집어 던졌다. 그리고 우는 모습을 숨기기 위해 양손으로 눈을 덮었다.

“끝장이야.” 덕이 말했다. “다 끝장이야. 놈들한테 속아서 엉터리 물건을 사들이는 바람에…….”

“놈들이라니?”

“우리에게 다 가져가라고 말한 놈들. 집, 차, 블루레이 플레이어, 대형 평면스크린 TV, 우리가 원하는 건 뭐든지. 심지어 우리가 망해가는데도 우편으로 신용 카드들이 계속 날아왔어. 벳시는 구명정이라도 만난 것처럼 잽싸게 카드를 집어들었지만 그건 오히려 바닷속 깊이 끌어당기는 닻이었지.”

덕은 훌쩍거리며 눈을 비비다가 마침내 나를 쳐다봤다. “벳시는 내 말을 듣지 않아. 그만해야 한다고 말해도 걱정 말라고, 다 괜찮을 거라고만 말해. 그 여편네는 아무것도 몰라.”

“그건 너도 마찬가지야. 이렇게 문제를 방치하고 있잖아?” 내가 말했다.

“우리가 지금 무슨 짓을 하고 있는지 알아? 지금 신용 카드가 스무 개쯤 되거든? 한 신용 카드 빚을 다른 신용 카드로 돌려막고 있어. 이젠 뭐로 뭐를 막았는지 기억도 안 나. 청구서 봉투는 무서워서 뜯지도 못해.”

“네가 도움받을 만한 데가 있어. 이럴 때 도움을 줄 사람들이 있어.” 내가 말했다.

“차라리 권총 자살이라도 하는 편이 나을 것 같아.”

“덕, 그런 생각 하지 마. 문제를 풀어나갈 생각이나 해. 이 늪에서 빠져나오려면 시간이 오래 걸릴 거야. 하지만 일찍 시작할수록 일찍 빠져나올 수 있어. 그리고 돈이 없을 때마다 내가 해결해 줄 수는 없지만 언제든 내게 물어보는 건 좋아. 도와줄 여건이면 도와줄게.” 나는 자리에서 일어났다. “맥주 잘 마셨어.”

덕은 일어서지 못했다. 그는 다시 땅으로 시선을 돌렸다.

“그래, 고맙군.” 덕은 진심이 없는 목소리로 내게 말했다. “그런데 말이야…… 감사의 마음이란 건 유통 기한이 참 짧아. 안 그래?”

나는 대꾸를 할지 그냥 자리를 뜰지 머뭇거렸다. 몇 초 후 나는 덕에게 말했다. “그래, 난 네 덕분에 목숨을 건졌어. 네가 아니었으면 연기 자욱한 지하실에서 빠져나오지 못했겠지. 하지만 매번 그 일을 들먹이면 곤란해. 이것과 그건 별개잖아?”

“그렇지, 맞아.” 덕은 마당 저편으로 시선을 돌렸다. “그런데 말이지, 내가 어디 좀 연락을 해볼까 하는데, 그러면 네가 진짜 곤란해질걸.”

나는 멈칫했다. “연락?”

“왜, 내가 널 알고 지낸 지 오래됐잖아? 회계 장부에 모든 작업 내역이 기록되어 있지 않다는 사실쯤은 알 만큼. 네가 몰래 처리한 작업이 한두 개쯤 있다는 걸 알 만큼.”

나는 가만히 덕을 응시했다.

“만일에 대비해서 숨겨놓은 돈이 있지? 안 그래?” 덕의 목소리에 점점 자신감이 실렸다.

“그러지 마, 덕. 그런 비열한 수작은 그만둬.”

“익명의 전화 한 통이면 국세청에서 당장 달려와 네 입을 벌리고 충치 하나하나까지 조사해 갈걸? 자, 그것보다는 곤경에 처한 친구를 좀 도와주는 편이 낫지 않아? 잘 생각해봐, 글렌.”

대런 슬로컴은 한 손에 핸드폰을 들고 자기 집 뒤편에 서 있었다. 그는 전화를 걸었다.

"네." 상대방이 대답했다.

"나요. 슬로컴입니다."

"알고 있어."

"소식 들었어요?"

"무슨 소식?"

"제 아내의 소식 말입니다."

"얘기해 봐."

"죽었어요. 어젯밤에 죽었습니다. 바닷물에 빠졌어요." 슬로컴은 상대방이 대꾸하기를 기다렸다. 남자가 아무 말이 없자 슬로컴이 말했다. "왜 아무 말 없어요? 궁금하지 않아요? 씨발, 왜 아무것도 안 물어보냐고?"

"조화라도 보내줄까?"

"당신 어젯밤에 벨린다를 보러 갔지? 벨린다가 겁에 질렸더군. 당신이 앤에게 전화했어요? 전화해서 만나자고 했어? 씨발, 당신이야? 네가 내 아내를 죽였어, 어? 이 개자식아!"

"아니." 남자는 대답을 하고 잠시 멈췄다가 슬로컴에게 되물었다. "당신이 죽였나?"

"뭐? 그게 무슨 개소리야!"

남자가 말했다. "어젯밤 차를 몰고 당신 집을 지나쳤었지. 10시쯤. 진입로에는 당신의 트럭도, 부인의 차도 보이지 않더군. 당신이 부인을 바닷물에 밀어 넣은 거 아닌가?"

슬로컴은 눈을 깜빡였다. "잠깐 밖에 나갔다 온 거예요. 앤이 집을 나갔을 때 따라갔다가 방향을 놓쳐서 그냥 집에 들어왔어요."

2초쯤 침묵이 흘렀다. 상대방이 먼저 말을 꺼냈다. "다른 용건은?"

"뭐요? 다른 용건?"

"그래. 다른 용건이 있나? 나는 우는 사람 하소연이나 들어주는 상담사가 아니야. 당신 부인이 어떻게 됐건 관심 없어. 나는 사업가이고 당신은 나한 테 빚을 졌어. 당신에게 내가 듣고 싶은 얘기는 갚을 돈을 마련했느냐 뿐이 야."

"걱정 마요. 줄 테니까."

"당신 친구에게 이틀을 줬어. 이제 하루가 지났군. 당신 마감일도 마찬가 지야."

"시간을 조금만 더 줘요. 돈을 구할 수 있어. 이런 식으로 갚고 싶지는 않 지만 앤은…… 생명 보험에 들어 있어요. 둘이 함께 얼마 전에 가입했는데 그 보험금이 지급되면—."

"지금이야. 당신은 지금 빚을 졌어."

"줄게, 준다니까! 당장은 장례식 준비를 해야 된단 말이야, 제기랄!"

수화기 너머로 남자가 말했다. "당신 부인이 돈을 전달하러 커낼 가에 왔 다가 뭘 목격했는지 당신도 알겠지?"

중국인 상인의 죽음. 잘못된 시간과 장소에 발을 들인 두 명의 여자.

"알아요." 슬로컴이 말했다.

"그 남자도 빚이 있었어."

"알았어요, 알았다고요. 사실…… 그 돈, 어디 있는지 알 것 같아요."

"그 돈?"

"벨린다가 글렌 가버에게 들었는데, 차는 불타버린 게 아니었답니다. 운전한 여자의 핸드백은 무사했어요. 하지만 안에 돈은 없었다더군요."

"계속 해 봐."

"뭐, 돈은 자동차의 다른 곳, 예를 들어, 앞좌석 수납칸 같은 데 보관됐을 지도 모르죠. 하지만 그 여자가 봉투를 가지고 나왔다면 핸드백에 넣는 게 가장 자연스러워요."

"즉, 철저한 윤리의식을 지닌 경관 나리가 현장에서 핸드백 안의 돈을 슬쩍했다는 뜻인가?"

"아니요. 나도 사고 현장을 숱하게 다녀봤지만 경찰이 죽은 여자 핸드백을 뒤질 리는 없어요. 뒤져봤자 현금 몇 푼이랑 신용 카드가 전부일 테니까. 아무도 6만 달러가 든 돈 봉투를 예상하지는 못할 걸요?"

"그럼 어디 있다는 거야?"

"그 여자가 애초에 돈을 전달할 생각이 없었다는 거죠. 가로챘을 겁니다. 요즘 남편 회사가 돈 때문에 심각하니까요."

남자는 침묵을 지켰다.

"여보세요?"

"생각 중이야. 그날 오전에 그 여자가 내게 전화해서 음성메시지를 남겼더군. 문제가 좀 생겼으니 시간 약속을 늦추자고 말이야. 문제라는 게 남편을 얘기하는 거였나? 남편이 돈을 발견하고 빼앗아 갔다거나?"

"가능하죠." 슬로컴이 말했다.

다시 몇 초간 정적이 흘렀다. 남자가 말했다. "당신 부탁을 들어주지. 장례 휴가라고 생각해. 나는 그 가버라는 놈을 만나볼 테니까."

"알겠어요. 그런데 뭘 하건 당신이 알아서 잘하겠지만 그 사람, 애가 있어요. 애 앞에서만은 제발……."

"애?"

"딸입니다. 제 딸과 동갑. 둘이 친구예요."

"그거 잘됐군."

18

나의 아버지는 선한 사람이었다.

아버지는 자신의 일에 긍지가 있었고 늘 110퍼센트를 달성하려고 노력했다. 그는 타인을 존중하면 자신도 존중받는다고 믿었다. 아버지는 물건비를 아끼지 않았다. 그가 어떤 부엌의 리모델링에 2만 달러의 견적을 낸다면, 그것은 그만한 가치가 있는 작업이기 때문이었다. 아버지는 2만 달러에 해당되는 양질의 자재와 뛰어난 기술을 제공할 것이다. 하지만 만약 고객이 "다른 업체는 1만 4천 달러에 해준다던데요." 따위의 말을 한다면 아버지는 "1만 4천 달러짜리 작업도 괜찮다면 그쪽하고 하십시오. 잘 되길 빌겠습니다."라고 대답할 것이다. 그러나 결국 그 고객은 아버지에게 다시 연락해서 다른 업체가 엉망으로 시공한 것들을 수리해 달라고 부탁할 것이고, 그러면 아버지는 자업자득이니 어쩔 수 없다는 점을 친절한 방식으로 설명해 줄 것이다.

아버지는 떳떳하지 않은 거래를 하지 않았고, 이는 고객들을 당황스럽게 만들었다. 그들은 자신들이 현금으로 지불하면 아버지가 세금 신고를 하지 않는 대신 그만큼 비용을 깎아줄 것이라고 생각했다.

"세금은 내야지." 아버지는 그렇게 말하고는 했다. "물론 세금을 내는 게 즐겁지는 않지만 당연히 그래야 하는 거야. 예를 들어, 새벽 1시에 강도가 들어서 경찰을 불렀는데 아무도 안 나타나면 곤란하지 않겠어? 세금이 안 걷혀서 예산 부족으로 경찰들을 정리해고 한 탓에 인력이 부족합니다, 알아서 해결하세요, 같은 말은 듣고 싶지 않거든. 세금을 안 내면 모두가 손해야. 탈세는 공동체에 해악을 끼치는 행위지."

그때나 지금이나 아버지처럼 생각하는 사람은 많지 않을 것이다. 그러나 나는 아버지의 그런 점을 존경했다. 그는 때때로 어머니와 나를 미치게 할 만큼 원칙주의자였지만, 자신의 신념대로 행동하는 사람이었다. 그는 위선자가 아니었다.

그런 아버지였으니, 내가 저지른 몇 가지 일을 안다면 당연히 비판할 것이다.

나는 내가 법질서를 잘 지키는 편이라고 생각한다. 은행을 턴 적도 없고, 길에 떨어진 지갑에서 현금을 꺼낸 뒤 쓰레기통에 버린 적도 없다. 지갑이 주인에게 돌아가도록 꼭 조치를 취했다. 합리적인 선에서 제한 속도도 잘 지켰고, 방향을 틀 때 깜빡이도 잊지 않았다.

누구를 죽이기는커녕 해한 적도 없었다. 물론 어릴 때 술집에서 주먹다짐을 한 적은 한두 번 있었다. 하지만 나는 당한 만큼 반격했을 뿐이었고, 싸움이 끝난 뒤에는 상대와 함께 술을 마시며 털어버렸다.

음주 운전을 한 적도 없었다.

나는 매년 수입을 신고하고 세금을 냈다. 다만 빠진 항목이 조금 있었다.

몇 년 전부터 경기가 안 좋을 때마다 나는 굳이 말하자면 "지하 경제"에 발을 들인 적이 몇 차례 있었다. 여기저기서 수백 달러나 일이천 달러 정도를 벌고는 했다. 그런 일거리들은 회사를 통해 처리되지 않았다. 아버지 밑에서 일할 때부터 내가 직접 회사를 운영하는 지금까지, 나는 주말이나 한가한 시간에 따로 일을 했다. 길 아래 사는 이웃의 테라스, 옆집 지하실의 마감 작업, 친구 집 차고의 새로운 지붕 설치 등 회사에서 맡기에는 하찮지만 나 혼자 하기에는 안성맞춤인 작업들.

혼자서 벅찰 때면 좋은 친구인 덕 핀더에게 약간의 도움을 요청하기도 했다. 덕에게도 현금으로 삯을 지불했다.

나는 이렇게 번 돈을 궁할 때 사용하기도 했지만 대부분은 잘 모아두고 있었다. 기록이 남지 않도록 은행에 입금하지는 않았다. 돈은 집에 보관되어 있었다. 지하 사무실의 탈착이 가능한 나무판자 뒤. 1만 7천 달러가 조금 못 되는 현금이 거기 숨겨져 있다는 사실을 아는 것은 나와 실라 뿐이었다.

덕은 내가 돈을 얼마나 모았고 어디에 숨겼는지 몰랐지만 신고하지 않은 수입이 있다는 건 알고 있었다. 수입을 신고하지 않기는 덕도 마찬가지였지만 들키면 내가 더 큰 타격을 입을 것임을 알고 그는 나를 협박했다. 내게는 회사가 있었다.

내가 정부 돈 수백만 달러를 횡령한 것은 아니었다. 〈엔론〉이나 〈월 스트리트〉는 아니었으니까. 하지만 국세청이 알면 행복하게 챙길 법한 수천 달러 정도를 납세하지 않았다. 국세청이 그것을 알아채고 나의 탈세를 입증했다면 시간이 걸리더라도 어떻게든 갚으면 되었다.

하지만 그 전에 내 생활이 뒤집어진다는 게 문제였다. 국세청은 내 개인적인 회계는 물론, 〈가버 종합건설〉의 회계 장부도 감사할 테니까. 물론, 회사의 장부는 티끌 하나 없이 깨끗하지만 그것을 입증하는 과정에서 공인 회계사에게 수천 달러를 지불해야 할 것이다.

아버지가 살아계셨다면 뭐라고 말할지 짐작이 갔다. 또 옛 말씀을 들먹거리겠지. "뿌린 대로 거두는 법이다. 얌전히 할 일만 했으면 이런 일 없었잖아?"

옳은 말씀이다.

토요일 늦은 시간, 나는 연장을 챙겨 조앤 뮬러의 집을 찾아가 초인종을 눌렀고, 조앤은 반갑게 나를 맞이했다. 그녀는 짧은 청반바지와 남성용 흰 와이셔츠를 입고 있었다. 바지에 집어넣지 않은 와이셔츠의 앞쪽 양 끝은 서로 매듭으로 묶여 있었다.

"잊어버릴 뻔했네요, 수도꼭지." 내가 말했다.

"어서 들어와요. 에이, 신발은 안 벗어도 돼요. 그냥 신어요. 카펫 걱정하는 사람이 매일 다섯 명이 넘는 애들을 집 안에 들일 리가 없잖아요?" 조앤이 웃으며 말했다.

"그래요, 그렇겠죠." 내가 말했다. 나는 전에 조앤의 집에 온 적이 있었기 때문에 부엌의 위치를 알고 있었다. 식탁에는 피노 그리지오 반병과 함께 거의 텅 빈 와인 잔이 하나 놓여 있었다. 와인 병과 와인 잔 사이에는 〈코스모폴리탄〉 잡지가 보였다.

"맥주 드릴까요?" 조앤이 물었다.

"괜찮아요."

"정말요?" 조앤은 냉장고를 열었다. "어, 버드와이저가 몇 개 있고, 쿠어스가 두 캔, 샘 아담스가 한 캔 있어요. 실라가 그러던데, 샘 아담스 좋아한다면서요?"

"고맙지만 괜찮아요."

조앤은 실망한 표정으로 냉장고 문을 닫았다. "시원한 맥주를 마다하는 남자가 있다니, 놀랍네요."

"이거예요?" 나는 싱크대 옆의 조리대에 연장통을 내려놓으며 물었다.

"네."

수도꼭지에서는 물이 떨어지고 있지 않았다. "이상은 없는 것 같은데?" 나는 차가운 물을 틀었다 잠갔고, 다시 뜨거운 물을 틀었다가 잠갔다.

"간헐적이에요." 조앤이 말했다. "떨어졌다 말았다 해요. 하루 종일 안 떨어지다가 하필 자려고 누웠는데 똑똑똑 하는 소리가 들리면 미칠 것 같아서 수도꼭지를 꽉 잠그러 내려오고는 해요."

나는 거의 1분 동안 수도꼭지 끝을 쳐다봤지만 물은 한 방울도 새지 않았다. "문제없어요. 혹시 다시 떨어지거든 불러요."

"괜한 수고 끼쳐서 정말 미안해요. 아, 나는 정말 바보 멍청이야. 저기요, 좀 앉았다 가지 그래요?"

나는 식탁에서 조앤의 맞은편에 앉았다.

"조앤, 실라와 베인 씨에 관해 무슨 얘기를 나눴다고 했죠?" 내가 물었다.

조앤은 내게 손사래를 쳤다. "별 얘기 안 했어요."

"실라한테 베인 씨 얘기를 했다면서요? 그 사람 아들이 아빠가 엄마를 때렸다고 이른 것 말이에요."

"칼슨이 정확히 그렇게 얘기한 건 아니에요. 그냥 제가 그렇게 짐작했어요."

"경찰에 신고할지 말지 실라와 상의했다고요?"

조앤이 고개를 끄덕였다. "저는 신고할 생각이 없었어요. 혹시 실라가 했을지도 몰라요. 했다고 해도 나한테는 말하지 않았지만." 조앤은 동정하듯 내게 웃어 보였다. "엄청난 비극이 일어난 마당에 그게 뭐가 중요하겠어요? 실라가 신고를 했건 안 했건."

나는 잠시 생각하다 대답했다. "그렇죠. 하지만 그놈이 계속 부인을 때릴지도 모르잖아요? 게다가 당신이 경찰에 신고했을까 봐 날카롭다면서요? 내 생각에 최선의 방법은, 베인 씨한테 애들이 너무 많으니 수를 좀 줄여야겠다고, 2주 여유를 줄 테니 다른 어린이집을 알아보라고 말하는 거예요."

"잘 모르겠네요." 조앤이 말했다. "자기 아들만 내친다고 생각할 텐데. 게다가 칼슨이 나가더라도 베인 씨는 내가 경찰에 일러바쳤다고 생각하고는 계속 찾아오지 않을까요?" 조앤은 잔에 와인을 채웠다. "어차피 어린이집은 조만간 그만둘 거예요. 일단 보상금만 들어오면…… 제가 얘기했던가요?"

"네, 했어요."

"보상금이 50만 달러쯤 된대요." 조앤은 한입에 잔의 3분의 1을 비웠다.

"그 돈이면 안정된 삶을 살 수 있어요. 50만 달러가 영원하지는 않을 테니 일을 해야겠지만 어린이집은 그만 할래요. 너무 힘들고 스트레스가 심해요. 집이 늘 난장판이에요." 조앤은 말을 멈췄다. "난 집이 깨끗하면 좋겠거든요. 하지만 켈리는 계속 봐줄게요. 하교하면 우리 집으로 오라고 해요. 기꺼이 맡아줄게요. 켈리는 정말 좋은 아이예요. 얘기했었나요? 너무 좋은 아이에요. 엄마를 잃어서 너무 힘들 거야."

조앤은 팔을 뻗어 잠시 동안 넌지시 내 손을 쓰다듬었다.

"실라는 운이 좋았네요. 당신 같은 남편을 두다니……." 조앤이 말했다.

"저, 이만 가보겠습니다."

"맥주 정말 안 마셔요? 혼자 술 마시려면 심심하지 않아요? 혼자 안 마셔도 되는데 굳이……." 조앤이 웃으며 말했다.

"정말 괜찮아요." 나는 자리에서 일어나 연장통을 들고 밖으로 나갔다.

토요일 밤, 나는 대런 슬로컴이 이튿날 또다시 나타나 켈리를 만나게 해달라고 고집을 부리지 않을까 하는 걱정에 잠을 이루지 못했다. 내가 알려준 정보로 만족하기를 바랄 뿐이었다. 그리고 나는 켈리가 엿들었다는 전화 통화의 중요성에 관해 줄곧 생각했다. 과연 앤은 누구와 통화를 했으며, 왜 남편에게 숨기려고 했을까? 왜 대런은 그토록 그것을 알고 싶어 하는 걸까?

대런에 관한 생각이 지나가자 덕이 머릿속에 떠올랐고, 나는 그냥 몇백 달러쯤 던져줘 버릴까 고민했다. 덕이 정말로 국세청에 고발하여 나를 엿 먹일 거라고 생각하지는 않았다. 분명 그것은 진지한 협박은 아니었다. 우리 둘은 성격은 달랐지만 오랜 친구였다. 내가 고민하는 이유는 덕이 정말로 돈을 필요로 했기 때문이었다. 하지만 한번 주기 시작하면 밑 빠진 독에 물 붓기라는 것이 뻔했다. 지하실에 숨긴 돈을 포함한다 해도 덕과 벳시의 재정 위기를 해결해줄 만한 돈은 내게 없었다.

나는 침대에서 이리저리 뒤척이며 불타버린 집에 관해 생각했다. 보험회사에서 보험금이 지급될까? 경기가 나아질까? 지금부터 5개월쯤 지나면 〈가버 종합건설〉에 일거리가 들어올까?

나는 켈리를 "미친 주정꾼"이라고 불렀다는 아이들에 관해 생각했다.

그리고 조앤 뮬러에게 겁을 준 남자에 관해, 그녀가 내비치는 달갑지 않은 나에 대한 관심에 관해 생각했다. 예전에 실라는 나에게 농담처럼 조앤을 조심하라고 말한 적이 있었다. 석유 굴착기 폭발 사고로 남편 일리가 세상을 떠나기도 전이었다. "조앤이 당신을 쳐다보는 눈빛 말인데, 내가 예전에 당신을 보던 눈빛이랑 똑같아." 실라는 웃으며 말했었다. "물론 아주아주 오래전 얘기지."

그리고 잠시 벨린다 모튼에 관해 생각했다. 실라의 핸드백에 있다던 봉투에 대한 이상한 질문을 생각했다.

하지만 가장 많이 머릿속에 떠오른 것은 실라였다.

"왜?" 나는 잠을 못 이룬 채 천장을 쳐다보며 말했다. "왜 그랬어?"

나는 여전히 그녀에게 너무나도 화가 났다.

그리고 너무나도 그녀가 필요했다.

일요일 저녁 여섯 시가 조금 넘은 시간에 켈리가 집에 돌아왔다. 마커스와 피오나도 함께일 줄 알았지만 같이 온 사람은 마커스뿐이었다.

"할머니는 어디 있니?" 나는 켈리에게 물었다.

"마커스 씨가 나를 데려왔어." 켈리는 피오나의 두 번째 남편을 "할아버지"라고 부른 적이 한 번도 없었다. 피오나가 그것을 허락하지 않았다. "그래서 둘만의 시간을 보냈어."

마커스는 멋쩍은 웃음을 지었다. "피오나랑 셋이 있으면 여자들끼리만 얘기해서 말이지. 그래서 피오나한테는 나 혼자 데리고 가겠다고 말했어."

"피오나가 그러라고 하던가요?" 내가 물었다.

마커스는 전쟁에서 승리한 사람처럼 고개를 끄덕거렸다. "사실 피오나가 몸이 안 좋았거든."

켈리가 내게 물었다. "이거 무슨 냄새야?"

"라자냐."

"라자냐 사왔어?"

"아빠가 만들었어."

켈리는 공포에 질린 표정을 지었다. "오는 길에 치킨 핑거 사 먹었는데."

“맞아, 그랬지.” 마커스가 말했다. “글렌, 시간 있나? 자네한테 잠깐 할 얘기가 있는데.”

“네, 그래요.” 나는 켈리에게 말했다. “방에 올라가서 짐 풀어.”

“짐 안 가지고 갔잖아.”

“그럼 그냥 올라가 있어.”

켈리는 나를 안아준 뒤 자기 방으로 올라갔다. 마커스는 부엌으로 들어가 테이블 의자를 빼더니 어느새 편하게 자리를 잡았다. 하지만 사실 그리 편해 보이지는 않았다.

“그래, 어떻게 지내나? 인사말이 아니라 정말로 물어보는 거야.” 마커스가 물었다.

나는 어깨를 으쓱했다. “제 아버지 입버릇처럼, 할 수 있는 걸 최선을 다해 하는 수밖에요.”

“내 아버지 입버릇은 뭐였는지 아나?” 마커스가 물었다.

“뭐였는데요?”

“저기 저년 엉덩이 좀 보소.” 마커스는 손바닥으로 가볍게 테이블을 두드렸다. “웃기지 않아?”

“미안해요, 마커스. 제가 요즘 웃을 기분이 아닙니다.”

“알고 있어. 용서하게. 자네 말을 들으니 그 양반 생각이 나서 그랬어. 천하의 개자식이었지.” 그는 슬픈 듯이 미소를 지었다. “그렇지만 어머니는 아버지를 버리지 않았어. 하는 짓거리가 그 모양이었어도 아버지는 마음속으로 어머니와 나를 사랑했을 테니까.” 마커스는 얼굴에서 웃음을 거두고 멍한 표정을 지었다.

그가 말이 없자 내가 먼저 입을 열었다. “저한테 용건이 있으신 것 같은데요?”

“음, 그래. 있지.”

“피오나 앞에서 말할 수 없는 건가요?” 마커스는 고개를 끄덕였다. “그럴다면 피오나에 관한 일이겠군요?"

"피오나가 걱정돼." 마커스가 말했다. "딸을 잃어서 힘들어하고 있어."

"그래도 다행히 제가 있잖아요? 제 탓을 하면 되니까요."

마커스는 고개를 저었다. "자네 앞에서 티를 안 냈지만 피오나는 자네를 원망하는 것만큼이나 자신을 원망하고 있어. 아니, 아마도 더욱 원망하고 있겠지."

나는 스카치 병과 텀블러 두 개를 꺼낸 뒤 손가락 폭만큼 각 잔을 채우고 하나를 마커스에게 건넸다. 그는 위스키를 한 모금에 털어 넣었다. 나도 금세 잔을 비웠다.

"말씀 계속 하세요." 내가 말했다.

"피오나가 혼자 침실에 들어가 문을 닫고 우는 걸 들었어. 하루는 훌쩍거리면서 그게 자기 탓이라고 중얼거리더군. 나중에 내가 물어봤을 때는 그런 적 없다고 잡아뗐지만. 피오나는 자네한테 던진 질문을 자신에게도 던졌을 거야. 왜 낌새를 채지 못했을까? 왜 실라의 문제를 눈치채지 못했을까? 라고."

"죄책감을 함께 부담하고 싶다는 내색은 조금도 안 하던데요?"

"피오나는 까다로운 여자야. 자네 말은 나도 알지만 그 사나운 겉모습 뒤에는 마음이란 게 존재한다네." 마커스가 말했다.

"다른 사람 것을 떼어다가 자기 안에 넣었나 보죠?" 내가 말했다.

마커스는 얼굴을 찌푸렸다. "그래, 뭐……." 그는 고개를 저었다. "그건 그렇고, 다른 할 말이 있어."

"피오나에 관한 겁니까?"

"피오나와……." 마커스는 잠시 말을 멈췄다. "켈리에 관한 거지."

"뭔데요?"

"두 가지야. 우선, 켈리를 우리 집에 데려와서 다리엔의 학교로 전학시키겠다는 피오나의 계획 말인데, 나야 괜찮긴 하지만—."

"그렇게 안 될 겁니다." 내가 말했다. "일주일에 닷새를 켈리와 떨어져 지낼 생각 없어요. 절대로 안 됩니다."

"나도 자네 의견에 동의해. 하지만 이유는 좀 달라."

"무슨 이유죠?"

"피오나한테 돈 문제가 좀 있거든."

나는 스카치를 한 잔 더 따랐다. 마커스가 텀블러를 내밀자 나는 그에게도 술을 따라주었다. "무슨 문제인데요?"

"자네, 그 카노프스키라는 남자 소문은 들어봤겠지?"

월 가의 천재 투자자로 알려졌지만 실은 대규모 폰지(이윤이 높은 투자 대상을 골라, 이에 먼저 투자한 사람이 뒤에 투자하는 사람의 자금으로 이익을 보는 방식의 사기 수법) 사기범인 것으로 밝혀진 남자. 수많은 사람들이 그에게 속아 수백만 달러를 투자해서 한 푼도 되찾지 못했다. "뉴스에서 봤습니다만."

"피오나가 그 자식 회사에 꽤 많이 투자했어."

"얼마나요?"

"회사 자금의 80% 정도."

나는 눈썹을 치켜세웠다. "얼마나 잃었어요?"

"피오나가 재정 상황을 일일이 말해주지 않아서 확실치는 않지만 대충 2백만 달러 정도."

"허, 저런."

"그러게."

"그래서 피오나는 어쩔 작정입니까?"

"2백만 달러를 잃는다고 피오나가 굶어 죽지는 않아. 하지만 지출을 꽤 줄여야겠지. 저축한 게 좀 있지만 몇 년 안 가서 다 동날 테니까. 그런데 이런 상황에서 켈리를 사립학교에 보내려 하다니. 글렌, 그런 학교가 돈이 얼마나 드는지 알고 있나?"

"집 한 채 짓는 것보다 많은 돈이 한 학기에 들 겁니다."

"그래, 그 정도야. 그러니까 만약 원치 않는다면 자네가 단호하게 거절하는 편이 좋아. 피오나도 속으로는 안심할 거야. 자네한테 제안을 했다는 사실만으로 만족하고 단념하겠지."

"알겠습니다. 그것 말고 다른 할 말은요?"

"음, 오늘 피오나가 켈리를 심하게 몰아붙였어. 친구 집에서 파자마 파티했을 때 무슨 일이 있었냐고 집요하게 물어보더군."

"그랬어요? 왜죠?"

"나도 모르지. 그것 때문에 켈리의 기분이 상당히 안 좋았어. 내가 피오나를 다그쳐서 말려야 했지. 그렇지 않아도 애가 이래저래 힘들 텐데 그런 식으로 심문을 하니 얼마나 괴로웠겠나?"

"피오나가 왜 그랬을까요?" 내가 물었다.

마커스는 두 번째 스카치를 홀쩍 들이켰다. "자네도 피오나를 알잖나? 우리가 모르는 꿍꿍이가 있겠지."

켈리가 1층으로 내려왔다. 마커스가 작별 인사를 하지 않고 떠났지만 딱히 섭섭해하지는 않았다. "마커스 씨는 피곤해 보였어. 오는 길에 같이 얘기하자고 해 놓고는 말을 거의 안 했어." 켈리가 말했다.

"생각할 게 많았던 모양이지." 내가 말했다.

오븐 위에 꺼내 놓은 라자냐가 조금씩 식어가고 있었다. 켈리는 라자냐를 살펴보며 냄새를 맡았다.

"라자냐 위에 소스 안 뿌렸어?" 켈리가 물었다.

"대신 치즈를 넣었어."

켈리는 서랍에서 포크를 꺼낸 뒤 라자냐 한가운데에 찔러넣었다. "리코타 치즈는? 리코타 치즈는 안 들어갔어?"

"리코타 치즈?"

"아빠, 팬도 다른 걸 썼잖아? 원래 쓰던 팬이 아니면 맛이 달라진단 말이야.”

“팬이 그것밖에 없던데. 야, 먹을 거야 말 거야?”

“배 안 고파.”

“아빠는 맛이라도 봐야겠다.” 나는 라자냐를 내 접시에 조금 떠서 옮긴 뒤 서랍에서 포크를 꺼냈다. 켈리는 의자에 앉아 과학 실험이라도 구경하듯 내 동작을 지켜봤다.

“저기, 아빠가 알면 화낼 일이 있어.” 켈리가 말했다.

“뭔데?”

“할머니랑 학교 두 군데를 돌아다녔어. 나중에 내가 갈지도 모르는 학교. 주말이라 안에는 못 들어가고 밖에서만 봤어.”

“그래, 알았어. 아빠 화 안 났어.”

“내가 전학 가면 아빠도 할머니와 마커스 씨네 집에 와서 같이 살지 않을 래? 내 방이 되게 커. 침대 하나를 더 넣을 수 있어. 코만 골지 마.”

“넌 다리엔으로 전학 가지 않을 거야.” 내가 말했다. “정 전학을 원한다면 이 동네 학교를 알아보자.”

켈리는 잠시 생각하더니 말했다. “어제 에밀리 아빠가 우리 집에 왔었 어?”

“응.”

“장례식에 초청하려고?”

“그건 아니야. 그리고 그런 식으로 하지는 않아. 일부러 집에 방문해서 장 례식에 초청하지는—아니다, 신경 쓰지 마.”

“그럼 왜 왔어?”

“네가 괜찮은지 보러 온 거야. 에밀리의 가장 친한 친구잖니?”

켈리는 내 말을 수긍했지만 여전히 걱정스러운 표정을 지었다. “다른 이유 는 없었어?”

“무슨 다른 이유?” 내가 물었다.

“뭘 돌려받으러 왔다거나.”

나는 켈리를 물끄러미 쳐다봤다. “뭘 돌려받아?”

켈리는 갑자기 불안한 표정을 지었다. “몰라.”

“슬로컴 아저씨가 너한테 뭘 돌려받는데?”

“나 침실에 숨은 것 때문에 벌써 큰일이 났잖아. 또 큰일 나기는 싫어.”

“큰일 안 나.”

“날 거야.” 켈리의 눈에 눈물이 맺히기 시작했다.

“슬로컴 씨의 침실에서 뭘 가져왔니?”

“일부러 그런 건 아니야.” 켈리가 말했다.

“일부러 그런 게 아니라니? 그럼 뭔데?”

“옷장에 숨었을 때 발에 핸드백이 채였어. 손을 뻗어서 치웠는데 안에서 뭐가 짤그랑하는 거야. 꺼내봤지만 너무 어두워서 잘 보이지 않았어. 그래서 주머니에 넣었어.”

“아니, 세상에. 켈리야⋯⋯.”

“그냥 뭔지 궁금해서 그랬어. 에밀리가 날 발견하면 그때 꺼내서 보려고 그랬어. 하지만 에밀리는 안 왔고 에밀리 엄마가 들어왔어. 그래서 주머니에서 안 꺼냈어. 에밀리 엄마가 나를 방 한가운데 세워뒀을 때 그 물건이 주머니에서 삐져나와서 손으로 가렸어.”

나는 피곤한 표정으로 눈을 감았다. “그게 뭐였니? 보석? 시계?” 켈리는 고개를 저었다. “아직도 가지고 있어? 우리 집에 있니?”

“신발 주머니에 숨겼어.” 켈리의 눈은 동그랗고 축축했다.

“가서 가져와.”

켈리는 자기 방으로 달려가더니 곧 돌아왔다. 손에는 옆면에 요트가 그려진 파란색 깅엄 주머니의 끈이 쥐여 있었다.

켈리는 내게 주머니를 건넸다. 안에 든 물건은 예상보다 무거웠다. 주머니를 열기 전에 바깥으로 더듬어 보니 켈리가 슬로컴의 집에서 들고 나온 물건은 아마도 팔찌인 것 같았다.

나는 주머니 안에 손을 집어넣어 물건을 꺼냈다. 무겁고 밝게 반짝이는, 니켈 도금이 된 물건이었다.

"수갑이야." 켈리가 설명했다.

"그래. 수갑이구나."

19

"에밀리 아빠가 이거 가지러 온 거 아니야?" 켈리가 물었다. "수갑 달라고 안 했어?"

"그런 말은 안 했어." 나는 수갑을 살펴봤다. 작은 열쇠가 투명 테이프로 수갑에 붙어 있었다. 나는 빈 신발 주머니를 켈리에게 돌려주며 말했다. "슬로컴 아저씨는 이게 부인 핸드백 안에 있었다는 사실도 모를 거야."

"에밀리 엄마는 경찰이 아닌데."

"그렇지."

"아저씨가 경찰 일 할 때 아줌마가 가끔 도와준 걸까?"

"그럴지도 몰라."

"수갑 돌려줄 거야?" 켈리는 겁에 질린 목소리로 물었다.

나는 긴 숨을 내뱉었다. "아니. 이건 그냥 없던 일로 하자."

"하지만 내가 잘못했잖아? 훔친 거잖아? 아니, 훔칠 생각은 아니었어. 내가 핸드백에서 수갑 꺼낸 걸 아줌마한테 들키기 싫어서 그랬던 것뿐이야."

"아줌마가 방에서 나갔을 때 다시 핸드백에 넣어두지 그랬니?"

"무서웠어. 아줌마가 나한테 방에 꼼짝 말고 서 있으라고 했단 말이야. 그런데 다시 옷장에 들어갔다가 들키면 또 혼날 것 같았어."

나는 켈리를 꺼안아 주었다. "그래, 그래. 이제 괜찮아."

"상자에 넣어서 우편으로 아저씨한테 보내주면 안 돼? 누가 보냈는지 쓰지 말고."

나는 고개를 저었다. "사람들은 물건을 잃어버리기도 하잖니? 수갑이 없어진 걸 알아도 애타게 찾지는 않을 거야."

"혹시 나쁜 놈이 밤에 에밀리 집에 쳐들어오면 어떡해? 아저씨가 다른 경찰들 올 때까지 붙잡아 두려고 핸드백에 있는 수갑을 꺼내려고 했는데 없으면?"

나는 수갑의 다른 용도를 짐작할 수 있었지만 굳이 켈리에게 설명하지 않는 편이 나을 것 같았다. "그럴 일 없어. 자, 이 얘기는 이제 그만."

나는 켈리를 방으로 돌려보낸 뒤 수갑을 내 침대 테이블 서랍에 집어넣었다. 쓰레기 버리는 날이 되면 쓰레기봉투에 던져넣으면 그만이다. 제 갈 길을 가겠지. 나는 앤 슬로컴의 핸드백에 있던 수갑의 존재를 대런 슬로컴이 몰랐을 뿐 아니라, 수갑이 애초에 그들의 집에서 사용되지도 않았으리라고 짐작했다. 남편에게 전화 통화에 대해 말하지 못하도록 앤이 켈리를 다그친 데에는 그만한 이유가 있었다.

문득, 나는 앤이 걱정했던 다친 손목의 주인공이 누군지 궁금해졌다.

아침에 나는 켈리를 트럭에 태우고 학교로 향했다. "학교 끝나면 아빠가 데리러 갈게."

"알았어." 실라가 죽고 나서 켈리가 학교로 돌아간 지난주부터 나는 매일 켈리를 학교에 태워 주고 태워 왔다. "계속 아빠가 데리러 올 거야?"

"당분간은." 내가 말했다.

"나 다시 자전거 타고 다녀도 되는데."

"알아. 그래도 당분간은 이렇게 하자. 너만 괜찮다면."

"알았어." 켈리는 조금 낙담한 목소리로 대답했다.

"저기, 혹시 슬로컴 아저씨가 학교에 와서 너를 찾거든 절대 얘기를 나눠서는 안 돼. 대신 선생님을 불러."

"아저씨가 왜 날 찾아와? 수갑 때문에?"

"아니, 아마 찾아오지 않겠지만 혹시나 해서 그래. 그리고 수갑 얘기는 그만하자. 친구들한테도 말하지 마."

"에밀리한테도?"

"특히 에밀리한테는 절대로. 아무한테도 말하지 마, 알았지?"

"응. 에밀리랑 다른 얘기는 해도 되지?"

"오늘 에밀리는 학교에 없을 거야. 며칠 후에나 오겠지." 내가 말했다.

"채팅하잖아."

아, 그래. 물론 그렇지. 나는 마치 19세기 사람이 되어버린 기분이 들었다.

켈리가 물었다. "우리 조문 갈 거야?" 얼마 전까지도 켈리는 "조문"이라는 단어를 몰랐다. "에밀리가 오늘 사람들이 조문을 할 거래. 나보고도 오라고 했어."

그리 좋은 생각 같지는 않았다. 우선, 켈리의 심리 상태에 썩 좋지 않을 것이다. 자기 엄마 장례식 내내 울었던 것이 얼마 되지도 않았는데, 이렇게 빨리 다른 장례식에 참석해서 버틸 수 있을지 나는 걱정이 되었다. 또한, 나는 켈리가 대런 슬로컴 가까이에 가는 것을 막고 싶었다.

"글쎄다."

"조문 가야 할 것 같아."

"아니야, 안 가도 돼. 다들 이해할 거야."

"아니야. 다들 내가 가기 싫었을 거라고 생각할 거야. 하지만 그렇지 않단 말이야. 나는 겁쟁이로 보이기 싫어."

"넌 겁쟁이가 아니야. 아무도 그렇게 생각하지 않아."

"하지만 나라면 그렇게 생각할 거야. 조문 안 가면 엄청나게 겁 많은 년이라고 생각할 거야."

"뭐? 겁 많은 뭐?"

켈리는 얼굴을 붉혔다. "겁쟁이. 게다가 에밀리랑 걔네 엄마, 아빠는 우리 엄마 장례식에 왔잖아?"

켈리의 말이 옳았다. 슬로컴 부부는 실라의 장례식에 참석했다. 하지만 그 사이 많은 것이 변했다. 우리의 상황은 그들 부부의 상황과는 달랐다.

"안 가면 에밀리가 날 영원히 미워할 텐데, 아빠는 그래도 괜찮아? 그럼 나 안 갈게."

나는 켈리를 가만히 쳐다봤다. "조문이 몇 시니?"

"3시."

"알았어. 2시에 학교로 데리러 갈게. 집에 가서 옷 갈아입고 조문 가자. 하지만 약속할 게 있어. 아빠 옆에 꼭 붙어 있어야 돼. 아빠의 눈 밖으로 벗어나면 안 돼. 알겠지?"

켈리는 고개를 끄덕였다. "알았어. 근데 아빠도 약속 지킬 거지?"

차는 곧 학교에 도착했다. 나는 연석에 차를 세웠다. "그래, 지킬게."

"어떤 약속이게?"

"어떤 약속인지 알지. 전학 갈 학교 알아보겠다고 한 거 말이잖아?"

"응. 그냥 확인해 봤어."

나는 켈리를 학교에 내려준 뒤 회사로 갔고, 샐리에게 음성메시지들에 대해 메모를 해두었음을 알렸다.

"다 처리했어요." 샐리가 말했다.

"그 밖의 음성메시지들―."

"그것도 다 했어요. 몇 군데는 전화를 받지 않길래 메시지만 남겼지만."

"견적 문의는 없었어?" 내가 물었다.

"안타깝게도 없네요, 사장님."

우리는 진행 중인 작업들을 간단하게 검토했다. 현재 작업 중인 현장은 세 군데였는데, 더비의 부엌 리노베이션, 데본의 집 뒤편에 짓는 차량 두 대용 차고, 이스트 밀퍼드의 5년 된 지하실 마감이었다. 온전한 집 한 채를 짓는 작업이 없기는 2년 만에 처음이었다.

"스튜어트와 KF는 차고 현장에 갔어요." 샐리가 말했다. 스튜어트는 캐나다에서 온 젊은 친구였고 "KF"는 켄 왕의 별명이었다. 그가 남부 출신이라는 이유로 우리는 그를 KFW 즉, "켄터키 프라이드 왕"이라고 불렀다. "덕은 더비로 갔어요. 지하실 현장에는 아무도 없네요."

"알겠어."

"저기, 얘기 좀 할 수 있어요?" 내 사무실 안으로 들어오며 샐리가 물었다. "토요일 일은 죄송해요." 그녀는 나의 맞은편에 앉으며 말했다.

"신경 쓰지 마. 테오랑은 괜찮아?"

"제가 나중에 한소리 했어요. 여긴 사장님 회사니까 누구와 일을 하고 안 하느냐는 당연히 사장님이 결정하셔야죠."

"그렇지."

"그래도 저는 테오가 훌륭한 전기 기술자라고 생각해요. 지금 아버지 집—아니, 우리 집에서 전기를 봐주고 있어요." 아버지의 건강이 악화되기 시작했을 무렵 샐리는 그의 집으로 들어갔다. 그녀의 아버지는 심술궂고 못된 영감이었지만 그것은 또한 그의 매력이기도 했다. 남북전쟁을 광적으로 좋아했던 샐리의 아버지는 과거와 현재의 총기들을 폭넓게 수집했다. 총을 다룰 줄 알지만 소유한 적이 없는 나로서는 이해하기 힘든 그만의 커다란 자랑거리였다. 그는 정치적 견해 또한 나와 맞지 않았다. 중국과의 어리석은 수교만 차치한다면 리차드 M. 닉슨이 미합중국 최고의 대통령이었다는 주장을 그는 끊임없이 해대곤 했다.

아버지가 좋은 복지 시설에 들어갈 만큼 돈을 저축하지 못한 탓에 샐리는 혼자서 최선을 다하는 수밖에 없었다. 그녀는 근무를 하다 점심시간에 잠깐 집에 들러 아침에 준비해 놓은 식사를 아버지가 제대로 먹었는지, 약을 빠뜨리지는 않았는지를 챙겼다. 약에 드는 비용은 어마어마했다. 샐리는 아버지가 모아놓은 얼마 안 되는 돈을 여러 가지 약을 사는데 다 써버렸다. 당뇨를 치료하기 위한 인슐린, 리시노프릴, 와파린, 심장약인 헤파린 주사. 아버지의 복지 수당으로는 전부 감당할 수 없어서 자신이 모아둔 돈까지 써야 했다.

결국, 그녀는 집세를 위해 아껴두었던 돈을 약값으로 거의 다 탕진하고 아버지의 집으로 들어갔다. 만약 아버지가 더 오래 살았다면 그녀는 언젠가 지금의 집마저 팔고 두 사람이 들어갈 작은 공동주택으로 이사했을 것이다. 하지만 이제 그 집은 그녀만의 것이 되었다.

"테오가 낡은 콘센트들을 여럿 교체해 줬어요. 현관 쪽 천장에 전등도 달았고, 화장실에는 전열 바닥을 설치할 거예요. 그게 끝나면 추운 아침에 화장실 갈 때마다 발바닥이 따뜻할 테니 정말 좋을 거예요. 하지만 타일은 따로 깔아야 돼요. 이번 주에 전열 바닥이 깔리겠지만 테오는 타일은 잘 모르니까 다른 사람한테 부탁해야 돼요. 덕에게 한번 물어보려고요."

"잘됐네." 나는 문득 토요일에 우리가 나눴던 대화를 떠올렸다.

"아무튼, 저는 사장님의 결정을 존중해요. 테오도 존중하게끔 제가 애써볼게요."

사실 나는 테오가 작업 현장에 나타나지만 않는다면 그가 내 결정을 존중하건 안 하건 상관없었지만 입 밖에 내어 말하지는 않았다. "그래. 고마워, 샐리."

샐리는 뭔가 할 말이 있는 듯 입술을 질근질근 깨물었다. "글렌……."

"왜 그래? 할 말 있어?"

"테오를 어떻게 생각해요? 그러니까 남자로서, 제 애인으로서 말이에요."

"샐리, 우리가 알고 지낸 지 꽤 됐잖아? 샐리가 켈리를 돌봐주기 훨씬 전부터 알고 지냈지. 그래서 회사 일이라면 뭐든 거리낌 없이 말할 수 있지만, 사생활은 내가 간섭할 문제가 아니라고 생각해."

"알겠어요. 그럼 사장님이 테오를 알고 있고 제가 아직 테오를 만나지 않았다고 가정해 봐요. 그렇다면 사장님은 테오와 저를 엮어 주셨을까요?"

"사람들 엮는 데 취미 없어."

샐리는 눈을 굴렸다. "진짜 말이 안 통하네. 알았어요. 제가 테오를 작업 현장에서 처음 만났다고 쳐요. '어머, 저 남자 귀엽다. 나한테 데이트 신청했으면 좋겠는데.' 라고 제가 사장님한테 말했어요. 자, 뭐라고 대답하실래요?"

"테오는…… 잘 생겼지. 미남이야. 그건 인정해. 그리고 샐리를 아껴주는 것 같아. 먼저 몰아붙이지만 않는다면 무례하게 굴 사람도 아니지."

샐리는 나를 물끄러미 쳐다봤다. "하지만 뭐가 탐탁지 않군요?"

나는 어떻게든 답을 피해 볼까 고민하다가 샐리에게 진심을 말하기로 했다. "더 나은 사람을 만나라고 대답했을 거야."

"그렇군요."

"물어봐서 대답한 거야."

"잘 들었어요." 샐리는 애써 웃음을 지으며 탁 하고 허벅지를 쳤다. "그말 하기가 그렇게 힘들었어요?"

"응. 좀."

"사장님 말씀 알아듣겠어요. 하지만 만약 제가 더 나은 사람을 만날 수 없다면요?"

"자기비하하지 마, 샐리."

"날 좀 봐요. 이런 꺽다리 여자를 누가 좋아하겠어요? 구경거리로나 딱 좋겠죠."

"그만 좀 해. 샐리가 얼마나 매력적인 여자인데."

"사장님은 거짓말에 소질이 있네요." 샐리는 자리에서 일어나 사무실 문가에 멈춰 섰다. "고마워요, 글렌."

나는 샐리를 향해 웃어 보인 뒤, 컴퓨터를 켜고 구글에서 "밀퍼드 학교"를 검색했다. 우선 가까운 공립 초등학교를 검색하여 몇 군데를 받아적고 사립 학교를 살펴봤다. 가톨릭 학교가 몇 군데 있었지만 우리 가족은 가톨릭이 아니었기 때문에 입학이 가능한지 알 수 없었다. 말이 났으니 말이지만, 우리는 종교와 거리가 멀었다. 나와 실라는 교회에 간 적이 한 번도 없었고 켈리가 세례를 받도록 하지도 않았다. 피오나가 매우 못마땅하게 여기는 부분이었다.

나는 근무 중에 짬이 나면 연락해 볼 요량으로 몇 군데 학교의 이름과 전화번호를 받아적었다. 이어서 켈리의 교장 선생에게 메시지를 남겼다. 켈리를 주정꾼이라고 놀린 아이들을 일러바치기 위해서가 아니라 지금의 껄끄러운 상황을 고려할 때 아이를 다른 학교로 전학시키면 어떨지 운을 떼기 위해서였다.

그러고 나서 나는 가장 가까운 현장인 데본의 차고로 트럭을 몰았다. 차고를 주문한 고객은 60대 중반의 은퇴한 보험 대리업자였다. 그에게는 구형 코르벳 두 대(뒷유리창이 두 부분으로 나뉜 1959년형과 1963년형 스팅레이)가 있었는데 보관할 만한 적당한 장소가 없었다.

작업은 간단했다. 지하실도 배관 시설도 필요 없이 세차를 위한 수도 시설 하나면 충분했다. 주차용 공간과 작업대, 제대로 된 조명과 몇 개의 콘센트를 갖춘 견고한 구조물 하나면 끝이었다. 고객은 전기로 작동하는 문은 원치 않았다. 문이 갑자기 고장 나서 애지중지하는 차 위로 떨어지기라도 할까 봐 걱정이었던 것이다.

트럭에서 내리는 나를 향해 켄 왕이 다가왔다.

"어이, 아저씨, 오늘 기분 좋아 보이네요?"

나는 켄의 남부 사투리에 좀처럼 익숙해지지 않았다.

"어이, KF. 작업은 좀 어때?"

"아주 좋아요. 아, 진짜, 여기 이 코르 머시기 한 대만 준다면 왼쪽 젖꼭지쯤은 떼어줄 수 있는데."

"그래, 멋진 차들이지."

"참, 좀 전에 누가 와서 사장님 없냐고 그러던데."

"무슨 일로?"

켄은 고개를 저었다. "무슨 일인지 말 안 하던데요? 일거리라도 주려고 그러나? 에이, 그러니까 자리 비우지 말고 좀 붙어 있어요." 켄은 나를 향해 씩 웃어 보였다.

나는 작업 상황을 살펴보기 위해 차고로 들어갔다. 안쪽에는 이미 건식벽이 설치되어 있었다. 나는 혹시라도 중국에서 수입된 독성 건식벽일까 불안하여 벽에 붙은 상표를 확인했다. 건식벽의 이음매를 사포질하려던 참인 스튜어트가 내게 말했다. "꽤 잘 끝냈죠?"

나는 스튜어트와 켄 왕에게 선반 위치에 대한 지침을 주고 나서 트럭으로 돌아갔다. 보온병의 커피를 한 잔 따라 마시며 아까 알아본 학교들에 연락할 생각이었다. 그때, 푸른색 소형 차량 한 대가 내 옆에 멈추더니 파란 정장을 입은 키 작은 남자가 내렸다. 손에는 봉투 하나가 들려있었다. 아까 켄이 봤다던 남자인 듯했다. 그가 트럭에 다가오자 나는 차창을 내렸다.

"글렌 가버 씨?" 남자가 물었다.

"트럭에 그렇게 쓰여 있죠." 내가 빈정거리듯 대답했다.

"글렌 가버 씨 맞으십니까?"

나는 고개를 끄덕였다.

남자는 차창 너머로 내게 봉투를 건넸다. "송달했습니다." 그는 곧 등을 돌려 자리를 떠났다.

나는 보온병을 대시보드 위에 올려놓고 봉투를 뜯어 안에 든 서류를 꺼낸 뒤 펼쳤다. 종이에는 법률 사무소의 이름이 적혀 있었다. 나는 서류를 훑어 보았다. 이해하기 어려운 법률 용어가 잔뜩 적혀 있었지만 요지는 파악할 수 있었다.

윌킨슨 가족이 나에게 1천5백만 달러의 손해 배상 청구를 했다는 내용이었다. 명목은 과실. 요점은 내가 아내의 상태를 제때 파악하여 사고를 막지 못한 탓에 코너 윌킨슨과 브랜든 윌킨슨의 사망을 초래했다는 것이었다.

나는 서류를 다시 제대로 읽으려고 했지만 눈앞이 흐려졌다. 눈에 눈물이 맺히고 있었다. 나는 서류를 접고 머리받이에 머리를 기대었다.

"당신 덕분이야, 실라."

20

"이거 참 흥미롭군요." 법률 사무실에 앉은 에드윈 캠벨이 말했다. 그는 금속 테가 둘러진 독서용 안경을 벗어서 내가 두 시간 전 그에게 전해준 서류 옆에 올려놓았다. 그는 고개를 저으며 말했다. "확대 해석이긴 하지만, 아무튼 흥미로워요."

"그래서 제가 걱정할 필요가 없다는 말입니까, 뭡니까?" 나는 푹신한 가죽 의자에 앉은 채 몸을 앞으로 기울였다. 에드윈은 수년간 아버지의 전담 변호사였는데, 나는 그런 이력이나 의리 때문이 아니라 그의 수완이 좋았기 때문에 계속 그에게 법적 상담을 의뢰해 왔다. 나는 법률 서류가 송달되자마자 소송에 관해 문의하기 위해 에드윈에게 연락했고 그는 즉시 나를 사무실로 불러들였다.

"그렇게 확언할 수는 없어요." 에드윈이 말했다. "법의 그물에 걸려 여러 해 동안 변호를 하느라 쓸데없이 막대한 돈을 쓰는 성가신 케이스들이 꽤 있습니다. 우리 쪽에서 이 고소에 대응하기는 해야 해요. 상대방은 실라가 알코올 중독이었고 만취 상태로 운전할 가능성이 상당했음을 당신이 인지했다는 증거를 제출해야겠죠."

"저는 조금도 몰랐다고 이미 말했―."

에드윈은 손사래를 쳤다. "당신 말은 알아요. 저도 믿습니다. 하지만 말이죠, 이미 해 보셨겠지만, 부인에 대한 모든 것을 다시 한번 되새겨 보세요. 간과한 것은 없었는지, 보고 싶지 않아서 애써 무시한 것은 없었는지, 인정하기 싫은 사실은 없었는지. 괴롭겠지만 지금은 스스로에게 솔직해야 합니

다. 실라가 사고를 일으킬지 모른다고 판단할 수 있었던 아주 작은 여지까지
직시하고 대처해야 해요."

"말했잖아요. 그런 여지 따위 없었어요."

"실라가 술에 취한 모습을 본 적이 전혀 없었나요?"

"전혀?"

"네. 전혀 없었습니까?"

"젠장, 당연히 술 마시고 취했던 적이 있었죠. 안 그런 사람이 어디 있어
요?"

"어떤 상황이었는지 설명해 보시죠."

"글쎄요? 크리스마스, 가족 모임, 무슨무슨 기념일, 저녁에 외식을 할 때?
아니면 파티에 갔을 때?"

"그럴 때마다 실라가 습관적으로 과음을 했습니까?"

나는 눈을 깜빡였다. "아니, 세상에, 에드윈!"

"일부러 따져 묻는 겁니다, 글렌. 순식간에 진창으로 빠질 수 있는 상황이
에요. 크리스마스에 술을 즐기는 것과 음주 운전 사이에 엄청난 간극이 있다
는 건 나도 알고 당신도 압니다. 하지만 당신이 함께 참석했을 술자리에서
실라가 취한 걸 목격한 사람이 단 몇 명만 있어도 보니 월킨슨은 소송의 토대
를 확보할 수 있습니다."

"그건 쉽지 않을 걸요?" 내가 말했다.

"벨린다 모튼은 어떻습니까?"

"네? 벨린다는 실라의 친구입니다만, 벨린다가 왜요?"

"당신이 오기 전에 몇 군데 연락을 해봤습니다. 윌킨슨 씨의 소송을 맡은
법률 사무소 〈바니크 앤드 트런들〉에도 연락했죠. 대담하게도 그쪽에서 먼저
자기들 진행 상황을 넌지시 비추더군요. 법정까지 가기 전에 합의하는 것이
어떻겠냐면서."

"그게 무슨 소리예요?"

"그쪽에서 벨린다 모튼 씨의 진술을 얻어냈어요. 실라와 벨린다 모튼, 그리고 또 다른 여성, 이렇게 셋이서 함께 점심을 먹고는 했는데 그때마다 술을 꽤 마셨다는 진술이었죠."

"그래요. 실라는 그 여자들과 술을 마시고는 했죠. 하지만 늘 택시를 타고 돌아왔어요. 보통 그런 모임을 할 때에는 술을 마실 거라고 예상하고 실라는 차를 두고 나갔습니다."

"그래요?" 에드윈이 말했다. "그렇다면 점심 식사 할 때 많이 마시리라는 걸 실라가 잘 인지하고 있었다는 뜻입니까?"

"취할 정도는 아니었어요. 그저 점심 식사를 즐길 정도. 지나치게 해석하지 말아요."

"지나친 해석을 할 사람들은 따로 있습니다." 에드윈은 말을 멈췄다. "마리화나 얘기는 아십니까?"

"무슨 얘기요?"

"벨린다 모튼이 말했답니다. 실라와 함께 마리화나를 피웠다고."

"벨린다가요?" 아내의 친구라는 여자가 그런 말을 하다니.

"그렇다더군요. 법률 사무소 쪽에서 말하기로는 피운 적이 한 번 있었어요. 1년 전 벨린다 모튼의 집 뒷마당에서. 남편이 돌아와 그 광경을 보고 소동이 일어난 모양이던데요?"

나는 기가 막혀서 고개를 저었다. "벨린다가 우리한테 왜 이러지? 나와 켈리에게 왜 이래요?"

"저야 모르죠. 좋게 해석하자면, 벨린다 씨는 어떤 결과가 초래될지 모르고 그런 진술을 했을 겁니다. 제가 듣기로 남편 조지 모튼이 적극적으로 진술하게끔 아내에게 압력을 준 모양입니다."

나는 의자에 털썩 몸을 기댔다. "배알이 꼬인 자식. 좋아요, 그쪽에서 실라가 점심 먹다가 와인이나 코스모폴리탄 칵테일 한 잔쯤 즐겨 마셨다는 걸 증명한다 칩시다. 하지만 그날 밤 실라가 음주 운전으로 사고를 낸 게 내 탓이란 걸 어떻게 증명한다는 겁니까?"

"말씀드렸다시피 확대 해석이에요. 하지만 이런 케이스에서는 공이 어디로 튈지 모르니 진지하게 대처해야 합니다. 일단 저한테 맡겨요. 그쪽에 대답할 초안을 적어서 보여드릴 테니까."

더는 나빠질 것이 없다고 생각했는데, 지금 온 세상이 녹아내리고 있었다.

"일주일 동안 난리로군."

에드윈은 메모를 하다가 고개를 들어 나를 바라봤다. "네?"

"불타버린 집이 보험 처리될지 어떨지 아직 확실하지 않은데 회사 직원은 돈 문제가 있으니 가불해달라고 졸라대질 않나, 딸은 실라의 사고 때문에 학교에서 주정꾼이라고 놀림 받지를 않나. 게다가 딸의 친구 엄마가 그저께 밤에 사고로 죽었어요. 그 여자 남편은 켈리가 그 집에 파자마 파티하러 갔다가 우연히 엿들은 통화 내용을 알려달라고 나를 들볶고, 그런 마당에 보니 윌킨슨이 날 시궁창에 몰아넣을 작정인지 이렇게 고소를 했군요."

"허……." 에드윈이 말했다.

"환장할 노릇이죠."

"아까 뭐라고 했죠?"

"뭐가요?"

"딸의 친구 엄마가 죽었는데 어떻게 됐다고요?"

나는 앤 슬로컴이 사고로 죽었고, 켈리가 그 집에서 파자마 파티하다가 엿들은 것을 묻기 위해 대런 슬로컴이 우리 집을 찾아온 일을 에드윈에게 알려줬다.

"실라와 점심을 먹었다는 또 다른 여자는 아마 앤 슬로컴일 겁니다." 나는 무뚝뚝하게 덧붙였다.

"흠, 이거 흥미롭군." 에드윈이 말했다.

"그렇죠."

"대런 슬로컴이라고 했나요?" 에드윈이 물었다.

“맞아요.”

“밀퍼드 시 경찰?”

“맞습니다. 그 사람을 알아요?”

“그 사람에 ‘관해’ 알죠.”

“좋은 얘기는 아닌 모양이군요?”

“제가 들은 바로 대런 슬로컴을 둘러싸고 최소한 두 건의 내부 조사가 있었습니다. 한 건은 술집에서 난동을 부리던 남자를 체포하던 중 팔을 부러뜨린 사건이었고, 다른 한 건은 마약 밀매에 얽힌 돈을 착복했다는 혐의였어요. 후자는 무혐의로 종결됐다고 알고 있습니다만. 증거물인 돈에 손을 댈 수 있었던 경찰들이 대런 슬로컴 말고도 여럿 있었으니 혐의를 확정할 수 없었겠죠.”

“당신이 그걸 어떻게 알아요?”

“제가 사무실에 앉아 하루 종일 우표 수집이나 할 것 같아요?”

“즉, 대런 슬로컴이 부패 경찰이란 말이로군요?”

에드윈은 잘못 대답하면 명예 훼손으로 고발할 사람이 방에 있기라도 한 듯 잠시 대답을 머뭇거렸다.

“그런 의혹이 있다는 정도로 해두죠.”

“대런의 부인이 실라의 친구였어요.”

“그 부인에 관해서는 잘 모릅니다. 첫 번째 부인이 아니었다는 사실 빼고는.”

“재혼했다는 걸 몰랐는데?” 내가 말했다.

“누군가 제게 대런 슬로컴의 문제에 관해 알려 주다가 몇 년 전까지 다른 부인이 있었다는 사실도 언급했습니다.”

“이혼했나요?”

“죽었습니다.”

“어떻게요?”

“그건 모릅니다.”

문득, 지난 일들이 머릿속을 스쳐 지나갔다. “이거, 잘 들어맞는군요. 그 수상쩍은 경찰의 부인이 집에서 가짜 명품 핸드백을 팔았거든요. 돈깨나 벌었을 겁니다.” 나는 그것이 회계 장부에 기록되지 않은 돈일 것이라거나, 검은 손이 연루된 장사였을 거라는 점은 언급하지 않았다.

에드윈은 입술을 오므리며 말했다. “동료의 부인이 위조품을 판매했다는 사실을 알면 경찰들이 못마땅해하겠군요. 불법이니까요. 가짜 핸드백을 소지하는 건 상관없지만 제조하거나 판매하는 건 불법이죠.”

“토요일 아침에 슬로컴이 저를 찾아왔어요. 무척 혼란스러운 상태로. 아내가 받은 전화와 사고 간에 연관이 있을 거라고 하더군요.”

“설명해 보세요.”

“앤 슬로컴이 그 전화 상대를 만나러 나가지 않았더라면 그 시간에 그런 위험한 장소에서 터진 타이어를 살피지는 않았을 테니까요. 그렇다면 물에 빠져 죽지도 않았겠죠.”

에드윈의 입술이 더욱 오므라들었다.

“무슨 생각 합니까?” 내가 물었다.

“경찰이 앤 슬로컴의 사고에 의혹을 가지고 있습니까?”

“모르겠군요.”

에드윈은 혀로 이빨 앞을 쭉 훑었다. 그가 깊은 생각에 잠길 때마다 보이는 버릇이었다.

“글렌.” 에드윈이 머뭇거리며 말했다.

“듣고 있어요.”

“우연이란 걸 믿어요?”

“별로요.” 나는 에드윈이 무슨 말을 할 셈인지 예측할 수 있었다.

“당신 부인은 납득하기 힘든 사고로 목숨을 잃었습니다. 당신도 나도 인지하는 사실이죠. 그리고 2주 후 그녀의 친구가 또 다른 사고로 죽었어요. 실라의 경우만큼은 아니지만 퍽이나 수상한 사고로. 분명 당신도 그 점을 간과하진 않았겠죠?"

"맞습니다." 속에서 짜증이 스멀스멀 밀려왔다. "그건 나도 알아요. 하지만 에드윈, 그 사실로 도대체 무슨 결론을 이끌어낼 수 있죠? 지금 내 머릿속은 온통 실라가 왜 그런 짓을 저질렀나 하는 의문뿐입니다. 내가 뭘 놓쳤지? 실라의 문제를 어떻게 모를 수 있었지? 에드윈, 심지어 내가 알기로 실라는 보드카를 즐기지도 않았어요. 그런데 차에서 빈 보드카 병이 발견됐다고요."

에드윈은 왼쪽 손가락들로 책상을 톡톡 두드렸다. 그는 자신의 책장으로 시선을 돌렸다. "저는 예전부터 아서 코난 도일을 아주 좋아했습니다. 말하자면 팬이죠."

나는 에드윈의 시선을 쫓아갔다. 그리고 의자에서 일어나 책장으로 한 걸음 다가가 머리를 살며시 기울여 책등에 적힌 제목들을 읽었다. 〈주홍색 연구〉, 〈셜록 홈즈의 모험〉, 〈네 개의 서명〉.

"굉장히 오래된 책들 같은데……." 내가 말했다. "꺼내봐도 됩니까?"

에드윈이 고개를 끄덕이자 나는 한 권을 꺼내어 조심스럽게 책장을 넘겼다. "전부 초판인가요?"

"아니요. 초판이 몇 권 있지만 밀봉해서 안전한 곳에 보관해 두었죠. 그중 한 권은 코난 도일의 서명이 들어가 있어요. 그의 작품들은 많이 읽어봤습니까?"

"아니요, 저는 그다지─아, 그 사냥개 나오는 얘기는 읽어봤습니다. '바스커빌 가' 던가? 어렸을 때 읽었어요. 영화로 만들어진 것도 실라와 함께 봤습니다. 〈아이언 맨〉에 나온 배우가 출연한 거요."

에드윈은 잠시 눈을 감았다. "끔찍한 영화죠." 그가 말했다. "〈아이언 맨〉은 좋아합니다만." 에드윈은 나의 부족한 문학적 소양에 실망한 듯 보였다. 그렇다. 사실 무척이나 부족했다.

“글렌, 단도직입적으로 물어볼게요. 실라가 고의로 보드카를 마시고 운전을 해서 자신과 두 사람의 목숨을 앗아갔을 가능성이 조금이라도 있다고 생각하십니까? 당신이 이렇게 힘들어할 걸 알고서도 말이죠.”

나는 침을 삼켰다. “아니요. 불가능합니다. 하지만—.”

“〈네 개의 서명〉에서 홈즈는 이렇게 말했을 겁니다. ‘불가능한 것을 모두 배제하고 마지막으로 남은 것이라면 아무리 이상해 보이더라도 진실이다’ 라고요. 들어본 적이 있습니까?”

“들어본 것 같아요. 그러니까, 만약 실라가 고의로 그랬을 여지가 전혀 없다면 그 사고에 대한 다른 설명이 반드시 있을 거라는 뜻인가요? 그것이 아무리…… 터무니없어 보이더라도?”

에드윈은 고개를 끄덕였다. “간단히 말해 그렇습니다.”

“무슨 다른 설명이 있죠?”

에드윈은 어깨를 으쓱했다. “저는 모르죠. 하지만 최근 일어난 사건들을 당신이 한번 찬찬히 되새겨 보는 것이 어떨까 싶군요.”

21

트럭을 몰고 에드윈의 사무실에서 나오는데 휴대폰이 울렸다. 아까 연락했던 사립학교 중 한 군데였다. 전화를 건 여자는 수업료(예상보다 비쌌다)와 학기 중의 전학 가능 여부(가능했다)와 켈리의 학업 성적으로 입학할 수 있는지(아마도 될 것이다)에 관해 답을 주었다.

"저희가 기숙 학교라는 건 알고 계시죠? 학생들이 학교에 거주해야 해요."

"네? 저희 집이 밀퍼드에 있는데요? 집에서 통학할 수 있습니다."

"학교 방침이에요. 몰입식 교육을 지향한답니다."

"네, 알겠습니다. 감사합니다." 나는 전화를 끊었다. 말도 안 되는 소리. 켈리가 밀퍼드에서 나와 떨어져 살아야 할 이유는 없었다. 애들을 하루 24시간 일주일에 7일 동안 학교에 맡겨둘 부모들도 물론 있겠지만 나는 아니다.

나는 샐리에게 전화를 걸어서 앤 슬로컴을 조문하러 갈 예정이니 남은 하루는 사무실이나 현장에 들를 수 없을 것 같다고 말했다. 켈리의 학교에 도착한 나는 트럭을 주차하고 서무과에 들러 켈리의 오후 조퇴를 부탁했다. 서무과의 여직원은 켈리 외에도 다른 두 명의 학생들과 담임선생이 조문을 갈 것이라고 말했다.

나를 만나러 서무과로 온 켈리의 손에는 작은 봉투가 들려 있었다. 아이는 나의 시선을 피하며 봉투를 내밀었다. 나는 켈리와 트럭으로 걸어가면서 봉투를 뜯어 안에 든 종이를 꺼내 읽었다.

"이게 뭐니?" 내가 물었다. "선생님이 준 거야?"

켈리는 들릴락 말락 하게 "응."이라고 중얼거렸다.

"너, 친구 발을 밟았어? 또?"

켈리는 고개를 휙 돌려 나를 바라봤다. "걔가 나를 주정꾼이라고 놀렸단 말이야. 그래서 혼내줬어." 아이의 눈시울이 붉었다. "전학 갈 학교는 알아 봤어?"

나는 켈리의 등에 손을 얹고 함께 주차장을 가로질러 걸었다. "집에 가자. 조문 가기 전에 옷 갈아입어야지."

내 방에서 넥타이의 넓은 쪽이 좁은 쪽보다 길게끔 매려고 세 번째 시도를 하는데 켈리가 들어왔다. 켈리는 실라가 갭에서 사준 수수한 네이비 블루의 드레스와 그에 어울리는 타이츠를 입고 있었다.

"이렇게 입으면 될까?" 켈리가 물었다.

아이는 무척 아름다웠다. "아주 좋아."

"정말?"

"정말."

"알았어." 아이는 곧 방을 나갔다. 켈리가 내 얼굴을 못 봐서 다행이었다. 딸이 나에게 옷차림에 관해 물어본 것은 평생 이번이 처음이었다.

장례식장은 밀퍼드 그린 근처였다. 주차장은 차들로 꽉 차 있었는데 경찰 차들이 많았다. 나는 켈리의 손을 잡고 주차장을 가로질렀다. 장례식장 안에 들어가자 새까만 정장을 입은 남자가 우리를 슬로컴 가족의 응접실로 안내했다.

"잊지 마. 아빠한테 꼭 붙어 있어야 돼." 나는 몸을 숙여 켈리에게 속삭였다.

"알았어."

응접실 안에는 30명 정도의 사람들이 커피잔과 받침을 어색하게 손에 들고 가라앉은 목소리로 대화를 나누며 돌아다니고 있었다. 켈리와 내가 들어가자마자 깃이 하얀 검은 드레스를 입은 에밀리가 우리를 향해 달려왔다. 아이는 켈리의 목을 팔로 감쌌고 둘은 마치 몇 년 만에 만난 친구들처럼 꼭 끌어안았다.

그들은 울음을 터뜨렸다.

사람들의 시선이 이 조그만 여자아이들에게 쏠렸고, 주변의 말소리는 서서히 웅성거림으로 잦아들었다. 두 아이는 어린 나이답지 않게 서로를 위로하며 꼭 끌어안았다. 슬픔, 동정, 이해가 둘의 마음을 하나로 만들었다.

주위의 사람들처럼 나도 감정이 북받쳤다. 두 아이가 조문객들 속에서 자신들끼리 슬픔을 나누는 광경을 견딜 수 없어서 나는 무릎을 꿇고 아이들의 등을 가볍게 토닥였다. "얘들아……."

맞은편에서 아이들 옆으로 여자 하나가 무릎을 꿇고 앉았다. 얼핏 보아도 앤 슬로컴과 닮은 여자였다. 그녀는 나를 향해 어색한 미소를 지었다. "재니스예요. 앤의 언니입니다."

"글렌입니다." 나는 켈리의 등에서 손을 떼어 재니스를 향해 내밀었다.

"애들한테 간식이라도 주면 어떨까요? 여기 말고 좀 조용한 곳에서." 그녀가 말했다.

나는 켈리를 내 곁에서 떨어뜨리고 싶지 않았지만 지금은 아이들끼리 두는 편이 옳을 것 같았다. "네, 그렇게 하세요." 켈리와 에밀리는 서로를 감싸 안은 채 재니스를 따라 응접실을 나갔다. 덕분에 나는 조금 안심이 되었다. 응접실 반대편에 놓인 앤 슬로컴의 시신이 담긴 관은 실라의 관과는 달리 열려 있었다. 켈리가 친구 엄마의 잠든 모습을 보면 곤란했다. 어째서 에밀리 엄마의 얼굴은 보이는데 자기 엄마의 얼굴은 보이지 않았냐는 물음에 나는 대답하고 싶지 않았다.

"마음이 너무 아프네요." 내 등 뒤에서 여자가 말했다. 몸을 돌려보니 벨린다 모튼이었고, 그 옆에는 남편 조지 모튼이 서 있었다. "평생 그렇게 슬픈 광경은 처음이에요.”

조지 모튼이 내게 손을 내밀었다. 그는 검은 정장과 흰색 셔츠 차림에 소매에는 프렌치 커프스를, 목에는 붉은 넥타이를 착용하고 있었다. 벨린다 모튼이 윌킨슨의 소송을 맡은 법률 사무소에 쓸데없는 진술을 하도록 강요한 장본인이 다름 아닌 조지였다는 사실을 떠올리면서 나는 머뭇머뭇 그의 손을 붙잡았다.

“이건 정말…… 아, 정말 뭐라고 말해야 될지…….” 벨린다가 말했다. “실라가 떠나더니 이제는 앤까지…… 내 가장 친한 친구 둘이…….”

벨린다에게 단단히 화가 나 있는 나는 위로의 말을 건넬 생각이 없었지만 지금은 그런 티를 낼 때가 아니었다.

“인생의 사건들에는 다 나름의 이유가 있다고 믿어야지 별수 있겠어?” 평상시처럼 짐짓 현명한 태도를 취하며 조지가 말했지만 나는 그의 코를 뭉개버릴 이유밖에 떠오르지 않았다. 그는 늘 자기가 제일 똑똑한 사람이라는 듯 남들을 내려다보는 버릇이 있었다. 얄궂게도 그는 나보다 키가 조금 작았고 내가 오히려 그의 빗어올린 머리카락을 내려다보고 있었다. 하지만 놀랍게도 두꺼운 검은 테 안경 너머로 보이는 조지 모튼의 눈에는 괴로움이 역력했다. 벨린다처럼 빨갛지는 않았지만 그의 눈은 슬프고 지쳐 보였다.

“끔찍한 일이에요.” 조지 모튼이 말했다. “충격입니다. 정말 안타까워요.”

“대런은 어디 있어요?” 내가 물었다.

“조금 전에 봤는데.” 벨린다가 말했다. “찾아볼까요?”

“아니요, 괜찮아요.” 대런과 얘기하고 싶은 게 아니라 그의 소재를 파악하고 싶을 뿐이었다. “장례식 끝나고 집으로 돌아가시죠?” 내가 물었다.

“그럴 것 같아요.” 벨린다가 말했다.

“전화할게요.”

벨린다는 뭔가 말을 하려다가 입을 다물었다. 조지가 고개를 돌려 다른 조문객들을 보는 틈을 타서 벨린다는 내게 몸을 기울였다. "찾았어요?"

"뭐라고요?"

"봉투요. 찾았어요? 그래서 전화한다는 거 아니에요?"

나는 봉투에 관해서는 까맣게 잊고 있었다. "아니, 다른 용건이에요."

벨린다는 에밀리와 켈리가 부둥켜안은 광경을 볼 때보다 더 괴로운 표정을 지었다.

"왜 그래?" 조지 모튼이 우리를 향해 시선을 돌리며 물었다.

"아무것도 아니에요." 벨린다가 말했다. "그냥…… 저기요, 글렌, 만나서 반가웠어요." 그녀의 목소리에서는 진심이 느껴지지 않았다.

벨린다는 남편을 이끌고 사람들 틈으로 사라졌다. 그녀는 내 용건이 무엇인지 정확히 눈치챘을 것이다. 보니 윌킨슨을 도와 나의 재정 파탄을 초래하기로 작정한 그녀에게 나는 따끔한 몇 마디를 해줄 작정이었다.

주위에는 내가 대화를 나눌 만한 사람들이 눈에 띄지 않았다. 방 한쪽에 짧은 머리에 키가 크고 어깨가 넓은 사내들이 모여 있었다. 대번에 대런의 동료 경찰들임을 알 수 있었지만 그들 가운데 대런은 없었다. 나는 커피가 놓인 테이블로 다가가 커피잔을 들다가, 같은 동작을 취하던 키 작은 흑인 여자와 어깨를 부딪쳤다.

"죄송합니다." 내가 말했다.

"아니에요." 여자가 말했다. "처음 뵙는 분이네요?"

"글렌 가버라고 합니다." 나는 커피잔과 받침을 내려놓고 그녀와 악수를 했다.

"로나 웨드모어라고 해요."

"앤의 친구이신가요?"

그녀는 고개를 저었다. "만난 적은 없어요. 저는 밀퍼드 경찰서에서 나왔어요." 로나 웨드모어는 예의 사내들의 무리를 향해 고갯짓을 했다. "밀퍼드 시경 소속 형사예요. 대런과 같이 일하지는 않지만 오가면서 종종 마주쳐요."

"만나서 반갑습니다." 이어서 나는 덧붙였다. "이런 자리에서 반갑다거나 기쁘다고 말하는 건 어울리지 않지만요."

로나 웨드모어는 동의의 뜻으로 고개를 끄덕였다. "맞아요." 그리고 아리송한 표정으로 나를 바라봤다. "저기요, 성함이 어떻게 되신다고요?"

"가버. 글렌 가버입니다."

"댁의 따님이 그날 밤 대런 슬로컴의 집에 있지 않았나요?"

나는 그녀가 어떻게 그것을 알았는지 궁금했다. 혹시 앤의 사고 수사에 참여하고 있을까?

"네. 켈리가 그날 밤 거기서 파자마 파티를 할 예정이었지만 일찍 돌아왔어요." 로나 웨드모어가 가늘게 눈을 뜨자 나는 얼버무렸다. "애가 몸이 안 좋았거든요."

"지금은 괜찮아요?"

"네. 슬퍼하고 있긴 하지만. 에밀리가 켈리의 친구입니다."

"혹시 아까 그 아이가 댁의 따님?"

"네."

"친구 엄마가 돌아가시는 바람에 무척 괴로워하는 것 같더군요." 웨드모어 형사가 말했다.

"몇 주 전에 애 엄마가, 그러니까, 제 아내 실라가 세상을 떠났거든요."

"아…… 조의를 표합니다. 부인께서는……." 웨드모어는 머릿속에 저장한 정보를 검색하는 듯 보였다.

"사고였어요."

"네. 알고 있어요."

"밀퍼드에서 일어난 사고가 아닌데요?"

웨드모어는 고개를 끄덕였다. "하지만 알고 있어요."

"실라가 죽더니 이제는 앤까지……." 내가 말했다. "제일 힘든 건 아무래도 애들이겠죠. 그리고 보니 딸을 데리러 가봐야겠군요. 실례합니다."

웨드모어는 자리를 뜨는 나를 향해 미소를 지었다. 나는 커피잔을 손에 들고 군중을 헤치며 응접실의 출입문을 향해 걸어갔다. 예상과 달리 복도에는 아이들의 모습이 보이지 않았다. 장례식장에는 응접실이 몇 군데 있었지만 내가 알기로 현재 사용 중인 곳은 앤 슬로컴의 장례식뿐이었다.

나는 복도를 걸어 내려가며 응접실들을 하나씩 둘러보았다. 그때, 등 뒤에서 종종걸음으로 움직이는 소리가 들렸다. 돌아보니 에밀리였다. 아이는 혼자였다.

"에밀리!" 나는 낮은 목소리로 에밀리를 불렀다.

에밀리가 멈추더니 몸을 돌렸다. "가버 아저씨."

"켈리는 어디 있니? 너랑 같이 있었잖아?"

에밀리는 고개를 저으며 닫힌 문을 가리켰다. "저기 있어요." 그러고는 재빨리 달아났다.

문에는 "부엌"이라고 쓰여 있었고 문손잡이가 있을 자리에는 금속판이 붙어 있었다. 나는 경첩이 달린 문을 밀어 열었다. 그곳은 보통의 부엌보다 크기가 컸다. 간단한 다과 외의 음식이 필요할 때 사용되는 모양이었다.

"켈리?"

부엌으로 들어가자 바닥에서 발을 뗀 채 높은 조리대 위에 앉아 있는 켈리가 보였다. 아이의 앞에는 대런 슬로컴이 서 있었다. 눈높이를 맞추기 위해 대런이 켈리를 조리대 위에 앉힌 것이 틀림없었다.

"글렌." 대런이 말했다.

"아빠." 켈리의 눈이 휘둥그레졌다.

"지금 뭐하는 짓이야?" 나는 대런 슬로컴을 향해 다가갔다.

"얘기 좀 하고 있었어요." 그가 말했다. "켈리에게 뭣 좀 물어보던 중
ㅡ."

나의 주먹이 대런의 턱에 정면으로 꽂혔다. 켈리가 비명을 질렀고 대런은

커다란 냄비들로 가득 찬 찬장으로 나가떨어졌다. 냄비 두 개가 바닥에 떨어지면서 오케스트라 심벌보다 요란한 소리를 냈다.

곧, 비명 소리와 냄비가 떨어지는 소리를 듣고 사람들이 몰려들었다. 장례식장의 관리인으로 보이는 여자 하나와 몸집이 큰 남자 두 명이 부엌문을 밀고 들이닥쳤다. 그들은 턱을 문지르고 있는 대런 슬로컴을 쳐다보았다. 그의 입가에서는 피가 흘러내렸다. 이어서 그들은 아직 주먹을 꼭 쥔 나에게로 고개를 돌렸다.

경찰들이 나를 향해 다가왔다.

"아니야, 됐어!" 슬로컴이 한 손을 쳐들며 말했다. "난 괜찮아."

나는 손가락으로 대런 슬로컴을 가리키며 말했다. "절대로 다시는 내 딸에게 말을 걸지 마. 다시 한번 근처에 다가가면 각목으로 네놈 머리를 쪼개버릴 테니까."

나는 양팔로 켈리를 들쳐 안고 주차장으로 향했다.

실라가 이 사실을 안다면 뭐라고 말할지 알만했다. *"장례식에 가서 죽은 여자 남편에게 주먹다짐을 했다고? 참 잘했네."*

22

"그 자식이 너한테 뭘 물어봤어?" 나는 집으로 돌아오는 트럭 안에서 켈리에게 물었다.

"왜 에밀리 아빠를 때렸어?" 켈리는 흐느끼며 말했다. "왜 그랬어? 왜 그랬냐고?"

"아빠 말에 대답해. 그 사람이 너한테 뭐라고 했어?"

"전화 통화에 대해 물어봤어."

"그래서 너는 뭐라고 대답했어?"

"나는 얘기할 수 없다고, 얘기하면 안 된다고 말했어."

"그랬더니 뭐래?"

"그날 들은 내용을 자세히 떠올려 보랬어. 그때 아빠가 들어와서 아저씨를 때린 거야. 이제 모두 나를 미워할 거야. 아빠가 그런 짓을 하다니, 믿을 수 없어!"

나는 손가락 관절이 새하얘질 만큼 강하게 운전대를 쥐었다. "너, 아까 아빠 옆에 꼭 붙어있으랬잖아?"

켈리의 얼굴 위로 눈물이 흘러내렸다. "에밀리 이모를 따라가라고 한 건 아빠잖아?"

"그래, 알아. 하지만 슬로컴 씨하고 얘기하지 말라고 말했잖아. 못 들었어?"

"아저씨가 부엌으로 들어와서 에밀리를 내보냈단 말이야. 나더러 어쩌라고!"

　그 순간, 나는 내가 터무니없는 투정을 부리고 있음을 깨달았다. 켈리는 이제 겨우 여덟 살이다. 그런 상황에서 애가 뭘 어쩌겠는가? 대런 슬로컴한테 당장 꺼지라고 말할 수도 없는 노릇 아닌가? 나는 켈리에게 화를 낼 권리가 없었다. 대런 슬로컴에게, 그리고 켈리를 곁에서 떨어뜨린 나 자신에게는 얼마든지 화를 내도 켈리에게 화풀이를 해서는 안 되었다.

　"미안하다. 아빠가 미안해. 너한테 화가 난 게 아니야. 아빠는―."

　"미워. 아빠가 미워."

　"켈리야……."

　"말 걸지 마." 켈리는 나에게서 등을 돌렸다.

　집으로 돌아오는 길, 우리는 한마디도 나누지 않았다. 집에 도착하자마자 켈리는 자기 방으로 달려가더니 쾅 하고 문을 닫았다.

　나는 부엌으로 가서 텀블러와 스카치 병을 테이블에 올려놓고 술을 한 잔 따랐다. 20분 동안 나는 술을 두 잔 더 마신 뒤, 전화기로 다가가 번호를 눌렀다.

　연결음이 두 번 울리고 상대방이 전화를 받았다. "여보세요? 글렌?"

　벨린다는 발신번호를 본 모양이었다. "네."

　"세상에, 글렌, 그게 뭐예요? 다들 그 일 때문에 난리였어요. 당신이 대런을 때렸어요? 정말이에요? 그 사람 부인이 죽어서 옆방에 누워있는 자리에서? 어떻게 그래요? 설마 아니죠?"

　"도대체 무슨 말을 어떻게 한 겁니까?"

　"네?"

　"법률 사무소에 말입니다."

　"글렌, 그게 무슨 말―."

　"실라가 점심때 술 한잔 마신 걸 가지고 무슨 알코올 중독자라도 되는 양 떠벌렸더군요. 게다가 둘이 마리화나 피운 일까지 얘기했다면서요?"

　"글렌, 잠깐만요, 난 그런 의도가―."

"대가리는 뭐하러 달고 다녀요?"

"나보고 어쩌라고요? 거짓말이라도 하라는 거예요?" 벨린다가 말했다.

"법률 사무소에서 일부러 물어보는 마당에 나보고 거짓말을 하라는 거냐고요?"

"누가 거짓말을 하랍니까?" 내가 말했다. "그냥 몇 가지만 입 다물고 얘기 안 하면 됐잖아요? 그 여자가 나더러 1천5백만 달러를 내놓으랍니다. 보니 윌킨슨이 1천5백만 달러짜리 소송을 걸었다고요."

"미안해요, 글렌. 난 정말 어떻게 하면 좋을지 몰랐어요. 우리 남편 고지식한 거 알잖아요? 남편이 사실대로 말하지 않으면 법정 모독죄인가 뭔가에 걸릴 거라고 그랬어요. 난 너무 혼란스러웠어요. 난 정말 그럴 줄은―."

"그래서 당신 덕분에 그쪽이 1천5백만 달러를 챙기게 됐습니다. 고맙다는 인사를 하려고 연락했어요."

"글렌, 제발요. 내가 멍청한 짓 한 거 알아요. 하지만 나, 요즘 너무 힘들어요. 당신은 상상도 못 할 거예요." 벨린다의 목소리가 조금씩 떨려왔다.

"한순간의 잘못된 판단 때문에 모든 게 다 엉망이 돼버려―."

"누가 댁한테도 1천5백만 달러를 달랍니까?"

"네? 아니요, 그런 건―."

"복 받으셨네요." 나는 전화를 끊었다.

전화를 끊고 머지않아 초인종이 울렸다. 켈리는 아직도 방에서 나오지 않고 있었다.

현관문을 열어보니 감청색 정장을 입은 남자가 손에 신분증 같은 것을 들고 포치에 서 있었다. 40대 후반에 키는 178센티미터 정도. 숱이 적은 머리카락은 하얗게 세어 있었다.

"가버 씨 되시나요?"

"그렇습니다만?"

"저는 아서 트웨인이라고 합니다. 조사차 들렀어요."

제기랄, 대런 슬로컴이 신고한 모양이로군.

내가 경찰에 대해 지닌 선입견과는 달리 트웨인은 옷을 잘 차려입고 있었다. 옷을 잘 모르는 내 눈에도 그의 정장은 값비싸 보였고 검은 가죽 구두는 번쩍번쩍 빛날 만큼 잘 닦여 있었다. 그의 실크 넥타이는 충격방지 시계까지 포함하여 내가 지금 착용하고 있는 모든 제품들을 합한 것보다 비싸 보였다. 꽤나 훌륭한 패션과는 달리 그는 배가 볼록 나와 있었고 눈 밑이 처져 있었다. 옷맵시는 좋았지만 몸은 지쳐 보였다.

"그러세요? 들어오시죠."

"연락드리지 않고 불쑥 찾아와 죄송합니다."

"아니요, 괜찮습니다. 뭐, 조사하러 오는 게 당연하겠죠."

아서 트웨인은 눈을 깜빡였다. "그런가요?"

켈리는 누가 찾아왔는지 궁금해서 스스로 짊어진 유배를 중단하고 아래층으로 내려왔다. 아이는 현관홀 쪽으로 머리를 쑥 내밀었다.

"켈리야, 뭘 좀 조사하러 오셨어. 이분은 아서……?" 나는 벌써 그의 성을 잊어버렸다.

"트웨인입니다." 그가 말했다.

"안녕하세요." 켈리는 일부러 내 쪽으로는 눈길도 주지 않았다.

"이름이 뭐니?" 아서 트웨인이 말했다.

"켈리예요."

"만나서 반갑구나, 켈리."

나는 아서 트웨인에게 물었다. "자, 누구와 먼저 얘기하시겠습니까? 켈리? 저? 아니면 동시에? 아시다시피 켈리도 그 자리에 있었어요. 아니면 변호사를 불러야 하나요?" 말을 하고 보니 그편이 가장 현명한 선택 같았다.

아서 트웨인이 조심스럽게 말했다. "가버 씨와 얘기하는 편이 좋겠습니다."

"필요하면 나중에 부를 테니까 넌 들어가 있어." 내가 말하자 켈리는 여전히 나를 쳐다보지 않으려고 애쓰며 방으로 돌아갔다.

나는 아서 트웨인을 선생님, 경관님, 형사님 중 어떤 호칭으로 불러야 할지 고민하며 거실로 안내했다.

"앉으세요, 선생님."

"그냥 아서라고 부르세요." 아서 트웨인이 자리에 앉으며 말했다. 형사치고는 꽤나 허물없는 태도였다.

"커피라도 드릴까요?" 친절하게 손님 접대를 하면 폭행 혐의에서 빠져나갈 수 있다고 생각하다니, 나 스스로 생각해도 참으로 순진했다.

"아니요, 괜찮습니다. 우선, 부인의 일은 정말 유감입니다."

"네? 아, 고맙습니다." 의외의 인사말이었다. 이 형사가 실라에 관해 알고 있거나 물을 것이라고는 생각하지 못했다.

"언제 돌아가셨습니까?"

"3주쯤 됐습니다."

"자동차 사고였죠." 아서 트웨인이 말했다. 의문문이 아니었다. 사실, 로나 웨드모어도 아는 사실이니 이 형사가 알고 있다 해도 이상할 것은 없었다.

"맞습니다. 서로들 정보를 교환하는 모양이군요?"

"아니요. 제가 알아본 겁니다."

뭔가 이상했지만 나는 굳이 캐묻지 않았다. "아까 오후에 일어난 사건 때문에 오셨죠?"

아서는 고개를 살며시 갸우뚱하며 되물었다. "어떤 사건 말씀이시죠, 가버 씨?"

나는 웃으며 말했다. "아니, 그게 무슨 말씀이세요? 그걸 모르실 리 없잖아요?"

"죄송하지만 저로서는 처음 듣는 정보입니다."

"조사차 나오셨다면서요?"

“맞아요.”

“밀퍼드 경찰서에서 오신 거 아닙니까?”

“아닙니다.” 아서가 말했다. “〈스테이플턴 조사소〉에서 나왔습니다. 저는 경찰이 아니라 사설탐정이에요.”

“스테이플턴 조사소? 민간 조사 업체인가요?”

“네, 맞습니다.”

“제가 밀퍼드 경찰을 때린 일을 왜 민간 업체가 조사하는 거죠?”

“말씀하신 내용은 전혀 모르겠군요.” 트웨인이 말했다. “저는 댁의 부인 일로 찾아왔습니다.”

“실라? 실라에 대해 무슨 일로요?” 그 순간 나는 상황을 파악했다. “나를 고소한 법률 사무소에서 보냈군? 그렇지? 이 자식이, 당장 여기서 나가.”

“가버 씨, 저는 법률 사무소와는 상관없습니다. 게다가 당신에게 반감을 가진 사람을 대리하는 것도 아니고요.”

“그럼 도대체 무슨 일로 왔어요?”

“댁의 부인이 범죄 활동과 연관됐을 가능성을 조사하러 왔습니다. 위조 핸드백 판매에 관해 여쭤볼 게 있어요.”

23

"나가요." 나는 현관을 향하며 말했다.

"가버 씨, 잠깐만요." 아서 트웨인은 머뭇머뭇 의자에서 일어났다.

"나가라고 했잖아요? 내 집에서 실라에 대해 그따위로 말하다니, 참을 수 없어. 실라를 헐뜯는 말들은 이미 지겹도록 들었어요. 더는 듣기 싫습니다." 나는 현관문을 열었다.

트웨인이 움직이지 않자 내가 말했다. "뭐예요? 내가 직접 댁을 집어들어서 문밖으로 내팽개쳐줄까?"

트웨인은 불안한 얼굴이었지만 여전히 물러서지 않았다. "가버 씨, 만약 댁의 부인이 죽기 전에 한 일들을 빠짐없이 알고 계신다면, 의문스러운 점이 조금도 없으시다면, 좋습니다, 이만 가지요."

나는 그를 밖으로 집어 던질 준비가 되어 있었다.

"하지만 만약 부인이 죽기 직전 한 일에 관해 조금이라도 궁금하시다면, 조금이라도 의문점이 있으시다면, 제 말을 들어보시고 몇 가지 질문에 답하시는 것도 나쁘지 않을 겁니다."

나는 현관문에서 아직 손을 떼지 않았다. 숨이 거칠어졌고 관자놀이께에서 세차게 피가 돌았다.

나는 현관문을 닫았다. "5분 내로 끝내요."

우리는 현관에서 물러나 다시 거실로 돌아가 앉았다.

"우선 제가 누구의 의뢰를 받았는지부터 설명을 드리죠." 트웨인이 말했다. "저는 〈스테이플턴 조사소〉 소속이고 정식 면허를 지닌 사설탐정입니다.

얼마 전에 패션 업계의 주요 대기업들이 공동으로 저희 회사에 위조품 판매자들의 추적을 의뢰했어요. 대상은 주로 가짜 핸드백입니다. 위조품 판매에 관해서는 가버 씨도 알고 계시겠죠?"

"들어봤어요."

"그럼 곧바로 요점을 말씀드리겠습니다." 아서 트웨인은 재킷 안에서 봉투를 꺼냈다. 봉투 속에는 접힌 종이 한 장이 들어있었다. 그는 종이를 펼쳐 내게 내밀었다. 인쇄된 사진이었다. "이 사람을 아십니까?"

나는 내키지 않지만 사진을 받아들어 살펴보았다. 검은 머리카락의 키 큰 남자. 날렵하고 탄탄한 몸. 오른쪽 눈 위의 흉터. 사진은 뉴욕 시의 어느 거리에서 찍은 듯했지만, 다른 어느 대도시라고 해도 어울릴 법했다.

"아니요, 모릅니다." 나는 사진을 아서 트웨인에게 돌려주었다. "본 적 없는 사람이에요."

"확실합니까?"

"확실해요. 다른 할 얘기 있습니까?"

"이 사람이 누군지 알고 싶지 않으십니까?"

"별로요."

"알고 싶으실 텐데요?"

"왜죠?"

"댁의 부인이 사고 당일 이 남자에게 전화를 걸었으니까요."

"실라가 이 사람에게 전화를?"

"그렇습니다."

입안이 바싹 말랐다. "누굽니까, 이 남자는?"

"저희도 정확히는 모릅니다. 마이클 세이어, 매튜 스미스, 마크 살라자, 매든 소머 등의 이름으로 통하지요. 아마 매든 소머가 본명일 겁니다. 그의 의뢰인들은 그를 해결사라고 부르지요."

"해결사?"

"문제를 해결하니까요."

"아내의 지인 중에는 그런 이름을 가진 사람이 없어요."

"그날 이른 오후, 댁의 부인이 소머의 핸드폰으로 전화를 걸었습니다." 아서 트웨인은 또다시 재킷 안에 손을 집어넣어 작은 수첩을 꺼냈다. 몰스킨의 제품. 그는 손가락으로 페이지들을 넘기며 뭔가를 찾았다. "네, 맞아요. 오후 1시쯤 걸었군요. 발신자의 번호를 불러드리죠."

몇 주 전까지 내가 눌렀던 숫자들이 아서 트웨인의 입에서 튀어나오자 내 심장은 털썩 내려앉았다.

"아시는 번호입니까?" 그가 물었다.

"실라의 핸드폰이에요."

"부인은 사망 당일 오후 1시 2분, 핸드폰으로 소머에게 전화를 걸었습니다."

"잘못 걸었겠죠. 그건 그렇고, 도대체 그걸 어떻게 알았어요? 통화 내역을 어디서 얻었습니까?"

"저희는 몇 군데 법집행 기관들과 협력하고 있습니다. 그쪽에서 수사 정보를 제공해 주었죠. 어쨌건, 부인이 걸었던 전화번호는 소머가 더 이상 사용하지 않는 번호였습니다. 그는 치즈 케이크를 바꿔 먹듯 핸드폰을 갈아치우거든요." 아서 트웨인은 자신의 볼록한 배를 툭툭 두드렸다.

"좋아요. 실라가 소머라는 남자에게 전화를 걸었다고 칩시다. 이 사람은 도대체 누굽니까? 뭐하는 작자예요?"

"FBI에 따르면 조직범죄와 관련된 인물이지요."

"말도 안 되는 소리."

"아니요, 그렇지 않아요." 아서 트웨인이 말했다. "남녀를 불문하고 많은 일반인들은 소머가 조직범죄와 연관됐다는 사실을 모른 채 연락을 합니다. 좀 수상한 사람인데 뭐 상관없겠지, 라고들 생각하는 거죠. 자기들이 판매하려는 상품의 수입 업체를 대표하는 사업가라고만 압니다."

“상품? 아까 핸드백 얘기를 한 것 같은데, 그럼 이 남자가 핸드백을 취급한다는 말입니까?”

“핸드백도 취급하지요.”

“총이나 마약이 더 어울리는데?”

“그것들도 다룹니다. 특히 특정 종류의 마약을.”

“믿을 수 없군요. 여자 핸드백을 취급할 사람으로는 보이지 않는데.”

“소머는 돈이 되는 건 뭐든 취급합니다. 핸드백도 그중 하나예요.”

“그래서 하고 싶은 말이 대체 뭡니까? 아내가 범죄자에게서 가짜 핸드백을 하나 산 게 잘못이라고 지적하고 싶은 거예요, 뭐예요?”

“핸드백 하나의 문제가 아니에요. 소머 쪽 사람들은 수많은 상품들을 취급하지만 핸드백은 그중에서도 확실한 상품이지요. 핸드백 파티에 관해 들어보셨습니까, 가버 씨?”

나는 입을 열어, 당연하죠. 우리 집에서 했어요, 라고 말할 뻔했지만 입을 다물었다.

“들어보셨으리라 생각합니다.” 아서 트웨인이 말을 이었다. “요새 꽤나 유행이니까요. 여자들이 모여서 진품에 비해 상당한 헐값으로 가짜 명품 핸드백들을 사고파는 파티입니다. 치즈, 크래커, 와인 따위를 먹고 마시면서 여자들끼리 밤새 신나게 놀고는 하지요. 파티가 끝나면 여자들은 진품과 똑같이 생긴 프라다, 마크 제이콥스, 펜디, 루이비통, 발렌티노 따위를 들고 집에 돌아갑니다. 그게 가짜라는 건 자기밖에 몰라요. 참, 파티에 있던 다른 여자들도 알겠군요.”

나는 아서 트웨인을 물끄러미 쳐다봤다. “요즘 범죄가 없습니까? 이런 거나 조사하고 다니게?”

아서는 이해한다는 듯이 웃음을 지었다. “다들 그렇게 말하지요. 하지만 가짜 핸드백 판매는 엄연한 범죄예요. 연방법에 따른 범죄.”

“경찰들이 이따위에 시간을 낭비하다니 어처구니가 없군. 살인 사건이 일어나고, 마약이 국내로 밀반입되고, 어디선가 테러가 계획되고 있을지 모르는 이런 판국에 여자들이 가짜 마크 펜디 좀 들고 다니는 걸 가지고―."

"마크 제이콥스와 펜디." 아서 트웨인이 말했다.

"뭐든 간에요. 여자들이 가짜 핸드백을 들고 돌아다니는 게 무슨 대수예요? 어차피 진품을 살 돈이 없으니 그거라도 사는 거 아닙니까? 피해 보는 사람은 아무도 없잖아요?"

"무엇부터 말씀드리면 좋을까요?" 아서 트웨인이 말했다. "해당 상품의 저작권과 상표권을 강탈당한 합법적인 회사들? 아니면 이런 범죄에 의해 회사와 그 직원들이 사실상 도둑맞은 수백만 달러?"

"그런 회사들이야 그 정도쯤 당해도 잘 돌아가잖아요?" 내가 말했다.

"따님이, 켈리가 이제 몇 살입니까?"

"지금 켈리 얘기를 왜 해요?"

"일곱 살쯤 됐습니까?"

"여덟 살이에요."

"지금 이 순간 켈리가 공장에서 하루 아홉 시간 열 시간 넘게 가짜 핸드백을 만든다고 상상해 보세요. 중국에서는 켈리 정도의 소년 소녀들이 하루 1달러를 벌기 위해 실제로 그렇게 일하고 있습니다. 아이들이 노동―."

"아하, 그래요? 아동 착취를 무기로 쓰시겠다? 하지만 기업들이 관심 있는 거라곤 오로지 이윤―."

"아이들이 노동 착취 현장에서 뼈가 부서지게 일해 만들어진 그 핸드백은 밀퍼드, 웨스트포트, 다리엔에 사는 어떤 여자의 손에 들어가 그녀가 실제보다 부유해 보이게끔 남들을 속이는 데 이용됩니다. 자, 그럼 그 돈은 다 어디로 가겠습니까? 여기 밀퍼드에서 30, 50, 100달러짜리 가짜 핸드백이 팔릴 때마다 그 돈은 다 어디로 갈까요? 핸드백 파티를 개최한 여자도 물론 자기 몫을 챙기겠지만, 그 돈은 주로 핸드백 공급자들에게로 돌아갑니다. 그리고 다시 또 다른 가짜 상품들을 만드는 데 사용되지요. 핸드백뿐만이 아니에요.

불법 DVD, 비디오 게임, 납 페인트가 입혀진 장난감(튀어나온 부분이 뚝 부러져서 아이들을 질식시키기도 하지요), 가짜 상표가 찍힌 표준 미달의 건축 자재, 게다가 가짜 이유식까지. 심지어 가짜 의약품들도 판매됩니다. 똑같은 상표가 찍혀 있고 모양도 똑같지만 원료도 다르고 규제도 무시한 복제품들이죠. 캐나다에서 수입되는 저가의 약들은 아니에요. 인도와 중국에서 들어오는 의약품들을 말하는 겁니다. 몇 가지는 전혀 효과가 없어요. 자, 예를 들어, 연금도 부족하고 수입도 낮은 사람이 심장약이 필요한데 돈이 없어서 인터넷이나 지인의 지인을 통해 효과는 같지만 훨씬 저렴한 약을 구입했다고 칩시다. 어떻게 될까요? 복용해도 치료 효과가 없기 때문에 그는 곧 사망하게 될 겁니다."

나는 아무 대꾸도 하지 않았다.

"이걸로 누가 돈을 벌어들이는지 아십니까? 조직범죄단들입니다. 중국, 러시아, 인도, 파키스탄의 갱단들. 한둘이 아니에요. 물론 자랑스러운 미국의 범죄단들도 포함되지요. FBI에 따르면 심지어 테러리스트 집단의 자금으로도 사용됩니다."

"나, 참. 동네 여자가 가짜 구치 핸드백을 사는 바람에 비행기들이 고층 건물을 들이받았다, 이겁니까?"

아서 트웨인은 웃음을 지었다. "가볍게 여기시는군요. 하지만 아까 제가 건축 자재를 언급했을 때 표정이 안 좋으시던데요? 건설업에 종사하지 않으십니까?"

그 말에 나는 흠칫하여 나도 모르게 눈을 깜빡거렸다.

"맞아요."

"예를 들어, 가버 씨와 작업하는 누군가가 현재 짓고 있는 집에 가짜 전기 부품이라도 설치한다고 상상해 보세요. 국내에서 제조되고, 허가된 상표가 붙은 정품과 외관은 똑같지만 내용물은 쓰레기인 중국제 말입니다. 만약 전선의 굵기가 불충분하다면 어떻게 될까요? 과열되어 합선되었는데 차단기가 작동하지 않는다면? 무슨 일이 벌어질지 안 봐도 뻔하지 않습니까?”

나는 손으로 입과 턱을 문질렀다. 잠시 동안 나는 연기로 가득 찬 그 날의 지하실로 되돌아간 기분이었다. “아니, 그렇게 중요한 문제라면 왜 경찰이 안 나서고 댁이 여기까지 와서 질문을 하는 겁니까?”

“저희도 가능한 경우 경찰과 협력하여 활동합니다만, 현재는 이 문제를 맡을 경찰 인력이 부족해요. 위조품 판매의 규모는 줄잡아도 연간 5천억 달러는 됩니다. 패션 업계는 위조품 판매업자들을 추적하기 위해 민간 보안 회사와 조사 업체에 의지하게 됐어요. 그래서 저도 나서게 된 거지요. 가끔 간단하게 해결될 때도 있습니다. 자기가 무슨 짓을 저지르는지 모른 채 핸드백 파티를 여는 순진한 여자를 찾아내어 그것이 연방 범죄라는 사실을 알려주면 끝납니다. 더 이상 핸드백 파티를 열지 않는 한 고발하지 않아요. 가끔씩 그렇게 잘 풀립니다. 위조품 판매점들의 경우에는 가게 주인과 건물주에게 불법이므로 경찰을 통해 최대한의 법적 대응을 하겠다고 통지합니다. 실제로 그렇게 하는 경우도 있어요. 하지만 위협만으로도 건물주를 움직이기에 충분합니다. 건물주들은 그 가게 주인들을 쫓아내고 법을 잘 지키는, 합법적인 판매자들에게 세를 주게 되지요.”

“가짜 핸드백의 구입은요? 핸드백을 소지하는 것은? 그것도 범죄인가요?”

“그건 아닙니다. 하지만 무슨 일이 벌어질지 알고도 그런 걸 들고 다닌다면 죄책감이 들지 않겠습니까?” 아서 트웨인은 봉투를 뒤져 두 장의 사진을 꺼낸 뒤 내게 건넸다.

“이건 무슨―아니, 세상에!”

사진에는 범죄 현장이 찍혀 있었다. 굳이 봐야 한다면 흑백 사진이 차라리 나았을 텐데, 전부 컬러 사진이었다. 사진 속 두 여자의 시신 아래로는 핏물의 웅덩이가 고여 있었다. 그들의 주변에는 온통 핸드백으로 가득했다. 테이블에 놓인, 벽에 걸린, 천장에 매달린 핸드백들.

"맙소사."

나는 다음 사진을 바라봤다. 머리에 총을 맞은 남자의 상체가 책상 위로 널브러져 있었다. 나는 사진들을 트웨인에게 돌려줬다. "이게 다 뭡니까?"

"이 여자들은 팸 스테이거윌드와 에드나 보더입니다. 펜실베이니아 버틀러에서 주말에 뉴욕으로 놀러 온 관광객들이지요. 염가 판매 핸드백들을 사러 커낼 가에 갔다가 잘못된 시간에 잘못된 장소로 들어간 바람에 변을 당했습니다. 남자는 앤디 퐁. 중국에서 제조된 가짜 핸드백의 수입상이죠."

"나는 전혀 모르는 사람들이에요."

"위조품 판매 시장에 발을 담은 사람들이 어떤 결말을 맞이했는지 보여드린 것뿐입니다."

나는 화가 났다. "이런 사진으로 나를 겁줘서 뭘 어쩔 작정입니까? 역겹군. 실라와도 아무 상관 없는데."

"경찰에 따르면 이건 다 매든 소머 및 다양한 이름으로 불리는 그 친구의 소행이라더군요. 댁의 부인이 사망 당일 전화를 걸었던 그 남자 말입니다."

24

매든 소머는 글렌 가버의 집에서 세 집 떨어진 지점의 맞은편에 차를 세우고 앉아 있었다.

그가 차 문의 손잡이를 붙잡는 순간, 다른 차가 가버의 집 앞에 다가오더니 멈췄다. 검은색 GM 세단. 잘 차려입은 남자가 걸어 나왔다. 부드러운 인상. 허리띠를 삐져나온 불룩한 뱃살. 신중한 몸짓. 현관문을 열고 나온 가버에게 그 남자는 신분증을 들어 보였다.

'재미있게 됐군.' 소머는 차 문 손잡이를 놓으며 생각했다. 저 남자는 경찰로 보이지는 않았지만 알 수 없는 일이었다. 소머는 차량 번호를 받아적은 뒤 핸드폰을 꺼내어 전화를 걸었다.

"여보세요?"

"나야. 자동차 번호를 하나 조사해 줘야겠어."

"저 지금 경찰서가 아닙니다." 대런 슬로컴이 말했다. "가족들과 함께 있어요. 아내의 언니도 함께."

"받아적어."

"이것 봐요. 내 말—."

"F, 7—."

"잠깐, 잠깐만." 전화기 너머로 슬로컴이 종이와 연필을 찾아 뒤적거리는 소리가 들렸다.

"제기랄, 불러봐요."

소머는 차 번호의 나머지를 불렀다. "얼마나 걸리지?"

"모릅니다. 누가 근무 중인지에 따라 달라요."

"한 시간쯤 있다가 다시 연락하지. 그때까지 알아 놔."

"말했잖아요? 시간이 걸릴지 모른다니까요? 지금 어디입니까? 이 차 번호는 무슨—."

소머는 핸드폰을 재킷 안에 집어넣었다.

가버가 남자를 집 안으로 들였다. 거실 창문에 그림자들이 어른거렸다. 소머는 집의 다른 창문들을 살펴보았다. 위층 창문에 불이 밝혀져 있었다. 이따금 커튼 뒤로 오가는 그림자가 보이더니, 어느 순간 누군가 커튼 틈으로 거리를 내려다보았다.

어린아이. 어린 소녀였다.

25

나는 분노로 몸을 떨며 자리에서 일어났다. 전화 한 통일 뿐이었지만, 실라가 소머라는 살인자와 엮였다는 충격적인 사실을 나는 받아들일 수 없었다. 아내에 관한 견디기 힘든 사실들이 이미 여럿 밝혀진 마당에 이젠 이런 일까지?

"아니, 당신이 틀렸어요. 실라가 저 남자에게 전화를 걸었을 리가 없어."

"그렇다면 누군가 부인의 핸드폰을 사용한 걸까요? 부인이 남에게 핸드폰을 빌려준 적이 있습니까?" 트웨인이 물었다.

"아니요, 하지만…… 하지만 이건 말이 안 돼."

"부인께서 가짜 핸드백을 구입한 적이 있지요?"

지난 금요일에 실라의 옷장 앞에서 그녀의 물건들을 어떻게 처분할까 고민했던 일이 떠올랐다. 옷장 안에는 열 개가 넘는 핸드백들이 있었다.

"한두 개 샀을 겁니다." 내가 말했다.

"좀 봐도 되겠습니까?"

"왜요?"

"이 일을 오래 하면 가짜 핸드백의 특징을 집어낼 수 있습니다. 누군가 코치와 구치 핸드백의 차이를 알아보는 것처럼, 저는 중국의 한 공장에서 만들어진 핸드백과 다른 공장에서 만들어진 핸드백을 분간할 수 있어요. 그것을 근거로 위조품 판매자들 중 누가 업계에 더 큰 피해를 주는지를 파악하기도 합니다."

나는 머뭇거렸다. 내가 왜 이 남자를 도와야 하나? 이제 와서 이게 다 무슨 소용이야? 기껏해야 실라와의 추억에 먹칠을 할 뿐인데, 내가 왜 도와야 해?

마치 내 마음을 읽기라도 한 듯 아서 트웨인이 말했다. "저는 부인을 헐뜯으려고 온 게 아닙니다. 실라 가버 씨가 의도적으로 불법 행위를 했을 리는 없다고 생각합니다. 남의 유선 방송을 몰래 훔쳐보는 경우와 비슷하죠. 흔히들 몰래 훔쳐보지만 아무도 그것이 불법이라고는—."

"실라는 유선 방송을 훔쳐본 적이 없어요."

아서는 변명하듯 손을 들어 올렸다. "죄송합니다. 예를 든 것뿐이에요."

나는 말없이 혀로 입술을 핥았다. "실라가 우리 집에서 핸드백 파티를 주최한 적이 있어요." 내가 말했다. "딱 한 번이요."

아서가 고개를 끄덕였다. "그게 언제였습니까?"

"실라가 죽기 몇 주 전, 아니, 두 달 전쯤입니다."

"주최라고 하셨는데 부인이 직접 핸드백을 팔았습니까, 아니면 남에게 장소만 제공했습니까?"

"장소만 제공했어요." 나는 이 일에 다른 사람을 끌어들여도 괜찮을지 머뭇거렸지만 어차피 그 사람도 실라처럼 법적 처벌이 불가능한 상태가 됐으니 상관없었다. "앤 슬로컴. 실라의 친구입니다."

아서 트웨인은 자신의 몰스킨 수첩을 넘기며 뭔가를 찾았다. "네, 그 이름은 알고 있습니다. 제 정보에 따르면 앤 슬로컴 씨는 소머와 정기적으로 연락을 했더군요. 이분도 곧 만나볼 생각입니다."

"그거 안됐군."

"그게 무슨 말씀이신지……?"

"죽었습니다. 얼마 전에."

아서의 얼굴에 처음으로 당황한 표정이 떠올랐다. "언제요? 무슨 일로?"

"금요일 밤늦게, 또는 토요일 새벽이겠군요. 사고를 당했어요. 항구에서 터진 타이어를 살펴보다가 발을 헛디디는 바람에 바닷물에 빠졌습니다."

"맙소사, 저는 몰랐습니다." 트웨인은 이 새로운 소식을 받아들이기가 힘든 듯했다.

나도 마찬가지였다. 사망 당일 실라가 조직 폭력배에게 전화를 걸었다는 소식. 트웨인의 말이 사실이라면 세 사람이나 죽인 혐의를 받는 남자였다. 문득, 에드윈이 인용했던 코난 도일 소설의 대사가 떠올랐다. 불가능한 것을 빼고 남은 가능성들이라면 아무리 터무니없어 보이더라도 그중 진실이 있다는 말.

실라가 살인 용의자에게 전화를 걸었다. 그리고 바로 그날 목숨을 잃었다.

사진 속의 사람들처럼 살해를 당하지는 않았다. 총을 맞은 것은 아니었다. 아무도 실라에게 총을 겨누고 머리에—.

'머리에 총알을 박지는 않았어.'

실라에게 그런 일은 일어나지 않았다. 사고였다. 조금도 납득할 수 없는 사고. 물론, 어떤 사고든지 죽은 사람 뒤에 남아 슬퍼하는 이들에게는 납득이 가지 않을 테지만. 죽음이란 본래 무차별적이다. 잔인하리만치 자의적이다. 하지만 실라의 경우는 그런 문제가 아니었다.

실라의 사고는 그녀의 평소 모습과 조금도 부합하지 않았다.

아내는 음주 사고를 낼 만큼 취하도록 술을 마시는 사람이 아니었다. 아무리 깊이 생각해 봐도 그것은 확실했다.

그렇다면 혹시, 실라의 죽음이 겉보기와 다를 가능성은 없을까? 사고처럼 보이지만 사실은—.

"가버 씨?"

"네?"

아서 트웨인이 말했다. "부인의 핸드백들을 좀 보여주시겠습니까?"

나는 까맣게 잊고 있었다. "여기서 기다려요."

나는 위층으로 올라가 켈리의 방을 지나갔다. 방문은 열려 있었고 아이는 책상의 컴퓨터 앞에 앉아 있었다. 나는 방으로 들어갔다. "어이."

"응." 켈리는 컴퓨터 화면에 눈을 고정한 채 내게 물었다. "그 아저씨는 뭣 때문에 우리 집에 왔어?"

"네 엄마 핸드백을 좀 보여달래."

켈리는 깜짝 놀란 표정으로 나를 휙 돌아봤다. "남자가 왜 우리 엄마 핸드백을 봐? 부인한테 가져다주려고? 아빠, 그 사람한테 핸드백 안 줄 거지? 응?"

"물론 안 줄 거야."

"그럼 팔 거야?" 켈리는 비난하는 투로 쏘아붙였다.

"아니야. 트웨인 씨는 핸드백을 보기만 할 거야. 가짜 핸드백을 만드는 사람들을 찾아내서 못 만들게 막으려고."

"왜?"

"진짜를 베끼는 짓이니까."

"나쁜 거야?"

"나쁜 거지." 나는 방금 전까지 스스로 반박하려고 애썼던 아서 트웨인의 주장을 반복하고 있었다. "학교에서 네가 다른 애의 숙제를 베낀다고 생각해 봐. 그럼 그 숙제는 네가 한 게 아니잖니?"

"사기 치는 거네?"

"그렇지."

"그럼 엄마는 가짜 핸드백을 가졌으니까 사기꾼이 되는 거야?"

"아니, 엄마는 사기꾼이 아니야. 하지만 핸드백을 만든 사람들은 사기꾼이지."

켈리는 뭔가를 결정하지 못해 우왕좌왕하고 있었다. 아빠를 미워하는 것을 그만둘지 말지 고민하는 모양이었다. "나 아직 아빠한테 화났어."

"그래, 알아."

"하지만 도와줄게."

"뭘?"

"핸드백."

나는 켈리에게 따라오라고 손짓을 한 뒤 실라의 옷장으로 향했다. 옷장 속 옷걸이 위의 선반에는 열 개가 조금 넘는 핸드백들이 놓여 있었다. 내가 핸드백들을 꺼내어 켈리에게 건네자, 켈리는 핸드백들의 끈을 하나씩 팔에 걸쳤다. 핸드백들을 잔뜩 매달고 거실로 뒤뚱뒤뚱 걸어가는 아이의 모습은 무척 귀여웠다.

"와, 이게 누구야?" 아서는 자신에게 부딪힐 뻔한 켈리를 향해 말했다. 켈리는 양팔을 내려 핸드백들을 바닥으로 떨구었다. 좌우로 핸드백들의 무더기가 쌓였다.

"미안해요. 무거워서요." 켈리가 말했다.

"이걸 다 매달고 1층까지 내려오다니, 너 힘이 굉장히 세구나?"

"저 팔 근육 두꺼워요." 켈리는 보디빌더처럼 포즈를 취했다.

"와……."

"만져볼래요?" 켈리가 아서 트웨인에게 물었다.

"아니야, 괜찮아." 아서 트웨인은 손을 움직이지 않은 채 말했다. "엄마 핸드백이 아주 많구나?"

"이것 말고도 더 있어요." 켈리가 말했다. "지금은 엄마가 좋아한 것들만 가져왔어요. 가끔 엄마는 안 쓰는 핸드백들을 가난한 사람들에게 기부했어요."

아서 트웨인은 나를 올려다보며 살며시 웃음을 지었다. "이 핸드백들은 엄마가 최근에 산 것들이니?"

나는 잘 모르겠다고 대답할 참이었지만 켈리가 먼저 입을 열었다. "네."

아이는 검고 커다란 가죽 꽃장식이 달린 검은색 핸드백을 집어들었다. 겉면에 "Valentino"라고 쓰여 있었다. "이건 엄마가 친구 벨린다 모튼 아줌마하고 뉴욕에 갔을 때 산 거예요."

친구? 친구는 무슨…….

“이거 가짜예요.” 켈리는 핸드백을 열며 말했다. “안쪽에 어디서 만들었는지 표시하는 종이도 없고 안감도 안 좋아요. 그리고 겉에 붙은 상표도 힘을 주면 떼어낼 수 있어요.”

“너 참 잘 아는구나?” 아서 트웨인이 말했다.

내가 끼어들었다. “낸시 드류(인기 미스터리시리즈의 주인공인 10대 아마추어 소녀 탐정)로 키울 작정이에요.”

“이건 에밀리 엄마가 우리 집에서 파티를 열고 나서 엄마한테 준 거예요.” 켈리가 말했다.

아서는 핸드백을 들고 자세히 살폈다. “마크 제이콥스를 제대로 복제했군.”

켈리는 놀랍다는 듯 고개를 끄덕였다. “우리 아빠는 이런 거 모를 텐데?” 아이는 나를 슬쩍 올려다봤다.

“이건 발렌티노를 감쪽같이 위조했어.” 트웨인이 말했다.

“와!” 켈리가 감탄하며 말했다. “세상에서 그걸 알아볼 수 있는 아빠는 아저씨뿐일 거예요! 아저씨도 아빠예요?”

“그래. 어린 아들 둘이 있어. 이제 그렇게 어리지도 않지만.”

켈리는 다른 핸드백을 집어들며 말했다. “엄마는 이것도 좋아했어요.”

가장자리가 가죽으로 된 황갈색 천 가방. 끈이 가늘었고 “F”라는 문자가 온통 모자이크로 박혀 있었다.

“펜디.” 아서 트웨인이 말했다. “훌륭한 물건이군.”

“감쪽같나요?” 내가 물었다.

“아니요. 위조품이 아닙니다. 이건 진품이에요. 이탈리아에서 만들어진.”

“정말로요?” 내가 물었다.

아서 트웨인은 고개를 끄덕였다. “부인께서 세일 기간에 구입했나 보죠. 피프스 애비뉴 같은 곳에서 사려면 2천 달러쯤 할 겁니다.”

“할머니가 엄마한테 사준 거야.” 켈리가 내게 말했다. “생일 선물로. 기억

안 나?"

기억나지 않지만 수긍할 수 있었다. 피오나라면 당연히 진품을 사줬을 것이다. 피오나는 딸을 가짜 핸드백 매장이나 웬디스에 데려갈 인물이 아니었다.

트웨인이 핸드백을 바닥으로 떨구자 소리가 났다. 핸드백 안에서 뭔가 달그락거렸다.

'안 돼.' 갑자기 수갑이 떠올랐다. 혹시라도 그런 물건이 나오면 도대체 어떻게 하지? 하지만 달그락 하는 소리는 금속의 느낌은 아니었다.

"안에 뭔가 들었군요." 아서 트웨인은 핸드백의 끈을 붙잡았다.

나는 손을 뻗어서 핸드백을 빼앗았다. "안에 뭐가 들었든 아내의 물건입니다. 핸드백은 보여줄 수 있어도 안에 든 물건은 댁이 상관할 바 아니잖아요?"

나는 켈리와 아서 트웨인을 거실에 남겨둔 채 혼자 부엌으로 들어갔다. 그리고 핸드백의 위에 달린 걸쇠를 풀고 활짝 열었다.

핸드백 안에는 네 개의 플라스틱 용기가 들어 있었다. 모두 올리브 병 정도의 크기였다.

용기들에는 각각 다른 라벨이 붙어 있었다. 리시노프릴, 바이코딘, 비아그라, 오메프라졸.

전부 합쳐 수백 개쯤 될 법한 알약들.

26

나는 용기들을 도로 집어넣은 뒤 핸드백을 머리 위 찬장 안에 밀어 넣었다. 거실로 돌아오자 트웨인이 기대하는 눈빛으로 나를 쳐다보았다. 하지만 내가 잠자코 있자 이윽고 그가 말했다. "그럼 저는 이만. 시간 내주셔서 감사합니다."

그는 나에게 명함을 건네며 도움될 만한 게 생각나면 언제든 연락해 달라는 말을 남기고 떠났다.

"좋은 아저씨 같아." 켈리가 말했다. "엄마 핸드백에는 뭐가 있었어?"

"아무것도 없었어."

"뭐가 있을 텐데? 소리가 났잖아?"

"아무것도 아니었어."

켈리는 내가 거짓말을 한다는 걸 알았지만 내가 더 이상 얘기하지 않으리란 것도 알았다.

"알겠어." 켈리가 말했다. "나 다시 아빠한테 화가 났어."

켈리는 계단을 쿵쿵 밟으며 자기 방으로 올라가더니 쾅 하고 문을 닫아 버렸다.

나는 약이 든 핸드백을 찬장에서 꺼내어 지하의 사무실로 내려갔다. 핸드백을 열어 책상 위에서 뒤집자 용기들이 굴러 나왔다.

"환장할 노릇이군." 나는 아무도 없는 방에서 혼잣말을 했다. "이게 다 뭐야, 실라? 응? 이게 도대체 뭐냐고?"

나는 플라스틱 용기를 하나하나 집어들어 뚜껑을 열고 안을 살폈다. 수백 개의 조그만 노란색, 하얀색, 그리고 세계적인 명성을 얻은 파란색 알약들.

"맙소사, 누구 먹으라고 이렇게 많이 샀어?"

트웨인이 한 말이 떠올랐다. 가짜 핸드백, 불법 DVD, 불량 건축 자재뿐 아니라 의약품에도 커다란 위조품 시장이 존재한다.

마지막이었던 그날 아침, 실라는 내게 이렇게 말했었다.

나한테 방법이 있어. 도움을 얻을 방법. 거친 사막을 무사히 건널 방법. 내가 돈을 좀 벌었다는 얘기지.

"이건…… 아니야." 내가 말했다. "이건 아니라고."

핸드백 하나에 이런 물건이 들어있는 걸 보고 나자 나머지 핸드백들에는 도대체 뭐가 숨겨졌을지 미치도록 궁금했다. 나는 우선 거실에 널린 핸드백들을 확인한 뒤에 2층으로 올라가 (켈리는 문을 꼭 닫은 채 방에서 나오지 않았다) 실라의 옷장에 있는 나머지 핸드백들을 뒤졌다. 낡은 립스틱, 쇼핑 목록, 약간의 잔돈. 약은 없었다.

나는 다시 지하실로 내려갔다. 사고 당시 실라가 지녔던 핸드백은 벨린다에게 말했다시피 무사했지만 상태가 좋지 않았다. 불에 조금 그을린데다가 화재 진압을 위해 살포된 물로 흠뻑 젖어 있었다. 나는 행여 켈리의 눈에 띌까 봐 핸드백을 버렸지만 안에 있던 물건들은 전부 보관해 두었다. 이제 그것들을 살펴봐야 한다.

물건들은 락포트 신발 상자 안에 보관되어 있었다. 신발은 이미 낡아서 던져 버렸지만 상자는 앞으로도 몇 년은 더 쓸 것 같았다. 나는 폭발물이라도 다루듯 조심스럽게 상자를 책상 위에 올려놓았다. 그리고 머뭇거리며 상자의 뚜껑을 열었다.

"안녕, 여보." 내가 말했다.

물건에 인사를 하다니, 바보 같군. 하지만 실라의 남은 소지품을 보고 있자니 그렇게 하는 편이 자연스러운 것 같았다. 이 유품들은 실라와 마지막을 함께 했으니 내가 결코 따라잡을 수 없는 거리만큼 그녀에게 가까웠다.

붉은 핏자국이 점점이 박힌 귀걸이와, 실라의 피로 인해 색깔이 짙어진, 가죽끈에 알루미늄 펜던트가 달린 목걸이. 나는 목걸이를 집어들어 얼굴 앞으로 올린 뒤 뺨에 대었다. 다시 목걸이를 조심스레 상자 속에 넣고, 피가 묻지 않은 다른 물건들을 살폈다. 치실, 날렵한 금속 케이스에 담긴 독서용 안경, 금속 헤어핀 두 개. 헤어핀들에는 실라의 머리카락이 몇 올 끼어 있었다. 얼룩을 순식간에 지워준다는, 〈타이드〉 사에서 나온 매직펜처럼 생긴 제품. 실라는 옷에 케첩이라도 흘릴까 봐 언제나 그것을 소지하고 다녔다. 이어서 티슈, 밴드에이드 한 통, 라임맛 덴타인 블라스트 껌 반 통. 친구나 그녀의 부모를 만나러 갈 때면 실라는 차 안에서 내 입에 코를 갖다 대 보고 "하나 씹어."라고 말하며 껌을 건네곤 했다. "어서. 입에서 썩은 사슴 고기 냄새 나." ATM 영수증 세 장, 잡화점과 식료품점의 영수증, 그리고 몇 장의 명함 들. 백화점 화장품 가게의 명함 한 장과 뉴욕에 쇼핑 여행을 갔다가 받아온 명함 두 장이 있었다. 조그만 손소독제 용기와 켈리를 위해 핸드백에 넣고 다니던 작은 머리 고무줄, 바비 브라운 립스틱, 안약, 화장 거울, 손톱 미는 줄 네 개, 1년 전쯤 긴 주말 연휴에 토론토에 놀러 갔을 때 비행기에서 구입한 헤드폰. 오래전부터 하키 팬이었던 실라는 웨인 그레츠키(캐나다 아이스하키 영웅)의 레스토랑에 가자고 했다. "웨인 그레츠키는 어디 있지?" 실라가 묻자 내가 대답했다. "부엌에서 당신 줄 샌드위치 만들고 있겠지."

물건 하나하나에 추억이 깃들어 있었다. 하지만 술을 구입한 영수증은 단 하나도 찾을 수 없었다. 약을 산 영수증도 없기는 마찬가지였다.

나는 물건들을 두루두루 찬찬히 살펴보았지만 꼭 찾아야 하는 물건은 하나였다.

핸드폰.

나는 상자 안에서 핸드폰을 꺼낸 뒤 뚜껑을 열고 전원 버튼을 눌렀다. 아무 반응이 없었다. 배터리가 나간 모양이었다.

나는 책상 맨 윗서랍을 열어 실라의 것과 호환되는 내 핸드폰 충전기를 꺼내어 케이블의 한쪽 끝을 핸드폰에, 플러그를 벽의 콘센트에 꽂았다. 곧 따르릉 하는 소리와 함께 핸드폰에 불이 들어왔다.

나는 아직 아내의 핸드폰을 해지하지 못했다. 그녀의 번호는 나와 공동으로 가입되어 있었는데, 지금은 실라 대신 켈리가 그 자리를 차지했다. 딸에게 핸드폰을 사주면서 실라의 번호를 해지할 수 있었지만 차마 그러지 못했다.

핸드폰이 충전되어 작동하자 나는 우선 내 책상 위에 놓인 전화기로 실라의 핸드폰에 전화를 걸어보았다.

내가 아직까지 잊지 못한 실라의 번호를 누르자 수화기에서 통화연결음이 들려왔고 눈앞의 핸드폰이 벨소리와 함께 진동하기 시작했다. 통화연결음이 일곱 번 울리자 예상대로 음성사서함으로 넘어가면서 죽은 아내의 인사말이 들려왔다.

안녕하세요. 실라입니다. 지금 통화 중이거나, 핸드폰을 놓고 왔거나, 운전 중에 사고 날까 봐 못 받았어요. 메시지 남겨주세요.

삐 하는 소리가 이어졌다.

나는 입을 열었다. "여보…… 내가……."

나는 전화를 끊었다. 내 손이 떨리고 있었다.

나는 잠시동안 가만히 마음을 진정시켰다.

"내가 하고 싶은 말은……." 지하실에 혼자 우두커니 선 채 나는 말을 하기 시작했다. "죽은 당신한테…… 내가 욕을 했어. 화가 났어…… 미치도록 화가 났어. 당신이 그런 짓을…… 그런 말도 안 되는 짓을 해서. 하지만, 처음부터 납득할 수 없었지만, 모르겠어, 엊그제부터 뭐가 뭔지 모르게 돼버렸어. 그리고 이해가 안 되면 안 될수록 나는…… 나는 혹시 다른 사정이 있었는지…… 어쩌면, 어쩌면 내가 당신을 오해한 게 아닌지, 내가 모르는 뭔가가……."

나는 의자에 주저앉았고, 북받치는 감정을 막지 않았다. 1분 정도 나는 울분을 마음껏 해방시켰다. 마치 밸브를 열어 가득 찬 물을 내보내듯이. 폭발하지 않으려면 이렇게 조금씩이라도 쏟아낼 필요가 있다.

울음을 멈춘 나는 티슈를 집어들어 눈물을 닦고 코를 푼 뒤, 몇 차례 심호흡을 했다.

그리고 다시 실라의 핸드폰을 집어들었다.

나는 통화내역을 살폈다. 아서 트웨인은 실라가 사고 당일 오후 1시쯤 소머라는 남자에게 전화를 걸었다고 말했다.

발신 통화 목록에서 나는 그의 번호를 찾아냈다. 오후 1시 2분. 뉴욕 시 지역번호.

나는 책상 전화기의 수화기를 낚아챈 뒤 그 번호를 눌렀다. 첫 번째 통화 연결음이 미처 끝나기도 전에 더 이상 사용되지 않는 번호라는 안내 메시지가 흘러나왔다. 아서 트웨인에 따르면 소머는 이미 전화번호를 바꿨다.

나는 펜과 종이를 꺼내 실라가 사고 며칠 전부터 당일까지 걸었던 번호들을 모조리 받아적었다. 내 핸드폰으로 다섯 통, 회사 사무실로 세 통, 집 전화에 세 통. 벨린다의 전화번호. 다리엔에 사는 피오나의 집 전화번호와 그녀의 핸드폰 번호로 보이는 것도 있었다.

문득, 나는 착신 번호도 확인해 보기로 했다. 대부분이 내가 예상할 수 있는 번호들이었다. 내가 집과 회사에서 핸드폰으로 실라에게 건 전화가 아홉 통. 피오나의 전화와 벨린다의 전화.

그리고 내가 모르는 한 개의 번호로부터 걸려온 것이 열일곱 통 있었다. 소머의 번호는 아닌 듯했다. 뉴욕의 번호가 아니었다. 열일곱 통은 모두 "부재중 전화"가 표시되어 있었다. 실라가 전화를 놓쳤거나 일부러 받지 않았다는 뜻이었다.

나는 그 번호를 받아적었다.

사고 당일 그 번호로 실라에게 한 통의 전화가 걸려왔고, 전날에는 두 통,

그리고 사고일까지 7일간 매일 두 통 이상이 걸려왔다.

누군지 알아내야 한다.

나는 책상의 전화기를 이용하여 그 번호로 전화를 걸었다. 세 번의 통화연결음 후 음성 사서함으로 넘어갔다.

안녕하세요. 앨런 버터필드입니다. 메시지를 남겨주세요.

앨런 누구? 실라의 지인들 중에 그런 사람은—.

잠깐. 앨런 버터필드. 실라의 회계 수업 강사. 어째서 그 남자가 실라에게 이렇게 자주 전화를 걸었을까? 실라는 왜 받지 않았지?

나는 핸드폰을 책상 위에 던져놓고 이제 어떻게 할지 생각에 잠겼다. 의문은 가득한데 답은 하나도 없었다.

나는 약병들을 물끄러미 쳐다봤다. 실라는 어디서 저런 약들을 구한 걸까? 돈은 어디서 났을까? 이것들을 어디에 쓰려고—.

돈.

내가 모아둔 돈.

벽 안에 숨겨둔 돈을 아는 사람은 나와 실라뿐이었다. 실라가 그 돈에 손을 댔을까? 그 돈으로 약들을 사들인 뒤 되팔아서 이윤을 남길 생각이었을까?

나는 책상 서랍을 열어 종이 칼을 꺼냈다. 그리고 책상을 빙 돌아 지하실의 반대쪽 구석으로 향했다. 벽의 판자 가장자리에 칼을 집어넣어 판자를 떼어내자, 가로 40센티미터 세로 30센티미터 깊이 8센티미터 정도의 공간이 드러났다.

한눈에 보아도 보관한 돈은 모두 샛기둥 사이에 그대로 있었다. 돈은 500달러씩 묶여 있었는데, 얼른 세어 보니 서른네 개 모두 무사했다.

내가 몇 년간 비공식적인 작업으로 모은 돈은 온전히 남아 있었다.

하지만 그것만이 아니었다.

갈색 서류 봉투 하나가 현금다발들 뒤에 쑤셔 넣어져 있었다. 나는 봉투를 꺼내어 만져보았다. 내용물이 두꺼웠다.

봉투의 왼쪽 상단 귀퉁이에 뭔가 쓰여 있었다. *벨린다 모튼으로부터.* 그리고 그 아래로 전화번호 하나가 적혀 있었다.

나는 즉시 그 번호를 알아보았다. 바로 방금 전 내가 걸었던 번호였다.

실라가 죽기 전 오후 1시 2분에 걸었다던 그 전화번호. 아서 트웨인이 매든 소머라고 밝힌 남자의 전화번호.

봉투는 봉인되어 있었다. 나는 종이 칼을 봉인된 부분에 집어넣어 깨끗하게 잘라낸 뒤 책상으로 가서 안에 든 내용물을 쏟아부었다.

현금. 수많은 현금.

수만 달러의 현금.

"이거…… 미칠 노릇이로군……."

그 순간 총성이 들렸다.

유리창이 부서지는 소리.

켈리의 비명.

27

나는 10초도 안 걸려 2층으로 뛰어 올라갔다.

"켈리!" 나는 소리쳤다. "켈리!"

켈리의 방문은 아직 닫혀 있었다. 나는 문이 경첩에서 떨어져 버릴 만큼 세차게 열어젖혔다. 비명 소리가 들렸지만 아이의 모습은 보이지 않았고, 깨진 유리 조각들이 바닥과 침대에 흩어져 있었다. 거리를 향해 뚫린 창문에는 들쭉날쭉 오싹한 형태의 구멍이 나 있었다.

"켈리야!"

나는 숨죽인 울음소리가 들리는 옷장으로 달려갔다. 문을 활짝 열어보니 아이는 신발 더미 위에 웅크려 앉아 흐느끼고 있었다.

켈리는 훌쩍 뛰어올라 양팔로 나를 끌어안았다.

"괜찮니? 켈리야, 괜찮아? 대답 좀 해 봐!"

켈리는 얼굴을 내 가슴에 파묻고 흐느꼈다. "아빠! 아빠!" 나는 아이의 몸이 으스러지리만치 꽉 껴안았다.

"괜찮아, 아빠 여기 있어, 아빠 여기 있어. 다쳤니? 찔렸어? 유리에 찔렸어?"

"모르겠어." 켈리는 훌쩍이며 말했다. "무서웠어!"

"그래, 그래. 켈리야, 안 다쳤는지 한번 살펴보자."

켈리는 코를 훌쩍이며 고개를 끄덕이고는 내가 볼 수 있도록 한 걸음 물러났다. 나는 아이의 몸에서 피가 나는지 확인해 보았지만 피는 나지 않았다.

"유리 조각에 찔리지 않았니?"

"저기 앉아 있었어." 켈리는 컴퓨터를 가리켰다. 컴퓨터가 놓인 책상은 창문 옆으로 벽에 붙어 있었기 때문에 유리 조각들은 아이를 비껴 옆과 뒤로 날아든 모양이었다.

"무슨 일이었니? 어서 말해 봐."

"내가 책상에 앉아 있는데 자동차가 엄청나게 빨리 지나가는 소리가 들렸어. 그때 갑자기 빵 하는 소리가 들리더니 유리창이 와장창 깨졌어. 그래서 옷장으로 달려가서 숨었어."

"잘했다. 잘 숨었어." 나는 다시 아이를 품에 끌어안았다.

"이게 무슨 일이야?" 켈리가 물었다. "누가 집에 총을 쏜 거야? 그런 거야?"

그 질문에 답하기 위해서는 다른 이들의 도움이 필요했다.

"우리, 구면이네요." 로나 웨드모어가 말했다.

그녀는 몇 대의 밀퍼드 시 경찰차들을 뒤따라 나타났다. 집 앞의 길은 봉쇄되었고 노란색 경찰 테이프가 우리 집을 둘러싸고 있었다.

"세상이 좁죠." 내가 말했다.

웨드모어는 몇 분 동안 켈리와 단둘이 대화를 나눴고, 이어서 내 차례가 왔다. 겁에 질린 켈리가 내게서 떨어지지 않으려 하자 웨드모어는 제복을 입은 여경 하나를 이쪽으로 불렀고, 켈리에게 경찰차 안을 구경하지 않겠느냐고 물었다. 가도 안전하다는 나의 말을 듣고서야 아이는 여경을 따라갔다.

"애는 괜찮을 거예요." 웨드모어가 나를 안심시키기 위해 말했다.

"뭐라고요? 형사님, 누가 제 딸을 죽이려고 했습니다."

"가버 씨, 지금 굉장히 화가 나셨다는 점은 이해해요. 안 그러는 게 오히려 비정상이죠. 하지만 우선 찬찬히 되짚어보면서 우리가 무엇을 알고 무엇을 모르는지 점검해 보기로 해요. 자, 일단 명확한 사실은 누군가 집에 총을 쏴서 따님의 방 창문을 깨뜨렸다는 거예요. 만약 가버 씨에게 그 외의 정보가 없다면 현재로서 확언할 수 있는 사실은 그뿐이에요.

그리고 솔직히, 따님이 책상에 앉아 있을 때 총이 발사되었다는 점으로 미루어보건대, 발포한 사람은 따님을 겨냥하지 않았을 거예요. 아마 길에서는 따님의 모습이 보이지도 않았을 걸요? 커튼도 거의 완전히 닫혀 있었잖아요? 게다가 여덟 살인 켈리가 키가 크지 않다는 점을 고려할 때 밖에서 저 각도로 창문을 쏘아봤자 아이에게 명중하지 않으리라는 건 충분히 예상할 수 있죠."

나는 고개를 끄덕였다.

"하지만 어찌 됐건 누군가 따님의 방 창문을 총으로 쏘았다는 건 사실이에요. 누가 그랬는지 짚이는 사람이 있나요?"

"없습니다." 내가 대답했다.

"앙심을 품을 만한 사람은? 당신에게 분풀이를 할 사람은 없어요?"

"저한테 화가 난 사람들이야 수도 없이 많지만 집에 총질을 해댈 놈은 없어요. 적어도 제가 알기로는 그렇습니다."

"그 명단에는 슬로컴 경관도 포함되어 있겠죠?" 나는 말없이 웨드모어를 쳐다봤다. "저도 장례식장에 있었잖아요?" 웨드모어는 내 기억을 환기시켰다. "당신이 무슨 짓을 저질렀는지 나도 알아요. 슬로컴 경관에게 한 방 먹였더군요."

"설마, 이게 슬로컴의 짓이라는 겁니까?"

"아니에요." 웨드모어는 날카롭게 반박했다. "그렇지는 않아요. 하지만 최근 슬로컴 말고 두들겨 팬 사람이 있는데 혹시 잊어버린 건 아닌가요? 명단을 작성해야 하나요?"

"아니요, 그런 사람은 없—아니, 이봐요. 그렇잖아도 힘든 사람한테 왜 이래요?"

"힘드시겠죠." 웨드모어는 고개를 저었다. "당신, 운이 좋았어요."

"뭐라고요? 집을 저격당했는데 운이 좋다니요?"

"아니요. 경찰관을 폭행했는데 고소당하지 않아서 운이 좋다고요."

나는 그 생각은 미처 하지 못했다.

"슬로컴은 당신을 고소하지 않겠다더군요. 저는 조치를 취하라고 사적으로 말했지만. 당신은 운이 좋았어요. 만약 내가 남편 장례식에서 누구한테 얻어맞았다면 당연히 고소했을 거예요. 본때를 보여줘야죠."

"왜 고소하지 않는답니까?"

"그러게요? 제가 보기에도 당신들은 그리 친해 보이지 않던데? 짐작건대, 다른 방식으로 앙갚음하려는 게 아니었을까요? 집에 총질까진 하지 않겠지만, 예를 들어, 당신이 속도위반하는 걸 눈에 불을 켜고 지켜볼 수 있겠죠. 슬로컴이 직접 하지 않는다면 동료들이 대신할 거예요."

"어쩌면 그 동료 중 누군가의 짓인지도 모르겠군요."

웨드모어의 얼굴은 걱정하는 기색이 역력했다. "그럴지도 몰라요. 벽에 박힌 총알을 빼내면 혹시 경찰이 사용하는 총알과 일치하는지 검사할 거예요. 하지만 그때까지 시간이 걸릴 테니 최근 당신이 건드린 사람이 또 없었는지를 생각해 보기로 해요."

"요새…… 며칠 동안 이상한 일들투성이였습니다."

"이상한 일들?"

"그게…… 파자마 파티를 갔던 날부터인 것 같아요." 내가 말했다.

"파자마 파티라면…… 슬로컴의 집에서 켈리가 파자마 파티한 걸 말하는 건가요?"

"맞습니다. 그때 사건이 좀 있었어요."

"어떤 사건이죠?" 웨드모어가 물었다.

"켈리는 슬로컴 부부의 딸 에밀리와 그날 밤 숨바꼭질을 했어요. 켈리가 슬로컴 부부의 옷장에 숨어 있는데 앤이 들어오더니 어딘가로 전화를 걸었답니다. 그러다가 켈리가 숨어 있는 걸 발견하고는 무척 화를 냈어요. 호되게 야단을 맞는 바람에 겁이 났던 켈리는 저에게 연락해서 집에 데려가 달라고 했죠.”

“그렇군요.” 웨드모어가 말했다. “그게 다인가요?”

“아니요, 더 있습니다. 앤은 남편에게 그 전화 통화를 숨겼어요. 대런은 켈리가 자기들 방에 숨었을 때 통화 내용을 엿들었다고 짐작하고는 켈리에게 전부 말해달라고 할 작정이었죠. 그래서, 토요일에 켈리를 찾아 여기 온 겁니다. 만나게 해달라고 난리를 쳤어요. 그래서 저는 켈리에게 접근하지 않겠다는 조건으로 딸에게 들었던 대수롭지 않은 통화 내용을 대런에게 알려줬습니다. 그런데도 그날 장례식장에서 대런은 제가 없는 사이 허락도 받지 않고 켈리에게 접근했어요.” 나는 시선을 떨궜다. “그래서 주먹이 나갔습니다.”

웨드모어는 손바닥으로 뒷목을 문질렀다. “흠…… 그렇군요. 그럼, 왜 슬로컴 경관은 전화 통화에 그렇게 집착했죠?”

“통화 상대가 앤을 밖으로 불러냈다고 생각했기 때문이죠. 항구로 나간 바람에 앤이 사고를 당했잖아요?”

웨드모어가 한참을 잠자코 있자 내가 먼저 입을 열었다. “사고였잖습니까, 안 그래요?”

그때 제복을 입은 남자 경찰이 방으로 들어왔다. “웨드모어 형사님, 방해해서 죄송하지만, 옆집에 사는 조앤…….”

“뮬러.” 내가 말했다.

“네, 맞아요. 그 여자가 아까 총성이 들렸을 때 마침 창가에 있었는데, 쏜살같이 지나가는 차를 봤답니다.”

“차를 봤대? 번호판을 봤어?” 웨드모어가 되물었다.

“번호판은 못 봤대요. 하지만 소형차였고 뒤쪽이 네모난 스테이션 왜건이었다고 합니다. 폭스바겐 골프나 마쓰다3이 아닐까 싶군요. 색깔은 은색.”

“운전자는? 운전자를 봤대?” 웨드모어의 목소리에는 그다지 기대하는 기색이 없었다. 밤이었으니 아무래도 보기 힘들었을 것이다.

“아니요.” 경찰이 대답했다. “하지만 차 안에 두 명이 타고 있었답니다.

앞좌석에요. 참, 자동차 안테나 끄트머리에 뭐가 달려 있었대요. 작은 공 같
은 노란색 물체가."

"그래, 알았어. 다른 이웃집들에도 알아봐. 혹시라도 본 사람이 있을지 모
르니까."

경찰이 자리를 뜨자 웨드모어는 다시 나에게 시선을 돌렸다. "가버 씨, 뭐
든 떠오르는 게 있으면 저한테 연락 주세요." 웨드모어는 주머니에 손을 집
어넣어 명함을 꺼냈다. "저희도 진척이 있으면 꼭 알려드릴 테니까요."

"아직 제 질문에 대답 안 하셨습니다."

"무슨 질문이요?"

"앤 슬로컴의 죽음 말입니다. 사고가 맞죠? 안 그래요?"

웨드모어는 차분한 눈빛으로 나를 바라봤다. "그 수사는 아직 진행 중입니
다." 그녀는 명함을 내 손에 쥐여주었다. "뭔가 떠오르면 꼭 연락주세요."

28

두 번째 전화벨이 울리기 전에 슬로컴은 전화를 받았다.

"차 번호는 알아냈나?" 소머가 물었다.

"맙소사, 당신 무슨 짓을 저질렀어?"

"무슨 말이지?"

"가버의 딸!" 대런은 핸드폰에 입을 대고 비명에 가까운 소리를 질렀다.

"켈리의 방 창문 말이야! 당신, 그런 식으로 사람을 위협해? 애들까지 죽이냐고?"

"차 번호 알아냈나?"

"뭐? 내 말 안 들려?"

"차 번호 알아냈냐고."

"허, 기가 막히는군. 씨발, 기가 막혀서 말이 안 나와."

"받아적을 준비 됐으니까 입수한 정보를 말해."

슬로컴은 숨을 고르기 위해 애썼다. 너무 심하게 소리를 지른 나머지 목소리가 거칠어졌다. "차 주인은 아서 트웨인이라는 사람이야. 지역은 하트퍼드."

"주소는?"

슬로컴은 소머에게 주소를 불렀다.

"아서 트웨인에 대한 정보는?"

"사설탐정. 〈스테이플턴 조사소〉라는 회사 소속이야."

"들어본 적 있는 곳이로군."

슬로컴은 숨을 한 번 더 고른 뒤 애써 차분하게 말했다. "이것 봐요. 내 말
잘 들어요. 아이들 방에 총질하지 마요. 그건 나쁜 짓일 뿐 아니라 애들에게
너무ㅡ."
소머는 전화를 끊었다.

29

내가 지하실로 내려갈 무렵에도 켈리의 방에는 여전히 경찰들이 있었다. 아까 갈색 서류 봉투에서 발견한 돈은 책상 위에 있지 않았다. 나는 911에 전화를 하고 순찰차가 도착하기 전에 켈리를 데리고 지하실로 뛰어내려와 돈을 다시 벽 속에 집어넣은 뒤 나무 패널을 덮어놓았다. 그러는 동안 켈리는 문 밖에 세워두었다.

위층에서는 경찰들이 집 안을 들쑤시고 있었고, 나는 그들이 퍼붓는 질문들을 즐길 마음이 없어서 지하실로 내려왔다.

나는 피오나에게 전화를 걸었다.

"여보세요? 글렌? 지금이 몇 신데 전화야?"

"부탁이 있어요."

피오나의 옆에 누운 마커스의 목소리가 들렸다. "누군데? 무슨 일이야?"

"쉿! 글렌, 무슨 부탁? 무슨 일인데?"

"당분간 켈리를 맡아줬으면 합니다."

피오나는 내가 무슨 꿍꿍이로 그런 부탁을 하는지 의아한 모양이었다. 어쩌면 일전에 품었던 의심 즉, 내가 집에 여자를 들이기 위해 켈리를 내보내려 한다는 의심을 하고 있을지 모른다.

"이유가 뭐지?" 피오나가 물었다. "애를 이쪽으로 전학시키기로 결정했어?"

"그건 아니에요. 하지만 켈리가 잠시 그쪽에서 지냈으면 좋겠습니다. 며칠만요."

"왜? 나야 켈리가 온다면 너무 좋지만 이유가 뭔가?"

"켈리를 잠시 밀퍼드 밖으로 내보내려고 합니다. 학교는 안 다녀도 되니까 신경 쓰지 마세요. 애가 괴로운 일을 겪었으니 그렇게 하는 게 좋을 거예요."

"애가 학업에 뒤처지지 않겠어?" 피오나가 물었다. "주정꾼이라고 놀리는 애들이 있는 그 학교에서 말이지."

"피오나, 제 부탁 들어줄 수 있어요, 없어요?"

"마커스하고 얘기해 보고 아침에 연락해 줄게."

"아니요. 지금 대답해요. 예 아니면 아니오."

."자네 왜 그래? 정말로 무슨 일이야?"

나는 잠시 침묵했다. 대런이 찾기 힘든 곳으로 켈리를 보내야 한다. 피오나의 집에는 경찰서와 직결된 철저한 24시간 보안 시스템이 설치돼 있었다.

내가 말했다. "여기는 위험해요."

수화기 저편에서 긴 정적이 흘렀다. 마침내 피오나가 말했다. "알았어."

나는 위층으로 올라가서 켈리에게 내 방으로 오라고 말했다. 지금 이 집에서 경찰이 없는 유일한 공간이었다. 나는 켈리를 내 옆에 앉혔다.

"아빠가 생각한 게 있는데, 너도 괜찮았으면 좋겠구나." 내가 말했다.

"뭔데?"

"내일 아침에 할머니 집에 널 데려가려고 해."

"거기서 학교 다니는 거야?"

"아니. 그냥 방학 같은 거야."

"방학? 어디 놀러 가?"

"글쎄. 할머니가 널 데리고 놀러 갈 것 같지는 않지만 그래도 좋겠지."

"아빠하고 떨어지기 싫어."

"아빠도 싫어. 하지만 여기는 안전하지 못해. 안전해질 때까지 널 다른 곳에 보내야 할 것 같아. 할머니와 마커스 씨의 집이라면 안전할 거야."

켈리는 잠시 생각했다. "오하이오의 런던에 가고 싶어. 아니면 디즈니월드."

"안타깝지만 그건 좀 힘들 거야."

켈리는 고개를 끄덕이더니 생각에 잠겼다. "여기가 나한테 안전하지 않으면 아빠한테도 안전하지 않잖아? 아빠도 여기를 떠날 거야? 나랑 같이 가면 안 돼?"

"아빠는 여기 남을 거야. 하지만 괜찮아. 아주 조심할 거니까. 아빠는 여기서 상황을 지켜봐야 돼."

켈리는 양팔로 나를 감싸 안았다. "내 침대에 유리 조각이 떨어졌어."

"오늘은 아빠 방에서 자자."

경찰이 떠난 뒤 켈리는 잠옷으로 갈아입고 내 침대 이불 속으로 들어갔다. 저녁의 난리 법석에도 아랑곳없이 켈리는 금세 꾸벅꾸벅 졸았다. 주변에서 벌어진 혼란에 대처할 에너지를 충전하기 위해 아이의 몸은 잠을 유도하고 있었다.

하지만 나의 몸은 그렇지 못했다. 집이 총격을 당한 마당에 잠이 들 수가 없었다. 집 안을 한 바퀴 돌아보기로 했다. 나는 부엌의 전등과 내 방 바깥 복도의 전등을 제외한 불들을 껐다. 켈리가 잘 자는지 확인하고 아래층으로 내려가 잠시 길거리를 바라보다가 다시 위로 올라가 켈리를 확인했다.

3시가 될 무렵, 나는 비로소 피로를 느끼기 시작했고 방에 들어가 켈리의 옆에서 침대 이불 위에 드러누웠다.

켈리의 숨소리가 들렸다. 들이쉬고 내쉬고, 들이쉬고 내쉬고. 무척 평화로웠다. 이렇게 마음이 놓이는 소리를 들어본 것은 참 오랜만이었다.

나는 보초병처럼 잠들지 않고 깨어 있으려 했지만, 마침내 잠이 나를 휘감았다. 그러다가 어느 순간 긴급 출동 중의 소방대원들처럼 갑자기 눈이 번쩍 열렸다. 시계를 보니 5시가 조금 지난 시각이었다. 나는 다시 집을 둘러보았다. 잠들려고 노력해 봤자 소용없을 듯했다.

나는 약간의 집안일을 하고 기한이 지난 공과금을 인터넷으로 납부하고 오렌지 주스와 시리얼이 거의 남지 않았다는 것을 메모해 두었다.

오늘은 쓰레기를 버리는 날이었다. 나는 집 안의 쓰레기들을 모은 뒤 내 침대 옆 테이블 서랍 속에 쑤셔 넣어진, 켈리가 슬로컴의 집에서 가져온 수갑을 꺼냈다. 나는 수갑을 쓰레기봉투 깊숙이 집어넣고 쓰레기통 두 개를 길거리에 내놓았다. 일곱 시 전에 수거차가 와서 그것들을 전부 치워갔다.

곧이어 나는 차고 문을 열고 안을 정리하기 시작했다. 그러다가 문득 트럭 앞에 누가 서 있음을 깨닫고 나는 화들짝 놀랐다.

"좋은 아침이에요." 조앤 뮬러가 말했다. "오늘은 아주 일찍 일어나셨네요? 보통 8시가 돼야 나오시잖아요? 많이 심란하신가 봐요?"

"네."

"제가 차를 목격했는데, 경찰이 말하던가요?"

"말했어요. 도움 주셔서 감사합니다."

"도움이 됐는지 모르겠네요. 별로 목격한 게 없어서. 번호판도 못 봤어요. 켈리는 좀 어때요?"

"아시다시피 우리 둘 다 심란해요."

"누가 그런 짓을 했을까요? 창문에 총을 쏘다니? 저기요, 제 생각에는 말이죠, 거리를 배회하는 애들이 그런 것 같아요. 멍청한 얼간이들 있잖아요. 참, 커피 드실래요? 지금 끓이고 있는데 갖다 드릴까요?"

나는 고개를 저었다. "할 일이 있어요. 당신도 곧 애들을 맞이해야 하잖아요?"

"어머, 그러면…… 지나친 부탁일 수도 있는데, 베인 씨가 칼슨을 데리고 올 때 우리 집에 커피 마시러 오시면 어때요? 그렇게 해주시면 안 될까요? 저, 아직도 그 사람 때문에 걱정돼요. 옆집 남자가 나를 지켜주고 있다는 걸 베인 씨가 안다면, 아니, 진짜로 당신이 나를 지켜줄 필요는 없는데, 그런 무리한 부탁을 하지는 않을 건데, 아무튼 그러면 베인 씨도 부인이 계단에서 떨어진 얘기 때문에 저를 괴롭히지 않을 거예요. 제 말씀 아시죠? 그냥 여기 차고 앞에 계시다가 베인 씨가 보이거든 저희 집으로 오셔서 '조앤, 아까 준다던 커피 어떻게 됐어요?' 라고 한마디만 해주시면 안 될까요?"

나는 한숨을 내쉬었다. 어젯밤의 사건이 아니더라도 나는 이미 지쳐 있었다.

"알겠어요." 내가 말했다.

15분 후 붉은 익스플로러가 조앤의 집 진입로에 들어왔다. 칼 베인은 지난번 만났을 때와 똑같아 보이는 옷차림이었다. 그는 트럭에서 내려 뒷좌석에 앉은 아들의 보조 의자 안전띠를 풀었다. 나는 그를 못 본 척 잔디를 내려다보며 조앤의 집으로 걸어갔다.

우리는 동시에 현관으로 다가갔고 나는 고개를 들어 올리며 베인에게 인사했다. "어, 안녕하세요?"

"안녕하세요." 베인이 말했다. 그의 아들은 아무 말이 없었다.

"저는 조앤이 커피 마시러 오라고 해서 왔어요." 이런 짓거리에 순순히 장단을 맞추다니 나는 바보 천치가 된 기분이었다.

현관이 열리고 조앤이 미소를 지으며 등장했다. 그녀의 손에는 벌써 머그컵이 들려 있었다. "와, 세상에서 제일 힘세고 잘생긴 사나이 세 분이 동시에 나타나다니! 안녕, 칼슨? 오늘 기분이 어떠니?"

아이는 아무 대꾸 없이 집으로 들어갔다. 조앤은 내게 커피를 건넸다. "자요, 옆집 아저씨. 안녕하세요, 베인 씨?"

베인은 어깨를 으쓱했다. "6시쯤 데리러 올게요."

"네, 알겠어요. 그럼, 여러분, 멋진 하루 보내세요!" 조앤은 그 말을 끝으로 우리를 밖에 둔 채 현관문을 닫았다. 나는 빌어먹을 커피잔을 들고 현관에 우두커니 서 있었고 베인은 자신의 익스플로러로 걸어가기 시작했다.

'더는 못 참아.' 나는 생각했다. '이런 일에 신경 쓰고 싶지 않아. 지금 확실히 끝내주겠어.'

"이봐요." 내가 말했다. "기다려봐요."

베인은 걸음을 멈추고 뒤를 돌아봤다. "네?"

"이거…… 말하기가 껄끄럽지만, 조앤이—뮬러 씨가 요즘 불안해하고 있어요."

베인은 즉시 걱정된 표정을 지었다. "뮬러 씨한테 문제가 있어요? 설마 어린이집을 그만 할 생각은 아니죠? 괜찮은 곳을 찾느라 애를 먹었는데. 게다가 칼슨은 이곳에 아주 만족하—."

"아니요. 그런 게 아니에요. 뮬러 씨는…… 뮬러 씨는 당신이 부인의 일로 곤두서 있다고 불안해하고 있어요. 베인 씨, 저는 댁에 대해서, 댁의 가정 문제에 대해서 전혀 모르지만 뮬러 씨가 신고를 하지 않—."

"지금 무슨 소리 하는 거예요? 부인의 일?"

나는 조앤의 부탁대로 커피 마시는 이웃 사람 역할을 한 것을 후회했고 베인을 붙잡고 얘기를 꺼낸 것을 후회했다. "제 말씀은, 댁이 부인과 문제가 있건 누가 이상한 소문을 퍼뜨리고 다녔건 필요한 조치를 취하셔야겠지만, 조앤은 그런—."

"이봐요. 지금 무슨 얘기하는지 모르겠군요. 하지만 혹시 댁이 우리 마누라를 알고 있다면, 어디 있는지 알고 있다면 나한테 좀 말해주쇼. 그게 아니면 남의 일에 신경 끄시고."

나는 잠시 말문이 막혔다. "'어디 있는지' 라고요?"

"알리시아는 칼슨을 낳자마자 떠나버렸어요." 베인은 씁쓸하게 말했다.

"우리 둘을 버리고 달아났지. 벌써 4년이 다 돼가는군. 칼슨이 엄마를 본 건 생후 4개월까지였어요. 걔는 제 엄마가 디즈니 채널에 출연해도 못 알아볼걸?"

30

나는 현관문을 두드려 조앤 뮬러를 불러내서 이게 무슨 짓이냐, 나를 가지고 놀았냐, 정신이 나갔냐고 따질 수도 있었지만 그러지 않았다. 보다 좋은 방법이 있었다. 가급적 그녀에게서 멀리 떨어지는 것이다.

나는 설탕을 입힌 시리얼을 먹는 켈리에게 말했다. "너, 할머니 집에 갔다 돌아온 다음에는 학교 끝나도 뮬러 아줌마 집에 가지 마."

"왜?"

"아줌마는 돌볼 애들이 너무 많아." 사실 조앤이 아이들을 돌보는 걸 막아야 하나 싶었지만 지금은 내 문제만으로도 벅찼다. "방과 후 프로그램 같은 걸 찾아보자."

"내가 전학 가지 않는다면 말이지?" 켈리가 그 사실을 상기시켰다.

나는 회사의 샐리 딜에게 전화를 걸었다.

"오늘 못 나갈 것 같아. 켈리를 할머니 집에 데려다 줘야 해." 내가 말했다.

"잘됐네요. 하루쯤 학교를 쉬는 것도 좋죠." 샐리가 말했다.

"아니, 며칠 쉬게 할 거야. 기분 전환 좀 시키려고. 참, 소방서의 앨피에게 연락해 봐." 소방서 부서장인 알프레드 스크랜턴은 지난 화재의 조사 담당자였다.

"알겠어요. 그런데 무슨 일로요?"

"어젯밤 어떤 사람한테 불량 전기 부품에 관해 들었거든. 중국 같은 데서 만들어진 부품들. 겉은 멀쩡해도 속은 엉망이라더군, 씨발."

"아빠!" 켈리가 나의 말버릇을 나무랐다.

"화재 때문에 그래요?" 샐리가 물었다. 불타버린 집의 배선을 애인 테오가 맡았다는 점에서 이것은 샐리에게 민감한 사안이었다. 하지만 그녀에게 숨길 방법이 없었다. 회사와 관련된 사항들은 모두 사무 담당자인 그녀의 손을 거쳐야 했다.

"맞아. 차단기 부품의 조사가 끝났는지 알아봐 줘. 정품인지 확인해야겠어."

"글렌, 테오는 당신이 짓는 집에 불량품을 설치할 사람이 아니에요."

"샐리, 그냥 연락이나 해줘."

"알았어요." 샐리는 그렇게 대답했지만 달가워 보이지는 않았다. "테오를 엿 먹이려고 일부러 그러는 건 아니죠?"

"내가 그럴 사람으로 보여, 샐리?"

"알았어요. 지금 한 말은 취소예요. 소방서에 연락해 볼게요." 샐리는 주제를 바꿨다. "켈리는 어때요? 괜찮아요? 전학 보내기로 했어요?"

켈리는 자리에서 일어나 시리얼 그릇을 싱크대에 집어넣고 부엌을 나갔다.

"실은 어젯밤에 사건이 있었어." 내가 말했다.

"사건?"

"누가 집에다 총을 쏘았어."

"네? 말도 안 돼. 어떻게 된 거예요?"

나는 그녀에게 어젯밤 일을 설명했다.

"맙소사. 켈리는 괜찮아요?"

"응. 이런 상황치고는 괜찮은 편이야. 엄마가 죽더니 친구 엄마가 죽고 이제 그런 일까지……. 그래서 잠시 밀퍼드 밖으로 보낼 거야. 오늘 작업 지휘는 덕에게 맡겨줘. 문제가 생기면 언제든 내 핸드폰으로 연락해."

샐리는 연락하겠다고 말한 뒤 자기를 대신해서 켈리를 안아달라고 말했다.

켈리는 계단 아래에 여행 가방을 들고 서 있었다. 나는 켈리에게 말했다.

“샐리가 안부 전해 달래.”

“아빠, 이거 트럭에 넣어줘. 방에 가서 빠뜨린 거 없는지 확인하고 올게.”

덕분에 나는 학교에 연락해야 한다는 것이 생각났다. 아이가 당분간 학교를 쉬게 됐다고 말해야 했다. 이미 첫 번째 수업이 시작될 시간이었고, 곧 학교 쪽에서 켈리가 등교하지 않은 이유를 물어보려고 연락할 것이다. 나는 서무과에 전화하여 음성메시지를 남겼다.

나는 켈리의 가방을 들고 밖으로 나가 트럭 뒤로 향했다. 트럭의 뒷문을 열고 가방을 집어넣은 다음 짐칸에 실린 1미터가량의 2×4인치 각목 자투리를 집어들었다. 나는 자재의 자투리들을 차고에 보관해 두고는 했는데, 이것도 챙겨두면 좋을 것 같았다.

집으로 들어가려고 할 때 검은색 크라이슬러 300 한 대가 우리 집 진입로 끝에 멈추는 것이 보였다. 나는 처음 보는 차였다. 하지만 차에서 내린 운전자의 얼굴은, 비록 한 번도 만난 적이 없는 사람이었지만 알아볼 수 있었다.

나는 현관으로 가서 문을 빼꼼히 열었다.

“켈리!”

켈리가 계단 위에 나타났다. “왜?”

“잘 들어. 아빠가 밖에서 누구랑 얘기를 좀 할 거야. 아빠가 나가거든 현관문을 잠그고 창문으로 지켜봐. 혹시 무슨 일이 생기면 911에 연락해.”

“왜 그러—.”

“아빠 말 알아들었어?”

“알았어.”

나는 몸을 돌려 현관을 나갔고 켈리는 재빨리 계단을 뛰어내려왔다. 나는 등 뒤에서 자물쇠가 걸리는 소리를 확인했다.

내 손에는 아직 각목이 들려 있었다.

검은 머리의 키 큰 그 남자는 가죽 재킷과 검은 바지를 입고 있었다. 신발은 깨끗이 닦여 있었다. 그는 크라이슬러의 앞을 돌아 조수석 문에 기대었다.

선글라스를 끼고 있었는데 벗을 기미는 없었다.

"무슨 일입니까?" 내가 물었다.

남자는 합판으로 덮인 우리 집 2층 창문을 올려다보았다. "누가 공놀이를 하다가 창문을 깼나 보군요, 가버 씨?"

"진입로에서 차를 치워줘요. 제 차가 나가야 합니다."

"오래 걸리지 않을 거예요. 뭘 좀 가지러 온 것뿐이니까." 남자는 가슴께에서 팔짱을 끼었다. 그는 내 손에 들린 각목을 힐끗 쳐다보았지만 신경 쓰지 않는 눈치였다.

"뭘 가져가요?" 내가 물었다. 그가 팔짱을 낀 팔 위로 소매를 걷어 올리자 값비싼 시계가 드러났다.

"댁의 부인이 벨린다 모튼을 대신해 전달하려 했던 물건."

"제 아내는 죽었어요."

남자는 고개를 끄덕였다. "당신도 알다시피 부인은 그 물건을 전달하기로 한 날 죽었지요."

"무슨 말인지 모르겠군요."

하지만 나는 벨린다가 실라에게 줬다는 그 봉투를 알고 있었다.

남자는 나를 어떻게 손보면 좋을지 고민하듯 오른손으로 턱을 문질렀다. 소매가 좀 더 팔 위로 올라가자 문신이 드러났다. 화려한 사슬 모양의 시계띠가 손목을 두르고 있었다.

"내 롤렉스를 보고 있습니까?" 그가 말했다.

"가짜죠?"

남자는 의외라는 듯 고개를 끄덕였다. "보는 눈이 있군요."

"그렇지는 않아요. 하지만 그게 당신 직업이잖아요?"

남자는 호기심 어린 눈으로 나를 지긋이 바라봤지만 아무 말도 하지 않았다.

"댁이 소머 씨 아닙니까?" 내가 말했다. "소머 외의 다양한 이름을 가진 위조품 판매업자."

비로소 소머는 내 말에 관심을 보이기 시작했다. 어두운 선글라스의 렌즈 뒤로 눈이 깜빡였다. "트웨인이 말했군요." 그것은 질문이 아니었다. 소머는 자신이 나 아니면 트웨인을, 또는 우리 둘을 쭉 지켜보고 있었음을 이런 식으로 알리고 있었다.

"내 아내가 왜 그날 당신에게 전화를 걸었습니까?" 내가 물었다.

소머는 차에서 몸을 떼고 손목을 풀었다. 나는 각목을 쥔 손에 힘을 주었다.

"당신 부인은 그날 저와 만날 수 없다는 메시지를 남겼더군요. 왜 그랬을까요?"

"모르겠는데요."

"제 짐작에는 말입니다, 댁의 부인이 생각을 바꾼 모양이에요. 아니면 생각이 바뀌게 되었던지. 아무래도 거기엔 댁이 관계있을 것 같습니다만?"

"잘못 아셨습니다."

소머는 웃음을 지었다. "이봐, 가버 씨, 허튼소리 작작해요. 내가 모를 줄 알아요? 당신, 요즘 돈 문제가 있다던데? 그런데 갑자기 부인한테 목돈이 생겼잖습니까? '와, 이거면 돈 문제를 좀 해결할 수 있겠는걸?' 하고 생각했겠지요. 어때요?"

"틀렸어요."

순간, 소머가 눈을 돌렸다. "저 이웃집 여자는 원래 이 집에 관심이 많은가요?"

"우리 동네 방범대원이에요." 내가 말했다.

소머는 조앤 뮬러의 집에서 우리 집으로 시선을 돌렸다.

"온 세상이 우리를 지켜보고 있군." 그가 말했다. "저기 커튼 뒤에서 엿보는 애가 댁의 딸이겠지요?"

나는 목소리의 평정을 잃지 않으려고 애쓰며 각목을 꽉 쥐었다. "내 딸을 위협하기만 해봐. 죽여버리겠어.”

소머는 내 태도에 당황했다는 듯 양손을 내밀었다. “가버 씨, 오해하셨군요. 제가 댁을 협박했습니까? 따님을 협박했습니까? 저는 사업가예요. 일거리를 따내는 것이 최대 관심사인 사업가. 그런 저에게 폭력 행사를 하겠다고요?”

나는 상황을 어떻게 넘길지 잠시 동안 고민하다가 입을 열었다. “그 돈, 벨린다가 내 아내에게 부탁했다는, 당신에게 전달될 예정이었다는 그 돈 말인데…….”

소머의 고개가 살며시 위아래로 움직였다.

“오늘 오후에 벨린다에게 확인해 보시죠. 당신에게 희소식이 있을 테니까.” 내가 말했다.

소머는 내 제안에 관해 묵묵히 생각했다. “그래요. 좋습니다.” 그는 내 손의 각목을 가리키며 말했다. “만약 희소식이 없다면 다시 찾아오지요.”

소머는 몸을 돌려 차 안으로 들어갔다. 차가 너무 빠른 속도로 사라진 탓에 나는 번호판을 확인할 수 없었다. 몇 초 후 크라이슬러는 도로 끝의 모퉁이를 돌더니 시야에서 사라졌다.

“911에는 전화 안 했어.” 내가 집에 들어오자 켈리가 명랑한 목소리로 말했다. “아빠랑 그 아저씨랑 그냥 즐겁게 얘기하는 것 같아서.”

31

에밀리 슬로컴은 화장실에서 면도를 하는 아빠에게 말했다.

"아빠, 밖에 누가 왔어." 아이의 목소리에는 억양이 없었고 감정도 느껴지지 않았다.

"뭐? 아직 8시도 안 됐는데? 누구야?"

"여자야." 에밀리가 말했다.

"여자?"

"배지를 들고 있었어."

에밀리는 아빠의 방에서 다시 TV를 보기 시작했고 대런 슬로컴은 수건을 꺼내 얼굴에 묻은 면도 크림을 닦아냈다. 대런은 셔츠의 단추를 잠그면서 에밀리를 바라봤다. 지난 며칠 동안 에밀리는 하루 종일 TV만 봤다. 하지만 자리에 앉아 눈길을 TV로 향하고 있어도 실은 아무것도 보고 있지 않았다. 에밀리의 눈은 신들린 사람처럼 흐릿했다.

대런은 마지막 단추를 잠그며 현관으로 향했다. 로나 웨드모어는 이미 안으로 들어와 현관 타일 바닥 위에 서 있었다.

"아, 로나였군요? 에밀리한테 당신이라고 말하지 않았어요?" 그는 로나의 손을 붙잡고 악수했다.

웨드모어 형사가 말했다. "말했어요. 애가 잊어버렸나 보네요."

"커피 끓였는데 한잔 드릴까요?"

웨드모어는 한잔 달라고 대답하며 대런을 따라 부엌으로 들어갔다. "좀 어때요?"

"별로 좋지 않아요." 대런은 머그컵 두 개를 꺼내며 말했다. "에밀리가 너무 걱정됩니다. 하루 종일 울거나 하는 건 아니지만 차라리 그랬으면 좋겠어요. 마음을 닫고 넋이 나간 채 지내는 것보다 그게 나아요."

"의사한테 데리고 가요. 도움 줄 사람을 소개받아요."

"그래요, 그래야죠. 이번 주는 학교를 쉬고 집에 있도록 할 거예요. 앤의 언니가 종종 들러서 저를 도와주고 있습니다. 장례식 조문은 끝났지만 곧 가족끼리 예배를 드릴 거예요. 참, 그날 와주셔서 감사해요."

웨드모어가 말했다. "앤의 사고에 관해 물어볼 게 좀 있어요, 대런."

"알겠습니다." 대런이 말했다. "크림이나 설탕 넣으세요?"

"블랙으로 주세요." 웨드모어는 대런으로부터 머그컵을 받아들었다. "앤이 밤에 혼자 항구에 간 이유에 관해 생각난 게 있어요?"

슬로컴은 어깨를 으쓱했다. "모르겠습니다. 아내는 가끔씩 잠이 안 오면, 잠이 들지 못하면 밤에 산책을 나가거나 드라이브를 했어요. 그날도 마음을 가라앉히려고 항구에 가서 해협을 보다 오려던 게 아니었을까요?"

"친구 벨린다 모튼 씨를 만나러 간다고 했다면서요?"

"맞습니다. 만나지는 못했지만."

"어째서 앤은 모튼 씨보다 먼저 항구에 갔을까요?" 웨드모어가 물었다.

"글쎄요? 말씀드렸다시피 머리라도 식히려고 했나 보죠."

슬로컴은 커피에 크림을 넣고 검은색 커피가 밝은 갈색으로 변하는 모습을 바라봤다.

"혹시 말이에요." 웨드모어가 물었다. "앤은 벨린다를 만나기 전에 다른 사람을 만나려고 했던 게 아니었을까요?"

"누구를요?"

"몰라서 당신에게 물어보는 거예요."

"왜 그래요, 로나? 앤의 사고에 제가 모르는 이상한 점이 있습니까?"

"흠, 좋아요. 그럼 그 얘기부터 해요." 로나가 말했다. "실은 저도 현장에 몇 차례 들렀어요. 수사 담당관의 보고서도 읽었고요."

슬로컴은 궁금한 눈길로 로나 웨드모어를 쳐다봤다. "그런데요?"

"그런데 말이에요, 대런, 솔직히 앞뒤가 잘 안 맞아요."

대런은 커피를 한 모금 마셨다. 크림이 너무 많이 들어간 탓에 그는 얼굴을 찡그렸다. "무슨 말이죠?"

"수사 초반에는 앤이 타이어가 터진 걸 알고 확인하러 나간 줄 알았어요. 차 문도 열린 채였고 엔진도 켜져 있었죠. 앤은 차 뒤를 돌아 조수석 쪽으로 다가가 타이어를 살피다가 균형을 잃었고 그러다가 잔교 가장자리에 머리를 부딪쳐서 물에 빠졌다고 생각했죠." 웨드모어는 대런의 안색을 조심스레 살폈다. "저기, 계속 얘기해도 괜찮겠어요?"

"어서 하세요."

"그래서 현장의 사고 지점에 제 차를 세워 봤는데 거기서 바다에 빠졌다는 게 이해가 안 되더라고요. 외출하기 전에 앤은 술에 취해 있었나요?"

"아니요."

"저는 그곳에서 넘어지는 시늉을 해 봤어요, 이렇게." 웨드모어는 제풀에 넘어지는 동작을 간단하게 취해 보였다. "바다에 떨어지기 전에 얼마든지 균형을 잡을 수 있겠더군요."

"하지만 밤이라서 어두웠잖아요?" 대런은 침착하게 반박했다.

"알아요. 그래서 저도 밤에 갔어요. 주변에 가로등이 많더군요." 웨드모어는 고개를 저었다. "그리고 또 다른 사실이 있어요. 아주 중요한 사실."

슬로컴은 웨드모어가 말하기를 기다렸다.

"알다시피 우리는 앤의 자동차를 과학수사팀에 넘겼어요. 담당자는 우리가 놓쳤던 트렁크 뚜껑의 긁힌 자국 두 개를 발견했어요."

"긁힌 자국?"

"트렁크에 긁힌 자국이라니, 이상하지 않아요? 범퍼나 문이라면 몰라도 트렁크? 담당자 말로는 생긴 지 얼마 안 된 자국이었어요."

“무슨 자국인지 통 모르겠군요.”

“앤은 양손에 반지를 끼고 있었어요.” 웨드모어가 말했다.

“네, 맞습니다. 왼손에 결혼반지를, 오른손에 다른 반지를 끼고 다녔죠. 그게 왜요?”

“자, 사람을 자동차 뒤로 밀어붙인다고 생각해 봐요. 그럼 양손이 트렁크 위로 가겠죠? 거기가 바로 긁힌 자국이 생긴 지점이었어요.” 웨드모어는 팔을 양옆으로 뻗은 뒤 살짝 뒤로 움직였다. “과학수사팀은 앤의 반지 때문에 생긴 자국이라고 추측했어요.”

“타이어가 터져서 스페어타이어를 꺼내려고 트렁크를 열다가 그렇게 됐나 보죠.” 대런 슬로컴은 몸을 돌려 커피를 싱크대에 쏟아 부었다.

“하지만 타이어를 갈려던 흔적은 없었어요. 자동차 엔진을 끄지도 않았잖아요?”

“로나, 아는 걸 그냥 얘기해 줘요.”

“저도 뭐든 알았으면 좋겠군요. 제가 아는 거라곤 상황이 겉보기와 다르다는 것뿐이에요. 우리가 짐작하는 경위와 다르다는 거죠.”

대런은 머리를 절레절레 흔들었다. “무슨 말이에요? 누가 사고처럼 꾸몄다는 말입니까?”

“왠지 수상쩍다는 뜻이에요. 하지만 만약 그게 전부였다면 별거 아니라고 지나쳤겠죠. 당신 말대로 앤은 실수로 넘어져서 균형을 잃었고 물에 빠진 거겠죠. 확률은 낮지만.”

대런 슬로컴은 실눈을 뜨며 말했다. “그게 전부가 아니란 말입니까?”

“네, 맞아요. 애초에 앤이 드라이브를 간 이유가 불분명하다는 점이 있죠.”

슬로컴은 당혹스러운 얼굴로 말했다. “말씀드렸잖아요? 벨린다가 앤을 불렀어요. 앤은 먼저 항구로 가서 기다린 거예요.”

“앤이 받은 전화 연락이 그뿐이었나요?”

"그것뿐이었습니다. 나가기 직전에 받은 건."

"그날 저녁에 다른 통화가 없었나요?"

"아니, 언제까지 같은 말을 반복해야 합니까, 로나?"

"대런, 계속 시침 뗄 작정이에요? 솔직히 말해봐요."

"당신이야말로 솔직히 말하지 그래요? 하고 싶은 말 있으면 빙빙 돌리지 말고 그냥 말하라고요."

"앤이 침실에서 받았던 전화, 가버 씨의 딸이 엿들었다는 통화."

대런은 흠칫 말을 멈췄다. "로나, 어디서 무슨 말을 들었는지 모르겠지만—."

"어제 왜 가버 씨가 당신에게 주먹질을 했죠? 이유가 뭐예요?"

"별거 아닙니다. 오해가 좀 있었어요."

"어젯밤 누가 가버 씨 딸의 방 창문을 총알로 박살냈어요. 그것도 오해일까요?"

"아니, 이봐요! 내가 그랬다는 겁니까, 뭡니까?"

"누가 총을 쏘았는지 몰라도 아이를 노린 것 같지는 않아요. 하지만 무언의 메시지라는 건 분명해요. 혹시 글렌 가버 씨에게 얻어맞은 당신이 보낸 메시지는 아닐까요?"

"이런, 빌어먹을. 로나, 믿어줘요. 난 그 일과 상관없어요."

"내가 믿게끔 설명을 해 봐요. 자, 글렌 가버 씨는 왜 장례식장에서 당신을 때렸나요?"

"이미 답을 알고 있는 거 아닙니까?"

로나 웨드모어는 달갑지 않은 웃음을 지었다. "당신은 애 아빠의 허락 없이 켈리 가버에게 말을 걸었어요. 글렌 가버가 그러지 말라고 경고했음에도 말이에요. 그렇죠?" 대런이 아무 말 없자 웨드모어는 말을 이었다. "전에 당신은 켈리와 얘기하려고 했지만 가버 씨가 허락하지 않았거나, 아이가 집에 없었어요. 어때요?"

"허, 훌륭하군. 감동할 지경이야."

"당신이 그토록 켈리를 만나려 했던 이유는 당신 부인이 전화 통화를 할 때 마침 켈리가 옷장에 숨어 있었기 때문이에요. 앤은 당신에게 숨기고 싶은 대화를 나눴고, 벨린다가 아니라 바로 그 통화 때문에 외출을 한 거예요. 당신 입장에서는 켈리 가버가 옷장에서 엿들은 대화 내용이 아주 궁금하겠죠." 웨드모어는 공연을 끝낸 연기자처럼 양손을 내밀어 보였다. "자, 어때요?"

슬로컴은 양손을 조리대에 올리고 부엌이 둥둥 떠내려가지 못하도록 막는 것처럼 무게 중심을 실었다. "난 전화벨 소리를 듣지 못했어요. 앤이 전화 통화하는 것도 못 들었습니다. 하느님께 맹세코 진실이에요."

"하지만 전화가 걸려 왔다는 사실은 알고 있었잖아요? 앤이 저녁에 전화를 했고 가버 씨의 딸이 그곳에 숨어 있었다는 사실을 당신은 알고 있었어요." 슬로컴은 대꾸가 없었다. 웨드모어가 말했다. "수상한 게 뭔지 알아요, 대런? 당신은 경찰이에요. 앞뒤가 안 맞는 사실을 집어내도록 훈련을 받은 경찰. 한데, 본인 부인의 죽음을 둘러싼 정황에 대해 당신은 그리 궁금해하지 않더군요."

"말도 안 되는 소리." 대런은 웨드모어에게 질책하듯 삿대질을 했다. "만약 앤의 죽음이 정말 사고가 아니라면 나 역시 당신이 아는 정보를 알고 싶다고요."

"내 눈에는 왠지 당신이 알고 싶어 하지 않는다고 느껴지는데요?" 웨드모어가 말했다. "나였다면, 만약 내가 아는 사람이 그렇게 죽었다면 의문점이 백 가지는 됐을 거예요. 하지만 당신은 아무것도 묻지 않았어요."

"허튼소리." 대런이 말했다.

"내가 볼 때 가능한 이유는 두 가지, 아니 세 가지가 있어요. 당신이 그 사고와 직접 관련이 있거나, 아니면 누가 저지른 짓인지 알고 스스로 해치울 작정이거나, 그것도 아니면, 사실 이 부분은 저도 확실히는 모르겠지만, 경찰이 이 사건을 파헤치는 걸 원치 않는 거예요. 뭔지 몰라도, 숨겨야 할 벌레들이 잔뜩 담긴 캔 뚜껑이 열리게 될 테니까요."

"형사님 참 대단하시군요." 대런이 말했다. "동료의 뒤를 그런 식으로 캐다니, 아주 흥미진진하겠어요? 경찰서에서 댁에 대해 도는 소문 알고 있죠? 당신이 어떻게 형사가 되었는지에 관한 소문. 그놈의 평등 정책 덕분이잖아요? 서에 흑인 여형사가 부족해서 당신이 형사가 될 수 있었던 거 아닙니까?"

웨드모어는 눈도 깜빡이지 않고 대런에게 물었다. "그날 밤 어디 있었는지 알리바이가 있나요?"

"뭐요? 지금 장난해요? 난 에밀리와 집에 있었습니다."

"에밀리에게 물어보면 당신이 집 밖으로 나가지 않았다고 증언해 줄 수 있나요? 애가 그날 밤 계속 깨어 있었나요?"

"아니, 이런 판국에 우리 딸을 괴롭히ㅡ."

"즉, 에밀리는 당신이 집에 있었다는 사실을 증언할 수 없다는 뜻이로군요?"

슬로컴의 얼굴이 분노로 달궈지기 시작했다. "그만 합시다."

웨드모어는 대꾸하지 않았다.

"당신네 형사들은 늘 경찰복을 입은 우리를 무시하죠. 잘나신 형사 나리가되면 우리 같은 건 바보로 보이나 보죠?"

"할 얘기가 또 있어요." 웨드모어가 말했다. "알아봤더니 당신에게 돈이들어올 예정이더군요."

"뭐라고요?"

"부인의 생명 보험. 몇 주 전에 가입한 거 말이에요. 보험금이 얼마나 되죠? 20만 달러?"

"이봐요, 뻔뻔함이 도가 지나치ㅡ."

"내 말이 맞나요, 대런?"

"그래요, 그래. 앤하고 나는 생명 보험에 가입했습니다. 우리 한 달 수입이면 보험료 정도는 낼 수 있어요. 혹시 우리에게 일이 생겨도 에밀리가 살아갈 수 있도록 가입했어요."

웨드모어는 신뢰할 수 없다는 듯한 표정을 지었다. "앤과는 재혼이었죠?"

슬로컴은 붉게 상기된 얼굴로 주먹을 쥐며 중얼거렸다. "그래요, 재혼입니다."

"첫 번째 부인도 생명 보험에 가입했어요?"

"아니요." 대런은 입가에 미소를 지었다. "암 진단을 받아서 가입할 수가 없었죠."

웨드모어는 눈을 깜빡거렸다. 그녀는 잠시 침묵을 지키다가 조리대 위의 머그컵을 대런을 향해 밀었다. "커피 잘 마셨어요. 배웅은 됐어요."

32

“나가기 전에 전화 몇 통만 걸자.” 나는 켈리에게 말했다. 지하 사무실로 내려가는 나를 바라보면서 아이는 도대체 언제 출발할 거냐고 따지듯 눈을 굴렸다. 나는 소머가 찾아왔다는 걸 경찰에 알리려고 했지만 수화기를 드는 순간 명백한 사유가 없다는 점을 깨달았다. 그자는 위협적인 태도를 취하기는 했어도 실제로 나를 협박하지는 않았다. 켈리를 건드리면 죽여버리겠다고 협박한 쪽은 오히려 나였다.

그 대신 나는 벨린다의 부동산 사무실에 전화를 걸었다.

“지금 안 계세요.” 직원이 나에게 말했다. “전하실 말이 있으시면—.”

“벨린다의 핸드폰 번호를 알려줘요.”

나는 전화를 끊고 직원에게 들은 핸드폰 번호로 전화를 걸었다. 통화연결음이 두 번 울리고 벨린다가 전화를 받았다. “글렌?”

“나예요, 벨린다.”

“글렌, 내가 다시 전화 걸게요. 집을 보러 온 사람이 있어서 나가는 중이에요.”

“아니요. 지금 얘기합시다.”

“글렌, 법률 사무소 일 때문에 또 따지려고 하는 거라면, 미안하다고 이미 사과했잖아요? 정말 미안해요. 나는 절대—.”

“봉투 속에 뭐가 들었죠?” 나는 책상 아래 놓인 신발 상자의 뚜껑을 열어 봉투를 꺼냈다.

“네? 뭐라고요?”

"당신이 실라에게 준 봉투. 내가 하는 질문들에 대답해요. 그럼 돌려줄 테니까."

수화기 너머로 침묵이 흘렀다.

"벨린다?"

"그거 찾았어요? 봉투는 차 안에 있었던 게 아니었어요?"

"그 대답은 당신 하기에 달렸어요. 안에 뭐가 들었는지 말하면 내가 뭘 찾았는지 알려주겠어요."

벨린다는 괴상한 소리를 내며 숨을 쉬었다. 마치 과호흡 증세처럼 들렸다.

"벨린다, 내 말 듣고 있어요?"

벨린다는 조그만 목소리로 속삭였다. "아, 하느님, 아, 하느님, 다행이야."

"빨리 대답해요."

"알았어요, 알았어요, 알았어요. 봉투예요. 갈색 서류 봉투. 안에는…… 안에는 돈이 들어 있어요."

"좋아요. 거기까진 맞았어요. 얼마나 들었죠?"

"거기엔…… 거기엔 6만 2천 달러가 들어 있어요." 흐느끼는 소리가 들렸다. 벨린다는 울고 있었다.

나는 어젯밤 늦게 돈의 액수를 세어봤는데 벨린다의 말대로 6만 2천 달러가 들어 있었다. "좋습니다. 다음 질문. 돈의 용도는?"

"그건 대금이에요. 핸드백을 구입한 대금. 수량이 아주 많아요."

"그리고 또?"

"그것 말고는……."

"벨린다, 나 지금 쓰레기통에 불을 지필 준비가 돼 있어요. 당신이 질문을 피할 때마다 1천 달러씩 넣고 태울 생각입니다."

"글렌, 안 돼! 안 돼요!"

"자, 핸드백 말고 또 뭘 샀어요?"

"알았어요, 알았어요. 핸드백을 샀고 비타민제가 조금—."

"지금 라이터 꺼냈어요."

"알았어요! 비타민제가 아니에요. 약이에요, 약, 의약품, 염가의 의약품이요. 코카인이나 헤로인 같은 게 아니라 사람들을 치료해주는 보통 약이요. 보통보다 훨씬 저렴한."

"그리고?"

"그게 다예요. 다른 물건도 있지만 대부분이 핸드백과 약품이었어요."

"그 물건들 전부 어디서 구입했어요?" 내 손에 쥐어진 수화기가 점점 뜨거워졌다.

"그거야…… 핸드백 회사랑 제약 회사에서 샀죠."

"방금 좋은 생각이 떠올랐어요. 돈에 불을 지피지 말고 그냥 내가 다 가질까 싶어요."

"아니, 글렌! 도대체 나더러 뭘 더 말하라는 거예요?"

"모두 다!" 나는 소리를 질렀다. "당신이 어디서 그런 걸 구했고, 그걸로 뭘 했고, 실라는 어쩌다 엮이게 됐고, 왜 6만 달러가 넘는 빌어먹을 돈 봉투가 우리 집에 있는지 전부 다! 왜 실라가 이 돈을 가지고 있는지, 왜 당신이 실라에게 이걸 줬는지, 이걸 가지고 실라가 도대체 뭘 어쩔 셈이었는지! 마지막 날 실라에게 도대체 무슨 일이 일어났는지! 고속도로에 차를 몰고 가기 직전까지 실라가 어디서 뭘 했고 누굴 만났는지! 그게 내가 당신한테 묻고 싶은 것들이야! 내가 원하는 대답들!"

나의 장황한 열변이 끝나자 다시 벨린다의 흐느끼는 소리가 들렸다. "내가 그걸 어떻게 다 알아요?"

"알고 있는 거라도 대답해요. 안 그러면 이 돈 다 태워버릴 테니까."

벨린다는 훌쩍이며 말했다. "처음에 장사를 시작한 건 앤과 대런이었어요. 대런이 어느 날 밤 보스턴으로 운행 중인 밴 한 대를 속도위반으로 멈춰 세웠어요. 그리고 차를 확인하다가 뒤 칸에 가득한 핸드백들을 발견한 거예요.

위조품 핸드백. 당신도 알죠?"

"알아요."

"대런은 운전자에게 속도위반 딱지를 떼는 대신 핸드백의 용도에 관해, 그의 사업에 관해 캐물었어요. 마침 앤이 조만간 일을 그만두게 됐고 대런의 경찰서에서도 초과 근무를 규제하고 있는 마당이라 이 일이 앤에게 좋은 돈벌이가 되겠다고 생각했어요. 운전자는 대런에게 뉴욕 바깥에 있는 공급자들을 소개시켜줬어요."

"그리고?" 나는 수화기를 잡지 않은 손으로 이마를 짚었다. 심한 두통이 몰려오고 있었다.

"어느 날 앤이 큰돈을 벌 방법이 있다고 제게 말했어요. 품목은 핸드백 말고도 시계, 보석, DVD, 건축 자재 같은 것들이 있었어요. 앤의 고객 중에 그런 걸 원하는 사람들이 더러 있었지만 앤은 핸드백 파티를 여는 것만으로도 벅찼어요. 그래서 앤은, 저까지 핸드백을 팔면 서로 경쟁을 하게 될 테니까 다른 물건을 팔면 어떻겠냐고 물었어요. 알다시피 부동산 시장이 요즘 불황이라서 저는 좋다고, 약을 팔겠다고 대답했어요."

"약?"

"말했잖아요. 그런 약이 아니에요. 전 마약 공장을 차린 게 아니에요. 해외에서 만들어진 합법적인 의약품이에요. 대체로 차이나타운을 통해 들어와요. 커낼 가에 가본 적 있어요?"

"실라는 어쩌다가 발을 들여놓게 됐죠? 어떻게 그 많은 돈을 소지하게 됐고, 왜 그 돈을 전달하는 일을 맡게 된 거예요?"

"실라는 힘들어하는 당신을 걱정했어요. 당신을 돕기 위해 회계 수업을 들었지만 도중에 화재가 났고 당장 일거리도 부족해졌죠. 실라는 할 수 있는 한 돕고 싶었던 거예요. 실라가 약을 판 지는 얼마 안 됐어요. 한두 번쯤. 켈리에게 새 옷을 사줄 만큼의 돈을 벌었죠."

맙소사, 실라, 왜 그런 짓을……

“이 돈은 뭡니까?”

“앤과 대런은 대금을 지불해야 했어요. 6만 2천 달러. 가끔 두 사람 대신 내가 돈을 전달하고는 했어요. 현금을 직접 전달받는 게 그 사람들의 원칙이에요.”

“그 사람들?”

“공급자요. 앤이나 대런도 공급자를 직접 만난 적은 없을 거예요. 중간책에게 전달했으니까. 중간책의 이름은 잘 모르겠─.”

“소머? 머리카락이 검고 키가 큰 남자, 신발이 번쩍이고 손목에 가짜 롤렉스를 찬 남자?”

“그런 것 같기도 해요. 하지만 저는 뉴욕에 가서 우편함 같은 데 돈만 넣고 왔어요. 앤은 직접 그 남자에게 건네주기도 했을 테지만. 그런데 제가 돈을 전달하기 전날, 이튿날에 부동산 매물을 보고 싶다는 연락들이 왔어요. 실라가 이 장사에 관심이 많았고 그날 마침 근처에 수업을 받으러 간다는 걸 알고 있어서 저는 실라에게 돈을 전해달라고 부탁했어요.”

나는 눈을 질끈 감았다. “실라가 승낙했군요.” 아내는 친구의 부탁을 거절하는 법이 없었다.

“그랬어요. 그래서 실라에게 봉투를 넘겨줬어요. 문제가 생기면 연락할 전화번호와 함께.”

“소머의 전화번호.” 내가 말했다. “실라는 급한 일이 생겨서 못 간다는 말을 하기 위해 그 번호로 연락을 했지. 돈은 집에 그대로 있었어. 왜 실라는 돈을 전달하지 않은 거죠?”

“그건 몰라요, 정말이에요. 대런, 대금을 당장 지불하지 않으면 가만 안 두겠다고 공급자들이 협박했어요. 일부는 이미 갚았어요. 신용 카드를 한도까지 사용해서 1만 7천 달러를 모아 대런과 앤에게 줬고, 둘이 거기다 8천 달러를 보태서 2만 5천 달러를 갚았어요. 하지만 3만 7천 달러가 부족해요. 당장 갚지 않으면 끔찍한 이자가 붙을 거예요. 앤이 죽기 전에 들었는데, 개는 생명 보험에 가입돼 있어요. 하지만 보험금이 나오려면 수개월은 걸릴 텐데 공급자들이 절대 기다려주지 않을 거예요.”

“경찰에 연락하지 그래요?” 나는 냉정하게 말했다.

“안 돼요! 안 돼요! 글렌, 내 말 들어봐요. 돈만 넘겨주면 그걸로 끝이에요. 경찰을 끌어들이고 싶지 않아요. 우리 남편은 내가 이러고 있다는 것도 모른단 말이에요. 내가 이런 장사에 손을 뗀 걸 알면 난리가 날 거예요.”

“그럼 실라는 왜 그렇게 된 거죠?” 나는 벨린다에게 묻는 동시에 스스로에게 자문했다. “실라는 맨해튼에 가지도 않았고, 설령 갔다고 해도 돈은 들고 가지 않았어. 그런데 수업에도 결석ㅡ.”

“참, 그 수업 말인데, 실라는 처음에 수업을 무척 마음에 들어 했지만 그 강사가 실라를 자꾸 귀찮게 했어요.”

“강사? 앨런 버터필드? 그가 실라에게 전화를 많이 걸었나요?”

“맞아요. 숙제 때문은 아니었어요. 실라는 핸드폰에 그 사람 번호가 찍히면 받지 않았어요.”

실라의 핸드폰에 남은 수많은 부재중 전화들. 아내가 놓쳤거나 아니면 일부러 받지 않은 전화들. “그래서 수업에 나가지 않았나?” 내가 말했다. “그럼 어딜 간 거지?”

“내 생각에는…… 아마 술을 마시러 간 게 아닐까요?” 벨린다가 조심스레 입을 열었다. “생각해 보면 그렇잖아요? 쌓인 문제들 때문에 스트레스가 심해서 풀고 싶었던 게 아닐까요? 아, 나도 지금 당장 그러고픈 심정이에요.”

나는 아무 대꾸도 하지 않았다.

“글렌, 정말 미안해요. 이 모든 일들, 정말 미안해요. 실라를 끌어들인 건 내 잘못이에요. 하지만 실라의 사고가 이것과 상관있는지는 모르겠어요. 어쩌면…… 어쩌면 실라는 겁을 먹었는지도 몰라요. 어쩌면 딴생각을 품고 약을 판 돈을 챙겨서 술집으로 갔다가ㅡ.”

“닥쳐요, 벨린다. 듣고 싶은 얘기는 다 들었어요. 당신은 참 대단한 친구야. 실라를 그런 데 끌어들인 것도 모자라 보니 월킨슨의 소송까지 돕다니, 최고예요.”

“글렌…….” 벨린다는 흐느끼는 목소리로 말했다. “묻는 말에 대답했잖아요? 내가 아는 건 다 얘기했어요. 나는 그 돈이…… 그 돈이 필요해요.”

“아무렴요. 우편으로 보내 드리죠.” 나는 전화를 끊었다.

33

나는 벨린다의 집을 떠나 고속도로로 차를 몰고 있었다. 벨린다의 집에는 아무도 없었다. 나는 봉투를 문에 달린 우편물 투입구에 집어넣었고 봉투가 바닥에 떨어지는 소리를 확인했다. 벨린다에게 화가 머리끝까지 난 나는 그녀가 스릴을 느껴보도록 봉투에 우표를 붙여 미국 우편 시스템에 맡겨볼까 생각했지만 결국 상식을 따르기로 했다.

어쩌면 지금 내가 처한 곤경들과 법정 소송으로 인한 잠재적 재정 파탄을 생각하면 이 돈을 챙기고 입을 씻는 편이 나을 수도 있었다. 몇 푼이라도 있으면 도움이 될 것이다. 하지만 그 돈은 내 것이 아니었다. 실라가 자기를 대신하여 전달할 돈이었다는 벨린다의 말을 나는 믿었다. 더러운 돈이었다. 나는 그런 돈 따위는 원치 않았고, 두 번 다시 소머를 만나고 싶지도 않았다.

하지만 그 돈은 나름의 역할을 달성했다. 덕분에 나는 벨린다로부터 정보를 얻었다.

이제 나는 실라의 계획을, 여윳돈을 벌 방법을 알게 되었다. 그게 무슨 일이었건, 그녀는 잘 알지 못하는 일에 발을 들여놓고 만 것이었다. 알고서 소머 같은 작자에게 엮인 게 아니었다. 아마 실라는 그를 만난 적도 없을 것이다. 직감력이 강한 아내가 소머를 만났다면 다시는 그를 가까이하지 않았을 것이다.

나는 마음속으로 그렇다고 굳게 믿었다.

실라의 마지막 날에 대해 알면 알수록 나는 아내가 슬픔을 잊으려고 술을 마시고 음주 운전을 해서 자기 자신과 두 사람을 죽음으로 몰고 갔다는 표면적인 정황이 틀렸음을 점점 더 확신하게 되었다.

반드시 숨겨진 사실이 있었다. 과연 누가 그 사실을 알고 있을까? 소머? 슬로컴?

다음에 웨드모어 형사를 만나면 해야 할 얘깃거리가 몇 가지 늘었다.

다리엔으로 가는 차 안에서 켈리가 내게 물었다. "거기서 얼마나 오래 있어야 돼?"

"그렇게 오래는 아닐 거야. 아니었으면 좋겠어."

"학교는? 학교 빠지면 안 되잖아?"

"혹시라도 오래 있게 되면 아빠가 선생님한테 숙제 받아서 보내줄게."

켈리는 얼굴을 찌푸렸다. "숙제할 거면 뭣 하러 거기까지 가?"

나는 아이의 투정을 무시하고 말했다. "저기, 아빠가 너한테 할 말이 있어. 아주 심각한 얘기니까 잘 들어." 켈리가 내 얼굴을 뚫어지게 바라보자 나는 죄책감을 느꼈다. 지난 몇 주간 소위 "심각한" 문제가 너무 많았던 탓에, 켈리는 '또 무슨 심각한 문제야?' 라고 생각할 듯했다. "너, 다리엔에 가면 아주 아주 조심해야 돼."

"난 항상 조심해. 길을 건널 때도 조심해서 건너."

"그래, 그렇지. 하지만 그뿐 아니라 너 혼자 뭘 하면 안 돼. 할머니나 마커스 씨와 늘 함께 다녀야 돼. 혼자 어딜 돌아다니거나, 자전거를 타거나ー."

"자전거는 집에 있잖아?"

"예를 들면 그렇다는 말이야. 할머니와 마커스 씨에게 꼭 붙어 있어. 항상."

"알았어. 칫, 가면 하나도 재미없겠다."

고속도로를 벗어나 다리엔으로 들어가는데 램프의 아래쪽에 여자 하나가 서 있는 것이 보였다. 30대쯤 되어 보였지만 행색은 그 두 배는 늙어 보였다. 그녀의 발밑에는 누덕누덕한 배낭과 슈퍼마켓에서 소량의 물건을 담을 때 이용하는 붉은 플라스틱 바구니가 놓여 있었다. 바구니에는 물병 몇 개와 원더 브레드 식빵 반 덩어리, 땅콩버터 병이 담겨 있었다.

여자는 "옷이 없어요."라고 적힌 표지판을 들고 있었다.

"저런……." 내가 말했다.

"저번에도 저기 있었어." 켈리가 말했다. "저 아줌마한테 옷을 주자고 할머니한테 말했는데, 할머니는 우리가 다른 사람 문제를 해결할 책임은 없다고 그랬어."

피오나다운 대답이었지만 아주 틀린 말은 아니었다. "모든 사람들의 문제를 해결해 주기는 어렵지."

"하지만 각자 한 사람씩이라도 도우면 많은 사람들이 도움받을 수 있잖아? 엄마는 그렇게 말했어. 그리고 할머니는 안 입는 옷들이 많단 말이야."

"그래. 커다란 옷장 두 개쯤은 되겠지."

내가 트럭을 신호등 앞에 멈춰 세우자 여자는 차창 너머로 나를 뚫어지게 바라봤다.

"저 아줌마한테 뭘 좀 줘도 돼?" 켈리가 물었다.

"창문 내리지 마." 내가 말했다. 여자의 눈빛은 죽어 있었다. 내가 뭔가를 주리라고 기대하지 않는 눈치였다. 이 신호등 앞에 멈춘 무수한 운전자들 중 과연 몇 명이나 그녀에게 선행을 베풀었을까? 백 명 중에 두 명? 한 명? 아니면 아무도 없을까? 과연 무엇이 그녀를 이 지경으로 만들었을까? 그녀의 인생은 처음부터 이랬을까? 우리와 비슷한 인생을 보낸 적이 있기는 할까? 집, 가족, 안정적인 일자리, 남편, 그리고 아이들이 있는 삶. 순탄하게 살다가 단 한 번의 사건으로 인생을 망쳐버린 걸까? 일자리를 잃었을까? 아니면 남편이 일자리를 잃었을까? 고장 난 차를 수리할 돈이 없어서 일을 하러 나가지 못한 걸까? 주택담보 대출금을 갚지 못해서 집을 잃었나? 집을 잃고 나락으로 떨어져서 두 번 다시 올라올 수 없었던 걸까? 그래서 이런 처지가 됐을까? 고속도로 램프 밑에 서서 도움을 구걸하는 처지가?

우리 중 누구라도 단 한 번의 사건으로 저 여자와 똑같은 처지가 될 수 있겠지? 도미노처럼 모든 걸 쓰러뜨릴 단 한 번의 사건으로.

나는 주머니를 뒤져 5달러짜리 지폐를 꺼내 창문을 내렸다. 여자는 트럭 앞을 돌아 내 옆으로 다가와 한마디 말도 없이 지폐를 받아들고는 원래의 자리로 되돌아갔다.

켈리가 내게 말했다. "5달러로 뭘 사라고?"

"무슨 일인지 말해 봐." 피오나는 천창과 대리석 조리대, 서브제로의 가전제품들이 구비된 거대한 부엌 안에 서서 내게 말했다. 켈리와 마커스는 거실에서 얘기를 나누고 있었다.

나는 피오나에게 켈리의 방 창문이 총알로 박살이 난 사건을 설명해 주었다. "굳이 그 일 때문이 아니더라도, 대런 슬로컴이 찾아와 켈리를 괴롭히려는 바람에 애를 밀퍼드 밖으로 보낼 작정이었어요. 켈리를 데리고 재미있는 곳에 놀러 다녀 줘요. 제 부탁은 그게 다입니다."

"세상에, 그런 끔찍한 일이 있었다고? 대런인가 하는 사람은 왜 켈리를 못살게 굴어?"

그때 내 핸드폰이 울렸다. 지금은 전화를 받고 싶지 않았지만 상황이 상황인 만큼 누구의 전화인지 확인해야 했다.

"잠깐만요." 나는 핸드폰을 꺼내 발신자의 번호를 확인했다. 이름은 뜨지 않았지만 밀퍼드 시 소방서의 전화번호임을 알 수 있었다. 앨피의 전화인 듯했다. 나는 음성메시지로 연결되도록 전화를 받지 않았다.

"켈리가 엿들은 대화 때문이었어요. 앤의 전화 통화. 대런은 켈리가 기억하는 통화 내용을 토대로 그날 밤 앤이 누구와 통화를 했는지 알고 싶어 했어요."

"켈리가 들은 게 있었어?"

"아니요. 켈리가 들은 건 별로 없었어요. 하지만 대런은 지푸라기라도 잡고 싶은 심정이었겠죠. 필사적이었어요." 나는 잠시 말을 멈췄다. "그 마음은 이해해요. 나도 그랬으니까."

마커스와 켈리가 부엌으로 들어오자 나는 말을 멈췄다.

"마커스 씨랑 아이스크림 사러 갈 거야." 켈리가 기쁜 목소리로 말했다.

"먹고 올 거 아니야. 사서 가지고 올 거야. 초콜릿, 캐러멜, 마시멜로가 든 걸 사와야지."

"켈리는 우리가 잘 돌보겠네." 마커스가 말했다.

나는 현관을 나서기 전에 켈리를 꼭 껴안았다. 내가 좀처럼 놓아주질 않자 켈리는 꿈틀거리며 내 품에서 빠져나갔다.

트럭을 몰고 동쪽 코네티컷으로 향하는 길에 나는 음성메시지를 확인했다.

"이봐, 글렌. 밀퍼드 소방서의 앨피야. 아까 샐리 연락받았어. 그렇잖아도 마침 오늘 중으로 자네한테 연락할 생각이었어. 화재 현장에서 가져온 부품들의 분석 결과가 어제 오후에 나왔거든. 생각보다 시간이 오래 걸리더군. 어쨌건 자네 짐작이 맞아. 그 전기 부품들은 펜 손전등도 작동시키지 못할 만큼 형편없었어. 싸구려 불량품이야. 안됐지만, 자네, 굉장히 난처하게 됐어."

나는 앨피의 번호로 전화를 걸었다.

"비보를 전하게 돼서 유감이야." 앨피가 말했다.

"자세히 좀 말해 봐."

"차단기 패널에서 건진 부품들의 분석을 맡겼는데 완전히 쓰레기였어. 전류를 흘리면 곧바로 녹아 없어져 버릴 만큼 전선이 터무니없이 가늘더군. 뭐, 요즘 종종 있는 일이야. 밀퍼드에서는 드물기는 하지만 전국적으로는 비일비재하지. 일부 건축 자재들은 개집에도 쓰기 힘들어. 글렌, 알다시피 우리 쪽에서는 이 결과를 보험 회사에 보고해야 해."

"알아."

"규정에 어긋난 부품을 설치했다는 걸 알면 보험 회사는 자네한테 보험금을 지급하지 않을 거야. 아예 보험 가입을 해지할지도 모르지. 한 현장에 그런 걸 사용했으니 다른 현장에서도 사용했을 거라고 생각할걸?"

"나는 쓰레기 부품 따위 사용하지 않아, 앨피."

"자네가 진짜 그랬다는 얘기가 아니야, 글렌. 자네를 알고 지낸지 오래됐으니 그런 짓은 하지 않을 사람이라는 건 나도 잘 알아. 하지만 자네와 같이 작업하는 누군가가 그랬을 거야."

"맞아." 내가 말했다. "누구 짓인지 알고 있어. 그놈하고는 이미 거래를 끊었어."

"그 작자를 고용한 다른 사람들에게도 알려야 해." 앨피가 말했다. "그딴 쓰레기를 설치하게 두었다가는 조만간 사람 잡을 거야."

"그래. 조언 고마워, 앨피."

나는 핸드폰을 닫아 옆자리에 던져 놓았다.

테오 스테이모스를 찾고 싶었다. 당장 그 개자식을 찾아내어 죽여버리고 싶었다. 하지만 내 트럭은 지금 브리지포트로 접어들고 있었다. 테오를 만나기 전에 만날 사람이 있었다.

34

벨린다 모튼은 우편으로 돈을 부치겠다는 글렌 가버의 말을 믿을 수가 없었다. 6만 2천 달러가 든 돈봉투를 우편으로 보낸다고? 그런 거금을 우편배달부의 손에 맡길 만큼 글렌이 정신 나간 사람은 아니겠지만 벨린다를 향한 분노를 그렇게 표출할 가능성은 충분했다.

그렇다 해도 글렌을 탓할 수는 없었다.

글렌 가버의 전화가 오기 전, 벨린다는 맨해튼의 30대 부부에게 분양 아파트 매물을 보여주기 위해 막 나가려던 참이었다. 맨해튼에서의 삶에 싫증을 느낀 그 부부는 뉴헤이번에 새로운 일자리를 구했고, 해협이 내려다보이는 집을 근처에서 찾고 있었다. 벨린다는 부부에게 전화를 걸어 급한 일이 생겨 집에 돌아가야 한다고 말한 뒤 약속을 취소했다.

부동산 사무실을 나서려는데 모르는 남자가 나타났다.

민간 조사 업체인지 보안 업체인지에서 일하는 아서 트웨인이라는 남자였다. 그는 벨린다에게 앤 슬로컴과 가짜 핸드백에 관해 물었고, 핸드백 파티에 간 적이 있는지, 위조품을 판 돈이 범죄 조직의 유지에 악용된다는 사실을 아는지 물었다. 바깥 온도가 15도도 안 되는 날이었음에도 벨린다의 옷은 진땀으로 축축해졌다.

"죄송하지만," 벨린다는 벌써 열 번쯤 같은 말을 반복하고 있었다. "전혀 모르겠어요. 정말이에요."

"하지만 앤 슬로컴 씨의 친구시잖습니까?" 트웨인이 끈질기게 물었다.

"저 지금 나가야 되거든요? 죄송합니다."

벨린다는 자신의 자동차로 달려갔고, 전속력으로 주차장을 빠져나가다가 자전거를 탄 여자를 칠 뻔했다.

"진정해, 진정해, 진정해, 진정해." 벨린다는 끊임없이 스스로를 타일렀다. 나중에 대런에게 전화를 걸어 아서 트웨인이라는 남자가 찾아왔음을 알려야 한다. 또다시 찾아오면 뭐라고 대답해야 할지 물어봐야 한다.

벨린다는 돈을 우편으로 보내겠다는 글렌의 말이 손수 우편물 투입구에 넣어주겠다는 뜻이기를 간절히 바랐다. 집에 도착한 벨린다는 차 문도 닫지 않은 채 허둥지둥 차에서 내렸다. 집 열쇠가 자동차 열쇠와 같이 묶여 있지 않았다면 엔진도 끄지 않았을 것이다.

벨린다는 넘어질 뻔하면서 현관문으로 달려갔다. 세 번을 허둥댄 끝에 겨우 열쇠를 문구멍에 넣고 돌렸다. 그녀는 현관문을 열어젖히고 우편물이 놓인 지점을 내려다보았다.

아무것도 없었다.

"젠장, 젠장, 젠장." 벨린다는 세 발자국을 비틀거리며 집으로 들어갔고, 계단으로 쓰러지며 난간에 몸을 기대었다. 몸이 떨리고 있었다.

돈은 아직 도착하지 않았을 뿐이야. 없어진 게 아니라고. 그녀는 스스로를 다독였다. 글렌이 아직 가지고 있겠지. 나중에 가지고 오려나? 어쩌면 지금 오는 길인지도 몰라.

혹시 그 망할 놈이 정말로 돈을 우편으로 부칠 생각일까? 충분히 그럴 수 있다. 오랫동안 실라의 친구로 지내온 벨린다는 남편인 글렌에게 다소 독선적인 면이 있음을—.

그때 집 안에서 소리가 들렸다.

부엌에서 들려오는 소리였다.

벨린다는 제자리에 얼어붙으며 숨을 멈췄다.

누군가 싱크대에서 수도를 틀었다. 유리잔이 달그락거리는 소리가 들렸다.

이어서 누군가가 외쳤다. "여보? 당신이야?"

벨린다는 꽉 막힌 가슴이 뚫리는 기분이었지만 그것도 잠시였다. 조지가 이 시간에 왜 집에 있지?

"응." 벨린다는 숨을 헐떡였다. "나야."

조지가 모퉁이에서 나타나더니 계단에 쓰러져 있는 벨린다를 바라보았다. 그는 어제 장례식에 입고 갔던 정장을 입고 있었다. 셔츠는 달랐지만, 어제처럼 프렌치 커프스의 새하얀 띠가 그의 손과 옷소매 사이를 두르고 있었다.

"놀라서 죽을 뻔했잖아?" 벨린다는 남편을 나무랐다. "당신 여기서 뭐 해? 밖에 차도 안 보이던데?"

"사무실에 갔는데 몸이 안 좋더라고." 조지가 말했다. "어젯밤 당신이 만들어준 생선 때문에 탈이 난 것 같아. 그래서 일찍 돌아왔지. 오늘은 집에서 일할 거야. 사무실로 돌아가지 않을 거라서 차는 차고에 넣어뒀어." 조지는 뉴헤이번 외곽에서 경영 컨설팅 사무실을 운영하고 있었지만 재택근무도 얼마든지 가능한 일이었다. "당신은? 오늘 집 보여주러 나가지 않았어?"

"어, 그건…… 취소됐어."

"계단에서 뭐 해? 당신 울었어?"

"아니야. 괜찮아."

"진짜로 괜찮아?" 조지는 재킷 안에 손을 집어넣어 갈색 봉투를 꺼냈다. "혹시 이게 없어서 그런 게 아닌가?"

벨린다는 벌떡 일어섰다. 그녀는 단번에 그 봉투를 알아보았다. 봉투의 두께와 바깥에 적힌 자신의 손글씨. "그거 이리 내."

벨린다는 봉투를 빼앗으려고 손을 뻗었지만 조지는 봉투를 뒤로 휙 잡아빼고는 재킷 안에 집어넣었다.

"이리 달라니까!" 벨린다가 말했다.

조지는 F가 찍힌 성적표를 들고 온 아이를 보듯 애석하게 고개를 저었다.

"역시 이것 때문이었군."

"그래."

"세어 보니까 현금 6만 2천 달러가 들어있더군. 누가 우편물 투입구로 넣어놨던데? 당신 이것 때문에 집에 왔나?"

"일 관계로 받은 돈이야. 이스트 브로드웨이의 부동산 매물 계약금."

"여기 적힌 전화번호는 뭐지? 누가 영수증도 안 받고 계약금을 현금으로 지불해? 집에 와보니 글렌 가버의 트럭이 우리 집 쪽에서 나가고 있던데 그건 우연인가? 글렌이 이 부동산 계약금을 넣고 간 거야? 내가 직접 글렌에게 물어볼까?"

"내 문제에 그만 좀 간섭해. 그렇잖아도 당신 때문에 법률 사무소에 쓸데없는 말을 해버렸어. 지금 그것 때문에 글렌이 얼마나 곤란한지 알아? 내 진술 때문에 그 사람이 어떻게 될지 당신이 아냐고? 글렌은 이제 끝장이야. 파산이란 말이야."

조지는 동요하지 않았다. "우리는 모두 책임 있게 행동해야 해, 벨린다. 정해진 기준을 지켜가며 살아가야지. 만약 글렌이 실라의 알코올 중독을 인지하지 못했다면, 인지해야 할 책임을 저버렸다면 당연히 그 대가를 치러야지. 현금이 가득 든 봉투를 우편물 투입구에 집어넣는 것도 기준에 맞지 않는 짓이야. 이렇게 많은 현금을 집에 두는 게 얼마나 위험한지 알아?"

인지하지 못했다면? 벨린다는 남편을 죽여버리고 싶었다. 그녀는 오랫동안 견뎌 왔다. 13년 동안 성인인 양 내뱉는 남편의 헛소리를 견뎌 왔다. 이 멍청이는 자기가 무슨 소리를 지껄이는지 알지 못한다. 아내가 지금 어떤 곤경에 빠졌는지 짐작도 못 한다. 저 돈이, 현금이 든 저 봉투가 아내를 수렁에서 구해줄 유일한 티켓이라는 사실을 모른다.

"이 돈 말인데," 조지가 말을 이었다. "당신을 위해 내가 안전한 곳에 보관해 둘 거야. 용도가 뭔지를 밝히고 책임감 있게 사용할 거라는 믿음을 내게 준다면 그때 기꺼이 돌려주도록 하지."

"조지, 안 돼. 그러지 마!"

하지만 조지는 이미 몸을 돌려 1층 서재를 향해 걸어가고 있었다. 벨린다가 쫓아갔을 때 그는 서재를 가로질러 경첩이 달린 초상화를 열고 있었다. 조지와 똑같이 성인 행세를 하며 남을 평가하기 좋아하던 꼬장꼬장한 그의 아버지(다행히도 돌아가셨다)가 그려진 초상화 뒤로 벽 금고가 드러났다.

"나 그 돈이 필요해." 벨린다가 애원했다.

"그럼 설명을 해. 이 돈이 어디서 났고 어디에 쓰이는지." 조지가 다이얼을 돌리자 금고가 순식간에 열렸다. 그는 봉투를 안에 집어넣고 문을 닫은 뒤 다시 다이얼을 휙 돌렸다. "앤이 팔고 다니던 불법 여성용 액세서리들하고는 제발 관계없었으면 좋겠군. 그놈의 역겨운 파티."

벨린다는 이글거리는 눈으로 남편을 쏘아봤다.

"상표권과 저작권 준수에 관해 내가 어떻게 생각하는지 잘 알지? 정품이 아닌 가짜 핸드백을 판매하는 건 옳지 못해. 애초에 여자들은 왜 펜디가 아니라 펜디 행세를 하는 가방에 사족을 못 쓰는지 이해를 못 하겠더군. 생각해 봐. 남은 속여도 자신은 속일 수 없잖아? 가짜라는 걸 알면서 그따위를 들고 다니는 게 그렇게 즐겁나?"

벨린다는 대머리를 가리기 위해 빗어올린 남편의 머리카락을 바라보았다.

"예를 들어, 페라리처럼 꾸민 포드라면 아무리 헐값이라도 나는 싫다고."

당신이 페라리를 탄다고? 차라리 당나귀가 비행기를 도는 게 그럴듯하겠다.

"당신 요즘 왜 그래?" 벨린다가 물었다. "원래 독선적이고 거만하고 재수 없는 사람인 건 알지만 며칠 전부터 좀 이상해. 감기 하나 안 걸렸으면서 몸이 안 좋다며 소파에서 자질 않나, 내가 같이 샤워하려고 들어가면 소스라치게 놀라질 않ㅡ."

"당신만 스트레스를 받는 게 아니거든."

"덕분에 내 스트레스가 더 커졌어. 그 돈 어서 내놔."

"그건 당신한테 달렸지. 자, 무슨 일인지 털어놔." 조지가 말했다.

"지금 자기가 무슨 짓을 하는지 알기나 해?"

“그럼, 알고말고. 책임감 있는 행동을 하고 있지.”

벨린다는 생각했다. 당신 소머를 만난 다음에도 그따위로 말할 수 있을까?

35

나는 브리지포트 경영 전문대에 도착하여 방문객 주차장에 트럭을 세웠다. 이곳은 대학교처럼 보이지 않았다. 산업용 건물처럼 길쭉하고 밋밋한 학교 건물에는 학문적인 매력이라곤 조금도 느껴지지 않았다. 하지만 강의들의 평판은 좋아서 실라는 이곳에서 야간 수업을 듣기로 결정했다.

나는 앨런 버터필드가 정규 교직원인지 야간 수업만 담당하는 시간 강사인지 알지 못했다. 정문으로 들어간 나는 우중충한 홀의 안내소에 앉아 있는 남자에게로 다가갔다.

"강사님 한 분을 찾아왔습니다. 성함은 앨런 버터필드예요."

남자는 뭘 찾아보는 시늉도 없이 손가락으로 한 곳을 가리켰다. "저 복도 끝으로 가서서 오른쪽으로 돌아가세요. 왼쪽에 사무실이 있어요. 표지판에 이름이 적혀 있습니다."

잠시 후 나는 앨런 버터필드의 사무실에 도착하여 문을 두드렸다.

"들어오세요." 안쪽에서 먹먹한 목소리가 들려왔다.

손잡이를 돌려 문을 열자 좁고 어지러운 사무 공간이 나타났다. 사무실은 책상 하나와 의자 두 개가 들어갈 정도의 크기였고 주변에는 문서와 책들이 어수선하게 쌓여 있었다.

버터필드는 혼자가 아니었다. 20대 초반으로 보이는 붉은 머리카락의 여자가 책상을 사이에 두고 버터필드의 맞은편에 앉아 있었다. 그녀의 무릎에는 노트북 컴퓨터가 균형을 잡으며 펼쳐져 있었다.

"실례합니다." 내가 말했다.

“아, 안녕하세요?” 버터필드가 말했다. “글렌, 글렌 가버 씨.” 그는 실라가 죽고 나서 그녀의 행적을 좇느라 여기까지 찾아왔던 나를 기억하고 있었다.

“할 얘기가 있습니다.” 내가 말했다.

“네, 여기 이분과 용무가 거의 끝나가는 중—.”

“지금 당장요.”

여자는 노트북 컴퓨터를 닫으며 말했다. “괜찮아요. 나중에 올게요, 버터필드 선생님.”

“미안해요, 제니.” 버터필드가 여자에게 말했다. “내일 잠깐 들를래요?”

여자는 고개를 끄덕이며 의자에 걸친 재킷을 챙기더니 나를 스쳐 문밖으로 나갔다. 나는 버터필드의 허락을 구하지 않고 그녀가 앉았던 의자에 앉았다.

“자, 글렌⋯⋯.” 버터필드가 말했다. 처음 만났을 때와 다름없이 그는 40대 초반에 165센티미터 정도 되는 땅딸막한 체구를 지닌 남자였다. 머리는 대머리에 가까웠고 코끝에 독서용 안경을 걸치고 있었다. “지난번 뵀을 때 그⋯⋯ 실라의 행방을 알아보고 계셨는데⋯⋯ 굉장히 고민이 많으셨습니다만, 혹시 그 사이 밝혀진 게 있습니까? 결론이 났어요?”

“결론이라⋯⋯.” 나는 그의 말을 되뇌었다. 내 입안에서 그 단어는 상한 우유의 맛을 냈다. “아니요. 결론은 안 났습니다.”

“유감이군요.”

이제 와서 돌려 말할 필요는 없었다. “아내의 핸드폰을 확인해 봤더니 사고 당일까지 당신이 여러 차례 전화를 걸었던데 어떻게 된 거죠?”

버터필드는 입을 벌렸지만 1초, 아니 2초 정도 아무 말도 하지 못했다. 그는 할 말을 생각하려고 애썼지만 기습 질문에 대한 대답이라곤 겨우 “미안합니다만, 제가 뭘 했다고요?” 뿐이었다.

“당신이 내 아내에게 여러 번 전화를 걸었다고 말했습니다. 부재중 전화. 내가 보기에 아내는 일부러 당신 전화를 받지 않은 것 같더군요.”

"죄송하지만 무슨 말씀이신지 모르겠군요. 뭐, 물론 수업이나 숙제와 관련해서 물어볼 게 있어 실라에게 가끔 전화한 적은 있었겠지만—."

"거짓말은 집어치워요, 앨런."

"이봐요, 글렌, 저는 정말—."

"지난 한 달간 아주 많이 힘들었지만 오늘은 특히나 괴로운 하루입니다. 나 지금 장난하는 게 아니에요. 거짓말 따위는 듣고 싶지 않아요. 자, 아내에게 무슨 일로 전화를 했습니까?"

버터필드는 빠져나갈 방법이 없는지 궁리하는 듯 보였다. 사무실은 물건들로 꽉 차 있었으므로 책상을 돌아 나와 문으로 달려가 봤자 뭔가에 걸려 허둥댈 테고 그 사이 나는 충분히 그의 도주를 막을 수 있었다.

"전부 제 탓입니다." 버터필드가 조금 떨리는 목소리로 말했다.

"뭐가 당신 탓이라는 거죠?"

"제가…… 제가 처신을 잘못했어요. 실라는, 실라 가버 씨는 정말 상냥한 사람이었어요. 천성적으로 상냥한 사람."

"그래요. 그건 나도 알아요."

"실라는 정말…… 아주 특별했어요. 사려가 깊었어요. 제가 얘기를…… 얘기를 나눌 수 있는 그런 사람이었습니다."

나는 아무 대꾸도 하지 않았다.

"지금까지 제 곁에는 아무도 없었어요. 전 결혼한 적이 없어요. 20대에 약혼을 하긴 했지만 잘되지 않았죠." 그는 서글프게 고개를 끄덕였다. "뭐랄까 저는…… 실라는 저보고 너무 애쓰지 말라고 말했었는데……. 어쨌건 저는 파크 애비뉴의 낡지만 괜찮은 주택 2층에 방을 빌렸고 지금 일자리를 얻었어요. 일도, 사람도 마음에 들었죠. 여기 사람들은 다들 좋아요. 하지만 친구가 별로 없었어요."

"앨런, 내 질문에 대답—."

"그래요, 알겠어요. 말하자면 친절함에 익숙하지 않은 저를 댁의 부인은 정말 친절하게 대해줬습니다."

"친절? 어떻게요?"

"하루는 수업 시간에 이모가 돌아가셔서 정신이 없다는 말을 한 적이 있어요. 열 살 때 어머니가 돌아가신 뒤 이모와 이모부 밑에서 함께 살았기 때문에 제게 이모는 어머니 같은 존재였습니다. 며칠 동안 이모부와 함께 지내러갈 생각이어서 그날 수업은 일찍 끝내겠다고 말했어요. 평소에도 자신을 잘돌보지 못하는 이모부가 밥이나 챙겨 먹고 있는지 걱정이 됐죠. 그런데 쉬는시간에 실라가 〈숍라이트〉에 다녀온 모양이었어요. 제게 조용히 커피 케이크와 바나나와 차가 담긴 봉지를 건네주면서 말하더군요. '여기요. 내일 아침까지 이모부와 함께 나눠 드세요.' 라고 말이에요. 게다가 뭐라고 말했는지아세요? 가게에서 파는 케이크라서 미안하다고 사과를 하지 뭐예요. 수업 전에 미리 알았다면 직접 만들었을 거라면서요. 저는 그 자상함에 너무도 감동했습니다. 이 얘기 들은 적 없어요?"

"못 들었습니다." 하지만 실라라면 그러고도 남을 것이다.

"이런 말씀 드리기 굉장히 어렵지만……." 버터필드가 말했다. "이상하게들릴지도 모르겠지만 실라가 세상을 떠나서 저도 굉장히 괴로웠습니다."

"전화는 왜 걸었어요?"

버터필드는 얼굴을 찌푸리며 자신의 어수선한 책상을 내려다봤다. "제가어리석었어요."

나는 그의 느릿느릿한 속도를 견디기로 했다.

"전에 말씀드렸지만 실라와 함께 술을 마신 적이 한번 있어요. 그게 다입니다. 정말이에요. 저는 같이 얘기할 사람이 생겨서 무척 즐거웠습니다. 젊었을 때 여행 작가가 되는 게 꿈이었다고 그날 실라에게 말했어요. 세계를돌아다니며 그 경험을 기록하고 싶었다고요. 실라는 원하는 걸 하라고 제게말하더군요. 하지만 전 이제 마흔넷이에요. 게다가 이 학교에서 가르치는 일을 하고 있으니 여행 작가 같은 건 할 수 없다고 대답했죠. 그랬더니 실라는 휴가를 얻어서 원하는 곳으로 가보라고, 가서 이야기를 써보라고 했어요. 그리고 잡지사나 신문사가 제 이야기에 관심을 가질지 시도해 보라더군요. 일을 그만둘 필요는 없다고, 짬이 날 때 도전해 보고 결과를 보면 된다고 북돋워 줬어요." 버터필드는 기쁜 듯 고개를 끄덕였지만 표정은 금방이라도 울 것 같았다. "다음 주에 저는 스페인으로 갈 거예요. 실라가 말한 대로 해볼 생각이에요."

"잘됐군요." 나는 여전히 내 질문에 대한 대답을 기다리고 있었다.

"항공권을 예약한 저는 실라에게 고맙다는 말을 하고 싶었어요. 그래서 저녁 식사에 초대했죠. 수업 시간보다 조금 일찍 와서 함께 식사를 하자고 청했어요. 감사의 뜻으로."

"아내는 뭐라고 하던가요?"

"실라는 '앨런, 그건 안 돼요.' 라고 대답했어요. 그제서야 저는 제가 데이트 신청을 했다는 걸 깨달았습니다. 유부녀에게 데이트를 신청한 거예요. 내가 무슨 생각으로 그런 짓을……. 제 행동이 너무도 부끄럽고 미안했어요. 저는…… 그냥 실라와 얘기하는 게 즐거웠던 것뿐인데……. 실라는 상대방에게 기운을 주는 사람이었어요. 저로 하여금 자신감을 갖도록 만들어주었는데, 제가 멍청한 짓을 저지른 겁니다."

버터필드는 아직 실라에게 전화를 건 이유를 말하지 않았지만 이제 곧 얘기를 꺼낼 참인 듯했다.

"한 번의 사과로는 부족하다고 느꼈어요. 그래서 두 번 전화를 걸어서 사과를 했습니다. 그러다 문득 실라가 수업을 그만둘지도 모른다는 불안감에 또다시 전화를 걸었어요. 하지만 받지 않더군요." 버터필드는 폐허 같은 표정을 지었다. "실라가 단 한 번만 더 전화를 받아준다면 마지막으로 사과를 하고 싶었어요. 하지만 받지 않았어요. 제게 다가와준 사람을 제가 밀쳐내 버린 셈이죠." 그는 한숨을 쉬었다. "늘 그런 식이었어요."

"그날 실라는 수업에 참석할 생각이었을까요? 수업에 빠진다는 말을 한 적은 없었습니다만."

"저도 그게 걱정이었습니다." 버터필드가 말했다. "실라는 수업을 마음에 들어 했고 어서 남편을 도울 수 있기를 고대했어요. 그러고 보니 일주일 전인가, 실라가 돈을 벌 계획에 관해 말한 적이 있어요."

"무슨 계획이었어요?"

"집에서 장사를 한다고 했어요. 물건을 팔기 위해 웹사이트 같은 걸 만들 생각이라며……."

"무슨 물건을?"

"일반 처방 의약품이었어요. 저는…… 저는 별로 좋은 생각 같지 않다고 말렸어요. 그런 약들은 품질을 보장하기도 힘들고 제대로 된 효과가 없다면 법적 처벌까지 받을 수 있다고 말입니다. 실라는 거기까지는 생각 못 했다며 고민해 보겠다고 하더군요. 아직 판매한 게 거의 없으니 위험하다고 판단되면 더 이상 팔지 않겠다고요."

나는 자리에서 일어나 버터필드에게 손을 내밀었다. "스페인에서 흥미로운 얘깃거리를 많이 찾으시기 바랍니다."

밀퍼드 시로 빠져나가는 출구가 가까워질 무렵 나는 회사 사무실에 전화를 걸었다.

"가버 종합건설입니다." 샐리 딜이 전화를 받았다. "어떻게 도와드릴까요?"

"나야. 발신자 번호 못 봤어?"

"방금 글레이즈 도넛을 집어 먹었거든요." 샐리가 쾌활하게 대답했다.

"손가락에 묻은 설탕을 빨아 먹기 바빠서 확인을 못 했네요."

나는 테오에 대한 살의를 들키지 않고 샐리로부터 그의 행방을 알아낼 방법이 없을까 머리를 굴렸다.

"앨피한테 연락받았어요?" 샐리가 물었다.

"아직." 나는 거짓말을 했다. "그 전에 테오에게 물어볼 게 좀 있는데, 어디 있는지 알아?"

"테오를 왜 만나요?" 방어적인 말투로 샐리가 말했다.

"물어볼 게 좀 있어서 그래. 별거 아니야."

샐리는 머뭇거렸다. "워드 가 현장에서 배선 작업을 하고 있어요. 항구 바로 옆에 있는, 사장님 댁에서 모퉁이를 돌면 바로 나오는 집이에요. 대규모 리노베이션을 하고 있어요."

"주소는?"

샐리는 주소를 알지 못했지만 보면 한눈에 알 수 있을 거라고 말했다. 주택 전체의 리모델링이라면 앞에 대형 쓰레기통이 보일 것이다. 게다가 측면에 테오의 이름이 새겨지고 뒤범퍼에 플라스틱 고환이 덜렁거리는 트럭은 못 보고 놓치기가 어렵다.

"다른 용건은 없어요?" 샐리가 물었다.

"없어. 당장은."

"저기, 실은 저도 사장님한테 전화할 참이었는데. 덕이 퇴근했어요."

"뭐야? 왜? 아프대?"

"그런 것 같지는 않아요. 덕이 직접 연락한 건 아니고 KF가 연락했어요. 부인한테서 전화를 받더니 갑자기 쏜살같이 달려나갔대요."

"무슨 일인지는 몰라?"

"덕의 핸드폰으로 전화를 걸어봤는데, 한 3초쯤 얘기했나? '내 집이 거덜나고 있어!' 라고 말하던데요? 그게 다예요."

"이런, 젠장. 알았어. 가서 무슨 일인지 좀 봐야겠군."

"저한테도 알려줘요."

"그래."

나는 95번 고속도로를 달려 왼편의 코네티컷 우체국 쇼핑몰을 지나친 뒤 우드몬트 로드로 들어갔다. 5분 뒤 나는 덕과 벳시 핀더의 집 앞에 차를 세웠다.

앞마당은 아수라장이었다.

마치 핀더 부부가 이사를 가려고 급하게 물건들을 앞마당에 꺼내놨다가 별안간 이사를 취소한 것처럼 보였다.

서랍들이 튀어나온 화장대, 반쯤 열린 여행 가방과 여기저기 흩어진 옷가지, 잔디밭에 널린 냄비와 프라이팬, 보도 위의 러버메이드 식기 홀더. 부엌 의자 세 개와, 텔레비전, DVD 플레이어, 흩어진 DVD 케이스. 좌우로 램프가 놓인 작은 테이블. 꼭 10분 후에 집이 폭발할 예정이라 그 전에 건질 수 있는 물건들을 최대한 꺼내놓은 듯한 광경이었다.

하지만 집은 폭발하지 않았고 멀쩡했다. 다만 현관문에 전에 없던 자물쇠와 함께 관공서의 통지서 같은 것이 스테이플러로 붙어 있을 뿐이었다.

토네이도가 휩쓸고 간 뒤의 폐허에서 소중한 물건들을 찾아다니는 사람들처럼 덕과 벳시는 난장판 속을 헤매고 있었다. 벳시는 물건을 찾고 있기보다는 울고 있었고, 창백하고 탈진한 얼굴의 덕은 심한 충격을 받아 말문이 막힌 듯 그저 멍하니 서 있었다.

나는 트럭에서 내려 덕의 낡은 트럭과 벳시의 인피니티를 지나쳐 진입로로 들어갔다. 어느 관공서에서 나와 이 지경을 만들었는지 몰라도 그들은 현장을 떠난 지 오래였다.

"저기……." 내가 말했다. 벳시는 부엌에서 쓰던 금속제 의자와 비닐이 씌워진 의자들 옆에 서서 눈물이 그렁그렁한 눈으로 날 바라보다가 고개를 돌렸다.

덕은 나를 슬쩍 올려다보며 말했다. "어이, 글렌. 미안해, 갑자기 현장을 빠져나와서."

"이게 무슨 일이야, 덕?"

"쫓겨났어." 덕은 떨리는 목소리로 말했다. "그 개새끼들이 우리 집에서 우리를 쫓아냈어."

"당신이 가만 놔뒀잖아?" 벳시가 쏘아붙였다. "그 망할 놈들을 넋 놓고 보기만 했잖아!"

"그럼 나보고 뭘 어쩌라고?" 덕이 소리를 질렀다. "총질이라도 할 걸 그랬냐? 어? 그랬으면 좋겠어?"

나는 덕의 팔에 손을 올렸다. "무슨 일인지 좀 말해 봐."

덕은 내게로 화살을 돌렸다. "집어치워. 도와달라고 할 때는 신경도 안 쓰더니."

"네 문제가 뭔지는 몰라도," 나는 언성을 높이지 않으려고 침착하게 애썼다. "1, 2주 치 주급을 가불해 봤자 해결할 수 있는 건 아니잖아? 그건 너도 알고 나도 알아. 자, 무슨 일이야?"

"놈들이 담보권을 행사했어. 우리 집에 쳐들어와서 우릴 쫓아냈어." 덕이 말했다.

"하루아침에 담보권을 행사할 리가 없어. 주택담보 대출 상환금을 3개월쯤은 밀려야 될 텐데? 그다음에 공문을 보낼 테고 그러고 나서 현관문에—."

"내가 그것도 모를 줄 알아? 내가 왜 너한테 도와달라고 했겠어?" 덕은 고개를 저었다. "그냥 국세청에 찔러버릴걸."

"네가 뜯지 않고 팽개쳐둔 봉투와 청구서들," 나는 덕의 마지막 말을 못 들은 척했다. "그 안에 경고장이 들어 있었을 거야."

"그래서? 그래서 나보고 뭘 어쩌라고?" 덕은 밖에 널린 물건들을 향해 팔을 휘저으며 말했다. "우리더러 도대체 어쩌라는 거냐고?"

"아이고, 그거 잘됐네요. 이제라도 어째야 하나 생각하시다니." 벳시가 덕을 몰아붙였다. "조금만 더 일찍 생각하셨으면 좋았을 텐데요, 아인슈타인 박사님."

덕은 벳시를 쏘아봤다. "그래, 너는 잘못한 게 하나도 없지. 너는 상관없는 일이야. 애초에 집에 붙어있지 않았으니까. 넌 하루 종일 백화점에 있었어."

벳시의 눈이 분노로 이글거렸다. 그녀는 남편에게 삿대질을 하며 허공을 손가락으로 찔러댔다. "네가 남편 구실이나 제대로 했어? 네가 우리 집 가장이야? 아이고, 웃기고 자빠졌네. 책임지려는 시늉이라도 했어?"

"너는 나한테 어땠는지 알아?" 덕은 침을 뱉었다. "넌 내 돈만 빨아먹은 게 아니야. 너는 말이야, 내 목숨을 빨아먹었어. 이제 나한테는 아무것도 안 남았어, 아무것도! 네가 다 가져갔어. 넌 나한테 있는 걸 탈탈 털어갔어!"

"아, 그러셔? 그래서 지금 나한테 똥 쓰레기밖에 없는 거구나? 너한테 있던 거라곤 그게 전부―."

덕이 벳시를 덮칠 기세로 다가갔다. 그는 그녀의 목을 향해 양손을 뻗었다. 벳시는 도망칠 생각도 못 하고 제자리에 얼어붙은 채 성큼성큼 다가오는 덕을 휘둥그레진 눈으로 쳐다보기만 했다. 두 사람의 거리가 3미터쯤 된 덕분에 나는 덕이 벳시를 덮치기 전에 그를 붙들 수 있었다.

"덕!" 나는 뒤에서 그를 붙들고 그의 귀에 소리를 질렀다. "덕!"

덕은 내게서 빠져나가려고 몸부림을 쳤다. 건축 현장에서 일하는 사내답게 그는 단단하고 힘이 셌다. 하지만 내 힘도 그에 못지않았다. 나는 그의 몸을 양팔로 감싸 안은 채 깍지를 껴서 팔을 움쩍달싹 못하게 붙잡았다. 덕은 잠시 몸을 비틀며 저항하다 이내 얌전해졌다.

덕이 제정신이 들자 벳시는 또다시 허공을 손가락으로 찌르며 악담을 퍼부었다. "이게 내가 원한 건 줄 알아? 우리 집 잔디밭에 서서 집에도 못 들어가서 즐거운 줄 아냐고? 너는―."

"벳시!" 나는 소리를 질렀다. "좀 닥쳐요!"

"이봐요, 당신이 뭔데 나한테―."

"둘 다 잠깐 입 좀 다물어!" 내가 소리쳤다.

벳시가 손가락을 내리자 나는 덕을 붙잡은 손을 풀었다. "이봐, 나도 알아. 서로 죽이고들 싶겠지. 정말 그러고 싶으면, 알았어, 내버려둘게. 나도 할 일 많은 사람이야. 하지만 그래 봤자 문제는 풀리지 않아. 상황을 벗어날 방법을 궁리해야지."

"너야 쉽게 말할 수 있겠지." 덕이 말했다.

이제 지긋지긋했다. "내 말 들어, 이 바보 새끼야. 넌 이런 날이 오리라는 걸 알고 있었어. 왜 널 구해주지 않았냐면서 벳시나, 나나, 샐리를 탓해봤자 소용없어. 벳시와 너, 두 사람이 이 난장판에 책임이 있는 거야." 나는 벳시를 돌아봤다. "당신도 마찬가지예요. 이 난리를 수습하고 예전으로 돌아가려고 노력하든지, 아니면 여기 서서 서로 욕지거리나 하시든지 알아서 선택해요."

벳시의 눈에 눈물이 고였다. "덕은 청구서 봉투를 열려고 하지도 않았어요. 서랍에 쑤셔 넣었다고요."

덕이 반박했다. "열어봤자 무슨 소용이야? 갚지도 못하는데." 그는 나를 향해 말했다. "놈들이 우리를 뜯어먹었어. 은행 놈들이 우리한테 엉터리 상품을 팔아먹었어. 계약금도 필요 없다며 이 집을 사게 꾀어 놓고 계약 갱신할 때가 되니까 이제 와서, 이봐요, 이렇게 될지도 모른다고 처음부터 말했잖아요? 라니. 하지만 글렌, 그 개새끼들은 그런 말은 한마디도 안 했어. 씨발할 은행 놈들. 놈들은 정부의 구제 조치를 받아 보너스까지 두둑이 챙기겠지. 우리 같은 사람들만 엿 먹었어!"

"덕……." 나는 길게 말할 기력이 없었다.

덕은 DVD를 한 움큼 집어들더니 원반을 던지듯 마당 저편으로 내던졌다. 그리고 부엌 의자를 집어들어 화장대에 연거푸 내리쳤다. 벳시와 나는 덕을 말리지 않고 내버려두었다. 분풀이가 끝나자 덕은 의자를 내려놓고 앉아 고개를 떨궜다.

나는 벳시에게 물었다. "어디서 머물 생각이에요?"

"더비에 있는 엄마 집에 갈 거예요."

"두 명 쓸 방이 있어요?" 내가 물었다.

"네. 하지만 엄마 잔소리를 견뎌야 돼요."

"살 곳이 마련된다면 잠자코 받아들여요." 내가 말했다.

"그래야죠."

"덕." 내가 불렀지만 그는 반응하지 않았다. "덕." 그가 천천히 고개를 들어 올렸다. "내가 도와줄 테니까 물건들을 트럭에 싣자. 회사 창고에 보관하면 돼." 체리 가의 〈가버 종합건설〉 뒤편에는 장비를 보관하는 창고 건물이 있었다. "두 번쯤 싣고 오가야 할 거야."

덕은 천천히 일어나 "프레데터"라고 적힌 DVD 하나를 집어들더니 사형 선고를 받은 사람처럼 그의 트럭으로 걸어갔다. 그는 트럭 짐칸을 열고 DVD를 집어 던졌다.

이 속도라면 물건을 전부 싣는 데 꽤나 시간이 걸릴 것이다.

나는 튀어나온 옷가지를 여행 가방에 쑤셔 넣고 겨우 가방을 잠갔다. "이건 당신 어머니 집으로 가지고 갈 거죠?" 벳시는 고개를 끄덕였다. "그럼 당신 차에 집어넣어요."

벳시도 천천히 몸을 움직여 가방을 집어들고는 인피니티의 뒷좌석에 던져 넣었다. 우리 셋은 함께 앞마당에 널린 물건들을 트럭과 자동차에 나누어 실었고, 그 30분 동안 그들 부부는 아무 말도 없었다. 화장대와 작은 테이블은 어디에도 들어가지 않아서 나중에 처리하기로 했다.

"바로 사무실로 가?" 덕이 내게 물었다.

"아니. 들를 데가 있어."

36

워드 가의 현장을 찾는 일은 식은 죽 먹기였다. 밀퍼드의 그 동네에는 마서스 비니어드(Martha's Vineyard)나 케이프 코드에서나 볼 법한 건축 요소를 지닌 낡고 예스러운 해안 주택들이 즐비했다. 실라와 나는 이 동네와 몇 블록이라도 가까운 곳으로 이사하자고 의논했지만 미국 반대편으로 가든 거리 건너편으로 가든 옮겨야 할 짐의 양이 많기는 마찬가지여서 미적거리고 있었다.

이제는 벌써 오래전 일이 되었다.

워드 가의 현장은 나무 지붕널이 깔린 녹색 2층 건물이었고 세공이 요란했다. 내 예상대로 진입로에는 대형 쓰레기통이 보였다. 집의 앞과 옆으로 픽업트럭 세 대가 주차되어 있었다. 한 대에는 배관 회사의 로고가, 다른 한 대에는 건설 회사의 이름이, 마지막 한 대에는 "테오 전기"가 새겨져 있었다. 테오의 트럭에서 몇 미터 뒤에는 일꾼 한 명이 모탕(나무를 자를 때 괴는 나무받침대) 두 개로 만든 임시 테이블 위에서 회전 톱으로 각목을 짧게 자르고 있었다.

"안녕하세요. 잘돼 가세요?" 내가 말을 건넸다.

일꾼은 고개를 끄덕이더니 내 트럭에 새겨진 로고를 보며 말했다. "도와드릴 거라도 있어요?"

"전 글렌 가버라고 합니다. 현장 책임자세요?"

"아뇨. 전 피트고, 댁이 찾는 사람은 행크예요. 행크 시몬스. 집 안에 있어요."

나는 행크를 알고 있었다. 한 동네에서 오래 일하다 보면 동종 업계 종사

자들을 자연스럽게 알게 되기 마련이다.

"테오는요? 근처에 있어요?"

"트럭이 있는 걸 보니 멀리 가진 않았겠네요."

"고마워요." 나는 피트에게 한 걸음 다가가 그의 회전 톱을 칭찬했다. "훌륭하군요. 마끼다 제품이에요?"

"네."

"좀 봐도 됩니까?"

피트는 톱을 움켜잡고 내게 건넸다. 나는 톱을 받아들고 무게를 가늠한 뒤 살짝 스위치를 당겨 보았다. 톱이 순간적으로 윙 하는 소리를 냈다. "아주 좋군요." 나는 연장 코드를 잡아당겨 길게 빼내고 테오의 트럭 뒤로 걸어갔다.

"이봐요, 뭐하는 거예요?"

나는 뒤범퍼에 덜렁거리는 살구색 자루 모양의 장식물 앞에 쭈그리고 앉아 안정적인 자세를 잡았다. 정교한 작업을 할 때는 사고가 나지 않도록 주의를 기울여야 한다.

"이것 봐요, 거기서 뭐 해요?"

나는 톱날의 덮개를 잡아 뺀 뒤 톱을 한 손에 쥐고 집게손가락으로 스위치를 눌렀다. 톱이 웅웅거리는 소리와 함께 작동하기 시작했다. 나는 팔을 지지하기 위해 팔꿈치를 무릎에 올린 채 조심스럽게 범퍼 장식물의 윗부분을 썰어냈다. 곧 트럭 불알이 진입로 위로 툭 떨어졌고 나는 스위치에서 손가락을 뗐다.

나는 날의 덮개를 제자리에 위치시키고 톱이 작동이 멈출 때까지 기다린 뒤 피트에게 돌려주었다.

"장비가 아주 좋아요." 내가 말했다. "잘 썼습니다."

"당신 정신 나갔어요?" 피트가 소리를 질렀다. "미쳤어?"

나는 골프공을 집듯 허리를 굽혀 트럭 불알을 집어들고 손안에서 툭툭 위로 던져댔다. "테오는 저 안에 있을까요?"

피트는 어이가 없다는 표정으로 끄덕였다.

"알겠어요. 이걸 가져다줘야겠네요." 집으로 걸어가는 나를 보며 피트는 작업을 계속 해야 할지 아니면 쫓아 들어가 앞으로 일어날 일을 지켜볼지 우물쭈물하고 있었다.

결국, 그는 그냥 밖에 있기로 결심했지만 다시 톱을 켜지는 않았다.

열린 현관문으로 들어가 보니 작업장의 소음들이 집 안에 울려 퍼지고 있었다. 망치로 두드리는 소리, 네일 건에서 압축 공기가 발사되는 소리, 서로의 작업에 참견하는 소리, 가구가 없는 빈 공간의 반향.

현관 복도에 서 있던 60대 남자가 나를 위아래로 훑어보며 말했다. "어라? 이것 봐라? 글렌 가버잖아? 잘 지냈냐, 이 녀석아?"

"그럭저럭요, 행크." 나는 말했다. "아직도 문을 세게 닫으면 무너져 버릴 집이나 짓고 계세요?"

"그렇지, 뭐." 행크가 말했다. 그는 내 손에 들린 트럭 불알을 쳐다보았다.

"그게 왜 바지 속이 아니라 손에 들려 있나? 뭐, 취미가 그렇다면 어쩔 수 없지만."

"테오는 어디 있어요?"

"2층에 있어. 내가 도와줄 게 있나?"

"아니요. 오히려 제가 도와드릴 게 있을 걸요? 있다가 나갈 때 잠깐 뵙죠."

나는 카펫을 보호하기 위해 깔린 투명 비닐을 밟고 계단을 올라갔다. 2층에 다다른 나는 테오의 이름을 외쳤다.

"여기예요!" 테오가 소리쳤다.

테오는 텅 빈 큰 침실에 무릎을 꿇고 앉아 새로운 콘센트에 쓸 전선의 피복을 벗기는 중이었다. 나는 침실 문가에 섰다.

"안녕하세요, 글렌." 테오가 말했다. "여긴 웬일이에요?"

나는 트럭에서 잘라낸 고무 불알을 그의 앞으로 툭 던지며 말했다. "그거 네 거지?"

테오는 트럭 불알을 내려다보더니 분노로 얼굴이 벌겋게 달아올랐다. "씨발, 뭐야?"

"너였어, 이 개새끼야." 내가 말했다.

"뭐?" 테오는 바닥에서 일어섰다. "나였다니?"

"소방서에서 연락이 왔어."

"그래? 그런데?" 테오는 차에 치인 애견을 바라보듯 바닥에 떨어진 고무 고환을 내려다보았다.

"네놈이 그 집을 불태운 거야. 네놈이 차단기 패널에 쓰레기를 설치하는 바람에!"

"뭔 소리인지 당최 못 알아듣겠군." 테오가 말했다.

"내가 모를 줄 알아? 국산 정품을 사용한다고 견적을 매겨놓고 중국인지 어딘지에서 만들어진 쓰레기 복제품을 헐값에 사 와서 그 차액으로 몇 푼 더 벌려는 속셈이었지? 하지만 네놈의 규정을 어긴 쓰레기 부품은 부하를 못 견뎠어. 차단기가 작동하지 않아서 집을 홀랑 태워 먹었다고!"

내 등 뒤의 복도에 서 있던 행크 시몬스가 말했다. "이봐 들, 무슨 일이야?"

"잠자코 지켜보세요." 나는 어깨너머로 말했다. "당신도 알아 두시는 게 좋아요."

"이 자식아, 그딴 소리 지껄이고 다니지 마." 테오가 말했다. 그는 거세된 범퍼 장식물을 마지막으로 쳐다보며 덧붙였다. "씨발, 남의 트럭에 함부로 손을 대다니."

"배짱 하나 없는 새끼가 저런 물건을 범퍼에 달고 다니는 게 아니꼬워서 말이지." 내가 말했다.

나는 테오의 공격에 대응할 태세를 취했다.

테오가 주먹을 휘두르자 나는 그 아래로 허리를 숙여 오른 주먹으로 그의 복부를 가격했다. 싱거운 싸움이었다. 내 주먹에 맞은 테오는 숨이 막혀 곧바로 바닥에 고꾸라졌다.

"씨발!" 테오는 배를 움켜쥔 채 울부짖었다.

행크가 내 팔을 붙잡았지만 나는 그의 손아귀를 떨쳐냈다. "아니, 글렌, 이게 무슨 짓이야? 내 작업 현장에서 지금—."

나는 바닥에 쓰러진 사내를 손가락으로 가리켰다. "행크, 저 새끼가 이 집에 설치한 전기 부품들을 검사해 봐요. 저놈이 내가 짓던 집을 태워버렸습니다."

"그건…… 그건 내 탓이 아니야!" 테오가 헐떡였다.

"셸터 코브의 그 집 말인가?" 행크가 물었다.

"네. 저 자식이 배전함에 불량품을 설치했어요." 내가 말했다.

"허, 그럴 수가……."

"지금 제 처지가 말이 아니에요. 그딴 쓰레기 부품을 설치한 바람에 보험금도 지급되지 않을 거라고요."

"테오가 전기를 맡았던 현장이 여기 말고도 한두 군데 더 있는데……." 행크는 테오를 내려다보며 걱정스럽게 말했다. "글렌 말이 사실이야? 정말로 자네가—."

"거짓말이에요!" 테오는 무릎을 꿇고 앉으면서 씨근거렸다. "고소하겠어! 폭행죄로 고소할 거야!"

나는 행크를 돌아보며 물었다. "저놈이 날 먼저 때리는 거 보셨죠?"

행크가 말했다. "본 것 같군."

"나중에 보자고, 테오." 내가 말했다.

나는 복도를 나가 계단을 내려갔다. 현관을 나설 무렵 테오가 내 뒤를 따라오는 소리가 들렸다. 나는 그가 또 덮치겠거니 생각하며 몸을 돌렸지만 다시 공격할 기색은 없었다.

"이봐요, 오해야." 테오가 말했다. "내 탓이 아니라고." 그는 애원하는 목소리로 말했다.

"소용없어." 나는 물러서지 않았다. "넌 이제 끝장이야. 이게 마지막이야. 네놈이 한 짓을 만천하에 알릴 거야. 코네티컷의 어떤 건설업자도 더 이상 너를 고용하지 않게끔."

"이러지 마요. 난 최선을 다했어. 당신도 지금까지 나한테 잘 해줬는데, 이제 와서 왜 이래요?"

"아무도 안 죽은 게 다행인 줄 알아. 내가 죽다가 살아나긴 했지만."

나는 통쾌함을 느끼며 트럭에 올라탔다. 나의 분노와 좌절을 테오에게 퍼붓자 황홀감마저 들었다. 자업자득이었다.

하지만 기쁨은 머지않아 후회로 변했다. 나는 테오 스테이모스에게, 샐리 딜이 결혼하여 평생을 함께하려는 남자에게 주먹질을 한 것이었다. 게다가 코네티컷에서의 일거리를 끊어버리겠다고 위협까지 했다.

샐리가 이걸 알면 분명 화를 내겠지.

회사에 도착해 보니 샐리는 울고 있었다.

"할 얘기가 있어." 내가 말했다.

"다 들었어요." 샐리는 나를 쳐다보려고도 하지 않았다.

"샐리, 잠깐 내 사무실로 와 봐."

"지옥에나 가버려요."

"그러지 말고 이리 와." 나는 샐리의 팔을 살며시 붙잡고 사무실로 데려가 의자에 앉혔다. 그리고 책상에 앉는 대신 다른 의자를 빼내어 샐리의 곁에 앉았다.

"잘랐다면서요?" 샐리가 말했다. "트럭에 달린 그거."

"뭐? 테오가 겨우 그것 때문에 화를 냈어?" 내가 물었다.

"당신한테 맞았다고 했어요. 어떻게 그럴 수 있어요? 어떻게 테오를 때려요?"

"이봐, 샐리, 그 자식이 먼저 주먹질을 했어. 나도 자기방어는 해야지?" 나는 내가 테오를 도발했다는 사실은 숨겼다. 나는 티슈를 뽑아서 샐리에게 건넸다. "자, 기운 내."

샐리는 티슈로 눈을 닦고 코를 풀었다. "앨피 씨 연락 받았죠?"

나는 고개를 끄덕였다.

"뭐래요?"

"차단기 패널이 규정에 어긋났다고 하더군. 전기 부품이 쓰레기였어. 싸구려 불량품."

“그렇다고 곧바로 테오를 탓해요?”

“샐리, 그건 테오가 설치한 거야.”

샐리는 손에 쥔 티슈를 구겼다. “테오의 잘못이 아닐 수도 있잖아요? 부품을 판 사람이 불량품을 팔았는데 테오가 몰랐던 걸 수도 있잖아요?”

“이봐, 샐리, 나도 정말 유감이야. 이것 때문에 내게 소중한 샐리가 힘들어하는 걸 보니 나도 정말 미안해. 나도 그렇지만 실라도 생전에 샐리를 얼마나 소중히 여겼는데? 우리 애도 샐리를 정말 좋아해. 테오가 샐리에게 중요한 남자라는 걸 아니까 한발 양보해서 죄가 없을 여지도 고려하고 싶었지만—.”

“난 모르겠어요.”

“모른다니?”

“테오가 나한테 얼마나 중요한지 모르겠어요. 하지만 지금 나한테는 테오밖에 없어요.”

“그래, 알았어. 그건 샐리가 스스로 해결해야 할 문제겠지. 아무튼, 나는 지금, 나 자신과 이 회사와 샐리처럼 여기서 일하는 직원들을 지켜야 해. 만약 우리와 함께 일하는 업자가 마구잡이로 작업을 하면 우리 회사가 법적 소송을 당하게 될 뿐 아니라 심지어 사람이 죽을 수도 있어. 그러니 내 입장에서는 어쩔 수가 없어.” 나는 샐리의 어깨에 손을 올렸다. “어쨌건 마음 아프게 해서 미안해.”

샐리는 고개를 끄덕이며 다시 눈물을 닦았다. “나도 알아요.”

“게다가 지금은 샐리에게 힘든 시기일 텐데…… 아버지가 돌아가셨는데 도움받을 가족 하나 없잖아.”

“아버지는…… 아버지는 멀쩡하시더니 갑자기…….”

“그래, 알아. 힘들었지? 우리 아버지도 그랬어. 트럭에서 합판을 내리시다가 다음 순간 느닷없이 돌아가셨지.”

샐리는 고개를 끄덕였다. “사장님도 계셨죠.”

"응. 아버지가 돌아가실 때 현장에 있었어."

"아니요, 우리 아버지 장례식 말이에요. 못 오실 줄 알았는데. 그때 깜짝 놀랐어요."

"샐리의 일인데 당연히 도와야지."

"하지만 사장님도 곧 치러야 할 장례식을 준비하고 있었잖아요? 늘 죄송했어요."

"죄송했다니? 뭐가?"

"저는 실라의 장례식에 못 갔잖아요."

"신경 쓰지 마."

"아니에요. 정말 미안해요. 아버지 장례식에 와주셨는데, 나도 당연히 실라의 장례식에 참석했어야 했는데……."

"그러기 힘들었겠지. 샐리는 아직 어리잖아? 무시하는 소리는 아니지만, 나이를 먹으면 능숙하게 이런 일에 대처할 수 있어." 나는 애써 농담을 던졌다. "애도도 컴퓨터처럼 할 수 있게 되지."

"난 사무실에서는 컴퓨터인데……." 샐리의 눈에 다시 눈물이 고였다.

"수십 가지 업무를 동시에 처리할 수 있는 컴퓨터잖아요? 하지만 그럴 수 없는 일이 있네요." 눈물을 몇 차례 더 훔친 뒤 샐리는 내게 물었다. "테오는 이제 끝인가요? 코네티컷에서 일할 수 없는 거예요?"

"모르겠어."

"사장님이 테오를 끝장내겠다고 했다면서요?"

나는 길게 한숨을 쉬었다. "테오는 스스로 끝장이 난 거야."

그 말에 샐리는 심기가 뒤틀린 모양이었다. 별안간 그녀는 의자를 뒤로 밀치더니 자리에서 일어났다. "당신은 좀처럼 좋아하기 힘든 사람이에요, 글렌. 사람이 어쩜 그렇게 무정해요? 테오와 나는 이제 다른 지역으로 떠나야 돼요. 둘 다 거기서 새 일자리를 구해야 한다고요." 샐리는 사무실에서 뛰쳐나가며 마지막으로 한마디를 던졌다. "행복하시기를 빌어요."

행복. 지금의 나와는 거리가 먼 단어였다.

샐리는 바로 집으로 돌아갔다. 어차피 퇴근이 가까운 시간이었다. 떠나기 전에 샐리는 짧고 딱딱한 문장으로 덕이 짐이 가득한 트럭을 회사 창고 뒤에 세워놓은 뒤 벳시와 함께 인피니티를 타고 은행에 갔음을 알렸다. 은행 문이 닫히기 전에 그들이 처한 상황을 알아보기 위해서였다. 샐리는 만약 내게 여력이 있으면 트럭의 짐을 내려달라고 덕이 부탁했음을 전했다.

나는 잠시 동안 양손으로 머리를 감싼 채 앉아 있었다. 그리고 책상의 맨 아래 서랍을 열어 반쯤 남은 듀어스 위스키병과 샷 잔을 꺼내 술을 따른 뒤 다시 병을 마개로 막고 서랍에 집어넣었다.

술을 단숨에 들이켠 나는 창고로 향했다. 내가 덕과 벳시의 곤경을 해결해 줄 방법은 별로 없었지만 짐을 창고에 보관하는 정도라면 얼마든지 도와줄 수 있었다. 어차피 창고는 공간이 넉넉했고 효율적으로만 쌓아놓는다면 그들의 짐이 많은 공간을 차지할 것 같지도 않았다. 그리고 내가 미리 덕의 짐을 내려준다면 내일 아침 덕이 출근했을 때 (만약 출근한다면) 그의 할 일이 조금이나마 줄어들 터였다.

덕을 생각하자 나는 언짢아졌다. 전에도 우리는 이따금 서로 날을 세우고는 했지만 최근 들어서는 특히 심했다. 아버지가 살아계실 때 그와 나는 몇 년간 비교적 동등한 관계로 함께 일했다. 일만 함께한 게 아니었다. 골프부터 비디오 게임까지 우리는 함께 놀았다. 우리의 아내들은 다 큰 남자 둘이 〈슈퍼 마리오 브라더스〉 게임에 푹 빠져 오후를 낭비하는 꼴을 보며 서로를 동정했다. 그뿐만 아니라 우리는 함께 술에 취한 꼴을 보여줌으로써 우리가 어린애가 아님을 증명하기도 했다. 덕은 원체 걱정이란 걸 모르는 사내였다. 이튿날 아침 벌어질 일 따위는 신경 쓰지 않고 얼마든지 외박을 하는 사내였다. 불행히도 그는 자기보다 더 걱정을 모르는 여자와 결혼하고 말았다. 지금의 사태가 증명하듯 이상적인 만남이 결코 아니었다.

동료로서 일할 때 덕의 나태한 생활 태도는 내게 문제 될 것이 없었다. 하지만 아버지가 돌아가시고 내가 회사를 이어받자 덕은 나의 부하 직원이 됐고 상황은 달라졌다. 우선 우리 넷은 더 이상 함께 시간을 보내지 않게 됐다. 벳시는 사장 부인이 된 실라와 자신을 견주고 싶어 하지 않았다. 그녀는 실라가 거만하게 군다고 제멋대로 상상했다. 마치 내가 별안간 도날드 트럼프로, 실라가 이바나 트럼프(요새 도날드 트럼프의 부인이 누군지 모르겠지만)로 변신이라도 한 듯했다.

한때 나의 총애를 얻었던 덕의 일 처리마저 때때로 나를 당혹스럽게 했다. 그는 일솜씨가 좋았지만 숙취 때문임이 뻔한데 병가를 내고 출근하지 않는 날이 때때로 있었다. 고객들의 요청에 최선을 다하지도 않았다. "사람들이 요새 망할 놈의 집 꾸미기 프로그램을 너무 많이 봐서 그래." 덕은 종종 그렇게 말하고는 했다. "현실에서 도저히 불가능한 완벽한 리노베이션을 바라잖아? 그런 방송 프로그램들이야 예산이 많으니까 그 정도로 하는 거지."

고객들이 그따위 변명을 반길 리 만무했다.

내가 한때의 동료가 아니었다면 애초에 덕은 주급을 가불해달라고 부탁하지도 않았을 것이다. 그가 한때의 동료가 아니었다면 나는 그의 부탁을 거절하여 선례를 만들지 않았을 것이다.

덕을 구해주고 싶었지만 내게는 능력이 없었다. 덕과 벳시는 재기하기 위해서 밑바닥까지 내려갈 수밖에 없었다. 나는 지나치게 좋은 조건의 주택담보 대출과 은행에 대해 덕이 퍼부었던 비난을 이해했다. 속은 사람은 덕뿐만이 아니었다.

많은 이들이 쓸쓸한 교훈을 얻었다. 덕과 벳시도 서로의 목을 조르기 전에 교훈을 얻기를 나는 바랐다.

나는 덕의 트럭 짐칸을 열었다. 핀더 부부에게 정돈할 시간이 많지 않았던 탓에 물건들이 여기저기 흩어져 있었다. 나는 회사의 창고 문을 열고 한쪽 구석을 치워 공간을 마련한 뒤 의자들과, DVD 플레이어, 리넨들을 트럭에서

꺼냈다. 벳시의 어머니 집으로 가야 할 물건들 같았지만 나중에 본인들이 알
아서 챙길 것이다.

트럭이 거의 비어갈 무렵, 와인 병 12개가 들어갈 만한 크기의 판지 상자
두 개가 운전석 바로 뒤에 처박혀 있는 것이 눈에 띄었다. 나는 웅크려 앉은
채 엉금엉금 트럭 짐칸 안쪽으로 걸어갔다. 오랫동안 건설업에 종사하다 보
면 사타구니 안쪽 다리 근육이나 뒷다리의 힘줄에 무리를 주지 않고도 짐칸
을 그렇게 걸어 다닐 수 있게 된다.

나는 상자 앞에서 무릎을 꿇었다. 덕의 집에 있던 물건인지 아니면 일 때
문에 실은 물건인지 확실치 않아서 나는 상자 뚜껑을 열어젖히고 안을 들여
다봤다. 상자는 완충을 위해 구겨 넣은 신문지들로 가득 차 있었다. 나는 안
에 든 물건을 확인하기 위해 신문지를 조금 꺼냈다. 상자는 전기 부품으로
가득 차 있었다. 코일 전선, 콘센트, 접속 배선함, 전등 스위치, 차단기 패널
부품.

신문지에 적힌 기사들은 모두 중국어로 적혀 있어서 내용을 알 수가 없었
다.

38

이 부품들이 불량품이라고 즉시 단언할 수는 없었다. 겉보기에는 가짜 전기 부품들치고 무척 멀쩡해 보였다. 하지만 트럭 짐칸에 앉아 물건들을 찬찬히 살피다 보니 기준 미달인 점들이 눈에 띄기 시작했다. 예를 들어, 차단기 패널 부품에는 합법적인 정품이라면 당연히 찍혀 있어야 할 품질보증 마크가 보이지 않았다. 전등 스위치의 플라스틱의 색상은 불량했고 일관성이 없었다. 오랫동안 이런 부품들을 보다 보면 한눈에 알 수 있다.

나는 가슴이 철렁 내려앉았다. 샐리가 했던 말이 떠올랐다. *"부품을 판 사람이 불량품을 팔았는데 테오가 몰랐던 걸 수도 있잖아요?"* 테오는 직관적으로 정품과 불량품을 분간할 수 없었던 걸까? 그 정도로 경험이 풍부하지는 않았던 걸까?

빌어먹을.

이 불량품들이 어째서 덕의 트럭 짐칸에 실려 있는 거지? 윌슨의 집에 설치될 정품을 덕이 불량품과 바꿔치기한 걸까? 설마 다른 현장에서도?

나는 두 개의 상자들을 짐칸 바깥쪽으로 밀고 가서 위아래로 포갠 뒤 내 트럭으로 옮겼다. 그것들을 내 트럭 짐칸에 싣고 뒷문을 닫은 뒤 창고 문과 사무실의 현관문과 바깥의 정문을 잠갔다.

나는 덕의 핸드폰이 요금 미납으로 끊기지 않았기를 바라며 전화를 걸었다. 덕이 뜯지도 않고 부엌 서랍에 처박은 봉투들 중에는 분명히 전화 요금 청구서도 있을 것이다.

하지만 운이 좋았다.

"여보세요, 글렌?" 덕이 지친 목소리로 전화를 받았다.

"그래, 나야. 벳시 어머니 집에는 잘 들어갔어?"

"잘 들어왔어. 하지만 여기서는 도저히 못 살겠네. 망할 놈의 고양이가 다섯 마리야."

"은행에서는 뭐래?"

"가보니까 이미 문을 닫는 중이더라. 내일 아침 일어나자마자 다시 가볼 거야. 차근차근 얘기를 좀 해 봐야지. 이건 진짜 부당한 처사야."

"그래. 그건 그렇고, 우리 지금 좀 만나자."

"왜? 무슨 일이야?"

"만나서 할 얘기가 있어. 지금 경황이 없다는 건 알지만 중요한 일이야."

"어, 그래. 알았어."

"내가 더비로 갈게. 집 주소가 어떻게 되지?" 덕은 내게 주소를 알려주었다. 주소의 거리는 내게도 익숙한 곳이었다. "좋아. 당장 출발할게."

"와서 맥주 마실 시간 있어?" 덕이 물었다. "그…… 지난번에 내가 너한테 한 얘기 있지? 협박처럼 들렸을 텐데 그때 내가 좀 지나쳤다. 그것 때문에 계속 마음이 안 좋더라고. 엘시가, 아, 엘시는 벳시의 어머니야. 엘시가 냉장고에 있는 맥주를 하루에 세 개까지 꺼내 마셔도 된다고 했어. 네 몫으로 하나 줄게."

"아니, 괜찮아." 내가 말했다. "아무튼, 곧 보자."

더비까지는 그리 멀지 않았지만, 운전하는 시간이 무척 길게 느껴졌다. 나는 사실 모든 것을 테오의 탓으로 돌리고 싶었다. 나는 그를 좋아하지도 않았고 그의 일 처리도 탐탁지 않았다. 화재가 테오의 잘못이라면 나야 얼마든지 환영이었다. 샐리가 그놈과 결혼하든 말든 상관없었다.

하지만 덕이 악당이라는 사실은 조금도 반갑지 않았다. 만약 가장 충직한 부하 직원이 회사를 말아먹을 짓을 저질렀다는 걸 아버지가 안다면 어떻게

하실까?

당장 쫓아낼 것이다. 아버지라면 당연히 그럴 것이다.

나는 주소의 거리를 찾아낸 뒤 길을 따라 내려갔다. 반쯤 내려가자 왼편의 진입로에 주차되어 있는 벳시의 인피니티가 보였다. 벳시가 얼마나 더 저 차를 탈 수 있을까? 아마 조만간에 10년 된 중고 네온이나 타게 되겠지.

나는 벳시 어머니의 2층 벽돌집 앞에 트럭을 세웠다. 정면의 창문에서 샴고양이 한 마리가 거리를 바라보고 있었다. 진입로를 올라가 현관문을 두드리자 문이 벌컥 열렸다.

"빨리 왔네?" 덕이 입술 사이에 담배 한 개비를 문 채 말했다. "퇴근길 교통 체증이 심할 시간인데?"

"길에 차가 별로 없었어."

"어느 길로 왔어? 나는 여기 올 때 보통—."

"덕, 그런 얘기는 됐어."

"어, 그래, 알았어. 맥주 마실 거지?"

"아니."

덕은 연기를 길게 빨아들인 뒤 담배를 바닥에 버렸다. 꽁초에서 연기가 허공으로 살며시 날아올랐다.

"아까 오후에는 도와줘서 정말 고마워. 폭발할 지경이었는데 네 덕분에 아슬아슬하게 넘어갔어. 네가 없었더라면 내가 벳시에게 무슨 짓을 저질렀을지……."

"둘 다 감정이 격렬한 상태였지." 내가 말했다.

"여기 오니까 내가 상대할 적이 둘이 되어 버렸지 뭐야? 엘시는 무조건 벳시 편만 들더라고. 큰 맥락은 보려고도 안 해. 게다가 집 안이 온통 고양이 오줌 냄새야."

"나 좀 따라와 봐." 나는 덕을 끌고 내 트럭을 향해 진입로를 걸어 내려갔다.

"무슨 일인데, 글렌?"

"기다려 봐. 보여줄 게 있어."

"어, 그래. 알았어. 현금 보따리라도 보여주려고?" 덕은 억지로 웃어 보였지만 나는 대꾸하지 않았다.

나는 트럭의 뒷문을 풀고 짐칸을 열었다.

"아까 네 트럭에 실린 짐을 내렸어." 내가 말했다.

"오, 이런 착한 녀석. 고마워. 우리 물건이 창고를 너무 차지하지 않았으면 좋겠군."

"운전석 뒤에 이런 상자들이 있었어." 나는 말을 멈추고 덕의 반응을 살폈다. 덕이 아무 대꾸가 없자 내가 다시 입을 열었다. "이게 뭔지 알겠어?"

덕은 어깨를 으쓱했다. "상자잖아?"

"안에 뭐가 들었는지 알아?"

"모르겠어."

"모르겠다고?"

"뭔데 그래? 열어봐."

나는 판지 상자 하나의 뚜껑을 열고 중국어 신문지 뭉치를 치운 뒤 차단기 스위치를 꺼냈다. 덕은 둥글게 뭉친 신문지를 펴면서 말했다. "이따위 글자들을 어떻게 읽나 모르겠군. 글자 수가 백만 개는 될 텐데 중국인들은 도대체 어떻게 타이핑을 하지? 컴퓨터 키보드 면적이 이 진입로만큼은 돼야 할 텐데 진짜 어떻게 하는 거야?"

"글쎄." 내가 말했다.

"이게 내 트럭에 있었다고?" 덕은 신문지를 옆으로 집어 던지며 물었다.

"그래. 나머지 상자에도 똑같은 물건들이 꽉 차 있어. 스위치, 콘센트 같은 전기 부품들."

"허, 참……." 덕이 말했다.

"넌 모르는 물건이란 뜻인가?"

"물론 이게 스위치 나부랭이라는 건 알지, 알고말고. 그런데 이게 왜 내 트럭에 있는지는 모르겠어. 아마 업체에서 공급받은 자재 아닐까? 너도 네 트럭에 실린 물건들을 샅샅이 파악하진 못하잖아?"

"이건 전부 규정에 어긋난 부품들이야." 내가 말했다. "겉보기에는 국산 정품 같지만 해외에서 만들어진 불량 복제품이라고."

"그래? 네 눈에 그렇게 보인다는 말이야?"

"확실해. 윌슨의 집 화재도 다 이것들 때문이야."

"그럴 리가? 불에 탄 흔적이 없잖아?"

"이것들과 똑같은 불량품들을 말하는 거야. 오늘 밀퍼드 소방서의 앨피에게 결과 보고를 받았어."

덕은 나에게서 전기 부품을 건네받았다. "문제없어 보이는데?"

"품질보증 마크가 없어. 설령 있다 하더라도 위조된 거겠지만."

덕은 부품을 이리저리 돌려보며 말했다. "와, 감쪽같네. 정품이 아니라고는 상상도 못 하겠는걸."

나는 덕으로부터 돌려받은 부품을 다시 상자에 던져 넣었다. "나는 테오 스테이모스가 윌슨의 집에 불량품을 설치했다고 생각했어. 그를 몰아붙이다가 일이 꼴사납게 돼버렸지. 그는 자기가 한 게 아니라고 끝까지 우겼고 나는 믿지 않았어. 사실 지금도 그렇게 생각해. 설치는 테오가 했을 거야. 하지만 혹시 모르고 그런 게 아닐까 싶어."

"모르고?"

"전기 부품들이 테오가 모르는 사이 바꿔치기 됐다는 말이지."

"왜? 누가 왜 그런 짓을 해?" 덕이 원래 이렇게 둔했나 아니면 연기를 하는 건가?

"복제품과 바꿔치기한 정품을 되팔면 차액으로 푼돈을 벌 수 있지." 내가 말했다.

"흠, 그렇군. 그러―뭐야, 잠깐만! 설마 너, 내가 그랬다고 생각하는 거야?"

"나도 그게 궁금해, 덕. 네가 한 짓인지 궁금하다고."

"야, 지금 장난해? 내가 그런 짓을 할 리가 없잖아!"

"예전 같았으면 나도 그렇게 생각했을 거야. 하지만 난 이제 아무것도 모르겠어. 넌 샐리를 설득해서 나 몰래 가불을 받으려고 했잖아? 그것도 잘못이지만 심지어 국세청에 날 고자질하겠다고 협박까지 했어. 게다가 재정적으로 거의 파산 상태지. 네 부인은 돈을 컴퓨터 프린터로 찍어내듯 흥청망청 쓰고 있고."

"이봐, 그러지 마. 너 말이 너무 지나쳐."

"그래, 알아. 그러니까 저 쓰레기들이 어째서 네 트럭에 들어 있는지 설명을 해 봐."

덕은 침을 꿀꺽 삼키며 거리를 위아래로 훑어봤다. "맹세컨대, 나는 저것들에 대해서는 전혀 모르겠어, 글렌."

"전혀 몰라?"

"그래, 전혀." 그때 덕의 머릿속에서 뭔가 번쩍 떠올랐다. "아, 그래. 그런 거였군."

"뭐가?"

"이건 누가 나한테 누명을 씌운 거야."

"누가 널 모함했다고?"

"그래."

"그게 누군데?"

"그걸 알면 진작에 말했지. 혹시 KF일까?"

"켄 왕?"

"그래. 중국인이잖아. 상자 안에 든 중국어 신문은 KF가 읽던 거 아닐까?"

"켄 왕은 미국에서 자랐어. 아마 중국어는 발음도 제대로 못 할걸?"

“그렇지 않아. 중국말 하는 걸 들은 적이 있어. 중국 식당에서 함께 점심 먹었을 때 기억 안 나? 켄이 식당 사장하고 중국말로 얘기했잖아?”

“기억 안 나.”

“나는 기억해. 그때 켄이 ‘쩌거샴마 네거샴마’ 하면서 중국말을 했어. 글렌, 켄 왕하고 얘기해 봐. 생사람 잡지 말고.”

“덕, 저 물건들은 네 트럭에 실려 있었어.”

현관에서 벳시가 고개를 쑥 내밀더니 외쳤다. “거기 무슨 일이야?”

“들어가 있어!” 덕이 벳시에게 소리를 지르자 그녀는 순순히 집으로 들어갔다.

“내 의견을 말해줄까?” 내가 물었다.

“뭔데?”

“너는 날 실망시켰어. 무척 실망시켰어.”

“야, 이러지 마. 우리는 오랜 친구잖아?”

“그래서 더 마음이 아파. 네가 얼마나 엿 같은 상황에 처했는지 나도 알아. 문 앞에서 늑대들이 으르렁거리는 심정이겠지. 도움이야 얼마든지 청해도 돼. 하지만 넌 친구를 배신했어. 친구가 가진 모든 것을 위험으로 몰아넣었다고.”

“진지하게 말하는데, 난 정말 저 상자들에 관해 아무것도 몰라.”

“내일 회사에 안 나와도 돼, 덕. 네 트럭이나 챙겨가.”

“그게 무슨 소리야? 그럼 모레는?” 곧 덕은 알아챘다. “창고에 보관한 물건들은?”

나는 트럭의 뒷문을 쾅 하고 닫은 뒤 운전석으로 향했다. 덕이 내 꽁무니를 쫓아왔다.

“이러지 마! 오늘이 내 인생 최악의 날인데 너까지 왜 이래? 날 자르겠다니? 진담이야? 씨발, 그게 뭐야?”

나는 트럭에 올라탄 뒤 문을 세차게 닫고 잠가 버렸다. 닫힌 창문 너머로 덕이 외치는 소리가 들렸다.

"야, 이 개새끼야! 네가 그러고도 친구냐? 나한테 어떻게 이럴 수 있어! 돌아가신 네 아버지는 나한테 이러지 않았을 거야!" 덕은 숨을 돌리기 위해 잠시 말을 멈추고 덧붙였다. "그때 불타 죽게 내버려둘걸!"

나는 액셀을 밟았다. 뉴헤이번 애비뉴에 다다랐을 무렵 주유소가 딸린 주차장으로 들어갔다. 나는 트럭을 주차하고 팔꿈치를 운전대 위에 올려놓은 채 손바닥의 불룩한 부분으로 이마를 꾹 눌렀다. 그리고 줄곧 깊은 심호흡을 했다.

"빌어먹을, 덕……." 나는 낮게 속삭였다. 이제껏 이런 실망감과 배신감은 처음이었다.

나는 내가 사람들을 잘 알고 있다고 생각했다.

"이제 아무도 못 믿겠어." 나는 중얼거렸다.

집에 도착했을 때는 이미 땅거미가 지고 있었다.

텅 빈 집으로 들어가고 싶지 않았다. 켈리를 먼 곳으로 보낸 건 다행이었지만, 지금 이 순간만큼은 딸아이가 곁에 있기를 바랐다. 나는 누군가가 필요했다. 물론 실라라면 모를까, 켈리에게 덕의 배신과 나의 실망에 관해 허심탄회하게 털어놓을 수는 없었다. 하지만 켈리를 꼭 껴안기만 해도, 켈리가 나를 양팔로 감싸주기만 해도 충분할 것 같았다.

형장으로 향하는 사형수처럼 나는 현관문을 향해 걸어갔다. 구멍에 열쇠를 꽂아넣으려는데, 문이 살짝 열려 있는 것이 보였다.

집을 나갈 때 분명히 잠갔는데?

나는 문을 살며시 밀어 내 몸이 들어갈 수 있을 만큼의 틈을 만들었다. 누군가 부엌에서 부스럭거리는 소리가 들렸다.

결국, 나의 소원이 이루어진 셈이었다. 집에 누군가가 있었다.

39

대런 슬로컴은 코네티컷 우체국 쇼핑몰에서 에밀리의 기운을 북돋워 주기 위해 몇 가지 물건을 샀다. 마커펜, 스케치북, 푹신한 강아지 인형, 비버리 클리어리라는 작가가 쓴 책 두 권. 대런은 에밀리가 그 작가를 좋아하는지 어떤지 알지 못했지만 가게 여점원이 여덟 살짜리 아이들에게 인기 있는 책이라며 추천했다. 쇼핑을 마치고 나오는데 어떤 남자가 대런을 불러세웠다.

"슬로컴 경관님? 얘기 좀 할 수 있을까요?"

주차장으로 향하던 대런 슬로컴은 걸음을 멈추고 몸을 돌렸다.

"저는 아서 트웨인이라고 합니다." 남자가 말했다. "잠깐 시간 되십니까?"

"아니요. 시간 없습니다."

"저기요, 우선 부인의 일은 정말 유감입니다, 슬로컴 씨. 실은 댁의 부인이 했던 장사 즉, 부인이 열었던 파티와 핸드백을 판 장소 등에 관해 여쭤볼 게 있어요. 제가 속한 회사가 상표권 침해에 관한 조사를 맡아 진행 중입니다. 무슨 말씀인지 아시겠죠?"

슬로컴은 고개를 저었다. "할 말 없습니다." 그는 자신의 픽업트럭을 찾아 주차장을 훑었고, 트럭을 발견하고는 그쪽으로 걸음을 옮겼다.

트웨인이 그 뒤를 쫓았다. "경관님, 저는 그 위조품들의 구입처를 알고 싶습니다. 소머라는 이름의 남자를 아시겠죠?"

슬로컴은 묵묵히 걸을 뿐이었다.

"소머가 맨해튼에서 일어난 세 건의 살인 용의자라는 사실을 아십니까? 경

관님과 부인의 장사를 도운 그 남자가 심각한 범죄에 연관되었다는 사실을
알고 계십니까?”

슬로컴은 리모컨의 버튼을 눌러 트럭의 문을 열었다.

“저를 도와주시는 게 경관님께도 좋을 겁니다.” 트웨인이 아까보다 재빠
른 속도로 말했다. “당신은 너무 깊이 들어갔어요. 잘못하면 다시는 빠져나
오지 못할 겁니다. 제 얘기를 들을 마음이 생기시거든 저스트 인 타임 호텔
로—.”

슬로컴은 운전석에 앉아 문을 닫고 시동을 걸었다. 트웨인은 그 자리에 우
두커니 선 채 멀어져가는 트럭을 바라봤다.

로나 웨드모어 형사는 날이 저물자 다시 항구의 사고 현장으로 갔다. 이번
이 세 번째 방문이었다. 해가 지자 기온은 급격히 떨어졌다. 7~9도쯤 될 듯
했다. 목도리와 장갑을 가지고 올 걸, 하고 웨드모어는 생각했다. 잠복 경찰
차에서 내리면서 그녀는 재킷의 지퍼를 목까지 올리며 양손을 주머니에 찔러
넣었다.

항구에는 일주일 전에 비해 보트의 숫자가 줄어들어 있었다. 보트의 주인
들은 지금쯤 창고에 보트를 들여놨을 터였다. 한해의 이맘때쯤이면 여름의
활기가 사라지고 버려진 보트들만이 구슬피 남은 항구는 쥐 죽은 듯이 고요
했다.

앤 슬로컴이 몰았던 자동차는 이제 현장에 없었다. 웨드모어의 지시에 따
라 차는 경찰서의 차고에 보관되어 있었다.

웨드모어는 트렁크 뚜껑의 긁힌 자국들이 여전히 무척 신경 쓰였다. 게다
가 한 가지 더 밝혀진 사실이 있었다. 문제의 타이어는 누군가가 테의 가장
자리와 인접한 측면부에 칼을 찔러 넣은 탓에 터진 것이었다. 주행 중에 못
에 찔린 것도 아니었고 차가 터진 채 운행된 흔적도 없었다. 타이어의 공기
는 자동차가 멈춘 뒤 빠진 것이었다.

수사가 진행될수록 이 사고는 점점 더 사고로 보이지 않았다.

대런 슬로컴은 웨드모어에게 거짓말을 했다. 앤이 벨린다 모튼의 전화 전에 다른 전화를 받았다는 걸 알고 있었음에도 모른 척했다. 글렌 가버로부터 들어서 알고 있던 웨드모어는 슬로컴이 뭔가 숨기려 한다는 걸 알아챘다.

앤이 머리를 식히려고 밤에 가끔 드라이브를 하곤 했다는 대런 슬로컴의 말도 새빨간 거짓말이었다. 범죄 현장의 부조리한 점을 발견하는 데 능숙한 대런이 수상쩍은 증거들이 속출하는 자기 부인의 사고를 아무 의심 없이 받아들인다는 것도 납득할 수 없었다.

하지만 만약 대런 슬로컴이 부인을 죽였다면 지금 그의 태도는 이해가 가고도 남았다.

웨드모어는 대런에 관한 소문을 알고 있었다. 마약 단속을 하면서 돈을 챙겼다는 혐의, 체포 중의 과도한 폭력 행사. 그는 어디로 튈지 모르는 대포알이었다. 게다가 그의 부인이 인가를 받지 않은 사업을 하고 있고 대런이 그걸 돕는다는 사실도 다들 알고 있었다.

대런의 짓일지도 모른다. 그에게는 확고한 알리바이도 없었다. 딸이 잠자는 틈을 타 몰래 집을 빠져나갔을지도 모른다. 하지만 혐의와 확증은 달랐다. 대런과 앤은 생명 보험에 가입한 상태였으므로 돈 문제로 허덕이는 상황에서 이는 충분한 범행 동기였지만 단정할 수는 없었다.

확인해 보니 슬로컴의 첫 번째 부인은 실제로 암으로 사망했다. 웨드모어는 대런에게 묻기 전에 확인하지 않은 자신을 질책했다. 기분마저 조금 상했다.

차가운 밤 공기 속에 서서 웨드모어는 해협을 바라보았다. 마치 모든 의문에 대한 답이 해안가에서 마법처럼 떠내려올 듯이. 그녀가 한숨을 쉬며 자신의 차로 돌아가려는 순간 저편에서 불빛이 보였다.

불빛은 항구에 정박한 선실이 딸린 모터보트로부터 새어나오고 있었다. 창문 너머로 움직이는 사람의 그림자가 보였다.

웨드모어는 선창 위로 성큼성큼 걸어갔다. 부츠의 굽이 나무판자에 부딪히는 소리가 울려 퍼졌다. 보트 옆으로 다가가자 안에서 웅성거리는 말소리가 들렸다. 그녀는 물 위로 몸을 기울여 선체를 두드리면서 외쳤다. "저기요! 거기 누구 계세요?"

말소리가 멈추고 선실의 문이 열렸다. 60대 후반이나 70대 초반쯤 되어 보이는 마른 남자가 나타났다. 잿빛 수염이 깔끔하게 다듬어져 있었고 독서용 안경을 착용하고 있었다.

"네?"

"안녕하세요!" 웨드모어는 외치면서 자신이 밀퍼드 시경임을 밝혔다. 그녀는 이럴 때 쓰는 용어가 뭐더라? 라고 생각하다가 "승선 허가를 받을 수 있을까요?"라고 물었다.

남자는 들어오라고 그녀에게 손짓을 했고 도와주기 위해 한 손을 내밀었지만 웨드모어는 혼자서 배에 올라탔다. 남자를 따라 들어간 선실 안에는 머리가 하얗게 센 여자가 테이블에 앉아 핫초코를 마시고 있었다. 코코아의 냄새가 선실에 가득했다.

"이분은 형사님이야." 남자가 말하자 여자는 오래간만에 아주 흥미로운 일이 벌어졌다는 듯이 반색했다.

부부는 자신들을 엘리엇 틸과 그윈 틸이라고 소개했다. 그들은 은퇴 후 스트랫퍼드의 집을 팔고 이렇게 보트에서 생활하기 시작했다.

"겨울에도 보트에서 지내세요?" 웨드모어가 물었다.

"그럼요." 엘리엇이 말했다. "난방도 되고 물도 나오니까 그리 힘들지 않아요."

"난 여기가 너무 좋아요." 그윈이 말했다. "집은 유지, 관리가 너무 귀찮잖아요? 여기는 너무 편해요."

"식료품을 사거나 세탁을 해야 할 때는 택시를 타고 일을 봐요." 엘리엇이 말했다. "공간이 비좁은 건 사실이지만 필요한 건 다 있어요. 자식들이 오면 그저 호텔에 보내면 되니까 일석이조인 셈이에요."

웨드모어는 무척 놀랐다. 1년 내내 항구의 보트에서 사람이 살 수 있으리라고는 상상도 못 했다. 앤 슬로컴의 사고를 수사하러 왔던 다른 경관들도 바닷가의 거주자를 찾을 생각은 미처 못 했을 것이다.

"얼마 전 여기서 사망한 여자에 관해 여쭤볼 것이 있어요."

"사망한 여자요?" 엘리엇이 물었다.

"지난 금요일 밤 저기쯤에서 사고가 있었어요. 여자 하나가 잔교에서 바다로 빠졌죠. 머리를 부딪치는 바람에 익사했습니다. 그날 새벽에 경찰이 그녀의 시체를 발견했어요. 여자의 자동차는 문이 열린 채 엔진이 켜져 있었죠."

"처음 듣는 소식이에요." 그윈이 말했다. "우리는 TV도 없고 라디오도 즐겨 듣지 않고 신문도 안 받거든요. 물론 컴퓨터도 없으니 인터넷도 안 해요. 예수님이 보트를 빌려서 여기 살아도 우린 모를 거예요."

"정말 그래요." 엘리엇이 동의했다.

"그럼 토요일 아침에 경찰을 못 보셨어요?"

"경찰차를 한두 대 보긴 봤지요." 엘리엇이 말했다. "하지만 우리랑 관계 없는 것 같아서 안 나가고 여기 있었어요."

웨드모어가 한숨을 쉬었다. 바로 옆에 경찰차들이 몰려들었는데도 관심을 안 가질 정도라면 무슨 일이 벌어졌어도 눈치를 못 챘을 것이다.

"그렇다면 금요일 늦은 밤부터 토요일 이른 아침까지 수상한 것은 전혀 못 보셨겠군요?"

부부는 서로를 쳐다봤다. "글쎄요. 참, 자동차들을 몰고 온 사람들이 있었는데. 그렇죠, 여보?" 그윈이 엘리엇에게 물었다.

"그랬지." 엘리엇이 말했다.

"자동차들?" 웨드모어가 물었다. "언제요?"

"저기를 좀 보세요." 그윈이 설명했다. "저기 고속도로에서 항구를 향해 차가 다가오면 전조등이 우리 침실로 곧장 들어와요." 그녀는 웃으면서 앞쪽의 해치를 가리켰다. 그곳에는 이물 쪽으로 폭이 점점 좁아지는 침대가 있었다. "침실이랄 건 없지만 저기 아주 작은 창문이 있거든요. 10시나 11시쯤이었어요."

"그것 말고는 보신 게 없어요?"

"무릎을 꿇고 앉아 밖을 내다보기는 했어요." 엘리엇이 말했다. "하지만 형사님이 말한 사고와는 상관없을 텐데……."

"왜요? 왜 그렇게 생각하세요?"

"자동차가 한 대가 아니라 두 대였거든요. 여자가 한 자동차에서 나오는 중에 또 다른 자동차가 그 뒤에 섰어요."

"첫 번째 자동차는 BMW였나요?"

엘리엇은 얼굴을 찌푸렸다. "그럴지도 몰라요. 제가 차종에는 별로 관심이 없어서."

"나중에 왔다는 자동차는 어떻게 생겼는지 기억하세요?"

"잘 기억이 안 나요."

"혹시 픽업트럭이었어요? 빨간색 픽업트럭?"

엘리엇은 고개를 저었다. "아니요. 픽업트럭은 아니었어요. 트럭이었으면 알아봤겠지요. 높이도 더 높고 모양도 다르니까. 그냥 평범한 승용차 같았어요. 그것 말고는 아는 게 없어요."

"차 안에 누가 있는지 보셨어요?"

엘리엇은 다시 고개를 저었다. "못 봤어요. 바로 드러누워 잠들었거든요. 밤에 파도가 선체에 부딪히는 소리를 들으면 잠이 정말 잘 와요." 엘리엇이 웃었다. "꼭 자장가 같아요."

　현관문 안쪽으로 살며시 들어온 나는 침입자가 부엌을 어슬렁거리는 소리에 가만히 귀를 기울였다. 쿵쾅거리는 가슴으로 나는 이 상황에 어떻게 대처할지 고민했다.

　부엌 안에 누가 있는지 모르겠지만 일단 뛰어들어가 기습을 해볼까 생각했다. 하지만 그 계획에는 문제가 있었다. 우선 애초에 기습이 불가능할 것이다. 안에 있는 자는 나를 기다리고 있을지도 모른다. 만약 저 사람이 소머라면 틀림없이 무기를 들고 있을 텐데 내게는 무기가 없다. 좋은 계획이 아니다.

　그렇다면 다소 극단적인 방법이겠지만 "거기 누구예요?"라고 외쳐보는 건 어떨까? 하지만 이 방법에도 첫 번째 방법의 단점들이 그대로 적용됐다. 침입자는 잠자코 기다리는 대신 부엌에서 걸어 나와 나를 총으로 쏘면 그만이었다.

　보다 합리적인 세 번째 방법이 있었다. 조용히 집 밖으로 나가 경찰에 신고하는 것이다. 나는 소리가 나지 않게 조용히 재킷에 손을 넣어 핸드폰을 꺼냈다. 버튼을 누르는 소리가 나면 들킬까 봐 밖으로 나가서 911에 전화를 걸기로 했다.

　현관문을 빠져나가려는 순간 여자의 날카로운 비명소리가 들렸다.

　"맙소사! 심장마비 걸릴 뻔했잖아요!"

　여자는 한 손에는 맥주병을, 다른 손에는 크래커와 치즈가 담긴 접시를 들고 부엌 문가에 서 있었다.

나도 심장이 철렁했지만 가까스로 비명은 지르지 않았다. "아니, 조앤, 여기서 뭐 해요?"

조앤의 얼굴은 핏기가 가셔서 창백했다. "까치발이라도 하고 들어왔어요? 들어오는 소리를 전혀 못 들었는데?"

"조앤—."

"알았어요, 알았어요. 일단 여기요, 맥주 좀 드세요." 조앤은 웃으면서 내 쪽으로 몇 발자국 걸어왔다. 그녀는 브래지어가 살짝 드러나는 예전의 그 티셔츠와 꽉 끼는 청바지를 입고 있었다. "맥주 마실 거죠? 돌아오실 때까지 제가 마시려고 했는데 그냥 드세요. 저는 다른 거 따서 마실게요. 안줏거리도 좀 꺼냈는데, 괜찮죠?"

"어떻게 들어왔어요?"

"네? 실라한테 못 들었나요?"

"뭘 못 들어요?"

"저한테 열쇠가 있다는 얘기 말이에요. 문제가 생길 때에 대비해서 실라와 저는 열쇠를 교환했었거든요. 켈리가 학교 끝나고 우리 집에 왔는데 집에 필요한 물건을 가지러 가야 한다거나, 뭐, 그런 상황들 있잖아요? 참, 켈리는 집에 없죠? 오전에 당신이 켈리의 작은 여행 가방을 트럭에 넣는 걸 보고 아마 할머니 집에 가서 하루 이틀 머물 거라고 생각했어요. 집이 충격을 당했으니까 아무래도 그러지 않을까 싶더라고요. 제 짐작이 맞았나요? 제 생각에는 아주 좋은 결정인 것 같은데?"

나는 어이가 없어서 자리에 선 채 말했다. "돌아가요, 조앤."

그녀의 얼굴이 어두워졌다. "미안해요. 나는 그냥, 당신이 요새 힘들 것 같아서…… 다정함이라는 걸 느껴본 지도 오래됐을 것 같고. 제 말이 맞죠? 실라 어머니는 당신을 싫어한다면서요? 요 몇 주간 그분이 당신을 위로해 줬을 리는 없을 것 같은데요?"

"칼 베인에게는 아내가 없어요." 내가 말했다. "적어도 현재 같이 사는 아내는. 칼슨이 아기일 때 도망갔다더군요.”

조앤은 그 자리에 얼어붙었다. 그녀의 손에 들린 크래커와 치즈가 담긴 접시가 갑자기 무거워 보였다.

“나한테 왜 그런 말을 했어요?” 내가 물었다. “다 지어낸 얘기죠? 안 그래요? 칼슨은 아빠가 엄마를 다치게 했다는 말 따위는 하지 않았어요. 당신이 실라에게 고민 상담을 한 적도 없어요. 모두 지어낸 새빨간 거짓말이에요.”

조앤의 눈이 축축해지기 시작했다.

“왜 그랬는지 말해 봐요.” 하지만 사실 나는 이유를 알 것 같았다.

조앤의 눈이 겁에 질렸다. “설마 베인 씨하고 얘기했어요?”

“내가 어떻게 알았는가는 중요하지 않아요. 안다는 게 중요한 거지. 당신은 그런 짓을 해서는 안 됐어요.” 나는 고개를 저었다. “그러면 안 되는 거예요.” 나는 조앤의 손에서 맥주와 접시를 빼앗아 부엌으로 들어갔다. 고개를 돌려보니 조앤은 여전히 그 자리에 서 있었다. 그녀의 몸이 매우 왜소해 보였다.

“언젠가는 그이가 현관문을 열고 들어올 거라고 생각했어요.” 조앤이 말했다. “석유 굴착기가 무너졌지만 일리는 다행히 굴착기 파편에 매달려 있다가 지나가는 배에 구조된 거라고요. 신분증도 없이, 기억을 잃은 채. 그, 맷 데이먼이 나온 영화 있잖아요? 그것처럼요. 하지만 어느 날 일리는 기억을 되찾고 집으로 돌아오는 거예요.” 조앤은 청바지 주머니를 뒤져서 티슈를 꺼내 눈물을 훔치고 코를 풀었다. “하지만 그런 일은 일어나지 않겠죠. 나도 알아요. 그래도…… 남편이 그리워요.”

“이해해요. 유감이에요.” 내가 말했다.

“일리는 항상 내 곁에 있어 줬어요. 나를 감싸고 보호해 줬어요. 하지만 지금은 아무도 없어요. 저는…… 저는 단지 보호받고 싶었어요. 날 지켜줄 사람이 필요했어요.”

“그래서 그런 이야기를 꾸며서 내가 당신을…….”

조앤은 나를 바라보려 했지만 차마 그러지 못했다. "나는 너무 좋았어요." 조앤은 얼굴을 구기면서 눈물을 주르륵 흘렸다. "당신이 옆에 있어줘서, 당신에게 의지할 수 있어서……."

"의지하는 건 괜찮아요." 내가 말했다. "정말로 의지해야 할 문제가 존재한다면 말이에요."

"저는…… 저도 누군가를 보살펴 주고 싶었어요. 일리가 나를 지켜줬듯이 나도 일리를 보살펴 줬으니까요. 그런데 마침 당신이……, 괴로운 일을 당한 당신도 누군가가 필요하잖아요? 보살핌이 필요하잖아요? 제가…… 제가 당신을 보살펴 줄 수 있다고 생각했어요. 그리고 그때 말한 건 진짜예요. 돈이 곧 들어올 거란 얘기 말이에요. 큰 보상금이 곧 들어올 거예요."

나는 조앤을 향해 다가가려다 멈췄다. 그랬다가는 매우 잘못된 일이 순식간에 벌어질 것 같았다.

"조앤," 나는 부드럽게 말했다. "당신은 좋은 사람이에요. 친절한 사람이에요."

"'여자'가 아니라 '사람'인가요?"

"아니, 물론 좋은 여자예요. 하지만 이건 안 돼요. 당신이 아니라 그 누구라도 난 아직 준비가 안 됐어요. 준비가 되려면 한참 멀었어요. 언제가 될지 모르겠어요. 지금 내 머릿속에 있는 건, 내가 보살피고 싶은 사람은 오로지 내 딸뿐이에요."

"그래요. 알아요."

우리는 잠시 동안 말없이 그대로 서 있었다. 마침내 조앤이 말했다.

"저…… 이만 갈게요."

"그래요."

그녀는 현관을 향해 걸어갔다.

"조앤." 내가 말했다.

조앤은 걸음을 멈췄다. 그녀의 얼굴에 어슴푸레하게 희망의 빛이 스쳤다.

내가 결정을 재고했을지도 모른다는 희망, 나도 그녀처럼 외로움과 상실과 슬픔을 해소하고 싶어 할 거라는 희망, 그녀를 품에 안고 침실로 올라갈지도 모른다는, 그리고 그녀가 예전에 일리에게 그랬던 것처럼 내일 나의 아침 식사를 만들어주게 될지도 모른다는 희망.

"열쇠요." 내가 말했다.

조앤은 눈을 깜빡였다. "참, 그렇지. 알았어요." 그녀는 주머니를 뒤져 열쇠를 꺼내 식탁 위에 올려놓고 떠났다.

조앤은 내가 없는 사이 이 집에 얼마나 자주 들어왔을까? 들어와서 무엇을 했을까?

문득, 내가 최근에 알게 된 경영학 강사에게 그녀가 관심을 가질지 궁금해졌다.

41

치즈와 크래커를 곁들여 맥주를 마시면서 나는 오늘 일어났던 일들을 헤아려 보았다.

소머의 방문, 벨린다가 실라에게 전달을 부탁했다는 6만 2천 달러, 작업 현장에서 화재를 일으킨 불량 전기 부품, 테오 스테이모스와의 주먹다짐, 덕 핀더의 트럭 짐칸에서 발견한 가짜 부품들.

머리가 핑핑 돌았다. 정보가 너무 많고도 동시에 너무 적어서 어떻게 정리하면 좋을지 갈피를 잡을 수 없었다. 몸이 피곤했지만 소용이 없었다. 지난 수많은 밤들처럼 나는 오늘도 잠들지 못했다.

나는 맥주를 해치우고 전화기를 집어들었다. 잠들기 전에 켈리가 잘 있는지 확인해야 했다.

나는 켈리 핸드폰의 단축 번호를 눌렀다. 전화가 두 번 울리고 아이가 전화를 받았다.

"안녕, 아빠. 지금 막 자려고 했는데 전화가 오길래 아빠였으면 좋겠다고 생각했어."

"별일 없니?"

"별일 없어. 좀 지루해. 할머니가 보스턴에 놀러 갈지 말지 고민하고 있어. 처음에는 나도 가고 싶었는데 사실은 그냥 집에 돌아가고 싶어. 여기 오면 안 슬플 줄 알았는데 할머니가 슬퍼해서 나도 슬퍼. 아무튼, 할머니가 보스턴에 큰 수족관이 있대. '구글하임' 같은 거래. 꼭대기부터 막 빙글빙글 돌면서 1층까지 내려와야 하는 미술관 있잖아? 보스턴에 있는 수족관도 그렇대.

커다란 물탱크인데 꼭대기부터 아래로 내려가야 한대."

"그거 재미있겠다. 저기, 옆에 할머니 계시니?"

"잠깐만."

부스럭거리는 소리가 들렸다. "그래, 글렌."

"안녕하세요. 별일 없습니까?"

"별일 없어. 무슨 용건 있나?"

"그냥 켈리가 괜찮은지 확인하러 전화했어요."

"애는 잘 있어. 어디를 좀 놀러 갈까 하는데 켈리가 얘기하던가?"

"보스턴이요?"

"갈지 안 갈지 모르겠어."

"결정하시면 알려주세요." 내가 말했다. 피오나는 켈리에게 핸드폰을 건넸고 나는 아이에게 잘 자라고 말한 뒤 전화를 끊었다.

끊자마자 전화벨이 울렸다. 나는 발신자 번호를 보지 않고 전화를 받았다.

"여보세요?"

"글렌?" 남자였다.

"누구시죠?"

"글렌, 나요. 조지 모튼. 잠깐 술 한잔 할 수 있어요?"

조지 모튼은 데번의 어느 술집 테이블에 앉아 나를 기다리고 있었다. 조지 같은 사람이 찾기에는 싸구려 술집이었지만 그는 내게 어울릴 만한 가게를 일부러 골라놓은 모양이었다.

두 테이블 건너편에 네 명의 소년이 앉아 있었다. 술집에서 신분증 검사를 했다면 나이 든 친구의 것을 빌려서 들어온 듯했다. 애초에 이곳은 신분증 검사 따위의 걱정 없이 출입할 수 있는 곳 같았다.

조지는 다가오는 나를 바라볼 뿐 굳이 일어서려는 제스처를 취하지 않았다. 나는 그의 반대편 자리에 말없이 들어가 앉았다. 의자에 묻은 끈적끈적

한 것이 내 청바지에 달라붙었다. 장례식 때와 달리 조지는 편한 옷차림을 하고 있었다. 버튼다운 셔츠와 데님 재킷. 하이네켄 한 병이 그의 앞에 놓여 있었다.

"와줘서 고마워요." 그가 말했다.

"아까 전화할 때 듣지 못해서 그런데 무슨 일입니까?" 내가 물었다.

"전화로 할 얘기가 아니에요, 글렌. 우선 맥주 마실래요?"

"좋죠."

조지는 웨이트리스와 눈을 마주친 뒤 샘 아담스 한 병을 주문했다. 그는 테이블 위에 양손을 맞잡고 있었다. 양팔은 맥주병을 보호하듯 V자 모양으로 병을 둘러싸고 있었다.

"당신이 만나자고 했잖아요? 어서 말씀해 보시죠." 내가 재촉했다.

"당신이 우리 집에 두고 간 그 돈 봉투 말인데, 무슨 돈입니까?"

"돈 봉투에 관해 알고 있는데 용도를 모른다는 건 벨린다가 얘기를 안 했다는 거군요? 내가 줬다는 얘기만 하던가요?"

"아니, 당신이 우편물 투입구에 집어넣는 걸 내가 직접 봤습니다."

나는 소년들이 앉은 테이블을 슬쩍 쳐다봤다. 그들은 점점 흥에 겨워 떠들고 있었다. 테이블 위에는 맥주 피처 세 개와 술이 가득 찬 맥주잔이 놓여 있었다.

"아하, 그렇군요. 그럼 벨린다한테 직접 물어보시면 되겠네요."

"벨린다가 솔직히 얘기를 안 해요. 부동산 계약금이라는 소리만 하더군요. 정말로 부동산을 구매했어요, 글렌? 허물어서 새집을 지을 때 쓰려고요? 당신 요즘 돈이 궁하다고 알고 있는데 이상해서 물어보는 겁니다."

웨이트리스가 맥주를 가져오자 나는 한 모금 홀짝였다. "이봐요, 조지. 내가 댁한테 그런 걸 일일이 설명해야 할 의무라도 있습니까? 벨린다를 시켜서 보니 윌킨슨의 변호사들에게 헛소리를 지껄이게 한 당신에게? 실라가 술고래인데다가 벨린다와 마리화나를 피웠다는 헛소리를—."

"아내의 진술을 꼼꼼히 읽어보면 실라가 벨린다 앞에서 마리화나를 피운 거지 벨린다까지 같이 피웠다고는 쓰여 있지 않습니다."

"오호, 그래요? 내 아내가 망가지는 꼴은 개의치 않지만 자기 아내는 꼭 지켜주시겠다, 이거군요? 보니 윌킨슨이 내 돈을 몽땅 빼앗으면 당신한테 좀 떼어 준답니까? 그런 거예요?"

"나는 내가 옳다고 여기는 일을 한 것뿐이에요." 조지 모튼은 맞잡은 손을 풀고 팔을 뻗어 집게손가락으로 호들갑스럽게 테이블을 두드렸다.

"그분은 남편과 아이를 잃었어요. 벨린다가 거짓말을 해서 그녀에게 부당한 판결이 내려져서야 되겠습니까?"

"실라가 정말로 마리화나 중독자였고 술에 절어 운전을 하고 다닌 전력이 있다면야 당신 말이 맞겠죠. 하지만 실라는 그런 적 없어요. 음주 운전 따위는 하지 않았단 말입니다. 그러니 그따위 독선적인 개소리는 집어치워요."

조지는 화가 잔뜩 난 얼굴로 눈을 깜빡거렸다. "나는 정석대로 사는 사람입니다. 우리는 정해진 기준을 지키며 살아야 해요. 아무 설명 없이 현금이 가득 찬 봉투를 남의 집에 던져넣는 건 기준을 넘어서는 짓입니다."

"원샷! 원샷! 원샷!" 세 명의 소년이 나머지 한 명의 소년에게 외치고 있었다. 소년이 수 초 만에 맥주잔을 비우자, 친구들은 다시 그의 잔에 술을 채우고 소리치기 시작했다.

나는 다시 조지를 바라봤다. 테이블을 두드리는 그의 손가락을 보다가 나는 그가 테이블 위로 뻗은 팔을 갑작스레 붙잡았다. 조지의 눈이 휘둥그레졌다. 그는 팔을 빼내려 애썼지만 그럴 수 없었다.

"자, 우리 그 기준이란 것에 대해 한번 얘기해 볼까요?" 내가 말했다. "부인 아닌 여자가 자기 손목에 수갑을 채우게 하는 유부남은 과연 무슨 기준을 가지고 있을까요?"

아까 조지가 팔을 뻗었을 때 나는 그의 손목에 눈길이 갔다. 손목 주변에는 벌겋게 상처의 흔적이 남아 있었다. 최근에 난 상처인 듯 군데군데가 이제 막 아물고 있었다.

물론 직감으로 찔러보는 추측일 뿐이었다. 하지만 조지 모튼과 앤 슬로컴은 서로 아는 사이였고, 켈리의 핸드폰 동영상에서 본 바로 앤의 전화 통화 상대는 틀림없이 지인이었다.

"이거 놔요." 조지 모튼은 팔을 비틀어 빼내려고 애쓰며 속삭였다. "무슨 소린지 모르겠군."

"그 상처는 뭡니까? 설명해봐요. 2초 줄 테니까."

"네? 아니, 이건—."

"대답이 늦군요."

"당신이—당신 때문에 놀라서 그래요. 이건 실수로 그런 겁니다. 정원에서 일하다가 실수로."

"양 손목에 똑같은 모양의 흔적이 남았는데? 정원에서 무슨 일을 했길래 그래요?"

조지는 더듬거리며 뭔가를 내뱉었지만 잘 알아들을 수가 없었다.

나는 그의 손을 놓고 내 맥주병을 잡았다. "앤 슬로컴이 그런 거죠? 아닙니까?"

"도대체 그게 무슨 소리예요. 여—영문을 모르겠군!" 조지가 고함을 질렀다.

"당신은 정직하고 올바른 사람이니까 부인을 모셔서 함께 얘기를 나눠볼까요? 그러면 두 번 얘기하는 수고도 덜고 좋겠죠?" 나는 내 핸드폰으로 손을 뻗었다.

조지가 내 팔을 붙잡았다. 손목의 상처가 더욱 뚜렷이 드러났다. "안 돼요."

나는 그의 손을 물리쳤지만 핸드폰을 잡지는 않았다. "얘기해 봐요."

"아, 맙소사……." 조지가 흐느끼듯이 말했다. "맙소사……."

나는 잠자코 그의 말을 기다렸다.

"앤이 실라에게 말한 거야…… 기가 막히는군." 끙끙 앓는 사람처럼 조지가 말했다. "당신은 실라한테 들었겠죠? 그래서 알게 된 거죠?"

나는 다 안다는 척 웃음을 지었다. 딸의 핸드폰에 찍힌 동영상과 아이가 앤 슬로컴의 핸드백에서 꺼내온 물건을 근거로 맞췄다는 사실을 굳이 밝힐 필요가 없었다. 자, 직접 설명해 보시지? 라고 나는 생각했다. 하긴, 내 생각에는 그러지 않을 가능성이 크지만 어쩌면 앤이 정말로 실라에게 말했는지도 모를 일이었다.

"그렇군. 당신도 다 알고 있었군." 조지가 말했다. "앤이 실라에게 말했다니 믿을 수가 없어. 자기가 그런 짓을 한 걸 남에게 떠벌리다니. 아, 맙소사, 앤이 실라에게 얘기했다면…… 그렇다면……."

조지는 양손에 얼굴을 파묻었다. 그는 당장이라도 신경 쇠약으로 쓰러질 듯이 보였다. "내가 지금까지 얼마나 마음 졸이며 살았는지 당신은 모를 거예요. 만약에…… 만약에 누가 이 일을 알게 된다면……."

"자, 얘기해 봐요." 나는 부처님이라도 된 듯 우쭐한 자세로 느긋이 앉아 있었다.

조지의 입에서 폭포수처럼 이야기가 쏟아져 나왔다. "앤은 돈이 필요했어요. 부업으로 핸드백을 팔기는 했지만 대런과 앤은 항상 돈이 부족했지. 난 예전부터 앤을 보면서…… 억누르기가 힘들었어요. 매력적인…… 아주 매력적인 여자였으니까. 강력하리만치 매력적이었어. 앤도 나의 관심을 눈치챘어요. 하지만 먼저 말을 꺼낸 쪽은 내가 아니야. 난 그럴 사람이 아니에요. 어느 날 앤이 커피를 마시자고 말했고 그날…… 제안을 한 거예요."

"거래를 했군요?" 내가 말했다.

"그래요. 우리는 밀퍼드의 모텔에서 두 번 정도 만났어요. 시내에서 만나는 게 위험해서 그 뒤로는 뉴헤이번의 데이즈 인 모텔에서 만났지만."

"앤이 당신에게 수갑을 채우는 대가로 당신이 돈을 지불했다?"

조지는 내게서 시선을 돌렸다. "처음부터 그랬던 건 아니에요. 처음에는 그냥, 그냥 평범한 섹스였어요."

"부인하고 관계가 안 좋아요?"

조지는 더는 얘기하고 싶지 않다는 듯 고개를 저었다. "난 그냥…… 그냥 색다른 걸 원했을 뿐이에요."

"돈은 얼마나 줬어요?"

"한 번에 300달러."

"법률 사무소에서 내 아내에 관해 비판할 때 이 얘기는 꺼내지 않았겠죠?" 내가 말했다. "하긴 그럴 필요가 없었겠지. 전혀 별개의 문제니까."

"이봐요, 글렌. 부탁이에요. 제발 신중하게 판단해 줘요."

"아, 그럼요, 그럼요." 그래, 이 개 같은 자식아, 라고 나는 속으로 생각했다.

"아무튼, 앤은 더 많은 걸 원했어요."

"요금을 올렸어요?"

"조금 다릅니다." 조지가 말했다. 나는 맥주를 한 모금 마시며 그가 말하기를 느긋하게 기다렸다. "앤은 벨린다가 알면 끝장이라고 말했어요. 처음 그 말을 들었을 때 난, 그럼 당연하지, 라고 생각했어요. 하지만 두 번째 들었을 때 비로소 앤의 의중을 깨달았어요. 함구를 대가로 돈을 원한 거예요. 난 앤이 남에게 떠벌리지 않을 거라고 생각했어요. 그건 자살 행위잖아요? 앤과 벨린다는 오랜 친구예요. 게다가 앤이 벨린다에게 말하면 결국 대런까지─."

"대런은 몰랐어요?" 켈리가 전화 통화 내용을 대런에게 말하지 못하도록 앤이 윽박질렀다는 걸 생각해 보면 당연히 대런은 몰랐을 것이다.

"대런은 아무것도 몰라요. 난 앤이 벨린다에게 말하지 않을 거라고 확신했지만, 혹시나 해서……." 조지가 목소리를 작게 낮췄다. "앤이 핸드폰 카메라로 사진을 찍었어요. 그게…… 내가 침대에 묶였을 때요. 사진에는 나만 나와요. 앤은, 벨린다에게 이 사진을 이메일로 보내면 참 재미있겠죠? 라고 날 협박했어요. 솔직히 앤이 정말 사진을 찍었는지는 몰라요. 그냥 꾸며낸 얘기일지도 몰라요. 아무튼, 그래서 한번에 100달러를 더 지불하기로 했어요. 앤은 그걸로 만족했죠. 그랬는데…… 그랬는데 앤이……."

"죽었다?"

"그래요."

맥주를 벌컥벌컥 마시던 소년이 멈추며 말했다. "더는 못 마셔." 소년은 웃으면서 술을 거절했다. "안 돼, 못 마셔."

"진짜 못 마셔?" 소년의 친구 중 누군가가 말했다. 한 친구가 소년을 뒤에서 붙들고 다른 친구가 그의 고개를 붙잡았다. 그리고 남은 한 명이 맥주 피처를 들어 소년의 입술에 들이댔다. 그가 피처를 기울이자 맥주가 소년의 턱을 흘러내려 셔츠를 온통 적셨다. 하지만 소년의 목젖이 움직이는 모양을 보니 꽤 많은 양이 소년의 목구멍을 타고 들어가는 듯했다.

소년은 이제 곧 만취할 것이다. 나는 이 바보 녀석들이 제발 차를 몰지 않기를—.

"앤이 사고로 죽었을 때," 조지가 말했다. "나는 쓰러질 뻔했어요. 토할 것 같았습니다. 믿을 수가 없었어요. 하지만…… 인정하기는 싫지만 한편으로…… 안심했어요."

"안심이라."

"내 약점을 아는 사람이 사라졌으니까요."

"만약 그 사진이 존재하지 않는다면 말이겠죠? 앤이 찍었다는 사진."

"부디 바다 깊은 곳에 가라앉아 있기를 빌 뿐이에요. 경찰이 들이닥치지 않을까 매일 조마조마해하면서 하루를 보내요."

"그건 아마 당신 바람대로 되겠군요." 내가 말했다.

"제발 그랬으면 좋겠어요."

나는 입안의 혀를 볼 바깥쪽으로 쑥 내밀었다. "부탁이 있어요, 조지."

"무슨 부탁이요?"

"법률 사무소에 진술한 것을 번복해 달라고 벨린다에게 말해 줘요. 마리화나 얘기는 완전히 오해였던 겁니다. 그건 마리화나가 아니라 터키담배였던 거예요. 덧붙여 실라는 술을 마실 때 늘 취하지 않으려고 주의를 기울인 걸로 합시다. 내가 아는 한 그건 사실이에요."

나는 조지에게 내 의도가 제대로 전달됐는지 살피기 위해 지긋이 그를 바라보았다.

"이제 당신이 날 협박하는 거요? 말을 듣지 않으면 벨린다에게 폭로할 건가요?"

나는 고개를 저었다. "아니요. 그럴 리가 있나요. 대런에게 말할 생각인데요?"

조지가 침을 꿀꺽 삼켰다. "할 수 있는 만큼 해 볼게요."

"잘 생각했어요. 고맙군요."

"그런데 그 돈 봉투는? 그 6만 2천 달러는 도대체 뭡니까?"

"아까 말했잖아요. 벨린다에게 직접 물어봐요."

앤의 죽음이 사고가 아니었다면 나는 조지와 이런 거래를 할 마음이 들지 않았을 것이다. 만약 앤이 살해당한 거라면 조지가 유력한 용의자인 셈이다.

대런과 벨린다도 그렇게 생각했을 것이다. 물론 그들은 무슨 일이 있었는지조차 모르지만.

나는 곯아떨어지게 피곤한 나머지 이 새로운 발견에 관해 생각해 볼 기력이 없었다. 나는 집에 도착하자마자 잠자리에 들었다.

오늘은 매우 빨리 잠에 빠졌다. 만약 악몽만 꾸지 않았더라면 이것은 축복이었을 것이다.

실라가 치과 의자처럼 생긴 의자에 앉아 있다. 번쩍거리는 크롬 재질과 붉은색 쿠션. 실라의 몸은 스트랩과 벨트에 묶여 있고 목에는 깔때기가 쑤셔 넣어져 있다. 목구멍 깊숙이 닿을 만큼 깊게. 천장에 고정된 받침대 위에는 냉장고만 한 병이 놓여 있고 그로부터 액체가 깔때기를 향해 똑똑 떨어지고 있다. 보드카 병이다. 보드카가 깔때기에서 흘러넘쳐 바닥을 적신다. 술로 물고문을 하는 광경. 실라는 고개를 돌리려고 발버둥 치고 있다. 그 방에는 나도 있다. 누가 이런 짓을 하는지 모르겠지만 제발 멈추라고 나는 목이 터져라 비명을 지른다.

땀에 흠뻑 젖은 채 나는 꿈에서 깼다. 침대 시트가 온몸을 휘감고 있었다.

악몽의 원인을 알 것 같았다. 술집의 그 꼬마들. 맥주를 벌컥벌컥 마시던 그 소년. 세 명의 친구들이 소년의 몸을 붙잡고 억지로 술을 먹이던 광경이 자꾸만 머릿속에 떠올랐다.

그들은 맥주를 소년의 목구멍으로 들이부었다.

친구들이 그러지 않았더라도 소년은 제풀에 만취했을 것이다. 하지만 만약 소년에게 그럴 마음이 없었다면? 만약 소년이 취하고 싶지 않았다면? 그렇다 해도 어쩔 도리가 없었을 것이다.

사람을 억지로 취하게 하는 일은 가능하다. 술에 취하게 강제할 수 있다. 그렇게 복잡한 일도 아니었다.

그리고 이런 생각이 떠올랐다. 만약 그 친구들이 그렇게 된 애를 차에 태운다면 어떻게 될까? 운전석에 태운다면?

맙소사.

나는 침대에서 일어나 앉았다.

그랬을까? 정말로 그랬던 것일까?

만약 실라가 강제로 술을 마셨다면? 판단력을 잃을 만큼 많이 마신 채 차에 탄 거라면? 또는 누군가 실라에게 많은 양의 알코올을 섭취하게 만든 뒤 운전석에 실었다면?

정신 나간 생각인가? 그래. 아마 그렇겠지.

하지만 생각하면 생각할수록 나는 적어도 가능한 일이라는 믿음이 생기기 시작했다. 에드윈이 언급했던 셜록 홈즈의 대사가 또다시 생각났다. 무리한

시나리오일지 몰라도 내게는 실라가 스스로 술에 취해 차를 몰았다는 결론보다 훨씬 합리적으로 들렸다.

문제는 이 무모한 가설을 받아들일 경우 매우 까다로운 의문들이 몇 가지 발생한다는 점이었다.

우선, 누가 실라에게 강제로 술을 먹였는가?

그리고 무슨 이유로?

핸드폰이 울렸고 나는 소스라치게 놀랐다. 시계의 액정 화면에는 오전 2시 30분이라고 표시돼 있었다. 아마 조앤일 것 같았지만 나는 더 이상 그녀의 문제에 얽히고 싶지 않았다.

"여보세요?"

"글렌, 나 샐리예요." 경황이 없는 목소리였다. "이렇게 늦은 시간에 전화해서 미안해요. 나 어쩌면 좋을지 몰라서, 누구한테 전화를 하면 좋을지 몰라서, 그래서—."

"샐리, 샐리, 진정해." 나는 가슴께의 셔츠를 붙잡았다. 셔츠는 축축하게 젖어 있었다. "무슨 일인지 천천히 좀 말해봐. 괜찮아? 무슨 일이야?"

"테오가…….." 샐리는 울고 있었다. "테오의 트레일러에 왔는데 테오가 없어요. 무슨 일이 생긴 것 같아요."

42

샐리는 내게 트레일러의 위치를 알려주었다. 나는 손을 조금 떨면서 주소를 받아적었다.

테오는 트럼벌 서쪽 교외의 빈 공터에 주차된 트레일러에 살고 있었다. 나는 밀퍼드 파크웨이를 따라가다가 메리트 파크웨이로 접어든 뒤 서쪽으로 차를 몰았다. 트럼벌을 지난 나는 스포트 힐 로드를 타고 북쪽으로 향하다가 왼쪽으로 방향을 돌려 델라웨어로 접어들었다. 그곳에 멈춰 나는 샐리의 핸드폰으로 전화를 걸었다. 공터로 들어오는 진입로는 밤에 찾기 어려우니 전화를 걸면 도로로 나와 있겠다고 샐리가 말했었다.

목적지에 도착하는 데에는 30분이 넘게 걸렸다. 갓길에 차를 세웠을 때는 3시 30분이 다 된 시각이었다. 샐리는 자신의 쉐보레 타호 뒤에 기대어 서 있었다. 차도로부터 다가오는 전조등 불빛이 보이자 그녀는 나인지 확인하기 위해 몇 발자국 앞으로 걸어 나왔다. 나는 샐리를 안심시키기 위해 트럭의 실내등을 잠깐 켜고 손을 흔들어 보였다.

이곳은 그야말로 벽지였다. 길을 따라 집 한 채 보이지 않았다.

샐리는 트럭을 향해 달려와 내 품으로 쓰러졌고, 나는 그녀를 안심시키기 위해 꼭 끌어안았다. "안에 아무도 없어요. 테오의 트럭밖에는……." 샐리가 말했다.

테오의 트럭은 진입로를 가로막은 채 주차되어 있었다. 그래서 샐리가 자신의 타호를 길가에 주차한 모양이었다. 트럭을 지나치며 보니 내가 장식물을 떼어냈던 뒤범퍼에는 아직 새것이 달려 있지 않다.

우리는 테오 스테이모스의 진입로에 난 두 개의 바퀴자국을 따라 걸어 올라갔다. 트레일러는 30미터 정도 앞에 있었다. 70년대에 출시된 듯한, 녹이 줄무늬처럼 그어진 길이 15~18미터의 이동식 주택. 북서쪽을 바라보고 비스듬히 주차된 트레일러에는 앞과 뒤로 문이 하나씩 달려 있었다. 트레일러에서 새어나오는 불빛이 우리가 걷는 길을 비춰 주었다.

"테오가 언제부터 여기 살았어?" 내가 물었다.

"오래전부터요." 샐리가 말했다. "2년쯤 됐을 거예요. 그이가 지금 어디에 있는지 짐작도 안 가요. 통화한 지 2시간밖에 안 됐는데……."

"새벽 1시에?"

"그때쯤이에요."

"전화하기에는 늦은 시간인데?"

"그렇죠. 그게…… 실은 좀 다퉜어요." 샐리는 한숨을 쉬었다. "사장님 때문이었어요."

나는 아무 대꾸도 하지 않았다.

"테오는 사장님한테 굉장히 화가 나 있었어요. 제게 분풀이를 했죠. 제가 당신 밑에서 일한다는 이유로."

"미안해, 샐리." 나는 진심으로 사과했다.

"그건 그렇고 덕하고 불미스러운 일이 있었다면서요?" 어둠 속에서 그녀의 비난하는 눈초리가 보이는 듯했다. "테오의 누명을 벗겨줄 일 말이에요."

덕의 트럭에서 불량 전기 부품이 발견된 사실을 샐리가 알아낸 모양이었다. "그렇지 않아도 알려주려고 했어." 나는 변명을 했다.

"덕이 불량 부품들을 가지고 있었다면서요? 부품들이 들어간 상자를?"

"맞아." 내가 말했다.

"그럼 그 화재가 테오 탓이 아니라는 생각이 좀 드시겠네요? 지금 덕이 그런 복제품들을 가지고 있다면 윌슨 씨 집에 화재가 났을 때도 아마 가지고 있었을 테니까요.”

“그건 모르겠어.” 내가 말했다. “하지만 어쨌건 전기를 설치한 건 테오잖아? 정품과 복제품쯤은 구분했어야지?”

“당신 정말 구제불능이군요.”

“그 얘기는 어디서 들었어?” 내가 물었다.

“덕이 화가 잔뜩 나서 회사로 전화했어요. 목숨까지 구해준 오랜 친구한테 배은망덕하다면서.”

나는 마음속으로 움찔했다.

“테오에게 알려줬더니 저한테 무지막지하게 화를 내더군요. 새벽 1시까지 계속 전화를 해댔어요. 직접 만나서 진정시키는 게 나을 것 같아서 제가 여기까지 온 거예요.”

“그런데 와 보니 테오가 없었군?”

우리는 트레일러의 출입문 계단 앞에 도착했다.

“맞아요. 트럭도 놔두고 도대체 어딜 간 걸까요?”

“안에는 들어가 봤어?”

샐리는 고개를 끄덕였다.

“트레일러 열쇠 가지고 있어?”

샐리는 또다시 고개를 끄덕였다. “하지만 열려 있었어요.”

“안에 쓰러져 있는 거 아니야?” 샐리가 고개를 젓자 내가 말했다. “어쨌건 안을 다시 살펴보자.”

나는 금속 문을 열고 트레일러에 발을 들여놓았다. 내부 공간은 트레일러 치고 꽤 넓었다. 가로세로 3×3.5미터 정도의 거실에는 소파 하나와 푹신푹신한 의자 두 개, 오디오 위의 대형 스크린 TV 따위가 있었다. DVD와 비디오 게임들이 여기저기 흩어져 있었고 대여섯 개의 빈 맥주병이 널려 있기는 했지만 남학생 기숙사만큼 어지럽지는 않았다.

그러나 출입구 칸막이 왼쪽의 부엌은 사정이 달랐다. 싱크대에는 씻지 않은 설거지 접시들이 가득했다. 조리대에는 밖에서 사온 음식의 빈 용기들이 흩어져 있었고 빈 피자 상자도 두 개가 보였다. 식탁에는 테오의 트럭 열쇠가 올려져 있었는데 옆에 송장送狀과 기타 업무 관련 서류들이 잔뜩 쌓여 있었다. 트레일러의 상태는 혼란스러웠지만 수상한 점은 없었다. 의자들이 엎어져 있다거나 벽에 핏자국이 묻어 있지는 않았다.

나는 트럭 열쇠를 집어들고 찰랑찰랑 흔들었다. "이걸 두고 멀리 가지는 않았을 텐데." 나는 마치 단서를 찾은 형사처럼 샐리에게 말했다.

부엌 안쪽으로 트레일러 왼편을 따라 좁은 복도가 이어졌고 복도 벽에는 네 개의 문이 달려 있었다. 작은 침실 두 개, 화장실 하나, 그리고 트레일러 끄트머리의 큰 침실 하나. 작은 침실들은 창고로 쓰이는 모양인지 오디오가 담겼던 빈 상자, 옷, 연장, 〈펜트하우스〉와 〈플레이보이〉 더미, 그보다 외설적인 잡지들 따위가 들어차 있었다.

복제된 전기 부품이 담긴 상자들은 보이지 않았다.

화장실은 딱 보아도 혼자 사는 남자용으로 적합했다. 고속도로 주유소 화장실보다 한 단계 나은 수준이었다. 큰 침실은 작업복과 부츠와 널브러진 이불 따위로 난장판이었다.

"샐리, 여기서 잔 적 있어?" 내가 물었다. 그녀의 사생활이 궁금해서 그런 게 아니라 그녀가 이런 환경을 견딘다는 걸 상상할 수가 없어서였다.

샐리는 몸서리를 쳤다. "설마요. 테오가 우리 집에 와서 자요."

"결혼하면 둘은 샐리 집에서 살 계획이겠지?" 나는 자칫 "아버지 댁"이라고 말할 뻔했다.

"맞아요." 샐리가 말했다.

"이 방에 평소와 달라 보이는 건 없어?" 내가 물었다.

"없어요. 여느 때처럼 끔찍하네요." 샐리가 말했다. "도대체 어디 간 거야?"

"친구와 놀러 나간 건 아닐까? 누가 찾아와서 함께 술이라도 마시러 갔나?”

샐리는 곰곰이 생각했다. “트럭 열쇠를 집에 놓고 문도 안 잠갔잖아요? 누가 트럭을 훔쳐가면 어쩌려고…….”

“핸드폰으로 연락해 봤어?”

샐리는 고개를 끄덕였다. “여기 오기 전에 해봤어요. 트레일러의 전화로도 걸어봤어요. 둘 다 음성녹음으로 연결됐어요.”

나는 잠시 생각에 잠겼다. “다시 한 번 걸어보자.” 나는 좁은 복도를 걸어 나와 부엌 조리대 위의 전화기를 집어들었다. “잠깐만. 먼저 통화 내역을 살펴볼까? 누가 연락해서 불러냈다면 기록이 남아 있겠지.”

지난 몇 시간 간의 내역에는 샐리의 전화번호뿐이었다. “수신 내역에는 샐리밖에 없군.”

“발신 내역은 어때요?” 샐리가 물었다.

“확인해 볼게.” 나는 발신번호 목록 버튼을 눌렀다. 최근 발신번호 열 개가 화면에 나타났다.

지난 여덟 시간 동안 발신된 전화는 세 통이었다. 한 통은 샐리의 핸드폰, 두 번째는 샐리의 집 전화, 가장 최근이자 마지막은 내가 잘 아는 다른 전화번호였다.

“테오가 덕의 핸드폰으로 전화를 걸었군.” 내가 샐리에게 말했다. “샐리와 마지막 통화를 하고 1시간 뒤에.”

“덕에게 전화를 걸었어요?” 샐리가 물었다.

“그래.” 나는 갑자기 불길한 예감이 들었다. 만약 테오가 불량품이라는 걸 모르고 그 부품들을 설치했는데 덕 핀더에게 그 책임이 있음을 알게 된다면 분명 얼굴을 맞대고 담판을 짓고 싶어 할 것이다.

그렇지만 테오의 트럭은 여기에 있다. 누가 차를 몰고 와서 테오를 태우고 덕에게 간 것일까? 그렇다면 열쇠는 왜 놔두고 갔지? 트레일러의 문도 안 잠그고? 트럭도 저렇게 방치해 둔 채?

"전화를 걸어봐야겠어." 내가 말했다.

"누구한테요? 덕? 테오?"

덕에게 전화를 걸 생각이었지만 샐리가 테오에게 전화를 건 지도 좀 지났을 테니 다시 걸어봐야 할 것 같았다.

나는 부엌을 지나 트레일러의 출입문으로 다가가 혹시 테오가 진입로를 걸어 올라오고 있지 않을까 밖을 살폈다.

"테오한테 전화해 봐." 내가 샐리에게 말했다.

샐리는 핸드폰을 꺼내 버튼을 누르고 귓가에 갖다 댔다. 몇 초 뒤 그녀가 말했다. "안 받네요."

그때 뚜렷하지는 않지만 무슨 소리가 들리는 듯했다. "다시 걸어봐." 내가 말했다.

나는 트레일러의 출입구 계단으로 나가 숨을 죽이고 가만히 서 있었다. 들리는 것은 대부분 평범한 밤의 소리들이었지만 멀리 숲 속에서 틀림없이 전화벨 소리가 들렸다.

샐리가 트레일러 밖으로 나왔다. "다시 걸어봤지만 안 받아요."

"안에 손전등 있나 찾아봐." 내 트럭에 손전등이 있었지만 거기까지 뛰어가고 싶지는 않았다.

샐리는 트레일러로 들어가더니 잠시 후 튼튼한 맥라이트 손전등을 들고 돌아왔다.

"여기서 기다려." 나는 샐리로부터 손전등을 받아들고 꼭 쥐었다. "계속 전화 걸어."

"어디 가요?"

"잔말 말고 전화나 걸어."

나는 계단을 내려가 트레일러의 앞마당 역할을 하고 있는 공터를 가로질러 숲의 가장자리로 다가갔다.

"전화 걸었어?" 나는 트레일러를 향해 외쳤다.

“지금 걸고 있어요!”

오른쪽 앞에서 전화벨 소리가 들렸다. 벨소리는 다섯 번 울리더니 멈췄다. 이후 음성메시지로 넘어가도록 설정되어 있는 모양이었다.

나는 손전등 불빛을 이리저리 비추며 키 큰 풀숲을 가로질렀다.

“다시 전화 걸어!” 내가 소리쳤다.

몇 초 후 또다시 벨소리가 들렸다. 점점 가까워지고 있었다.

오른쪽으로 나무들이 무리 지어 있었는데 전화벨 소리는 아마 그 너머에서 들려오는 듯했다.

벨소리가 멈췄다.

나는 앞을 향해 손전등을 휘저으며 풀숲을 지났다.

“뭐가 보여요?” 샐리가 나를 향해 외쳤다.

“테오가 여기 핸드폰을 떨어뜨린 모양이야. 다시 걸어 봐.”

또다시 벨소리가 울렸다. 소리가 너무 가까운 탓에 나는 놀라서 움찔했다. 방향은 내 오른쪽 뒤였다. 몸을 휙 돌리자 손전등의 불빛이 소음이 들려오는 지점에 떨어졌다.

핸드폰은 테오의 바지 앞주머니에 들어 있는 듯했다. 그가 시끄러운 건설 현장에서 일한다는 점에서 자연스럽게도 벨소리 음량은 굉장히 크게 설정이 되어 있는 듯했다. 만약 그렇지 않다면 테오가 엎드린 자세로 쓰러져 있었기 때문에 벨소리가 우리에게 들리지 않았을 것이다.

그는 양팔을 머리 위로 뻗고 양다리를 어정쩡한 자세로 벌린 채 쓰러져 있었다. 셔츠 등 부분에 고인 핏물이 손전등의 불빛 속에서 기름처럼 번쩍거렸다.

43

샐리가 곁에 온 걸 깨닫지 못한 나는 그녀가 비명을 지르자 깜짝 놀라서 펄쩍 뛰었다. 나는 양팔로 샐리를 감싸 안고 그녀가 테오의 시체를 보지 못하도록 돌려세웠다. 맥라이트 손전등의 불빛이 반대편의 나무를 향해 쏟아졌기 때문에 샐리가 고개를 돌린다 해도 어차피 잘 보이지 않을 터였다.

"아, 하느님……." 샐리가 고통스럽게 말했다. "테오예요?"

"그런 것 같아. 가까이서 보지는 않았지만 맞을 거야."

샐리는 나를 꼭 끌어안고 몸을 떨었다. "하느님 맙소사, 글렌, 안 돼요, 아, 하느님."

"그래, 그래. 자, 일단 트레일러로 돌아가자."

나는 문득 테오를 이렇게 만든 자가 아직 근처에 있을지 모른다는 생각이 들었다. 고립된 장소는 위험하다. 여기에서 벗어나 경찰에 신고해야 한다. 트레일러는 그리 안전한 장소가 아니었다.

"이쪽으로 와." 내가 말했다.

"어디 가요?"

"내 트럭으로 가자. 이리 와. 어서."

나는 샐리를 데리고 서둘러 숲을 빠져나가 공터를 가로질러 바큇자국이 난 길을 따라 내 트럭으로 향했다. 샐리가 조수석에 올라가는 걸 도와준 뒤 나는 운전석으로 달려갔다. 그러는 내내 나는 주변을 살폈지만 아직 해가 뜨려면 두 시간은 더 있어야 했으므로 쓸모없는 짓이었다. 테오를 살해한 자가 지금쯤 우리를 보고 있을지 몰라 나는 불안해졌다.

테오가 총에 맞아 죽었는지 확실치 않았지만 아마 그럴 것이었다. 이런 교외라면 총을 한두 발 쏜다 해도 아무도 듣지 못했을 것이고, 설령 들은 사람이 있다 해도 아무 조치도 취하지 않았을 것이다.

우리는 트럭에 몸을 수그린 채 앉았다. 샐리는 여전히 "아, 하느님" 이라고 끊임없이 중얼거렸다. 나는 시동을 걸고 차를 몰았다.

"어딜 가요? 왜 도망가요? 테오를 저렇게 두고 갈 수는 없어요." 샐리는 다시 울기 시작했다.

"경찰에 신고한 다음에 돌아오자."

나는 액셀을 꾹 밟고 자갈들을 헤치며 차를 몰아 갓길을 빠져나갔다. 포장도로로 들어가자 뒷바퀴에서 끼익 하는 소리가 났다.

시속 95킬로미터로 차를 몰아 400미터쯤 갔을 때 백미러에서 뭔가가 눈길을 끌었다.

전조등.

"이런." 내가 말했다.

"왜 그래요?"

"누가 우리 뒤를 따라오고 있어."

일반 승용차인지 트럭인지 알아볼 수 없었지만 전조등의 불빛은 틀림없이 점점 커지고 있었다.

나는 트럭의 속력을 시속 112킬로미터까지 높였다가 다시 120으로 높였다.

샐리는 자리에서 몸을 틀었다. "아직 따라오고 있어요?"

"그런 것 같아." 나는 2초에 한 번씩 백미러를 확인했다. 가슴에서 심장이 쿵쾅거렸다. "속도를 줄이면 어떻게 나오는지 한번 볼까."

나는 액셀에서 발을 떼어 속도를 제한 속도까지 내렸다. 뒤의 전조등이 백미러 안에서 더욱 거대해지고 밝아졌다. 비로소 뒤차의 윤곽이 조금 분별 되었다. 높이를 보아하니 트럭 아니면 SUV인 듯했다.

빌어먹을 녀석이 전조등의 하이빔까지 켜놓은 탓에 나는 눈부심을 피하느라 팔을 뻗어 백미러를 주먹으로 쳐서 돌렸다.

차는 이제 우리의 뒤범퍼 근처까지 바짝 다가와 있었다.

"꽉 붙잡아." 나는 샐리에게 말했다.

나는 브레이크를 밟아서 뒤차와 충돌하지 않을 만큼, 하지만 주유소로 방향을 틀었을 때 트럭이 뒤집어지지 않을 만큼 속력을 줄였다.

내 트럭의 브레이크등이 켜지자마자 뒤에서 경적이 울렸다. 경적은 내가 주유소를 향해 방향을 꺾는 순간까지 이어졌다. 뒤쪽의 차는 잠시 반대편 차선으로 들어가더니 서행하지 않고 오히려 속력을 높였다. 나는 브레이크를 강하게 밟으며 왼편을 힐끗 쳐다봤다.

검은색 허머가 경적을 울려대며 밤 공기 저편으로 사라지고 있었다.

샐리와 나는 어둑한 주유기 옆에 트럭을 세운 채 놀란 숨을 헐떡였다.

"잘못 짚었네." 내가 말했다.

나는 핸드폰을 꺼내 세 자리 번호를 누르고 안내원의 응답을 기다렸다.

우리가 현장에 돌아왔을 때는 동이 트고 있었다. 경찰들은 주유소에서 우리를 만났고, 나는 트럭을 몰아 테오의 트레일러까지 경찰들을 안내했다. 해가 조금 떠올라 있어서 경찰들에게 숲 속의 시체를 찾아 보여주기는 어렵지 않았다. 나는 3미터쯤 떨어진 지점에 멈춰서 경찰들에게 시체를 가리켜 보였고 샐리와 함께 그들 뒤에 머물렀다.

머지않아 대여섯 대의 다른 경찰차들이 현장에 도착했고 도로가 통제되었다. 딜런이라는 흑인 경찰이 사건 경위를 파악하기 위해 샐리와 나를 간단히 심문했다. 그는 담당 형사가 도착하면 아마 똑같은 질문을 되풀이할 거라고 말했다. 그건 상관없었지만 그때까지 한 시간은 더 기다려야 했다.

현장을 떠나지 말라는 지시에 따라 우리는 트럭에 앉아 라디오를 들으며 대부분의 시간을 보냈다. 샐리는 긴 시간 동안 조수석에 앉아 멍한 표정으로 대시보드만 쳐다봤다.

"괜찮아?" 나는 간간이 샐리에게 물었지만 그녀는 고개만 까딱일 뿐이었다.

내가 샐리를 위로할 요량으로 손을 뻗어 그녀의 팔을 쓰다듬으려 하자 그녀는 몸을 휙 뒤로 뺐다.

"왜 그래?" 내가 물었다.

샐리는 고개를 돌려 나를 뚫어지게 바라보았다. "당신이 불을 지폈어요."

"뭐라고?"

"당신이 테오와 덕을 욕하고 다닌 탓이에요."

"아직 무슨 일인지 밝혀지지 않았잖아?"

샐리는 시선을 차창 밖으로 돌려 내 눈을 피했다. "하지만 그렇잖아요? 당신이 테오와 덕을 차례로 만났고 한밤중에 둘이 통화를 하더니 이런 일이 벌어졌잖아요?"

나는 내가 들은 정보에 따라, 발견한 사실에 따라 행동했을 뿐이라고 자기 변호를 하고 싶었다. 이런 일이 벌어질 줄 몰랐다고 말하고 싶었다. 하지만 결국 잠자코 있기로 했다.

사실이 밝혀질 때까지 가만히 있는 편이 나았다. 막상 사건의 전모가 밝혀지면 샐리의 비난이 옳다고 판명될지도 모를 일이다.

그렇게 되면 나는 져야 할 책임을 곱게 지는 수밖에 없다.

나는 수사를 전담하는 줄리 스트라이커라는 여형사에게 테오의 전화기 발신 내역에 덕 핀더의 번호가 있었음을 알려주었다. 덧붙여 경찰이 덕을 찾을 경우 참고하도록 그가 현재 더비에 머물고 있다는 것도 알려주었다.

"덕은 착한 친구예요." 내가 말했다. "이런 짓을 할 녀석이 아닙니다."

"피해자와 불화는 없었나요?" 스트라이커가 물었다.

나는 머뭇거렸다. "그런 건…… 없었어요. 하지만 할 말이 있었을지 모르겠습니다. 어제 문제가 좀 있었거든요."

스트라이커 형사는 그 문제라는 게 무엇인지 궁금해했다. 나는 소방서의 앨피로부터 들은 화재 원인 조사 결과와 테오의 관계를 설명했고, 덕의 트럭에서 발견된 물건들이 그것과 어떻게 들어맞는지를 설명했다.

"그 두 사람이 작업 현장의 화재에 대한 책임을 서로에게 물었을 거라는 말이로군요?" 스트라이커가 내 얘기를 정리했다.

"그럴 가능성이 있어요. 제가 덕에게 전화를 걸一."

"아니요, 가버 씨. 그러지 마세요. 저희가 직접 핀더 씨와 얘기를 나눠 보겠어요."

켄 왕으로부터 전화가 걸려왔다.

"사장님, 스튜랑 저랑 지금 출근했는데 아무도 없네요?" 켄의 남부 사투리가 내 귓가를 울렸다. "샐리는 어디 갔지? 항상 제일 일찍 출근하는데?"

"샐리는 나랑 같이 있어."

"네에?"

켄이 눈썹을 치켜세우는 광경이 눈에 선했다. "간밤에 샐리에게 문제가 생겼어. 덕도 아마 오늘 못 나갈 거야. 저기, 켄, 이런 얘기는 만나서 해야 하지만 어쩔 수 없이 지금 전화로 해야겠군."

"무슨 얘기요?"

"오늘부터 자네가 주임 자리를 맡아줘. 덕을 대신해서."

"뭐예요, 그게? 덕한테 무슨 일 있어요?"

"괜찮겠어?"

"아니, 뭐…… 네, 알았어요. 급료도 인상되죠?"

"그건 나중에 만나서 얘기하지. 오늘은 자네가 알아서 해. 필요한 작업을 파악해서 진행하도록 해." 켄 왕이 대꾸하기 전에 나는 전화를 끊었다.

사고 지점을 살피러 갔던 스트라이커가 돌아왔다. 그녀는 나와 샐리의 질문에 적극적으로 대답해 주지 않았지만 우리는 테오가 등에 세 차례 총을 맞아 죽었다는 사실을 알게 되었다.

샐리는 진정하려고 애썼지만 진정할 수 없었다.

"사람을 뒤에서 쏘다니 도대체 누가……?" 샐리가 내게 물었다.

나는 물음에 답하는 대신 그녀에게 되물었다. "이 근처에 테오의 가족이 살고 있어?"

샐리는 보스턴에 테오의 결혼한 형이, 유티카에는 최근 이혼한 누나가 살고 있다고 말했다. 부친은 아직 그리스에 있었고 모친은 3년 전에 사망했다. 샐리는 경찰이 테오와 가장 가까운 친족인 형에게 연락하는 편이 좋을 거라고 말했다. 장례식 준비부터 트레일러의 처분까지 앞으로의 일들을 처리할 만한 사람은 테오의 형밖에 없었다.

"내가 샐리 대신 연락해 볼까?"

"경찰이 하겠죠."

"그렇겠군."

"나는 못하겠어요." 샐리가 말했다. "못해요."

"알았어. 그것 말고 부탁할 게 있으면 나한테 말해."

샐리는 젖은 눈으로 나를 바라봤다. "아까는 흥분해서 미안해요."

"괜찮아."

"사장님은 할 일을 했을 뿐이에요. 저는 테오가…… 테오가 내 평생 유일한 남자일 것만 같아요. 완벽한 남자는 아니었지만 날 사랑해 줬어요."

우리는 몇 분 동안 아무 말도 하지 않았다. 마음에 걸리는 것이 하나 있었다. 어젯밤 잠들기 전부터 끔찍한 지난 몇 시간 동안에도 끊임없이 내 마음을 어지럽혔던 의문.

"물어보고 싶은 게 있는데……." 내가 말했다.

"네?"

"정신 나간 질문일 수도 있지만 어쨌건 의견을 들어보고 싶어."

"테오 얘기예요?"

"아니, 실라 얘기야."

"네, 그렇군요. 알겠어요, 말씀하세요."

“샐리도 알다시피 난 실라의 죽음을 이해할 수가 없어.”

“저도 알아요.” 샐리가 조용히 대답했다.

“실라가 술에 취해서 운전대를 잡았다는 사실을 받아들일 수 없었지만 그 것 말고는 사고를 설명할 다른 방법이 떠오르지 않았지. 그런데 생각난 게 한 가지 있어.”

샐리는 궁금하다는 듯 고개를 갸우뚱했다. “뭔데요?”

“아주 단순한 가설이야. 혹시 누군가 실라에게 강제로 술을 먹인 게 아닐까?”

“네?”

“경찰의 부검 결과에 따르면 실라는 술을 마셨어. 하지만 누군가 실라의 의지에 반해서 그녀를 만취 상태로 만들었다면?”

“글렌, 진짜 황당한 소리군요.” 샐리가 반박했다. “도대체 누가 그런 끔찍한 짓을 해요?”

나는 운전대를 꼭 쥐었다. “그래, 그건 잘 모르겠어. 하지만 최근에 이상하고 어이없는 일들이 너무 많았어. 일일이 얘기하려면 시간이 부족—.”

“집이 총격당한 것 말이죠?”

“그렇지. 하지만 그것만이 아니야. 실라는 사망 당일 벨린다의 부탁으로 어떤 남자에게 뭘 전달해 줄 예정이었어. 앤의 핸드백 파티와 관련된 일인데 벨린다도 거기 발을 들여 놓고 있었지. 핸드백만이 아니야.”

“글렌, 무슨 말인지 못 알아듣겠어요.”

“그래. 그건 상관없어. 중요한 건 그날 실라가 그 남자와 만나지 못했다는 거야. 물건을 전달하지 못했어.”

“저 지금 머리에 과부하가 걸릴 지경이에요. 테오가 죽은 지 몇 시간도 안 됐는데 이젠 당신의 이상한 가설까지. 글렌, 교통사고를 일으키려고 누가 실라에게 억지로 술을 먹였다는 이야기는 말이 안 돼요. 아니, 술을 먹여서 사고가 날 거라고 어떻게 보장해요? 시동을 걸다 잠들어 버릴 수도 있고, 도랑에 빠지는 걸로 끝날 수도 있잖아요? 고속도로 램프를 역주행해서 그따위 사고를 낼 가능성이 얼마나 되겠어요?"

나는 길고 거칠게 한숨을 내쉬었다.

"미안해요." 샐리가 말했다.

"무슨 말인지 알아, 알고 있어. 하지만 마침내 가설이 생겼어. 실라가 죽은 경위를 제대로 설명할 수 있는 가설이 생겼다고. 어쩌면 차가 램프에 세워지기 전에 실라는 이미 죽었는지 몰라. 누군가 실라를 취하게 해서 쓰러뜨린 뒤 차에 태우고 거기 버려둔 거라면."

나는 고개를 들어 샐리를 바라봤다. 그녀가 안쓰러운 표정을 짓자 나는 당황스러웠다.

"왜 그래?" 내가 말했다.

"그냥…… 그냥 당신이 너무 안돼서요." 샐리가 말했다. "당신이 실라를 무척 사랑했다는 거 알아요. 왜 그런 사고가 났는지 받아들일 수 없겠죠. 나였어도 마찬가지일 거예요. 하지만 글렌……."

나는 팔을 뻗어 샐리의 손을 붙잡았다. "그래, 알았어. 미안해. 안 그래도 괴로울 텐데 내가 황당한 얘기를 지껄였군."

정오가 다 될 무렵 경찰은 우리를 놓아주었다. 나는 샐리를 그녀의 타호까지 바래다주었고 운전석에 앉은 그녀가 안전벨트를 잘 맸는지 확인했다. "정말 운전할 수 있겠어?"

샐리는 고개를 끄덕이고 길을 따라 차를 몰고 떠났다.

나도 트럭에 올라탔다. 경찰이 이미 도착했는지 모르겠지만 나는 덕 핀더가 있는 곳으로 향했다.

덕의 핸드폰으로 전화를 걸어봤지만 아무도 받지 않았다. 벳시의 핸드폰이나 벳시 어머니의 집 전화번호는 알지 못했으므로 나는 일단 직접 가보기로 했고 1시쯤 그 집 앞에 도착했다. 집 건너편에는 경찰차가 한 대 세워져 있었고 진입로에는 벳시 어머니의 것으로 보이는 낡은 쉐보레 임팔라가 서 있었다.

내가 트럭에서 내리자마자 경관 한 명이 경찰차에서 내리더니 다가왔다.

"잠깐만요!"

나는 걸음을 멈췄다.

"성함이 어떻게 되시죠?"

"글렌 가버입니다." 내가 말했다.

"신분증 좀 보여주시겠습니까?" 경찰은 나와의 거리를 좁혔고 나는 지갑을 뒤져 운전 면허증을 꺼내 그에게 건넸다. "저 집에는 무슨 용무이십니까?"

"덕 핀더를 찾아왔어요." 내가 말했다. "그쪽도 덕을 기다리고 계신가요?"

"핀더 씨가 어디 있는지 알고 계십니까?"

"그렇게 묻는 걸 보니 여기 없나 보군요?"

경찰이 말했다. "소재를 아신다면 협조해 주셔야 합니다. 중요한 일로 경찰이 덕 핀더를 찾고 있습니다."

"무슨 일인지 알아요. 테오 스테이모스의 트레일러에서 오는 길입니다. 사건은 잘 알고 있어요. 제가 911에 신고한 사람이에요. 벳시는 안에 있습니까?"

경찰은 고개를 끄덕였다. 그가 내게 다른 볼일이 없는 듯하여 나는 현관으로 다가가 노크를 했다. 60대 중반쯤 되는 여자가 문을 열었다. 여자의 발 근처에는 고양이들이 몇 마리 모여 있었는데 그중 세 마리가 바깥으로 재빨리 뛰쳐나왔다. "누구세요?"

"저는 글렌이라고 합니다." 내가 말했다. "벳시의 어머니 되시죠?" 여자가 부인하지 않자 나는 그녀에게 물었다. "벳시는 집에 있습니까?"

"벳시!" 여자는 집 안을 향해 소리쳤다. "아휴, 쟤네들 때문에 집이 진짜

아수라장이야."

벳시가 거실에서 나왔다. 표정을 보니 내가 반갑지는 않은 모양이었다.

"아, 글렌. 왜요?"

"덕을 만나러 왔어요." 나는 현관 안으로 발을 들여놓았고 고양이가 끼이지 않도록 조심하며 문을 닫았다.

"바깥에 있는 빌어먹을 경찰 나리도 모자라 당신까지 왜 그래요? 이게 다 무슨 일이에요?"

"나야 모르죠." 나는 퉁명스럽게 대답했다. "난 덕에게 할 얘기가 있어서 왔어요."

"어제 그렇게 많이 얘기해 놓고 뭘 또 얘기해요? 욕이나 잔뜩 했잖아요? 난 당신을 덕의 친구라고 생각했는데."

"친구 맞아요." 사실 지금의 나는 그렇게 말할 입장은 아니었다. "덕은 언제 나갔어요?"

"몰라요. 한밤중에 사라졌어요. 내 차를 타고 나갔다고요." 덕의 트럭은 아직 회사에 있을 터였으므로 그럴 수밖에 없었을 것이다. "덕분에 아무 데도 못 나가고 있단 말이에요. 도대체 어딜 간 거야? 경찰은 또 왜 저래? 그렇지 않아도 골치 아파 죽겠는데 무슨 일로 또 괴롭히려고? 집을 빼앗긴 사람들한테 경찰이 이래도 되는 거예요? 네? 범죄자 취급해도 되냐고요? 오늘 우린 집을 되찾으러 은행에 가야 한단 말이에요. 그런데 이 인간은 어딜 싸돌아다니는 거야? 은행에 안 갈 생각이야?"

나는 덕이 돌아오거든 내게 전화하게끔 부탁할 참이었지만 집 앞에서 경찰이 기다리고 있는 걸 보니 그가 내게 연락할 짬은 나지 않을 듯했다.

"경찰이 남편을 왜 찾는 거예요?" 벳시가 캐물었다.

"혹시 덕이 테오를 만나러 간다고 하던가요?" 내가 물었다.

"나한테는 아무 말도 안 했어요. 테오라면, 그리스에서 온 그 전기 기술자 말인가요?"

“네.”

“그 사람이 왜요?”

“죽었어요.”

“죽어요?”

“간밤에 누가 테오를 총으로 쏘았어요. 만약 덕이 테오를 만나러 갔다면 뭔가 보거나 들었을지도 몰라요. 경찰은 범인을 찾기 위해 덕의 협조를 받으려는 겁니다.”

“그럼 덕을 범인이라고 의심하는 게 아니에요?” 벳시가 말했다. “목격자란 말이죠?”

“경찰은 덕을 찾고 있어요, 벳시. 내가 아는 건 그뿐이에요.”

“덕을 찾을 때 부디 내 차도 같이 찾기를 빌어요. 집을 돌려받으러 빌어먹을 은행에 가려면 차가 필요하니까.”

곧이어 나는 회사 사무실로 향했다. 도착해 보니 〈가버 종합건설〉의 영역을 표시하는 체인 링크 울타리의 정문은 닫혀 있었다. 켄은 우선적으로 처리할 작업 현장으로 나갔고 아무도 없는 사무실의 문을 잠가 놓았다. 벳시의 인피니티의 흔적은 보이지 않았지만 길 건너편에는 역시 경찰차가 한 대 서 있었고 나는 아까와 똑같이 경찰에게 내가 덕 핀더가 아님을 증명해야 했다.

나는 덕이 몰래 사무실로 들어가지 않았을까 싶어서 경찰과의 용무가 끝난 뒤 문을 열고 사무실과 창고로 들어갔다. 회사 뒤편에 주차된 덕의 트럭도 확인해 봤지만 트럭만 있고 덕은 없었다.

나는 회사의 출입문을 잠그고 덕과 벳시의 빼앗긴 집으로 향했다. 짧은 시간 동안 모든 물건을 마당에 꺼내올 수는 없었을 터이므로 덕은 필요한 것들을 가지러 한때 그들의 집이었던 곳에 몰래 침입했을지도 모른다.

길모퉁이를 돌자 진입로에 주차된 인피니티가 보였다. 덕은 무릎에 팔을 걸친 채 현관 계단에 주저앉아 있었다. 오른손에는 맥주병이, 왼손에는 담배가 들려 있었다.

"어이, 친구." 덕의 얼굴에 웃음이 스쳤다. "시원한 맥주 한잔 할래?" 맥주를 여러 병 가지고 있는 것처럼 그가 말했다.

나는 덕을 향해 걸어갔다. "아니, 괜찮아."

현관문의 잠금장치는 건재했다. 만약 덕이 집에 들어갔다면 어딘가 다른 통로를 이용한 모양이었다.

"여기서 뭐 해?" 내가 물었다.

"여기는 내 집이야. 내가 내 집에 있는 게 이상해?"

"이제 은행 소유야."

"아하, 그렇지. 알려줘서 고마워." 덕은 침울하게 대답하고 맥주를 벌컥 들이켰다. "나는 여기 앉아서 맥주 마시는 걸 좋아했어. 다행히도 아직은 이렇게 마실 수 있군." 덕은 옆의 콘크리트 바닥을 두드리며 말했다. "좀 앉게나, 친구."

나는 콘크리트 계단 위에 앉았다.

"어디 갔었어?" 내가 물었다.

"여기저기." 덕은 담배를 빨아들인 뒤 코로 연기를 내뿜었다. "정말 맥주 안 마셔?" 그는 발 근처에 놓인 여섯 개들이 맥주 팩을 가리켰다. 아직 한 병이 남아 있었다.

"안 마셔. 너 어젯밤에 테오를 만났어?"

"어? 그걸 어떻게 알아?"

"테오가 너한테 전화했지?"

"흠, 맞아. 핸드폰으로. 전화가 울렸지만 벳시는 깨어나지 않았지. 왜냐하면 말이야, 나만 혼자 지하실에서 자고 있었거든." 그는 담배 연기를 내뿜은 뒤 맥주를 들이켰다.

"지하실?"

"그래, 그랬어. 벳시의 어머님이 내가 자기 따님과 자는 걸 허락하지 않았

지. 자기 집에서 남이 성관계를 갖는다고 상상하면 불편하대나 뭐래나? 그래
서 벳시는 2층에, 나는 지하실에서 자게 된 거야. 아니, 우리가 무슨 십대 미
성년자 커플이야? 말도 안 되잖아? 그리고 이건 우리끼리 얘기지만, 벳시의
어머니는 달갑지 않은 사위가 자기 딸이랑 자는 게 싫은 모양인데 그거 괜한
걱정이야. 벳시하고는 안 한 지 오래됐어. 그런데 말이지, 벳시는 어머니의
명령이 반가운 모양이더군. 내가 없으니 밤새 엄마랑 실컷 내 흉을 볼 생각
이었겠지."

"테오가 왜 너한테 전화했어?"

"몰라. 할 얘기가 있다던데. '무슨 중요한 일이길래 오밤중에 전화하고 난
리야?'라고 말했더니 '야, 당장 튀어 와. 무슨 일인지 가르쳐 줄 테니.'라고
하더군."

"그래서? 갔어?"

"이봐, 글렌, 무슨 문제 있어?"

"대답이나 해."

"차를 끌고 나갔어. 테오가 가르쳐 준 방향을 따라갔지. 그런데 어땠는지
알아?"

"어땠는데?"

"그 자식이 날 갖고 놀았어."

"무슨 소리야?"

"먼 길을 갔는데 그 망할 그리스놈은 코빼기도 안 보였어."

"없었어?"

"없었어." 덕은 고개를 저었다.

"주변은 찾아봤어?"

"트럭은 있었지만 녀석은 아무 데도 안 보이더군. 트레일러에도 들어가 봤
어. 참, 그 자식이 트레일러에 산다는 건 알아?"

"그래, 알아."

"안에 들어가서 살펴봤지만 그 바보 자식은 아무 데도 없더군."

"그다음에는 어떻게 했어?"

"차를 타고 돌아다녔지." 덕은 마시던 맥주를 해치우고 병을 잔디밭으로 던졌다. "저기 마지막 남은 맥주 진짜 안 마실 거야?"

"안 마신다니까. 너도 이제 그만—."

"내 걱정은 마." 덕은 마지막 맥주병을 집어들고 뚜껑을 비틀어 땄다. "좀 미지근하네. 에이, 뭘 상관이야."

"아무튼, 차를 타고 돌아다녔다고?"

"그래. 기왕 잠에서 깼잖아. 벳시와 장모가 있는 집에는 돌아가고 싶지 않았지. 가봤자 뭐가 즐겁다고. 그리고 저 인피니티 말인데, 운전해 보니 아주 좋더라. 뭐, 대금을 못 물어서 조만간 회수당하겠지만. 바닷가에 차를 세웠는데 내가 깜빡 졸았던 모양이야. 정신을 차려보니 10시가 넘었더군."

"그다음에는?"

"맥주를 사 들고 와서 여기 앉아 있었어. 나의 미래에 관해 사색 중이었지." 덕은 빙긋이 웃었다. "좀 암울하더라."

"테오는 못 봤어? 전혀?"

"내가 기억하는 한 전혀 못 봤지." 덕은 낄낄대며 웃었다. 그는 다 피운 담배를 버려진 맥주병을 향해 툭 던졌다.

"테오가 너한테 무슨 얘기를 하려고 했는지 알아?"

"몰라. 하지만 내가 그 새끼한테 할 말은 알고 있지."

"무슨 말?"

"'왜 내 트럭에 염병할 불량품들을 넣어놨냐?'"

"그래? 자기가 그랬대?"

"망할, 그건 아니야."

"그럼 테오가 그랬다고 추측하는 거로군. 지난번에는 KF의 짓이라고 하더니?"

덕은 짐짓 어깨를 으쓱해 보였다. "그건 인종 차별적인 발언이었어, 글렌. 내가 잘못했어." 그는 과장된 동작으로 맥주병을 쥔 오른손등을 왼손으로 찰싹 때렸다. "테오, 그 개 같은 새끼. 생각해 봐. 놈은 화재의 책임을 추궁당하고 있었잖아? 전기를 설치한 장본인인 그놈이 내 트럭에 불량품을 몰래 넣어 놨을 거야. 그럴듯하지? 어젯밤에 놈을 만나서 왜 날 엿 먹였냐고 따질 작정이었어. 다음에 마주치면 물어봐야겠군."

"테오는 죽었어." 나는 덕의 반응을 살폈다.

그는 피곤한 듯 눈을 깜빡였다. "뭐라고?"

"테오가 죽었다고."

"허, 젠장. 그놈한테 따지는 건 물 건너갔구먼." 덕은 맥주를 길게 벌컥벌컥 들이켰다. "감전당했나? 그게 딱 어울리는데."

"아니. 총을 맞았어."

"총? 총이라니?"

"그래, 총. 혹시…… 네가 쏜 건 아니지?"

"뭐? 아니, 이 자식 진짜 구제불능이로군. 현장 화재가 내 탓이라고 지껄이더니만 이제는, 뭐? 내가 사람을 쏴 죽여?"

"아니라는 걸로 알겠어." 내가 말했다.

"아니라고 하면 믿어줄 거야? 요즘의 너는 궁지에 몰린 내가 의지할 수 있는 친구가 아니었어."

"미안해, 덕. 혹시…… 혹시 다른 설명이ㅡ."

"어, 저건 또 뭐야?" 덕은 거리를 내려다보며 말했다.

경찰차였다. 사이렌도 불빛도 없이 경찰차 한 대가 다가오고 있었다. 차가 진입로 끝에 멈추더니 여경 한 명이 내렸다.

"더글라스 핀더 씨 되십니까?" 여경이 물었다.

덕은 손을 휘저으며 대답했다. "네, 네, 제가 그놈입니다, 아가씨."

여경은 어깨에 달린 무전기에 뭔가를 말하고는 우리 쪽으로 걸어왔다.

“핀더 씨, 여쭤볼 게 있으니 함께 가주셔야겠습니다.”

“물어볼 게 있으면 여기서 물어봐요.”

“아니요, 함께 가주셔야겠습니다.”

“알았어요. 맥주 마저 마시고요.”

“덕, 시키는 대로 해.” 이어서 나는 여경에게 말했다. “취하긴 했지만 해를 끼칠 친구는 아닙니다.”

“선생님은 누구시죠?”

“글렌 가버. 덕의 회사 사장입니다.”

덕이 나를 향해 고개를 휙 돌렸다. “야, 나 다시 일해도 돼? 이거 희소식이로군. 그래, 날이 늦었지만 아직 작업할 시간이 남았어. 아, 근데 지금 말이야, 내가 못을 똑바로 박거나 무거운 기계를 다루기는 좀 힘들어.”

또 다른 경찰차 두 대가 도로에서 다가오고 있었다.

“저건 또 뭐야? 집회라도 하나?” 덕이 말했다. “글렌, 튀자.”

“함께 가주셔야겠습니다, 선생님.” 여경이 말했다. “순순히요.”

“에이, 참. 알겠어요.” 덕이 맥주병을 내려놓으며 말했다. “하지만 그 전에 마누라한테 자동차를 갖다 줘야 하는데.” 그는 나를 향해 씨익 웃었.

“그년은 지금 백화점에 못 가서 안달일 걸?”

“저 인피니티가 선생님 차인가요?”

다가오던 경찰차 두 대가 멈추고 각 차에서 경찰이 한 명씩 내렸다.

“저건 벳시 차예요. 그런데 생각해 보니 내가 지금 저거 운전하면 안 되는데. 이 와중에 음주 운전까지 하면 안 되지. 응, 안 되고말고.”

여경이 다가오는 경찰 한 명에게 고갯짓을 하자 그는 인피니티의 문을 열고 몸을 숙여 안을 살폈다.

“한번 몰아 보시려고?” 덕이 말했다. “주머니에 차 열쇠가 있는데. 어디 보자……..”

“선생님.” 아까보다 엄격한 말투로 여경이 말했다.

덕은 자리에서 일어나 비틀거리며 말했다. "알았어요, 알았다고요. 그런데 무슨 일이요? 나한테 뭘 물어보고 싶으신데?" 그는 나를 바라봤다. "테오 때문인가?"

"그냥 얌전히 있어." 내가 주의를 주었다.

"왜 얌전히 있어?" 덕은 다시 여경에게 물었다. "테오 스테이모스 때문이요? 우리 사장님한테 들었는데 총 맞아서 죽었다며? 거 참 얄궂네. 내가 어젯밤에 그 새끼 만나러 갔었는데."

"덕, 조용히 좀 해, 제발." 내가 말했다.

"이쪽으로 오세요." 여경은 덕을 자신의 경찰차로 인도했고 덕은 저항 없이 그녀를 따라갔다.

인피니티를 살펴보던 경찰이 차에서 나오더니 주머니를 뒤져 라텍스 장갑을 꺼냈다. 그는 장갑을 끼고 탁 잡아당겨 본 뒤 또다시 인피니티 안으로 몸을 집어넣었다.

"차 안이 그렇게 지저분해요?" 인피니티의 옆을 지나치면서 덕이 말했다.

다시 인피니티에서 몸을 꺼낸 경찰의 새끼손가락에는 방아쇠울이 매달려 있었다. 총이었다.

"와." 경찰차 뒷좌석에 들어가기 직전 덕이 말했다. "야, 글렌, 저거 좀 봐라! 벳시가 차 안에 총을 갖고 있었네, 씨발! 앞으로 그 여편네한테 좀 잘 해야겠어."

내가 지켜보는 가운데 두 경찰은 덕 핀더를 차에 태워 떠났고, 나머지 한 명은 차를 경호하듯 인피니티 옆에 딱 붙어서 있었다. 벳시가 차를 되찾으려면 아무래도 시간이 걸릴 듯했다. 차는 안에서 발견된 총과 함께 경찰 수사팀으로 인계될 것이다.

엉망진창이군.

나는 벳시에게 이 상황에 관해 알려줄까 싶었지만 지금쯤이면 그녀도 이미 들어서 알고 있을 것이다. 벳시의 어머니 집을 감시하던 그 경찰이 덕 핀더가 발견됐고 벳시의 자동차가 압수됐다는 사실을 보고받았을 것이다. 남편이 살인 혐의로 취조받고 있다는 소식과 값비싼 자동차가 몰수됐다는 소식 중 벳시는 어느 쪽을 더 애석해할까?

지난 24시간 동안 핀더 부부의 인생은 다각적으로 망가질 대로 망가져 버렸다. 이런 상황을 생각하면서 나는 여러 가지 이유로 속이 뒤틀렸다. 덕이 총으로 사람을 죽일 리 없다는 걸 내가 믿지 못했다는 것도 큰 이유였다. 나는 덕이 불량 부품을 이용해 푼돈을 벌려 했다고 단정했었지만 덕을 살인자로 단정하는 것과 그것은 천지 차이였다.

하지만 덕이 테오를 만나러 갔다는 건 엄연한 사실이었다. 덕이 테오에게 분노할 동기도 있었다. 심지어 그의 차에서 총이 발견됐다. 덕은 테오에게 총을 쏴 놓고는 술에 취해서 잊어버린 걸까? 이미 취한 상태에서 총을 쏬을까?

세 번이나?

취한 사람이 과연 어두운 숲 속에서 목표물을 세 번이나 정확히 쏠 수 있을까?

갈피를 잡을 수가 없었다. 나는 트럭을 타고 〈가버 종합건설〉로 돌아갔다. 회사 울타리의 정문을 열고 들어가 사무실의 현관문을 열었다. 사무실은 마치 주말처럼 인적없이 고요했다.

전화기의 램프에 불이 깜빡였다. 나는 수화기를 집어들고 음성 녹음을 재생했다. 열일곱 개의 메시지. 나는 펜과 메모장을 꺼내 들어 메시지들을 하나씩 받아적기 시작했다.

"주문한 건식벽을 가져왔는데 도대체 어디들 있는 거예요? 오늘 일 안 해요? 쉰다는 얘기 못 들었는데?"

"지난주에 전화했었는데요, 작년 여름 저희 집 뒤편에 일광욕실을 설치하셨잖아요? 그런데 일광욕실에 벌이 들어와요. 틈이 생긴 것 같은데 오셔서 좀 봐 주시겠어요?"

"저는 라이언이라고 하는데요. 이력서를 낼 수 있을까요? 취업 못 하면 엄마가 날 쫓아낸대요."

메시지들이 쭉 이어졌지만 전에 샐리가 말했듯이 견적을 의뢰하는 연락은 하나도 없었다. 회사는 여전히 망해가고 있었다.

열일곱 개의 메시지를 전부 확인한 뒤 나는 회신을 하기 시작했다. 5시가 될 때까지 하청업자, 부품 공급자, 예전의 고객들에게 연락하여 일을 처리했다. 그런다고 해서 나의 숱한 문제들이 사라진 것은 아니었지만 그래도 잠시나마 나는 내가 능숙한 일들에 집중함으로써 그것들을 잊어버릴 수 있었다.

할 수 있는 만큼 회신을 마친 후 나는 의자에 기대앉아 길고 지친 숨을 내쉬었다.

나는 책상에 올려진 실라의 사진을 보며 말했다. "내가 도대체 뭘 하고 있지?"

문득 아버지가 돌아가신 뒤의 일이 떠올랐다. 어느 날 아버지의 차고를 정리하기로 했던 나는 차고는 제쳐둔 채 묵혀 뒀던 다른 집안일들에 난데없이 손을 댔다. 헐거운 지붕널에 못을 박고 고장 난 방충망을 고치고 썩어가는 포치의 계단을 교체했다.

실라는 내 옆에서 내가 판자를 자르는 모습을 가만히 지켜봤다. 시끄럽게 작동하던 전기톱이 멈추자 그녀가 내게 말했다. "아버지 차고를 정리하지 않을 핑곗거리가 더 필요하거든 이웃집들도 있으니까 참고해. 잭슨 씨네 굴뚝이 많이 상했더라."

내가 할 일을 피할 때면 실라가 언제나 알아채곤 했다. 그리고 바로 지금, 나는 피하고 있었다. 그저 해야 하지만 하기 싫은 일을 피하는 정도가 아니었다.

나는 진실을 피하고 있었다.

사무실에 앉아 밀린 업무를 처리하고 전화 메시지를 확인함으로써 나는 훨씬 거대한 문제를 회피하고 있는 셈이었다. 한 블록 건너편에서 토네이도가 다가오는 마당에 진입로의 낙엽을 쓸고 있는 꼴이었다.

내 말에 귀 기울여줄 상대에게 실라가 음주 운전을 할 리 없다는 말을 몇 번이고 반복할 때에도 나는 괴롭지 않았다. 하지만 실라가 억지로 술을 먹고 운전을 했다는 믿음에 사로잡히자 끔찍한 이미지들이 자꾸만 머릿속을 비집고 들어왔다. 악몽 속에서 봤던 끔찍한 장면들이 깨어 있는 매 순간 눈앞을 스쳤다.

누군가가 실라에게 흉악한 짓을 저질렀다.

그녀의 죽음 뒤에 누군가가 있었다. 실라의 죽음을 사고로 꾸민 자가 있었다.

"누군가 아내를 살해했어."

나는 입 밖으로 소리를 내어 말했다.

"누군가 실라를 죽인 게 분명해."

구체적인 근거는 전혀 없었다. 앤과 대런 슬로컴, 소머라는 이름의 악당,

벨린다, 그리고 벨린다가 실라에게 전달을 부탁한 6만 2천 달러의 돈 봉투. 그렇게 만들어진 사건의 소용돌이로부터 나는 그렇게 직감할 뿐이었다.

그리고 이 소용돌이는 한 지점을 가리키고 있었다.

그 지점이 다름 아닌 살인이라고 나는 결론을 내렸다. 누군가 술 취한 내 아내를 자동차에 집어넣고 죽음으로 몰아넣었다.

심지어 상관없는 또 다른 두 명마저 죽게 했다.

더할 나위 없는 확신이 들었다.

나는 전화기를 집어들고 밀퍼드 시경의 로나 웨드모어에게 연락했다.

"실라 가버 씨의 사고는 밀퍼드 시경 관할이 아니에요." 웨드모어 형사가 커피를 마시며 내게 말했다. 통화를 마친 한 시간 뒤 우리는 브리지포트 애비뉴의 맥도날드에서 만났다. 처음에 웨드모어는 내가 우리 집을 총격한 자를 발견했는지 물어보려고 만나자고 한 줄 알았다. 나는 그것도 물론 궁금하지만 다른 할 말이 있다고 말하고 실라에 대해 얘기를 꺼냈다.

"관할 구역이 아니라는 핑계로 지나칠 분은 아니잖아요?" 내가 말했다.

"핑계가 아니에요. 현실적인 문제예요. 다른 경찰서의 형사가 자기들 케이스를 기웃거리는데 좋게 생각할 리가 없잖아요?"

"하지만 만약 밀퍼드 시경과도 관련이 있다면요?"

"어떻게요?"

"앤 슬로컴."

"계속 얘기해 봐요."

"제 아내는 아무래도 사고로 죽은 게 아닌 것 같아요. 그렇다면 앤 슬로컴의 사고도 겉보기와 다를지 모른다는 거죠. 두 사람은 친구였고 우리 딸들도 친구였습니다. 게다가 두 여자는, 정도는 달랐지만 똑같은 부업을 하고 있었어요. 우연의 일치가 지나치게 많습니다. 게다가 대런이 켈리가 엿들은 통화 내용을 알고 싶어 혈안이 됐다는 건 형사님도 알고 계시잖아요? 저는 경찰은 아니지만 집 짓는 것도 수사와 별반 다를 게 없어요. 멀쩡해 보이는 집이라도 막상 들어가 보면 보통 사람에게 보이지 않는 점들이 제게는 보이거든요. 예를 들어, 물이 새는 걸 막느라 벽에 석고를 대충 발라놨다거나 발밑의 판자가 삐걱거린다거나 바탕바닥이 설치되지 않았다거나 하는 것들 말입니다. 그런 미심쩍은 점들이 속속 드러나요. 제 아내의 사고에 관해서도 비슷한 느낌이 듭니다. 앤의 사고도 마찬가지고."

"증거가 있나요, 가버 씨? 앤 슬로컴의 죽음이 사고가 아니라는 증거가?" 웨드모어가 물었다.

"증거요?"

"보거나 들은 게 있냐는 말이에요. 당신의 말을 뒷받침할 명확한 뭔가가 있어요?"

"명확?" 나는 웨드모어의 말을 되뇌었다. "제가 믿고 있는 걸 말했을 뿐입니다. 진실이라고 믿는 것을요."

"그걸로는 부족해요." 웨드모어는 의견을 굽히지 않았다.

"형사님은 직감에는 조금도 의존하지 않나요?" 내가 물었다.

"의존하죠. 나 자신의 직감이라면." 웨드모어는 희미하게 웃었다.

"이봐요, 형사님도 제 직감에 동의하잖아요? 앤 슬로컴은 한밤중에 이상한 전화를 받고 나갔다가 항구에 빠져 죽었어요. 게다가 남편이란 사람은 이 상황을 아무 의심 없이 받아들이고 있습니다."

"대런은 밀퍼드 시 경찰이에요." 웨드모어가 말했다. 그녀가 대런을 두둔하려는 것인지 아니면 옳은 판단을 위해 이의를 제기하는 것뿐인지 나는 알 수 없었다.

"형사님, 제가 대런에 대해 떠도는 나쁜 소문들을 모를 줄 알아요? 형사님도 대런과 앤이 부업으로 위조 핸드백 장사를 했다는 걸 아시잖습니까? 그런 물건들을 월마트에서 도매로 팔 리도 없고 창업 자금을 시티뱅크에서 대줄 리도 없잖아요? 수상쩍은 사람들의 힘을 빌리지 않으면 불가능합니다. 슬로컴 부부는 위조 핸드백을 취급하는 자들과 관계됐어요. 핸드백만이 아닙니다. 의약품과 건설 자재도 취급해요.”

그 순간 나는 윌슨 집의 화재 원인이 된 차단기 부품을 판매한 장본인이 슬로컴 부부일지도 모른다는 생각이 들었다. 테오가 슬로컴의 집에서 작업한 적이 있다는 얘기를 샐리로부터 들은 적이 있다. 아니면 덕이 판매를 매개했다 해도 연결 고리는 있었다. 벳시는 우리 집에서 열렸던 핸드백 파티에서 앤을 만났다. 그게 아니더라도 둘은 전부터 아는 사이였는지도 모른다.

“사망 당일 실라는 벨린다로부터 부탁받은 게 있었어요. 소머라는 남자에게 돈을, 아까 말씀드렸던 물건들의 대금을 전달하는 일이었습니다. 하지만 실라는 사고를 당했고 결국 전하지 못했죠. 며칠 전 그 소머라는 놈이 날 찾아와 협박했어요. 아서 트웨인에 따르면 소머는 뉴욕에서 일어난 세 건의 살인 용의자라더군요.”

“네?” 메모장을 꺼내 끼적거리던 웨드모어는 내가 트웨인과 살인 사건을 언급하자 고개를 들어 나를 바라봤다. “아서 트웨인은 누구고 세 건의 살인 사건은 뭐예요?”

나는 웨드모어에게 사설탐정 아서 트웨인의 방문과 그의 이야기를 들려주었다.

“소머라는 사람이 당신을 찾아와서 협박했다고요?” 웨드모어가 물었다.

“내가 그 돈을 가지고 있다고 생각하더군요. 돈이 사고로 불타지 않았다고 생각한 거죠.”

“돈은 불에 탔나요?”

“아니요. 집에서 찾아냈습니다. 실라는 그날 돈을 두고 나갔어요.”

“이런.” 웨드모어는 숨을 내뱉었다. “액수가 얼마나 돼요?” 내가 액수를 말하자 웨드모어의 눈이 커졌다. “그 돈을 소머에게 줬나요?”

“아니요. 그러기 전에 벨린다가 제게 연락해서 현금이 든 봉투를 아냐고 넌지시 물어봤어요. 아마 소머는 돈을 내놓으라고 그녀를 꽤나 압박했을 겁니다. 그 돈은 소머에게 직접 전하라고 벨린다에게 넘겨줬어요. 저는 그따위 돈 필요 없습니다.”

웨드모어는 펜을 내려놓았다. “그것 때문에 전화했을 거예요.”

“켈리가 엿들었다는 전화 말인가요?”

“아니요. 대런이 언급한 벨린다의 전화요. 외출하기 직전 앤 슬로컴은 벨린다 모튼의 전화를 받았어요. 하지만 통화 내용을 남편에게 말하지 않았죠.”

“벨린다도 만나셨나요?”

웨드모어가 고개를 끄덕였다. “그녀의 집에 찾아갔어요.”

나는 조지 모튼과 앤 슬로컴의 추잡한 관계와 앤이 조지를 협박했다는 사실을 밝혀야 할지 고민했다. 나는 그 정보를 빌미로 조지를 압박하여 벨린다의 진술이 번복되도록 강요했다. 나는 웨드모어에게 진실을 털어놓는 것과 나와 딸을 재정적으로 보호하는 것 사이에서 고민하다 일단은 스스로를 보호하기로 마음먹었다. 하지만 만약 조지와 앤의 수갑 놀이가 실라의 죽음과 관련이 있다면? 예를 들어, 실라가 두 사람의 관계를 알고 있었고 그 바람에 사건에 휘말린 것이라면? 만약 그렇다는 게 밝혀지면 나는 지체 없이 웨드모어에게 사실을 털어놓을 작정이었다.

“뭔가 할 말이 있나요?” 웨드모어가 캐물었다.

“아니요. 할 말은 다 했습니다.”

웨드모어는 몇 가지 메모를 한 뒤 나를 올려다봤다.

“가버 씨.” 의사가 내게 검사 결과를 걱정하지 말고 기다리세요, 라고 말할 때와 같은 말투로 웨드모어가 입을 열었다. “일단 집에 돌아가도록 하세요. 이 건은 제가 알아볼 테니까요. 여기저기 연락을 좀 해봐야겠어요.”

“소머라는 놈을 찾아보세요. 대런 슬로컴을 경찰서로 불러서 강하게 추궁해 보시라고요.” 내가 말했다.

“침착하게 기다려요. 제가 판단해서 처리할게요.” 웨드모어가 말했다.

"이제 뭘 하시게요? 언제 여기서 나가실 거예요?"

"저는 집에 돌아가서 저와 남편이 먹을 저녁 식사를 준비해야 돼요." 웨드
모어가 말했다. 그녀는 고개를 돌려 맥도날드 카운터를 바라봤다. "아니면
먹을 걸 좀 사갈까 봐요. 당신의 고민들에 관해서는 내일 그에 걸맞게 최대
한 신경 써드리도록 하죠."

"형사님은 제 얘기가 미친 소리라고 생각하죠?"

"아니요." 웨드모어는 내 눈을 똑바로 바라보며 말했다. "그렇게 생각하
지 않아요."

나는 그녀가 내 얘기를 진지하게 받아들였다고 믿었지만 내일부터 조사해
보겠다는 말은 만족스럽지 않았다.

그래서 오늘 밤 내가 직접 알아보기로 했다.

웨드모어는 연락을 주겠다고 말한 뒤 자리에서 일어나 카운터 앞의 주문하
는 줄에 섰다. 나는 잠시 그녀를 바라보고 고개를 돌리다가 흠칫하며 다시
그쪽을 바라보았다.

웨드모어의 앞에 두 명의 십대 소년들이 서 있었다. 한 명이 아이폰 비슷
한 기계를 들고 있었고 둘은 그것을 함께 내려다보며 장난스럽게 서로 몸을
부딪치고 있었다. 한 소년의 얼굴이 익숙했다. 지난번 식료품 가게에서 보니
윌킨슨을 마주쳤을 때 함께 있던 아이. "대가를 치르게 될 거예요"라고 내게
말하던 보니 윌킨슨의 곁에 있었던 소년. 그 일이 있고 얼마 안 돼서 나는 소
송을 당했다.

코리 윌킨슨. 바로 실라가 고속도로 램프에 차를 역방향으로 주차한 바람
에 동생과 아버지를 잃은 소년이었다.

그들이 주문한 음식을 들고 내 곁을 지나치기 전에 난 자리에서 일어났다.
나는 그 소년을 차마 바라볼 수 없었다.

내가 트럭에 앉아 시동을 거는 순간 갈색 봉투와 음료수를 하나씩 들고 맥
도날드를 빠져나오는 그들이 보였다. 두 소년은 주차장을 명랑하게 가로질러

조그만 은색 자동차로 향했다. 코리는 조수석에 탔고 친구는 운전석으로 미끄러지듯 들어갔다.

90년대 후반 출시된 폭스바겐 골프였다. 지붕 뒤쪽에 비스듬히 달린 뭉툭한 안테나의 끝에는 테니스공보다 조금 작은 공 모양의 노란색 장식물이 달려 있었다. 멀어져가는 그 자동차에는 스마일 마크가 그려져 있었다.

45

아서 트웨인은 허벅지 위에 노트북 컴퓨터를 올려놓고 곁에 핸드폰을 놓은 채 저스트 인 타임 호텔의 침대 머리판에 기대 누워있었다. 보통은 여기보다 훨씬 좋은 호텔에 묵고는 했지만 지금 이 동네의 다른 호텔에는 방이 없었다.

그는 아직 별다른 성과를 거두지 못했다. 벨린다 모튼은 입을 다물었고 대런 슬로컴도 대화를 원치 않았다. 얘기를 나눈 사람은 글렌 가버가 유일했다. 하지만 아직 앤 슬로컴의 핸드백 파티에 참석했던 다른 여자들이 남아 있었다. 샐리 딜, 파멜라 포스터, 로라 캔트렐, 수잔 재니건, 벳시 핀더. 트웨인은 밀퍼드에서 판매된 핸드백들의 출처들을 파악하기 위해 하루 이틀 더 머물면서 그녀들을 만나볼 생각이었다.

한 가지 사실은 확실했다. 바로 대런 슬로컴과 그의 죽은 부인이 밀퍼드 위조 핸드백 판매의 중심이었다는 점이다. 그들이 갖가지 위조품들을 코네티컷의 이곳으로 들여왔다. 앤 슬로컴이 판매한 핸드백 외에도 그들 부부로부터 의약품을 사서 재판매한 사람들이 한둘 있었다. 심지어 그들은 소형 주택 건축 자재라든가 전기 부품처럼 옮기기 쉬운 물건들도 취급했다. 독성물질이 함유된 건식벽은 없었다.

트웨인은 핸드백 외의 제품에도 관심이 있었지만 그에게 돈을 지불하는 주체는 패션 업계 회사들이었다. 가짜 의약품 따위를 추적하다 위조 핸드백을 발견하는 경우라면 모를까, 그렇지 않다면 다른 위조품들까지 신경 쓸 여유가 없었다. 한번은 가짜 펜디를 추적하는 도중 우연히 보스턴의 어느 지하실에서 DVD 위조 시설을 발견한 적이 있었다. 그곳에서는 현재 개봉 중인 영화를 포함하여 매일 5천 장의 불법 영화 DVD가 복제되고 있었다. 아서 트웨인은 관계 당국에 연락하였고 그 주에 시설은 급습을 당했다.

트웨인이 〈스테이플턴 조사소〉 사무실에 현재까지의 상황을 보고하는 이메일을 작성하는데 누군가 방문을 노크했다.

"잠깐만요!" 트웨인이 소리쳤다. 그는 노트북을 치우고 양말만 신은 채 바닥으로 내려갔다. 여섯 걸음을 걸어 방문으로 다가간 그는 문구멍으로 밖을 내다봤다. 아무것도 보이지 않았다. 이 방의 문구멍을 내다본 것은 이번이 처음이었는데, 망가졌거나 아니면 누군가 바깥쪽에 껌이라도 붙여놓은 모양이었다. 이런 싸구려 호텔이라면 누군가 그런 장난을 쳐도 청소원이 알아차리지 못할 듯했다.

물론 밖에 서 있는 사람이 손가락으로 문구멍을 막고 있는 게 아니라면.

"누구세요?" 트웨인이 물었다.

"글렌 가버입니다."

"가버 씨?"

저스틴 인 타임 호텔에 묵는다고 글렌 가버에게 말한 적이 없는데? 그를 찾아갔을 무렵에는 아직 방을 잡지 않았다. 내 명함을 줬는데 왜 전화를 걸지 않고 여기까지 찾아온 걸까?

전화로는 위험한 얘기를 직접 만나서 하고 싶었던 걸까?

만약 문밖의 사람이 진짜로 가버라면 말이다.

"문 앞에서 조금만 물러서 주시겠어요?" 트웨인은 다시 문구멍으로 내다보며 말했다. "잘 안 보여서요."

"아, 그래요." 남자가 말했다. "됐습니까?"

문구멍은 여전히 어두컴컴했다. 정말로 망가졌거나 아니면 남자가 아직도 손가락으로 가리고 있다는 뜻이었다.

"잠깐 기다려 주세요." 트웨인이 말했다. "방금 샤워하고 나왔거든요."

"네, 물론이죠." 목소리가 들렸다.

책상에 트웨인의 서류 가방이 있었다. 그는 가방을 열고 팔을 뻗어 뚜껑 안쪽 파우치에 손을 집어넣어 총신이 짧은 권총을 꺼냈다. 오른손에 든든한 총의 중량이 느껴졌다. 그는 침대 옆에 놓인 신발을 바라보며 신을까 말까 고민하다가 시간을 아끼기로 했다. 그리고 방문으로 돌아가 다시 문구멍을 확인했다.

여전히 어두웠다.

트웨인은 왼손으로 문의 체인을 풀면서 살며시 손잡이를 돌렸다.

순식간에 일이 벌어졌다.

문은 엄청난 힘과 함께 열리며 트웨인을 밀쳐냈다. 문에 부딪히기만 했어도 아팠겠지만 설상가상으로 문의 밑부분이 트웨인의 양말만 신은 왼쪽 발가락들을 찧었다. 그는 고통에 찬 비명을 지르며 카펫 위로 쓰러졌다.

사람의 형체가 방으로 들어왔다. 낮고 날렵한 형체. 트웨인은 그를 직접 만난 적이 없었지만 단번에 누구인지 알아차렸다. 소머는 양손에 장갑을 끼고 있었고 한 손에 총을 들고 있었다.

고통 속에서 트웨인은 자신의 총을 가까스로 집어들었다. 짓이겨진 애벌레들처럼 생긴 공산품 카펫에 등을 딱 붙이고 불편한 자세로 다리를 벌린 채 트웨인은 재빨리 팔을 뻗어 필사적으로 소머를 겨냥했다.

퓩.

오른쪽 팔 밑에서 뜨거운 것이 느껴졌고 트웨인은 총을 떨어뜨렸다. 그는 팔을 뻗어 총을 집고 싶었지만 이 새로운 고통은 발가락의 고통과 상당히 달랐다. 순식간에 온몸의 힘이 빠져나가고 있었다.

소머는 트웨인에게 다가가 총을 집지 못하도록 그의 손목을 거세게 짓밟았다. 트웨인은 고개를 들어 소머의 총을 바라보았다. 총 끝에 소음기가 부착되어 있었다.

퓩.

두 번째 총알이 트웨인의 이마에 곧게 박혔다. 그는 몸을 두 번 부르르 떨었고 곧 동작을 멈췄다.

핸드폰이 울리자 소머는 총을 집어넣고 전화를 받았다.

"네."

"지금 뭐 하고 있어요?" 대런 슬로컴이었다.

"당신이 말한 문제를 처리하는 중이지."

슬로컴은 머뭇거리다가 묻지 않는 편이 낫겠다고 판단하고 다른 질문을 던졌다. "돈을 받으러 벨린다를 찾아갔어요? 글렌 가버가 오늘 중으로 벨린다에게 확인하라고 했다면서요?"

"그 여자에게 연락을 했지. 돈은 들어왔는데 문제가 생겼다더군. 남편이 방해하는 모양이야."

소머는 아래를 내려다보다가 시체에서 한 걸음 뒤로 물러섰다. 흘러나오는 핏물에 신발을 적시기 싫어서였다.

"조지 말이로군요? 그 꽉 막힌 자식."

"문제 될 건 없어."

"나도 같이 가겠습니다. 벨린다에게 돈이 있다면 그중 8천 달러는 내 거예요. 장례식 비용이 만만치 않아요."

46

나는 트럭에 기어를 넣고 도로로 나가 은색 골프의 뒤를 밟았다.

집이 총격을 당하던 밤, 이웃집 조앤 뮬러가 안테나에 노란 공을 단 작은 은색 자동차가 근처를 지나는 걸 봤다고 현장의 경찰이 웨드모어에게 말했었다.

코리 윌킨슨의 친구가 모는 저 자동차는 그때의 묘사와 매우 일치했다.

나는 차선을 바꿔 골프 뒤에 붙었고 대시보드에 올려놓은 메모장에 차번호를 기록했다. 이쯤에서 미행을 멈추고 경찰에 전화를 걸어 차번호를 조사해 봐도 되겠지만 내가 원하는 해결 방법은 따로 있었다.

우체국 쇼핑몰까지 그들을 쫓았을 무렵, 골프가 메이시 백화점 근처에서 멈췄고 코리가 내렸다. 코리는 패스트푸드를 먹고 남은 쓰레기들을 차에서 전부 꺼냈고 멀어지는 친구의 자동차를 향해 손을 흔든 뒤 쓰레기들을 가까운 쓰레기통에 쑤셔 넣었다. 그가 백화점 계단을 걸어 올라갈 때 나는 트럭을 길가에 세우고 차창을 내려 그를 불렀다.

“이봐, 코리!”

소년은 멈칫하며 고개를 돌렸다. 그는 3초쯤 나를 뚫어지게 쳐다보다가 이윽고 내가 누구인지 깨달았다. 그는 “씨발, 뭐야?” 하는 표정을 짓더니 다시 백화점을 향해 걸음을 옮겼다.

“이봐!” 내가 소리를 쳤다. “우리 집 창문 때문이야. 얘기 좀 하자.”

코리는 다시 걸음을 멈추고 아까보다 천천히 고개를 돌렸다. 내가 이쪽으로 오라고 손짓을 했지만 그는 움직이지 않았다. 내가 말했다. “얘기 좀 하

자. 아니면 경찰에 신고를 할까? 네 친구 차번호는 적어 났어. 자, 어느 쪽이 좋겠니?"

코리는 트럭을 향해 걸어오더니 문에서 30센티미터쯤 떨어진 곳에 멈췄다. "타라." 내가 말했다.

"뭣 때문에 이래요?"

"타라니까. 안 타면 경찰에 신고하겠어."

코리는 다시 3초쯤 망설이다가 트럭의 문을 열었다. 나는 액셀을 밟고 1번 도로를 향했다.

"그 친구는 누구지?"

"무슨 친구요?" 코리는 정면만 쳐다보고 있었다.

"코리, 마음만 먹으면 얼마든지 알아낼 수 있어. 시침 떼지 말고 어서 대답해."

"릭이요."

"성은 뭔데?"

"릭 스탈."

"그날 밤 어떻게 한 거야? 릭이 운전을 하고 네가 총을 쐈니?"

"무슨 소린지 모르겠네요."

"좋아, 알겠어. 여기서 유턴을 해야겠군."

"왜요? 왜 그래요?"

"곧장 경찰서로 가야겠다. 웨드모어 형사님을 소개시켜주지. 아주 친절한 형사님이야."

"알았어요, 알았다고요! 무슨 속셈이에요?"

나는 그를 쏘아보았다. "속셈? 속셈? 그게 알고 싶어? 그래, 알려주마. 네 놈들이 내 집에 총을 쏘아서 딸의 방 창문을 산산조각냈어." 나는 코리를 향해 삿대질을 했다. "네놈 새끼들이 우리 딸의 방에 총질을 했다고! 알아들었어? 그때 우리 애는 방에 있었어! 이제 내 속셈을 알겠니?"

"저기요, 아저씨—."

"네 아버지와 동생에게 일어난 일은 진심으로 유감으로 생각하고 내 아내를 탓하는 것도 이해하지만, 내 아내가 네놈 가족을 전부 몰살했건 뭘 했건 우리 애 방에 총질을 하는 건 절대로 용서 못 해." 나는 팔을 뻗어 코리의 팔을 굳세게 잡고 흔들었다. "내 말 무슨 뜻인지 알아들어?"

"아야! 알았어요." 코리는 중얼거렸다.

"크게 말해."

"알았다고요!"

나는 코리를 붙든 채 말했다. "누가 총을 쐈어?"

"나는 방에 사람이 있는 줄 몰랐어요." 코리가 말했다. "누구 방인지도 몰랐다고요." 나는 손아귀에 더욱 힘을 주었다. "나예요, 내가 쐈어요. 릭은 차를 몰았어요. 난 운전면허가 없어요. 뒷좌석에 앉아 차창을 내리고 움직이는 차 안에서 총을 쐈어요. 맹세코 총을 쏴봤자 벽에 맞거나 아저씨 차에 맞거나 할 줄 알았어요. 진짜로 창문에 명중할 줄은 몰랐다고요. 안에 사람이 있다고는 생각 못 했어요."

나는 코리의 팔을 아프게 뒤틀었다가 놓아주었다. 우리는 아무 말 없이 수 킬로미터를 운전했다. 그리고 내가 다시 입을 열었다. "얘기해 봐."

"예?"

"뭘 할 계획이었니?"

"계획이요?"

나는 하마터면 웃을 뻔했다. "좋아, 딱히 계획은 없었다고 치자. 도대체 무슨 생각으로 그랬어?"

"그냥 뭐든 하고 싶었어요." 코리가 조용히 말했다. "엄마가 아저씨를 고소하긴 했지만 나도 뭔가 하고 싶었단 말이에요." 나를 힐끗 바라보는 소년의 눈에 눈물이 그렁그렁 맺혀 있었다. "엄마만 가족을 잃은 게 아니에요. 나도 잃었어요. 아빠랑 동생을 잃었다고요."

"우리에게 겁을 주고 싶었던 거로군."

"그랬나 봐요."

"좋아, 넌 성공했어. 너 때문에 나는 겁을 먹었으니까. 나 말고 겁을 먹은 사람이 또 있는데 누구일 것 같니?"

코리는 잠자코 내 말을 기다렸다.

"넌 우리 딸을 겁줬어. 아직 여덟 살밖에 안 된 아이를. 고작 여덟 살밖에 안 된 애를! 네가 쏜 총알은 유리창을 박살냈고 우리 딸한테서 불과 2미터 떨어진 곳에 박혔어. 애가 목이 찢어져라 비명을 질렀지. 침대는 유리 조각으로 난장판이 됐어. 무슨 말인지 알아듣겠니?"

"알아들어요."

"자, 이제 기분이 좀 풀렸니? 너한테 아무 잘못도 하지 않은 애를 공포에 질리게 해서 네 죽은 아빠와 동생에 대한 응어리가 풀어졌냐고? 네가 바라는 정의가 그런 거야?"

코리는 아무 말이 없었다.

"너 지금 총 가지고 있어?"

"그건 릭의 총이었어요. 아니, 릭의 아빠 거예요. 걔네 아빠한테 총이 많아요."

"30분 주지." 내가 말했다.

"난―."

"30분 내에 안 나타나면 경찰에 신고해서 네가 저지른 짓을 낱낱이 고해바칠 거야. 릭에게 전화를 걸어. 둘이 함께 총을 가지고 30분 후 우리 집으로 와서 총을 넘기도록 해."

"릭의 아빠가 허락하지 않―."

"30분이야." 내가 되풀이했다. "한 가지 더 있다."

코리는 걱정스럽게 나를 바라봤다.

"네 엄마도 모셔와."

"예?"

"못 들었어?" 나는 트럭을 길가에 멈춰 세웠다. "내려."

"여기서? 이런 허허벌판에서 내리라고요?"

"그래."

코리는 트럭에서 기어나갔다. 핸드폰으로 통화하는 코리를 백미러로 지켜보면서 나는 트럭을 몰고 떠났다.

37분 후 그들은 우리 집에 나타났다. 사실 나는 45분까지 기다렸다가 웨드모어에게 전화를 걸 작정이었다. 긴장한 두 소년의 옆에는 함께 온 코리의 어머니가 서 있었다. 창백하고 초췌한 얼굴의 보니 윌킨슨은 경멸과 염려가 섞인 눈초리로 나를 바라봤다.

릭의 손에 종이봉투가 들려 있었다.

나는 문을 열고 그들에게 들어오라고 손짓했다. 아무도 아무 말도 하지 않았다. 릭이 내게 봉투를 건네자 나는 말려진 봉투의 윗부분을 열고 안을 확인했다.

총이 들어 있었다.

나는 보니 윌킨슨에게 말했다. "애들한테 설명은 들었습니까?"

그녀는 고개를 끄덕였다.

"저 녀석 단독 범행이라면," 나는 릭을 향해 고갯짓을 했다. "경찰에 신고했을 겁니다. 하지만 그러면 댁의 아드님까지 무사하지 못하겠죠. 더 이상 당신 가족에게 슬픔을 안겨주고 싶지 않더군요. 비록 당신이 무시무시한 소송을 걸긴 했지만요. 그러나 만약 둘 중 누군가가 또다시 이런 짓을 하거나 내 딸을 조금이라도 해코지한다면 당장 신고하겠습니다."

"알겠어요." 보니 윌킨슨이 말했다.

릭이 내게 물었다. "아빠한테는 뭐라고 해요? 총이 없어진 걸 알 텐데?"

"그건 내 알 바 아니야."

"내가 얘기할게." 보니 월킨슨이 릭에게 말했다. 1분가량 우리는 침묵을 지켰다. 이윽고 보니 월킨슨이 말했다. "코리가 이런 어리석은 짓을 저지를 줄 몰랐어요. 알았다면 절대 허락하지 않았을 거예요."

나는 나도 알고 있다고, 댁이 나를 물리적으로 죽이려는 게 아니라 법으로 목 조르려 한다는 걸 알고 있다고 말하려다가 그저 고개만 끄덕였다.

우리의 용무는 이것으로 끝이 났다. 현관으로 걸어가는 그들을 향해 내가 말했다. "릭, 잠깐만."

릭은 겁먹은 표정으로 나를 쳐다봤다.

"경찰에 들키기 전에 자동차 안테나에 달린 공은 떼어내도록 해."

47

그들이 떠난 직후 핸드폰이 울렸다.

"가버 씨, 줄리 스트라이커 형사예요." 테오 스테이모스의 살인 사건을 맡은 여형사였다. "물어볼 게 있어요. 테오 스테오모스가 왜 당신에게 편지를 썼을까요?"

"편지요?"

"그래요."

"협박하는 편지입니까? 테오에게 더는 거래하지 않겠다고 못 박았거든요. 협박성 편지라도 발견하셨어요?"

"편지는 식탁에 쌓인 종이들 아래 쑤셔져 있었어요. 스테이모스 씨는 직접 만나서든 전화로든 당신에게 할 말을 메모해 둔 것 같아요. 생각을 정리하느라고요."

"뭐라고 적혀 있던가요?"

"사과의 초안을 적어둔 것 같더군요. 아니면 고백이랄까? 테오 스테이모스가 당신한테 뭘 고백하려 했는지 짐작이 가세요?"

"글쎄요. 형사님께도 말씀드렸다시피 테오가 전기를 맡은 현장의 화재와 관련됐을지도 모르겠군요."

"전날 당신과 스테이모스 사이에 무슨 일이 있었죠? 행크 시몬스 씨에게 들었어요. 스테이모스가 시몬스의 현장에서 일하는 도중에 말이에요."

"맞아요." 나는 조만간 경찰이 그 사실을 알아낼 것이라고 짐작하고 있었다. "따질 게 있어서 테오를 찾아갔습니다. 그가 설치한 전기 부품이 불량했다는 보고를 소방서에서 받았어요. 그게 화재의 원인이었습니다.”

“그건 처음 듣는 얘기로군요.” 스트라이커는 그다지 유쾌하지 않은 목소리로 말했다.

“전기 부품에 관해서는 말씀드렸습니다.”

“시몬스 씨에 따르면 당신이 스테이모스의 트럭에 달린 그 고무…… 고무 고환을 잘랐다면서요?”

“맞습니다.”

스트라이커는 잠시 말을 멈췄다. “당신이 그런 것도 무리는 아니겠군요.”

문득 나는 지금 내가 현명하게 처신하지 못하고 있다는 불안감이 들었다. 변호사가 필요하다. 전화를 끊고 에드윈에게 연락할까? 테오와의 불화 때문에 나는 살인 용의자가 될지도 모른다. 돌이켜보면 나는 테오의 트레일러에 있었고 시체를 발견한 사람도 나였다. 스트라이커는 내가 살인에 연루되었다고 의심하는 걸까?

하지만 그렇다면 이렇게 전화로 물어볼 리는 없을 것이다. 혹시 지금 집 앞에 경찰차가 나를 감시하고 있을까?

나도 덕처럼 체포당할지 모른다.

“테오가 그 일 때문에 사과를 했습니까?” 내가 물었다. “화재 때문에?”

“잘 모르겠어요. 편지 맨 위에 당신의 이름이 쓰여 있고 그 아래로 글이 적혀 있어요. 읽어 드릴게요. 하지만 이해가 잘 되진 않을 거예요. 짧막한 문장들을 손글씨로 휘갈긴 거라 알아보기 힘들어요. 철자도 군데군데 틀려 있고요. 잠깐만요…… 네, 읽어드릴게요. ‘가버 씨, 나에 대한 당신의 비판은 부당해요.’ 그리고 ‘윌슨의 일은 미안합니다.’ 윌슨이 누구죠?”

“화재가 났던 집의 주인입니다.”

“그렇군요. 이어서 ‘먹고 살려고 그랬어요.’ 그리고 ‘나는 그 부품들이’ …… 그다음에 규…… 뭐라고 적혀 있는데…….”

“ ‘규정’일 겁니다. ‘부품들이 규정에 맞는 줄 알았다’?”

"맞아요. 그리고 '숨길 수가 없어요.' 이건 무슨 뜻인지 아시겠어요?"

"모르겠군요."

"마지막으로 쓰인 글은 '당신 부인의 일이 떠올라서 괴로워요.' 테오 스테이모스가 당신 부인의 뭐가 괴롭다는 거죠?"

나는 순간 오싹했다. "그리고 또 뭐라고 쓰여 있습니까?"

"이게 다예요. 뭐가 괴롭다는 걸까요? 부인께서 집에 계신가요? 좀 바꿔주실래요?"

"아내는 죽었습니다." 나의 목소리가 음침하게 울렸다.

"아." 스트라이커가 물었다. "언제 돌아가셨죠?"

"3주 전입니다."

"돌아가신 지 얼마 안 됐군요."

"네."

"병으로 돌아가셨나요?"

"아니요. 자동차를 운전하다가 교통사고를 당했습니다. 현장에서 사망했어요."

스트라이커 형사는 점점 흥미를 느끼고 있었다. "그 사고가 스테이모스의 탓이었나요? 그래서 괴롭다는 건가요?"

"테오가 왜 그런 말을 했는지 저도 모르겠군요. 상대 차량을 운전한 것도 아닌데."

"그럼 그는 사고와 관련이 없군요?"

"음…… 네, 없습니다." 내가 말했다.

"대답을 망설이시네요?"

"관련 없어요." 나는 다시 대답했다. 그건 과연 무슨 뜻일까? 어째서 테오는 그런 글을 썼을까? 물론 지난 몇 주간 여러 사람이 내게 비슷한 말을 건넸다. 실라의 사고 때문에 마음이 아프다고. 하지만 지금의 맥락에서 그런 뜻은 맞지 않는다. 나는 이해할 수가 없었다.

“잘 모르겠군요.” 내가 말했다. “그건 그렇고, 저도 여쭤볼 게 있습니다.”

“말씀하세요.”

“덕의 짓이라고 확신합니까? 정말로 덕이 테오를 죽였다고 생각하세요?”

“우리 쪽에서 덕 핀더를 기소했어요. 답이 됐나요?”

“자동차에서 발견된 총은요? 그 총이 테오를 살해하는 데 쓰였을지 몰라도 덕의 지문이 묻어있지는 않을 텐데요?”

스트라이커는 멈칫했다. “왜 그렇게 생각하시죠?”

“저는 요새 덕을 신뢰하지 않았지만 이번만은 다릅니다. 덕은 절대 그럴 사람이 아니에요. 사람을 죽일 녀석이 아닙니다.”

“그렇다면 누가 죽였을까요?” 스트라이커가 물었다. 내가 대답하지 못하자 그녀는 한숨을 쉬었다. “생각나거든 연락주세요.”

누군가 현관문을 세차게 두드렸다.

“벳시?” 나는 놀란 얼굴로 문을 열었다.

벳시는 한 손을 엉덩이에 올린 채 당장 나를 때려눕힐 듯한 표정으로 포치에 서 있었다. 연석에는 시동을 끄지 않은 차가 한 대 서 있었고 운전석에 그녀의 어머니가 타고 있었다.

“덕의 트럭을 가지러 왔어요.” 벳시가 말했다.

“트럭?”

“경찰이 내 차를 범죄 수사팀인지 뭔지에 넘겼단 말이에요. 나도 차가 있어야 하잖아요. 덕의 트럭이라도 써야겠어요.”

“내일 와요.” 내가 말했다. “내일 제가 사무실에 나갈 테니까요.”

“나한테 트럭 열쇠는 있는데 당신 회사 열쇠가 없어요. 열쇠를 줘요. 내가 직접 가져갈래요.”

“벳시, 당신한테 회사 열쇠를 넘겨줄 생각 없어요. 내일까지 어머니 차를 사용해요.”

"왜요? 당신의 소중한 연장들을 훔쳐갈까 봐 그래요? 그럼 같이 가서 문만 열어 줘요. 5분도 안 걸리잖아요?"

"내일 합시다." 나는 되풀이했다. "오늘 하루 너무 힘들었어요. 할 일도 있고요."

"아, 그러세요?" 벳시는 남은 한 손도 엉덩이에 짚으며 빈정거렸다. "오늘 힘드셨다고요? 나는 어제 집을 잃었고 오늘 남편이 살인 혐의로 체포됐어요. 그런데 당신이 힘드셨다고요?"

나는 한숨을 쉬었다. "잠깐 들어와요."

벳시는 나의 제안을 고민하다가 아무 말 없이 안으로 발을 들여놓았다.

"덕은 좀 어때요?" 내가 물었다.

"어떠냐고요? 이것 봐요, 어떨 것 같아요? 남편은 감옥에 갇혀 있어요."

"진지하게 물어보는 거예요. 덕은 어때요?"

"몰라요. 만나지도 못했어요."

"면회가 안 돼요?"

벳시는 내 질문이 마음에 안 든다는 듯 시선을 돌렸다. "만나러 갈 짬이 없었어요. 어차피 면회도 안 되는 데 갇혀 있겠죠." 벳시는 잠시 자신의 양손을 바라봤다. 그녀는 살며시 손을 떨고 있었다. "맙소사, 신경 쇠약인가 봐." 벳시는 꽉 끼는 청바지 주머니에 두 손을 찔러 넣었다.

"변호사는 구했어요?" 내가 물었다.

벳시는 웃음을 터뜨렸다. "변호사? 지금 장난해요? 변호사 살 돈이 어디 있어요?"

"국선 변호사가 있잖아요?"

"아, 네, 그러네요. 국선 변호사가 성심성의껏 잘도 변호해 주겠네요."

나는 지하실 샛기둥 사이에 보관된 돈을 생각했다. 그 돈이면 덕을 위해 변호사를 고용할 수 있을 것이다.

"게다가 난 할 일도 있었어요." 벳시가 말했다.

“트럭 말이로군요. 당신한테는 그게 급선무인가요?”

“난 차가 필요해요. 엄마 차를 계속 빌릴 수 없단 말이에요.”

“남편을 버릴 셈이에요, 벳시? 그런 겁니까? 덕이 어찌 되든 상관없냐고
요?”

“당연히 상관있죠. 하지만 경찰에 체포된 걸 어떡해요? 증거가 없는데 경
찰이 기소할 리 없다고 엄마가 그랬어요. 경찰은 덕이 테오의 트레일러에 갔
다는 사실을 알아요. 심지어 내 차에서 살인 흉기인 총이 발견됐다면서요?
그거면 나올 증거는 다 나온 거 아니에요? 세상에, 나는 남편이 총을 가지고
있는 줄도 몰랐어요.” 벳시가 고개를 흔들었다. “사람이란 게 정말 알다가도
모르겠어.”

“참 냉정한 사람이군요, 벳시.”

“나는 제대로 살고 싶을 뿐이에요.” 벳시가 내뱉었다. “이따위보다 나은
삶을 원한다고요. 그게 무슨 범죄라도 되나요?” 벳시가 말했다.

“당신이 어딘가 돈을 숨겨뒀을 거라며 덕이 농담처럼 말한 적이 있어요.
혹시 사실이에요?”

“숨겨둔 돈이 있으면 내가 엄마한테 신세 지고 있겠어요? 남편의 고물 픽
업트럭을 돌려달라고 애걸복걸하겠냐고요?”

“대답이나 해요, 벳시. 덕의 짐작이 맞아요? 숨겨둔 돈이 있어요? 부엌에
청구서가 산더미처럼 쌓여도 당신은 쇼핑을 멈추지 않았잖아요? 신용 카드
가 취소되고 있는 마당에. 당신 현금을 가지고 있죠?”

“기가 막혀. 진짜 기가 막히네. 내가 몸 팔아서 돈을 벌었을까 봐요?”

“그런 게 아니에요.” 하지만 나는 앤 슬로컴의 비밀을 떠올리며 그것도 나
름 일리 있는 추측이라고 생각했다.

벳시는 화가 난 듯 고개를 저었다. “뭐, 가끔 엄마한테 손을 벌렸어요. 엄
마가 돈을 좀 보태주고 있어요.”

“자세히 말해 봐요.”

"엄마는 떵떵거리면서 살 정도는 아니지만 돈이 좀 있어요. 2년 전 엄마의 삼촌이 돌아가셨는데 삼촌 집이 8만 달러에 팔렸고 그 돈은 전부 유일한 유산 상속인인 엄마에게 돌아갔죠."

"덕은 그걸 몰라요?"

"알 턱이 없지. 내가 말하지 않았으니까. 돈이 모자라거나 신용 카드 최저액을 갚지 못할 때마다 엄마가 나한테 슬쩍 돈을 넣어줬어요." 벳시는 웃으며 말했다. "은행들이 카드를 뿌려주시는데 사용하지 않으면 죄송하잖아요? 감사한 마음으로 써드려야죠."

"그 덕분에 집을 잃었군요."

벳시는 주머니에서 손을 빼내더니 다시 엉덩이에 짚었다. "당신 언제부터 남들보다 잘났다고 착각하면서 살았어요? 날 때부터 그랬어요? 아니면 자라면서 그렇게 된 거예요?"

"덕이 테오의 트레일러로 간 시간에 당신은 뭘 하고 있었죠?"

"네?" 벳시가 말했다. "그건 왜 물어봐요?"

"그냥 물어보는 거예요. 덕이 나가 있는 동안 뭘 하고 있었어요?"

"난 남편이 나간 줄도 몰랐어요. 아침에 일어나보니 남편도 없고 차도 없었다고요. 뭘 하고 있었냐니, 그게 뭐예요? 난 자고 있었어요."

"테오의 트레일러에 간 적 있어요?"

"뭐라고요? 아니요. 내가 거길 왜 가요?"

"테오가 트레일러에 산다는 건 어떻게 알았어요?"

"네?"

"아까 '테오의 트레일러' 라고 말했잖아요? 그걸 어떻게 알았어요?"

"도대체 왜 이래요? 몰라요. 경찰한테 들었겠죠. 당신 뭐 잘못 먹었어요? 아무튼, 트럭 내놓을 거예요, 말 거예요?"

"내일 사무실로 와요." 내가 말했다. "내가 없더라도 샐리가 있을 겁니다. 아니면 KF라도. 누구든 당신을 도와줄 거예요. 지금은 안 돼요."

나는 벳시를 현관문 밖으로 내몬 뒤 문을 닫았다.

나는 자꾸만 마음에 걸렸다. 덕과 벳시가 더비에서 같은 방을 쓰지 않았다는 사실이 떠올랐다. 덕이 테오를 만나기 위해 집을 나섰을 무렵 벳시는 이미 집에 없었을지도 모른다.

그녀가 어디에 있었든 덕은 몰랐을 것이다.

타당한 의심일까? 벳시에게…… 벳시에게 혐의가 있을까? 그녀가 남편의 일을 걱정하지 않는다는 건 명백했다. 체포된 남편을 면회하러 가지도 않았고 경찰의 수사 결과도 아무 의심 없이 받아들였다.

대런 슬로컴이 그랬듯이 벳시 핀더는 표면에 드러난 것들에 의구심을 품지 않았다. 그저 보이는 대로 편히 받아들일 뿐이었다.

48

소머는 벨린다 모튼의 집에서 반 블록 떨어진 곳에 크라이슬러를 세우고 전조등과 시동을 껐다.

조수석에 앉은 슬로컴이 말했다. "궁금한 게 있어요."

소머는 슬로컴을 쳐다봤다.

"설마 진짜 가버의 딸을 죽일 작정이었어요? 아이의 방 창문에 총을 쐈잖아요?"

소머는 질린 표정으로 고개를 저었다. "그건 차를 타고 지나가던 애새끼들 짓이야. 내가 가버의 집 앞에 차를 세우고 있을 때 놈들이 지나가다 총질을 했지. 덕분에 시끄러워져서 나도 자리를 떠야 했어. 그리고 이튿날 다시 가버를 찾아갔지."

"아니, 그렇다면 진작 말해주지 그랬어요? 그것도 모르고 난 당신이 우리 딸의 제일 친한 친구를 죽이려 했다고 생각했단 말입니다."

"그렇게 생각했는데도 당신은 나를 따라왔군." 소머가 말했다.

"트웨인은요? 혹시 트웨인을—."

소머는 한 손을 쳐들었다. "그런 얘긴 그만. 같이 들어갈 텐가?"

"아니요. 나중에 내 몫만 내놔요. 난 들어가지 않겠습니다."

소머는 열쇠를 꽂은 채 차에서 내렸다. 실내등에 불이 들어오면서 짧은 경고음이 울렸다. 대런이 지켜보는 가운데 소머는 성큼성큼 모튼의 집으로 걸어 들어갔다. 가로등 불빛에 비친 소머의 실루엣은 마치 사신死神처럼 보였다.

조지 모튼은 거실에 앉아 42인치 플라스마 TV로 〈주디 판사〉를 시청하고
있었다. "여보, 와서 이것 좀 봐." 조지가 말했다. "주디가 저 여자를 아주
뭉개고 있어."

오늘 밤의 여주인공이 멍청한 아들을 위해 끝없는 변명을 늘어놓고 있었
다. 그녀의 아들은 미성년자들이 잔뜩 모여 술을 진탕 마셔대는 파티에 허락
도 없이 가족의 차를 몰고 나갔는데, 술 취한 친구 하나가 그 차를 끌고 나갔
다가 사고가 나는 바람에 차는 엉망이 되어 버렸다. 여자는 아들 친구의 부
모에게 수리비를 물어내라고 요구하고 있었다. 애초에 자기 아들이 차를 끌
고 나가서 친구에게 빌려주지 않았다면 그런 일은 없었을 거라는 사실을 망
각한 모양이었다.

"안 올 거야? 당신 아직도 화났어? 이리 와, 당신한테 할 말이 있어."

벨린다는 조리대 앞에 서서 각종 부동산 관련 문서를 검토하고 있었지만
조금도 집중할 수 없었다. 화? 화가 났냐니? 이건 화가 아니라 살의에 가까
웠다. 지금 소머가 그 돈에 혈안이 되어 있는데 이 망할 남편이란 작자가 고
집스럽게 움켜쥐고 내놓지 않고 있다. 서재의 금고에 집어넣고 어디서 난 돈
인지 실토하지 않으면 안 주겠다며 으름장을 놓고 있다. 이런 큰 액수를 현
금 거래하는 건 옳지 못하다는 소리나 지껄이면서. 범죄자들하고 장사하는
것도 아니잖아? 라고 남편은 말했다.

남편이 화장실에 가 있는 동안 벨린다는 금고 다이얼에 남편의 사회 보장
번호, 자동차 번호, 생일, 심지어 그의 어머니의 생일(조지는 아내의 생일은
잊어버려도 어머니의 생일은 잊는 법이 없었다)까지 시도해 보았다. 하지만
그중 어떤 조합도 금고를 열지는 못했다.

그래서 벨린다는 부엌으로 돌아와 새로운 전략을, 보다 극단적인 방법을
생각해 냈다. 우선 지하실로 내려가 남편의 연장통에서 망치를 꺼내 들고 올
라온 뒤 남편을 서재로 부른다. 그리고 당장 빌어먹을 금고를 열고 현금이
든 봉투를 내놓지 않으면 그가 몇 년 전 200시간쯤 들여 완성한 모형 갤리온

을 망치로 산산조각내겠다고 위협한다. 그 모형이 부서지는 꼴을 남편이 순순히 허락할 리 없겠지만, 벨린다는 여차하면 정말로 부술 작정이었다. 이쑤시개처럼 잘게 쪼개질 때까지 망치로 내려칠 생각이었다.

조지가 소리쳤다. "내 말 듣고 있어, 여보? 할 말 있다니까?"

벨린다는 거실로 들어갔다. 조지가 리모컨을 집어들고 팔을 뻗어 음소거 버튼을 누르자 주디 판사가 입을 다물었다. '아주 중요한 얘기를 하려나 보네?' 라고 벨린다는 생각했다. '그런데 손목이 왜 저래?' 처음으로 그녀는 남편의 손목 상처에 눈길이 갔다. 지난 며칠 간 남편은 자신의 벌거벗은 모습을 한사코 숨기려 했고 긴 소매 셔츠만 입고 다녔다.

"보니 윌킨슨이 글렌에게 건 소송을 좀 생각해 봤는데……." 조지가 말했다.

벨린다는 잠자코 기다렸다. 그동안 숱하게 겪었지만 남편은 그녀의 의견에 그다지 관심이 없었으므로 알아서 말해주기를 기다리는 편이 현명했다.

"생각해 보니 심각한 문제더라고. 글렌의 인생이 망가질지도 모르잖아? 그 친구 혼자서 딸을 키워야 하는데 윌킨슨이 승소하면 딸 대학 보낼 돈도 없어질 거야. 십수 년 고생해야 겨우 생활이 안정되겠지."

"옳은 일은 거침없이 밀어붙이시는 분께서 갑자기 왜 이래?"

"다시 생각해 보니 옳은 일인지 잘 모르겠어서 그래. 실라가 마리화나를 피운 적은 있지만 사고 당일도 피웠다는 증거는 없잖아? 게다가 실라의 혈액에서 검출된 건 마약 성분이 아니라 알코올이었어."

"당신 진짜 왜 그래? 이런 식으로 마음 바꾸는 사람이 아니잖아?"

"아무튼, 내가 하고 싶은 말은, 당신이 다음에 그쪽 변호사들을 만나거든 진술을 번복하는 게 좋겠어. 이제야 자세한 기억이 났는데 실라가 그런 행동을 한 적은 없더라고 말하라고."

"이유가 뭐야?"

"올바른 일을 하려는 것뿐이야."

“진짜 올바른 일이 뭔지 알아? 저 빌어먹을 금고나 열어.”

“여보, 그거랑 이건 별개의 문제지. 난 그 돈이 어디서 났는지 아직 궁금해. 약간의 융통성을 발휘할 의향은 있어. 실은 내가 선을 좀 넘어선 게 아닌가 하고—.”

“당신 손목은 왜 그래?”

“어? 이거? 별거 아니야.”

벨린다는 조지의 팔을 붙잡고 소매를 휙 걷어 올렸다. “뭘 한 거야? 가벼운 상처가 아니잖아? 벌써 아물고 있네? 무슨 일이야? 당신 며칠 동안 이걸 숨겼지? 어쩐지 하는 짓이 이상하더라. 옷 벗은 걸 보여주지도 않고 나랑 자려고 하지도 않고. 그리—어머, 양쪽이 다 이러네?”

“두드러기야.” 조지가 말했다. “건드리지 마. 옳아. 전염성이 강해.”

“뭔데? 옻이야?”

“비슷한 거야. 당신한테 옮—.”

초인종이 울려서 두 사람은 말을 멈췄다.

“누가 왔나 보군.” 조지가 말했다. “당신이 나가 봐.”

조지는 주디 판사의 훈계를 듣기 위해 다시 리모컨의 버튼을 눌렀다. 벨린다는 남편을 한번 흘겨본 뒤 현관으로 가서 별생각 없이 문을 열어젖혔다. 소머가 왔으리라고는 조금도 생각하지 못했다. 그녀는 아까 소머와 전화 통화로 내일 만나기로 약속했고 나중에 정확한 시간을 정하기로 했다. 내일이면 어떻게든 남편을 설득하여 금고문을 열 수 있으리라고 생각했다.

하지만 소머의 계획에 변경이 생긴 모양이었다.

“어머, 깜짝이야.” 벨린다가 말했다. “우리 내일 만나기로 했잖아요? 지금은—.”

“더는 시간을 줄 수 없어.” 소머는 안으로 들어오더니 문을 닫았다.

“누구야?” 안에서 조지가 외쳤다.

“집에 남편이 있단 말이에요.” 벨린다가 속삭였다.

소머는 "그래서 뭐?"라는 표정을 지으며 물었다. "돈은 가지고 있겠지?"

벨린다는 남편의 목소리가 들리는 방향으로 고개를 기울였다. "남편이 그 돈을 발견했어요. 수상하다면서 금고에 집어넣더니 용도를 말할 때까지 꺼내 주지 않겠다고 고집을 부리고 있어요."

"말해, 그럼."

"부동산 계약금이라고 둘러댔지만 믿지 않았어요. 서류든 영수증이든 제대로 된 문서가 있어야 한다며 까다롭게 굴고 있다고요."

소머는 한숨을 쉬며 거실 쪽을 바라보았다. "서류? 내가 보여주지."

벨린다는 생각했다. '될 대로 되라지. 난 할 만큼 했어.'

슬로컴은 핸드폰을 꺼내 버튼을 누르고 귓가에 갖다 댔다.

"아빠." 에밀리 슬로컴이었다.

"그래, 에밀리."

"재니스 이모 바꿔줄까?"

"됐어. 네 목소리 들으려고 전화했어."

대런 슬로컴은 소머가 어서 돌아오기를 바라며 저편의 집을 주시했다. 그는 지금의 상황이 너무도 불편했다. 소머가 나쁜 사람이 아닐 거라는 기대 따위는 없었다. 무슨 짓이든 저지를 수 있는 인간이란 걸 잘 알고 있었다. 그는 커널 가에서 벌어진 사건을, 소머가 저지른 짓을 앤에게서 들어 알고 있었다. 그는 지금 차 안에 앉아 소머가 저 집에서 뭘 할 작정인지 걱정하며 전전긍긍하고 있었다.

하지만 만약 소머가 탈 없이 순조롭게 돈을 받아 나온다면 그것으로 끝이다. 이제 돈은 다 갚았습니다, 라는 말을 남기고 떠나면 그만이다. 물건 팔 사람은 딴 데 가서 찾으라지. 앤이 죽은 마당에 대런은 더 이상 이 장사에 손을 대고 싶지 않았다. 핸드백 파티도 싫고 벨린다에게 의약품을 중개해주기도 싫었다. 테오 스테이모스에게 건축 자재를 파는 일도 이제 끝이다.

슬로컴은 떠나고 싶었다. 이 장사는 물론, 밀퍼드를 떠나고 싶었다.

그는 경찰로서 일할 날이 얼마 남지 않았다고 직감했다. 그의 상관들은 아직도 사라진 마약 자금에 대해 조사 중이었다. 그가 창업을 위해 착복했던 바로 그 돈. 설령 그의 혐의가 입증되지 않아도 그에 관한 지저분한 소문들은 계속 떠돌 것이다. 그 전에 경찰 배지를 반납하는 편이 낫다. 자진해서 그만두면 그들은 더 이상 대런의 혐의를 캐지 않을 것이다. 그가 경찰에서 나가주는 것으로 만족할 것이다. 이사를 가자. 뉴욕 북부로 갈까? 피츠버그? 경비 회사 같은 곳에서 다시 일을 구하면 된다.

슬로컴은 지금까지의 자신의 행보와 선택과 어울린 인간들을 생각하며 수치심을 느끼며 딸에게 전화를 걸었다. 딸을 사랑하는 남자라면 악인은 아니야, 라며 스스로를 다독였다.

나는 좋은 사람이야. 어린 딸을 소중히 생각하는 아빠.

소머가 나타나기를 기다리며 대런은 전화를 걸었다.

"아빠 어디 있어?" 에밀리가 물었다.

"자동차 안이야. 누굴 좀 기다리고 있어." 대런이 말했다. "넌 뭐 하고 있니?"

"아무것도."

"뭐든 하고 있었을 거 아니야?" 그가 말했다.

"재니스 이모하고 컴퓨터 하고 있었어. 나한테 친구들이 많다고 이모한테 자랑했어. 친구들이 좋아하는 것들도 보여줬고. 아빠가 집에 왔으면 좋겠어." 에밀리가 매우 슬픈 목소리로 말했다.

"금방 돌아갈 거야. 몇 가지 일만 정리되면."

"엄마가 보고 싶어."

"알아. 아빠도 그래."

"재니스 이모는 우리가 휴가를 갔으면 좋겠대. 아빠랑 나랑."

"좋은 생각이네. 너는 어디 가고 싶니?"

“보스턴?”

“왜 보스턴이야?”

“켈리가 보스턴에 가니까.”

“켈리가 보스턴에 있어?”

“아니야. 지금은 할머니 집에 있어.”

“그래. 아빠랑 같이 어디든 가자. 네가 보스턴에 가고 싶다면 보스턴에 가자.”

“보스턴에 수족관이 있대.”

“그거 재미있겠다.” 대런 슬로컴은 거리를 따라 올라오는 전조등을 바라보며 말했다. “수족관에는 물고기도 많고 상어도 있고 돌고래도 있고…….”

“나는 언제 학교로 돌아가?”

“다음 주쯤.”

다가오던 자동차가 모튼의 집 맞은편에 멈췄다. 전조등이 꺼졌다.

“에밀리, 이제 끊어야겠다. 나중에 아빠가 또 전화할게.”

벨린다는 소머를 거실로 안내했다. 가죽 리클라이너에 앉은 조지는 아내가 다가오는 낌새를 느끼고 몸을 뒤척였다. 그는 리모컨을 집어들어 또다시 음소거 버튼을 눌렀다.

“여보.” 조지는 아내 외의 사람이 있다는 걸 눈치채지 못했다.

“손님이 왔어.” 벨린다가 말했다.

조지는 고개를 들어 옆에 서 있는 소머를 보았다. “어? 안녕하세요? 처음 뵙는—”

소머는 조지의 뒷덜미를 붙들고 의자에서 들어 올린 뒤 힘껏 집어 던졌다. 조지의 머리가 주디 판사에게 곧게 박혔다. 플라스마 TV가 박살이 났다.

전조등이 꺼진 뒤 한참 동안 아무도 차에서 나오지 않았다. 하지만 슬로컴은 운전석에 앉은 자가 모튼의 집을 지켜보고 있음을 알 수 있었다. 어떤 행동을 취할지 고민하고 있는 모양이었다.

'저 자식은 또 누구야?' 슬로컴은 생각했다.

평면 TV는 산산조각이 났다. 조지는 비명을 질렀다. 벨린다도 비명을 질렀다.

소머는 조지를 TV에서 질질 끌어냈다. 머리 위쪽이 피범벅이 된 조지는 양팔을 사방으로 거칠게 휘저었다. 그의 손이 몇 차례 소머를 치긴 했지만 모기를 잡는다면 모를까 지금은 아무 효과가 없었다.

"어디 있어?" 소머가 물었다.

"뭐…… 뭐가요?" 조지가 흐느꼈다. "나한테 뭘 원해요?"

"돈."

"서재에 있어요." 조지가 말했다. "돈은 서재에 있어요."

"안내해." 소머는 조지의 셔츠 뒷덜미를 꽉 비틀어 쥔 채 말했다.

"이럴 것까진 없잖아요!" 벨린다가 소머를 향해 소리쳤다. "피가 나잖아요!"

소머는 자유로운 나머지 손을 벨린다의 오른쪽 가슴에 얹고 밀쳐냈다. 벨린다는 뒤로 나가떨어지며 문설주에 부딪혔다.

"금고에 들어 있나?" 소머가 물었다.

"그래요, 맞아요, 금고에 있어요." 조지는 앞장서서 서재로 들어갔고 책상 너머로 향했다. "벽 금고예요. 저 그림 뒤에 있어요."

"열어." 소머가 조지를 앞으로 밀어내자 조지의 얼굴이 아버지의 초상화에 정면으로 부딪쳤다.

소머는 조지가 그림을 젖힐 수 있도록 그를 붙든 손아귀의 힘을 조금 뺐다. 조지가 그림을 젖히자 다이얼 자물쇠가 달린 금고가 나타났다.

"당신 이런 사람들이랑 거래하고 있었던 거야?" 조지가 벨린다를 향해 중얼거렸다.

"이 멍청아!" 벨린다가 남편을 향해 소리쳤다. "다 너 때문에 이렇게 된 거잖아!"

조지는 다이얼을 집었지만 손을 덜덜 떨고 있었다. "손이 떨려서 못 돌리 겠어요."

소머는 한숨을 쉬며 조지를 오른손에서 왼손으로 바꿔 들었다. 그는 직접 다이얼을 돌리기 위해 조지를 금고 앞에서 비켜 세웠다. 그의 손은 조금도 흔들리지 않았다.

"번호 불러."

"알았어요, 알았다고요. 먼저 오른쪽으로 몇 바퀴 돌려요. 그리고 왼쪽으 로 24, 오른쪽으로 11……."

'미치겠군.' 벨린다는 생각했다. '내 생일을 비밀번호로 썼어.'

곧 벨린다가 예상하는 세 번째 숫자가 불리기 직전에, 방에서 전화벨 소리 가 들렸다.

핸드폰이었다.

벨린다는 집에 있을 때도 핸드폰을 켜놓지만 이건 그녀의 벨소리가 아니었 다. 조지는 외출할 때가 아니면 항상 핸드폰을 꺼둔다. 그렇다면 남은 건 소 머의 핸드폰이다. 하지만 한 손으로 조지를 붙잡고 나머지 한 손으로 다이얼 을 돌리느라고 소머는 전화를 받을 수 없었다.

운전석의 문이 열렸다. 대런은 그것이 누구인지 알아내기 위해 실눈을 뜨 고 운전자를 바라봤다.

차에서 내린 운전자가 도로를 건넜다.

"밝은 데로 가봐, 밝은 데로……." 슬로컴은 이를 악문 채 속삭였다.

슬로컴의 간절한 바람이 이루어졌다. 운전자는 잠깐 동안이지만 가로등 아 래 멈췄다. 그는 여전히 모튼의 집을 바라보고 있었다. 슬로컴은 비로소 그의 정체를 알 수 있었다.

"젠장, 안 돼." 그는 주머니에 손을 집어넣어 핸드폰을 꺼냈다. 폴더를 열고 소머의 전화번호를 눌렀다.

"빨리 받아, 빨리."

소머가 금고 다이얼을 마지막 번호에 맞추자 탁 하는 소리와 함께 잠금장치가 풀렸고 금고의 문이 활짝 열렸다. 핸드폰의 벨소리는 멈춰 있었다. 그는 조지의 셔츠를 놓고 금고에 손을 집어넣어 현금이 든 봉투를 꺼냈다.

"드디어 찾았군." 소머가 말했다.

도망칠 기회라고 생각한 조지가 달리기 시작했지만 너무 느렸다. 소머는 재빨리 봉투를 땅에 떨구고 몸을 돌려 조지의 팔을 붙잡아 사무용 가죽 의자를 향해 집어 던졌다. 조지가 부딪힌 의자가 뒤로 쓰러졌다.

소머는 재킷 안에 손을 집어넣고 총을 꺼냈다. 그는 조지에게 똑바로 총을 겨누며 말했다. "허튼짓하지 마."

하지만 벨린다가 총을 보고 비명을 지르는 바람에 조지에게는 소머의 경고가 잘 들리지 않았다.

그리고 그들 누구도 초인종 소리를 듣지 못했다.

49

벳시와 그녀의 어머니가 떠난 뒤 나는 2층 화장실로 올라가 얼굴에 물을 적셨다. 거울을 보니 눈 밑이 축 처져 있었다. 몸이 이렇게까지 망가진 적이 있었나? 있다 해도 기억이 나지 않았다.

나는 화장실을 나와서 한때 실라와 함께 썼던 침대의 모서리에 걸터앉았다. 나는 실라가 눕던 쪽의 침대보를 손으로 쓸었다. 여기서 우리는 매일 밤 휴식을 취했고 꿈과 희망을 얘기했고 울고 웃고 사랑을 나눴다. 켈리가 잉태된 곳도 바로 이 침대였다.

나는 팔꿈치를 무릎에 올리고 양손으로 머리를 감싸 쥔 채 몇 분간 그대로 앉아 있었다. 눈물이 맺혔지만 애써 울음을 참았다. 지금은 울 때가 아니었다.

나는 몇 번 심호흡을 하며 아픔과 괴로움과 슬픔을 억눌렀다.

"정신 차려, 이 얼간아." 내가 말했다. "가야 할 곳들과 만나야 할 사람들이 있잖아."

사실 정확히 어디를 가야 하고 누구를 만나야 할지 알지 못했지만 가만히 앉아 있을 수 없었다. 로나 웨드모어가 빅맥과 감자튀김을 먹고 잠을 잔 다음 내가 부탁한 걸 조사해 줄 내일이 올 때까지 잠자코 기다릴 수 없었다. 당장 알아내야 한다. 의문을 풀 때까지 멈출 수 없었다.

실라에게 무슨 일이 있었는지 알아내야 한다.

지금 내 곁에 실라가 있다면 아마 이렇게 말할 것이다. '늘 하던 버릇대로 목록을 만들어 보면 어때?'

나는 침대 옆 테이블에 메모장과 펜을 상비해 두고 있었다. 한밤중에 일어나 '번스타인 씨 집에 주방용 조리대가 들어가는 날. 찬장을 맡은 업체에 확인 연락할 것.' 따위가 생각나면 잊지 않기 위해 메모를 하곤 했다.

하지만 지금 막상 펜을 메모장 위에 갖다 대자 나는 할 일들의 목록보다는 답을 모를 의문들의 목록을 적고 있었다.

실라는 죽는 순간 뭘 했을까? 왜 술에 취했을까? 나의 굳은 믿음처럼 실라는 정말 살해당했을까? 만약 실라가 살해당했다면 앤도 마찬가지일까?

앤은 남편인 대런에게 살해당한 걸까? 아니면 그녀가 협박하던 조지 모튼에게? 그것도 아니면 남편과 앤의 불륜을 알아차린 벨린다에게? 아서 트웨인에 의하면 이미 세 건의 살인 용의자인 소머는 어떨까? 슬로컴 부부와 소머는 긴밀한 사이였다.

그들 중 누가 앤을 죽였다 해도 이상할 게 없었다. 그렇다면, 앤을 죽인 사람이 누구든 그자가 실라도 죽인 걸까?

나는 직감적으로 그럴 거라고 생각했다. 뚜렷한 근거는 없었다.

벨린다. 그녀는 소머에게 전달할 돈을 실라에게 맡겼다. 내게 털어놓은 것 말고도 벨린다가 아는 게 더 있을지 모른다. 조지가 없는 자리에서 벨린다와 다시 한 번 얘기해 보는 게 좋겠다.

그리고 살해된 테오. 그의 죽음은 전체 맥락에서 어떤 의미를 지닐까? 과연 전체적인 맥락과 상관이 있을까? 그는 정말로 덕과 다투다가 그의 총에 맞아 죽었을까? 그렇게 겉보기처럼 단순할까?

나는 답을 알 수 없는 질문들을 계속 적어 내려갔다.

그리고 마지막 질문에 네 번의 밑줄을 그었다. "테오는 왜 실라의 일 때문에 괴롭다고 썼을까?"

나는 메모를 보면서 이 퍼즐 조각들이 과연 서로 연결되는지, 그렇다면 어떻게 연결되는지를 생각했다. 이 중 하나라도 답할 수 있다면 다른 질문들도 저절로 풀릴 것인가?

우선 만나야 할 사람이 있다.

나는 총이 담긴 종이봉투를 들고 현관으로 향했다. 이 총은 롱 아일랜드 해협이나 밀퍼드 항구나 걸프 폰드에서 최후를 맞이할 것이다. 물속 깊이 가라앉아 영원히 잠들 것이다.

나는 현관문을 잠그고 트럭에 올라탄 뒤 종이봉투를 운전석 밑에 쑤셔 넣었다. 전조등을 켜고 후진해서 진입로를 빠져나갔다. 목적지는 멀지 않았다. 밀퍼드 시의 바로 옆 동네였다.

목적지에 도착한 나는 트럭을 멈췄다. 길 건너에 차를 세우고 잠시 맞은편 집을 바라보며 생각에 잠겼다. 해야 할 말을 생각해 보았다. 물어보기 까다로운 질문들이 몇 가지 있었다. 한 가지는 되도록 마지막까지 미뤄둘 생각이었다.

이윽고 나는 트럭에서 내려 차 문을 닫고 길을 건넜다. 가로등이 밝혀진 길에는 아무도 없었다. 몇 집 아래 도로 연석에 차 한 대가 주차돼 있을 뿐이었다.

나는 현관으로 다가가 초인종을 누르고 기다렸다. 대답이 없자 다시 초인종을 눌렀다. 세 번째로 초인종을 누르려는데 누군가 다가오는 소리가 들렸다.

문이 열렸다.

"안녕." 내가 말했다. "할 얘기가 있어."

"그래요." 샐리는 조금 놀란 표정을 지으며 대답했다. "들어오세요."

50

내가 현관홀로 들어가자 샐리는 나를 껴안은 뒤 거실로 안내했다.

"좀 어때?" 내가 물었다.

"별로예요."

"그렇겠지. 아직 충격이 가시지 않았을 거야."

"그런 것 같아요. 테오가 죽었다는 걸 아직도 믿을 수 없어요."

"그래."

"보스턴에 있는 씨오의 형에게서 연락이 왔어요. 밀퍼드로 온대요. 경찰로부터 시신을 인도받으면 곧바로 정리를 시작한다더군요. 씨오의 아버지도 내일이나 모레쯤 오실 거예요."

"그리스에서?"

"그렇겠죠." 샐리는 짧고 서글프게 웃음을 지어 보였다. "테오가 함께 그리스에 가자고 했었는데."

나는 무슨 말을 하면 좋을지 몰랐다.

"기분이 뒤죽박죽이에요. 테오를 사랑하긴 했지만 그는 딱히 훌륭한 남자는 아니었어요. 남은 인생을 테오와 함께 보내고 싶다는 확신도 없었어요. 하지만 평생 혼자 사는 여자가 되기 싫으니 현실에 타협할 수밖에 없었죠."

"샐리."

"됐어요. 넌 충분히 예뻐, 같은 말이 듣고 싶어 이러는 게 아니에요. 굳이 그런 말씀 하신다면 마다하진 않겠지만." 샐리는 웃었지만 곧이어 눈물이 한 방울 떨어졌다. "테오가 우리 집 화장실 바닥을 고치고 있었어요. 마무리되어가는 중이었는데 이렇게 되다니 믿기지가 않네요. 바닥에 열은 잘 들어오지만 타일을 몇 개 갈아야 해요. 욕조에 실리콘 처리도 해야 하고요. 다음 주말쯤이면 함께 거품 목욕을 할 수 있을 거라고 기대했는데.”

나는 무심코 시선을 돌렸다.

“제 말 때문에 당황했어요?” 샐리가 물었다.

“아니야, 그렇지 않아. 그냥…… 안타까워서 그래.”

“우리 정말 동병상련이네요.” 샐리가 말했다. “3주 전에 우리 아버지가 돌아가시고 실라가 세상을 떠나더니 이제는 테오까지…….”

그 말을 듣자 나는 입가에 웃음이 번졌다. “그렇군. 행운이 넘치는 팀이로군.”

그 순간 지금까지 의식하지 못했던 의문이 번쩍 떠올랐다. “샐리, 아버지가 살아계셨을 때 구입하던 약 말인데 혹시 실라한테 산 적이 있어? 아니면 벨린다한테서? 약국 말고 다른 경로로 구입한 적이 있어?”

샐리가 실라로부터 효과 없는 가짜 약을 산 탓에 그녀의 아버지가 사망한 게 아닐까 하는 끔찍한 의혹이 들었다.

샐리는 당황한 표정을 지었다. “네? 왜 제가 실라한테서 약을 사요?”

나는 안도의 한숨을 쉬었다. “얼마 전 실라가 조그만 장사를 시작했었어. 처방약을 약국보다 훨씬 저렴한 가격으로 팔았지.”

샐리는 눈썹을 치켜세우며 말했다. “그래요? 알았으면 나도 샀을 텐데.”

“아니야. 안 그래서 다행이야. 효과 없는 쓰레기들일 테니까.” 우리는 서로 마주 보고 앉았다.

샐리가 말했다. “덕은 어떻게 됐어요?”

“경찰이 기소를 했어. 그것밖에 모르겠어.”

“믿기지가 않네요.” 샐리가 말했다.

“나도 그래.”

“덕하고 함께 일한 지 벌써 몇 년이나 지났는데, 덕이 그런 짓을…….”

샐리의 "믿기지가 않아요."는 나의 "믿을 수 없어."와 확연히 달랐다. 그녀는 충격을 받기는 했지만 덕의 혐의를 받아들이는 반면, 나는 말 그대로 믿을 수가 없었다.

"무슨 상황인지 알만해요." 샐리가 말했다. "추측일 뿐이지만요. 테오는 덕이 정품과 불량품을 바꿔치기했다는 걸 알아챘겠죠. 그래서 둘은 싸웠을 테고요. 덕은 테오가 당신에게 일러바칠까 봐 두려웠을 거예요."

"뭐, 그럴지도 모르지." 나는 미적지근하게 대답했다. "하지만 등 뒤에서 총으로 사람을 쏘다니, 덕은 그럴 녀석이 아니야."

"지금까지 일어난 일들을 생각해 봐요. 이상한 행동을 한 사람들이 한둘이 아니잖아요?" 샐리는 넌지시 실라의 일을 언급하고 있는 것이었다.

"그건 그렇고 물어볼 게 있어서 찾아왔어." 내가 말했다. 샐리는 궁금한 눈으로 나를 쳐다봤다. "스트라이커 형사로부터 연락을 받았어. 테오가 죽기 직전에 메모를 남겼대."

"무슨 메모요? 어디서 찾았대요?"

"트레일러의 식탁. 서류들 틈에 끼워져 있었나 봐. 스트라이커 형사 말로는 테오가 내게 편지라도 쓸 모양이었다더군. 편지를 쓰기 전에 생각을 정리하려고 메모를 한 거였어."

"그래요, 맞아요." 샐리가 말했다. "테오는 글 쓰는 게 서툴렀어요. 그래서 생각이나 해야 할 말들을 짧게 적어본 다음 편지를 쓰곤 했죠. 무슨 내용이었어요?"

"글이 마구잡이여서 잘 이해할 수 없었지만 한 가지 눈에 띄는 대목이 있었어. '당신 부인의 일이 떠올라서 괴로워요.' 라고 썼다더군."

"실라 말이에요?"

나는 고개를 끄덕였다. "그게 무슨 뜻일까?"

"모르겠어요. 그냥 그런 거 아니었을까요? 실라가 죽어서 안타깝다는 뜻?"

나는 고개를 저었다. "그건 아닐 거야. 테오와 나는 친한 사이가 아니잖아? 그날 한바탕 싸운 뒤로는 더더욱 그렇지. 게다가 실라가 죽은 지 몇 주나 지났는데 이제 와서 왜 그런 얘기를 하겠어?"

샐리도 고개를 저었다. "그러게요. 좀 난데없네요."

"그래서…… 샐리가 나보다는 테오에 대해 잘 알고 있을 테니 물어보는 건데, 혹시…… 테오가 실라의 죽음과 연관이 있을까?"

샐리는 자리에서 일어섰다. "기가 막혀서 말이 안 나오네, 진짜."

"그냥 물어보는 거야." 내가 말했다.

"당신이 테오를 싫어한다는 건 그렇다 쳐요. 일 처리도 형편없고 고상하신 사장님 심기를 건드릴 물건을 트럭 범퍼에 달고 다녔으니까. 하지만 아무리 그래도 그렇지, 세상에, 지금 장난해요? 테오가 실라를 죽였다는 거예요? 글렌, 아무도 실라를 죽이지 않았어요. 실라의 죽음은 오로지 실라 자신의 책임이라고요. 모질게 들릴지 모르겠지만 그게 진실이에요. 이 진실을 빨리 받아들여야 당신도 남은 인생을 잘 살아갈 수 있을 거예요. 이런 식으로 주변 사람들 괴롭히지 말고요."

"하지만 테오의 말은 꼭 죄지은 사람처럼 들리잖아?"

샐리는 절레절레 머리를 흔들었다. 그녀의 볼은 분노로 붉게 상기되어 있었다.

"당신이 지금까지 했던 주장 중에 최고로 황당하군요."

나는 자리에서 일어났다. 우리의 대화는 이것으로 끝이었다. "미안해, 샐리. 기분 상하게 할 생각은 아니었어."

샐리는 현관으로 향하며 말했다. "그만 나가주세요, 글렌."

"그래, 알겠어."

"아, 그리고 통지해 드릴 게 있어요."

"뭐?"

"저 회사를 그만둘 생각이에요."

"샐리, 이러지 마."

"미안하지만 나도 내 인생을 살아야겠어요. 생활도 그렇고 일도 그렇고요. 처음부터 다시 시작할 거예요. 이 집을 팔면 돈은 넉넉할 테니 다른 지역으로 이사를 갈 계획이에요."

"샐리, 정말 미안해. 당신은 나한테 소중한 사람이야. 지금 상황이 엉망인 거 알잖아? 우리 둘다 신경이 곤두서 있어. 한 달 동안 나와 샐리한테 너무 많은 사건들이 일어났잖아? 한두 주 휴가를 다녀오도록 해. 사람들도 만나고. 사실 나도 그럴 생각이었어. 이러다가 돌아버릴 지경이야. 그러니까 그만둔다는 말은—."

샐리는 현관문을 열었다. "가요, 글렌. 그냥 가요."

나는 집 밖으로 나갔다.

51

로나 웨드모어는 빅맥 두 개와 큰 사이즈의 감자튀김을 사서 집으로 돌아갔다. 콜라나 밀크셰이크는 사지 않았다. 마실 것이라면 냉장고에 있었다. 집에 음료가 있는데 굳이 비싼 돈을 주고 패스트푸드점에서 살 필요가 없을 뿐더러 맥도날드에서는 맥주를 팔지 않았다.

스트랫퍼드의 자택에 도착한 웨드모어는 차를 진입로에 세우고 집으로 들어갔다.

"여보, 나 왔어." 웨드모어가 외쳤다. "맥도날드 사왔어."

대답이 없었다. 하지만 로나 웨드모어 형사는 개의치 않았다. TV 소리가 들렸다. 〈사인펠드〉(Seinfeld)가 방영 중인 모양이었다.

레이몬트 웨드모어는 〈사인펠드〉를 좋아했다. 로나는 남편이 그 시트콤을 보며 웃을 날이 언젠가 오기를 기다렸다.

로나는 벨트에서 총을 빼내어 그녀가 사무실로 쓰는 여분의 침실 책상 서랍에 집어넣고 잠갔다. 집에 아주 잠깐 있을 때라도 로나는 늘 총을 빼내어 안전한 장소에 보관해 두었다.

이어서 로나는 부엌을 지나 뒤쪽의 작은 방으로 들어갔다. 레이몬트가 집에 들어올 때쯤 수리한 방이었다. 방은 크지 않았지만 2인용 소파와 커피 테이블과 TV를 구비하기에는 충분했다. 부부는 이 방에서 많은 시간을 보냈고, 레이몬트는 대부분의 시간을 이곳에서 보냈다.

"안녕, 여보." 로나는 갈색 맥도날드 봉투를 들고 방으로 들어가며 말했다. 그녀는 몸을 굽혀 남편의 이마에 키스를 했다. 레이몬트는 화면에서 펼쳐지는 제리, 일레인, 조지, 크레이머의 모험을 뚫어지게 바라볼 뿐이었다.

"저녁 먹을 때 맥주 마실래?" 레이몬트는 대꾸가 없었다. "맥주 가져올 게."

로나는 간이 식탁 두 개를 소파 앞에 펼쳐 놓고 부엌으로 들어갔다. 빅맥 두 개를 접시 위에 올려놓고 감자튀김을 나누어 담았다. 레이몬트의 접시에 는 케첩을 조금 짜 놓았다. 로나는 감자튀김을 먹을 때 케첩에 찍지 않았다. 그대로 짭짤한 상태로 먹는 게 좋았다.

로나는 접시를 식탁 위에 올려놓고 다시 부엌으로 들어갔다. 싱크대 수도 꼭지에서 물을 틀어 자신이 마실 물을 따랐고 냉장고에서 맥주를 꺼냈다.

그녀는 다시 TV가 있는 방으로 돌아갔다. 레이몬트는 아직 햄버거도 감자 튀김도 건드리지 않았다. 그는 항상 로나를 기다렸다. "부탁해"라든가 "고마 워" 같은 말은 하지 않았지만 아내가 자리에 앉을 때까지 먼저 식사를 하는 법이 없었다.

로나 웨드모어는 빅맥을 한입 베어 물었다. 레이몬트도 그녀처럼 빅맥을 깨물었다.

"햄버거도 가끔씩 먹으면 정말 맛있어. 그렇지?" 로나가 말했다.

의사의 말에 따르면 남편의 침묵은 대화하기 싫다는 뜻이 아니었다. 몇 개 월째 이렇게 일방적인 대화를 해오다 보니 로나도 이제는 익숙해졌다. 하지 만 그녀는 자신이 쉴 새 없이 떠드는 일 얘기라든가 날씨 얘기라든가 버락 오 바마가 연임할 수 있을까? 하는 질문 따위에 남편이 진력이 나서 고개를 돌 리고 "그 입 좀 닥쳐!"라고 소리쳐 주기를 바랐다.

그렇게만 해준다면 얼마나 좋을까?

레이몬트는 감자튀김 하나를 케첩에 찍어 입안에 털어 넣었다. 그의 시선 이 머문 TV에서는 크레이머가 제리의 아파트 현관문을 획 열어젖히고 있었 다.

"저 시트콤은 정말 재미있어." 로나가 말했다. "볼 때마다 웃겨 죽겠어."

광고가 나오자 로나는 남편에게 자신의 하루에 대해 말하기 시작했다. "동료 경찰을 수사해 보기는 이번이 처음이야. 신중하게 수사하고는 있지만 이 남자는 확실히 심상치 않은 구석이 있어. 자기 부인이 죽었는데 전혀 의문을 품지 않았거든. 왜 그럴까?"

레이몬트는 다시 감자튀김을 집어 먹었다.

남편의 정신이 되돌아오는 날이 내일이 될지 다음 주가 될지 아니면 내년이 될지 알 수 없다고 의사는 말했다.

어쩌면 영영 돌아오지 않을지도 모른다고.

하지만 남편은 그나마 집에서 지낼 수 있게 되었다. 일상생활도 큰 무리 없이 할 수 있었다. 혼자 샤워도 하고 옷도 입고 샌드위치도 대충 만들어 먹었다. 로나가 밖에서 집으로 전화를 걸면 남편은 발신자 번호를 확인한 뒤 전화를 받고 그녀의 말을 알아들었다. 대답을 하지는 않지만 로나는 그것만으로도 괜찮았다.

그녀는 가끔 전화를 걸어 남편에게 사랑한다고 말했다.

수화기에서는 침묵만이 흘렀다.

"알았어, 여보." 로나는 그렇게 말하고는 했다. "다 알아."

형사 일을 하면서 로나는 많은 것을 보았다. LA나 마이애미나 뉴욕처럼 빈번하지는 않지만 밀퍼드에서도 다양한 사건들을 목격할 수 있었다.

하지만 레이몬트가 이라크에서 목격한 광경은 로나의 상상 밖에 있었다. 급조폭발물을 실수로 건드려 죽음을 당한 이라크 아이들의 이야기는 물론 들은 적이 있지만 그 장면을 생생하게 떠올릴 수는 없었다.

생생하게 떠올리지 못하기는 아마 남편도 마찬가지일 것이다.

레이몬트가 햄버거와 감자튀김을 다 먹자 로나는 빈 접시를 부엌으로 가져간 뒤 간이 식탁을 치웠다. 그녀는 방으로 돌아가 소파의 레이몬트 옆에 앉았다.

"잠깐 나갔다 올게." 로나가 말했다. "금방 돌아올 거야. 오늘 어떤 남자를 만났는데, 그 사람 부인이 몇 주 전에 자동차 사고로 죽었어. 다른 나쁜 일들도 있어서 그 남자와 딸이 요즘 말도 못하게 고생하고 있어. 그는 자기 부인의 죽음에 수상한 점이 있다고 생각해. 내가 생각하기에도 그래.”

레이몬트는 리모컨을 집어들고 이리저리 채널을 돌리기 시작했다.

“내일부터 알아보겠다고 말했지만 당장 시작해야 할 것 같아. 만나볼 사람이 있어. 나 잠깐 나갔다 와도 되지?”

레이몬트는 〈스타트렉〉이 나오는 채널에서 리모컨을 멈췄다. 커크와 스팍이 나오는 오리지널 시리즈였다.

로나는 남편의 이마에 키스를 하고 다시 총을 벨트에 채운 뒤 재킷을 입고 밖으로 나갔다.

웨드모어 형사는 다리를 건너 또다시 밀퍼드로 갔다. 화재로 불탄 뒤 아직 재건 중인 리버사이드 혼다 건물을 지나쳐 벨린다 모튼이 사는 동네로 들어가 그녀의 집 맞은편에 차를 세웠다. 웨드모어는 잠시 집을 바라보다가 차에서 내렸다. 늘 하던 버릇대로 재빨리 거리를 훑어봤다. 몇 집 아래에 검은 크라이슬러 한 대가 주차되어 있었다.

크라이슬러는 조용했다.

웨드모어는 벨린다 모튼의 집으로 가서 초인종을 눌렀다.

마치 코미디의 한 장면처럼 그녀가 초인종을 누르자마자 그것이 원인이 되기라도 한 듯 안에서 누군가 비명을 질렀다.

웨드모어는 재빨리 세 가지 동작을 취했다. 먼저 핸드폰을 꺼내 버튼을 누르고 “병력 지원 바람.”이라고 말했다. 그리고 신속히 집 주소를 불렀다. 이어서 핸드폰을 주머니에 집어넣고 벨트의 총을 빼냈다.

그녀는 초인종을 누르는 대신 주먹으로 세차게 문을 두드리며 소리쳤다.

“경찰입니다!”

하지만 안에서는 여전히 여자의 비명 소리가 들렸다.

지원이 도착할 때까지 기다릴 여유가 없었다. 손잡이를 돌려보니 문은 잠겨 있지 않았다. 웨드모어는 문을 활짝 열어젖히는 동시에 벽 뒤로 몸을 숨겼다. 팔을 고정시키고 총을 꼭 쥔 채 조심스럽게 고개를 안으로 들이밀었다. 현관홀에는 아무도 보이지 않았다.

비명 소리가 멈추더니 비명의 주인공인 여자의 애원하는 목소리가 들렸다.

"제발, 남편을 죽이지 마요! 제발요. 그냥 돈을 가지고 가요."

이어서 남자의 목소리가 들렸다. "봉투를 내놔."

웨드모어는 목소리가 들리는 방향으로 걸어갔다. 부엌을 지나자 커다란 벽걸이 TV가 스크린이 박살난 채 비뚤게 걸린 방이 나왔다.

또 다른 남자의 흐느끼는 목소리가 들렸다. "잘못했어요! 미안해요. 가져가요."

웨드모어는 이 시점에서의 선택지들을 고려했다. 지원 병력이 올 때까지 현관에서 기다릴까? 여기 경찰이 왔으니 꼼짝 말라고 소리를 칠까? 아니면─.

여자가 다시 비명을 질렀다. "총 쏘지 마요! 안 돼요!"

선택의 여지가 없었다. 웨드모어는 문을 박차고 들어가 안에서 벌어진 광경을 재빨리 파악했다.

이곳은 서재였다. 안쪽에 넓은 오크 책상이 있었다. 벽에는 책이 꽉 들어찬 책장들이 줄지어져 있었고 오른쪽 창문으로는 뒷마당이 내다보였다.

책상 너머에는 경첩이 달린 액자 그림이 걸려 있었다. 그림은 젖혀져 있었고 그 뒤로 벽 금고가 열려 있었다.

저기 보이는 여자는 벨린다 모튼이었다. 한쪽으로 비켜선 그녀의 얼굴은 공포에 질려 있었다. 조지 모튼으로 보이는 탈모가 진행 중인 중년 남자가 머리가 피범벅이 된 채 무릎을 꿇고 총을 올려다보고 있었다. 그를 향해 총을 겨눈 사람은 날렵한 몸매에 옷을 잘 차려입은 번쩍이는 검은 머리카락을 한 남자였다. 웨드모어는 모르는 사람이었다.

굳게 총을 잡은 두 팔을 정면으로 곧게 뻗은 채 웨드모어는 스스로도 놀랄 만큼 크게 소리를 질렀다. "경찰이다! 총 내려놔!"

남자는 웨드모어의 짐작보다 신속히 움직였다. 벨린다 모튼의 남편을 바라보고 있던 그는 어느새 상체를 웨드모어에게로 돌렸다.

그의 총이 움직였다. 검은 점 같은 총구가 웨드모어를 겨누었다.

그녀는 오른쪽으로 몸을 날리며 소리쳤다. "그 총 내려—."

퓩 하는 소리가 희미하게 들렸다.

하지만 통증은 강렬했다.

웨드모어는 한 발의 대응 사격을 했다. 목표에 명중했는지는 확인할 수 없었다.

그녀는 쓰러지고 있었다.

52

길가에 주차된 크라이슬러에 앉아 있던 대런 슬로컴에게 총성이 들렸다.

"이런, 젠장." 그는 소리 내 말했다.

대런은 꽂혀 있는 차 열쇠를 빼내어 집어들고 차에서 내렸다. 조수석 문을 열어둔 채 그는 밖에 서서 어떻게 해야 할지 고민했다. 만약 누군가 총에 맞았다면 그게 누구냐에 따라 결정은 달라진다. 단순한 경고 사격일 가능성도 있다. 실수로 발포됐을지도 모른다. 혹은 누군가가 누군가를 겨냥했지만 명중하지 않았을지도 모른다.

대런은 방금 전에 저 집에 들어간 사람을 알고 있었다. 로나 웨드모어가 차에서 내려 길을 건너 현관문을 두드리는 모습을 그는 보았다. 여기까지 명료하게 들리지는 않았지만 집 안이 순간 소란스러워지더니 웨드모어가 핸드폰을 꺼내 아주 짧게 통화를 한 뒤 총을 빼들고 들어갔다.

상황이 좋지 않다.

웨드모어가 소머를 쏜 것이라면 당장 자리를 떠야 한다. 소머의 차를 타서는 안 된다. 소머 혼자 왔다고 경찰이 생각하게끔 열쇠를 다시 크라이슬러에 꽂아 둔 채 도망쳐야 한다. 차를 몰고 떠나면 소머의 차를 찾지 못한 경찰들이 공범이 있으리라고 추측할 테니까.

대런은 공범이 될 생각이 추호도 없었다.

하지만 저 소란 속에서 총에 맞은 사람은 벨린다이거나 조지일 가능성도 있다. 하지만 대런이 생각하는 최악의 시나리오는 밀퍼드 시경의 로나 웨드모어 형사가 총에 맞았다는 것이다.

다름 아닌 소머의 총에.

그렇다면 대런은 여기 앉아 동료 형사를 살해한 범인을 기다리는 셈이 된다.

역시 상황이 좋지 않다.

슬로컴은 부디 소머가 총에 맞았기를 바랐다. 그것이 최선의 시나리오다. 죽은 사람은 말이 없다. 죽은 소머는 자신과 대런과의 관계를 누구에게도 밝힐 수 없다. 대런은 경찰 일을 하며 비열한 놈팡이들을 숱하게 보아 왔지만 소머처럼 두려운 놈은 없었다. 소머가 죽어준다면 밤에 편하게 발 뻗고 잠들 수 있을 것 같았다.

이렇게 차 옆에 선 채 대런은 이런저런 고민을 이어나갔다. 차 안에서 기다릴까? 저 집에 들어가 볼까? 아니면 그냥 도망갈까? 이곳 클로버데일 애비뉴에서 대런의 집이 있는 하버사이드 드라이브까지는 걸어서 10분 거리였다.

하지만 그다음에는 어떻게 되는 거지? 동료 경찰들이 결국 사건의 진상을 알아낸다면? 소머가 죽어서 아무 말 못 해도 어떻게든 알아낸다면? 우리 집에 쳐들어와서 내 손에 수갑을 채우겠지?

집에 도착하자마자 에밀리와 짐을 챙기고 달아나 버릴까? 하지만 현실적으로 과연 얼마나 멀리 도망칠 수 있을까? 대런은 도주할 준비가 전혀 되어 있지 않았다. 위조 신분증도 없을뿐더러 신용카드도 전부 본명으로 되어 있었다. 경찰이 어린 딸을 달고 달아나는 남자를 발견하는 데 과연 시간이 얼마나 걸리겠는가?

하루면 충분하다.

어쩌면 좋을지 대런은 갈팡질팡하고 있었다. 우선 저 집에서 무슨 일이 벌어졌는지 알아야─.

누군가 현관문을 열고 나왔다.

소머였다. 손에 총을 들고 있었다.

그는 차를 향해 도로를 달려 내려오고 있었다. 대런은 소머를 향해 달려가며 소리쳤다. "도대체 무슨 일입니까?"

"차에 타." 소머는 소리치지 않았지만 단호하게 말했다. "돈은 가져왔어."

대런은 굽히지 않고 캐물었다. "아까 총소리는 뭐예요? 무슨 일이에요?"

소머는 자신의 코를 대런의 코에 딱 붙이고 말했다. "입 닥치고 차에 타."

"로나 웨드모어 형사가 집에 들어가는 걸 봤어요. 그런데 지금 당신 혼자 나왔잖아? 무슨 일이에요?" 대런은 소머의 재킷의 옷깃을 움켜쥐며 소리쳤다. "빌어먹을, 빨리 말해!"

"내가 총을 쐈어. 차에 타."

멀리서 다가오는 사이렌 소리가 어렴풋이 들렸다.

대런은 소머의 옷깃을 그러잡은 손아귀를 천천히 풀고 팔을 옆으로 떨어뜨렸다. 그리고 마치 평화가 찾아온 듯 그는 제자리에 선 채 고개를 저었다.

"어서 타라니까." 소머가 말했다.

그러나 대런은 꼼짝도 하지 않았다. "끝이야. 이제 다 끝났어." 그는 모튼의 집을 바라봤다. "웨드모어 형사가 죽었나?"

"내 알 바 아니지."

대런의 입에서 스스로도 생각지 못한 말이 튀어나왔다. "나는 알아야겠어. 웨드모어 형사는 내 동료야. 나보다 수백 배는 훌륭한 경찰이야. 쓰러진 동료를 모른 척할 수 없어. 내가 가서 돕겠어."

소머는 대런을 향해 총을 겨눴다. "아니. 그건 곤란하지." 방아쇠가 당겨졌다.

대런은 벨트 바로 위 왼쪽 옆구리를 움켜쥐며 시선을 떨어뜨렸다. 손가락 사이로 피가 흘러나왔다. 그는 무릎을 꿇고 주저앉았고 곧 옆구리를 움켜쥔 채 모로 쓰러졌다.

소머는 차로 다가가 조수석 문을 닫고 빙 돌아 운전석으로 들어갔다. 그리고 시동을 걸 참이었다.

"뭐야, 어디 갔어?"

꽂아두었던 열쇠가 보이지 않았다. 그는 문을 열어 실내등을 켠 뒤 바닥에 열쇠가 떨어졌는지 살폈다.

사이렌 소리가 아까보다 뚜렷이 들려왔다.

"빌어먹을!" 그는 차에서 내려 대런에게 성큼성큼 다가갔다. 대런은 몸이 흩어지는 걸 막으려는 듯 여전히 배를 움켜쥐고 있었다.

"열쇠 어디 갔어? 내놔."

"꺼져." 대런이 말했다.

소머는 무릎을 꿇고 대런의 주머니를 뒤지기 시작했다. 그의 손이 곧 피로 흥건해졌다. "빌어먹을, 열쇠 어디 있어? 어디 있냐고!"

소머는 문득 고개를 들어 모튼의 집을 쳐다봤다.

로나 웨드모어가 한 손에 총을 들고 한 손으로 어깨를 누른 채 비틀거리며 현관을 걸어 나오고 있었다. 그녀는 고개를 돌려 안을 향해 소리쳤다. "나오지 마요!"

최악이군, 이라고 소머는 생각했다.

그리고 그 순간 픽업트럭 한 대가 모퉁이를 돌아 이쪽으로 다가오고 있었다.

53

집을 나서기 전부터 나는 샐리의 집에 들렀다 벨린다를 만나러 갈 생각이었다.

샐리의 집을 나오면서 나는 기분이 좋지 않았다. 훌륭한 직원이자 친구인 샐리를 잃은 셈이었다. 하지만 테오가 실라의 일이 떠올라서 괴롭다는 글을 쓴 이유가 무엇인지 샐리에게 물어보지 않을 수 없었다.

그것은 절대로 위로하는 말이 아니었다. 분명히 보다 깊은 의미가 있었다.

트럭으로 걸어가면서 나는 사건들의 연결 고리를 곰곰이 생각했다. 테오가 (만약 불량품을 구입한 사람이 덕 핀더가 아니라면) 슬로컴 부부의 중개로 전기 부품을 구입했을 거라는 추측은 타당했다. 슬로컴 부부의 문제는 우리 부부의 문제와 매우 긴밀하게 엮여 있었다.

하지만 구체적으로 어떻게 연결되는지 나는 짐작조차 할 수 없었다.

나는 벨린다를 만나고서 대런을 찾아갈 생각이었다. 하지만 그 둘에게 정확히 무슨 질문을 어떤 식으로 해야 할지는 몰랐다. 대런에게는 특히 그랬다. 장례식장에서 주먹질을 한 것이 나와 그의 마지막이었다.

방향을 틀어 클로버데일 애비뉴로 들어가 모튼의 집에 다가간 순간 나는 뭔가 심상치 않다는 걸 한눈에 알아챘다.

흑인 여자 하나가 비틀거리며 모튼의 집을 나오고 있었다. 그녀는 왼손으로 오른쪽 어깨를 움켜잡고 오른손으로 총을 쥐고 있었다.

그것은 다름 아닌 밀퍼드 시경의 로나 웨드모어 형사였다. 내가 있는 차선 저편에는 그녀의 자동차가 세워져 있었다.

모튼의 집에서 세 집 정도 떨어진 도로 연석에는 검은 크라이슬러 300이 내 쪽을 마주본 채 세워져 있었다. 어제 아침 소머가 돈을 내놓으라고 위협하러 우리 집에 올 때 탔던 것과 같은 차종이었다. 운전석 문은 열려 있었지만 운전자는 보이지 않았다.

그 순간 크라이슬러와 멀지 않은 인도와 차도 사이 풀밭에 무릎을 꿇고 있는 남자가 보였다. 내가 트럭을 연석 가까이 붙이자 전조등 불빛이 그 남자에게 쏟아졌다. 그는 웅크려 앉은 채 뭔가 내려다보고 있었다. 땅에는 다른 사람이 쓰러져 있었다. 쓰러진 사람은 분명 부상을 당한 듯했다.

무릎을 꿇고 앉은 남자는 소머였다. 부상을 당한 사람의 모습은 잘 보이지 않았지만 소머는 뭔가를 찾기 위해 그의 주머니를 뒤지고 있었다.

나는 기어를 주차 상태로 놓고 문을 열었다.

이쪽을 바라보던 로나 웨드모어는 내가 도로에 발을 내려놓자마자 소리를 질렀다. "안 돼! 나오지 마!"

"무슨 일이에요?" 나는 열린 트럭 문 뒤에서 웨드모어에게 물었다.

웨드모어가 현관 불빛 아래에 서자 그녀의 모습이 뚜렷하게 드러났다. 어깨를 움켜잡은 웨드모어의 손가락 사이로 붉은 피가 새어나오고 있었다. 그녀는 잠시 기둥에 몸을 기대었다가 어깨에서 뗀 손으로 난간을 움켜잡고 계단을 내려왔다.

사이렌의 합창 소리가 다가오고 있었다.

계단 밑까지 내려온 웨드모어가 소머를 향해 총을 휘저으며 내게 소리쳤다. "빨리 가! 저놈한테 총이 있어!"

그 순간 소머가 그의 총을 들어 올려 웨드모어를 겨냥했다. 총소리는 들리지 않았지만 웨드모어가 붙잡고 있던 나무 난간이 갑자기 쪼개졌다.

소머는 계속 쓰러진 남자의 몸을 뒤졌다. 그리고 마침내 뭔가를 찾아내더니 크라이슬러의 열린 운전석을 향해 달렸다.

나는 고개를 돌려 내 트럭을 바라봤다. 운전석 아래로 종이봉투가 불쑥 튀어나와 있었다. 나는 코리와 릭에게서 빼앗은 총을 아직 버리지 않았다.

얼른 트럭에 올라타 소머가 떠날 때까지 몸을 숙이고 있는 편이 가장 현명한 행동이었을 것이다. 하지만 윌슨의 집 지하실에서 불을 끄려다 연기 속에 갇혔던 때처럼 나는 현명하게 처신하지 못했다.

나는 종이봉투를 집어들어 찢어 열고 안에 있는 총을 꺼내 들었다.

나는 이 총을 잘 알지 못했다. 어떤 모델인지도 몰랐고 언제 어디서 만들어졌는지도 짐작할 수 없었다.

장전이 되어 있는지조차 확실치 않았다.

코리 월킨슨과 릭은 장전된 총을 건네줄 만큼 멍청한 녀석들일까? 놈들이 무작정 총을 쐈다는 사실을 돌이켜보면 그럴 여지도 없지 않았다.

차에 올라타는 소머를 바라보며 나는 총의 손잡이를 굳게 붙잡았다. 크라이슬러에 시동이 걸리는 소리가 들렸다. 타오르는 눈동자처럼 전조등에 불이 들어왔다. 로나 웨드모어는 모튼의 집 잔디밭을 가로질러 도로 쪽으로 절룩거리며 달리고 있었다. 금방이라도 몸의 중심을 잃을 듯 그녀의 발놀림은 불안했다. 웨드모어는 총을 들어 올려 길 아래 소머의 차를 겨누었다.

크라이슬러가 끼익 하는 소리를 내며 재빠르게 차도에서 움직였다.

웨드모어는 연석을 벗어나 포장도로에 오른발을 올려놓았지만 다리에 힘이 들어가지 않아 비틀거리다가 옆으로 넘어졌다. 소머의 차가 웨드모어를 향해 방향을 틀었다.

나는 트럭의 열린 문을 돌아 웨드모어가 쓰러진 지점으로 달려갔다. 크라이슬러가 이쪽으로 돌진하고 있었다. 나는 동작을 멈추고 자세를 고정한 뒤 총을 잡은 양손을 어깨높이로 들어 올렸다.

로나 웨드모어가 소리쳤지만 알아들을 수 없었다.

나는 방아쇠를 당겼다.

찰칵.

아무 일도 벌어지지 않았다.

검은 차는 여전히 이쪽으로 돌진하고 있었다.

나는 두 번째로 방아쇠를 당겼다.

발포의 반동으로 나의 양팔은 허공에 휙 들어 올려졌고 나는 반걸음 정도 뒤로 비틀거리며 물러섰다. 크라이슬러의 조수석 쪽 앞유리를 중심으로 거미줄처럼 금이 갔다. 소머가 운전대를 왼쪽으로 힘차게 돌리자 차는 내게서 불과 3미터쯤 떨어진 지점에서 날카로운 소리를 내며 방향을 바꿨다. 나는 재빨리 옆으로 몸을 날렸고 도로 위로 넘어지면서 웨드모어의 곁으로 굴러갔다.

크고 둔탁한 소리와 금속의 끼익 하는 소리에 이어 크게 충돌하는 소리가 났다.

내가 고개를 돌렸을 때 크라이슬러는 이미 연석을 넘어 어떤 집 마당 한가운데를 침범하여 나무에 충돌한 상태였다.

"일어서지 마요!" 웨드모어가 나를 향해 소리쳤다.

하지만 나는 총을 잡고 일어섰다. 심장이 세차게 뛰면서 아드레날린이 급속도로 몸속을 돌고 있었다. 나는 이미 이성과 상식을 벗어난 상태였다.

나는 크라이슬러를 향해 달려갔다. TV 형사물에서 보던 것처럼 나는 뒤편에서부터 조심스럽게 차 앞쪽으로 접근했다. 구부러진 회색 금속 기둥이 차를 밑바닥에서부터 뚫고 나와 있었다. 크라이슬러는 나무에 부딪히기 직전 도로 표지판을 넘어뜨린 것이었다. 엔진은 아직 돌고 있었고 망가진 보닛에서 김이 피어올랐다. 으르렁거리는 평범한 엔진 소리 대신 믹서기에 못을 넣고 돌리는 듯한 소리가 들렸다.

다가가 보니 운전석에 에어백이 펼쳐져 있었다. 앞쪽으로 좀 더 다가가자 소머의 모습이 보였다.

그에게 총을 겨눌 필요는 없었다.

"제한속도 25"라고 적힌 하얀 금속 표지판의 모서리가 소머의 이마에 박혀 있었다. 머리 위쪽이 깔끔히 잘려나가기 직전이었다.

54

구급차 두 대가 현장으로 파견되었다. 로나 웨드모어보다 부상이 심각한 대런 슬로컴이 먼저 밀퍼드 병원으로 호송되었다. 총알은 그의 왼쪽 옆구리 가장자리를 뚫고 지나갔는데, 현장에서 확신할 수는 없었지만 언뜻 보기에 치명상은 피한 듯했다. 웨드모어는 총알이 어깨를 스친 것뿐이라 출혈은 다소 있었지만 구급대원들이 들것에 눕히기 전까지 두 다리로 잘 서 있었다.

모든 부부는 큰 부상 없이 멀쩡한 편이었지만 조지는 TV에 박힌 탓에 머리에 상처를 입었다. 물론 심리적으로는 큰 타격이 있었다. 나는 벨린다로부터 안에서 벌어진 일을 들었다. 서재로 쳐들어간 웨드모어가 소머의 총을 피하기 위해 몸을 바닥으로 날린 틈에 소머는 돈이 든 봉투를 들고 달아났다. 웨드모어 형사가 이미 지원 병력을 요청했으리라 예상한 소머는 도망칠 시간이 많지 않음을 알고 있었다.

오랫동안 나는 몸의 떨림을 멈출 수 없었다. 부상을 당하지 않았지만 구급 요원들은 나를 진정시키기 위해 담요로 감싸서 앉혔다.

경찰들은 내게 많은 질문을 던졌다. 다행히 웨드모어는 병원으로 호송되기 전 경찰들에게 나에 대한 호의적인 말을 해두었다.

"저기 저 바보 아저씨가 경찰 두 명을 죽이려고 한 범인을 붙잡았어요." 구급차에 실리면서 웨드모어가 말했다.

경찰은 내게 총에 관해 물었다.

"이건 선생님 총입니까?"

"그런 셈입니다."

"허가받은 총입니까?"

"아닐 거예요."

경찰이 나를 질책할 줄 알았지만 총에 대한 질문은 그것으로 끝이었다. 도로 한복판에서 차에 깔릴 뻔한 동료 형사를 구해준 사람을 괴롭혔다가 주변에서 욕을 먹을까 봐 걱정되는 모양이었다.

경찰은 회유적인 자세로 나를 대했지만 경찰서에서의 심문은 동이 틀 때까지 이어졌다. 7시쯤 경찰은 나를 내 트럭이 있는 곳까지 데려다 주었고 나는 집으로 돌아갔다.

그리고 잠이 들었다.

오후 3시쯤 나는 잠에서 깨었다. 전화가 울리고 있었다.

"가버 씨?"

"음…… 네……."

"가버 씨, 저 로나 웨드모어 형사예요."

나는 정신을 차리지 못한 채 두어 번 눈을 깜빡이다 시계를 바라봤다.

"아…… 형사님…… 좀 어떠세요?"

"전 괜찮아요. 아직 병원에 있지만 곧 집으로 돌아갈 거예요. 저기요, 간밤에 당신이 한 행동은 세상에서 제일 멍청하고 어이없고 미친 짓이었다는 걸 알려드리려고 전화했어요. 아무튼, 고마워요."

"별말씀을요. 대런은 어떻습니까?"

"중환자실에 있지만 무사할 것 같아요." 웨드모어는 잠시 말을 멈췄다.

"막상 살아나서 취조를 당하면 차라리 죽어버릴 걸 하고 생각할지 모르지만."

"대런이 크게 곤란해졌군요." 내가 말했다.

"그는 소머와 함께 모튼의 집으로 온 거였어요. 아마 종범從犯으로 기소될 거예요. 그 밖에 또 다른 죄목이 있을지도 몰라요."

"또 다른 죄목이요? 혹시 실라나 앤과 관련된 겁니까?"

"아직 우리도 정보가 부족해요. 소머가 죽어버렸으니 그에게서 캐낼 수도 없게 돼버렸죠. 하지만 그가 위험천만한 놈이란 건 분명해요. 소머가 당신 부인과 앤 슬로컴을 죽음으로 몰고 간 장본인이라 해도 의외는 아니겠죠. 아니, 그렇다는 얘기는 아니에요. 확실한 건, 소머가 저스트 인 타임 호텔에서 사설탐정 아서 트웨인을 살해한 것 같아요."

나는 이불을 걷어차며 침대에서 벌떡 일어나 앉았다. "아서 트웨인?"

"네, 맞아요."

나는 그 소식에 순간 멍해졌다가 다시 웨드모어에게 물었다.

"구체적인 방법은 몰라도 지금까지의 소행을 생각해 보면 놈이 실라를 죽였을 가능성도 있겠군요? 실라를 술에 취하게 한 다음 차에 태웠을 겁니다. 그 상태로 도로에 방치한 채 사고가 나도록 계획했을 거예요."

웨드모어는 입을 다물었다.

"형사님?"

"말씀하세요."

"제 말이 터무니없나요?"

"소머는 총으로 사람을 죽이죠." 웨드모어가 말했다. "훼방꾼이 나타나면 그렇게 제거해요. 당신이 말한 번거로운 방법은 쓰지 않아요." 그녀는 말을 멈췄다. "가버 씨, 듣기 싫을지 모르겠지만 당신 부인의 경우는 보이는 그대로 사고임을 인정하셔야 할 거예요. 쉽지 않겠지만 진실이란 때로는 받아들이기 힘들죠."

이제 내가 입을 다물 차례였다.

나는 창문 너머 앞마당의 거대한 느릅나무를 바라보았다. 나무에는 한 줌의 나뭇잎들만 달려 있었다. 몇 주 후면 저 위로 눈이 쌓일 것이다.

"어쨌건 당신에게 고맙다는 말을 하고 싶었어요." 로나 웨드모어는 그렇게 말하고 전화를 끊었다.

나는 침대 모서리에 앉아 머리를 움켜잡았다. 결국, 이렇게 끝나버렸다.

사람이 죽고 비밀도 함께 죽은 것이다. 나는 의문의 일부에 대한 답은 얻었
지만 전부는 얻지 못했다.

　이것이 한계였다. 이것으로 모든 것이 끝났다.

55

나는 켈리에게 전화를 걸었다.

"오늘 데리러 갈게."

"언제? 언제 올 거야?"

"저녁에. 우선 몇 가지 일들을 좀 정리하고."

"이제 집에 가도 안전해?"

나는 얼른 대답하지 못했다. 소머는 죽었고 대런은 병원에 입원해 있었다. 창문에 총질을 한 범인도 누군지 알아냈다. 곰곰이 생각해 봤지만 이제 경계해야 할 사람은 없는 것 같았다.

"그래, 이제 안전해. 하지만 그 전에 말해 줄 게 있어."

"뭔데?"

켈리의 목소리에서 염려하는 기색이 느껴졌다. 이미 온갖 안 좋은 사건들을 겪은 켈리는 나쁜 소식을 예상하는 데 익숙해져 있었다.

"에밀리의 아빠가 다쳤어."

"왜? 무슨 일이야?"

"아주 못된 악당이 총을 쏘았어. 에밀리 아빠는 무사하지만 당분간 병원 신세를 져야 해."

"총을 쏜 악당은 잡혔어?"

내가 얘기하지 않더라도 켈리는 언젠가 어디선가 어제의 이야기를 전해 들을 것이다. 하지만 당장은 자세히 얘기할 필요가 없었으므로 나는 짧게 "그래."라고 대답했다.

"악당은 죽었어?"

"응."

"요즘 죽는 사람들이 너무 많아." 켈리가 말했다.

"그래. 하지만 이제부터 괜찮아질 거야." 내가 말했다.

"난 에밀리 아빠가 무사한 이유를 알아."

나는 예상치 못한 아이의 말에 조금 놀랐다. "그래? 무슨 이유인데?"

"하느님은 엄마를 잃은 어린아이가 아빠까지 잃도록 두지 않아. 그러면 어린아이를 돌볼 사람이 아무도 없게 돼 버리잖아?"

"그건 미처 생각을 못 했네."

"아빠도 무사할 거지? 아무 일도 없을 거지?"

"아빠는 무사할 거야. 절대로 무사할 거야. 왜냐하면, 이 아빠가 켈리를 지켜야 하니까."

"약속해?"

"약속해."

나는 잠시 동안 집을 어슬렁거렸다. 커피를 끓이고 시리얼을 그릇에 붓고 몇 시간 동안 현관에 방치돼 있던 신문을 집어들었다. 지난밤 사건에 관한 기사는 없었다. 너무 늦은 시간에 벌어진 일이라 조간에 실릴 짬이 없었을 것이다. 신문사의 웹사이트에는 실렸겠지만 나는 인터넷을 확인할 힘이 없었다.

나는 두 통의 전화를 걸었다. 우선 켄 왕에게 연락해서 오늘도 현장 감독을 맡으라고 말해두었다. 이어서 샐리의 핸드폰과 집으로 연락했지만 응답이 없어서 음성 메시지를 남겼다. "샐리, 나랑 얘기 좀 해. 부탁이야."

금세 전화가 걸려와서 샐리인 줄 알았으나 이번에도 웨드모어의 연락이었다. "간략히 보고할게요. 어제의 사건에 관한 자세한 언론 기사가 곧 발표될 거예요. 가버 씨 이름도 나와요. 당신 영웅이 됐어요."

"좋아 죽겠군요." 내가 말했다.

"언론이 메뚜기 떼처럼 달려들어 못살게 굴까 봐 말씀드린 거예요. 상관없다면 마음껏 즐기도록 하세요."

"알려줘서 고마워요."

어서 집을 나가는 게 좋을 듯했다. 나는 2층으로 올라가 샤워를 했다. 샤워 부스에서 막 나오는데 전화벨이 울렸다. 나는 미끄러져 넘어지지 않도록 젖은 발로 살금살금 화장실 타일을 가로질러 침실로 들어갔다. 발신자 번호는 차단되어 있었다. 좋은 징조가 아니었다.

"여보세요?"

"글렌 가버 씨 되세요?" 여자의 목소리였다.

"아닌데요. 전할 말 있으세요?"

"저는 〈레지스터〉 지의 세실리아 하머예요. 가버 씨가 언제 들어오실지 아세요? 아니면 연락할 방법이라도?"

"글쎄요. 지금 집에 안 계시는데 다른 연락 방법은 모르겠군요."

나는 몸의 물기를 닦고 옷을 갈아입었다. 또다시 전화벨이 울렸지만 이번에는 받지 않았다. 켄에게 말해둘 용건이 떠올랐지만 그와 대화할 기력이 없었다. 켄이 블랙베리로 수신할 수 있도록 이메일을 전송하기로 했다.

나는 지하실로 내려가 돈을 숨기기 위해 설치해 놓은 판자가 제자리에 있는지 확인했다. 판자는 그대로였다. 나는 컴퓨터의 전원 버튼을 눌러 부팅을 한 뒤 이메일 프로그램을 열었다.

수신함에는 거의 스팸 메일뿐이었지만 딱 하나 내 눈을 사로잡는 이메일이 있었다.

켈리가 보낸 메일이었다.

나는 슬로컴 부부의 옷장에서 핸드폰으로 찍은 동영상을 이메일로 보내 달라고 켈리에게 부탁한 것을 까맣게 잊고 있었다. 정작 필요할 때는 살펴볼 여유가 없었건만 막상 사건이 종결된 시점에서 나는 동영상의 내용이 궁금해졌다.

따지고 보면 켈리가 에밀리의 집에 파자마 파티를 하러 갔던 밤이 요 며칠 간의 악몽의 출발점이었다. 물론 정말로 끔찍한 악몽은 실라가 죽은 날이었지만 겨우 원래의 생활로 돌아가려던 찰나 앤 슬로컴의 사고가 터졌던 것이다.

나는 이메일을 클릭하여 동영상을 열었다.

그리고 커서를 재생 아이콘에 두고 클릭했다.

"여보세요. 지금 통화 괜찮아요? 네, 혼자예요……그래요, 손목은 괜찮아졌어요?……자국이 사라질 때까지 긴소매 옷을 입어요……다음에는 언제 만나냐고요?……수요일 어때요? 시간 돼요? 그런데 말이죠, 다음에는 좀 더 받아야겠어요. ……비용이—잠깐만요, 다른 전화가 와서……나중에 다시 전화할게요—여보세요?"

나는 정지 아이콘을 눌렀다. 이제 분명히 알 수 있었다. 지금 앤은 조지에게 수갑에 관해 얘기하고 있는 것이다. 나는 재생 위치를 시작점으로 드래그하여 다시 재생했다. 이번에는 앤이 "여보세요?"라고 말하는 부분에서 멈추지 않았다.

앤 슬로컴이 말했다. *"왜 집……걸었어요?……핸드폰은 꺼놨어요……지금은 통화하기 곤란해요……애가 밤에 친구를 데려와서 놀고 있어요……네, 남편도 있어요……아니, 이봐요, 우리 그렇……하기로 했잖아요. 당……돈을 주면 내가 그 대가로……마……만약 다르게 거래하고 싶다면 한번 얘기해 봐요."*

그때 갑자기 영상이 흐려지더니 어두워졌다. 켈리가 핸드폰을 집어넣은 순간이었다.

나는 동영상을 되감아 다시 재생하면서 혹시 수사에 도움이 될지 모르니 웨드모어 형사에게 보낼까 고민했지만 큰 도움이 될 것 같지는 않았다. 만약 앤이 전화 상대에게 "머리에 총알" 운운하던 부분까지 녹화됐다면 모를까 이것만 가지고는 유용한 정보가 될 수 없었다.

하지만 나는 여전히, 특히 앤이 두 번째 전화를 받는 부분에서 호기심이 동했다. 저 사람이 앤을 항구로 불러냈을까? 한밤중에 앤이 외출하도록 만든 장본인일까?

나는 동영상에 귀를 기울였다.

"왜 집……걸었어요?……핸드폰은 꺼났어요……지금은 통화하기 곤란해요……."

앤의 말은 군데군데가 잘 들리지 않았다. 나는 볼륨을 높이고 입 모양을 읽기 위해 동영상을 전체화면으로 설정했다.

"왜 집……걸었어요?……핸드폰은 꺼났ㅡ."

나는 동영상을 멈추고 되돌렸다. 비어 있는 부분에서 앤은 "전화"라고 말하는 듯했고, 이어서 한두 단어가 더 들렸다.

나는 다시 영상을 재생했다. 귀를 기울이고 앤의 입 모양을 지켜봤다. 역시 "전화"였다. 다른 단어들도 알아들을 수 있었다. 앤은 "왜 집 전화로 걸었어요? 아, 그래요. 핸드폰은 꺼났어요."라고 말하고 있었다.

나는 펜과 종이를 집어들고 알아들은 대로 대화 내용을 받아적기 시작했다.

짤막한 단편들을 반복적으로 들으며 나는 빈 곳을 채워넣었다.

"왜 집 전화로 걸었어요? 아, 그래요. 핸드폰은 꺼났어요. 지금은 통화하기 곤란해요. 애가 밤에 친구를 데려와서 놀고 있어요."

그다음 단어는 정확하지 않지만 "파자마 파티"로 들렸다. 나는 영상을 되돌렸다.

"왜 집 전화로 걸었어요? 아, 그래요. 핸드폰은 꺼났어요. 애가 밤에 친구를 데려와서 놀고 있어요. 파자마 파티요." 이어서 6, 7초가량 앤은 잠자코 상대방의 말을 듣다가 다시 입을 열었다. "네, 남편도 있어요. 부엌에요. 아니, 이봐요, 우리 그렇게 하기로 했잖아요. 당신이 돈을 주면 내가 그 대가로

그렇게 해주기로 말이에요."

여기까지 알아내는 데 20분은 족히 걸린 듯했다. 나는 계속 작업을 이어나갔다.

"*마……만약 다르게 거래하고 싶다면 한번 얘기해 봐요.*"

빈 부분에 아주 짧은 소리들이 들렸다.

나는 다시 동영상을 재생하며 앤의 입을 지켜보았다. 입술이 열렸다 닫혔다. "스" 하는 소리가 들렸다.

동영상을 다시 재생했다.

또다시 재생했다.

문장이 거의 뚜렷하게 들렸다. "*마……스 만약 다르게 거래하고 싶다면 한번 얘기해 봐요.*"

무슨 뜻인지 도무지 알 수 없었다. 나는 소리를 내어 문장을 읽어 보았다.

"*마……스, 만약 다르게 거래하고 싶다면―.*"

맙소사.

중간에 음절이 하나가 더 있었다.

마커스.

앤은 "*마커스, 만약 다르게 거래하고 싶다면 한번 얘기해 봐요.*"라고 말한 것이었다.

지금 당장 켈리에게 가야 한다.

56

"할머니가 나갔다 와도 괜찮겠니?" 피오나가 손녀에게 물었다. 그녀는 커피 테이블 앞 소파에 앉아 화이트 와인을 홀짝이면서 켈리를 안심시키려고 애쓰고 있었다.

"네, 괜찮아요." 켈리가 말했다.

"안 좋은 소식 때문에 네가 힘들까 봐서 그래. 에밀리의 아빠 얘기는 참 안 됐구나."

"저 괜찮아요."

"집에 먹을 게 떨어져서 할머니는 저녁거리를 사러 가야 한단다. 네 아빠가 오늘 늦게 올 테니까 그 전에 저녁을 만들어 먹어야 하잖니. 피자 따위를 시켜 먹을 수는 없어."

피오나는 짐짓 우아한 손짓으로 와인 잔을 테이블 위에 올려놓더니 자리에서 일어났다.

마커스가 켈리의 머리를 쓰다듬으며 말했다. "우리끼리 재미있게 놀 수 있어. 그렇지, 켈리?"

켈리는 마커스를 올려다보며 웃어 보였다. "네. 근데 뭐하면서 놀 거예요?"

"영화를 볼까? 어때?" 마커스가 말했다.

"영화는 별론데……."

"둘이 잘 의논해서 결정해요." 피오나가 말했다.

"산책하러 갈까?" 마커스가 켈리에게 물었다.

"네, 좋아요." 켈리는 미적지근하게 대답했다.

피오나는 핸드백을 집어 자동차 열쇠를 꺼냈다. "금방 올게요. 한 시간쯤 걸릴 거예요."

"그래, 그래." 마커스가 말했다.

피오나가 집 밖으로 나가자마자 켈리는 그녀가 핸드폰을 놓고 갔음을 알아챘다. 핸드폰은 현관 테이블 위 충전기에 꽂혀 있었다.

"신경 쓰지 마." 마커스가 말했다. "할머니는 금방 돌아올 거야." 그는 켈리를 데리고 뒤쪽 테라스로 가서 앉았다. 테라스에서는 깔끔하게 손질된 뒷마당이 보였고 그 너머로 롱아일랜드 해협이 펼쳐져 있었다.

"오늘 집에 돌아가겠구나?" 마커스가 말했다.

"그럴 것 같아요." 켈리는 고리버들 의자에 앉아서 두 다리를 앞뒤로 흔들었다.

"네가 여기 온 뒤로 단둘이 얘기해 보기는 처음이지?"

"그런 것 같아요."

"네 할머니한테 소식은 들었어. 상황이 정리된 모양이더라? 네 아빠가 걱정하던 문제가 대충 해결이 되었나 봐. 잘됐지? 안 그러니?"

켈리는 고개를 끄덕였다. 아이는 지금 당장 아빠가 와서 자신을 데려가 줬으면 하고 바랐다. 저녁도 아빠와 먹고 싶었다. 할머니, 마커스와 가끔씩 지내는 것은 좋았지만 같이 사는 건 꽤나 지루한 일이었다. 피오나는 하루 종일 유명인들의 집에 관한 책이나 잡지 따위를 읽었고 마커스는 TV만 봤다. TV 프로그램이 재미라도 있으면 다행이었겠지만 TV는 늘 뉴스 채널에 고정되어 있었다. 켈리는 절대 이곳에 살면서 학교에 다니고 싶지 않았다. 평일 내내 아빠와 떨어져 있고 싶지도 않았다. 할머니와 마커스는 나이가 너무 많았다. 물론 아빠도 나이가 많지만 이 정도는 아니었다. 피오나는 이따금 켈리와 놀아주기도 했지만 그것도 잠시뿐, 금세 켈리에게 재미있는 (그리고 조용한) 놀거리를 찾아보라며 보내고는 했다. 그리고 켈리는 마커스의 한결같은 웃음이 싫었다. 그것은 어른들이 웃고 싶지 않을 때 억지로 웃는 웃음이었다.

바로 지금 마커스의 웃음이 그랬다.

"요즘 정신이 없었지?" 마커스가 말했다. "친구 집에 파자마 파티하러 갔던 날부터."

"네." 켈리가 말했다.

"피오나가, 네 할머니가 그날 친구 엄마 옷장에 숨었을 때 무슨 일이 있었냐고 자꾸 물어봤잖니? 그것 때문에 많이 불편했지?"

켈리는 고개를 끄덕였다. "약간 그랬어요."

"그래, 당연히 불편했을 거야."

"그 얘기는 하면 안 되거든요. 에밀리 엄마도 하지 말라고 했고 우리 아빠도 하지 말라고 했어요. 특히 에밀리 아빠한테는요. 에밀리 아빠는 그것 때문에 몹시 화가 나 있었고 내가 뭘 들었는지 궁금해했어요."

"에밀리 아빠한테 말했니?"

켈리는 고개를 좌우로 흔들었다.

"하지만 이제 악당이 죽었으니까 다 괜찮을 거야. 그냥 잊어버리면 된단다." 마커스가 말했다.

"네. 핸드폰 동영상도 이제 지워도 될 거 같아요." 켈리가 말했다.

마커스는 눈을 깜빡거렸다. "동영상? 무슨 동영상?"

"옷장에 숨었을 때 찍은 동영상이요."

마커스는 기침을 했다. "옷장에서 동영상을 찍었어? 앤 슬로컴 씨를 찍었니? 전화 통화 하고 있을 때?"

켈리는 고개를 끄덕였다. 마커스는 그 어느 때보다도 억지스럽게 웃음을 지었다.

"지금 핸드폰 가지고 있어?" 마커스가 물었다. 켈리가 고개를 끄덕이자 그가 말했다. "보여줄래?"

켈리는 주머니에서 핸드폰을 꺼내 버튼을 만지작거리더니 마커스의 옆으로 가서 앉았다. 그리고 마커스가 볼 수 있게끔 핸드폰을 들어 올렸다.

"여기서 이걸 누르면 나와요. 이거예요."

"지금 통화 괜찮아요?"

"이게 뭐니?" 마커스가 물었다. "이게 언제야?"

"에밀리 엄마가 방에 막 들어왔을 때예요. 손목을 다친 사람이랑 통화하고 있어요."

"시간 돼요? 그런데 말이죠, 다음에는—."

"누구랑 얘기하고 있는 거니?" 마커스가 물었다.

켈리는 어깨를 으쓱했다. "몰라요. 둘 다 누군지 모르겠어요."

"두 명이랑 통화했어?"

"안 보고 계속 얘기하니까 못 보고 놓쳤잖아요." 켈리가 마커스를 나무랐다. "두 번째 전화가 와서 아줌마가 첫 번째 사람한테 끊겠다고 말한단 말이에요. 다시 돌릴 테니까 잘 보세요."

"왜 집……걸었어요?……핸드폰은 꺼놨어요……."

"봐요. 이게 두 번째 통화예요." 켈리가 말했다.

"조용해 봐!"

마커스의 거친 말투에 켈리는 마치 뺨이라도 맞은 것 같았다. 그는 더 이상 웃고 있지 않았다.

"마……만약 다르게 거래하고 싶다면—."

"꺼라." 마커스가 말했다.

"아직 조금 남았는데……." 켈리가 말했다.

"멈춰라. 당장 멈춰."

방금 전까지 동영상에 굉장한 흥미를 느끼던 마커스의 태도가 돌변하자 켈리는 어이가 없었다.

켈리는 마커스로부터 조금 떨어져 앉았고 마커스는 자리에서 일어나더니 생각에 잠겼다. 켈리는 어른들의 기분이 순식간에 좋았다가 나빠지는 게 참 이상하다고 생각했다.

"가서 혼자 놀아라." 마커스가 매섭게 말했다.

"알았어요." 켈리가 말했다. "빨리 아빠가 왔으면 좋겠어요."

켈리는 이곳에 머물 때 사용하는 여분의 방으로 가서 서랍에서 몇 벌 안 되는 자신의 옷을 꺼내기 시작했다. 마커스가 갑자기 이상하게 구는 바람에 더욱 빨리 이 집을 나가고 싶었다.

켈리는 순식간에 짐을 싼 뒤 동영상을 지우기 위해 핸드폰을 꺼냈다가 아까 마커스 때문에 끝까지 보지 못했으므로 삭제하기 전에 한 번 더 보기로 했다.

켈리는 노래를 들을 때 사용하는 이어폰을 핸드폰에 꽂고 동영상을 재생했다.

한 번 더 재생했다.

또다시 재생했다.

아까는 마커스가 왜 그렇게 화를 냈는지 이해할 수 없었지만, 켈리는 전에 몰랐던 재미있는 사실을 발견했다.

켈리는 이어폰을 뽑고 심술이 난 마커스를 찾으러 내려갔다. 그는 부엌에서 이리저리 거닐고 있었다.

"진짜 이상한 걸 찾았는데 말해줄까요?" 켈리가 물었다.

"뭐니?" 마커스는 여전히 심술이 난 목소리로 말했다.

핸드폰을 들어 보이며 켈리가 말했다. "있잖아요, 동영상에서 에밀리 엄마가 '마커스' 라고 말한 것 같아요."

57

나는 우선 피오나의 집으로 전화를 걸었다. 통화 연결음이 다섯 번 울리고 음성 사서함으로 이어졌다. "피오나, 전화해 줘요." 이어서 나는 그녀의 핸드폰으로 전화를 걸었다. 여덟 번의 연결음 뒤에 또다시 사서함으로 이어졌다. "피오나, 글렌이에요. 집으로 연락했는데 전화를 안 받는군요. 이거 들으면 당장 전화해 줘요. 내 핸드폰으로요."

그리고 나는 켈리의 핸드폰으로 전화를 걸었다. 켈리가 설정해 둔 대로 전화는 다섯 번의 연결음 뒤에 음성 사서함으로 연결되었다.

"안녕하세요! 켈리예요! 마사지 남겨주세요!" 켈리의 농담 섞인 인사말이었다.

"켈리야, 아빠야. 이거 받자마자 아빠 핸드폰으로 전화해, 알았지?"

우리 집의 포치에서 뻗어 나가는 작은 길에 마이크를 쥔 깔끔하게 차려입은 금발의 여자와 카메라맨이 서 있었다. 진입로 끝에는 보도 차량이 입구를 막으며 주차되어 있었다.

"가버 씨, 얘기 좀 할 수 있을까요!" 여자가 소리쳤다. "경찰로부터 들었는데 밀퍼드 시 경찰 두 명에게 총을 쏜 남자를 잡으셨다면서요? 괜찮으시면 저희와—."

"저 차 당장 치우지 못해?" 나는 여자를 지나쳐 카메라맨을 옆으로 밀었다.

"어이, 이봐요, 조심해."

나는 트럭에 탔다. 여기자와 카메라맨은 그들의 밴을 향해 움직일 기미가 없었고 내게는 기다릴 시간이 없었다. 나는 시동을 걸고 진입로를 내려간 뒤 잔디밭을 가로질렀다. 가까스로 나무를 피한 트럭은 연석으로 쿵 하고 떨어졌다.

나는 트럭의 속력을 높여 날카로운 소리를 내면서 도로를 달려 내려갔다. 옆집 조앤 뮬러가 거실 창문에서 이 소란을 지켜보고 있었다.

우렁찬 엔진 소리 속에서 나는 비로소 상황을 이해할 수 있었다. 마커스는 우리 집에서 열린 핸드백 파티에서 앤 슬로컴을 만났고 그녀에게 빠져들었다. 그렇게 마커스는 앤 슬로컴을—.

혹시 앤은 조지에게 썼던 수법을 마커스에게도 사용했을까? 그들의 밀애를 피오나에게 알리겠다고 협박했을까? 돈만 좀 쥐여준다면 입을 다물어 주겠다면서?

동영상에서 앤 슬로컴은 돈을 주면 대신 뭔가 주겠다는 말을 했다. 그 대가란 바로 그녀의 침묵일 것이다. 그리고 마커스는 앤 슬로컴과 또 다른 거래를 할 예정이었다. 협박으로 뜯길 돈의 부담을 줄이기 위한 거래를.

그것을 위해 그는 앤을 만나려 했다.

그리고 앤은 그날 밤 마커스를 만나러 나갔다.

나는 고속도로를 향해 쏜살같이 트럭을 몰았다. 노랑 신호등과 정지 신호를 모두 무시했다. 나는 95번 고속도로의 서쪽 방면 차선으로 진입하면서 액셀을 힘껏 밟았다. 여기서 다리엔까지는 보통 30분 정도 걸렸다. 교통량만 많지 않다면 10분이라도 시간을 줄이고 싶었다. 트럭은 속력을 내서 달리기에 적합한 차량은 아니지만 힘껏 밟으면 시속 130킬로미터쯤은 가능했다.

피오나와 켈리는 왜 전화를 받지 않지?

그날 앤은 마커스를 만나러 나갔다. 그들은 항구에서 언쟁을 벌였고 앤이 죽은 채 발견됐다.

나는 피부로 느낄 수 있었다. 마커스 킹스턴이 앤 슬로컴을 살해했다.

그렇다면 마커스는 실라의 죽음과도 관계가 있을까? 나는 이미 앤과 실라의 죽음이 서로 연결되어 있다고 굳게 믿고 있었다.

마커스가 정말로 실라의 사고를 꾸민 장본인일까? 실라에게 술을 먹여 차에 태우고 고속도로 램프에 버려두었을까? 다른 차와 충돌하도록?

만약 그랬다면 도대체 왜? 혹시 실라가 마커스와 앤의 관계를 알고 있었던 걸까? 자기 엄마에게 그 사실을 말하겠다고 마커스를 위협했을까? 마커스는 실라의 입을 막기 위해 그녀를 살해했을까?

빌어먹을. 도저히 뭐가 진실인지 종잡을 수가 없다.

하지만 지금 확실한 것은 내 딸이 마커스와 한 집에 머물고 있다는 사실이었다. 끔찍한 짓을 저지른 위험인물 바로 옆에 있다는 사실이었다.

나는 피오나의 집으로 다시 전화를 걸었다. 여전히 답이 없었다. 그녀의 핸드폰과 켈리의 핸드폰도 마찬가지였다. 아무도 전화를 받지 않다니 전에도 이런 적이 있었던가?

연락해야 할 곳들이 있었지만 나는 그들의 번호를 알지 못했고 전속력으로 달리는 차 안에서 그들의 번호를 검색하는 것은 위험했다.

나는 아무 단축키나 눌렀다. 통화 연결음이 몇 번 울린 뒤 샐리의 목소리가 들려 왔다.

"샐리 딜이에요. 지금 전화를 받을 수 없으니 메시지 남겨 주세요."

"빌어먹을. 샐리, 나야, 글렌! 전화 좀 받아. 켈리가 위험해. 날 좀—."

딸칵 하는 소리가 들렸다. "글렌?"

"샐리, 도와줘."

"말해 봐요."

"자세히 설명할 시간이 없어. 마커스가 앤 슬로컴을 죽였어. 아마 그가 실라도 죽였을 거야."

"네? 글렌, 그게 무슨 소리—."

"잠자코 들어! 주소 불러줄 테니 받아 적어. 52번—."

"잠깐, 잠깐만요. 연필 좀 찾고요. 됐어요. 말해요."

나는 피오나의 집 주소를 불렀다. "피오나나 마커스와 다른 데에 가 있지 않다면 켈리는 그 집에 있을 거야. 로나 웨드모어 형사에게 연락해 줘."

"기다려 봐요. 로나…… 웨드모어."

"밀퍼드 병원에 입원해 있었는데 지금쯤 퇴원했을 거야. 경찰서로 전화해서 웨드모어 형사를 바꿔달라고 해. 웨드모어와 통화할 수 없거든 아무한테나 다리엔의 경찰을 그 주소로 보내달라고 해."

나는 속도계를 내려다보았다. 속력은 시속 145킬로미터에 가까웠다. 트럭은 마치 공중부양이라도 할 듯 심하게 덜컹거리고 있었다.

"알아들었어?" 내가 물었다.

"알았어요. 하지만 글렌, 이건 좀—."

"빨리해!"

나는 전화를 끊고 가까스로 앞쪽 화물차에 추돌하는 것을 피했다. 급하게 트럭의 방향을 트는 바람에 뒷바퀴가 옆으로 살짝 미끄러지는 것을 느끼며 나는 발을 바닥에 딱 붙였다.

58

"이리 줘봐." 마커스는 켈리로부터 핸드폰을 받아들었다.

그는 동영상을 처음부터 끝까지 재생했다.

"들었어요?" 켈리가 물었다. "아줌마가 '마커스, 대신 거래해도 좋아요.' 라고 한 것 같죠? 들었어요?"

"그래." 마커스가 말했다. "들었어."

그때 집 전화가 울렸다. 마커스가 움직이지 않자 켈리가 물었다. "내가 받을까요?"

"아니야, 그냥 둬. 중요한 일이면 메시지를 남기겠지."

몇 초 후 현관홀의 테이블에 놓인 피오나의 핸드폰이 시끄럽게 울리기 시작했다.

"저건요?" 켈리가 물었다.

"신경 쓰지 마." 마커스는 켈리의 핸드폰을 손에 쥔 채 말했다. 그 순간 그의 손 안에서 핸드폰이 울렸고 켈리는 깜짝 놀라며 말했다.

"내 핸드폰! 받아야 돼요."

마커스는 핸드폰을 자신의 머리 높이로 들어 올렸다. "지금은 안 돼. 나랑 얘기 중이잖아."

"누구 전화인지 볼래요."

마커스는 고개를 저었다. "나중에 확인해."

"공평하지 않아요." 켈리가 반박했다. "내 핸드폰이란 말이에요."

전화벨이 멈추자 마커스는 켈리의 핸드폰을 자신의 바지 앞주머니에 집어넣었다. 켈리는 마커스의 행동을 믿을 수 없다는 듯 아연실색하며 바라보았다.

"너, 동영상에 그런 게 있는 걸 오늘 처음 알았어?" 마커스가 물었다.

"네?" 켈리는 할머니의 남편에게 핸드폰을 빼앗겼다는 사실이 여전히 믿기지 않았다. "네, 그런 것 같아요."

"너 말고 아는 사람이 있어?"

"없을 걸요? 그거 본 사람은 나랑 우리 아빠뿐이에요. 이메일로 아빠한테 파일 보냈어요."

"두 사람밖에 없다는 거군." 마커스가 말했다.

"근데 왜 에밀리 엄마랑 전화했어요?"

"입 좀 다물어라."

"내 핸드폰 내놔요."

"금방 줄 거야. 일단 생각 좀 하고."

"무슨 생각이요?" 켈리가 물었다. "핸드폰 돌려주시면 안 돼요? 저 여기서 아무 잘못도 안 했잖아요? 정리정돈도 잘했고 할머니랑 마커스 씨가 시키는 대로 잘했잖아요?"

"아까 산책하자고 했던 거 기억나니? 지금 하러 가자."

켈리는 마커스의 표정이 마음에 들지 않았다. 이제 그는 그동안 억지로 지어 보이던 웃음조차 짓지 않았다. 켈리는 집에 가고 싶었다. 지금 당장 가고 싶었다. "핸드폰 돌려줘요. 아빠한테 전화할래요."

"내가 돌려줄 마음이 생기면 그때 돌려줄 거야." 마커스가 말했다.

갑자기 켈리는 몸을 돌려 부엌을 나가더니 가까운 전화기로 향했다. 아이는 수화기를 들고 아빠의 핸드폰 번호를 누르기 시작했다.

마커스는 켈리의 손에서 수화기를 낚아채 쾅 소리를 내며 세차게 내려놓았다.

"이년이 어딜 전화하려고." 마커스가 말했다.

켈리의 입술이 파르르 떨렸다. 할머니의 남편이 이런 식으로 말하기는 처음이었다. 마커스는 켈리의 손목을 잡고 꽉 쥐었다. "입 좀 닥쳐라."

"아파요." 켈리가 말했다. "놔요! 놔줘요!"

"여기 앉아." 마커스는 켈리를 커피 테이블 옆의 소파에 강제로 앉혔다. 그는 아이의 옆에 딱 붙어서서 일어나지 못하도록 몸을 내리눌렀다. 켈리가 훌쩍거렸다.

"진짜 짜증 나게 하는군." 마커스가 말했다. "당장 그치지 않으면 목을 부러뜨려 버릴 거야."

켈리는 목구멍에서 기묘한 소리를 내며 울음을 억눌렀다. 그리고 집게손가락으로 코 아래를 문지르며 뺨에서 흘러내리는 눈물을 닦아냈다.

몇 분 동안 마커스는 제자리에 선 채 혼자 중얼거렸다. "어떻게든 해야 해." 그는 갑자기 팔을 아래로 뻗어 켈리의 손목을 붙잡았다. "산책. 산책하러 가자."

"가기 싫어요." 켈리가 저항했다.

"재미있을 거야. 밖에 나가서 놀자."

"싫어요!" 켈리가 소리쳤다. "가기 싫어요!"

그 순간 현관문이 열리며 피오나가 들어왔다. "내 정신 좀 봐. 핸드폰을 두고 나가―."

그녀는 눈앞에 펼쳐진 광경에 말을 멈췄다. 마커스가 벌게진 얼굴로 몸을 떨며 켈리를 붙들고 있었고 겁에 질린 아이는 눈이 휘둥그레진 채 울고 있었다.

"할머니!" 켈리는 소리치며 마커스에게서 빠져나가려고 했지만 마커스가 놓아주지 않았다.

"무슨 일이니?" 피오나가 물었다. "마커스, 애를 놔줘요."

하지만 마커스는 꼼짝하지 않았고 켈리는 울음을 멈추지 않았다.

"마커스!" 피오나가 소리쳤다. "어서 애를 놓―."

"닥쳐, 피오나." 마커스가 말했다. "입 닥쳐."

"미쳤어요? 이게 무슨 짓이에요?"

마커스가 고함을 질렀다. "내 말 안 들려? 내 말이 안 들리냐고? 입 닥치라고 했잖아? 닥치지 않으면 이 녀석 목을 부러뜨리겠어. 농담이 아니야. 진짜로 부러뜨릴 거야."

피오나는 머뭇거리며 거실로 몇 발자국 들어갔다. "마커스, 정말로 왜—."

"열쇠 어디 있어?"

"뭐라고요?"

"당신 차 열쇠. 어디 있냐고?"

"마커스, 도대체 왜 이러는지 모르겠지만 당신 이상해요."

마커스는 팔로 켈리의 목을 감았다.

"차 안에 있어요. 꽂아놓고 왔어요."

"저리 비켜. 나는 이 녀석이랑 나갈 거야."

"제발, 마커스, 왜 이러는지 말해요."

"에밀리 엄마 때문이에요." 켈리가 불쑥 내뱉었다.

"뭐?"

"이 녀석 말 듣지 마." 마커스가 말했다. "이 멍청한 꼬마가—."

밖에서 트럭의 문이 쾅 하고 닫히는 소리가 들렸다.

59

피오나의 집 거실로 들어가자 가장 먼저 내 눈에 들어온 것은 마커스가 켈리의 목을 붙잡고 있는 광경이었다. 피오나는 공포로 얼굴이 하얗게 질린 채 서 있었다.

"멈춰." 마커스가 말했고 나는 제자리에 멈췄다.

"켈리야, 안심해. 아빠가 왔어. 이제 괜찮아." 내가 말했다.

"트럭으로 피오나의 차를 막아놨나?" 마커스가 말했다. "이 꼬마랑 내가 그 차를 타고 나가야 돼."

"이제 늦었어, 마커스. 당신이 무슨 짓을 저질렀는지 알아. 경찰도 알고 있어."

"경찰이 알 리가 없어." 마커스가 말했다.

"뭘 안다는 거야?" 피오나가 물었다. "이게 무슨 일이야?"

"그날 밤 앤은 당신을 만나러 나갔어, 그렇지?" 내가 마커스에게 말했다.

"앤이 당신을 협박했지. 그래서 당신이 그날 앤을 항구로 유인해서 죽인 거야."

마커스의 눈이 분노로 이글거렸다. "그렇지 않아." 그는 피오나를 바라보며 말했다. "사실이 아니야."

피오나는 믿을 수 없다는 듯 나와 마커스를 번갈아 보았다. 내가 말을 이었다. "아니, 당신이 죽였어. 앤은 동영상에서 당신의 이름을 불렀어."

"난 앤과 얘기를 나눴을 뿐이야." 마커스가 말했다. "앤이 제풀에 떨어졌어. 내 잘못이 아니야. 그건 사고였어. 경찰에 물어봐. 타이어가 터졌어. 앤은 타이어를 확인하러 나갔다 물에 빠진 거야.”

마커스 자신이 타이어가 터진 것처럼 꾸미지 않았다면 알 수 없는 사실이었다.

커피 테이블 옆에 서 있던 피오나가 말했다. “마커스, 그럴 리가⋯⋯.”

“다 끝났어, 마커스.” 내가 말했다. “앤이 당신 이름을 부르는 동영상을 내 이메일 리스트에 있는 사람들에게 보냈어. 곧 모두가 알게 될 거야. 자, 켈리를 놓아줘.”

하지만 마커스는 여전히 켈리를 놓을 기색이 없었다.

“어서 놓아줘. 걔는 아무것도 모르는 어린애잖아?” 내가 말했다.

“도망치려면 이 녀석이 필요해.” 마커스가 말했다. “내가 데리고 가겠어. 30분 동안 기다려. 그 후에 안전한 곳에 내려줄 테니까.”

“안 돼.” 내가 말했다. “하지만 켈리를 놓아준다면, 그리고 내 질문에 답해 준다면 우선은 도망치도록 눈감아 주지.”

“질문?”

“실라.” 내가 말했다.

“실라라고?”

“그래. 왜 그랬지?”

마커스는 얼굴을 잔뜩 찡그렸다. “무슨 소리인지 모르겠군.”

“어떻게 사고로 꾸몄는지 몰라도 적어도 이유는 알아야겠어. 실라가 알고 있었나? 당신과 앤의 불륜을 알고 있었어? 피오나에게 일러바치겠다고 협박하던가? 그래서 죽였어?”

피오나의 입이 벌어졌다. 처음에 그녀는 너무도 놀란 나머지 아무 말도 할 수 없었지만, 결국 “안 돼⋯⋯.”라고 속삭였다.

마커스가 피오나와 눈을 마주쳤다. “피오나, 거짓말이야. 저놈이 거짓말을—.”

“실라를 죽였어요? 당신이⋯⋯ 내 딸을?” 피오나가 물었다.

마커스는 켈리의 목을 감싼 팔에 힘을 주었다. 켈리는 콜록거리며 그의 팔을 붙잡아 떼어놓으려고 애썼지만 완력에서 성인 남자의 상대가 되지 못했다.

"비켜. 여기서 나갈 거니까 비키라고." 마커스가 말했다.

"도망칠 수 없어. 경찰에 곧 붙잡힐 거야. 켈리를 다치게 하면 더욱 궁지에 몰릴 뿐이야. 애를 데리고 나갈 수 없어. 절대 안 돼."

켈리는 마커스의 팔을 밀면서 발버둥 쳤다. 나는 다시 피오나를 바라봤다. 그녀는 도화선이 1센티미터밖에 남지 않은 불붙은 폭죽처럼 보였다.

마커스가 고개를 저었다. "아니, 데리고 나갈 거야. 한 발자국만 더 다가오면 이 꼬마 목을 비틀어 버릴 테다. 장난이 아니―으악!"

켈리는 오른발을 들어 올려 뒤꿈치로 마커스의 발등을 있는 힘껏 찧었다. 마커스는 비명을 질렀고 켈리를 붙잡은 그의 팔이 조금 풀렸다.

바로 그 순간 피오나는 커피 테이블 위의 와인 잔을 집어들고 테이블 모서리를 쳤다. 깨진 와인 잔이 날카롭게 번쩍거렸다. 그녀는 잔의 밑동을 붙잡았다.

켈리는 몸부림을 치며 마커스로부터 빠져나와 나를 향해 달렸다.

피오나는 깨진 유리잔을 앞으로 뻗은 채 마커스를 향해 돌진했다. 그녀의 목구멍에서 평생 동안 지른 비명이 한꺼번에 터져 나왔다. 깨진 유리조각에 찔린 손가락에서 피가 흐르고 있었지만 그녀는 고통을 인식하지 못했다. 그녀의 마음은 오로지 남편을 죽여야 한다는 생각으로 꽉 차 있었다.

켈리가 나를 껴안고 있는 탓에 나는 얼른 피오나를 막지 못했다.

마커스는 팔을 들어 피오나를 밀쳤지만 지금 그녀의 힘은 초인적이었다. 그녀는 마커스에게 달려들었고 유리 조각을 그의 목에 힘껏 찔러넣었다.

유리가 마커스의 목에 박혔다. 핏물이 목구멍 군데군데에서 뿜어져 나왔다. 분노에 찬 그는 숨 막히는 소리를 내면서 양손으로 목을 부여잡았다. 피가 그의 손가락 사이로 뚝뚝 떨어졌다.

"피오나!" 나는 비명을 지르며 켈리를 내게서 떼어냈고 여전히 허공에 유리잔을 휘두르고 있는 피오나를 뒤에서 붙들었다.

마커스는 카펫 위로 쓰러졌다.

나는 켈리를 바라보며 침착하고 단호하게 말했다.

"경보 버튼을 찾아서 '경찰' 이라고 적힌 걸 눌러."

켈리는 버튼을 찾으러 달려갔다.

마커스는 지혈을 위해 계속 목을 움켜잡았다. 나는 피오나에게 말했다.

"됐어요. 이제 괜찮아요. 당신이 해냈어요. 놈은 쓰러졌어요."

피오나는 눈물을 흘리며 통곡하기 시작했고 나는 그녀를 안아주었다. 그녀는 와인 잔을 바닥에 떨구고 몸을 돌려 피범벅이 된 두 팔로 나를 껴안았다.

"내가 무슨 짓을 한 거야?" 그녀는 울면서 말했다. "내가 무슨 짓을 한 거야?"

마커스의 목을 찌른 걸 말하는 것이 아니었다. 피오나는 저 흉악한 남자를 삶 속으로 들여와 가족들 곁에 풀어놓은 자신을 질책하고 있는 것이었다.

60

켈리가 보안 시스템의 버튼을 누르자 대기 요원으로부터 전화가 걸려왔다. 나는 전화를 받아 구급차와 경찰을 요청했다.

내가 수화기를 내려놓자마자 경찰들이 도착했다. 샐리로부터 신고를 받은 밀퍼드 시경이 다리엔의 경찰들에게 연락을 한 모양이었다.

구급대원들은 즉시 마커스의 응급 처치를 시작했고 가망이 없어 보이던 그의 상태를 놀랍게도 안정시켰다. 마커스를 실은 구급차는 구슬픈 사이렌 소리와 함께 쏜살같이 진입로를 빠져나갔다.

아까 마커스가 바닥에 쓰러져 몸을 비틀며 괴로워하고 있을 때 나는 켈리를 집 밖으로 데리고 나갔다. 이런 광경을 보여줄 수는 없는 노릇이라서 나는 켈리를 들어안고 현관을 나갔고 켈리는 내 목을 꽉 끌어안았다. 마음을 가라앉혀주기 위해 나는 아이의 등을 부드럽게 토닥이며 좌우로 살며시 흔들어 주었다. "이제 다 끝났어." 내가 말했다.

켈리는 내 귓가에 입을 딱 붙인 채 말했다. "마커스 씨가 에밀리 엄마를 죽였어?"

"그래." 내가 말했다.

"우리 엄마도?"

"그건 모르겠어. 하지만 그런 것 같아."

"나도 죽이려고 했어."

나는 켈리를 더욱 꼭 끌어안으며 말했다. "아빠가 있으니 절대로 널 해칠 수 없어." 말은 그렇게 했지만, 만약 내가 5분만 늦게 도착했더라면 상황은

180도 달라졌을 것이다.

구급대원들이 도착하기 전까지 피오나는 쭉 마커스의 곁에 있었다. 슬쩍 바라보니 그녀는 커피 테이블 모서리에 걸터앉아 하염없이 마커스를 내려다보며 그가 죽기를 기다리는 듯했다. 나는 피오나가 마커스가 아닌 스스로에게 무모한 짓을 할까 봐 걱정이 되었다. 그녀는 극도의 흥분 상태에서 모든 게 자기 탓이라며, 자기 때문에 이런 일이 벌어진 거라며 한참 동안 소리를 질렀다. 나는 그녀가 이상한 행동을 하지 못하도록 감시하고 싶었지만 그보다는 켈리를 집 밖으로 내보내는 것이 우선이었다.

이윽고 도착한 경찰들에게 나는 피오나가 심리적으로 심각하게 불안한 상태임을 알렸고 (물론 나와 켈리도 마찬가지였지만) 잠시 후 그들은 피오나를 밖으로 데리고 나왔다.

피오나는 긴장증緊張症 환자처럼 몸이 경직되어 있었다.

그녀는 집 앞 정원에 설치된 작은 벤치로 다가가 앉았다. 그리고 한동안 아무 말이 없었다.

"피오나." 내가 살며시 이름을 불렀지만 그녀에게는 들리지 않는 듯했다.

"피오나."

피오나가 천천히 고개를 돌렸다. 그녀는 내 쪽을 보고 있기는 했지만 나를 보는 것 같지 않았다. 이윽고 그녀가 입을 열었다. "괜찮니?"

내 어깨 위의 켈리가 고개를 돌려 피오나를 바라봤다. "괜찮아요, 할머니."

"다행이구나." 피오나가 말했다. "이번에는 즐겁게 해주지 못해서 미안하구나."

경찰과의 심문 도중 나는 피오나에 관해 될 수 있는 한 호의적으로 답변했다.

마커스가 피오나의 손녀를 붙잡고 목을 부러뜨리겠다고 위협했다. 앤 슬로컴을 죽였다는 것도 사실상 자백했다. 게다가 켈리를 인질로 삼아 도주할 작정이었다. 켈리가 마커스의 발을 밟은 순간이 피오나에게는 그의 악행을 막을 유일한 기회였다.

무엇보다도 피오나는 마커스가 그녀의 딸을 죽였다고 생각하고 그를 공격했다.

나의 아내를.

하지만 마커스는 실라의 죽음에 대한 책임은 인정하지 않았다. 이것이 피오나의 행동의 정당성에 손상을 주지는 않겠지만 나는 꺼림칙했다.

약간이지만 꺼림칙했다.

왜 마커스는 앤의 죽음에 대해 순순히 자백해 놓고 실라에 대해서는 부인했을까? 물론 다른 모든 범행들을 인정하더라도 피오나 앞에서 차마 그녀의 딸을 죽였다는 것만은 자백할 수 없었을지도 모른다. 굳이 범행을 하나 더 추가할 필요도 없었다.

나는 무엇이 진실인지 종잡을 수 없었다. 마커스가 실라를 죽였을지도 모르지만 죽이지 않았을지도 모른다. 범인은 따로 있을지도 모른다.

그리고 애초에 존재하던 전혀 다른 가능성도 있었다. 로나 웨드모어가 넌지시 지지했던 바로 그 가능성.

그게 맞다면 실라를 죽인 사람은 아무도 없다. 그녀가 죽음을 자초했을 뿐이다. 술에 취해 차를 몰았고 사고를 당한 것이다. 나는 지금까지 그 해석을 받아들이지 않기 위해 발버둥 쳐 왔다. 실라를 둘러싼 수많은 정황들. 청부 살인자에게 전달할 현금 6만 2천 달러부터 위조품 판매와 앤 슬로컴의 협박까지. 나는 아무리 봐도 그것들과 실라의 죽음이 연결되어 있는 것 같았다. 밀퍼드 안에서 벌어진 이토록 많은 사건들 한가운데 놓인 실라가 과연 그것들과 무관하게 죽임을 당했을까?

처음에 나는 실라에게, 그녀가 저지른 어리석은 짓에 분노했다. 그리고 그녀의 무죄를 믿으면서부터는 그동안 머릿속으로 퍼부은 욕지거리와 비난에 죄책감을 느꼈다.

하지만 지금은 아무것도 모르겠다.

며칠 동안 겪은 숱한 사건들 속에서 나는 가설들을 세워봤지만 밝혀진 것은 조금도 없었다.

물론 세상에는 모르고 지나치는 편이 나은 진실들도 있겠지만 말이다.

61

모든 게 정상적으로 돌아왔다면 거짓말일 것이다. 우리의 생활은 결코 예전으로 돌아갈 수 없었다. 하지만 이틀 동안 우리의 일상이 조금이나마 재개되었다.

다만 첫 밤은 그렇지 못했다.

피오나의 집에서 무시무시한 광경을 목격한 켈리는 잠을 제대로 잘 수 없었다. 아이는 침대에서 이리저리 뒤척이다가 별안간 비명을 질렀다. 나는 켈리의 방으로 뛰어들어가 아이를 일으켜 침대에 앉혔다. 켈리는 뜬 눈으로 나를 똑바로 바라보았지만 눈동자는 전에 없이 흐릿하게 텅 비어 있었다. 아직 잠에서 깨지 못한 켈리는 또다시 "안 돼! 안 돼!" 하고 비명을 질렀다. 내가 이름을 계속 부르자 켈리는 마침내 눈을 깜빡였고 정신을 차렸다.

나는 지하실에서 침낭을 꺼내어 켈리의 침대 옆에 깔고 자기로 했다. 내가 한 손을 침대 위에 올려놓자 켈리는 아침까지 내 손을 꼭 붙들고 잠이 들었다.

나는 아침 식사로 달걀 프라이를 만들었다. 우리는 학교와 영화에 대해 얘기를 나눴고 켈리는 한때 친하게 지내고 싶을 만큼 좋아했던 가수 마일리 사이러스가 지금은 기분 나쁜 여자가 돼버렸다며 흥미로운 얘기들을 늘어놨다.

"오늘은 학교 안 가도 돼. 네가 가고 싶을 때 가." 내가 말했다.

"그럼 열두 살이 되면 갈게." 켈리가 말했다.

"꿈도 크구나."

켈리가 웃음을 지었다.

나는 켈리를 데리고 회사로 갔다. 우리는 현장 몇 군데를 함께 돌아다녔고 사무실로 돌아오자 켈리는 내 컴퓨터를 가지고 놀기 시작했다. 사무실은 그 야말로 난장판이었다. 회신하지 않은 음성 메시지들과 대금을 지불하지 않은 송장들이 쌓여 있었다.

그동안 켄 왕은 회사를 돌리느라 최선을 다했지만 덕과 샐리가 없어서 진땀을 빼며 버티는 중이었다.

"덕은 어떻게 됐어요?" 켄이 물었다. "덕이 있어야 되는데."

"나도 몰라. 아직 유치장에 있겠지."

"제 의견을 말씀드릴까요? 저는 덕이 테오를 죽였다 해도 이해해요. 사실 나도 그 자식을 죽여버리고 싶었던 적이 몇 번 있었거든요. 그런데 샐리는 진짜 어디 간 거예요?"

"샐리는 이제 출근 안 해."

"설마?"

"샐리가 그렇게 통보했어."

"흠, 제가 친구로서 조언 하나 하자면 무릎 꿇고 빌어서라도 샐리를 다시 데려오도록 하세요. 회사를 운영하는 사람이 사장님인 것 같죠? 그럼 참 좋겠지만 그거 엄청난 착각이에요. 샐리가 없으면 이 회사는 안 돌아가요."

나는 한숨을 쉬었다. "샐리는 이제 안 와."

"직원이 감히 사장님께 이런 말 한다고 노여워하실지 모르겠는데요, 사장님은 지금, 씨발―엇, 미안해, 켈리."

"괜찮아요." 켈리는 내 의자에 앉아 다리를 흔들며 말했다. "요즘 더 심한 것도 많이 보고 들었어요."

켈리는 인터넷과 전화로 에밀리와 대화를 나눴다. 대런 슬로컴이 병원에 입원해 있는 동안 재니스 이모가 에밀리를 돌봐주고 있었다. 대런은 일주일 정도 후에 퇴원할 예정이었지만 집에 돌아와도 생활을 하려면 누군가의 도움을 받아야 하는 모양이었다.

"에밀리가 그러는데, 아빠가 이제 경찰 일을 할 수 없대." 켈리가 말했다.

"그렇구나."

"다른 일을 할 거래. 이사를 갈지도 모른대. 에밀리가 이사 안 갔으면 좋겠는데."

나는 켈리의 머리를 쓰다듬었다. "그래, 이해해. 에밀리는 좋은 친구니까. 계속 같이 있고 싶겠지."

"에밀리가 내일 밤에 놀러 오래. 피자 먹을 것 같아. 하지만 파자마 파티는 안 할래. 평생 파자마 파티 같은 건 안 할 거야."

"좋은 생각이네. 놀러 가는 건 괜찮을 것 같다. 내일 다시 얘기하자."

"내일은 무슨 현장에 갈 거야?"

로나 웨드모어가 회사를 찾아왔다. 그녀는 한쪽 팔을 팔걸이 붕대에 걸치고 있었다.

"다친 곳이 어깨인 줄 알았는데요?" 내가 말했다.

"팔을 움직이지 않아야 빨리 낫는데요. 뉴스에서 당신을 봤어요. 집을 나오면서 여기자한테 마구 고함을 지르더군요. 참 잘하셨어요."

나는 웃음을 지었다.

"경찰에서 당신을 포상할 계획이에요. 미친 사람한테 그럴 필요 없다고 제가 말렸지만 소용없더군요."

"상 같은 건 필요 없어요. 그냥 다 잊어버리고 싶습니다. 다 잊고 제대로 살고 싶어요."

"부인 문제는 어때요? 제대로 풀리고 있나요?"

나는 서류 캐비닛에 기대어 팔짱을 꼈다. "어쩔 수 없이 받아들이기로 했어요. 그냥…… 실라는 뭔가 심각한 문제에 빠졌고 그래서 그날 밤 자제심을 잃은 거라고 결론을 내렸습니다. 문제가 꼬이는 바람에 평상시였다면 절대로 하지 않았을 짓을 저질렀다고 말이에요. 그래도 나와 상의라도 했다면……
그랬더라면 함께 풀어나갈 수 있었을 텐데."

웨드모어는 동정 어린 눈빛으로 고개를 끄덕였다.

"모든 일에는 이유가 있다고 믿으세요?" 그녀가 물었다.

"실라는 그렇게 말하곤 했어요. 나는 별로 동의하지 않지만."

"네, 저도 그래요. 아니, 그랬었죠. 그런데 지금은 잘 모르겠네요. 내가 총
에 맞은 건 이유가 있어 보이거든요."

나는 팔짱을 풀고 두 손을 주머니에 찔러넣었다. "총에 맞아서 좋을 이유
가 뭐가 있나요? 6개월쯤 유급 휴가라도 받는다면 모를까."

"네, 뭐……." 웨드모어는 잠시 내게서 시선을 돌렸다가 말했다. "병원에
입원했을 때 사람들이 우리 남편을 데려왔어요. 남편이 나를 보자마자 뭐라
고 말했는지 알아요?"

나는 고개를 저었다.

"'괜찮아?' 라고 말했어요."

내게는 그다지 엄청난 사건으로 들리지 않았지만 웨드모어에게 있어서는
세상에서 가장 중요한 사건인 듯했다.

"케이크 사야 돼." 켈리가 말했다. "에밀리가 피자를 준비할 거니까 나는
디저트를 사 갈래."

"그래, 알았어."

나는 출발하기 전에 재니스에게 전화를 걸어 켈리가 놀러 가도 정말 괜찮
겠냐고 물었고, 재니스는 에밀리가 하루 종일 제일 친한 친구가 놀러 올 거
라는 말밖에 하지 않는다고 대답했다.

나는 가는 길에 평범한 빵집에 들를 생각이었지만 켈리는 식료품점에서 꼭
사라 리(Sara Lee) 냉동 초콜릿 케이크를 사야 한다고 고집을 부렸다. "에밀리
가 제일 좋아하는 케이크야. 그런데 아빠 왜 자꾸 이마를 문질러?"

"이틀 전부터 두통이 심해서 그래. 아마 스트레스 때문일 거야. 스트레스가 뭔지 아니?"

"응, 알아."

에밀리는 집 안에서 밖을 지켜보다가 우리가 오는 걸 보자마자 진입로로 달려 나왔다. 재니스가 뒤따라 나왔다. 아이들은 서로를 부둥켜안고 집으로 달려 들어갔다.

재니스는 밖에서 나와 얘기를 나눴다. "고맙다는 말씀을 드리고 싶어요. 대런에게 총을 쏜 범인을 막아주셔서요."

"제 목숨을 구하느라 그랬는걸요."

"그래도요." 재니스는 내 팔을 살며시 건드렸다.

"이제 대런은 어떻게 되나요?"

"경찰에서는 해고됐어요. 하지만 좋은 변호사를 구했어요. 대런은 알고 있는 사실을 전부 털어놓을 거예요. 소머가 한 짓과 그를 고용한 사람들에 대해서. 유죄 판결을 받더라도 부디 금고형 몇 달에 그치길 빌어야죠. 그다음에는 대런이 에밀리를 돌볼 거예요. 세상에서 제일 사랑하는 자기 딸이니까요."

"그래요. 에밀리를 위해서 꼭 그렇게 됐으면 좋겠군요. 몇 시간 있다가 켈리를 데리러 올게요. 괜찮죠?"

"네, 좋아요."

나는 다시 트럭에 올라탔지만 집으로 향하지 않았다. 들를 곳이 한 군데 더 있었다.

5분 후 나는 다른 집 앞에 트럭을 주차했다. 나는 현관문으로 걸어가 초인종을 눌렀다.

몇 초 후 샐리 딜이 문을 열었다. 그녀는 고무장갑을 낀 손으로 실리콘건을 쥐고 있었다.

"얘기 좀 해." 내가 말했다.

62

"회사로 돌아와. 당신이 필요해." 내가 말했다.

"말씀드렸잖아요. 그만두겠다고." 샐리가 대답했다.

"그날 켈리가 위험에 처했을 때 샐리 말고 연락할 사람이 없었어. 샐리는 무슨 일이든 척척 잘 해내는 사람이니까. 언제나 믿고 의지할 수 있는 사람이니까. 당신을 잃고 싶지 않아. 〈가버 종합건설〉은 지금 위기야. 그걸 막으려면 샐리가 필요해."

샐리는 제자리에 선 채 눈을 가린 머리카락을 쓸어냈다.

"그건 웬 실리콘건이야?" 내가 물었다.

"욕조에 실리콘을 바르고 있어요. 테오가 욕조를 설치해 줬지만 마감은 하지 못했어요."

"좀 들어갈게."

샐리는 잠시 나를 바라보다가 현관을 활짝 열었다. "켈리는 어디 있어요?"

"에밀리 집에 있어. 피자 먹으면서 놀고 있을 거야."

"에밀리는 총에 맞았다는 남자의 딸인가요?"

"맞아."

샐리는 피오나의 집에서 무슨 일이 있었는지를 물었고 나는 내키지 않았지만 그동안의 일을 설명해 주었다.

"세상에." 샐리는 실리콘건을 내려놓고 고무장갑을 벗은 뒤 식탁 앞에 앉았다. 나는 조리대에 기대어 섰다.

"난리도 아니었지." 나는 손가락으로 관자놀이를 문질렀다. "이런, 머리 아파 죽겠군."

"그러니까 마커스가 앤을 죽였다고요?" 샐리가 물었다.

"맞아."

"실라도?"

"그건 모르겠어. 심문을 받을 만큼 회복되면 그렇다고 털어놓을지 모르지. 하지만 기대는 안 해. 지금은 실라 스스로 사고를 냈다는 쪽으로 생각이 기울고 있어."

샐리의 얼굴에서 딱딱한 뭔가가 누그러졌다.

"저도 그렇게 말했었지만 당신 귀에는 내 말이 들리지 않았죠." 샐리가 말했다.

"그래, 알아." 나는 고개를 저었다. 여전히 머리가 쑤셨다. "테오 일은 어떻게 됐어?"

"어제가 장례식이었어요. 정말 너무 마음이 아팠어요. 온통 눈물바다였어요. 관을 땅에 묻는데 테오의 형이 그 위로 뛰어들 것만 같았어요."

"나도 참석했어야 했는데."

"아니, 그럴 필요 없었어요." 샐리가 딱 잘라 말했다.

"이봐, 그때 한 말은 내가 잘못했어. 테오가 실라 때문에 괴롭다고 했던 건, 그래, 마음이 아프다는 뜻이었겠지. 내가 멋대로 해석한 거야." 나는 이마를 문질렀다. "저기, 혹시 타이레놀 있어? 머리가 깨질 것 같아."

"엉덩이 바로 뒤에 있는 서랍을 열어봐요." 샐리가 말했다.

몸을 돌려 서랍을 열어보니 제대로 된 의약품들이 들어 있었다. 다양한 진통제들과 붕대와 주사기. "여기에다 약국을 차렸군."

"아버지에게 쓰던 것들이 많아요. 아직 치우지 못했어요. 빨리 정리해야겠네요." 샐리가 말했다.

나는 타이레놀을 꺼내고 서랍을 닫은 뒤 병뚜껑을 열었다.

"회사로 돌아오는 거, 당장 결정하지 않더라도 생각은 해 봐." 내가 말했다. "KF가 신경 쇠약으로 쓰러질 지경이야."

나는 약병의 알약 두 개를 조리대 위에 털어놓았다. 운전 중에 두통이 오는데 수납함에 알약만 있고 마실 물이 없을 때면 실라는 꼭 차를 멈춰 세운 뒤 음료수를 구하도록 했다.

"물 없이 어떻게 먹어?" 실라는 내게 말하고는 했다. "그러다가 목구멍에 걸린단 말이야."

그 기억을 떠올리며 나는 샐리에게 물었다. "컵 있어?"

"건조대에 있는 걸 써요." 샐리가 말했다.

나는 싱크대 옆의 건조대를 쳐다보았다. 건조대에는 유리컵 두 개와 접시 하나, 그리고 나이프, 포크 따위가 놓여 있었다. 손을 뻗어 컵을 꺼내려는데 의외의 물건이 내 눈을 사로잡았다.

베이킹 팬.

3주 동안 행방불명되었던 황갈색의 라자냐용 베이킹 팬.

실라가 "감색"이라고 했던 바로 그 팬이었다.

63

나는 조심스럽게 라자냐 팬을 건조대에서 꺼내어 조리대 위에 올려놓았다.

샐리가 웃으며 물었다. "그걸로 물 마시게요?"

"이게 왜 여기 있지?" 나는 느릿느릿 샐리에게 물었다.

"네?"

"이 라자냐 팬. 한눈에 알겠어. 이건 실라가 쓰던 거야. 이게 왜 여기 있어?"

"실라 거라고요?" 샐리가 말했다. "아닐걸요? 그건 제 거예요."

실라와 나는 수년간 일상을 함께 했다. 아내가 저녁을 만들면 내가 설거지를 했다. 오랜 기간 씻어온 접시와 그릇과 컵과 베이킹 팬이라면 자기 손바닥 보듯 구석구석 알 수밖에 없다. 만약 이 베이킹 팬이 정말로 우리 것이라면 바닥 한쪽 구석에 다 뜯기지 않은 가격표 스티커 얼룩이 져 있을 것이다.

나는 팬을 뒤집었다. 예상한 바로 그 지점에 얼룩이 묻어 있었다.

"아니야. 이건 우리 거야. 실라가 라자냐를 만들 때 썼던 팬이 맞아."

샐리는 의자에서 일어나 내게로 다가와 라자냐 팬을 살펴봤다. "줘 봐요." 샐리는 팬을 받아들었다. 안을 들여다보고 뒤집어보고 밑바닥을 확인했다. "잘 모르겠어요, 글렌. 하지만 당신이 그렇다면 그런가 보죠."

"왜 이게 당신 집에 있어?" 내가 물었다.

"아이, 참. 나도 몰라요. 창문으로 휙 날아들어 온 건 아니에요. 실라가 라자냐를 담아 온 팬인데 내가 돌려주는 걸 깜빡했나 보죠. 알게 뭐예요."

"실라는 사고 당일 라자냐를 만들었어. 나와 켈리가 먹을 두 접시가 있었지만 보통 때였으면 있었을 여분의 라자냐는 없었지. 그리고 며칠 전 내가 라자냐를 만들려고 했는데 팬을 찾을 수가 없었어." 나는 팬을 들어 올리며 말했다. "그런데 그게 여기 있잖아?"

"글렌, 그만해요. 무슨 말이 하고 싶은 거예요?"

"실라가 죽은 날 당신 아버지도 죽었어. 나는 전화를 걸어서 외출하기 직전인 실라에게 그 소식을 전했지. 아내는 당신을 돕기 위해 뭔가 해야 한다고 말했어. 아마 전화를 끊고 여분의 라자냐를 당신에게 갖다 줘야겠다고 생각했을 거야. 그래, 그랬겠지. 친구나 지인의 가족이 죽으면 실라는 항상 음식을 가져다주고는 했으니까. 그다지 친하지 않은 회계 수업 강사한테까지도."

"저기요, 잠깐만요, 글렌. 자꾸 이러지 마요. 나 지금 무서워요."

"실라가 여기 왔었지?" 내가 말했다. "실라는 당신을 보기 위해, 위로하기 위해 여기에 온 거야. 그래서 그날 뉴욕에 가지 못했어. 그래서 그 돈을 집에 둔 채 들고 나오지 않은 거야."

"돈? 무슨 돈이요? 그게 무슨 소리예요?"

"큰 현금을 들고 다니는 게 불안했을 테니까. 실라는 아버지를 잃은 당신을 도우러 라자냐를 들고 찾아왔어. 바로 그날 오후에. 벨린다의 심부름보다 비탄에 빠진 친구를 더 소중하게 생각했던 거야. 왜 나한테 말하지 않았어? 실라가 그날 찾아왔다는 걸 왜 말하지 않았어?"

"맙소사, 글렌." 샐리는 한 손에 라자냐 팬을 쥔 채 다른 손으로 조리대 위의 타이레놀을 가리키며 말했다. "저거나 먹어요. 머리가 진짜 이상해진 거 아니에요?"

베이킹 팬이 샐리의 집에 있는 이유를 생각하는 도중 내 머리는 더욱 깨질 듯이 아파왔다. 나는 잠시 샐리로부터 시선을 돌려 알약들을 바라보았다. 그녀에게 해야 할 말이 떠올랐다.

나는 고개를 돌리며 입을 열었다. "내가 정신이ㅡ."

베이킹 팬이 나를 덮치며 시야를 가렸다. 전등의 불이 나간 듯 모든 것이 어두워졌다.

나는 병원에서 감기 주사를 맞고 있다.

"하나도 안 아파요." 의사는 주삿바늘을 내 팔에 꽂아 넣는다. 바늘이 내 피부를 뚫고 정맥을 찌르자 나는 아파서 소리를 지른다.

"애처럼 굴지 마요." 의사는 내게 혈청을 주입한 뒤 바늘을 빼낸다.

"자……." 그는 또 다른 주삿바늘을 꺼내며 말한다. "하나도 안 아파요."

"방금 주사 놨잖아요?" 내가 말한다. "이게 무슨 짓이에요?"

"애처럼 굴지 마요." 의사는 내게 혈청을 주입한 뒤 바늘을 빼낸다.

"자……." 그는 또 다른 주삿바늘을 꺼내며 말한다. "하나도 안 아파요."

"잠깐만, 안 돼! 그만해! 무슨 짓이야? 그만해! 야, 이 개새끼야, 그 주삿바늘 당장 치우지 못—."

눈꺼풀이 열렸다.

"어머, 다행이다. 아직 살아 있었네." 샐리가 말했다. 그녀는 향수 냄새가 느껴질 만큼 내게 가깝게 붙어 있었다. 나는 샐리와 주위 배경에 초점을 맞추기 위해 한두 차례 눈을 깜빡거렸다.

배경은 내 머리 위로 기울어져 있었다. 나는 샐리 딜의 부엌에 모로 누워 있었다. 조금 떨어진 리놀륨 바닥 위에는 실라의 라자냐 팬이, 아니, 한때 라자냐 팬이었던 파편들이 보였다. 팬은 산산이 부서져 흩어져 있었다.

"머리가 정말 단단하시네." 샐리는 무릎을 꿇으며 나를 내려다보았다.

"너무 세게 맞아서 죽어버리면 어쩌나 걱정했어요. 하지만 안 죽었으니 계획대로 할 수 있겠네요."

샐리가 나에게서 멀어지자 나는 그녀의 손에 들린 주사기를 볼 수 있었다.

"그게 마지막 주사였어요. 충분히 놨거든요. 혈관에 직접 주입하면 그냥 마실 때만큼 많은 양이 필요하지 않아요."

나는 뒤쪽을 보기 위해 몸을 반대로 굴리고 싶었지만 등에서 뭔가 걸리적
거렸다. 곧 나는 그것이 나 자신의 손임을 깨달았다. 내 양손은 등 뒤로 묶여
있었다. 손목의 털에 뭔가 들러붙어 있었다. 강력 접착테이프. 겹겹이 붙어
있었다.

샐리는 부엌을 가로질러 의자 하나를 끌고 다시 나에게로 다가왔다. 그녀
는 등받이를 앞으로 한 채 양다리를 벌려 의자에 앉고 등받이에 팔을 걸쳤다.
한 손에 총을 들고 있었다.

"미안하게 됐네요, 글렌. 당신한테도 실라한테도. 아, 젠장, 실라는 너무
친절해서 탈이더니 당신은 뼈를 문 개처럼 고집이 세서 탈이에요."

머리가 터질 듯이 아팠고 입에서 피의 맛이 났다. 이마가 심하게 깨지는
바람에 피가 얼굴을 타고 흘러내린 모양이었다.

하지만 두통뿐이 아니었다. 또 다른 감각이 있었다. 머리가 어질어질했다.
온 부엌이 나를 중심으로 빙글빙글 도는 것 같았다. 머리의 부상 때문이라고
생각했지만 그게 아닌 듯했다.

나는…… 마치 술에 취한 기분이 들었다.

"효과가 어때요? 네?" 샐리가 물었다. "얼큰하게 취하지 않아요? 그렇죠?
아버지한테 인슐린 주사 놓다 보니까 이제 주사 전문가가 다 됐어요. 아, 그
런데 그거 인슐린은 아니에요. 보드카예요."

"실라에게……." 내가 말했다. "실라에게 이렇게 한 거였군."

샐리는 아무 말도 하지 않았다. 말없이 나와 시계를 계속 번갈아 볼 뿐이
었다.

"왜……? 샐리? 왜 그랬어?"

"잠자코 있어요, 글렌. 술기운이 돌게 가만 좀 있어봐요. 곧 기분이 아주
좋아질 거예요. 그럼 그런 시시콜콜한 일 따위 하나도 신경 안 쓰게 될 걸
요?"

샐리의 말대로였다. 라자냐 팬으로 머리를 맞은 것과는 상관없이 나는 점

점 더 어지러움을 느끼기 시작했다.

"말해 줘." 나는 애원했다. "나는 알아야 해."

샐리는 입술을 꼭 다물었다. 그녀는 시선을 돌렸다가 다시 나를 바라봤다.

"그때 아직 죽지 않았거든요." 샐리가 말했다.

하지만 무슨 말인지 이해할 수 없었다.

"그게 무슨…… 무슨 소리야?"

"아버지 말이에요." 샐리가 말했다. "효과가 약했어요."

"무슨…… 무슨 소리인지 모르겠어."

"그날 오전에 당신한테 전화해서 아버지가 죽었다고 말했잖아요? 그런데 실은 완전히 죽지 않았어요. 헤파린의 양을 두 배로 주사한 다음 내출혈로 죽어주기를 기다리는데, 글쎄, 그 망할 영감탱이가 안 죽고 버티지 뭐예요? 그런데 그때 실라가 빌어먹을 라자냐를 들고 짠 나타난 거예요. 노크도 없이 불쑥 들어와서 '샐리, 소식 들었어. 힘들지? 여기 먹을 거 놓고 갈 테니까 냉장고에 뒀다가 나중에 먹어.' 라고 말하더군요. 그러다가 아직 숨이 붙은 영감탱이를 보고는 야단법석을 떤 거예요. '아니, 아직 살아 계시잖아? 샐리, 어서 구급차를 불러야 돼, 어서!' "

나는 눈을 깜빡였다. 초점이 샐리에게 맞았다가 맞지 않기를 반복했다.

"당신이…… 당신 아버지를 죽였어?"

"도저히 견딜 수가 없었어요, 글렌. 아버지 약값에 돈을 탕진한 바람에 집세를 못 내서 살던 집까지 포기하고 여기 들어왔잖아요? 아, 하지만 망할 놈의 약값 때문에 돈은 계속 물 새듯이 빠져나가는데다가 조만간 아버지를 시설 같은 데 보내야 할 텐데 그 비용이 어마어마할 거란 말이죠. 게다가 이런 헌 집을 내놔봤자 부동산 시장이 이 모양이니 몇 푼 받지도 못할 텐데. 한데 생각해 보니까, 내가 거리에 나앉을 때쯤이면 아버지는 어차피 세상을 떠나 있겠더라고요. 그렇다면 조금 앞당겨도 나쁠 게 없다고 생각한 거예요."

샐리는 한숨을 쉬었다. "내가 아버지를 죽였다는 걸 실라가 경찰에 신고하도록 놔둘 수 없었어요. 그래서 실라의 머리를 쳐서 쓰러뜨린 뒤 알코올을 주사한 거랍니다."

"그럴 리가…… 샐리…… 거짓말이지……."

"기분이 어때요, 글렌? 효과가 점점 나타나고 있죠? 고통도 없을 거예요."

"실라의 사고는……." 나는 또렷이 발음하기 위해 애를 썼다.

"그건 그냥 잊어버려요. 그러는 게 편해요."

"사고는…… 어떻게 한 거야……?"

샐리는 또다시 한숨을 쉬었다. "테오가 도와줬어요. 집에 와서 그 광경을 보고는 경악을 했죠. 하지만 그가 슬로컴 부부에게서 구입한 불량 전기 부품을 윌슨의 집에 설치했다는 걸 내가 알고 있었거든요. 그래서 테오는 내 부탁을 거절할 수 없었어요. 나는 실라의 차를 고속도로 램프까지 몰고 가서 실라를 운전석에 태웠어요. 그리고 테오의 차를 타고 돌아왔죠. 하지만 이번에는 나 혼자 처리해야겠네요."

"샐리……." 나는 혈관을 타고 흐르는 술기운을 이겨내려 생각을 집중했다. "당신은…… 당신은 우리에게 가족이었는데……."

샐리가 고개를 끄덕였다. "알아요. 그래서 마음이 참 안 좋네요. 그런데 말이죠, 그거 알아요? 당신 요새 나한테 너무 거만하게 굴었어요. 마치 내 선택이 다 틀렸다는 듯이 말이에요. 하지만 나는 옳은 선택을 했어요. 나 스스로를 돌보기로 선택했다고요. 남들이 날 챙겨주지 않을 테니까요."

"테오의 메모…… 그래서 테오가 괴롭다고……."

"테오는 당신한테 못되게 굴긴 했지만 일말의 양심은 있었어요. 그래서 무척 괴로워했죠. 화재도 그렇고 실라의 일도 그렇고요. 그는 다 자백할 생각이었어요."

"덕에게……." 나는 속삭이며 말했다. "덕에게 누명을 씌웠어…… 그렇지……? 당신이 그 상자들을 덕의 트럭에 실었어…… 테오의 죄를 덕에게 덮

어찌우려고…….”

“자, 우리 그 얘기는 그만. 나도 참 괴롭단 말이에요.”

“왜…… 잠깐…… 안 돼…… 그럴 수가…… 당신…… 당신이 테오를 죽였어?”

처음으로 샐리의 표정에 슬픈 기색이 감돌았다. 그녀는 눈을 문질렀다.

“난 할 일을 한 것뿐이에요. 바로 지금처럼. 나는 해야 할 일은 하는 사람이니까요.”

“당신…… 약혼자를…….”

“그날 테오가 트레일러에서 내게 연락했어요. 더는 입을 다물 수 없다면서, 그게 다 자기 탓이라고 덕에게 고백하겠다면서. 나는 일단 ‘테오, 내가 도착할 때까지 가만히 있어.’라고 막았어요. 그리고 트레일러로 가서는 ‘알았어, 덕에게 전화를 걸어서 여기로 오라고 해. 그런 중요한 얘기를 전화로 하는 건 예의가 아니잖아?’라고 말했죠. 테오가 덕과 통화를 마치자마자 나는 그와 함께 숲으로 산책하러 나갔어요. 아버지의 총을 들고.”

눈물이 샐리의 뺨을 타고 흘렀다.

“내 차를 안 보이는 곳에 숨기고 테오의 트럭으로 공터 입구를 막아 놨어요. 덕이 차에서 내려 걸어오게끔 말이에요. 덕이 트레일러에 들어간 틈을 타서 총을 그의 차에, 아니, 벳시의 차에 집어넣은 거죠.”

드디어 사건의 진상이 밝혀졌지만 내 머릿속은 점점 뿌예지기 시작했다.

“결혼해서 평생 감옥에서 썩느니 차라리 독신으로 밖에서 사는 게 낫잖아요? 안 그래요? 자, 이제 일어나요.”

“뭐……?”

샐리는 의자에서 일어나 내 옆에 무릎을 꿇고 앉았다. 그녀는 총을 잡지 않은 손으로 내 팔꿈치를 붙들고 잡아당겼다. “가자고요. 일어나요, 어서!”

“샐리…….” 나는 무릎을 꿇고 앉았지만 몸이 흔들렸다. “나도…… 고속도로 램프에 놓아둘 생각이야……?”

"아니, 이번엔 달라야죠."

"뭐라고……? 어떻게……?"

"자, 빨리 움직여요. 이제 어쩔 수 없는 상황이란 거 잘 알잖아요? 자꾸 이러면 우리 둘 다 피곤해져요."

샐리는 나를 힘껏 끌어당겨 일으켜 세웠다. 그녀는 몸이 튼튼했고 키도 나보다 컸다. 게다가 나처럼 만취해 있지도 않았다. 나는 손목을 비틀어 봤지만 테이프는 매우 견고하게 묶여 있었다. 풀어내려면 시간이 좀 더 필요했다.

"어디를…… 가는 거야……?"

"화장실이요." 샐리가 말했다.

"뭐……? 난 화장실 가고 싶지 않아……." 나는 잠시 생각했다. "아마도……."

몸이 휘청거렸다. 나는 분명 술에 취해 있었다.

"이쪽이에요, 글렌. 한 걸음씩 걸어봐요." 샐리는 침착하게 천천히 나를 부엌에서 이끌어 냈다. 나는 식탁을 지나치면서 의자에 부딪혔다. 이어서 침실과 욕실이 보이는 복도가 나타났다.

샐리의 계획이 구체적으로 뭔지 모르겠지만 어떻게든 행동을 취해야 했다. 여기서 빠져나가야 했다.

나는 순간적으로 체중을 실어 샐리에게 몸을 날렸다. 내 어깨에 강하게 충돌한 그녀는 벽에 부딪혔고 벽에 걸려 있던 리차드 닉슨의 옆얼굴이 새겨진 웨지우드 기념 접시가 바닥에 떨어져 산산조각이 났다.

나는 몸을 돌려 달리려고 했지만 발이 바닥에 늘어진 카펫에 걸려 넘어지고 말았다. 손으로 바닥을 짚을 수가 없는 탓에 나는 광대뼈부터 떨어졌다. 고통이 턱을 통해 내 머리를 찔렀다.

"빌어먹을, 글렌! 자꾸 짜증 나게 굴래!" 샐리가 소리를 질렀다. 몸을 위로 돌리자 그녀가 나를 내려다보며 총을 내 머리에 겨누고 있었다. "당장 일어나. 도와주지 않을 거니까 혼자 일어나라고."

아주 천천히, 나는 두 다리로 일어섰다. 샐리는 총구로 화장실을 가리키며 말했다. "들어가."

나는 표면이 재마감된 화장실 문가로 가서 섰다. 화장실 곳곳에 테오의 손길이 느껴졌다. 변기, 세면대, 욕조가 하얀 도자기처럼 반짝이고 있었다. 바닥에는 체커판처럼 검고 하얀 사각형이 교차하는 타일들이 높이가 고르지 않게 깔려 있었다. 타일 사이에 시멘트를 바른 부분이 조금 깨져 있었는데 제대로 덮어 놓지 않은 탓에 그 아래로 반짝거리는 열선이 보였다.

새로 설치된 욕조의 둘레는 반쯤 실리콘 처리가 되어 있었다. 아직 한 번도 사용된 적이 없는 듯했다.

그리고 욕조에는 물이 가득 차 있었다.

"무릎 꿇고 앉아." 샐리가 말했다.

술에 취해 인사불성이었지만 나는 이제 샐리의 계획을 분명히 알 수 있었다. 실라처럼 나 역시 트럭에서 혈중알코올농도가 굉장히 높은 상태로 죽은 채 발견되겠지만 발견 장소는 고속도로 램프가 아니었다.

나의 시체가 발견될 곳은 바로 물속이었다.

만약 내가 샐리라면 걸프 폰드 같은 곳에 나를 밀어 넣을 것이다. 운전석에 실은 뒤 트럭을 물속으로 돌진시켜 깊이 잠기도록 할 것이다. 그리고 걸어서 집으로 돌아온다. 시체는 폐에 물이 가득 찬 채 발견될 것이다.

"실패…… 실패할 거야…… 샐리……." 내가 말했다. "경찰이…… 언젠가 알아낼 거야……."

"무릎 꿇어." 샐리는 별로 초조하지 않은 듯 침착하게 말했다. "욕조를 바라보고."

"절대로…… 그렇게는—."

샐리가 내 오른쪽 무릎 뒤를 힘껏 걷어차자 나는 돌멩이처럼 툭 바닥으로 쓰러졌다.

무릎이 닿은 바닥은 단단했다. 바지의 천 너머로 타일에서 올라오는 온기가 느껴졌다. 내 왼쪽 무릎은 고르지 않은 타일 두 개에 걸쳐져 있었는데 그 중 하나가 내 무게에 깔려 바스락거리는 소리를 냈다. 타일 작업이 엉망이라는 증거였다.

'타일에 틈이…… 그렇다면…… 물이 그 틈으로 새어들어一.'

순식간에 일이 벌어졌다. 샐리는 총을 세면대 옆에 던져놓은 뒤 내 상체를 거세게 붙들었다. 그리고 체중을 내 어깨에 싣고 내 머리를 욕조 모서리 너머로 내리눌렀다.

"안 돼, 안一." 그 말을 끝으로 내 머리는 물속에 처박혔다.

목욕물처럼 물이 따뜻할 줄 알았지만 물은 시리도록 차가웠다. 순식간에 입과 코 속으로 물이 흘러들어갔다. 숨을 쉴 수 없다는 공포가 나를 휘감았다.

나는 몸부림을 쳐서 샐리를 떼어낸 뒤 아주 잠깐 고개를 들어 숨을 헐떡였다. 하지만 그녀는 곧 다시 나를 덮치더니 한 손으로 내 머리카락을 움켜잡고 내리눌렀다. 다른 손으로는 내 벨트 뒤쪽을 잡아당겨 상체를 숙이게 했다. 나는 팔을 움직이지 못했지만 물이 사방으로 튀었다.

'물이 흘러넘쳐야 해…….'

나는 쏜살같이 머리를 굴렸다. 얼마 남지 않은 정신력과 산소를 가지고 나는 필사적으로 샐리로부터 벗어날 방법을 궁리했다. 샐리는 욕조 모서리를 지렛대처럼 이용하여 내 머리를 물속에 처박고 있다. 내가 몸을 뒤로 밀어내고 있기 때문에 샐리는 체중을 실어 나를 앞으로 밀어붙이고 있다. 만약 내가 힘을 갑자기 빼고 몸을 욕조로 집어넣어 버리면 샐리를 떼어놓을 수 있을지 모른다.

시도해 보기로 했다.

나는 머리를 욕조 깊이 처박았다. 이마가 욕조 바닥에 부딪혔다. 벨트를 붙잡은 샐리의 손아귀에 힘이 풀리자 나는 몸을 비틀어 일으켜 고개를 물 밖으로 꺼냈다. 이제 나는 엉덩이를 욕조 바닥에, 등을 벽에 붙인 자세로 욕조에 앉아 있었다.

나는 숨을 헐떡이면서 될 수 있는 한 많은 산소를 짧은 시간 동안 폐 속에 집어넣었다.

수면이 높아지면서 물이 욕조 가장자리를 흘러넘쳤고 바닥의 무수한 타일 틈새와 열 배출구로 흘러들어갔다. 나는 더욱 많은 물이 넘치도록 하기 위해 욕조 안에서 몸부림을 쳤다. 덕분에 샐리는 내 머리를 물속으로 집어넣기가 힘들어졌고 물은 내가 원하는 곳으로 계속 흘러갔다.

'부디 테오의 솜씨가 일관적이기를……'

나는 두 다리를 들어 샐리의 가슴을 향해 힘차게 내뻗었다. 그녀는 바닥으로 나가떨어졌고 나는 반동에 의해 욕조에 모로 드러눕혀졌다. 한쪽 다리가 욕조 모서리에 걸쳐졌다.

샐리는 쓰러지는 몸을 지지하기 위해 손을 뻗었다. 손바닥이 타일 표면을 짚었다. 물은 그녀의 손가락 관절까지 차올라 있었다.

그리고 내 예상대로였다.

스파크가 발생하는 소리가 들렸다. 별안간 샐리의 몸이 얼어붙더니 그녀의 눈동자가 커졌다.

화장실의 전선이 합선되었고 전등의 불이 나갔다. 하지만 복도로부터 희미한 불빛이 들어오고 있어서 샐리의 몸이 가볍게 찰랑거리는 소리와 함께 바닥으로 떨어지는 모습을 볼 수 있었다.

샐리는 천장을 바라본 채 바닥에 드러누웠다. 손가락 하나 꼼짝하지 않았다.

전열 바닥에 넘쳐흐른 물로 일어난 합선에 샐리는 감전사했다.

제대로 된 부품을 사용하여 전선을 올바르게 연결하면 이런 일은 발생하지 않는다. 타일만 제대로 설치했어도 말이다.

테오. 최고의 전기 기술자. 부디 천국에 가기를 빈다.

나는 비틀거리며 욕조에서 몸을 일으켰다. 내 신발과 옷은 온통 물에 젖어 있었다. 화장실 불이 꺼졌다는 건 차단기가 작동했다는 뜻이므로 이제 바닥을 밟아도 안전했다.

나는 비틀거리며 부엌으로 가서 묶인 손으로 서랍을 열어 가까스로 칼을 꺼냈다. 술에 취하지 않았다면 1분이면 충분했겠지만 손이 자꾸 칼을 놓치는 바람에 테이프를 잘라내는 데 10분 가까이 걸렸다.

손이 풀리자 나는 집 전화기를 집어들고 두 통의 연락을 돌렸다. 911은 두 번째였다. 첫 번째는 켈리의 핸드폰이었다.

"켈리야, 아빠야." 내가 말했다. "큰 문제는 아닌데 샐리의 집에서 사고가 생겼어. 널 데리러 가려면 시간이 걸릴 것 같아."

THREE WEEKS LATER

3주 후

나는 테이프 건을 커다란 골판지 상자 위로 가로질러 당기며 켈리에게 말했다. "테이프가 뚜껑에 잘 붙게 그쪽을 문질러."

켈리는 양손으로 테이프를 꼭 누르고 몇 차례 앞뒤로 문질렀다. "잘 붙었어." 켈리가 말했다.

"그런데 너 정말 괜찮겠니?" 내가 물었다.

켈리는 나를 올려다보며 고개를 끄덕였다. 아이의 눈은 슬퍼 보였지만 동시에 단호했다. "엄마도 이걸 원할 거야. 엄마는 힘든 사람들을 도와주고 싶어 했잖아."

"그래." 내가 말했다. "엄마는 늘 그랬지." 나는 이제 거의 텅 빈 옷장을 들여다보았다. "이게 마지막 상자인 것 같구나. 현관으로 가지고 가자. 10시에서 12시 사이에 사람이 온다고 했어."

나는 상자를 들고 아래층으로 내려가 문가에 놓인 비슷한 크기의 상자 네 개 옆에 내려놓았다. 쓰레기봉투를 이용할 수도 있겠지만 그건 안 될 말이었다. 나는 옷들을 전부 보기 좋게 개었다. 옷들이 엉망으로 섞여서 목적지에 도착하게 할 수는 없었다.

"다리엔의 노숙자 아줌마도 이 옷들을 받을 수 있을까?" 켈리가 물었다.

"글쎄다. 아마 그렇게는 안 될 거야. 밀퍼드에 사는 다른 누군가가 받겠지. 하지만 그날 그 아줌마를 보고 측은한 마음이 든 덕분에 우리 지역에 사는 사람을 도와주게 됐으니까 괜찮아."

"그럼 그 아줌마는 어떡해?"

"다리엔에 사는 사람이 밀퍼드나 뉴헤이번이나 브리지포트에서 힘든 사람을 보면 우리처럼 옷을 기부할 테고, 그럼 그 옷이 그 아줌마에게 갈 거야."

켈리는 내 말이 별로 미덥지 않은 듯했다.

우리는 함께 다섯 개의 상자를 현관 계단으로 꺼냈다. 일을 마치자 켈리는 과장된 손짓으로 이마의 땀을 닦는 시늉을 했다. "자전거 타도 돼?" 켈리가 물었다. 요새 나는 켈리를 보호하기 위해 가급적 내 옆에서 떨어뜨리지 않았다.

"이쪽 길에서만 타. 아빠가 볼 수 있는 곳에서만."

켈리는 고개를 끄덕이고 문이 열린 차고로 들어가 자전거를 끌고 나왔다.

"에밀리 아빠가 퇴원했대." 켈리가 말했다.

"그래, 아빠도 들었어."

"에밀리는 진짜로 이사 갈 거래. 에밀리의 아빠 친척들이 사는 오하이오로. 오하이오는 여기서 멀어?"

"먼 편이지."

켈리는 내 대답에 시무룩해졌다. "오늘 할머니 온대?"

"온다고 했어. 할머니 오면 같이 저녁 먹으러 나가자."

피오나 역시 이사를 준비 중이었다. 오하이오는 아니고, 우리와 가까이 살기 위해 밀퍼드 시내에 아파트를 구하고 있었다. 손녀 곁에서 살고 싶은 모양이었다. 그날 사건 이후 피오나는 집에 들어가지 않고 호텔에서 지냈다. 그녀는 다리엔의 자택을 부동산에 내놓았고, 집에 발을 들여놓지 않기 위해 이삿짐센터에 이사를 전부 맡겼다. 마커스에 대한 이혼 소송도 준비 중이었다. 마커스는 병원에서 퇴원하면 검찰에 앤 슬로컴 살해 혐의로 기소될 때까지 멋진 독방에 수감될 예정이었다. 아직까지 그를 위해 보석금을 내겠다고 나서는 사람은 아무도 없었다.

피오나는 마커스를 찌른 일로 기소되지 않았고 아마 앞으로도 그럴 가능성은 없어 보였다. 설령 그렇게 되더라도 그녀에게는 최고의 변호사를 고용할 돈이 충분했다. 피오나가 대규모 폰지 사기에 속아 돈을 잃었다는 건 전부 마커스의 거짓말이었다. 그는 켈리와 살고 싶지 않아서 그런 이야기를 꾸며 냈다. 만약 피오나에게 켈리를 사립학교에 보낼 돈이 없다고 내가 믿는다면 피오나의 계획에 적극적으로 반대하리라고 생각한 것이었다.

켈리는 헬멧을 쓰고 턱 끈을 채운 뒤 진입로 끝으로 자전거를 몰았다. 그리고 왼쪽으로 방향을 틀더니 매섭게 페달을 밟았다.

그 엄마에 그 딸이었다. 가난한 사람들에게 의류를 제공하는 밀퍼드 시의 단체에 실라의 물건들을 기부하자는 건 켈리의 의견이었다. 그래도 몇 가지 물건은 우리가 간직하기로 했다. 우선 얼마 안 되지만 실라의 보석들이 있었다. 내가 많이 사주기라도 했다면 달랐을지 모르겠지만, 실라는 다이아몬드 따위에 취미가 없었다. 그리고 빨간 캐시미어 스웨터가 있었다. 켈리는 소파에 앉아 TV를 보면서 엄마 품에 안길 때 뺨에 닿는 그 스웨터의 느낌을 무척 좋아했다. 켈리는 그 스웨터를 원했다.

하지만 핸드백들은 하나도 원치 않았다.

켈리가 다시 학교로 돌아갔을 때 상황은 무척 호전되어 있었다. 신문과 뉴스 보도가 큰 역할을 했다. 진실이, 특히, 월킨슨 가족의 죽음이 실라의 탓이 아니라는 진실이 밝혀지자 아이들은 더 이상 켈리를 괴롭히지 않았다. 보니 월킨슨은 1천5백만 달러 소송을 취하했다. 하긴 이렇게 된 마당에 승소할 리도 없었다. 나는 켈리가 주변에서 벌어진 비참한 일들을 극복할 수 있도록 상담사에게 보냈고 현재까지는 도움이 되었다. 나는 이틀마다 켈리의 방바닥에 자리를 깔고 함께 잤다.

덕 핀더도 혐의를 벗고 다시 회사로 돌아왔다. 벳시는 여전히 어머니 집에서 지냈고 덕은 골든 힐에 원룸 아파트를 얻었다. 둘은 이혼을 준비 중이었지만 부동산을 나누는 문제로 흉하게 싸울 일은 없었다.

나는 덕과 화해할 수 있을지 자신이 없었다. 나는 짓지도 않은 죄를 가지고 그를 비난했다. 덕이 결백을 호소했지만 믿어주지 않았다. 나는 조그만 사과의 뜻으로 지하실에 보관한 현금으로 에드윈 캠벨을 고용하여 덕의 석방을 도왔다.

하지만 덕의 관대한 태도가 오히려 나로 하여금 죄책감을 느끼게 만들었다. 내가 미안하다는 말을 하려 하자 덕은 손을 저으며 "됐다, 됐어. 다음에 네 녀석이 불이 난 지하실에 갇히면 먼저 맥주부터 마실 거야."라고 말했다.

그리고 해결해야 할 문제들이 몇 가지 있었다. 나는 여전히 윌슨 씨의 집 화재 건으로 보험 회사와 다투고 있었는데, 화재가 나의 부주의가 아닐뿐더러 나도 오히려 범죄 피해자임을 호소했다. 에드윈의 의견으로는 잘 풀릴 듯했다.

회사 상황도 나아질 기미가 보였다. 이번 주에 나는 세 건의 견적 문의를 받았고 사무실의 살림을 돌봐줄 직원을 뽑기 위해 면접을 진행했다.

켈리는 마당의 구석까지 갔다가 다시 이쪽으로 페달을 밟았다. "봐!" 켈리가 외쳤다. "손 놨어!" 하지만 겨우 1초쯤 핸들에서 손을 떼었을 뿐이었다.

"잠깐만. 또 해 볼게."

정육면체 모양의 짐칸이 달린 트럭 한 대가 거리를 따라 내려오고 있었다. 운전자가 주소를 확인하느라 속도가 느렸다. 나는 자리에서 일어나 포치의 계단을 내려가 운전자를 향해 손을 흔들었다.

운전자는 집 앞에 트럭을 세우고 짐칸의 문을 열어놓은 뒤 잔디밭을 가로질러 다가왔다.

"날이 좋네요." 그가 말했다. "하지만 모를 일이죠. 이러다 2주 뒤에 갑자기 눈이라도 내릴지."

"그렇죠." 내가 말했다.

"이 상자들이에요?"

"맞아요."

"필요 없는 옷들을 정리하니까 좋으시죠?" 남자가 명랑하게 말했다. "남편께서 옷장을 비우시면 부인께서 새 옷을 살 수 있잖아요. 안 그래요?"

우리는 함께 한 번에 상자들을 옮겼다. 남자는 마지막 상자를 짐칸에 싣고 다른 기부받은 봉투들과 상자 옆으로 밀어 넣으면서 말했다. "이 상자는 꽤 무겁네요."

"핸드백들이 들어 있어요."

남자는 뒷문을 닫으며 "감사합니다. 잘 있어요."라고 말한 뒤 트럭에 올라 탔다. 시동이 걸리고 트럭은 곧 연석을 가로질러 나갔다.

그때 나는 아내의 목소리를 들었다. 예전에도 아내의 말을 상상하고는 했지만 이번은 달랐다. 실제로 아내의 목소리가 귀에 들렸다.

"다 괜찮을 거야."

"나는 진작에 알았어야 했어." 내가 말했다. "내가 당신을 욕하다니. 당신을 의심하다니."

"그런 건 중요하지 않아. 우리 딸이나 잘 보살펴."

"보고 싶어, 여보."

"쉿. 저거 좀 봐."

켈리는 인도에서 양팔을 활짝 펼친 채 질주하고 있었다. "손 놨어!" 켈리가 소리쳤다. "진짜야!"

그러더니 갑자기, 켈리는 손잡이를 붙들었다. 자전거가 미끄러지며 멈췄다. 아이는 안장에 올라탄 채 양발을 인도에 올려놓고 제자리에 섰다. 나를 등지고 머리에 헬멧을 뒤집어쓴 채, 켈리는 트럭이 도로 끝에 닿아 모퉁이를 돌며 사라지는 모습을 지켜보았다. 트럭이 사라지고도 한참 동안 켈리는 그쪽을 지켜보았다. 나처럼 켈리도 그 트럭이 돌아오기를, 그래서 우리가 마음을 바꿀 수 있기를 바라는 모양이었다.

■ 옮긴이 | 신상일

  서울대학교 영어영문학과를 졸업했고, 같은 대학 대학원에서 언어심리학으로 석사 학위를 받았다. 옮긴 책으로는 〈코드명 투어리스트〉(올렌 슈타인하우어), 〈말라스트라나 이야기〉(얀 네루다, 공동번역), 〈네버 룩 어웨이〉, 〈트러스트 유어 아이즈〉(린우드 바클레이) 등이 있다.

사고

··

2013년 12월 20일 초판 발행

지은이   린우드 바클레이
옮긴이   신상일
펴낸이   이경선
펴낸곳   해문출판사

등 록   1978년 1월 28일 제3-82호
주 소   서울시 강남구 논현로87길 41 911호(역삼동)
전 화   325-4721
팩 스   325-4725

··

값 14,000원

ISBN 978-89-382-0520-9

※ 잘못 만들어진 책은 구입하신 곳에서 바꾸어 드립니다.

국립중앙도서관 출판시도서목록(CIP)

사고 : 린우드 바클레이 장편소설 / 지은이: 린우드 바클레이 ; 옮
긴이: 신상일. -- 서울 : 해문출판사, 2013
    p. ;   cm

원표제: Accident
원저자명: Linwood Barclay
영어 원작을 한국어로 번역
ISBN 978-89-382-0520-9 03840 : ₩14000

미국 현대 소설〔美國現代小說〕

843.6-KDC5
813.6-DDC21   CIP2013026901